I0597876

MÉMOIRES

DE

LA LIGUE.

TOME I.

MÉMOIRES

DE
LA LIGUE,

CONTENANT

LES ÉVENEMENS LES PLUS REMARQUABLES
depuis 1576, jufqu'à la Paix accordée entre le R o i
DE FRANCE & le ROI D'ESPAGNE, en 1598.

NOUVELLE ÉDITION,

*Revue, corrigée, & augmentée de Notes critiques
& hiftoriques.*

TOME PREMIER.

A AMSTERDAM,

Chez ARKSTÉE & MERKUS.

M. DCC. LVIII.

AVERTISSEMENT

Sur cette nouvelle Edition des Mémoires de la Ligue.

L'accueil si favorable & si justement mérité, que l'on a fait à la derniere Edition des Mémoires de Condé, nous a engagés à faire réimprimer ceux de la Ligue, qui ne sont ni moins curieux ni moins intéressans, & qui étoient devenus extrêmement rares.

On sait que l'on entend par Ligue, ce Parti qui se forma en France l'an 1576, pour la défense, disoit-on, de la Religion Catholique, & qui porta aussi le nom de la sainte Union. La Reine Catherine-de Médicis aïant conclu la Paix avec François, Duc d'Alençon, son Fils, & avec les Protestans, qui étoient soutenus par le Prince de Condé, ceux qui haïssoient ceux-ci, ou du moins qui leur étoient opposés, & qui étoient en grand nombre, loin d'être contens de cette Paix, s'en irriterent ; ils trouvoient qu'elle étoit trop avantageuse aux Ennemis de la Religion ; & leur ressentiment fut appuïé par le Duc de Guise, qui n'é- toit pas fâché de saisir cette occasion de satisfaire son am- bition & son génie intriguant. On ne s'en tint pas à blâ-

mer hautement la précipitation de la Reine & la facilité du Roi : ceux qui embrasserent ce Parti s'assemblerent, dit M. DE CHALONS dans son Histoire de France, & dirent en- tr'eux, que puisque le Roi abandonnoit la cause de la Re- ligion, c'étoit à eux à la défendre. Ils allerent de maison en maison, ajoute le même Historien ; ils solliciterent les plus considérables Bourgeois de Paris ; ils les firent jurer de défendre la Religion contre les Sectaires, firent faire le même serment à la Noblesse, qui étoit répandue à la Campagne, passerent dans les Villes les plus distinguées, & engagerent tous ceux qui avoient l'imprudence de les écouter, de se liguer avec eux.

Tel est, continue M. de Châlons, tel est le commence- ment de cette Ligue funeste, qui réduisit le Roïaume aux der- nieres extrémités. Henri III, qui ne vit pas d'abord les consé- quences de cette Ligue, non-seulement la souffrit, il té- moigna même qu'il l'approuvoit. Indigné d'avoir été con- traint d'accorder, malgré lui, au Duc d'Alençon, son Frere, & aux Protestans, des conditions qu'il croïoit plus avan- tageuses qu'il ne les avoit peut-être envisagées dans le com- mencement, il eut souhaité de trouver quelqu'occasion de révoquer ce qu'il avoit fait. Mais il n'en étoit presque plus le Maître. Dans la suite il reconnut que cette Ligue atta- quoit plus son autorité, & la Majesté roïale en général, qu'elle n'étoit propre à défendre la Religion, qui ne lui ser-

voit gueres que de prétexte. De-là, tant d'Edits, d'Arrêts,
& autres Actes, tantôt favorables, tantôt contraires aux
Hérétiques. Ceux-ci, qui voïoient que la Ligue les mena-
çoit de leur ruine, penserent sérieusement à leur défense;
ils reconnurent pour leur Chef le Roi de Navarre, qui pro-
fessoit publiquement leur Religion, depuis qu'il s'étoit retiré
de la Cour. On en vint souvent aux mains de part & d'autre; le sang coula dans toute la France; les Villes & les
campagnes furent désolées; le Roïaume ne fut plus qu'un lieu
d'horreurs, de divisions & de désordres; les Ecclésiastiques
prirent parti comme les Laïcs; la prétendue sainte Union ne
trouva que trop de Défenseurs dans le Clergé séculier & régu-
lier: Rome elle-même la fomenta. Henri III en fut la vic-
time; aiant, par le plus cruel de tous les attentats, été assassiné en 1589; & le Roi de Navarre, depuis Henri IV, le
meilleur des Princes, fut obligé de conquérir, en quelque forte, son propre Roïaume, à la pointe de l'épée.

Nous n'entrerons pas dans l'Histoire de ces dissenssions;
elle a été écrite par presque tous nos Historiens, & elle l'a
été par plusieurs dans le plus grand détail. Nous dirons seulement qu'au mileu de ces troubles il parut un nombre pres-
qu'immense d'Ecrits de la part des différens Partis qui divi-
soient le Roïaume, & que ce sont ces Ecrits qui forment le
Recueil des Mémoires dont il s'agit ici. Outre les Edits, Arrêts & Déclarations dont on vient de parler, on y a rassem-

blé quantité de Descriptions de marches & de campemens, de Relations de sieges & de batailles; on y donne l'Histoire des négociations qui furent entamées, des assemblées qui furent tenues, & même des conjurations que l'on vit se former dans ces tems d'affliction & de douleur. La plus grande partie des autres Ecrits sont du genre Polémique. Les Protestans, dans les leurs, font tous leurs efforts pour y faire goûter leurs erreurs, & justifier leur conduite. Les Ligueurs, dans ceux qui sont sortis de leurs plumes, se tournent de toutes façons pour faire l'apologie de leurs faux principes. Ces derniers Ecrivains oublient sans cesse, dans leurs Libelles, que leurs raisonnemens vont à renverser le droit naturel, & qu'ils attaquoient le fondement de toute Société, en mettant, sous prétexte de Religion, les armes à la main de tous les Fanatiques & de tous les Séditieux. Aucun ne paroît s'être souvenu, que les Apôtres ont établi la Religion chrétienne, non pas en se révoltant contre les Princes, & moins encore en les assassinant, mais en se présentant eux-mêmes à la mort pour la défense de l'Evangile; qu'en suivant les maximes de Jesus-Christ, ses vrais Disciples ont rendu à César, quoiqu'Idolâtre, ce qui lui étoit dû comme César, sans jamais omettre pour cela de rendre à Dieu ce qu'ils devoient à Dieu; qu'ils ont reconnu que toutes Puissances souveraines étoient ordonnées de Dieu même, & que c'étoit attaquer la Divinité que de leur résister : qu'enfin ils nous ont appris par leur conduite,

autant

autant que par leurs difcours, qu'on devoit être foumis fans reftriction à fes Maîtres, même à ceux qui étoient fâcheux, ou dans des fentimens qui ne s'accordoient point avec les nôtres, quand même ces Maîtres ne feroient pas des Souverains ; & que la réfiftance ne pouvoit jamais être légitime ; que lorfqu'il s'agit de conferver l'intégrité de la Foi & la pureté des mœurs ; & que dans ce cas-là même la révolte étoit toujours interdite.

Les Ecrits des Roïaliftes, qui font auffi partie de ces Mémoires, font les plus fenfés, parcequ'on y foutient une bonne caufe, l'obéiffance légitime qui eft dûe aux Souverains par tous leurs Sujets, de quelque état, rang, dignité & condition qu'ils foient. On n'y abufe point, comme dans ceux des Proteftans & des Ligueurs, de cette multitude de paffages de l'Ecriture Sainte & des Peres de l'Eglife, que les premiers alleguent prefque toujours à contre-fens, ou dont ils tirent des conféquences fauffes, ou erronnées. La vérité qui guidoit la plume des Partifans de l'Autorité roïale, ne permettoit pas qu'ils donnaffent dans de pareils écarts, & elle diffipoit les nuages dont les opinions ultramontaines & les ténebres du Fanatifme couvroient les autres.

Telle eft l'idée générale que nous avons cru devoir donner des Ecrits qui compofent le Recueil, dont nous publions une nouvelle Edition. La premiere a été faite, comme on le fait, dans les premieres années du fiecle dernier, mais avec fi peu de foin, qu'elle eft remplie de fautes d'impreffion, & quelquefois d'omiffion, qui défigurent le texte des Ecrits, & qui fouvent en rendent le fens inintelligible. Cette Edition, qui eft en fix Volumes in-8°, eft d'ailleurs faite fur de mauvais papier, & l'on y a employé différens caracteres, prefque tous à demi effacés, & dont la variété fait de plus une difformité défagréable. Cette nouvelle Edition eft en fix Volumes in-4°. On a choifi les meilleurs caracteres, & un papier convenable. A l'égard de la correction, on y a apporté tous les foins dont on a été capable. On a fuivi, pour l'ordre des pieces, l'arrangement qui fe voit dans l'ancienne Edition ; mais on a daté chacune, non-feulement au commencement, mais de plus, dans la fuite des pages. Un autre avantage de cette nouvelle Edition, c'eft qu'elle eft enrichie de quelques pieces nouvelles & d'un grand nombre de Notes ; quelques-unes théologiques, pour oppofer la vérité à l'erreur qui infecte plufieurs des pieces ; d'autres hiftoriques, pour éclaircir quantité de faits, qui ne font prefque qu'indiqués dans les Ecrits qui nous ont paru demander ces Notes, enfin, plufieurs grammaticales, où l'on donne l'intelligence des termes furannés & qui ne font plus en ufage, ou dont le vrai fens ne pourroit plus être facilement entendu du commun des Lecteurs.

PREFACE

Ami Lecteur, si jamais Satan se transfigura en Ange de lumiere pour nuire à l'Eglise de Dieu, & la ruiner, s'il lui étoit possible, c'est de notre temps, auquel il a fait liguer ensemble les plus grands de l'Europe avec l'Antechrist, son fils aîné, par une & sous une maudite & sanglante Ligue, qu'ils osent impudemment surnommer *Sainte* ; lequel titre de sainte lui convient aussi peu que le titre de vérité au pere de mensonge qui les conduit & mene, comme jadis il manioit les Scribes & Pharisiens, qu'il fit liguer ensemble pour faire la guerre à Jesus-Christ. Eux qui avoient le Diable qui les possédoit, accusoient Jesus-Christ d'avoir le Diable, & qu'il faisoit ses miracles par Beelzebuth, Prince des Diables. Eux qui étoient faux Prophetes, séducteurs & abuseurs du Peuple, accusoient Jesus-Christ d'être faux Prophete, séducteur & abuseur. Ils s'attribuoient impudemment le titre d'Eglise de Dieu, & cependant ils persécutoient cruellement la vraie Eglise & le Chef d'icelle, à savoir Jesus-Christ & ses membres. Or, Satan, le pere de mensonge, & qui a été homicide & meurtrier dès le commencement, ne s'est point encore amendé, ni n'a envie de ce faire, ains il est toujours semblable à soi-même, car il est aussi impudent & effronté menteur qu'il fut jamais, & aussi cruel & sanglant meurtrier & massacreur des enfans de Dieu

b ij

qu'il fut jamais ; jamais ne fe pouvant faouler de répandre le fang innocent, tant il en eft altéré. Comme
par expérience il fe montre être tel en la perfonne
de ceux qu'il a ligués en ce temps-ci, pour faire la
guerre à Jefus-Chrift, en la perfonne de ceux qui
fuivent purement la vérité de fon Evangile. Cependant nous voïons avec quelle audace & troigne Pha-
rifaïque ils fe vantent & fe difent être l'Eglife de Dieu,
& toutesfois ils font armés contre la vraie Eglife de
Dieu pour la dégâter & détruire. Ils s'attribuent le
titre de Chrétiens, & toutesfois ils font armés pour perfécuter cruellement ceux qui font vraiment Chrétiens
de fait, contre lefquels ils ont juré de jamais ne pofer les armes, tant qu'il y en aura un feul de refte en
ce Roïaume. Ce que tu pourras (ami Lecteur) mieux
& plus facilement connoître par la lecture de ce préfent Recueil, que j'ai fait pour l'amour de toi, contenant les chofes mémorables qui font advenues fous
cette fatanique & turbulente Ligue, laquelle prit fon
fondement au Confeil fecret tenu à Rome, l'Antechrift y préfidant; auquel Confeil affifta l'Evêque de
Paris, avec un nommé David, Avocat au Parlement
dudit Paris, & duquel Confeil les effets s'en voient encore aujourd'hui ; car ils s'éfforcent tous les jours de
bâtir fur le fondement qui fut lors jetté, & defirent
de le parfaire jufqu'à la conclufion & réfolution qui
pour lors en fut prife. A quoi auffi fe doit rapporter la
confpiration de Guillaume Parry, qui a fait tous fes efforts pour être parricide de la Reine d'Angleterre, fa
Dame & Maîtreffe.

Puis tu verras difcourir le droit que prétendent fur
la Couronne de France ceux de Guife, principaux Ligués en ce Roïaume, qui tout auffi-tôt prennent les

armes pour commencer leur jeu tragique. D'autre côté le Roi s'émeut contre eux, les déclare & condamne comme coupables du crime de leze-Majesté, commande à tous ses bons Sujets de leur courir sus, approuve & se réjouit de la punition faite des Ligués qui avoient surpris la Ville de Marseille. A cause de quoi plusieurs Catholiques ne veulent signer la Ligue, laquelle tu verras au vrai découverte comme toute nue, pour mieux reconnoître son venin & poison mortel couvert & caché du masque & manteau de Religion Catholique, Apostolique & Romaine. Qui fait qu'aucuns, mal avisés auparavant, se sont réavisés, & ont volontiers abjuré & renoncé ladite Ligue, comme étant une entreprise la plus barbare, une société la plus pernicieuse, une conjuration la plus sanglante & remplie de tygriques cruautés, qui fut jamais au monde. En cet endroit tu verras éveiller le Roi de Navarre & déclarer son innocence contre les calomnies publiées par ceux de la Ligue contre lui, lesquels, persévérans en leur opiniâtreté liguée, présentent au Roi leur derniere résolution par requête, à ce qu'il n'y ait qu'une Religion en France, à savoir, la Catholique Romaine, & que la Religion Réformée en soit bannie pour jamais. Le Roi, vaincu & gagné par eux, s'accorde & unit avec eux, fait paix avec eux pour faire la guerre à ses meilleurs Sujets, contre lesquels il fait un Edit de réunion, leur commandant de se réunir à l'Eglise Catholique, Apostolique & Romaine. Ce subit & inespéré changement du Roi contraint le Roi de Navarre & Monseigneur le Prince de se déclarer, & protester combien ils ont justes causes & raisons pregnantes de se mettre sur leur défensive. Le Roi voïant que son Edit de réunion avoit au contraire plus aigrement défuni ses Sujets & allumé une cruelle guerre contre eux, pour laquelle foutenir, il avoit befoin d'être muni de grande fomme de deniers; pour lefquels trouver, il fait une harangue à Meffieurs de Paris, en la fin de laquelle il prophétife qu'il a grand peur qu'en voulant perdre le Prêche, ils ne hafardent fort la Meffe. Cependant en fortant un peu hors la France miférable, pour voir l'état de Flandres, tu y verras les Ligués ne pouvoir parvenir à leurs deffeins; car l'Efpagnol eft contraint d'entrer en quelqu'accord avec les Flamands. Puis revenant en ton Païs, tu entendras les propofitions des Députés du Roi, envoïés au Roi de Navarre, & la réponfe notable qu'il leur fait. Incontinent après tu entendras le tonnerre bruiant du Pape, qui de fon Trône & fiege de peftilence vomit, élance, foudroie & jette la foudre de fon excommunication contre le Roi de Navarre & Monfeigneur le Prince. La Cour de Parlement de Paris trouve ladite excommunication fi inique & de fi pernicieufe conféquence, qu'elle en fait une très belle & fainte Remontrance au Roi. Le Roi fermant l'oreille à tout bon confeil, fait un fecond Edit de réunion, accourciffant de la moitié le terme de fix mois qu'il avoit donné à ceux de la Religion pour fortir hors de fon Roïaume.

Que fi les horribles confufions de ce Roïaume te contriftent & ennuient, & que pour te récréer un peu, il te prenne envie de monter fur la Mer, pour t'aller promener jufqu'en Ecoffe, tu trouveras que ce Roïaume-là, qui étoit fur la veille de fa ruine entiere, & d'être derechef captivé fous la tyrannie de l'Antechrift, s'eft miraculeufement délivré de tels dangers, reftauré & mis en pleine liberté, avec un heureux fuccès: puis repaffant la Mer pour revenir en France, tu prendras un plaifir fingulier à lire la brieve, mais très grave &

notable oppofition faite par le Roi de Navarre & Monfeigneur le Prince, contre l'excommunication du Pape, affichée par les cantons de la Ville de Rome. Tout
auffi-tôt tu feras derechef contriflé de lire les Mandemens du Roi, qui veut faire faifir les perfonnes &
biens de ceux de la Religion, qui ont porté les armes avec Monfeigneur le Prince contre ceux de la
Ligue : *Item*, la Remontrance du Clergé faite au Roi,
par laquelle il fe déclare être des plus zélés & affectionnés membres du corps de cette fanglante Ligue.
Suivant les réfolutions de laquelle les Evêques & Moines fe font montrés diligens à prefcrire mot à mot les
abjurations & renoncemens qu'ils font faire à ceux de
la Religion réformée. A quoi fe font courageufement
oppofés les Miniftres de la parole de Dieu, qui, par
leurs Ecrits ont fait tout leur devoir d'encourager &
fortifier ceux de leurs troupeaux & tous autres fideles
à perfévérer conftamment en la crainte du Seigneur, &
tendre la main à ceux qui étoient tombés pour les re-
dreffer, comme tu pourras voir par les Ecrits qui en
font parvenus entre mes mains, que je te préfente en
ce Recueil, dans lequel j'ai auffi fidelement enregif-
tré les Lettres du Roi de Navarre à Meffieurs des trois
Etats de la France & de la Ville de Paris ; efquelles
tu liras de très belles & graves Remontrances, dignes
d'un tel Prince. Mais hélas, pour tout cela, tu ne fen-
tiras point notre Roi devenir plus doux, ains au contraire, perfévérer à faire Mandemens fur Mandemens
pour faifir & vendre les biens meubles & immeubles de
ceux de la Religion, qu'il fe fait accroire porter les
armes contre Sa Majefté. Mais, je te prie, confidere
& regarde en quel danger & péril fe font trouvés nos
freres, réfugiés en Angleterre, fous la détcftable conf-

piration de ceux de la Ligue , contre l'Etat de ce Roïaume-là. Ils étoient tous perdus, ſi Dieu, par ſa bonté,
qui veille pour les ſiens, n'eût découvert ladite conſpiration, & fait ſaiſir pluſieurs des conſpirateurs ligués.
Comme en même temps Dieu fait venir d'Allemagne
les Ambaſſadeurs des Princes émus de pitié & de com-
paſſion ſur nos miſeres, pour les remontrer au Roi,
duquel ils reçoivent une fort maigre réponſe, laquelle
ne donne eſpérance de mieux pour l'avenir. Bref, pour
ne plus te retarder par mon diſcours, tu prendras un
grand contentement à lire quelques autres Traités, que
je te préſente. Que ſi j'entends que tu ſois diligent en
la lecture de ce premier Volume, je te promets que
tu me rendras encore plus diligent, pour bien-tôt
(Dieu aidant) te mettre entre les mains un ſecond
Volume ; pour lequel commencer, j'ai déja recueilli
de bons Mémoires que je te garde. En attendant, aſ-
ſure-toi de ma promeſſe. Bien te ſoit.

MEMOIRES
DE
LA LIGUE.

EXTRAICT

D'UN CONSEIL SECRET TENU A ROME PEU APRÉS L'ARRIVÉE DE L'EVESQUE DE PARIS, traduict d'Italien en François.

AU LECTEUR, SALUT.

AMI Lecteur, s'il y euſt jamais conjuration faicte au préjudice du Roi & du Royaume, c'eſt celle dont à préſent je te fais voir l'extraict qui a été priſe d'un plus ample diſcours des choſes nagueres deſſeignées au Conſiſtoire Romain peu après l'arrivée de l'Eveſque de Paris (1). Vrai eſt que le tout contenoit un grand nombre d'autres articles, concernant les autres Provinces : Mais parceque l'eſcrit entier euſt eſté par trop prolixe, on s'eſt contenté d'en extraire ce qui concernoit noſtre France : Tant y a que par cet échantillon, il ſera aiſé à juger combien le conſeil des Eſtrangers eſt ſouvent pernicieux à un Etat voiſin : vu que ceſtui-ci ne nous menace pas moins que d'une ruine entiere, en ce qu'on y a voulu opprimer non-ſeulement les plus grandes & notables Familles de France, ains auſſi le Roi même, & toute

1576.

---

(1) Cet Evêque de Paris étoit Pierre de Gondi, qui partit pour Rome le 22 Juin 1576, afin de faire accorder au Pape avec Bulle l'aliénation de 100000 liv. de rente, accordées au Roi par le Clergé. *Mémoires de l'Eſtoille.* Tome I. pag. 67.

Tome I.   A

cette illuftre maifon de Valois : voire anéantir les anciens priviléges & immunités de l'Eglife Gallicane. Et afin qu'on n'eftime que ce foit ici un difcours artificiel, & fait à plaifir, ceux qui fe font trouvés à l'ouverture d'un coffre appartenant à un nommé David, Avocat au Parlement de Paris (2), lequel fit le voyage de Rome avec ledit Evefque, peuvent rendre témoignage de ce qui en eft. Davantage on fçait que déja une partie de ce Confeil a efté exécutée, & que la plufpart des hommes remuans & factieux de ce Royaume, s'attendent à voir bientoft le refte mis en effect. Or la fin à laquelle je tends en publiant cet écrit eft, à ce que d'un côté tout bon & naturel François s'oppofe virilement à fi pernicieux deffeins, en y apportant ce qu'il connoiftra être à faire pour le bien & défenfe de cet Eftat : & d'ailleurs que les plus grands ne fe laiffent ainfi piper, par le pernicieux confeil des Eftrangers, qui n'eftiment jamais bien eftablir leurs affaires que par la ruine, & fubverfion de leurs voifins. De Lyon, ce 15 Novembre, 1576. A Dieu.

Quant aux affaires de France,

C'EST (3) chofe certaine, que les guerres y ont plus apporté de dommage que d'avancement à la Sainte Eglife : quand ce ne feroit que par la liberté d'efcrire & de traiter à plaifir du Saint Siége, dont eft advenu un endurciffement aux Hérétiques, & un mépris & moquerie en la plufpart des Catholiques.

Auffi l'iffue des victoires réduites à une paix honteufe & préjudiciable à l'Eglife, a finalement fait paroiftre, que combien que la race de Capet ait fuccédé à l'adminiftration temporelle du Royaume de Charlemagne, elle n'a point toutefois fuccédé à la bénédiction Apoftolique affectée à la poftérité dudit Charlemagne tant feulement ; mais au contraire, que comme ledit Capet ufurpant la Couronne a violé par outrecuidance témé-

---

(2) Jean David, Avocat au Parlement de Paris, mourut à Lyon à fon retour de Rome où il étoit allé avec l'Evêque de Paris. C'étoit un Gafcon, homme turbulent, mauvais Avocat, décrédité même du côté des mœurs. Il fe chargeoit des plus mauvaifes caufes. Après fa mort, on trouva parmi fes papiers les Mémoires qu'il avoit dreffés, ou qu'on lui avoit fournis, tendant à ôter la Couronne de France aux defcendans de Hugues Capet, pour la tranfporter dans la maifon de Lorraine qui fe prétendoit iffue de Charlemagne. Les Hérétiques s'emparerent defdits Mémoires, & on commença à les répandre en 1576 même. Cet extrait fe lit auffi à la fin du Journal de Henri III, *in-8* 1621, & encore ailleurs. Voïez la Bibliotheque des Hiftoriens de France, du P. le Long, pag. 408.

(3) Tout ce difcours eft une déclamation infenfée contre les droits & l'autorité de la troifieme race de nos Rois. Il eft vrai qu'Hugues Capet dût à la diminution d'autorité, où la feconde race étoit tombée, le changement qui fe fit en fa faveur, à l'exclufion des Héritiers de Charlemagne, & que Charles, Duc de la Baffe-Lorraine, Fils de Louis d'Outre-mer, & Oncle de Louis V, paroiffoit avoir feul par fa naiffance droit à la Couronne. Mais la nation s'étoit réunie en faveur d'Hugues Capet, qui ne tarda pas à être reconnu par-tout. Il fut facré & couronné à Reims le 3 Juillet 987.

raire la bénédiction de Charles, aussi a-t-elle acquis sur soi & sur les siens une malédiction perpétuelle, qui a rendu ses Successeurs refractaires & désobéissans à ladite Eglise : & pour la ruiner introduit l'erreur damnable, que les François appellent liberté de l'Eglise Gallicane : laquelle n'est autre chose que le réfuge des Vaudois, des Albigeois, des Pauvres de Lyon, des Lutheriens, & à l'heure présente des Calvinistes. A cause de quoi, il ne se faut point ébahir si les victoires des Rois qui ont combattu depuis seize ans en ça, pour la défense de l'Eglise Catholique, n'ont aucunement succedé, & ne succederont jamais pendant que la Couronne sera en cette lignée.

Mais il semble que Dieu ait preparé & disposé par l'enfantement de cette derniere paix les Parties, les Juges, & l'occasion, pour réintegrer la Couronne aux vrais Successeurs de Charlemagne, lesquels jusqu'au dernier de leur race, ayant acquiescé & obéi persévéremment aux commandemens du Saint Siége, se sont montrés par effect héritiers légitimes de la bénédiction Apostolique en la Couronne de France : & par conséquent spoliés de l'héritage temporel par force & violence, qui les a défendus contre la prescription.

Il se voit à l'œil que la race des Capets est du tout abandonnée à sens réprouvé : les uns étans frappés d'un esprit d'étourdissement, gens stupides & de néant : les autres réprouvés de Dieu & des hommes, pour leur hérésie, proscrits & rejettés de la Sainte Communion Ecclésiastique.

Au contraire les rejettons de Charlemagne sont verdoyans, aimans la vertu, pleins de vigueur en esprit & en corps, pour exécuter choses hautes & louables.

Les guerres ont servi pour accroître en dégrés, en honneur & prééminence : mais la paix les remettra dans leur ancien héritage du Royaume, avec le gré, consentement & élection de tout le peuple.

C'est pourquoi il ne faut aucunement douter que les conditions accordées aux Hérétiques, par l'Edit de paix, quelque avantageuses qu'elles soient, ne procedent du Ciel, & non pas des hommes, afin que la louange, l'honneur & la gloire de la profligation des Hérétiques demeure à un seul Dieu, & à la bénédiction de son sacré Vicaire.

Et pour y parvenir on donnera ordre par toutes les Villes Catholiques, d'esmouvoir le peuple par les prédications salutaires, afin d'empescher par force que les presches de l'abominable secte ne foient établis , fuivant la permiffion contenue en l'Edit.

Le Roi fera confeillé de ne s'empefcher aucunement des émotions qui fe feront , & en remettra fecretement toute la charge au Seigneur de Guife , lequel en toute hardieffe eftant autorifé par la connivence de Sa Majefté , pratiquera les Ligues
envers la Nobleffe & les habitans des Villes , lefquels il obligera par ferment fi folemnellement qu'ils en demeureront affuje-
tis , non-feulement à fa confcience , mais auffi à fa foi particulierement : de telle forte qu'ils ne pourront reconnoiftre autre
Chef ne Conducteur de cette Ligue que fon excellence.

Donnera ordre ledit Seigneur de Guife que les Curés , tant
des Villes que des Champs , drefferont des rolles de tous leurs
hommes paroiffiens capables de porter armes , lefquels rolles ils
envoieront audit Seigneur , qui ordonnera Capitaines aufdites
paroiffes , pour reconnoître la capacité des perfonnes enrollées ,
& à quelles armes ils feront propres , Lefquels enrollés feront
avertis en confeffion par les Preftres de quelles armes ils fe doivent pourvoir , & de ce qu'ils auront à faire fous prétexte de la
défenfive.

Cependant le Roi fera proclamer les Etats (foffe faite aux
Hérétiques en laquelle ils tomberont) en la plus grande folemnité qu'il pourra , fuivant la coutume ancienne. Et envoiera en
chacune Province , fes plus fideles Confeillers , pour conduire
& dreffer les particulieres affemblées aufdites Provinces , felon
fon intention : inftruction & dépefches par le Confeil & mémoires de ceux aufquels il a plus de créance , & defquels fa Sainteté a plus de fiance à caufe du ferment de fidélité qu'ils ont donné à elle & pour l'obligation qu'ils ont au Roi Catholique.

La Reine Meré du Roi , d'autre cofté , ira trouver fon jeune
fils perdu & dévoyé , auquel elle perfuadera facilement de fe rendre près la perfonne du Roi fon frere , pour l'accompagner aux
Eftats. Aufquels auffi elle s'efforcera d'attirer le Roi de Navarre
& le Prince de Condé , en leur remontrant que s'ils ne fe re-
préfentent aufdits Eftats , ils feront déclarés rebelles & contu-
max. Et afin de leur ôter toute excufe & apparence de crainte ,
le Seigneur de Guife & fes freres s'abfenteront de la Cour , avec
femblant de mécontentement , comme auffi le Roi , laiffant Paris , fe rendra en quelque lieu de libre accès , où fon frere le viendra trouver , qui le recevra avec tous ceux qui l'accompagneront
avec tous les feftoyemens & careffes qui fe doivent pratiquer envers ceux que l'on veut affurer.

Approchant le tems defdits Etats, les Capitaines des Paroiffes feront revue fecrete de leurs hommes & de leur équipage, d'entre lefquels ils choifiront le nombre que le Chef de la Ligue leur commandera, afin de les envoyer & faire marcher promptement la part où ils feront ordonnés.

Les Etats affemblés avant que de rien expofer, jureront, depuis le Chef jufqu'aux membres, de garder & obferver ce qui fera conclud & arefté aufdits Eftats, obligeront les corps des Villes & Communautés à la contribution des frais qui feront néceffaires, jufques à la finale expédition; & que fa Sainteté fera requife d'autorifer, ratifier & approuver les articles & arrefts defdits Eftats en forme de Pragmatique fanction entre le Saint Siége & le Royaume, comme ont été les Concordats.

Pour annichiller (4) la fucceffion ordinaire, introduite par Hugues Capet, & rendre la déclaration d'icelle fujette à la difpofition des Eftats, comme elle eftoit anciennement, fera ordonné que s'il y a Prince du Sang, Seigneur, Gentilhomme ou autre fi ofé de s'oppofer ou empefcher l'exécution defdits Eftats, le Prince dès à préfent comme pour lors fera déclaré incapable de fucceder à la Couronne, les Seigneurs Gentilshommes, & autres, dégradés de leurs honneurs & dignités. Les biens acquis & confifqués, pour, dès deniers qui en proviendront, eftre convertis aux frais de ladite expédition : à mort, s'ils font pris : finon par effigie. Et cependant feront propofés falaires publics à ceux qui les occiront en quelque forte que ce foit.

Après que l'affurance fufdite aura été prife & donnée, lefdits Eftats renouvelleront le ferment d'obéiffance & fidélité qu'ils doivent aux fucceffeurs de Saint Pierre, protefteront de vivre & mourir en la foi defcrite au Concile de Trente, lequel fera fouffigné en corps d'Eftat : déclarant tous les Edits faits au Royaume depuis quelque tems que ce foit contrevenans aux Conciles, caffés, révoqués & annullés, & que les Edits faits par les Rois prédéceffeurs pour l'extirpation des héréfies, feront obfervés & exécutés felon leur forme & teneur. Le Roi qui eft à préfent fera relevé des Edits & promeffes faites aux Hérétiques, à leurs complices & affociés, aufquels fera préfix certain tems pour fe préfenter devant les Magiftrats Eccléfiaftiques pour eftre abfous, & puis renvoyés au Prince pour obtenir grace du crime commis contre Sa Majefté.

Et pour ce que l'exécution du précedent article pourroit eftre

____

(4) Annichiler, anéantir, réduire à rien. On a dit autrefois _nichil_, pour _nihil_, rien.

1576.

Extr. d'un Conseil se-cret de Ro-me.

empêchée & retardée par quelques Princes rebelles, le Roi sera supplié establir un Lieutenant général, Prince capable, expérimenté, puissant de corps & d'esprit, pour supporter la peine & prendre avis par soi-mesme, & lequel n'ait jamais eu part, communications ne société avec les Hérétiques, & qu'il lui en plaise honorer le Seigneur de Guise, comme celui qui a toutes les parties qu'on sauroit desirer à un grand Capitaine & digne d'une telle commission.

Sera puis après remontré par l'assemblée au frere de Sa Majesté la grande faute qu'il a commise d'avoir abandonné le Roi son frere pour se joindre aux Hérétiques, se déclarer leur chef, dresser armée contraire, & finalement d'avoir contraint sondit frere & Seigneur, de non-seulement lui donner un appanage excessif & irraisonnable, mais aussi de permettre & authoriser l'exercice de cette abominable impiété. Et d'autant que tel crime commis est compris au premier chef de leze Majesté divine & humaine, qu'il n'est pas en la puissance du Roi de remettre & pardonner, requerront lesdits Estats, que Juges lui soient donnés pour connoître dudit crime, à l'exemple tressaint & pientissime du Roi Catholique en l'endroit de son propre fils unique, & de soi-mesme.

Au mesme jour de ladite conclusion paroistront les forces tant des envoyés de toutes les paroisses, qu'autres ordinaires & extraordinaires, pour tenir la main à l'exécution de ladite conclusion, & se saisir tant dudit frere du Roi que de tous les présents qui l'auront suivi & accompagné en sa malheureuse entreprise.

A mesme tems aussi les Capitaines des Paroisses se mettront aux champs, avec le reste de leurs forces, & chacun en son ressort courra sus aux Hérétiques & leurs associés amis & adhérans, tant du plat païs que des villes closes, lesquels ils passeront au fil de l'espée, & s'empareront de leurs biens, pour estre vendus employés aux frais de la guerre.

Par ce moyen, le sieur de Guise se trouvant accompagné d'une forte & puissante armée, entrera dans les Provinces rebelles, lesquelles il subjuguera facilement par intelligence & par force, se rendront maistres de la campagne, & mettant à feu & à sang tout ce qu'il trouvera lui faisant résistance, affamera les fortes places par un dégast général, & les enclorra par petits forts dressés sur les avenues, sans s'amuser à perdre le tems à les assiéger, comme l'on a fait ci-devant à la Rochelle.

Une si belle & infaillible victoire lui étant demeurée, & par icelle acquis l'entiere affection & la faveur de toutes les villes de ce Royaume ; & de la Noblesse , faire faire punition exemplaire du frere du Roi, & de ses complices, & finalement par l'avis & permission de sa Sainteté , enfermer le Roi & la Reine dans un Monastere comme Pepin son ancestre fit à Childeric: & par ce moyen ayant rejoint & réuni l'héritage temporel de la Couronne à ceux de la bénédiction Apostolique qu'il possede maintenant pour tout reste de la succession de Charles le Grand , il fera que le Saint Siége sera pleinement reconnu des Estats du Royaume , sans restrinction ou modification , en abolissant lors les priviléges & libertés de l'Eglise Gallicane. Ce qu'il promettra & jurera auparavant.

1576.

EXTR. D'UN CONSEIL SÉ-CRÉT DE RO-ME.

DISCOURS

SUR LE DROIT PRETENDU PAR CEUX
de GUISE , sur la Couronne de France.

C'EST une chose commune en ce Royaume, que la Maison de Lorraine s'attribue la Couronne de France , & se pourroient aisément encore recouvrer les Chroniques & Généalogies qu'ils falsifierent du temps du feu Roy Henry , les consultations qu'ils firent tenir de leur droit soubs François deuxieme, & les Mémoires qui furent semés entre le peuple sous Charles neufiesme , & depuis encore ; iceux acheminant tousjours leurs desseins & bastimens selon que la ruine de ce pauvre Estat se sembloit avancer par les guerres civiles, par le moyen desquelles le respect du Prince légitime estant diminué , les nerfs affoiblis , & le chemin préparé à nouveauté, ils se sont promis de s'asseoir en leur siége prétendu, en déchassant ceux qu'ils en tiennent pour usurpateurs. Ces choses ont été souvent remonstrées à leurs Majestés , qui ont voulu croire que c'étoient choses contreuvées sur quelque semblance de vérité, par ceux qui leur portoient haine ou envie, & n'ont laissé pour cela de leur mettre l'autorité & les armées royales en la main, mesme leur ont permis de faire ligues sous ombre de la Religion romaine en cest estat, c'est-à-dire , de faire leur partie toute preste pour la première occasion, & par maniere de dire , essayer la Couronne sur leur teste. Il s'est trouvé là-dessus des Docteurs en Sorbonne qui ont

1580.

difputé qu'un Roi manquant en fon devoir envers l'Eglife romaine, pouvoit eftre dépoffédé par icelle; des Moines auffi
qui ont prefché en méprifant le Roi & les Princes de fon fang,
les vertus notables des rejettons qu'ils appellent de Charlemagne, (5) admoneftans le peuple de jetter les yeux fur ceux-là,
comme fur les vrais reftaurateurs de l'Eglife & de l'Eftat; &
tout ceci cependant fans qu'on y ait eu aucun efgard, comme
s'il eftoit fatal à ce Royaume d'eftre diffipé en nos jours, & par
ceux proprement de cefte maifon.

Mais pour lever tout doute, & voir clair en cefte matiere,
je fupplie très humblement le Roi, Monfeigneur, & tous les
Princes qui ont ceft honneur de lui appartenir de fe faire lire un
livre intitulé, les Généalogies de ceux de Lorraine & de Bar,
nouvellement imprimé à Paris (6) par lequel ils verront de mot
à mot, qu'il n'eft mis en lumiere en ce tems, que pour inftruire
un chacun du droit prétendu de ceux de Lorraine fur cefte Couronne, & du tort que la maifon de France leur retient, afin que
le peuple y foit tout préparé, avenant la mutation qu'ils cui-
dent prochaine. Et parceque le volume eft gros & le venin qui y eft
efpandu partout envelopé & couvert des diverfes hiftoires, j'aipen-
fé d'en remarquer ici les principaux points & fondemens de mot
à mot. Or eft ce livre efcrit en latin par un François de Rofiers,
de Bar-le-duc, Archidiacre de Toul en Lorraine, & dédié à Monfieur de Lorraine, & pour couler plus doucement par-tout, il eft
imprimé de cefte année à Paris avec privilége du Roi, en grande feuille, chez un Imprimeur nommé Guillaume Chaudiere.

Pour venir au point, chacun fçait que depuis que les Fran-

---

(5) C'eft ce que François de Rofieres, Prieur de Bonneval, Grand Archidiacre, Official & Vicaire Général de l'Evêché de Toul, entreprit, entre plufieurs autres, de prouver dans fes *Stemmata Lotharingiæ &c.*, imprimés en 1580 *in-fol.* Son but principal en effet eft de montrer que les Ducs de Lorraine defcendoient de Charlemagne en droite ligne, & que comme tels ils étoient les légitimes héritiers de la Couronne. Mais ce Livre eft rempli de titres falfifiés. L'Auteur & fon Livre furent condamnés par Arfêt. Le premier fut amené le 26 Avril 1583, en préfence du Roi dans fon Confeil, où il fit amendé honorable. *Voiez* la Satyre Ménip-pée, Tome 3, de l'Edit. de 1711. L'hift. de Lorraine par D. Calmet, fous l'année [illegible]

phorien Champier avoit tenté avant lui de donner du cours à cette Fable, que la Maifon de Lorraine defcendoit en droite ligne de la feconde race des Rois de France: c'eft dans fa *Genealogia Lotharingorum Principum*, imprimée à Lyon en 1537 *in-fol.*
(6) C'eft l'ouvrage de François de Rofieres, qui eft en effet intitulé, *Stemmatum Lotharingiæ ac Bari-ducis Libri, &c.* Philippe du Pleffis-Mornai y oppofa fon difcours du droit prétendu par ceux de la Maifon de Guife à la Couronne de France, qu'on trouvera ci-après. M. l'Abbé Lenglet, au Tome IV de fa Méthode pour étudier l'Hiftoire, *in*-4° p. 346, a rapporté les titres des ouvrages principaux faits fur ce fujet.

cons font venus en France, l'ont appellée Gaule, nous avons trois races de Rois, à sçavoir des Mérovingiens, Defcendans de Mérovée, des Carlovingiens, defcendans de Charlemagne, & des Capets, qui regnent encore aujourd'hui en nos Rois. Et eft bien la voix commune que ceux de Lorraine prétendent la Couronne comme héritiers de Charlemagne; mais fi ceft Auteur eft cru, elle leur eft dû dès le cheval de Troie, & leur a efté oftée par Mérovée & fes Defcendans, avant toutes ces trois lignées: tellement que par la loi, qui dit qu'on ne preferit point ni contre l'Eglife, ni contre fon Prince, tous nos Rois auroient efté ufurpateurs depuis le premier jufques à maintenant, & auroit efté le vrai héritier de la Couronne Françoife en la maifon des Ducs de Mofellane, dont fe difent iffus ceux de Lorraine. Voici donc les mots de l'Auteur, fans rien déguifer, livre troifieme.

Pharamond qui premier amena les Francons en France, eut plufieurs enfans de Bafine fa femme fille du Roi de Thuringe, dont l'aifné eftoit Clodion le Chevelu. Ce Clodion eut entre autres, deux fils, Ranchaire l'aifné, & Alberon le fecond: Ranchaire eut trois fils, Ranchaire fecond, Richer & Ranauld, qui défendirent long-tems le Cambrefis contre la tyrannie des Mérovingiens; mais enfin furent fubjugués par la puiffance de Clovis Roi de France, qui les maffacra de fa propre main, comme auffi il avoit fait Ranchaire premier, leur pere. Ainfi vint le droit d'aîneffe à Alberic fecond fils de Clodion, lequel encore qu'il fût Roi dès François Orientaux, ne fucceda toutefois point à Clodion fon pere, ains Mérovée, ayant ufurpé le Royaume. Ce pauvre Alberon, après la mort de fonpere, fe retira ès païs d'Auffois, de Mofelle, d'Ardenne &c., où il fe tint efloigné, au mieux qu'il put, de leur fureur. (Et de rechef). Penfez en quelle peine eftoit ce pauvre Prince, qui eftant de race royale, ne fe voyoit pas feulement fruftré de fon Royaume, mais mefmes contrainct de fe cacher pour la cruauté de Mérovée, qui vouloit efteindre toute la race de Clodion. Or il fe retira donc à Mont en Hainaut, pour attendre l'iffue de la tyrannie de Mérovée & des fiens, (ayant efté en vain en l'armée d'Attila pour fe faire reftablir:) Et fi vous lui demandez, qui eftoit ce Mérovée ufurpateur de la Couronne fur les prédéceffeurs de ceux de Lorraine, & premier tronc de nos Rois de France. (C'eftoit dit-il, un baftard de Clodion le Chevelu, ou comme autres dient, un fien Capitaine ou parent, qui eftant

1580.

Discours
sur le Droit
pret. des
Guises.

institué Tuteur des enfans de Clodion par Clodion mesme, à cause de leur jeune âge, despouilla les pupilles de cest Estat.) Or il poursuit après, que Vaubert, descendu de Clodion par cest Alberic susdit, fut ruiné par Clotaire Roi de France, qui craignoit tousjours, qu'il ne voulût revenir à la Couronne, mais que Thierry Roi des Ostrogots le fit restablir par force. Que pareillement ces Descendans de Mérovée, à sçavoir, la race de Clovis, voyant que Ansbert fils de ce Vaubert, estoit jeune homme d'espérance, pour regner plus sûrement le voulurent faire mourir, mais que l'ayant enlevé en cachete, on le transporta à Rome pour estre nourri près de Zenon Empereur. Bref, qu'ils furent toujours mal assurés de leur vie, jusques au mariage d'Ansbert avec Blitilde fille de Clotaire deuxieme, dont nasquit Arnaud Duc de Mosellane, contre lequel, à cause de l'alliance, joint aussi qu'il se voyoient bien establis, ils se montrerent moins rigoureux. Or que ceux de la maison de Lorraine, qui vivent à présent, soient successeurs de ce Clodion & d'Alberic son fils & par conséquent de leurs droits, voici comme il le déduit. Depuis Alberic, il nous conduit par ligne directe jusques à Arnophe fils d'Arnauld & de Doda fille du Roi de Saxe, lequel eut entre autres, deux fils, Clodulphe l'aisné, & Anchise second, par le premier desquels il fait descendre les Ducs de Mosellane & de Lorraine, & par l'autre, Charlemagne & les siens, en la façon qui ensuit.

GÉNÉALOGIE
DE LA MAISON
DE LORRAINE.

ARNOLPHE.

CLODULPHE fut Duc de Mofellane, qui s'étendoit plus que Lorraine, & à lui fuccederent l'un après l'autre
MARTIN.

ELEUTHERE mourut fans Hoirs.

LAMBERT, fils de Martin, frere d'Eleuthere.
FREDERIC.
SADIGERE.
RANIER, premier Duc, mais non héréditaire de Lorraine, invefti du Duché par Charles le Simple.

GILBERT, fils aifné de Ranier,
HENRY, fils de Gilbert, fans enfans.

RICINT.
BONNE, fille de Ricint, fils fecond de Ranier & frere de Gilbert ; elle fut mariée à Charles Duc de Lorraine, fils de Louis IV, & frere de Lothaire, fpolié de la Couronne par Capet après la mort de Loys V, fon nepveu.

ANCHISE, puifné de Clodulphe, efpoufe Begghe, fille de Pepin des Landes, de Brabant, dont il eut
PEPIN HERISTEL. Et fuivent conféquemment
CHARLES MARTEL, fils de Pepin Heriftel & d'Alpaïde fa Concubine.
PEPIN LE BRET.
CHARLES-MAIGNE.
LOYS LE PITEUX, autrement LE DEBONNAIRE.
CHARLES LE CHAUVE.
LOYS LE BEGGHE.
CHARLES LE SIMPLE.
LOYS IV.

LOTHAIRE.
LOYS V, mourut fans enfans.

CHARLES, Duc de Lorraine, frere de Lothaire, & oncle de Loys V, après que fon nepveu fut fpolié de la Couronno de France par Hugues Capet. Or il avoit époufé Bone.

BONE, mariée à

Issue de Clodulphe, aisné des Clodions, qui se prétendent spoliés par les
Merovingiens.

Et par ainsi voici, selon leur dire, la lignée de l'aisné de la maison de Clodion,
qui avoit été long-temps conservée ès Ducs
de Mosellane & de Lorraine en quenouille, d'autant qu'il n'apparoît plus aujour-
d'hui d'autres de cet estoc, & conjointe
avec celle de puisné, la lignée dis-je de
Clodion avec celle de Charles-Maigne par
ce mariage de BONE avec CHARLES Duc
de Lorraine duquel sortirent

OTHO,

GERBERGHE

& HERMYNGARDE.

Gerberghe, femme en premieres nopces
de RENFER Comte de Monts, & en secon-
des de LAMBERT Comte de Louvain:
Et Hermingarde, femme d'Albert,
Comte de Namur, dont la posterité, dit-
il, vit encore en ceux de Lorraine, & ès
Capetz.

Or parceque Hue Capet, nonobstant
les instances de ce Charles Duc de Lorraine fut appellé à la Couronne, ceux de Lorraine, prétendent comme seuls rejettons de
Charles-Maigne, & de ce Charles &
de Claudion mesmes, la Couronne de
France. Mais parcequ'ils ne peuvent nier
que cest Otho, fils unique de Charles &
de Bone, mourut sans hoirs, & par conséquent ses droits & prétentions avec lui,
voyons comme ils rappiecent ceste rupture en leur Généalogie.

CHARLES, Duc de Lorraine

Issu d'Anchise, puisné des Clodions,
duquel sont issus ceux de Charles-Maigne.

A ce CHARLES, frere de Lothaire, &
qui premier obtint le Duché de Lorraine
en héritage, appartenoit après la mort de
Loys son nepveu la Couronne de France,
selon la succession de Charles-Maigne. Et
parcequ'il épousa BONE, fille de Ricint,
semblent s'assembler ès enfans procréés de
de ce mariage, les deux droits, à savoir
le droit prétendu par les Ducs de Mosellane sur les Merovingiens qu'auroient
spolié, comme il dit, les Clodions, & le
droit de la Maison de Charles Maigne,
dont ils avoient long-temps & paisiblement joui, lesquels deux droits pour lever toute difficulté contiennent tout ce
qui se peut desirer ensemble, à savoir la
proprieté appartenante à BONE par la succession de Clodulphe, Chef de la Maison
des Clodions, & la possession dévolue entre les mains de CHARLES, de la lignée
de Charles-Maigne, procedante d'Anchise puisné de la Maison des Clodions. Et
seroient ces deux droits écheus aux enfans procréés de CHARLES & de BONE, &
à leurs descendans, que l'Autheur prétend être ceux de LORRAINE.

OTHO donc, dit-il, fils de CHARLES & de BONE estant investi du Duché de Lorraine par l'Empereur, duquel il suivoit le parti à l'exemple de son pere, se voyant
sans enfans adopta pour fils, par le consentement d'icelui Empereur, GEOFFROY
le BARBU Comte d'Ardenne frere de sa mere BONE, fille de Recuin, ou comme autres dient fils de son Frere, qui remit sus par ce moyen la ligne masculine de Clo-

dion en Lorraine , à fçavoir fils de Ricuin fils de Ranier &c. procedans de Clodulphe l'aifné de maifon , comme avons dit ci-deffus. Et par ainfi , fe trouveront encore les deux droits conjoints en la perfonne de ce GEOFFROY LE BARBU , le droit des Clodions en ce qu'il en iffu ; le droit des Carlinghes , ou Defcendans de Charles-Maigne , en ce qu'il eft adopté en la maifon d'OTHO Duc de Lorraine , tellement que fi on révoque en douté l'un ou l'autre droit , ils ont à choifir , auquel ils fe voudront tenir. Et fuivent conféquemment de pere en fils,

GEOFFROI LE BARBU , Defcendant de Clodion par Rainier , Ricuin , &c. & adopté par OTHO Duc de Lorraine , fils de CHARLES.

GOTHELO.

GEOFFROY QUATRIEME.

GEOFFROY LE BOSSU. Mais ceftui-ci mourant fans enfans , & ne laiffant qu'une fœur , nommée ITTE ; retombent derechef ces droits des Clodions & des Carlinghes en quenouille. Or fut	ITTE , fille de Geoffroy IV , & fœur du Boffu , mariée , ce difent leurs Chroniques , à	EUSTACHE , Comte de Boulongne , mari d'Itte , fille de Geoffroy IV , Duc de Lorraine , & adopté par ledit Geoffroy.

Et parcequ'il y a encore interruption ici , ils la fuppléent derechef par adoption comme deffus , difant que ceft Euftache fut adopté par Geoffroi le Boffu pour fils par confentement de l'Empereur en époufant Itte , fa fœur & par cefte adoption voudroient entendre que les droits & prétentions de la maifon de Clodion font entés en lui & en fes hoirs. Et pour éviter à l'objection qu'on pourroit faire que le droit des Clodions feroit efteint par un fi long efpace de tems , & fpécialement par l'intervention & autorité du Pape , qui auroit déclaré Charlesmagne , & fes hoirs légitimes Rois de France : pour conjoindre de rechef ces deux droits des Clodions & des Carlinghes enfemble , ils font venir cet Euftache , de la race de Charlesmagne , tant de par fon pere , comme de par fa mere , comme il s'enfuit ,

à favoir ,	à favoir ,
De par fon pere EUSTACHE LE CLAIR-voyant , par une fille de Charles le Chauve.	Et par fa mere MARIE , fille du Comte Henri de Louvain , par Gerberghe fille de Charles Duc de Lorraine , fpolié par Hue Capet ,
En cette forte.	En cette forte.

CHARLES-MAIGNE,

LOYS LE DEBONNAIRE,

CHARLES LE CHAUVE,

JUDITH, fille de Charles le Chauve, femme de Baudouin le Ferré, Comte de Flandres.

BAUDOUIN LE CHAUVE, fils dudit Baudouin le Ferré & de Judith,

ALPHONSE, dit Hannequin, frere de Baudouin III, Comte de Flandres.

RANIER,

GUIDON,

BAUDOUIN,

EUSTACHE LE CLAIRVOYANT, ou OCULATUS.

EUSTACHE, Comte de Boulongne, mari d'ITE.

CHARLES-MAIGNE,

LOYS LE DEBONNAIRE,

CHARLES LE CHAUVE,

LOYS LE BEGUE,

CHARLES LE SIMPLE,

LOYS QUATRIEME,

LOTHAIRE.

CHARLES, Duc de Lorraine, fils puisné de Louis IV, Roy de France, & frere de Lothaire, lequel fut vaincu & destitué de son esperance par Capet.

GERBERGHE, fille de Bone & de CHARLES susdit, sœur d'OTHO, laquelle Bone étoit, disent-ils, de la race de Clodion, & fust ceste GERBERGHE, mariée

à

LAMBERT LE BARBU, Comte de Louvain, pere de MARIE mere d'EUSTACHE, Comte de Boulongne.

Et par ainsi demeure cest EUSTACHE de Boulogne, à leur conte, Héritier par adoption de la maison & droits des Clodions, & par ses pere & mere héritier de la maison & droits de Charlesmagne, c'est-à-dire, de la Couronne de France, & afin qu'on voie que l'Auteur ne prétend pas avoir remarqué ces Généalogies pour néan, ains qu'il y entend finesse, il se formalise fort & souvent de ce qu'on ne croit point ceste Généalogie d'Eustache comme en ces mots : » Telle est la Généalogie » d'Eustache, qui fait mal au cœur à beaucoup de gens, car à la vérité de costé de » pere & de mere il est issu de Charles-maigne. En un autre endroit. » Quelques- » uns dissimulent cecy, voulant dire que cest Eustache ne venoit de si haut lieu, & » je voudrois que ces calomniateurs fussent punis comme ils le méritent.

De ce mariage d'Eustache Comte de Boulongne & Itte, sortent quatre freres,

GODEFROY DE BOUILLON, BALDUIN, EUSTACHE & GUILLAUME,

qui furent Ducs de Lorraine l'un après l'autre, & le premier, au voyage de Terre saincte prit les armes qu'ils portent ; mais les trois premiers n'ayant point d'enfans

(encore que les Annales de Lorraine en donnent à Baudouin) , revint la succession à Guillaume , Baron de Joninville , quatrieme fils , & à ses descendans ,

en ceste façon.

EUSTACHE, Comte de Boulongne , Mari d'ITTE.

GODEFROY BALDUIN. EUSTACHE.
DE BOUIL-
LON.

GUILLAUME , son quatrieme fils , Baron de Joninville , & héritier de ses trois freres *

THÉODORIC ,
SIMON PREMIER ,
MATTHIEU PREMIER.

Et en un autre en-droit (en un Sommaire devant le Tome IV) l'Auteur fait entendre la chose plus claire , à savoir que directement Geoffroi le Bossu , mou-rant sans Enfans , adop-ta Godefroi de Bouil-lon , Fils de Geoffroi IV , Fils de Gothelo &c. , c'est-à-dire , pro-cedant directement de la lignée des Clodions , & son Pere propre.

SIMON II mourut sans hoirs , ou bien les mit en Religion.

FÉDERIC I , frere de Simon.

THIBAULT I mourut sans hoirs.

MATHIEU II , fre-re de Thibaut I , & le plus jeune des en-fans de Féderic I.

FÉDERIC II.
THIBAULT II.
FÉDERIC III.
RODOLPHE.
JEAN.
CHARLES II , le-quel de Marguerite , fille de l'Empereur Robert , eut

YSABEAU , la-quelle fut mariée à RENÉ , Duc d'An-jou , de Calabre & de Provence.

ſ Et par ainsi défaut ici la ligne masculine de Eustache , Comte de Boulongne , & tombent ces droits en quenouille en la Maison d'Anjou , ès successeurs de ce René , sang de France , à savoir issu de Louis d'Anjou , fils du Roi Jean II , & suivent

RENÉ , Duc d'Anjou , mari de YSABEAU , Héritiere de Lorraine.

JEAN ,
NICOLAS , mourut sans hoirs & sans amis , & lui succeda sa tante Yolan-de

YOLANDE , laquelle son pere René , étant vaincu en guerre & pris prisonnier par Philippes de Bourgongne , auquel étoit associé Anthoine Comte de Vaude-mont , permit pour être plus aisément dé-livré de prison , être mariée à FÉDERIC , fils dudit Anthoine.

Et ainsi suivent

FÉDERIC, Comte de Vaudemont,   YOLANDE, Duchesse de Lor-
mari de   .   .   .   .   raine,

RENÉ, leur fils, Duc de Lorraine de par sa mere, & Comte de Vaudemont de par son pere, auquel Charles huictieme défendit prendre tiltre
de Roy. Cestui-cy eut deux femmes, la premiere fille du Comte de Tan-
carville, qu'il répudia pour cause de stérilité ; la seconde, nommée Philippe, fille d'Adolphe Duc de Gueldres, dont il eut douze enfans ; entr'autres

ANTHOINE, Duc de Lorraine &c.   CLAUDE, Comte de Guise,
& de Bar,
    FRANÇOIS, Duc de Guise,
FRANÇOIS, fils d'Anthoine ;
    HENRY, Duc de Guise à pré-
CHARLES III, à présent Duc de   sent.
Lorraine,

ET ainsi est à présent la Duché de Lorraine en la maison de
Vaudemont. Or après tant de changemens de la maison des
Claudions en la ligne masculine des Carlinghes par le mariage
de Bone, & de la lignée des Carlinghes en celle des Clodions
par l'adoption de Geoffroy le Barbu, & de la lignée du Barbu
en celle des Comtes de Boulongne par le mariage d'Itte, & des
Comtes de Boulongne en la maison d'Anjou par le mariage
d'Ysabeau, & de ceux d'Anjou en la maison de Vaudemont
par celuy d'Yolande, sembleroient ces belles & Royales pretentions respandues pour avoir tant esté versées d'un vaisseau
en autre, n'estant plus question, long temps a, ny du costé
paternel ni du costé maternel, de Clodion, ny de Charles maigne, mais seulement de la maison de Vaudemont. Mais pour
tollir ces difficultez, ceux de Vaudemont à présent Ducs de
Lorraine, & Comtes ou Ducs de Guise, sont encore, dient-ils,
de la maison de Charlesmaigne, à sçauoir, d'autant qu'ils se
dient venus de la maison des Comtes d'Alsatz & iceux de
Conrad l'Empereur, issu de la race de Charlesmaigne. Maintenant que tout ceci soit dit pour cause, à sçauoir pour réveiller
les prétensions de ceux de Lorraine sur le sang de nos Rois
issus de Capet, l'autheur le monstre assez en toute la procedure :
car comme il a vilipendé tant qu'il a peu Merovée chef des
Merovingiens, par lequel ils se dient frustrez du Royaume de
France, devant presque qu'il fust esclos : Ainsi ne se peut-il
tenir de se dégorger contre Hue Capet, & de denigrer toute la
lignée. (Ce Capet donc, dit-il, fut un tyran, qui usurpa sur
Charles Duc de Lorraine & les siens la Couronne de France

par

par force & par fraude, & non content de l'avoir mis prifonnier à Orleans, le fit miférablement mourir, avec Loys & Charles fes enfans, qu'il avoit eus d'Agnès fa feconde femme. Et fi
puis apres vous lui demandez fon origine, au lieu qu'il tire les
autres tout couronnés du ventre du cheval de Troye, il vous
fait venir Otho, grand oncle de Capet, d'un pauvre Witichind
banni de Saxe, & le vous amene fus un bidet en France, avec
un petit valet & une malette, & prend fi grand plaifir à répéter
ce conte, qu'il femble, s'il eftoit à fon choix, qu'il auroit bien
toft reduict nos Rois à ce train là. Et comme en fes Epitaphes
faicts à plaifir, qu'il ajoufta fur la fin de fon livre, il avoit
faict parler cet Alberic Duc de Mofellane, qu'il prétend fpolié
par Merovée en ces vers :

1580.

Discours
sur le Droit
pret. des
Guises.

Quæres, Alberi, quæ fata parant, fili,

Tantum diffidium, ne imperio patris
Illuftratus agas, quod rapiunt truces
Mervingi ?

Auffi introduit-il Charles Duc de Lorraine appellant tous les
Princes de la Terre à garant contre Capet & les fiens, en ces
mots :

Huc huc adefte fortes quique Principes,
Huc advolate, quæfo, Reges ac Duces,
Ecquis feret veftrum, fati infolentiam? &c.
Capetus ille invafor Regni Gallici,
Lothario Francorum Rege mortuo,
Heu ! me fatum quidem antiqua profapia
Quodnam illius magni ac infignis Caroli
Armis volens procul expellere, &c,

dont la conclufion eft,

Unum mihi fupereft ut vendicem Deum
Expectem in hifce anguftiis.

comme s'il vouloit dire avec Didon & Virgile,

Exoriare aliquis noftris ex offibus ultor.

Je fais infinis mots qu'il jette à la traverfe au mépris de la

race des Capets ; pareillement les pretentions sur Anjou, Provence, Naples &c. prejudiciables à ceste Couronne, & qu'il
debat tant qu'il peut. Mais les louanges qu'il donne à ceux de
Guyse de nostre temps, au mespris de nostre Roi, ne se peuvent
aucunement dissimuler. (Les affaires de France, dit-il, alloient
fort bien sous le Gouvernement du Cardinal de Lorraine ; mais
depuis sa mort, Henri à present regnant, entra en mauvaise
opinion contre ses sujets, parceque tost apres avoir esté sacré
par le Cardinal de Guyse, negligea les affaires publiques, s'a-
musa en ses menus plaisirs, & se gouverna à sa teste, qui sont
toutes choses qui amollissent & rabaissent le cœur d'un Roi, &
par ce moyen commença la France à se rider, & toutes choses
à pancher vers la ruine.) Parlant de feu Monsieur le Prince de
Condé (Il faisoit, dit-il, tout ce qu'il pouvoit pour parvenir
à la tyrannie.) Item apres la mort du Roi François deuxiesme
on le laissa aller sans chastiment lui & tous les complices de
sa meschanceté ; & de Monseigneur & du Roy de Navarre, il
n'en parle guere plus sobrement. A quoy tout cela ? sinon pour
declarer le Roy, par faincantise, les Princes de son sang, par
rebellion, indignes de jamais tenir la Couronne, afin, comme
leurs prescheurs ont crié assez pleinement, que chacun jette
les yeux en ses miseres, qui sont aux hommes aiguillons à nouveautés, vers ces pretendus rejettons de Charlesmaigne.

Or ai-je ici entrepris seulement de declarer le but de l'Autheur en son livre, & de ceux qui l'ont fait imprimer ; & qui
prendra la peine de le lire, y en remarquera bien davantage.
Mais afin que personne ne s'abuse, j'examinerai en peu de mots
les fondemens de cette succcession.

Il tire ses Ducs de Mosellane du cheval de Troye avec les
Francons. En quelle histoire digne de foi a-t-il trouvé cela ? Il
fait, apres, Alberic Duc de Mosellane fils de Clodion le Chevelu, dépouillé du Royaume de France par Merovée. Où peut-
il monstrer cela, sinon en quelques Genealogies supposées de
Lorraine, encore que sur la fin de ses contes, il cotte plusieurs
autheurs pour leur donner lustre, qui n'en dient pas un mot ?
Et que dira-t-il aussi aux Historiens qui font Merovée fils legitime
de Clodion ? Et comment pouvoit-ce estre autre que l'aisné, s'il
estoit si âgé, que de pouuoir estre, comme il dit, Tuteur
d'Alberic ? Mais qui plus est, comment pourra se plaindre Alberic
d'avoir esté spolié de la Couronne de France, si nous croyons
les meilleurs Historiens, qui dient que Merovée fut le premier

des Francons qui eut titre de Roi en France? Accordons leur maintenant tous leurs contes, depuis Clodulphe Duc de Mosellane, jusques à Bone femme de Charles Duc de Lorraine, comment luy aura-t-elle apporté en mariage le droit de Clodion, vu que la Loi Salique exclut les femelles du Royaume, laquelle mesme a eu son origine des Francons, & comme nous lisons en la préface, des Conseils mesme de Pharamond? Accordons aussi que Charles Duc de Lorraine ait esté privé à tort de la succession de Charlesmaigne par Hue Capet & les descendans, comment en descendent-ils vu qu'ils accordent qu'Otho, son Fils unique, mourut sans enfans? & s'ils veulent admettre les filles, contre la Loy Salique, qu'ils nous monstrent pourquoi ceux de Lorraine doivent estre mis en la place de nos Rois, veu qu'ils tiennent qu'ils descendent par une mesme fille. Que s'ils se veulent tenir à Geoffroy le Barbu Comte d'Ardenne adopté par Otho, qu'est-il donc besoin d'alleguer ces filles? & puis où trouvent-ils ceste adoption, & où fut elle jamais homologuée, & comment oseront-ils dire, que lors on pensât à l'étendre jusques à la Couronne de France? Et quant à celle d'Eustache de Boulongne, qui n'en voit la fausseté manifeste, vu qu'ils n'en peuvent produire ni tiltre ni autheurs, & sont mesme en doute, qui fut Godeffroy de Bouillon, & si il fut lui mesme qui fut adopté par Geoffroy le Bossu, ou bien cest Eustache? Ce qu'ils prennent aussi tant de peine à prouver que cest Eustache estoit de costé paternel & maternel, issu de Charlesmaigne, à quoy peut-il servir, puisque ce n'est que par filles; si n'est qu'en renversant la Loi Salique nous voulions exposer le Royaume en proie non aux Lorrains seulement & aux Ardennois, mais à toutes les familles de l'Europe qui ont eu Alliance à la maison de France? Et quant encore Ysabeau vint à épouser René d'Anjou, & Yolande Federic Comte de Vaudemont, qui pourra donc dire qu'elles aient transferé en leurs hoirs de Lorraine & de Guise les droits de Clodion & de Charlesmaigne, qu'elles ne pouvoient elles-mesmes avoir, ni aussi transporter, ores qu'elles les eussent eus? Or ce sont cependant les fables dont ils repaissent le peuple, en denigrant tant qu'ils peuvent nostre Loi Salique, comme fausse & controuvée tout à propos : comme ainsi soit toutes-fois, qu'ores mesmes que ce qu'ils pretendent fust vray, qui est tres faux, depuis qu'un Estat est affermi en une maison, par vocation legitime, par une approbation de l'Estat & du peuple, mesme par tant de centaines

d'années, ce ſoit un ſigne évident que Dieu a transferé le Royaume en ceſte maiſon là, contre lequel en vain on s'efforce, &
à l'arreſt duquel, les peuples ſont tenus d'acquieſcer. Mais par
ce que maint droict bien liquide eſt demeuré derriere, faute
d'une armée, & maint tort eſt venu au deſſus du droict, parce
qu'au bout de ſes allegations il avoit des forces pour l'authoriſer,
le principal eſt d'empeſcher qu'ils n'accompagnent leurs fraudes
de forces & meſmes des noſtres propres, ce qui advient bien
ſouvent apres les miſeres des guerres civiles, qui rendent le
peuple impatient en ſon eſtat préſent, & affamé de nouveautés.
Or j'ai bien voulu envoïer ce diſcours à V. M. non pour icelle ſeulement, mais pour ceux qui y ont le principal intereſt,
& qui auront peut-eſtre ceſte querelle à demeſler en leurs temps,
ou la lairront trop forte à leurs ſucceſſeurs, s'ils n'y pourvoient.
Et je prie Dieu qu'il leur donne bon conſeil pour ſa gloire,
pour la conſervation de leur grandeur, & pour le bien de leur
pauvre peuple. Amen.

VRAIE DECLARATION

De l'horrible trahiſon de GUILLAUME PARRY *contre
la Reine d'Angleterre, de laquelle il a été convaincu & executé par Juſtice; enſemble pluſieurs Lettres, tant ſiennes qu'autres, pour plus grande vérification de ſadite trahiſon.
Le tout traduit d'Anglois en François, ſuivant la Copie
imprimée à Londres.*

AVERTISSEMENT AU LECTEUR.

IL eſt expédient tant pour la gloire de Dieu que pour la conſervation des
Royaumes, que les trahiſons, que Dieu deſcouvre par ſa providence les faiſant retomber ſur les teſtes meſme des traiſtres, ſoient connues, à fin que
tous & notament les Grands qui ſont plus aguettés par tels orages apprennent d'un côté à ſe fier en lui, & d'autre à ne le tenter, ains ſe rendant ſages
par les exemples qu'il leur met devant les yeux, apprennent à ſe donner garde de ceux qui s'approchent d'eux. Et ce d'autant plus que ce ſiecle malheureux eſt effronté en trahiſons & empoiſonnemens. Car ce qui nous devroit
faire ſages en bien, à ſavoir non-ſeulement la lumiere céleſte que Dieu a eſ-
pandüe en ces derniers tems, mais auſſi pluſieurs inventions de choſes bonnes, & comme le comble des ſciences & arts, tout cela nous eſt fait poiſon

par noftre grande malice : & la honte naturelle qui contenoit les hommes en bride du tems des ténebres , condamnera le grand favoir de plufieurs de ce fiecle pervers , qui ne s'appliquent qu'à obfcurcir la vérité & à renverfer toutes chofes bonnes. Etant fages , comme dit le Prophete , à mal faire , mais n'entendant rien à bien faire. Car voici le but de l'Antechrift , & de tous fes fuppofts Jéfuiftes , & autres fes favans fuppofts de renverfer aujourd'hui les Royaumes par toute la Chreftienté. Car fe voulant fervir de ceux qui adherent encore à leurs menfonges pour anéantir ceux qui en ont fecoué le joug , il ne peut eftre qu'enfin ils ne fe confument les uns les autres , comme le bafton en frappant fe rompt foi-mefme. Mais là où ils ne peuvent par force ouverte , là ils tafchent par fineffes & trahifons , comme depuis vingt-fix ans en-ça , ils n'ont jamais ceffé de braffer trahifons fur trahifons contre le très heureux & fleuriffant Royaume d'Angletere , qui n'a jamais efté heureux que depuis qu'il a fecoué le joug de l'Antechrift (5). Mais Dieu a toujours miraculeufement préfervé la très fage Reine , donnant ample matiere de loner & admirer fa providence : comme particulierement auffi en cette trahifon derniere , qui eft d'autant plus à remarquer qu'elle eft évidemment fortie de la Boutique du Pape , & des Jéfuites : de laquelle auffi il recommence à en faire fouldre d'autres , comme auffi Dieu par fa providence à les defcouvrir , comme nous le pourrons voir en fon tems. Nous vous prions donc qu'en la lifant vous en faffiez votre profit à la gloire de Dieu & à la confufion de l'Antechrift ; qui eft tout ce que nous defirons.

CÉ Guillaume Parry étoit homme de baffe lignée (6) , mais d'un efprit fier & hautain fe faifant beaucoup plus grand que fa condition ne pouvoit porter , après avoir mené long-tems une vie débordée & diffolue , & commis un acte de grand outrage contre Hugues Hare , Gentilhomme du Temple intérieur , avec intention de le tuer dans fa chambre (pour lequel fait , il fut juftement convaincu) , fe voyant condamné de tous gens de bien pour cetui & autres fiens méfaits , laiffa fon païs naturel & s'adonna à voyager par les païs étrangers , là où il quitta l'obéiffance qu'il devoit à Sa Majefté , & s'eftant reconcilié au Pape , fe foumit à lui. (7) Depuis ayant eu conférence avec des Jéfuiftes , & autres telles gens , il conçut une trahifon des plus déteftables ,

(5) C'eft-à-dire depuis l'avénement d'Elifabeth au Thrône d'Angleterre en 1558 , parceque cette Reine fignala les commencemens de fon regne par la protection ouverte qu'elle accorda à la prétendue réforme que la Reine Marie , qui étoit Catholique avoit abbaiffée autant qu'elle l'avoit pu. L'Auteur de cette relation fait ici à l'Angleterre un honneur de ce qui l'a comblé de honte ; & il auroit eu bien de la peine à prouver ce qu'il ofe avancer que ce Royaume a été conftamment heureux depuis qu'il a abandonné la vraie Religion.

(6) Rapin Thoyras dit au contraire , dans fon hiftoire d'Angleterre Livre XVII an. 1584 , que Guillaume Parry étoit un Gentilhomme du païs de Galles , & Membre de la Chambre baffe du Parlement. Voyez au même endroit toute l'hiftoire de fa confpiration.

(7) Rapin Thoyras ne parle point de ce fait

qui étoit de tuer la Reine (laquelle Dieu veuille longuement
maintenir) : à quoi s'étant obligé tant par promesses , lettres ,
que vœux, s'en revint en Angleterre au mois de Janvier mil
cinq cent quatre-vingt trois avec délibération de l'exécuter : &
depuis ce tems - là , essaya par plusieurs fois à mettre à effet
cette maudite entreprise , faisant semblant néanmoins d'estre
des plus loyaux envers Sa Majesté.

Incontinent qu'il fut de retour en Angleterre, il chercha le
moyen d'avoir accès privé vers elle , feignant avoir quelque
chose de grande importance à lui révéler. Ce qu'ayant obtenu ,
voire si bien à propos qu'il la trouva un jour qu'elle estoit en son
Palais de Whithal , n'estant accompagnée que d'un seul Conseiller , lequel aussi pour estre un peu éloigné d'eux ne pouvoit
entendre leur conférence , il commença à descouvrir à Sa Majesté
(déguisant néanmoins le faict autant finement qu'il lui estoit
possible) une partie de la conférence & procédure qu'il avoit
tenue avec lesdicts Jésuites , & autres Ministres du Pape , &
notamment avec Thomas Morgan Anglois fugitif demeurant
à Paris , lequel plus que nul autre lui auroit persuadé cet attentat vraiment diabolique (comme il apert par sa confession volontaire couchée ci-après), faire à croire cependant à Sa Majesté , que ce qu'il avoit ainsi pratiqué avec les Jésuites , & Ministres du Pape , n'estoit à autre fin que pour descouvrir mieux les
menées dangereuses qui eussent pu estre attentées contre elle
tant par ses sujects rebelles ès païs estrangers , qu'autres personnes
malicieuses : combien que depuis on a manifestement apperçu
tant par sadite confession , que par ses pratiques avec Edmond
Nevil Escuyer (8), que ce qu'il a ainsi subtilement desguisé le faict
devant Sa Majesté , c'estoit pour se rendre le chemin plus aisé
à l'exécution de ce sien malheureux dessein.

Et combien que sadite Majesté pût justement proceder à la
punition d'un tel sujet, qui avoit tant osé que d'entreprendre
la mort de son Prince , voire avec serment & vœu (comme lui-
mesme confessoit avoir fait), ce néanmoins telle a esté sa clémence envers lui qu'au lieu de le punir, elle le traita très gra-
cieusement , permettant non-seulement d'avoir accès vers Sa
Majesté , mais aussi conférence privée , lui offrant outre cela une
récompense très grande pour opinion qu'elle avoit conçue de sa
fidélité , comme si son intention eût esté de lui faire service

____

(8) Newil , qui prétendoit estre héritier de Charles Newil , dernier Comte de West-
morland de cette Maison.

agréable ainſi qu'il proteſtoit. Ce que à peine quelque autre Prince n'euſt voulu faire, mais elle ſeroit marrie de traiter rudement
un ſujet faiſant proteſtation de loyauté envers Sa Majeſté, comme lui le faiſoit.

Outre cela de peur qu'il n'encourût la haine des bons &
loyaux ſujets du Royaume (la main deſquels il n'euſt ſçu jamais
eſchapper ſi ſon entrepriſe malheureuſe leur euſt été une fois re-
vélée) Sa Majeſté la céla toujours ſans la communiquer à perſonne juſques à ce que lui-meſme l'eut deſcouverte à un de ſes Conſeillers, & que ce fut choſe aſſez connue qu'il avoit taſché d'attirer Nevil pour en eſtre participant. Exemple rare, qui montre
pluſtoſt la bonté ſinguliere de Sa Majeſté, & de ſon naturel
vraiment royal, que non pas la prévoyance (s'il eſt licite à un
ſujet de cenſurer ſon ſouverain) qui doit eſtre en un Prince &
perſonne de telle qualité & prudence qu'eſt Sa Majeſté. Et comme ici ſe voit la bonté de Sa Majeſté en un fait ſi rare & de ſi
grande conſéquence, eſtant queſtion de ſa propre perſonne roïal-
le, auſſi voit-on de l'autre coſté la grande malice de Parry juſques au plus haut dégré, lequel nonobſtant tant de bénéfices,
non-ſeulement taſcha de perſuader à Nevil d'eſtre participant de
cette meſchante entrepriſe, mais meſmes l'en importuna grandement, comme Nevil l'a confeſſé, diſant le faict eſtre loiſible
voire honorable & méritoire, & en ſomme n'omettant rien qui
le puſt induire à y conſentir.

Mais Dieu par ſa grace (qui a monſtré par pluſieurs témoi-
gnagnes le ſoin particulier qu'il a eu de Sa Majeſté, meſme dès
le berceau) toucha le cœur de Nevil pour lui revéler l'affaire :
lequel choiſit pour ce fait un loyal Gentilhomme de la Cour,
& de bonne qualité, auquel le lundi huitieme de Février dernier il déclara tout au long tout ce qui s'eſtoit paſſé entre Parry
& lui, ce qu'incontinent ledict Gentilhomme manifeſta à ſadite Majeſté. Surquoi Nevil fut examiné par l'Earle (9) de Lei-
ceſtre & le ſire Chriſtophe Hatton ce ſoir meſme, auſquels
ledit Nevil affirma conſtamment tout ce qu'il avoit auparavant
déclaré audit Gentilhomme.

Dequoi Sa Majeſté, monſtrant une magnanimité & conſtance ſinguliere & digne d'une telle Princeſſe, ne s'eſtonna point,
nonobſtant la rareté du fait & horreur d'une entrepriſe ſi déteſ-

---

(9) Earl ſignifie Comte, & ſe prend auſſi
pour Gouverneur. Voyez la diſſertation ſur
le gouvernement des Anglo-ſaxons, dans
le Tome I de l'Hiſtoire d'Angleterre de M. de
Rapin-Thoyras, derniere Edition pag. 500.

table, tendante mesme à lui oster la vie (chose notamment apperçue & remarquée par le Conseiller qui estoit présent lors
que Parry après son retour en Angleterre descouvrit premierement l'entreprise à Sa Majesté, lequel ne l'apperçut non plus
esmue & estonnée en sa contenance que s'il lui eust rapporté
quelque bonne nouvelle.) Ce qui monstre évidemment comment elle se repose du tout sur la protection & sauvegarde de
Dieu. Ainsi Sa Majesté continuant sa clémence singuliere donna ordre que le lundi mesme sur le soir Parry, ne sçachant pour
quelle raison, fut mené en la maison de M. le Secretaire à Londres. Lequel suivant la charge qu'il avoit reçue de Sa Majesté,
donna à entendre audit Parry que, vu la bonne affection qu'il
lui portoit, & l'assurance aussi que Parry se disoit toujours avoir
en lui, elle l'avoit notamment choisi pour traiter avec lui d'une
affaire qui attouchoit grandement Sa Majesté, ne faisant doute
qu'il ne s'acquittast de son devoir envers elle selon la grande affection qu'il avoit toujours monstré lui porter.

Sur ce donc, il lui commença à dire que Sa Majesté l'avoit ad-
verti qu'il se démenoit quelque entreprise contre sa personne,
de laquelle il estoit vrai-semblable que Parry en estoit participant, vu la grande fiance que plusieurs de ses plus mal affectionnés sujets avoient en lui, & que partant son plaisir estoit que
Parry lui déclarast tout ce qu'il auroit pu connoistre de ce fait,
& sçavoir si lui-mesme en auroit tenu quelques propos à
aucun (quant ce n'eust esté qu'en intention de voir & sonder son
affection) qui le put tirer lui-mesme en aucune suspicion d'en
estre participant. Ce que Parry nia totalement avec grandes
protestations au contraire. Sur quoi Monsieur le Secretaire,
pour l'induire d'autant plus à se comporter franchement &
rondement en une chose de si grande importance, lui déclara qu'il y avoit un Gentilhomme de qualité autant pour le
moins ou plus que lui, & qui plus est son ami plutost qu'ennemi, qui lui maintiendroit en face. Ce nonobstant Parry persévé-
roit toujours à le nier obstinement comme auparavant, & à
maintenir son innocence, ne voulant aucunement accorder qu'il
eust jamais esté participant d'une telle entreprise. Et ayant
couché ceste nuict là en la maison de Monsieur le Secretaire,
le lendemain matin demanda fort à en communiquer encore
davantage avec lui. Ce qui lui estant accordé il declara avoir
souvenance qu'il auroit quelque fois tenu propos à vn Nevil
son parent (ainsi le nommoit-il) touchant un poinct de doctrine

trine contenue en la response faite au livre intitulé, *l'Execution de la Justice en Angleterre* : par lequel livre est prouvé que pour l'avancement de la Religion Catholique, il est loisible d'oster la vie à un Prince (10); mais que quant à lui il n'avoit jamais tenu propos d'aucune entreprise contre la personne de sa Majesté. Laquelle obstination à nier ainsi, voire à deux diverses fois, la chose (vu l'ouverture qu'on lui en avoit faite), monstre évidemment tant la justice que la providence de Dieu. Sa justice en ce que (quoique ce fust un homme de bon esprit) jamais pourtant ne s'est point advisé de destourner le soupcon & danger que l'accusation de Nevil lui eust pu causer, pour dire qu'il lui auroit proposé cela pour le sonder tant seulement, ce qu'il eust bonnement pu dire : car Nevil confessa à Monsieur le Secretaire avoir trouvé Parry comme un homme du tout transporté, ce qui lui eust pu grandement servir pour se purger du faict. Sa providence, en ce que par sa bonté il n'a pas voulu qu'un homme si dangereux & meschant échapast pour destourner par ce moyen le peril éminent de la personne de sa Majesté.

Ce jour mesme Parry fut mené à la maison de l'Earle de Leycestre, & examiné par plusieurs fois en la présence dudit Seigneur, & de messieurs les Vicechambellan & Secretaire : mais il persista tousjours à nier tout ce qu'on luy mettoit à sus. Surquoi Nevil y estant appellé, lui maintint en face l'accusation susdite. Ce nonobstant il nia tousjours, & au lieu de le confesser, s'opposa avec grande insolence audit Nevil, comme à celui auquel on ne devoit point ajouster foi, disant que son nenni valoit autant que l'oui de Nevil, lui reprochant au reste cette accusation comme un crime. D'autre costé Nevil persistoit constamment à le maintenir comme auparavant, alleguant plusieurs circonstances vraisemblables de temps, lieu, manieres de leurs conferences ensemble, & autres tels accidens qui leur survinrent au maniement de cette affaire. Sur quoi Parry fut mis en la Tour; & fut commandé à Nevil par les susdits Seigneurs de coucher par escrit de sa propre main tout ce qu'il avoit auparavant confessé de bouche : ce qu'il fit en la forme qui s'ensuit.

---

(10) C'est une calomnie; jamais la Religion Catholique n'a conseillé la révolte. M. Arnauld, dans le Tome I de son *Apologie pour les Catholiques*, démontre au contraire que les Livres composés contre la souveraineté des Rois ont toujours été détestés des vrais Catholiques.

*Dépofition d'EDMOND NEVIL, du dixieme de Février mil
cinq cent quatre-vingt & quatre, fignée de fa propre main.*

L'Esté dernier Guillaume Parry après avoir efté refufé en la
pourfuite du Gouvernement de Sainte Catherine, bientoft
après commença à frequenter mon logis aux Carmes, fe monf-
trant mal-content & grandement indigné contre fa Majefté, &
tafchoit à me perfuader que durant l'eftat prefent je n'aurois
jamais contentement. Mais je vous connois, dit-il, homme de
race honorable & d'entreprife, & partant fi vous me voulez
affûrer de vous joindre avec moi, ou pour le moins de ne me
defcouvrir point, je vous monftrerai le feul moyen de vous
avancer. Ce que lui ayant promis, il m'affigna de l'aller trouver
le lendemain en fa maifon en la rue de Futerlane, là où me
trouvant comme de couftume je le trouvai encore au lict, &
partant ayant fait retirer fes ferviteurs, me commença à parler
en la façon qui s'enfuit. Milord, dit-il (car ainfi m'appelloit-il)
je protefte devant Dieu, qu'il ya trois raifons qui m'ont principalement efmu à mettre la main à cette affaire que je vous
vais maintenant dire : le reftabliffement de la Religion Romaine, l'avancement du tiltre d'Efcoffe, reftabliffement de la
Juftice qui eft grandement corrompue en ce Royaume. La deffus
il commença à me faire difcours des places qui feroient plus
propres pour occuper, afin de donner entrée à telles forces
eftrangeres qui feroient les mieux venues pour l'avancement des
entreprifes qu'il faudroit attenter. Et par tels difcours le temps
fe paffa jufques à l'heure du difner, & apres chacun s'eftant
retiré il reprit fes premiers propos ; & fi je ne me trompe,
nous pourrions, dit-il, empefcher les Navires de la Reine, de
fortir de la Riviere en prenant le chafteau de Quinborough.
A quoi voyant que je ne lui repliquois rien, il me prit par la
main, & me dit en la fecouant, encore n'eft-ce rien que cela :
car fi nous eftions bien refolus, il y a une entreprife de beaucoup
plus grande importance, & beaucoup plus aifée à faire, qui fera
certes un acte honorable, & qui merite tant envers Dieu qu'envers les hommes. Ce que me voyant defireux d'entendre, il
n'eut point de honte de me dire tout ouvertement que c'eftoit
de tuer fa Majefté : en quoi, dit-il, fi vous me voulez aider,
il me couftera la vie, ou je delivrerai mon païs de fon inique
& tyrannique gouvernement. Defquels propos me voïant eftre

offenfé, il me demanda fi je n'avois point lu le livre du Docteur Alain, (11) duquel auffi il allegua une auctorité. Je refpondis
que non, & que je ne croyois pas à cette auctorité là. Bien,
dit-il, mais que direz vous fi je vous montre une meilleure
auctorité que cette-cy, à fauoir une pleine difpenfe de la tuer,
donnée à Rome mefmes, par laquelle verrez que c'est un acte
méritoire, comme j'ai des-ja dit. Bon coufin, dis-je lors, quand
vous me l'aurez monftrée, je la trouverai certes fort eftrange.
Car je verrai eftre eftimé meritoire ce que les autres tiennent
pour damnable. Bien, dit-il, fais moy ce plaifir tant feulement
que d'y penfer entre cy & demain, & fi un certain perfonnage
est en cette ville, je ne faudrai de le vous faire voir : que s'il
n'y eft point pour cefte heure, il y fera dans cinq ou fix jours ;
& lors s'il vous plaift me venir trouver en la rue des Chanoines, nous y pourrions prendre le Sacrement pour affurance
de fidelité de l'un à l'autre, & alors je vous defcouvrirai tant
le faict que celui qui l'ofera attenter. Sur quoi je le priai d'y
bien penfer comme à une chofe de tres-grande importance,
tant pour le regard de l'ame, qu'auffi du corps. Pluft à Dieu,
dit-il, que vous fuffiez auffi refolu en ceci que je fuis, car
fans doute vous feriez lors fervice agreable à Dieu.

Huit ou dix jours apres (fi j'ai bonne memoire) m'eftant
venu voir en mon logis en Hernfrents en Holborne comme
il fouloit, nous-nous allafmes pourmener aux champs, là où
il reprit fon propos, recommençant encores à parler de fa
refolution de tuer fa Majefté, l'eftimant indigne de vivre, &
s'efmerveillant de ce que j'en faifois fi grande confcience. Elle
a cherché, dit-il, voftre ruine & fubverfion totale. Pourquoi
donc ne tacherez vous auffi à vous revenger ? Il eft vrai ce di-
je, que ma condition eft bien dure, mais fi ne fuis-je pas pour
cela tant reduict à defefpoir que de me vouloir venger fur moi-
mefme, qui fera néceffairement la fin de cette entreprife, non
feulement deshonnefte, mais du tout impoffible. Impoffible,
dit-il, m'esbahis certes de vous, car en verité il n'y a rien plus

---

(11) Rapin Thoyras le nomme *Allen*.
C'eft Guillaume *Alain*, Cardinal, du titre
de Saint Martin aux Monts, appellé depuis
le Cardinal d'Angleterre, né d'une Famille
noble dans la Province de Lancaftre, zélé
défenfeur de la Religion Catholique ; mort
à Rome le 16 Octobre 1594. Il a compofé
un affez grand nombre d'ouvrages, dont on
peut voir le Catalogue dans Pitfeus, p. 792.
& fuiv. Celui dont il eft ici parlé, eft fa *Juf-
titiæ Anglicanæ confutatio* ; & c'eft le même dont l'Auteur de cette Relation fait mention plus haut. L'Ecrit réfuté eft de G. Camb-
den, & a pour titre : *Juftitia Britannica,
per quam liquet aliquot in eo regno cives
propter feditiones morte mulctatos effe, ne-
minem vero propter religionem aut ceremonias
Romanas.* 1584, 8°.

D ij

facile. Vous n'eftes point courtifan à ce que je vois, & partant
ne connoiffez point fa couftume, qui eft de fe proumener
avec peu de train, & fouvent prefque toute feule au jardin.
Et lors j'ai accès fort facile vers elle, comme auffi vous en
pourriez avoir quand vous feriez connu en Cour. Il nous faudra
avoir une barque toute prefte à l'heure, pour viftement defcendre la riviere là où nous aurons un Navire preft pour nous
tranfporter fi befoin eft : mais fur ma tefte nous ne ferons point
pourfuivis jufques là. Je lui demandai lors comment il pourroit
fortir du jardin, car il ne vous fera point permis, dis-je, d'y
amener de vos gens, & les portes feront fermées, & encore n'y
pourrez vous pas porter piftolets, fans eftre foupçonné. Il ne me
chaut, dit-il, de piftolets, ma dague me fuffit ; & quant à me
fauver, ceux qui feront autour d'elle feront tellement empref-
fés qu'il me fera aifé de trouver moyen defchapper, pourvu
que vous foyez preft avec la barque pour me recevoir. Que fi
ceci vous femble dangereux pour la raifon que vous avez alle-
guée, attendons donc jufques à ce qu'elle vienne à Sainct Jaques ; & nous pourvoyons cependant d'hommes & chevaux
propres pour ce faict. Nous pourrons avoir chacun huict ou dix
hommes fans aucun foupçon : & pour mon regard, dit-il, je
trouverai de bons compagnons qui me fuivront fans qu'ils fe
doutent de mon entreprife. Autant d'hommes, dit-il, bien réfolus, & bien équipés, ayant chacun la couple de piftolets,
pourront beaucoup faire à l'improvifte, voire quand mefme
ils feroient cent hommes autour d'elle, il leur feroit impoffible
de la fauver. Car quand vous viendriez d'un cofté & moi de
l'autre, délafchant ainfi nos piftolets fur elle, ce fera un grand
cas fi l'un ou l'autre ne l'atteint. Mais quand ores les piftolets
nous defaudroient, je me mettrai tellement en devoir avec l'ef-
pée, qu'elle fera beaucoup fi elle m'efchappe Sur quoi, bon
docteur, dis-je, laiffez je vous prie cefte entreprife tant deteftable, & ne me parlez plus d'une chofe laquelle mon cœur a
tant en horreur. Pluft à Dieu que l'entreprife fuft honnefte,
car vous verriez lors s'il n'y a point de refolution en moi. Peu
de jours apres fa Majefté vint à Sainct Jaques, & fur cela un
matin (du jour il ne m'en fouvient) Parry commença encore
fon premier difcours pour tuer fa Majefté, tâchant de grande
affection & avec importunité de m'y attirer, me difant eftre
à fon avis le feul homme en Angleterre plus propre pour ce
faire, vu ma proueffe, ce difoit-il.

La deſſus je fis ſemblant de l'eſcouter plus volontiers qu'auparavant, penſant par ce moyen l'induire à deſcouvrir ſon intention à quelques autres qui avec moi euſſent pu ſervir de
teſmoins, ce que neantmoins je ne pus faire. Apres cela,
Samedi dernier qui eſtoit le ſixieſme de Fevrier, Parry vint
en ma chambre entre cinq & ſix heures du ſoir, demandant
parler à moi à part, & pour ce nous nous retiraſmes tous deux
vers la feneſtre, & d'autant que je lui avois dit auparavant,
que quelque homme docte que j'avois rencontré aux champs,
auquel ayant propoſé la queſtion, ſçavoir s'il eſtoit loiſible de
tuer ſa Majeſté, avoit reſpondu que c'eſtoit un acte du tout
vilain & damnable, & que j'euſſe à m'en déporter : ſur ce, Parry
deſira ſavoir le nom de cet homme docte, & ce qu'il eſtoit devenu,
diſant auſſi en ſe mocquant, c'eſt voirement un homme bien
ſage, & vous encore plus ſage de le croire : adjouſtant par
deſſus, mais je penſe que vous ne lui avez point dit que j'avois
quelque choſe de Rome ? Si en verité, dis-je. Sur quoi, je
voudrois, dit Parry, que vous ne m'euſſiez point nommé ne
que luy euſſiez dit que j'avois quelque choſe de Rome. Et ſur
ce il me perſuada fort inſtamment & par pluſieurs fois de paſſer outre Mer, promettant de me procurer ſauf-conduict au
païs de Galles, & de là en Bretaigne qui fut la fin de tous
propos. Mais dès-lors je me reſolus de ne le faire, ains de deſcharger ma conſcience, & luy révéler cette traitreſſe & abominable intention : Ce que j'ai fait en la forme que deſſus.

Signé, EDMOND NEVIL.

APRES cette confeſſion d'Edmond Nevil, Guillaume Parry,
eſtant examiné en la Tour de Londres l'onzieme de Fevrier
dernier, par le Lord Hunſdon lors Gouverneur de Barwichke,
le Sire Chriſtophe Hatton Chevalier Vicechambellan de ſa
Majeſté, le Sire François Walſingam Chevalier, premier Secretaire de ſa Majeſté, confeſſa volontairement de ſa propre
bouche ſans aucune contraincte, ſa dite trahiſon : laquelle depuis il coucha par eſcrit de ſa propre main, lui eſtant dans la
Tour, & l'envoya à la Cour le treizieſme de ce meſme mois
par le Lieutenant de la Tour. Les parties de laquelle confeſſion, la façon de laquelle il a procedé en ce fait, & la trahiſon
de laquelle il a eſté juſtement accuſé, ſont icy couchées de
mot à mot ſelon que lui-meſme les avoit eſcrites & ſignées
de ſa propre main l'onzieſme de Fevrier, mil cinq cent quatre-
vingt quatre.

Confeſſion volontaire de GUILLAUME PARRY *, ſelon qu'il
l'a écrite entierement de ſa propre main.*

LA confeſſion volontaire de Guillaume Parry Docteur és
Loix, maintenant priſonnier en la Tour, & accuſé de
trahiſon par Edmond Nevil Eſcuïer, laquelle confeſſion il avoit
promis avec toute Foi & humilité à la Majeſté de la Reine,
& ce pour l'aquit de ſa conſcience & devoir, tant envers Dieu
qu'envers elle.

*En la préſence de Milord Hunſdon, lors Gouverneur de Barwichke,
le Sire Chriſtophe Hatton, Chevalier, Vice-Chambellan, le
Sire François Walſingam, Chevalier, premier Secrétaire, du
treizieme de Février mil cinq cent quatre-vingt-quatre.*

PARRY.

EN l'année mil cinq cent ſeptante, je fus ſerviteur juré de
ſa Majeſté, depuis lequel temps juſques en l'année mil cinq
cent quatre-vingt je l'ai ſervie, honorée, & aimée avec auſſi
grande affection, promptitude, devotion, & aſſurance qu'aucun autre povre ſujet qu'elle euſt en Angleterre. En la fin de
cette année & juſques à la Sainct Jean de l'année mil cinq cent
quatre-vingt deux, je fus en peine pour avoir bleſſé un Gentilhomme du Temple. Et ce faict, je fus tellement tourmenté par
la pourſuite de deux grands Seigneurs (auſquels neantmoins
j'ai depuis n'agueres eſté grandement obligé) que je n'eus jamais
depuis cet an-là mon eſprit en repos. Voici le commencement
de mon malheur, & ici s'enſuit ma chûte tres miſerable.

Au mois de Juillet ſuivant je taſchay d'avoir congé de voyager par l'eſpace de trois ans, ce qui me fut facilement octroïé
pour quelques conſidérations. Ainſi au mois d'Aouſt je paſſai
la mer ſans eſpérance d'en retourner, pour autant qu'eſtant
ſuſpect quant à la Religion & n'ayant communié depuis vingt
& deux ans, je commençai à deſeſpérer de me pouvoir jamais
avancer en Angleterre. Je vins à Paris au mois de Septembre,
là où je fus reconcilié à l'Egliſe Romaine, & me deliberai de
vivre ſans ſcandale, ce d'autant plus que les Catholiques Anglois ſe méfioient de moi, comme ſi j'euſſe eu intelligence
avec le plus grand Conſeiller d'Angleterre. Je ne me arreſtai

gueres là, ains m'envins à Lyon (qui eft une ville marchande)
là où auffi je fus foupçonné, pourceque c'eft le paffage ordinaire de ceux de noftre nation de Paris à Rome.

De-là paffai à Milan , tant pour m'exempter du foupçon de
tous, qu'auffi pour quelqu'autre raifon : mais de là , pour ce
que le lieu eftoit dangereux (quoique j'y trouvaffe quelque
faveur) je m'en vins à Venife , après toutesfois avoir defchargé
ma confcience & m'eftre juftifié devant l'Inquifiteur quant à
laReligion. Là je m'accointai du *Pere Benedicto Palmio*(12),grave
& docte Jefuifte , & par la conference que j'eus avec lui de la
miferable condition des Catholiques en Angleterre , & par la
lecture du livre *de perfecutione Anglicana* , & autres difcours fur
le mefme propos, je penfai en mon cœur à un moyen qui euft
pu relever cet Eftat des Catholiques affligés, pourvu que par
l'avis du Pape ou des doctes Theologiens , cela fuft approuvé
ne prejudicier à la Religion , ni à la confcience. Je lui demandai fon avis là-deffus, par lequel il me rendit refolu, louant
ma devotion & me fortifiant en icelle, & quelque temps après
me fit cognoiftre à *Nuncio Campegio*(13) qui pour lors eftoit là
Refident pour fa Sainecteté. Depuis par fon moyen j'efcrivis au
Pape lui prefentant mon fervice , & lui demandant un paffeport pour aller à Rome, & retourner fûrement en France. La
refponfe vint du Cardinal *Como*, que j'y pouvois aller , & ferois
le bien venu : mais ne me fiant point à cela, je demandai
affurance plus ample, ce qui me fut auffi promis, mais elle ne
vint point durant mon departement pour retourner à Lyon ,
là où je promis de l'attendre quelques jours. Mais eftant defireux
de voir Rome, & n'y voulant aller qu'avec affûrance, je priai
Chriftophoro de Salaẓar Secretaire pour le Roi Catholique à
Venife, (lequel avoit oui dire quelque chofe de la dévotion
que je portois aux Catholiques affligés tant au païs d'Angleterre
qu'ailleurs) de me recommander au Duc *de Novaterra* , Gouverneur de Milan, & au Comte *d'Otivaris Embi* refident lors
pour le Roi fon maiftre à Rome, lequel promit de grande affection de le faire, comme auffi le fit-il. Ainfi je m'acheminai
vers Lyon, où me vint un tres ample paffe-port (mais un peu
trop tard) portant que je puffe aller & venir *in verbo Pontificis*

---

(12) Ce Jéfuite étoit de Parme. Il a paffé
en fon tems pour un grand Orateur. Il eft
mort à Ferrare en 1588 à l'âge de 75 ans.
Voïez Ribadeneira, *de fcriptor. Soc. Jef.*
pag. 30 & fuiv. Edit. de 1613 *in-8°*

(13) C'eft apparemment Jean - Baptifte
Campegge ou Campeggi, Evéque de Majorque qui fut un Prélat très favant.

per omnes jurifdictiones Ecclefiafticas, abfque impedimento, que
fur la parole du Pape je pouvois aller & venir par toutes les
jurifdictions Ecclefiaftiques fans empefchement. Je fis fçavoir
là à quelques bons Peres qu'il me falloit néceffairement aller
à Paris pour l'avoir ainfi promis, & les priai de me donner
avis touchant quelques poincts, fur lefquels auffi ils me contenterent. Ainfi leur promettant que fa Sainteté auroit bientoft de mes nouvelles, ils m'affurerent que pour cette fois je
ferois tenu pour excufé.

Je m'en vins à Paris au mois d'Octobre, où je trouvai que
les Catholiques mes Compatriotes avoient conçu meilleure opinion de moi que ils n'avoient eue, en forte que ceux qui fe
méfioient de moi auparavant eftoient lors prefts de m'embraffer & s'y fier : & eftant un jour en la chambre de Thomas Morgan Gentil-homme Catholique (grandement aimé de ceux de
cette faction là) avec quelques autres Gentils-hommes, ainfi
que nous parlions d'Angleterre (en bonne part toutes-fois) je
fus prié par ledict de Morgan de monter avec lui en une autre
chambre, là où il m'entama propos difant qu'on attendoit de
moi quelque bon fervice à Dieu & à fon Eglife. Je refpondis
qu'auffi eftois-je preft de m'y employer quand ce feroit mefmes
pour tuer un des plus grands Sujects de la Reine de Angleterre,
(lequel je nommai, & le haïffois de fait pour lors,) Non non
dit-il, laiffons vivre ceftui-là encore pour une plus grande
ruine tant de lui que de fa maifon, c'eft la Reine que j'entens.
J'eftois bien aife d'ouir cela de lui, & dis que la chofe feroit
bien aifée pourvu qu'elle fuft approuvée par l'avis de quelques doctes Théologiens. Et ainfi cette doute m'eftant oftée
(combien que j'en eftois desja tout refolu comme vous avez
pu voir par ci-devant) je promis par vœu de le faire, pour
la reftitution d'Angleterre fous l'ancienne obéiffance du Siege
Apoftolique. Plufieurs Théologiens furent nommés pour ce fait,
& moi je démandois le docteur Alain, ne voulant point du
docteur Perfons (14) lequel on m'avoit nommé. Mais voici venir
d'aventure maiftre Wates docte Preftre avec lequel je conferai
& fus vaincu. Car il prononça tout ouvertement (en termes
généraux toutes-fois, fans nommer la Reine) qu'il n'eftoit nullement permis : & eftoient auffi de cette opinion plufieurs

---

(14) C'eft fans doute, Robert Perfons,
Jéfuite, grand Controverfifte, né à Som-
merfet en Angleterre, mort à Rome en
1610. Voyez Pitfeus *de illuftr. Ang.*
Scriptorib. p. 804.

autres

autres Prêtres Anglois, comme j'ai vu, je ne fais fi depuis
ils n'auroient point changé d'opinion, y eſtant induicts par le
livre fait en forme de reſponſe à celui de l'Exécution de la Juſtice en Angleterre, qui a eſté publié depuis : lequel je confeſſe
certes avoir pris fermes racines en moi, & j'ai peur qu'ainſi
ne ſoit de pluſieurs autres, ſi de bonne heure on ne previent
ce mal par un plus doux traitement des bons & paiſibles Sujets
Catholiques, deſquels il y en a bon nombre en Angleterre,
voire plus que cet âge n'en ſauroit eſteindre. Mais nonobſtant tous ces doutes, j'avois tant fait en Italie, & par conference & par lettres, qu'il n'eſtoit plus queſtion de reculer, ains
promis fidellement d'executer cette entrepriſe, pourvu que ſa
Saincteté l'avouaſt, m'octroyant pleine remiſſion de mes pechés,
ſuivant l'offre que je lui fis par mes lettres : leſquelles j'eſcrivis
le premier de Janvier mil cinq cent quatre-vingt trois ſelon leur
ſupputation, & pris avis ſur icelles, en me confeſſant au Pere
Annibal à Codreto (15) Jeſuiſte à Paris, duquel fus amiablement
embraſſé, recommandé, & confeſſé Je communiquai auſſi à
l'Autel des Jeſuiſtes avec les Cardinaux de Vendoſme (16), & Nar-
bonne (17), de quoi j'en pris un certificat, lequel j'enfermai dans
mes lettres que j'eſcrivois à ſa Saincteté, & ce pour l'induire
d'autant plus à m'abſoudre, comme je demandois, vu la grandeur de la choſe que j'avois entrepriſe, ſans y eſtre attiré ou
induict par aucune promeſſe de recompenſe. Je m'en allai à
Nunctio Ragazoni avec Morgan, auquel je lus la lettre & le
certificat enfermé dedans, la cachetai & la lui laiſſai pour la
faire tenir à Rome, ce qu'il promit faire ſurement, & me
faire avoir reſponſe. Ainſi après m'avoir careſſé il me ſouhaitta
heureux ſuccès, promettant au reſte qu'on auroit ſouvenance
de moi à l'Autel. Apres ce, je priai Morgan que quelque
notable perſonnage fût averti de ceci, de peur que luy Morgan venant à mourir, & que par quelque malheur l'affaire ne
ſe pouvant exécuter, on ne connût point au vrai de quelle
intention j'ay eſté pouſſé, & que cela n'apportât quelque note
d'infamie perpetuelle à ma race. Pluſieurs furent nommés pour
ce fait, mais je ne en trouvois nul à mon gré, craignant qu'en

(15) Annibal Codret ou Codrette, Sa-
voïard, d'abord Medecin à Padoue, enſui-
te Jéſuite, Auteur d'une Grammaire Latine
qui a été eſtimée en ſon tems. Il eſt mort à
Avignon le 19 Septembre 1599, dans un âge
avancé.

(16) Charles de Bourbon-Vendôme, Archevêque de Rouen, élevé au Cardinalat
en 1548, mort en 1590.
(17) Apparemment Hippolyte d'Eſt de
Ferrare.

quelque forte la chofe ne fût deftournée. Ce fait, Morgan m'af-
fura qu'incontinent après mon depart le Laird de Ferneherft
(pour lors à Paris) iroit en Ecoffe pour y eftre preft incontinent qu'il auroit entendu les nouvelles de la mort de la Reine,
pour entrer en Angleterre avec vingt ou trente mille hommes
pour maintenir la Reine d'Efcoffe (laquelle je protefte fur ma
confcience n'avoir part en ce fait ici ni en aucun autre femblable, ni y auoir jamais confenti, que je fache, & non plus
le Roi fon fils.) Bientoft après je partis pour aller en Angleterre,
& arrivai à la Rie au mois de Janvier l'an mil cinq cent quatre-
vingt-trois, & de là m'envins à la Cour, là où j'advertis aucuns,
que j'avois quelque fervice fingulier à defcouvrir à fa Majefté.
Ce que je fis, non pas tant pour aucun foin que j'euffe deffa perfonne, que pour me faire chemin & credit : combien que j'euffe
cette refolution en moi de ne toucher jamais à fa perfonne
(quelques promeffes qu'on m'eut faites) fi en aucune forte elle
eut pu eftre induite par le moyen des Eftats à fe comporter
plus gracieufement envers les Catholiques qu'elle ne fait, ni
n'a deliberé le faire à ce que je vois. Je vins en Cour (qui lors
eftoit à Whitehal) & demandai audience, laquelle me fut octroyée amplement, & je defcouvris fort fecretement à fa Majefté la prefente confpiration en mefme fubftance que deffus, finon
que je la deguifai autant que je pus. Elle la prit douteufement,
qui fut caufe que je m'envins en crainte. Mais entre autres
chofes je ne puis oublier le propos gratieux qu'elle me tint en
faveur des Catholiques, comme je les ai maintenus & declarés
en plein Parlement. C'eft qu'elle me dit que jamais aucun Catholique ne feroit en peine pour la Religion ou primauté du
Pape, tandis qu'ils fe comporteroient en bons Sujets. Dont je
penfai qu'on lui faifoit accroire que nul n'eftoit troublé ni
pour l'un ni pour l'autre point. Nous pouvons bien dirē à la
verité, que les chofes fe portent mieux qu'elles n'ont fait, combien qu'il y ait encore à redire.

Au mois de Mars dernier moi, eftant à Greenewich (fi j'ai
bonne memoire) comme je pourchaffois la maîtrife de Sainĉte
Catherine, on m'apporta des lettres du Cardinal *Como* datées
à Rome du dernier de Janvier précédent, par lefquelles eftoit
louée & approuvée mon entreprife, & moi-mefme abfous
de tous mes péchés au nom de Dieu. Laquelle lettre je fis voir
à aucuns de la Cour qui la communiquerent à la Reine. Je ne
fais ce que cettte lettre à pu faire envers fa Majefté, Dieu le

fait : mais une chofe fais-je, c’eſt que cette lettre me confir-
ma en ma refolution de la tuer, & m’aſſura en ma conſcience
que c’eſtoit choſe loiſible & meritoire. Si n’avois-je pas néan-
mois determiné de le faire, ſinon en cas qu’il n’y euſt nul autre
moyen, & que nulle perſuaſion ou auctorité des Eſtats n’euſſent
pu rien faire. Toutes-fois craignant d’eſtre tenté, toutes &
quantes fois que je me voulois approcher d’elle, je laiſſois ma dague au logis. Quant je la voyois, me ſouvenant de combien de
dons & graces elle eſt douée, j’en eſtois grandement troublé,
& ſi n’y voyois pourtant nul remede. Car mes vœux eſtoient
au ciel, mes lettres & promeſſes en terre : Outre-plus l’eſtat miſerable des Catholiques rebouttez, & d’autres qui n’eſtoient
gueres mieux traictés, m’émouvoit grandement. Je diſois quelque fois en moi-meſme, que te chaut-il tant d’elle ? quel bien
t’a-t-elle fait ? N’ai-jepas deſpendu dix mille livres depuis que
je ſuis à ſon ſervice ſans en avoir eu de recompenſe une maille ?
Mais elle t’a ſauvé la vie, dira quelqu’un. A quoi je reſponds,
qu’elle ne me l’euſt ſu oſter que par tyrannie, le faict eſtant
bien conſideré : & poſſible qu’elle me la voudroit oſter encore.
Que ſi elle veut avoir égard à ce qui eſt cauſe de mon mécontentement, pluſt à Dieu qu’elle l’euſt ores, car auſſi bien en
ſuis-je las. Et maintenant pour mettre fin à cette Tragedie,
au mois de Juillet, je quittai la Cour m’ayant du tout rejetté
& rendu mal content, & eſtoit aiſé à ſa Majeſté d’appercevoir
par mes lettres tant paſſionées, que ne faiſois nul compte de
moi-meſme. Je me en vins à Londres là où je reçus le livre du
docteur Alain qu’on m’avoit enuoyé de France, lequel me redoubla mes premieres penſées : chaque mot eſtoit comme un
eſguillon à un eſprit déja diſpoſé comme eſtoit le mien. Ce
livre prouvoit qu’on peut excommunier les Rois, les depoſer,
& contraindre : que les guerres civiles ou eſtrangeres pour la
Religion, ſont honorables. Sa Majeſté feroit bien de le lire,
& s’aſſurer que ſi on n’y met ordre, c’eſt un avertiſſement &
doctrine bien dangereuſe. C’eſt le livre que je fis voir à mon
couſin Nevil (l’accuſateur) lequel frequentoit ma maiſon,
mangeoit à ma table, peſchoit en ma bourſe, & le ſoir meſme qu’il m’accuſa eſtoit envcloppé en ma robbe, ſix mois pour
le moins après que nous euſmes commencé ceci. Depuis lequel
temps, on euſt bien pu depeſcher plus de dix Princes, quant
ores ils euſſent eſté tous de diverſes Provinces du monde : combien donc plus ſa Majeſté ? Dieu veuille benir ſa Majeſté en

E ij

la gardant de lui : car je protefte devant le Dieu tout-puiffant, que je fuis joyeux en mon ame, qu'il a eu cet heur de me def-couvrir de bonne heure, combien qu'il n'y avoit point de danger preft.

Maintenant pour venir à noftre premiere rencontre, il me vint trouver au commencement d'Aouft, & m'en parla en la fa-çon que s'enfuit : Coufin, dit-il, puis que nous ne nous avan-çons point, faifons quelque chofe. Je l'efcoute volontiers, & offre de me joindre à lui, penfant que pour autant qu'il eftoit Catholique, il eut pu toucher au poinct que j'avois en tefte : ce qu'il ne fit pas pourtant. Il eftoit d'opinion que la Reine d'Efcoffe pût facilement eftre delivrée, alleguant pour ce fait le credit & parentage qu'il avoit vers le Nord. Moi au contraire le trouvai bien dangereux, voire du tout impoffible aux gens de noftre qualité. Après il me parla de prendre Baulbicke, & moi de Quinbonroug, & d'une armée navale, non pas tant pour aucun egard que j'euffe à ces chofes la (ayant de bien plus grandes en ma tefte) que pour entretenir fes difcours, je lui dis finalement que j'avois une entreprife bien plus hono-rable, & de plus grand avantage, tant pour noftre particulier, que pour le bien public des Catholiques, que toutes celles là, pourvu que lui s'y vouluft joindre : ce qu'il promit de faire, & me preffoit fort de la lui declarer. Je le priai d'y fonger premierement : ce qu'il fit ; & le lendemain matin me vint trouver à mon logis à Londres, & penfois l'avoir gagné. Car il s'offrit de fe joindre avec moi, & fit ferment fur la Bible de ne rien révéler, ains de pourfuivre conftamment le propos pour l'avancement de la Religion : ce que je promis auffi, & mon intention eftoit de le faire. C'eftoit en fomme de tuer la Reine.

Touchant la maniere & le lieu, c'eftoit de nous trouver huict ou dix montés à cheval lors qu'elle fe promeneroit à Sainct James, ou autre lieu femblable. Nous fufmes une fois d'avis que le lieu le plus propre pour ce faire feroit au jardin. Et que pour efchapper il faudroit venir par eau à Shepy ou en quelque autre port : mais nous conclufmes fur le premier avis.

Cet accord continua ainfi entre nous par l'efpace de plu-fieurs mois, jufques à la mort de Creftmer Land (18), les terres & dignités duquel il s'affuroit avoir : & voila de quelle conf-cience il a efté ému de defcouvrir en Fevrier une trahifon

(18) C'eft Charles Newil, Comte de Weftmorland, dont on a déja parlé ci-deffus.

accordée en Aouft. Qu'il ne fe fie jamais en moi, fi cela ne luy coufte à la parfin une tefte ambitieufe. Il m'amena à la rue des Chanoines un Gentil-homme de belle taille, me le recommandant pour eftre excellent piftolier, afin de le faire joindre avec moi, ce que je n'ai voulu faire, de peur de mettre ma tefte entre trop de mains. Maiftre Nevil a, je crois, oublié qu'il m'a juré par plufieurs fois que tout l'avancement que fa Majefté lui fauroit faire ne fervira que d'un fouet pour elle mefme, fi jamais le temps & la commodité fe prefentent, & que combien qu'il ne la voulût frapper en quelque coin, qu'il auroit bien le cœur pour lui ofter la tefte en pleine compagnie. Mais pour le laiffer maintenant là, & retourner à moi-mefme, il faut que je confeffe ceci pour conclufion, que je m'eftois deliberé d'effayer par le moyen du Parlement, folliciter autant que faire fe pourroit pour empefcher le mauvais traitement des Catholiques, & de fléchir fa Majefté par prieres (fi j'euffe pu) à avoir compaffion d'iceux : Et en cas que tout ce n'eût de rien fervi, effeétuer ce que j'avois penfé. Que fi en cette forte fa Majefté eut pu eftre induite à les foulager, je me fuffe bien contenté quant au refte, quand ores elle ne m'euft jamais avancé pour mon particulier : mais fi en m'advançant moi, elle n'euft eu égard aux autres pour les fecourir, j'euffe pourfuivi mon entreprife.

Signé, **PARRY.**

Dieu veuille garder la Reine, & flechir fon cœur pitoyable à me pardonner ce mien defefperé deffein. Et pour fatisfaction fe contenter de ma tefte, que je lui baille de tout mon cœur.

Après ce, pour plus grande verification de fes trahifons, il écrivit une lettre de fon bon gré fans que perfonne l'ait induit à ce faire : laquelle il envoya à fa Majefté le quatorziefme de Fevrier dernier. Le tout eftoit de fa propre main. Et pourcequ'elle touche fes traitreffes menées, nous l'avons ici couchée comme il s'enfuit.

LETTRE de GUILLAUME PARRY, écrite à Sa Majefté.

VOstre Majefté peut voir par ma confeffion volontaire les dangereux fruiéts de mon efprit mal-content, & de quelle conftance j'ai pourfuivi l'intention que j'avois premierement conçue à Venife, puis continuée à Lyon, & arreftée finalement à Paris de me mettre en hazard pour la reftitution d'Angleterre à l'obéiffance ancienne du Siege Apoftolique. Ce que vous voyez auffi approuvé & garanti par l'auctorité du Pape, & de quelques grands Théologiens, comme chofe ne contrevenante à la confcience, Religion, ou Police : combien que nos Théologiens Anglois pour la pluspart le condamnent du tout, pour n'eftre fi bien exercités ès affaires de fi grande importance.

L'éntreprife eft prévenue & la confpiration defcouverte par un honorable Gentil-homme mon coufin, & n'a gueres familier ami Edmond Nevil, qui en eftoit auffi participant lui mefme, s'y eftant obligé par ferment folemnel pris fur la Bible. Dequoi j'en fuis bien aife : mais fuis marri de tout mon cœur de l'avoir jamais conçue ou attentée, quelque louable ou meritoire que je l'aie eftimée autres-fois. Dieu lui en fache gré, & me le veuille pardonner à moi, qui ne voudrois maintenant (je protefte devant Dieu) l'entreprendre, quand j'aurois la liberté, & le moyen de le faire, non pas s'il y avoit à gagner la moitié de voftre Royaume. Je prie Dieu que ma mort & exemple, puiffe autant fatisfaire à voftre Majefté & au monde, qu'elle me fera agréable.

La Reine d'Efcoffe (19) eft voftre prifonniere, qu'elle foit honorablement entretenue, mais auffi bien furement gardée.

Le Roy de France eft François (vous le favez affez) vous le trouverez empefché lors qu'il vous devroit faire bien, il ne voudroit perdre un pelerinage pour vous fauver une Couronne.

Je n'ay autre chofe à vous dire pour cefte heure, finon que maintenant je vous honore & aime de tout mon cœur & ame, & fuis intérieurement marri de mon offenfe, & preft de vous faire amendement par ma mort & patience. Defchargez-moi *à culpa*, & non point *à pœna*, bonne Dame. Et ainfi Adieu, ô Reine la plus gracieufe, debonnaire, & la plus qualifiée que Reine qui ait jamais efté en Angleterre. De la Tour, ce, quatorziefme de Fevrier, mil cinq cent quatre vingt quatre,

Signé, GUILLAUME PARRY.

Du depuis, c'eft à favoir le dixhuictiefme de Fevrier dernier, Parry, en tefmoignage de plus grande reconnoiffance de fes mefchantes entreprifes, efcrivit une lettre de fon bon gré & de fa main propre à Mylord Treforier d'Angleterre, & à l'Earle de Leyceftre, maiftre d'hoftel de la maifon de fa Majefté, en la forme qui s'enfuit.

(19) Marie Stuart.

LETTRE *de Guillaume Parry, au Tréforier & à l'Earle de Leycestre.*

Milords, maintenant que la confpiration eft defcoverte, la faute confeffée, ma confcience defchargée, & mon cœur difpofé à fouffrir particulierement les peines dues à un crime fi deteftable, je penfe que ne trouverez point mauvais, fi criant *Miferere* avec le pauvre Publicain, je ne viens à me defefpérer comme a fait le maudit Cain. Ce mien fait eft rare & eftrange, voire feul, autant que je m'en puis fouvenir, qu'un Sujet naturel ait voué folemnellement la mort de fon Prince (Prince fi bien né, fi bien connu & approuvé de tous) fous pretexte de relever les Catholiques affligés, & de reftablir la Religion : chofe premierement conçue à Venife, la où en mots generaux je prefentai mon fervice au Pape, continuée & entreprife à Paris, finalement louée & avouée par fa Sainéteté, digerée & refolue en Angleterre, fi elle n'euft efté prévenue par accufation, ou bien par plus grande douceur & bon comportement de fa Majefté envers fes Sujets Catholiques. Voici la premiere & derniere offenfe que j'ai jamais conçue contre mon Prince & ma patrie, laquelle je confeffe comprendre en foi toutes autres fautes quelconques. Il eft queftion maintenant de la punir par mort, ou bien la pardonner gratuitement, outre l'attente generale de tous. Je confeffe avoir mérité la mort : mais je requers humblement ma vie, pourvu que cela n'apporte nul préjudice à l'honneur de la Reine, ni à la police du temps préfent. D'un cofté il eft dangereux de laiffer impunie une telle trahifon : mais auffi il y aura danger de la tirer en exemple par ma mort. Car telle chofe n'a point efté vue en Angleterre, qu'un ferviteur ait tant ofé entreprendre pour telle occafion, & par tel garand. Et partant auffi cela ne pourroit apporter profit aucun de proceder contre lui, pour, le menant fur un Efchafaut, publier fon offenfe. De penfer auffi plus defcouvrir & manifefter la chofe qu'elle n'eft, ou qu'en mourant je me veuille dédire d'aucun poinét que j'ai efcrit, il ne s'y faut point attendre. Finalement de dire qu'il me foit impoffible de pouvoir à l'avenir aucunement amender cette faute, cela feroit trop dur, & contre l'expérience du temps paffé. Il eft donc queftion, favoir s'il fera plus expédient de m'ofter la vie, ou (de peur que la choſe ne ſoit tirée en mauvais exemple) de me pardonner ſous eſperance d'amendement. Quant à moi, quoique je ſois partie en ceci, ſi dirai-je pourtant ce qu'il m'en ſemble en bonne conſcience : puis que ce fait ici touche la Reine Elizabeth, contre la ſacrée perſonne de laquelle l'offenſe a eſté commiſe, elle la peut pardonner de ſa pure grace, ſans que cela puiſſe préjudicier à perſonne. Voici donc en ſomme ce que je veux dire, comme deſirant pluſtoſt de deſcharger ma conſcience troublée, que de vivre. Pardonnez au pauvre Parry, & le delivrez, car vivre ſans eſtre delivré lui ſeroit peu de choſe. Que ſi cela ne ſe peut faire & que l'on l'eſtime une choſe dangereuſe & au deshonneur de ſa Majeſté, (ce que je ne cuide pas, ains, ſauf voſtre meilleur avis, que ce ſoit choſe pleine de honneur & de miſericorde,) en ce cas je ſupplie vos Excellences, & non autres, de m'ouïr une fois, devant que proceder encontre moi, puis après s'il me faut mourir, de ſupplier humblement ſa Majeſté d'avancer mon procès & execution, laquelle je prie Dieu de tout mon cœur eſtre autant honorable à ſa Majeſté, que j'eſpere qu'elle me ſera honteuſe, qui tant que je vivrai prierai Dieu comme j'ai fait juſques ici, qu'il lui donne longuement & heureuſement régner.

De la Tour, ce dixhui(ct)ieſme de Février, mil cinq cent quatre vingt quatre, *Signé* Guillaume Parry.

Cependant le ſire François Walſingam Secretaire de ſa Majeſté traicta avec un certain Guillaume Creichton Eſcoſſois de nation, mais Jeſuiſte de profeſſion, maintenant auſſi priſonnier en la Tour, pour avoir eſté apprehendé avec pluſieurs complots, pour l'invaſion de ce Roïaume : pour ſavoir de lui ſi ce Parry ci ne lui auroit rien communiqué en France, ou ailleurs, touchant la queſtion, à ſavoir s'il eſtoit loiſible de tuer ſa Majeſté : lequel reſpondit n'avoir ſouvenance pour l'heure. Mais depuis y ayant penſé, le vingtieſme de Février dernier, il eſcrivit de ſon propre mouvement à Monſieur le Sécrétaire touchant ce faict là, & le tout de ſa propre main, en la forme qu'il s'enſuit.

LETTRE

LETTRE de GUILLAUME CHREICHTON (18).

TRES HONORE' Seigneur, lorsqu'il vous plut me demander si Guillaume Parry ne m'auroit demandé advis sur la question à savoir mon s'il estoit loisible de tuer la Reine ; à la vérité
il ne m'en souvint pour lors : mais depuis y aïant pensé, il me
souvient de la forme dont il usa en mon endroit, comme aussi
de quelques siennes raisons. Car s'estant finement adressé à moi,
afin que je ne dic malicieusement, je ne pensois nullement en
aucun tel dessein, ni pour le regard de lui, ni de quelqu'autre,
& pourtant je lui respondis simplement selon ce que j'en pensois
en ma conscience & selon la connoissance que j'avois. Mais
après lui avoir respondu par deux fois auparavant, *quod omnino
non liceret* (qu'il n'estoit nullement loisible,) il s'en revint le
soir, d'autant que je devois partir le lendemain de grand matin pour aller à Chamberi en Savoie, où je demeurois pour
lors. Et après que nous nous fusmes retirés de la Cour du College en une des classes, il me renouvella la mesme question,
alleguant ses raisons & argumens : il allegua l'utilité du fait
en ce qu'il concernoit la délivrance de tant de Catholiques
hors de misere, & la restitution de la Religion Catholique.
Je respondis là-dessus que l'Ecriture nous enseigne *quod non
sunt facienda mala, ut veniant bona*: (il ne faut point faire
mal afin que bien en avienne,) tellement qu'il ne faut faire
nul mal, tant petit soit-il, pour aucun bien quelque grand
qu'il soit. Il repliqua que ce n'estoit point mal, que d'oster
un si grand mal & introduire un si grand bien. Je lui dis lors
qu'il ne faut pas faire tout ce qui est bon, mais seulement
quod bene & legitimè fieri potest (qui se peut faire bien & légitimement.) Et pourtant: *Dixi Deum magis amare adverbia
quam nomina, quia in additionibus magis ei placent bene, &
legitimè, quàm bonum & legitimum. Ita ut nullum bonum liceat
facere, nisi bene & legitimè fieri possit. Quod in hoc casu fieri
non potest.* (C'est-à-dire, je lui dis que Dieu aïmoit mieux les
adverbes, que les noms, d'autant qu'en nos actions *bien &
légitimement* lui plaisent plus, que non pas *bon & légitime*. De
sorte qu'il n'est permis de faire aucun bien, sinon, qu'il se puisse faire bien & légitimement. Ce qui n'a point de lieu en

___

(18) Guillaume Creichton, Jésuite Anglois. *Voïez* Rapin Thoyras, Hist. d'Angleterre,
livre 17, en 1584.

Tome I. F

ce fait ici. Si eſt-ce pourtant, dit-il, que beaucoup d'excellens perſonnages ſont d'opinion, *quod liceret*, (qu'il eſt permis.) Ceux, dis-je lors, qui ſont de cette opinion, eſtiment peut-eſtre que pour ſauver pluſieurs en corps & en ame, on peut ſouffrir que quelque particulier ſe mette en danger, remettant cela au ſecret jugement de Dieu. Ou par avanture, dis-je, ſont-ils plus émus de la commiſeration de l'Eſtat miſerable des Catholiques, que par aucune doctrine qu'ils trouvent en leurs livres. Car il eſt certain que telle choſe n'eſt loiſible à un particulier, s'il n'a quelque revélation ſpeciale de Dieu, ce qui ſurpaſſe noſtre doctrine & entendement. Ainſi il ſe départit d'avec moi.

De la priſon dans la Tour, le vingtieſme de Février.

Votre très humble ſerviteur
en Jeſus-Chriſt,
GUILLAUME CREICHTON,
Priſonnier.

Ce meſme jour vingtieme de Février, Parry auſſi eſtant examiné par le Sire François Walſingam Chevalier, pour ſavoir qu'eſtoit devenue la letttre qu'il avoit confeſſé lui eſtre eſcrite par le Cardinal de *Como*, il reſpondit qu'elle eſtoit bruſlée. Mais néanmoins, le lendemain eſtant preſſé de plus près lors qu'on l'examinoit ſur ce point, (pour ce qu'on ſavoit bien que cela eſtoit faux,) il déclara le lieu en la ville auquel il l'avoit laiſſée, laquelle on envoïa querir auſſitoſt audit lieu, & fut trouvée enveloppée parmi pluſieurs autres papiers de peu d'importance, & eſtoient eſcrits ces mots d'un coſté, la derniere réſolution de Guillaume Parry : laquelle lettre eſtoit eſcrite en Italien, comme s'enſuit.

A MONSIEUR,

A MONSIEUR GUGLIELMO PARRY.

*M*ON *Signore, la Santità di N. S. ha vedute le letere di V. S. date del primo ïourne con la ſede incluſa, & non puo ſe non laudare la buona diſpoſitione & riſolutione che ſcrive di tenere verſo il ſervicio & beneficio publico, nel che ſua Santità l'eſorta di perſeverare, con farne ruiſcire li effetti che V. S. promette: & accioche tanto maggiormente V. S. ſia adjutata d'a quel buon* *spirito che l'ha mosso, le concede sua beneditione, & plenaria indulgenza & remissione di tutti li peccati, secundo che V. S. ha chiesto, assicurandosi che oltre il merito, che n'havera in Cielo, vuole anco sua Santità constituirsi debitore à riconoscere li meriti di V. S. in ogni miglior modo che potrà, & cio tanto piu, quanto che V. S. usa maggior modestia in non pretender niente. Metta dunque ad effetto li suoi santi & honorati pensieri, & attenda a star sano. Per fine io me le offero di core, & le desidero ogni buono & felice successo. Di Roma a xxx di Gennaro 1584..*

A i piacendi Vestra Signoria
N. Cardinale DI COMO.

Al Sieg. Guglielmo **PARRY.**

C'est-à-dire,

A MONSIEUR,

MONSIEUR GUILLAUME PARRY.

MONSIEUR, La Saincteté de nostre Seigneur a vu voftre lettre, datée du premier jour, avec le certificat qui y estoit enclos, & ne peut sinon louer la bonne volonté & resolution que vous mandez avoir à lui faire service : & au Public en quoi sa Saincteté vous prie de perséverer, pour effectuer ce que lui promettez. Et afin que soyez d'autant plus aidé par le bon esprit qui vous a induict à cela, sa Saincteté vous octroie bénédiction & pleine indulgence & rémission de tous vos péchés selon voftre desir, vous assurant, qu'outre le mérite que reçevrez au ciel pour ce fait, sa Saincteté promet de reconnoiftre voftre service de tout son pouvoir, & ce d'autant qu'il connoît voftre grande modestie en ce que ne pretendez aucune récompense. Mettez donc en effect vos sainctes & louables pensées, & ayez foin de voftre santé. Et pour faire fin, je m'offre à vous de bon cœur vous desirant bon & heureux succés. De Rome le trentiesme de Janvier, 1584.

Votre affectionné
N. Cardinal DE COMO (20).

(20) Le Cardinal *de Como*, dont il est si souvent parlé dans cette Relation, étoit peut-être Jerôme Simonelli, neveu du Pape Jules III, Diacre, Cardinal du titre de S. Côme & de S. Damien, créé Cardinal en 1553, mort en 1605, étant Cardinal-Prêtre du titre de Sainte Marie, au-delà du Tibre.

Après l'accufation faite par Nevil, la déclaration, confeffion, & preuves que deffus, le Lundi vingt-deuxieme de Février dernier, Parry fut atteint de trahifon au plus haut degré,
pour avoir attenté & pratiqué la mort de fa Majefté (laquelle
Dieu veuille benir & garder contre toutes telles entreprifes),
& ce en la falle de Weftminfter en la préfence de Chriftophle
Wray Chevalier, premier Chef de la Juftice d'Angleterre, le
Sire Gilbert Gerrard Chevalier, Maiftre des rôles, le Sire Edmond Anderfon Chevalier, Chef de la juftice des caufes communes, le Sire Roger Manlbod Chevalier, premier Baron de
l'Echiquier, le Sire Thomas Gawdy Chevalier, l'un de la Juftice pour les caufes qui fe demenent devant fa Majefté, &
Guillaume Perrian l'un de la Juftice pour les caufes communes,
& autres auxquels s'adreffoit la commiffion de fa Majefté pour
ce faire : la teneur de quoi fe voit mieux en la Procedure &
Arreft donné contre lui en la forme qui s'enfuit.

La Procédure & Arrêt donné contre Guill. de Parry, le vingt-
cinquieme de Février mil cinq cent quatre-vingt-quatre, à Weftminfter en la place où la Cour, appellée communément Rings-
Benh fetient en vertu de la commiffion d'oier & terminer(comme ils
appellent) & ce en la préfence de Henry Lord Hunfdon, Gouverneur de Barwicke, le Sire François Knoles Chevalier Treforier
de la Maifon de fa Majefté, le Sire Jacques Croft Contrôleur de
fadite Maifon, le Sire Chriftophle Hatton Chevalier Vice-Chambellan de fa Majefté, le Sire Chriftople Wray Chevalier premier
de la Juftice d'Angleterre, le Sire Guilbert Gerrard Chevalier,
Maître des Rôles, le Sire Edmond Anderfon Chevalier, premier de la Juftice des Caufes communes, le Sire Roger Manlbod, Chevalier premier Baron de l'Echiquier, le Sire Thomas
Hennage, Chevalier Tréforier de fa Chambre.

Premierement, après qu'on eut commandé filence par trois
fois, fuivant la Coutume en telles affaires, il fut dit au Lieutenant qu'il pafsât outre, & ainfi fut amené le Prifonnier au Barreau auquel Miles Sendes, Ecuyer, Greffier de la Couronne,
dit : Guillaume Parry, levez la main : ce qu'il fit. Lors il lui dit
tu es ici accufé par le ferment de douze hommes de bien du Païs
de Middlefex, devant le Sire Chriftophle Wray Chevalier, &
autres qui ont vifité ton Procès fous le nom de Guillame Parry
nagueres Gentilhomme de Londres, autrement dit Guillaume
Parry, nagueres Docteur ès Loix, que comme un faux traitre
contre la très noble & Chrétienne Princeffe la Reine Elizabeth,

ta très gracieuſe & ſouveraine Dame, n'ayant point la crainte de Dieu devant les yeux, ni aucun égard à ton devoir, ainſi pouſſé d'un inſtinct du Diable, & tâchant d'éteindre l'amour & obéiſſance, comme vrais & loyaux Sujets doivent porter à icelle notre Souveraine Dame, as le premier de Février l'an vingt ſixieme de ſon regne, & par pluſieurs autres fois, malicieuſement & traitreuſement conſpiré & attenté tant à Weſtminſter au Comté de Midleſex, qu'en pluſieurs autres lieux de ce même Comté, non-ſeulement d'ôter à ſa Majeſté le titre & dignité royale, mais auſſi de la mettre à mort, & par même moyen émouvoir ſédition en ce Roïaume, ſubvertir le Gouvernement d'icelui, & finalement alterer & renverſer la pure Religion que Dieu a établie ès Gouvernemens de ſa Majeſté : puis auſſi de ce que tu as écrit à Gregoire, Evêque de Rome (21), lui faiſant entendre cette tienne volonté, lui demandant pour ce fait, abſolution de tes péchés, & que depuis, à ſavoir le dernier de Mars en ladite ving-ſixieme année a traitreuſement reçu lettres du Cardinal de Como, leſquelles s'adreſſoient notamment à toi, par leſquelles il te mandoit que l'Evêque de Rome avoit vu tes lettres, & avoit loué ton intention, & pour cette cauſe te donnoit rémiſſion entiere de tes péchés. Par leſquelles lettres auſſi ledit Cardinal t'encourageoit à pourſuivre ton entrepriſe ; & ſur ce que le dernier d'Août en la même vingt-ſixieme année, tu as traitreuſement communiqué avec Edmond Nevil Ecuyer à Saint Gilles au même Comté de Midleſex, lorſqu'étiez tous deux aux champs, lui déclarant tous tes méchans & traitres deſſeins, l'induiſant à t'y aider & s'adjoindre à toi contre le repos de notredite Souveraine Reine, contre ſa Couronne & dignité. Que réponds-tu à cela ? Eſt-tu coupable de tels crimes ? Lors Parry dit, devant que rien affirmer ou nier de ces choſes, je vous prie me donner un peu d'audience. Adonc commença en cette ſorte : Dieu garde la Reine Elizabeth, & me faſſe la grace de m'acquitter de mon devoir envers elle, & de vous ſatisfaire & contenter. Or, quant aux crimes à moi impoſés, partie d'iceux ont été entrepris en un lieu, partie en un autre, le tout ſi ſecretement, que nul n'y eût pu rien appercevoir s'il n'eût eu des yeux ſemblables à Dieu. Et pourtant à fin que ne ſoyez coupables de mon ſang, j'ai déliberé de confeſſer ce dequoi je ſuis accuſé préſentement. Mais dites-moi premierement s'il n'y a autre choſe que ce qui vient d'être lu. Il lui fut répondu que non ; & ſur ce, le Greffier de

____

(21) Grégoire XIII, élu Pape en 1572, mort en 1585.

la Couronne lui dit, Parry, Parry, il te faut répondre directement si tu es coupable ou non. Je confesse, dit Parry, que je
suis coupable de tout cela, & encore davantage : je ne désire
point vivre, mais de mourir. Lors repliqua ledit Greffier, si tu
le confesse, il te le faut confesser en la forme & maniere contenue au Procès. Je le confesse, dit-il, en la même forme qu'il
est couché, avec toutes ces circonstances. Et comme le Greffier
fut près de requerir qu'on le jugeât selon sa confession, Monsieur
le Vice-Chambellan dit, les choses contenues en ce Procès &
lesquelles cet homme a confessées, sont de grande importance,
elles touchent la personne de sa Majesté jusqu'au plus haut dégré,
l'Etat & le bien de tout ce Roïaume, la vérité de la parole de Dieu
établie par tous les Gouvernemens de sa Majesté. Il y a aussi
évident témoignage de l'envie capitale de l'Evêque de Rome,
qui s'est opposé à Dieu & à toute piété, à tous bons Princes &
Gouverneurs, & à tous gens de bien. Par quoi je vous prie que
pour plus grande satisfaction à cette grande Assemblée, tout
le fait soit mis en évidence, afin que chacun puisse voir que la
chose est aussi méchante en elle-même que le Procès le porte,
& lui l'a confessé. Et pour ce que la Justice du Roïaume avoit
été nagueres inpudemment blâmée, tous furent d'avis qu'il étoit
nécessaire de satisfaire à un chacun en particulier, touchant ce
qui n'étoit que sommairement compris au Procès, combien que
de droit la confession de Parry étoit assez suffisante pour passer
plus outre en la Sentence. Sur quoi les Milords & autres Commissaires, le prudent Conseil de sa Majesté, & Parry lui-même
furent d'avis que sa confession (prise le onzieme & treizieme
de Février mil cinq cent quatre-vingt quatre, en la présence de
Milord Hunsdon, de Messieurs le Vice-Chambellan & Secretaire), ensemble la lettre du Cardinal *Como* & celle de Parry, aussi
adressante à Milord Tresorier & Saint Warde, fussent publiquement lues : lesquelles Parry s'offrit à lire lui-même, pour plus
grande satisfaction de toute l'Assemblée : mais on lui dit que
la coutume étoit que le Greffier les lût ; à quoi chacun s'accorda. Lors Monsieur le Vice-Chambellan lui fit montrer sadite
confession, & les lettres du Cardinal *Como* & la sienne, lesquelles après avoir regardé, feuille à feuille, il confessa tout ouvertement que c'étoient elles-mêmes.

Lors dit le Vice-Chambellan, devant que procéder à voir ce
que contient la confession, dites un peu Parry, ce que vous
avez ici confessé, est-il vrai ? L'avez vous confessé franchement

& volontairement, ou si on vous y a contraint en aucune sorte?

Certes, dit Parry, je l'ai confessé franchement sans aucune contrainte, & le tout est vrai, voire davantage. Car il n'y a eu aucune trahison depuis la premiere année du Regne de la Reine pour le fait de la Religion, laquelle je n'aie été participant, (excepté celle de l'*Agnus Dei*, à laquelle je n'ai gueres consenti & que je n'ai pas persuadé les autres.) Mais encore outre cela j'ai mis mon opinion par écrit touchant le Successeur de la Couronne, qui est aussi un point de trahison.

Lors sa confession de l'onzieme & treizieme de Février écrite de sa main, & mise ci-devant, fut publiquement & clairement lue par ledit Greffier. Puis après, la lettre du Cardinal de Como, écrite en Italien, fut baillée à Parry par le commandement de Monsieur le Vice-Chambellan, laquelle, après l'avoir regardée il affirma être toute écrite de la propre main dudit Cardinal, & cachetée de son propre cachet, auquel il y avoit un Chapeau de Cardinal, laquelle il lut haut & clair en Italien, selon qu'elle est couchée ci-devant.

Et d'autant que ladite lettre s'adressoit comme à un Evêque, ou homme de telle qualité, Monsieur le Vice-Chambellan lui demanda s'il n'avoit point reçu le titre d'Evêque ; il répondit que non, mais que les termes dont usoit ledit Cardinal, étoient propres au dégré qu'il avoit reçu, encore que ce ne fût d'Evêque. Mais depuis il dit que c'étoit par honneur que le Cardinal lui écrivoit en cette facon. Lors fut aussi lue par ledit Greffier la copie de ladite lettre traduite en Anglois, laquelle Parry confessa avoir été fidelement traduite.

Là-dessus lui fut montrée la sienne du dixhuitieme de Février, s'adressante à Milord Tréforier, & Sainte Warde, laquelle il confessa avoir aussi écrite de sa main, suivant la teneur mise ci-devant.

Ces choses ainsi lues publiquement pour l'éclaircissement du fait, Parry demanda d'être oui, auquel le Vice-Chambellan répondit que s'il vouloit ajouter quelque chose pour mieux encore découvrir à chacun ses détestables & horribles faits, qu'il auroit congé de parler : mais que s'il se vouloit en aucune sorte excuser en ce qu'il avoit confessé (ce qu'on eût bien su prouver quand au reste il ne l'eût confessé), pour son regard il ne le daigneroit pas ouir.

Lors l'Avocat Général de sa Majesté se levant ; vous voyez Messieurs, dit-il, que cet homme ici est atteint & convaincu de diverſes & abominables trahiſons, leſquelles auſſi il ne nie pas, comme vous voyez. Parquoi il ne reſte ſi-non que la Cour donne Sentence condigne là-deſſus. Ce que je requiers ici au nom & autorité de ſa Majeſté.

Lors dit Parry, je vous ſupplie, Meſſieurs, de m'ouir pour la décharge de ma conſcience ; je ne tâcherai point à m'excuſer, ni ſauver ma vie, car il ne me chaut d'elle, puis vous avez ma confeſ-ſion, qui eſt ſuffiſante pour me l'ôter : mais je prétends déclarer encore quelque choſe pour laquelle j'ai mérité la mort, donc je vous prie m'ouir en ce que je dirai pour décharge de ma conſcience.

Fais-le donc, dit Monſieur le Vice-Chambellan, & t'acquite de ton devoir en bonne conſcience, & dis tout ce que tu ſaura touchant ces tiens faits déteſtables.

Mon crime, dit-il lors, eſt étrange, contre nature, & non oui, lequel premierement fut conçu à Veniſe, & propoſé en termes généraux au Pape ; depuis conclu à Paris, ſa Sainteté le louant & approuvant, & finalement devoit être executé en Angleter-re, ſi on ne m'eût prévenu. Voire j'ai commis pluſieurs trahiſons car c'étoit trahiſon de m'être reconcilié au Pape, c'étoit auſſi trahiſon d'en avoir reçu abſolution ; & n'y a eu trahiſon depuis la premiere année du Regne de ſa Mageſté, pour le fait de la Religion (exceptez l'*Agnus Dei*, & que n'ai pas perſuadé les autres) comme j'ai déja dit, de laquelle je ne ſois coupable ; mais ſi n'ai-je jamais eu intention de tuer la Reine, j'en appelle à la connoiſſance qu'en peut avoir ſa Majeſté, & auſſi le Milord Treſorier & Monſieur le Secretaire.

” Parry, pour ſe mettre en crédit, avoit dit ſecretement
” auparavant qu'il avoit bien été ſollicité ès Païs étranges de com-
” mettre ce fait, mais que jamais il ne s'étoit accordé de le fai-
” re, & abuſoit par ce moyen tant la Reine que ces deux Con-
” ſeillers ici ; dequoi maintenant il ſe veut ſervir, oppoſant ſes
” menſonges à la vérité toute prouvée. “

Comment, dit Milord Hunſdon, tu l'as ſi ſouvent confeſſé, même à cette heure de fraiche mémoire tu l'as écrit ſi claire-ment de ta propre main ; & maintenant qu'il eſt queſtion de donner Sentence, ſelon que tu t'es confeſſé toi-même eſtre cou-pable, tu te dédis & nie le fait ; Comment te-croirons nous ?

Quelle abſurdité ! dit le Vice-Chambellan, tu n'as pas ſeulement confeſſé généralement que tu étois coupable de ce que portoit ton Procès, lequel néanmoins contient par

mots

mots exprès (quoi que fommairement), que tu as attenté de la
tuer : mais auffi as fpécifié que tu étois coupable de toutes les
trahifons ci comprifes, defquelles celle-ci t'a été expreffement
lue & propofée, voire que plus eft, tu te difois être coupable
de plufieurs autres, outre celles-là. N'as-tu pas confeffé volontairement, lorfqu'on t'examinoit, que ce qui premierement t'in-
cita à cela, étoit le mécontentement de ta condition après ton
département du Roïaume, & que tu étois mal-content de fa
Majefté pour ce qu'elle n'avoit rien fait pour toi ? Comme tu
avois été perfuadé par des méchans Papiftes, & livres Papif-
tiques qu'il étoit loifible de la tuer ; comme par réconciliation
tu étois devenu l'un de ceux qui ne la tiennent ni pour Reine
légitime ni pour Chrétienne, & que la tuer eft un acte méritoire; & ne fignifia-tu pas au Pape par lettre, cette tienne intention ? Ne reçus-tu pas auffi lettre du Cardinal Como, par lefquelles il la louoit, t'incitant à l'effectuer, dequoi auffi tu as
reçu abfolution ? Et en prenant le Sacrement n'as-tu pas penfé,
promis, juré & voué de le faire ? n'as-tu pas affirmé que tes
vœux en étoient au Ciel, les lettres & promeffes en terre qui
t'y obligeoient ; & que quelque faveur que fa Majefté t'eût pu
faire, jamais elle ne t'ôteroit cette volonté, que premierement
elle ne défiftât de traiter ceux que tu appelle Catholiques autrement qu'elle ne les traitoit : toutes lefquelles chofes tu as ouvertement confeffées ; je protefte devant cette Affemblée que tu
les a plus clairementconfeffées, & mieux que je ne faurois dire,
& maintenant tu veux dire que tu n'y avois jamais penfé.

Ah ! dit Parry, vous favez Meffieurs, que ma confeffion, lorfque je fus examiné, a été contrainte. A quoi repliquerent Milord Hunfdon & Monfieur le Vice-Chambellan, qu'il ne lui avoit
été préfenté ni torture ni parole de menace.

Mais on m'avertit, dit Parry, que fi je ne le confeffois volontairement, on me donneroit la gêne, à quoi ils répondirent qu'on n'en avoit nullement parlé. Mais vous difiez, dit
Parry, que vous procéderiez à la rigueur contre moi fi je ne le confeffois de mon gré. Eux au contraire affermoient n'avoir ufé
d'aucu ne telle parolle : mais je vous dirai, dit Monfieur le Vice-
Chambellan de quel propos j'ufai. Je lui dis que s'il vouloit volontairement découvrir la vérité, cela lui pourroit fervir, & que
je défirois qu'il le fît ainfi ; que s'il refufoit, il nous faudroit proceder felon la coutume ordinaire : fur-quoi il promit de dire vérité de foi-même. N'eft-il pas ainfi ? A quoi il ne repliqua mot.

Et sur ce l'Advocat général de sa Majesté lui ramentut quels propos il avoit tenu à Monsieur Gaudie, Lieutenant de la Tour, Sergent ès Loix de sa Majesté, & à lui-même le Samedi vingtieme de Fevrier en la Tour, dès qu'il fut examiné selon l'ordre, par les Milords : c'est qu'il reconnoissoit avoir été fort doucement traité à toutes les fois qu'il fut examiné, comme lui-même le confessoit.

Lors Monsieur le Vice-Chambellan dit, il y a bien dequoi s'ébahir de la constance de sa Majesté, en ce que depuis que tu lui as découvert ta trahison, selon que tu l'as couchée en ta confession, elle n'a point été saisie de crainte pour la communiquer à quelqu'un de son privé Conseil, & ne l'a jamais fait jusques à ce que l'entreprise ait été du tout découverte & manifestée ; & outre ce que tu as écrit de ta propre main, tu confessas aussi avoir apprêté deux dagues d'Ecosse propres à ce faire, & que les ayant renvoyées, tu dis qu'une autre en feroit l'office. D'avantage n'as-tu pas confessé devant nous comment tu avois été grandement étonné & comme tout ravi de la presence de sa Majesté, lorsqu'elle étoit à Hampton-court l'Eté dernier, disant qu'il t'étoit avis que tu voyois en elle l'Image de Henri septieme, & que cela avec quelques propos qu'elle te tint, te fit détourner & pleurer amerement ; mais que tu te ramentevois cependant, que tes vœux étoient au Ciel, tes lettres & promesses en terre, & que pourtant tu disois en toi même, il n'y a point de remede, si le faut-il faire. Ne confessois-tu pas ceci ? A quoi il s'accorda.

A donc, ajouta encore Mylord Hunsdon, veux-tu dire que tu n'aies jamais pensé à la tuer ? N'as-tu pas dit que tu avois le plus que tu avois pu, déguisé cette méchanceté, lorsque tu la déclarois à sa Majesté, non pas tant pour aucun égard que tu eusses à elle, que pour te faire chemin & mettre en crédit par ce moyen-là, & pour mieux exécuter & plus diligemment ton méchant dessein ? Et d'où te venoit je te prie cette grande frayeur dont tu étoit saisi, après lui avoir découvert ton dessein, si tu n'eusses jamais pensé à l'exécuter ? Que pourras-tu donc alléguer pour te justifier ? Sur cela il se prit à crier comme tout furieux, n'avoir jamais pensé à la tuer, & que son sang fût sur la Reine Elizabeth & sur eux, tant devant Dieu que devant les hommes, & avec cela se mit en rage, jettant des paroles outrageuses contre sa Majesté & son Avocat général.

Voici, dit donc Mylord Hunsdon, un trait de ton arrogance Papistique, laquelle tu voudrois être déclarée de ta faction,

pour leur faire accroire que c'eſt pour maintenir la Papauté que
tu es mis à mort, combien que ce ſoit pour les horribles trahiſons que tu as machinées contre ſa Majeſté & contre ton païs.
Ton ſang donc ſera ſur ta propre tête comme juſte loyer de ta
méchanceté. Les loix de ce Royaume par ta propre bouche te
condamnent à mourir, pour ce que tu as conſpiré la ruine de
ſa Majeſté & de nous tous; que ton ſang donc ſoit ſur toi-même : car ni ſa Majeſté ni aucun de nous ne l'avons requis, mais
c'eſt toi-même qui l'as eſpandu.

Lors on lui demanda que c'eſt qu'il pourroit alléguer pour
empêcher que Sentence de mort ne fût donnée à l'encontre de
lui. Il me faut mourir, dit-il, pour ne m'être point rangé. Que
veux-tu dire par cela, dit Monſieur le Vice-Chambellan? Re-
gardez, dit-il, en vôtre étude & cherchez dans vos nouveaux
livres & vous y trouverez ce que j'entends. Je proteſte dit le Vice-
Chambellan, que je ne ſais ce que c'eſt que tu veux dire. Tu ne
fais pas bien d'uſer ainſi de paroles obſcures, ſi tu ne nous expli-
ques clairement ce que tu entends. Il répondit qu'il ne ſe ſou-
cioit point de mourir, & qu'il mettoit ſon ſang ſur eux. Lors
parla le premier de la Juſtice d'Angleterre, étant requis de prononcer Sentence, diſant, Parry, on t'a beaucoup oui, mais je ne
fais que tu entends par ce mot rangé. Une choſe ſais-je bien,
c'eſt que tu t'es ſi bien rangé à la Papauté, qu'il n'eſt plus poſſible de te ranger au devoir d'un bon Sujet. Mais quant à ce que
tu veux empêcher qu'on ne prononce Sentence contre toi, il
faut que de deux choſes tu en faſſe l'une, ou que tu prouves que
ce qui eſt contenu au procès n'eſt ſuffiſant pour te condamner à
mort, (vû que tu l'a déja confeſſé être vrai), ou que tu demandes quelque grace de ſa Majeſté, à ce que Juſtice ne ſe faſſe.
Tous ces autres propos eſquels tu as uſé de trop grande liberté, ſont
contre tout droit, & ne les devois mettre en avant. Il faut que tu avi-
ſes à l'une de ces deux choſes. Qu'en dis-tu? A quoi il ne dit mot.

Lors dit le Premier de la Juſtice, Parry tu as été juſques ici
atteint de diverſes horribles & déteſtables trahiſons commiſes
contre la très debonnaire Reine, & ton païs naturel. La choſe
étant de ſoi très odieuſe, la maniere très ſubtile & dangereuſe,
les occaſions qui t'y ont émû très impies & abominables. Que
tu l'aies arrêté tu l'as confeſſé toi-même, la choſe étoit en ſomme d'éteindre la ſacrée & Chrétienne Reine, ta ſouveraine Dame, laquelle t'avoit démontré une faveur que pluſieurs plus dignes que toi n'ont pas eue : voire de ruiner le païs auquel tu es

né, & le très heureux Royaume duquel tu eſt membre, & la Reine qui t'avoit conféré le plus grand bénéfice qu'on puiſſe avoir, à ſavoir ta vie qu'elle t'a octroyée de ſa grace, lorſque de droit tu avois mérité la mort. Cependant toi qui étois ſon ſerviteur juré pour la maintenir, as voulu de ta main ſanglante lui ôter la vie, au lieu qu'elle t'a rendu la tienne. Voici en quoi tu as offenſé. Quant à la maniere, elle a été très ſubtile & dangereuſe par-deſſus tout ce qui a été parcidevant dreſſé contre ſa Majeſté. Car toi, feignant de lui vouloir rondement déclarer pour ſon bien ce que les autres avoient comploté contre elle, t'es voulu par ce moyen mettre en crédit, & chercher commodité plusfacile de la mettre à mort. Et quant aux cauſes qui t'ont émû à cela, elles ſont très impies & abominables, c'eſt à ſavoir les perſuaſions du Pape & de ſes ſuppôts, & des livres Papiſtiques. Le Pape fait ſemblant d'être Paſteur, quoiqu'à vrai dire il ſoit bien loin de paître le troupeau de Chriſt ; ains plutôt comme un loup ſe repaît en ſuçant le ſang des Chretiens, ayant ſoif particulierement du ſang de notre bonne & Chretienne Reine. Et quant à ſes Suppôts & livres papiſtiques, quoiqu'ils veulent ſembler avancer la piété, n'enſeignent autre choſe que ce qui eſt du tout contraire à Dieu & à ſa parole. Car ſa parole enſeigne l'obéiſſance des Sujets devers leurs Princes, & défend à aucun particulier de tuer. Mais ceux-ci au contraire enſeignent les Sujets à ſe rebeller contre leurs Princes, & permettent aux particuliers de tuer : & qui tuer ? Une Reine craignante Dieu, leur naturelle, debonnaire, & ſouveraine Reine. Dont tous ſe donnent bien garde d'accepter telles charges du Pape & des ſiens, d'ouir ou lire leurs livres, ou autrement avoir à faire à eux. Dieu faſſe la grace à ſa Majeſté de ſe donner garde par ton exemple, que telles gens ne s'approchent de ſa perſonne. Mais voyons la fin & ce pourquoi tu l'as voulu faire, & on verra combien c'eut été choſe miſérable & à craindre : car tu te propoſois de mettre à ſauveté ceux que tu nommes Catholiques, deſquels la condition eût été pire, comme il eſt vrai-ſemblable, ſi ton entrepriſe diabolique eut ſuccédé. Mais puiſque tu as été convaincu des trahiſons contenues en ton procès, & que pour icelles tu eſt ici maintenant arrêté, t'étant confeſſé toi-même coupable d'icelles, la Cour ordonne que tu ſeras remené d'ici en la priſon, & de-là traîné ſur une claie par toute la Ville de Londres juſques en la place de l'exécution, & là ſeras pendu par le col, & la corde à l'inſtant coupée, afin que toi vivant encore les parties honteuſes te ſoient coupées, pour avec tes entrailles être jettées au feu & brulées devant tes yeux, puis te ſera la teſte tranchée & ton corps mis en quatre quartiers, pour en être diſpoſé ſelon le plaiſir de ſa Majeſté, & Dieu ait pitié de ton ame.

Parry cependant continuoit toujours en ſa rage dégorgeant pluſieurs propos, & diſant furieuſement qu'il ajournoit la Reine Elizabeth pour répondre de ſon ſang devant Dieu; ſurquoi fut commandé au Lieutenant de la Tour de l'oſter du Barreau, ce qu'il fit. Et comme il s'en alloit, le peuple touché au cœur de l'horreur de ſa trahiſon, ne ceſſa de crier après lui, ôte-le traître, ôte-le, & paroles ſemblables, & ainſi fut mené au bateau pour paſſer en la Tour par eau.

Après cela le deuxieme jour de Mars, Guillaume Parry fut en vertu de cette Sentence ôté aux Commiſſaires d'oyer, & terminer (comme ils l'appellent) & livré de grand matin par le Lieutenant de la Tour aux Scheriffes de Londres & Middleſex, leſquelles le reçurent au mont de la Tour, & incontinent le mirent ſur une claie comme portoit ſa Sentence. De-là il fut traîné par le milieu de la Ville de Londres, au lieu de l'exécution au Palais de Weſtminſter: là où après lui avoir donné aſſez de loiſir avant que l'exécuter, il perſiſtât toujours malicieuſement à maintenir qu'il n'avoit jamais eu volonté de tuer la Reine, & tint quelques autres vains diſcours. Finalement fut exécuté ſelon que ſa Sentence portoit, ſans qu'il ait jamais requis le peuple de prier Dieu pour lui, ou que lui même ait prié, ſelon qu'on en pouvoit juger; que s'il l'a fait, ç'a été à part ſoi, ſans qu'aucun en ait rien apperçu. Et quant eſt de ſon intention, quoiqu'il l'ait niée de paroles, cependant il eſt manifeſte à tous, tant par ſes propres écrits que par ſa confeſſion, & pluſieurs autres preuves ci-devant miſes, combien horribles ont été ſes trahiſons, & qu'il a juſtement ſouffert pour icelles. Et partant il eſt vrai-ſemblable que comme il avoit mené une vie méchante & athéiſte, telle a été auſſi ſa fin autant que les hommes en peuvent juger.

EDIT DU ROI,

*Sur la Défense des armes, qu'il fait contre ceux qui se sont ligués
en son Royaume.*

DE PAR LE ROI.

NOTRE amé & féal, nous vous envoyons la copie des Lettres patentes que nous avons fait dépêcher, pour empêcher les levées des gens de guerre, que nous avons entendues se faire en plusieurs endroits sans notre commandement & nos commissions expédiées de nottre grand Scel, lesquelles Lettres vous ferez publier en votre ressort & Jurisdiction, & vous emploierez de tout votre pouvoir & diligence en l'exécution de ce qui vous est commandé par icelles, sans y user d'aucune négligence, longueur, ni connivence, sur tant que craignez de nous désobéir & déplaire; & à ce ne faites faute.

Donné à Paris, le vingt-huitieme jours de Mars mil cinq cent quatre-vingt & cinq.

Ainsi signé, HENRI, & plus bas, BRULART.

HENRI, par la grace de Dieu, Roi de France & de Pologne, à tous ceux qui ces présentes Lettres verront: Salut. Chacun sait avec quel soin, peine & travail, nous avons par la bonne assistance de la Reine, notre très honorée Dame & Mere, établi le repos & tranquillité publique, de laquelle nos Sujets ont commencé de jouir depuis quelques années en ça, & comme àmesure que l'état paisible de nos affaires le nous a pu mieux permettre, nous avons reformé beaucoup de choses, qui par la malice du tems avoient été dépravées en notre Roïaume; aussi pourvu au soulagement de notre Peuple, par le rabais que nous lui avons fait en cette année de la somme de sept cent mille livres; & révocation de plusieurs Edits & Commissions qu'avons su tourner à la foule, avec intention de continuer de tems à autre de lui subvenir, & le soulager davantage, selon que nous le pourrions plus commodément exécuter par la cessation de la guerre. A quoi aucuns

envieux du repos montrant se vouloir opposer, & faire renaître
de nouvaux troubles en notre Roïaume, qui remettent nos Sujets en leurs ruines & calamités passées, commençant, ainsi que
nous sommes avertis, à faire plusieurs remumens & préparatifs
de guerre en divers endroits, & pour plus aisément y parvenir
& induire aucuns Chefs & Capitaines de faire des levées, leur
font entendre que c'est pour notre service, & par notre commandement : chose à laquelle encore que nous estimions qu'il
ne sera pas ajouté foi par ceux qui ont tant soit peu de connoissance de la façon que nous avons accoutumé d'user quand nous
voulons faire lever des gens de guerre : toutes fois pour éclaircir
un chacun en cet endroit, & empêcher que lesdites levées ne s'éf-
fectuent au grand préjudice de notre autorité, & de la tranquillité publique de notre Roïaume, que nous voulons conserver
autant qu'il nous sera possible, & engarder notre Peuple de retomber ès maux qu'il a soufferts par ci-devant, Nous avons de-
claré & déclarons par ces présentes, que s'il y a aucuns qui sous
tel donné à entendre, & sans nos commissions expédiées sous
notre grand Scel, aient fait des levées de gens de guerre, soit
à pied ou à cheval, ils aient à s'en désister promptement, les
licencier & renvoyer sans plus s'en entremettre en quelque sorte que ce soit sur peine d'être punis par la rigueur de nos Ordonnances, suivant lesquelles nous voulons que tous ceux qui
se trouveront, après la publication de ces présentes, avoir des levées, en être faites sans nosdites commissions, soient pris & ap-
prehendés par nos Officiers de Justice, si faire se peut, pour leur
être promptement fait leur procès, & recevoir la punition condigne à la faute qu'ils auront commise, & s'ils ne peuvent être
pris, qu'il leur soit couru sus par le commandement des Gouverneurs & Lieutenans Généraux de nos Provinces, & nos Baillifs & Sénéchaux, Capitaines & Gouverneurs de Places, cha-
cu en son regard, avec les forces de notre Noblesse, & communes, qu'ils pourront à cet effet assembler par son de tocsin,
pour les rompre & tailler en piéces, de telle sorte qu'ils soient
pris sur le champ de l'offense faite contre notre autorité. Ce
que nous commandons & enjoignons très expressément ausdits
Gouverneurs & Lieutenans Généraux, Baillifs & Senéchaux,
Capitaines & Gouverneurs de Places, d'exécuter avec tout soin
& diligence, sur tant qu'ils desirent faire service qui nous soit
agréable. Si donnons en mandement à nos amés & feaux, les
gens tenans nos Cours de Parlemens, Baillifs, Senechaux, Pre-

vôts ou leurs Lieutenans, que cefdites prefentes ils faffent lire,
publier & enregiftrer, entretenir, garder & obferver inviolablement : car tel eft notre plaifir. En témoin de quoi nous avons
fait mettre notre Scel à cefdites préfentes. Donné à Paris le vingt-
huitieme jour de Mars, l'an de grace mil cinq cent quatre-vingt-
cinq. Et de notre Regne le onzieme. Ainfi figné, par le Roi
étant en fon Confeil.

BRULART.

Et fcellé fur double queue de cire jaune.

DECLARATION

Des caufes qui ont mû Monfeigneur le Cardinal de Bourbon (25),
*& les Pairs, Princes, Seigneurs, Villes & Communautés
Catholiques de ce Royaume de France, de s'oppofer à ceux qui
par tous moyens s'efforcent de fubvertir la Religion Catholique
& l'Etat.*

AU nom de Dieu tout-puiffant, Roi des Rois, foit manifef-
té à tous hommes, que ayant la France depuis vingt-quatre ans,
été tourmentée d'une peftilente fédition émûe pour fubvertir l'ancienne Religion de nos Peres, qui eft le fort lien de l'Etat, il y
a été appliqué des remedes, lefquels (contre l'efpérance de leurs
Majeftés,) fe font rendus plus propres à nourrir le mal que l'é-
teindre ; qui n'ont eu de la paix que le nom, & n'ont établi le
repos que pour ceux qui l'auroient troublé, laiffant les gens de
bien fcandalifés en leur ame & interreffés en leurs biens.

Et au lieu de remede, qu'avec le tems l'on pouvoit efpérer de
ces maux, Dieu à permis que les derniers Rois foient morts
jeunes, fans laiffer jufques ici aucuns enfans habiles à fuccéder à
cette Couronne, & ne lui en a plû encore (au regret de tous les
gens de biens) donner au Roi, qui maintenant regne, bien que
les bons Sujets n'aient obmis comme ils n'obmettront à l'avenir,
leurs plus affectionnées prieres pour en impétrer de la bonté de

___

(25) Charles, Cardinal de Bourbon, Fils
de Charles de Bourbon, Duc de Vendôme,
né le 22 Décembre 1523, mort en 1590.
Cette Déclaration déja imprimée à Genéve
en 1590 *in-8°*, eft le Manifefte de la Ligue. Elle contient les caufes & les prétextes
de la levée des Troupes, qui fe faifoit alors.

notre Dieu : en forte qu'étant demeuré feul de tant d'enfans que Dieu avoit donnés au feu bon Roi Henri , il eft trop à craindre (ce que Dieu ne veuille) que cette maifon s'en aille, à notre grand malheur , éteinte fans aucune efperance d'avoir lignée ; & qu'en l'établiffement d'un fucceffeur en l'Etat Royal , il n'advienne de grands troubles par toute la Chrétienté , & peut - être la totale fubverfion de la Religion Catholique , Apoftolique & Romaine en ce Royaume très Chretien , auquel l'on ne fouffriroit jamais regner un hérétique , attendu que les Sujets ne font tenus de reconnoître , ni fouffrir la domination d'un Prince dévoyé de la foi Chretienne & Catholique , étant le premier ferment que nos Rois font , lorfqu'on leur met la Couronne fur la tête , que de maintenir la Religion Catholique , Apoftolique & Romaine , fous lequel ferment ils reçoivent celui de fidélité de leurs Sujets & non autrement.

Toutesfois depuis la mort de Monfeigneur, Frere du Roi, les prétentions de ceux qui par profeffion publique , fe font toujours montrés perféguteurs de l'Eglife Catholique , ont été tellement favorifées & appuyées, qu'il eft grandement néceffaire d'y donner prompte & fage provifion , afin d'éviter les inconvéniens très apparens dont la calamité eft déja connue à tous, les remedes à peu , & la façon de les appliquer prefque à perfonne.

Et d'autant plus que l'on peut affez juger par les grands préparatifs & pratiques qui fe font par-tout, levées de gens de guerre tant dehors que dedans le Royaume, & retention de Villes & Places fortes qu'ils devroient déja avoir remifes de long-tems entre les mains du Roi, que nous fommes fort proches de l'effet de leurs mauvaifes intentions, étant bien certains qu'ils ont depuis peu de tems envoyé pratiquer les Princes proteftans d'Allemagne, pour avoir dés forces, afin d'opprimer les gens de bien plus à leur aife ; comme ainfi leur deffein n'eft autre que de fe faifir & affurer des moyens néceffaires pour renverfer la Religion Catholique, qui eft l'intérêt commun de tous, & principalement des grands , qui ont cet honneur de tenir des premieres & principales charges & dignités de ce Royaume, lefquels on s'efforce de ruiner du vivant du Roi même ou fous fon autorité, afin que n'ayant plus perfonne qui à l'avenir fe puiffe oppofer à leurs volontés, il foit plus aifé de faire le changement qu'on prépare de la Religion Catholique, pour s'enrichir du patrimoine de l'Eglife, fuivant l'exemple de ce qui a été fait en Angleterre.

Même que chacun connoît affez , & voit à l'œil les dépor-

temens & actions d'aucuns. qui s'étant glissés en l'amitié du
Roi notre Prince souverain, la Majesté duquel nous a toujours
été & sera sainte & sacrée, se sont comme saisis de son autorité
pour se maintenir en la grandeur qu'ils ont usurpée, favorisent
& procurent par tous moyens l'effet des susdits changemens &
prétentions, & ont eu la hardiesse & le pouvoir d'éloigner de la
privée conversation de sa Majesté, non-seulement les Princes
& la Noblesse ; mais tout ce qu'il y a de plus proche, n'y donnant
accès qu'à ce qui est d'eux.

A quoi ils ont déja avancé qu'il n'y a plus personne qui ait
part en la conduite & administration de l'Etat, ni qui exerce
entierement sa charge, ayant les uns été dépouillés du titre de
leur dignité, & les autres du pouvoir de fonction, encore que
le nom vain & imaginaire leur soit demeuré.

Aussi a été fait le semblable à l'endroit de plusieurs Gouverneurs de Provinces, Capitaines de Places fortes & autres Officiers, lesquels l'on a forcé de quitter & remettre leurs charges
moyennant quelques récompenses de deniers qu'ils ont reçus contre leur gré & volonté, pour ce qu'ils n'osoient refuser ceux qui
avoient pouvoir de les y contraindre. Exemple nouveau, & non
jamais pratiqué en ce Royaume, d'ôter par argent les charges
à ceux auxquels elles avoient été données pour récompense de
leurs vertus & fidélité ; & par ce moyen se sont rendus maîtres
des armes par mer & par terre.

Et essaie-t-'on tous les jours de faire le semblable aux autres
qui en sont pourvus, si bien qu'il n'y a plus personne qui se puisse assurer, & qui ne soit en crainte, qu'on ne lui ravisse & ôte
des mains sa charge, combien que lui ayant été donnée pour son
mérite, il n'en puisse & n'en doive être dépouillé par les Loix
du Royaume, sinon pour quelque juste & raisonnable considération, où qu'il faillît en chose qui en dépend, & qu'il soit
connu en Justice de sa faute.

Ils ont ainsi tiré à eux tout l'or & l'argent des coffres du Roi,
auxquels ils font mettre les plus clairs deniers des recettes générales pour faire leur profit particulier, tenant à leur dévotion tous
les grands partis & ceux qui les manient, qui sont les vrais chemins pour disposer de cette Couronne, & la mettre sur la tête de
qui bon leur semblera.

Et par leur avarice est advenu qu'abusant de la facilité des
Sujets, l'on s'est peu débordé à plus grieves surcharges, non-
seulement égales à celles que la calamité de la guerre avoit in-

troduites, defquelles rien n'a été remis dans la paix, mais à infinies autres oppofitions naiffantes de jour en jour à l'appétit de
leurs volontés dérogées.

Il avoit paru quelque rayon d'efpérance, quant fur les fréquentes plaintes & clameurs de tout ce Royaume, on publia la
convocation des Etats Généraux à Blois, qui eft l'ancien remede des plaies domeftiques & comme une conférence entre le
Prince & les Sujets, pour revenir enfemble à compte de la dûe
obéiffance d'une part, & de la dûe confervation d'autre, toutes deux jurées, toutes deux nées avec le nom Royal & regles
fondamentales de l'Etat de France ; mais de cette chere & pénible entreprife ne refta finon l'autorifement du mauvais Confeil d'aucuns, qui fe feignans bons politiques, étoient en effet
très mal affectionnés au fervice de Dieu & bien de l'Etat : lefquels ne s'étans contentés de jetter le Roi, de fon naturel très in-
clin à piété hors de la fainte & très utile délibération qu'à la
très-humble requête de tous fes Etats il avoit fait de réunir tous
fes Sujets à une feule Religion Catholique, Apoftolique & Romaine, a fin de les faire vivre en l'ancienne piété avec laquelle
ce Royaume avoit été établi, s'étoit confervé, & depuis accru
jufques à être le plus puiffant de la Chretienté, qui fe pouvoit
alors exécuter fans péril & prefque fans réfiftance, lui auroient
aucontraire perfuadé être néceffaire pour fon fervice d'affoiblir
& diminuer l'autorité des Princes & Seigneurs Catholiques, qui
avec grand zele avoient grandemeut hafardé leurs vies combattant fous fes enfeignes, pour la défenfe de ladite Religion Catholique. Comme fi la réputatiou qu'ils avoient acquife par leurs
vertus & fidélité, les eût dû rendre fufpects, au lieu de les faire
honorer.

Auffi l'abus qui auroit pris fon progrès pied à pied, eft depuis tombé comme un torrent en précipice d'une fi violente
chûte, que le pauvre Royaume fe trouve fur le point d'en être
bientôt accablé fans guere d'efpérance de falut, car l'Ordre Eccléfiaftique, quelques belles affemblées & juftes remontrances
qu'ils aient fu faire, eft aujourd'hui opprimé de décimes, & fubventions extraordinaires, outre le mépris des chofes facrées de
la fainte Eglife de Dieu, en laquelle déformais tout eft tollu &
pollu, la Nobleffe annullie, affervie & vilennée, & tous les jours
foulée miférablement de taxes & indues exactions qu'elle paie
malgré elle, fi elle veut fubftanter la vie, c'est-à-dire, boire &
manger & fe vêtir ; les Villes, les Officiers Royaux & menu peu-

H ij

ple ferrés de fi près par la fréquentation de nouvelles impofitions
que l'on appelle inventions, qu'il ne refte plus rien à inventer finon le feul moyen d'y donner un bon remede.

Pour ces juftes caufes & confidérations, Nous Charles de
Bourbon, Premier Prince du Sang, Cardinal de l'Eglife Catholique, Apoftolique & Romaine, comme à celui qui touche de
plus près de prendre en fauve-garde & protection la Religion
Catholique en ce Royaume, & la confervation des bons & loyaux
ferviteurs de fa Majefté & de l'Etat, affifté de plufieurs Princes
du Sang, Cardinaux & autres Princes, Pairs, Prélats, Officiers
de la Couronne, Gouverneurs de Provinces, principaux Seigneurs, Gentils-hommes, de beaucoup de bonne Villes & Communautés, & d'un bon nombre de bons & fideles fujets, faifant
la meilleure & plus faine partie de ce Royaume, après avoir fage-
ment pofé le motif de cette entreprife, & en avoir pris l'avis,
tant de nos bons amis très affectionnés au bien & repos de ce
Royaume, que des gens de favoir & craignant Dieu, que nous
ne voudrions offenfer en ceci pour rien du monde, déclarons
avoir tous juré & faintement promis de tenir la main forte, &
armes, à ce que la fainte Eglife de Dieu foit réintégrée en
fa dignité & en la vraie & feule Catholique Religion ,
que la Nobleffe jouiffe comme elle doit de fa franchife toute entiere, & le peuple foit foulagé, de nouvelles impofitions
abolies, & toutes crûes ôtées, depuis le Regne du Roi Charles-
Neuvieme, que Dieu abfolve, que les Parlemens foient remis en
la plénitude de leurs connoiffances & en leur entiere fouveraineté de leurs jugemens chacun en fon reffort, & tous Sujets du
Royaume maintenus en leurs Gouvernemens, Charges & Offices fans qu'on leur puiffe ôter finon en trois cas des anciens éta-
bliffemens & par jugement des Juges ordinaires, reffortiffant ès
Parlemens.

Que tous deniers qui fe releveront fur le peuple feront employés à la défenfe du Royaume & à l'effet auquel ils font deftinés, & que déformais les Etats généraux, libres & fans aucune
pratique, foient tenus de trois ans en trois ans pour le plus tard ,
avec entiere liberté à un chacun d'y faire fes plaintes aufquels n'aura été duement pourvû.

Ces chofes, & autres qui feront plus particulierement & amplé-
ment déduites, font le fujet de l'argument de l'affemblée en armes , qui fe font pour la reftauration de la France, manutention des bons, & punition des mauvais ; & pour la fûreté de nos

perſonnes qu'on a taché ſouvent , & même encore depuis peu
de jours , par ſecretes conſpirations accabler & du tout ruiner ,
comme ſi la ſûreté de l'Eſtat dépendoit de la ruine des bons &
de ceux qui ont ſi ſouvent haſardé leur vie pour le conſerver ,
ne nous reſtant plus pour nous garantir du mal , & pour détourner le couteau , qui eſt déja ſur nos teſtes , ſinon de courir aux
remedes qu'avons toujours eu en horreur , qui ſont excuſables , &
doivent être trouvés juſtes , quand ils ſont néceſſaires & autoriſés , & deſquels ne nous voudrions encore à préſent aider pour
le ſeul péril de nos biens , ſi la ruine de la Religion Catholique
en ce Royaume , & de l'Etat d'icelle , n'y étoit inſéparablement
conjointe : pour la conſervation deſquels nous ne craindrons jamais aucun danger , eſtimant ne pouvoir choiſir un plus honorable tombeau , que de mourir pour une ſi ſainte & juſte querelle.
Et pour nous acquitter du devoir & obligation qu'avons comme
bons Chretiens au ſervice de Dieu , & empêcher auſſi (comme
bons & fideles Sujets) la diſſipation de l'Etat que ſuit volontiers
ledit changement.

Proteſtant que ce n'eſt contre le Roi notre ſouverain Seigneur
que prenons les armes , ains pour la tuition & défenſe de ſa perſonne , de ſa vie & de ſon Etat , pour lequel nous jurons & promettons tous expoſer nos biens & nos vies , juſqu'à la derniere
goutte de notre ſang , avec pareille fidélité qu'avons fait par le
paſſé : & de poſer les armes auſſitôt qu'il aura plu à ſa Majeſté
faire ceſſer le péril qui menace la ruine du ſervice de Dieu & de
tant de gens de bien : Ce que nous ſupplions très humblement
faire au plutôt , témoignant à chacun par bon & vrai effet , qu'il eſt
vraiment Roi très Chretien : ayant la crainte de Dieu & le zele
de la Religion empreints en ſon ame , ainſi que nous l'avons toujours connu , & comme bon Pere , & Roi très affectionné à la
conſervation de ſes Sujets. En quoi faiſant ſa Majeſté ſera d'autant plus obéie , reconnue & honorée de nous & de tous les autres Sujets , avec beaucoup de bienveillance ; ce que nous déſi-
rons ſur toutes les choſes du monde.

Et combien que ce ne ſoit choſe éloignée de raiſon , que le
Roi fût requis de pourvoir en ce que durant & après ſa vie le
peuple commis en ſa charge ne ſoit diviſé en factions & partialités pour les différens de ſucceſſion , ſi eſt ce que nous ſommes
ſi peu émus de telle conſideration , que la calomnie de ceux qui
nous le reprochent , ne ſe trouvera ſoutenue d'aucun fondement ;
car outre ce que les Loix du Royaume ſont aſſez claires & con-

1585.

MOTIFS DU
CARD. DE
BOURBON,
DES PAIRS,
PRINCES &c.

nues, encore par deſſus le haſard auquel nous, Cardinal de Bourbon nous jettant ſur nos vieux jours & dernier âge, ſont aſſez
de preuve que nous ne ſommes enflés de telle vanité & eſpérance.
Ains ſeulement pouſſés de vrai zele de la Religion qui nous fait
prétendre part à un Royaume plus aſſuré & duquel la jouiſſance
eſt plus déſirable & de plus longue durée.

Notre intention étant telle, ſupplions tous enſemble très
humblement la Reine mere du Roi, notre très honorée Dame,
(ſans la ſageſſe & prudence de laquelle le Royaume ſeroit dèſ-
pieça diſſipé & perdu, pour le fidele témoignage qu'elle peut,
veut & doit rendre de nos grands ſervices : même en particulier
de nous Cardinal de Bourbon, qui l'avons toujours honorée,
ſervie & aſſiſtée en ſes plus grandes affaires, ſans y épargner nos
biens, vies, amis & parens, pour avec elle fortifier le parti du
Roi & de la Religion Catholique, de ne nous vouloir à ce coup
abandonner, mais y employer tout le crédit que ſes peines & la-
borieux travaux lui devroient juſtement attribuer, & que ſes
ennemis lui pourroient avoir infidellement ravi d'auprès du Roi
ſon fils

Supplions auſſi tous les Princes, Pairs de France, Officiers de
la Couronne, perſonnes Eccleſiaſtiques, Seigneurs, Gentilshommes & autres de quelque qualité qu'ils ſoient, qui ne ſont
encores joints avec nous, de nous vouloir aſſiſter & aider de
leurs moyens à l'exécution d'un ſi bon & ſaint œuvre ; & exhortons toutes les Villes & Communautés, d'autant qu'elles aiment leur conſervation, de juger ſommairement nos intentions,
& reconnoître le ſoulagement & repos qu'il leur en peut revenir en leurs affaires, tant publiques que domeſtiques, & mettre, en ce faiſant, la main à cette bonne entrepriſe, qui ne ſauroit que proſpérer avec la grace de Dieu, à qui nous référons
toutes choſes, ou du moins ſi leurs avis & réſolution ne ſe
pouvoient ſi-tôt rapporter à un, comme leurs conſeils ſeront
compoſés de pluſieurs, nous les admoneſtons d'avoir l'œil à leurs
choſes propres, & cependant ne ſe laiſſer envahir à perſonne,
& poſſeder par ceux qui par quelque ſiniſtre interprétation de
nos volontés, ſe voudroient emparer de leurſdites Villes, & en
y mettant garniſon de gens de guerre, les réduire aux mêmes
ſervitudes que ſont les autres Villes par eux occupées.

Déclarons à tous, que n'entendons uſer d'aucun Acte d'hoſtilité, que contre ceux qui avec les armes ſe voudront oppoſer à
nous, ou par autres moyens indus favoriſer nos adverſaires,

qui cherchent à ruiner l'Eglise & diſſiper l'Etat ; & aſſurons un chacun que nos armées ſaintes & juſtes, ne feront foulle ni op-preſſion à perſonne, ſoit pour le paſſage ou demeure en quelque lieu que ce ſoit, ains vivront avec bon réglement, & ne prendront rien ſans payer.

Recevons avec nous tous les bons qui auront zele à l'honneur de Dieu & de ſa ſainte Egliſe, & au bien & réputation de la très chrétienne Religion Françoiſe, ſous proteſtation neanmoins de ne poſer jamais les armes juſques à l'entiere exécution des choſes ſuſdites, & plûtôt y mourir tous de bon cœur, avec déſir d'être amoncelés dans une ſepulture conſacrée aux derniers François, morts en armes pour le ſervice de Dieu & de leur patrie.

Enfin, d'autant qu'il faut que toute notre aide vienne de Dieu, nous prions tous vrais Catholiques de ſe mettre tous avec nous en bon état, ſe reconcilier avec ſa divine Majeſté par une entiere réformation de leurs vies, afin d'appaiſer ſon ire & l'invoquer en pureté de conſcience, tant par prieres publiques de proceſſions ſaintes, que par dévotions privées & particulieres, afin que toutes nos actions ſoient référées à l'honneur & gloire de celui qui eſt le Dieu des Armées, & de qui nous attendons toute notre force & plus certain appui.

Donné à Peronne le dernier jour de Mars, mil cinq cent quatrevingt-cinq.

Signé,   CHARLES,

Cardinal de Bourbon.

1585.

MOTIF DU
CARD. DE
BOURBON,
DES PAIRS,
PRINCES, &c.

DECLARATION

De la volonté du Roi, ſur les nouveaux troubles de ce Royaume. *

COMBIEN que le Roi ait par Lettres & Mandemens ja pluſieurs fois admoneſté ſes Sujets de ne ſe laiſſer aller aux perſuaſions & conſeils d'aucuns qui s'efforcent de les pratiquer & aſſocier à eux, & en ce faiſant les débaucher de leurs repos ; &

1585.

* Cette Déclaration, qui eſt du mois d'Avril 1585, avoit paru la même année *in-8°*, à Paris.

mêmement offert & promis grace à ceux qui s'étant déja engagés s'en retireroient après avoir entendu son intention, neanmoins sa Majesté ayant su avec grand déplaisir, que nonobstant sesdits commandemens, & débonnaires avertissemens, quelques uns de sesdits Sujets ne délaissent d'entrer esdites Associations, à ce induits de divers interêts, mais la plupart transportés & éblouis des belles & spécieuses couleurs que donnent à leurs entreprises les auteurs d'icelles, sadite Majesté a estimé devoir pour le bien universel de sesdits Sujets, pour la décharge de sa conscience envers Dieu, & de sa réputation envers le monde, opposer à tels artifices la lumiere de la vérité, vraie consolation des bons, & ennemie mortelle de leurs adversaires, afin qu'étant sesdits Sujets guidés de la clarté d'icelle, ils discernent & connoissent à tems, & sans empêchement, l'origine & la fin de tels mouvemens; & par ce moyen évitent les miseres & calamités publiques & privées, qui naîtront d'iceux.

Les prétextes que prennent les auteurs desdits troubles sont principalement fondés sur la restauration de la Religion Catholique, Apostolique & Romaine, en ce Roïaume, la distribution des Charges & dignités d'icelui à ceux auxquels justement elles sont dues, & sur le bien, honneur, & soulagement des Ecclesiastiques, de la Noblesse, & du Peuple,

Lesquels points chacun a connu, par effets non déguisés, avoir toujours été si chers & recommandés à sadite Majesté, que personne ne peut à bon droit douter de son intention en cet endroit, de sorte qu'il semble qu'il n'étoit besoin pratiquer sesdits Sujets, les assembler en armes, & lever des forces étrangeres, pour l'induire à embrasser les ouvertures que l'on prétend faire sur iceux, en cas qu'elles soient justes, possibles, & utiles à ses Sujets.

Car pour le regard de ladite Religion, sadite Majesté a, devant son avénement à la Couronne, trop souvent exposé sa propre vie, & trop heureusement combattu pour la propagation d'icelle, & depuis qu'il a plû à Dieu l'appeller au gouvernement de ce Roïaume, trop souvent hasardé à même fin son Etat, & employé ses meilleurs moyens, avec la vie & la substance de ses bons Sujets & Serviteurs, pour à present leur persuader & faire accroire que autre, quelqu'il soit en ce Roïaume ou ailleurs, quelque profession qu'il fasse, ait la Religion & piété plus à cœur, qu'elle a toujours eu, & aura éternellement, moyennant la grace de Dieu,

Et

Et si, à l'exemple du feu Roi son frere, & de plusieurs autres Princes de la Chrétienté (les Empires & Etats desquels ont été affligés d'opinions diverses de ladite Religion) , sa Majesté a par le prudent avis de la Reine sa mere, de Monsieur le Cardinal de Bourbon, & des autres Princes, Officiers de sa Couronne, & Seigneurs de son Conseil, qui étoient lors auprès d'elle, pacifié les troubles qui étoient entre ses Sujets, à cause de ladite Religion, en attendant qu'il eût plu à Dieu les réunir tous au giron de son Eglise, il ne s'ensuit pour cela que la ferveur & dévotion en ce qui concerne la gloire de Dieu, & l'entiere restauration de l'Eglise Catholique, Apostolique & Romaine, soit depuis changée, & moindre à présent qu'elle l'a démontrée durant lesdits troubles.

Tant s'en faut qu'ainsi soit que sadite Majesté desire que chacun sache avoir fait ladite paix expréssement pour essayer si par la voie d'icelle elle pourroit réunir à l'Eglise de Dieu ses Sujets, que la malice & licence du tems en auroient séparés ; ayant si longuement éprouvé au hasard de sa personne & de son Etat, & au prix du sang d'un grand nombre de Princes, Seigneurs, Gentilshommes & autres ses Sujets, morts durant lesdits troubles, & à l'occasion d'iceux, depuis qu'ils ont commencé en ce Roïaume, la discorde susdite mue à cause de la Religion, & enracinée en cedit Roïaume durant la minorité du feu Roi sondit frere, & sienne, au grand déplaisir de ladite Dame Reine leur mere, ne pouvoir être terminée par la voie des armes, sans détruire sesdits Sujets, & mettre son Roïaume en péril éminent.

Chose à laquelle elle s'est résolue lorsqu'elle a connu que toutes sortes d'Etats étoient las & recrus de la trop longue course desdits troubles, & que les moyens de subvenir plus longuement aux frais d'une telle guerre lui manquoient.

Ce qui ne fut advenu, si, en l'assemblée des Etats Généraux de ce Roïaume, tenus à Blois, tout ainsi que les Députés y étant auroient requis sa Majesté (induits à ce faire de sa fervente affection à la Religion Catholique) prohiber du tout en ce Royaume l'exercice de ladite Religion prétendue réformée ; dont seroit ensuivie la détermination qui y fut prise & jurée, laquelle depuis sa Majesté mit peine d'exécuter : l'on eût quant & quant pourvu à faire un fond de deniers certain, pour poursuivre jusques au bout ladite guerre : comme il étoit nécessaire de faire, & en fut fait inftance par fadite Majefté.

Et n'auroient à prefent pretexte de fe douloir, ceux qui néan-moins publient que chacun fut bientôt privé de ce rayon de bonne efpérance, qui pour ce regard leur apparut par la refo-lution prife aufdits Etats. Jaçoit qu'il foit mal féant & illicite à un Sujet de juger des actions de fon Roi, quand ce ne fe-roit qu'il ignore bien fouvent les fecretes caufes motives de fes commandemens, lefquelles font quelquesfois plus preignantes que celles qui font apparentes & notoires à un chacun.

N'appartenant qu'à Dieu, feul fcrutateur & cenfeur des cœurs & actions des Princes, à ce faire : lequel fait les caufes qui for-cerent lors fadite Majefté, autant que toute autre chofe, à con-clure ladite paix ; étant certain que fi elle eût différé à ce faire, ce Roïaume s'en alloit rempli de forces étrangeres, & de diver-fes partialités & divifions nouvelles, lefquelles euffent été très préjudiciables à l'Etat.

Ce fut donc pour obvier à tous les inconvéniens fufdits, en prevenir les effets, & tenter meilleurs remedes, que fadite Ma-jefté accorda ladite paix, & non pour établir & fonder l'héréfie en ce Roïaume, comme l'on publie : car jamais telle penfée n'entra en l'ame d'un Prince très Chrétien & très bon, comme eft fadite Majefté.

Laquelle ayant prévu, fenti & éprouvé les difficultés fufdites, auroit eftimé devoir encore tant plutôt entendre à ladite paci-fication, à celle fin de pouvoir, par le moyen d'icelle, rendre aumoins fefdits Sujets jouiffans du foulagement qu'ils atten-doient des autres points propofés & requis en l'affemblée def-dits Etats Généraux pour le bien public dudit Roïaume, étant la paix & concorde un fondement préalable & néceffaire au rétabliffement des bonnes Loix, & à la réformation des mœurs.

A quoi fadite Majefté a depuis continuellement vaqué, com-me il appert par les Edits & reglemens fur ce faits, lefquels elle a mis peine de faire effectuer & obferver : & fi fon intention n'a été exécutée felon fon défir, ce a été à fon très grand regret, & peut-être autant par la négligence d'aucuns de fes Officiers, & par l'artifice de fes mal veuillans, qu'à caufe du pied & avantage que l'impiété, la corruption, & la défobéiffance avoient pris en ce Roïaume durant la fufdite guerre.

Par la paix, plufieurs Villes remplies de Citoyens & Habitans Catholiques, ont été délivrées des gens de guerre qui s'en étoient saisis, l'exercice de la Religion Catholique, Apostolique & Romaine réintegré en icelles, ainsi qu'il a été par la diligence & sollicitude de sadite Majesté, quasi en toutes celles de Royaume, esquelles mêmes ceux qui font profession de ladite Religion prétendue reformée, ont été depuis les troubles, & sont encore à present, les plus forts : & dont ledit exercice avoit été banni devant & depuis son avénement à la Couronne jusques alors.

La face de la Justice y a pareillement comparu, si non pleine & entiere comme l'on pouvoit désirer, au moins telle qu'elle a eu quelquefois assez de force pour conforter les bons & étonner les méchans. Les Prélats & Ecclesiastiques sont rentrés en leurs Eglises, & en la jouissance de leurs biens, dont ils étoient spoliés. Les Nobles & Gentilshommes ont pu vivre en sureté en leurs maisons, sans être sujets aux dépenses qu'ils souloient faire durant la guerre, pour se garder de surprise. Le Citoyen privé de sa possession, errant par les champs avec sa famille, est aussi rentré en sa maison par le moyen de ladite paix. Le Marchand a semblablement repris les erres de son trafic, entierement interrompu à cause desdits troubles : & a le pauvre laboureur (accablé de la pesanteur du faix insupportable provenant de la licence effrénée du Soldat) eu moyen de respirer & recourir à son labeur ordinaire, pour subsanter sa pauvre vie. Bref, il n'y a sorte d'etats & de personnes qui n'ait participé effectuellement au bénéfice de ladite pacification.

Et comme sadite Majesté a toujours été très jalouse de l'honneur de Dieu, & soigneuse du bien public de sesdits Sujets, autant qu'un Prince très Chrétien & vraiment bon doit être, reconnoissant les maux & calamités d'un Etat provenir principalement du défaut & manquement de la vraie piété & justice, & depuis ladite paix continuellement travaillé à relever ces deux colomnes, que la violence desdits troubles avoient quasi renversées & mises par terre.

Pour ce faire, elle a commencé par nommer aux dignités Ecclesiastiques, ayant charge d'ames, personnages idoines & capables, & tels qu'il est ordonné par les saints Décrets.

A aussi convié sesdits Sujets par son exemple à reformer les mœurs, & recourir à la grace & miséricorde de Dieu, par prieres & austérité de vie. Ce qui a confirmé les Catholiques en leur devoirs envers la Majesté Divine, & mû aucuns de ceux qui étoient séparés de l'Eglise de Dieu, à s'y réunir.

Elle a semblablement vacqué à ouir bénignement les remontrances & doléances du Clergé, après leur avoir permis s'assembler pour cet effet, & y a pourvu amplement & favorablement, l'ayant depuis plutôt déchargé que surchargé de decîmes extraordinaires, sans avoir égard à la nécessité de ses affaires, quoi que l'on publie au contraire. Bien marrie ne le pouvoir aussi-bien soulager du paiement des ordinaires, à cause qu'elle les a trouvées, à son avénement à la Couronne, engagées au paiement des rentes de l'Hôtel de Ville de Paris.

Lesdits Prélats & Ecclesiastiques ont eu moyen aussi par la permission que leur en a donné sadite Majesté de convoquer & tenir leurs Conciles Provinciaux, par le moyen desquels ils ont avisé & pourvû à la réformation des abus introduits en l'Eglise durant lesdits troubles, & fait plusieurs bons & saints réglemens à l'avantage d'icelle, lesquels ont été autorisés par sadite Majesté.

Ce sont les fruits & avantages publics & généraux que l'Eglise de Dieu, & la Religion Catholique, Apostolique & Romaine, ont recueillis de ladite pacification, outre infinis autres privés & particuliers, qui seroient trop long à coter.

Pour le regard de la Justice, chacun sait la peine que sadite Majesté a prise à la retirer des ténebres où les troubles l'avoient plongée, pour remettre sa lumiere en sa premiere force & splendeur ancienne.

Ayant supprimé par mort les Offices qui étoient supernuméraires, & davantage prohibée & fait cesser la vénalité desdits Offices, que la nécessité d'argent avoit contraint ses Prédécesseurs d'introduire : sans avoir égard à la sienne, non moindre que celle de sesdits Prédécesseurs.

Outre cela, sadite Majesté a du tout fermé la porte aux rémissions & évocations qui souloient être auparavant expédiées de son propre mouvement, reconnoissant combien l'espérance que l'on avoit d'obtenir ceux-là, autorisoit le maléfice, & le trop peu de difficulté que l'on faisoit d'accorder les autres apportoit de confusion en la Justice.

Davantage, elle a eu moyen depuis ladite pacification, d'envoyer en diverses Provinces de ce Royaume, des Chambres composées des Officiers du Parlement de Paris, pour rendre

Juſtice ſur les lieux à ſeſdits Sujets, dont s'eſt recueilli le fruit que chacun a goûté, lequel eut encore été plus grand au contentement des gens de bien, ſi ſa bonne intention eût été mieux aſſiſtée de ceux qui naturellement, & par obligation ſpéciale de leurs charges, étoient tenus à ce faire.

Mais tout ainſi que le malheur du tems a donné hardieſſe à quelque-uns d'attribuer à ſadite Majeſté les fautes d'autrui, la corruption & malignité a été remplie de telle audace & impudence, que pluſieurs ont même pris plaiſir à décrier ſes actions plus ſaintes & meilleures, pour les faire trouver mauvaiſes à ſeſdits Sujets, & par ce moyen acquerir leur bienveillance aux dépens de ſa réputation ; juſques-là qu'ils ont quelquefois oſé interpréter à trop grande rigueur & ſévérité, le ſoin très louable qu'elle a eu de faire exécuter les Decrets & Arrêts deſdites Chambtes contre les malfaiteurs.

Sadite Majeſté ayant donc commencé à pourvoir par les moyens ſuſdits au relevement de ces deux piliers, vrais & uniques fondemens, & conſervateurs de toute Monarchie, s'étoit promis de les redreſſer du tout, & les remettre en leur entier par la continuation de la paix, ſi Dieu lui eût fait la grace d'en rendre digne ſon Regne & ſes Sujets.

Ce qu'il ſemble qu'aient auſſitôt craint que prévu, ceux qui à preſent veulent émouvoir ſes Sujets à prendre les armes, ſous couleur néanmoins de pourvoir à l'un & à l'autre point.

Ils publient auſſi avoir pris les armes pour obvier aux troubles qu'ils diſent craindre voir arriver après le décès de ſa Majeſté, à l'établiſſement d'un Succeſſeur Royal, au déſavantage de ladite Religion Catholique, Apoſtolique & Romaine.

S'étant perſuadés, ou pour le moins publiant ainſi, que ſadite Majeſté, ou ceux qui ſont auprès d'elle, favoriſent les prétentions de ceux qui ſe ſont toujours montrés perſécuteurs de ladite Religion.

Choſe à laquelle ſadite Majeſté prie & admoneſte ſeſdits Sujets croire qu'elle n'a jamais penſé, d'autant qu'étant encore, grace à Dieu, en la fleur & force de ſon âge, & en pleine ſanté, & pareillement la Reine ſa Femme, elle eſpere que Dieu leur donnera lignée, au contentement univerſel de ſes bons & loyaux Sujets.

Et lui ſemble que c'eſt vouloir forcer la nature & le tems, & davantage ſe défier par trop de la grace & bonté de Dieu, de la ſanté & vie de ſadite Majeſté, & de la fécondité de ladite Da-

me Reine sa Femme, que de mouvoir à présent telle question &
même en poursuivre la décision par la voie des armes.

Car, au lieu de délivrer & garantir ce Royaume du mal que l'on
dit craindre, voir quelque jour arriver pour ce regard, c'est proprement avancer les douleurs & effets mortels d'icelui, que de
commencer à présent la guerre pour cette occasion ; étant certain
que par le moyen d'icelle le Royaume sera bientôt rempli de
forces étrangères, de partialités & discordes immortelles, de
sang, de meurtres & brigandages infinis.

Et voila comment la Religion Catholique y sera rétablie, que
l'Ecclésiastique sera déchargé de décîmes, que le Gentil-homme
vivra en repos & sûreté en sa maison, & jouira de ses droits &
prérogatives, que les Citoyens & Habitans des Villes seront
exempts de garnisons, & que le pauvre peuple sera soulagé des
taxes & impositions qu'il supporte.

Sadite Majesté exhorte & admoneste ses Sujets d'ouvrir les
yeux en cet endroit, & ne se persuader que cette guerre finisse
si legerement que l'on publie : ains appréhender & considérer
murement la suite & conséquence inévitable d'icelle, & ne permettre que leur réputation soit souillée, & que leurs armes servent d'instrument à la ruine de leur Patrie, & à la grandeur des
ennemis d'icelle ; lesquels seuls triompheront & profiteront des
miseres & calamités publiques.

Car, cependant qu'aveuglés de notre propre bien nous com-
battrons les uns contre les autres, secourus en apparence, mais
en effet fomentés, de leur assistance, ils regneront heureusement
& établiront leur puissance.

L'on se plaint pareillement de la distribution des charges &
honneurs de cedit Royaume, disant que ceux-là en sont privés,
lesquels ont mieux mérité de l'Etat & du service de sadite Majesté.

Fondement très foible & peu honorable pour bâtir la ruine &
dissipation d'un si florissant Royaume, les Rois duquel n'ont jamais été astraints à se servir des uns plutôt que des autres : car il
n'y a loi qui les oblige à ce faire, que celle du bien de leur
service.

Néanmoins sadite Majesté a toujours grandement honoré &
chéri les Princes de son sang, autant qu'autres de ses prédécef-
seurs, & a montré vouloir avancer les autres en crédit, honneur
& réputation, en se servant d'eux : car toutes les fois que sadite
Majesté a dressé des forces & Armées, elle leur en a commis la

charge & conduite par préférence à tous autres, & si l'on considere quels sont ceux qui tiennent encore à present les plus grandes & honorables charges du Royaume, l'on trouvera que ceux
que l'on dit être auteurs de telles plaintes, ont plutôt occasion
de se louer de la bonté & amitié de sadite Majesté, que de s'en
douloir & départir.

Mais ils disent qu'ils n'en ont que le nom, & qu'en effet ils
sont privés des prérogatives qui dépendent de leursdites charges,
lesquelles sont usurpées par d'autres. Or devant que de juger du
mérite d'une telle doléance, il seroit besoin voir & approfondir
les droits & prééminences attribuées à chacune charge, & considérer comment & par quelles personnes elles ont été exercées
du tems des Rois ses prédécesseurs.

Chose souvent proposée par sadite Majesté, voulant régler
les charges d'un chacun, & laquelle seroit long-tems à éclaircir
& décider, si sa bonne volonté eût été secondée & assistée comme elle devoit être par ceux même qui y ont intérêt.

Mais sera-t-il dit à present, & délaissé à la postérité, que les
intérêts & mécontentemens privés soient cause de troubler tout
un Etat, & le remplir de sang, & de désolation ?

Ce n'est le chemin qu'il faut tenir pour régler les abus desquels
l'on se plaint, ayant affaire à un Prince très debonnaire qui ira
toujours au devant du mal, & embrassera très volontiers les remedes propres & convenables qui lui seront presentés pour y pourvoir.

Partant que les armes soient posées, les forces étrangeres con-
tremandées, & ce Royaume délivré du danger qu'il court par
l'élévation & prise desdites armes, & au lieu de poursuivre ce
chemin plein d'obstacles, miseres & calamités publiques & privées, que celui de la raison & du devoir soit recherché, entrepris & suivi, par le moyen duquel la sainte Eglise de Dieu, ennemie de toute violence, sera plus facilement réintégrée en sa
force & splendeur, & la Noblesse satisfaite, & rendue contente,
comme elle doit être. Car quel des Rois prédécesseurs de ladite
Majesté, a en effet montré plus aimer & chérir l'ordre d'icelle,
qu'à fait sadite Majesté ? Ne s'étant contentée de la préférer aux
anciens & principaux honneurs & grades du Royaume, qu'elle en
a expressément érigé & fait de nouveaux qu'elle a consacrés à
l'illustration de la vraie Noblesse, ayant d'iceux exclus & privé
toutes autres sortes d'etats.

Sa Majesté pourvoira quand & quand par effets au soulage-

1585.

DECLARAT.
DU ROI SUR
LESTROUBLES
DU ROYAU-
ME.

ment de son peuple, ainsi qu'elle a déja très bien commencé, & desire continuer de tout son pouvoir.

Et combien que les Chefs de cette guerre promettent que leurs forces & Armées vivront de telle police que chacun s'en louera, & qu'ils admonestent aussi les Citoyens des Villes de ne recevoir aucunes garnisons, néanmoins l'on voit que les Soldats qu'ils ont assemblés, commettent déja infinis excès & malefices, & qu'ils ont mis des forces dans les Villes & Places desquelles ils se sont saisis, pour les régir & conserver à leur dévotion. Outre cela il est certain que plusieurs vagabonds & fainéans s'éleveront à l'accoutumée, sous le nom & faveur des uns & des autres, lesquels commettront infinis sacrileges & brigandages.

De maniere qu'au lieu de faire cesser le péril qui menace la ruine du service de Dieu & des gens de bien, comme l'on promet faire par cette guerre, elle remplira ce Royaume de toute impiété & désolation.

Ils publient aussi que l'on veut attenter à leurs personnes & vies, & que c'est une des causes qui les meut à prendre les armes. Personne ne peut croire que telle plainte regarde aucunement sa Majesté, tant pour le bon & gracieux traitement qu'ils ont toujours reçu d'elle, que pour être sadite Majesté de sa nature si aliénée de toute espece de vengeance, que celui est encore à naître, qui à bon droit se puisse plaindre d'elle pour ce regard, quelque offense qu'elle en ait reçue : où il s'en trouvera plusieurs de cette qualité qui ont éprouvé sa debonnaireté & en serviront de mémoire à la postérité.

Au moyen de quoi sadite Majesté prie & exhorte les Chefs desdits remûmens d'armes, séparer promptement leurs forces, contremander lesdits Etrangers, & se départir de toutes Ligues & voies de fait, & comme ses parens & serviteurs, reprendre entiere fiance de son amitié & bienveillance, laquelle elle offre en ce faisant leur continuer, en les honorant de sa bonne grace, & rendant participans des honneurs qu'elle a accoutumé de départir à ceux de leur qualité ; se rallier, & réunir avec elle, pour pourvoir dûment & par effet à la restauration du service de Dieu, & du bien public de sesdits Sujets, par les moyens qui seront jugés propres & convenables : à quoi sa Majesté a très bonne volonté d'entendre.

Elle admoneste pareillement les Ecclésiastiques & Gentilshommes ses Sujets, de bien & murement peser la conséquence

de

de ces remuemens , embraſſer ſincerement ſon intention , & croire que ſon but a toujours été , & ſera éternellement, de bien
faire à tous , & ne faire mal ni déplaiſir à perſonne.

Leur commandant très étroitement , & ſemblablement à
tous ſes autres Sujets , de ſe départir & retirer de toutes Ligues
& aſſociations , & ſe réunir avec elle , comme la nature , leur
devoir , & leur propre bien & ſalut les obligent de faire. A ce que
ſi tant eſt que ces mouvemens d'armes paſſent outre (ce que elle ſupplie la bonté divine ne permettre) elle ſoit aſſiſtée & ſe-
courue de leur conſeil , armes & moyens , pour la conſervation
du Royaume , (à laquelle eſt conjointe celle de l'Egliſe Catholique , Apoſtolique & Romaine en icelui) , de leur honneur , réputation , & ſemblablement de leurs perſonnes , familles &
biens.

Leur offrant & promettant, en ce faiſant, la continuation de
ſa bonne grace, & rémunération de leur fidélité & ſervices.

Fait à Paris, au mois d'Avril , mil cinq cent quatrevingt &
cinq.

Signé,   HENRY.

Et plus bas,

DE NEUFVILLE.

1585.

DECLARAT.
DU ROI SUR
LESTROUBLES
DU ROYAU-
ME.

HISTOIRE VERITABLE

*De la priſe de Marſeille par ceux de la Ligue , & la repriſe par
les bons ſerviteurs du Roi , confirmée par les Lettres de ſa
Majeſté au ſieur du Lude , & autres y ajoutées.*

L E mardi neuvieme du mois d'Avril dernier, mil cinq cent
quatrevingt cinq , la nuit, Daries (26) ſecond Conſul , & le Capitaine Boniface (27), dit Cabanes, font prendre les armes au
peuple , vont premierement à la maiſon du ſieur Boniface (28),

1585.

(26) Louis de la Motte Daries. Antoine
d'Arene, Premier Conſul , étoit alors à la
Cour , où il avoit été député pour les affaires de la Ville.

(27) Claude Boniface , Capitaine de l'un
des quartiers de la Ville.

(28) Jean de Boniface. M. de Ruffi, hiſt. de
Mars. l. 7, c. 2, le qualifie Tréſorier de France. Dans le même Chapitre, M. de Ruffi dé-
taille cet événement. Cette *Hiſtoire véritable*
n'avoit point encore paru ; au moins n'en
ai-je point trouvé d'Edition particuliere.
Mais on avoit donné en 1585, *in-8°.* un
Recueil de *Lettres écrites de Marſeille* , contenant au vrai les choſes qui s'y ſont paſſées,
les 8, 9 & 10 du mois d'Avril 1585.

Général des Finances, Frere dudit Capitaine Boniface, & heur-
tent à la porte, difant qu'ils avoient là un pacquet de Lettres de
Monfeigneur le Grand Prieur audit fieur Général Boniface,
qu'ils lui vouloient donner. Ledit fieur Boniface defcend à la porte,
fa femme portant la chandelle après lui. Le Conful Daries qui
n'étoit lors accompagné que du Capitaine Boniface & deux autres, baife le pacquet, & en le donnant audit Général, lui dit
qu'il exécutât le contenu. Mais c'étoit le mot du guet donné aux
Meurtriers qui l'accompagnoient pour le tuer, car auffitôt ils fe
jetterent fur lui, & le tuerent à coups d'épés & de dague, &
le Capitaine Boniface Frere monta en la maifon pour fe rendre
le maître & piller.

Cela fait, ils vont avec le peuple armé fouiller toutes les maifons de ceux de la Religion qu'ils menent prifonniers à la Tour
Saint Jean.

Lelendemain au matin ils prirent quatre ou cinq des prifonniers
entre lefquels il y en a un nommé Chiouffe (29), & un autre
appellé maître Antoine l'Emballeur, qui furent attachés,
traînés & maffacrés par la Ville, & leurs corps jettés par deffus
les murailles, à la vue des autres prifonniers qu'on devoit dépêcher de même.

L'onzieme dudit mois ils fe faifirent du Fort de notre Dame
de la Garde & écrivirent au Sieur de Vins (30), l'un des Chefs
de la Ligue en Provence, le priant de venir en diligence vers
eux. Mais Dieu fufcita le Sieur Bouquier (31), qui eft un perfonnage vénérable, & de grande autorité fur la Ville, de maniere
qu'il fait les Confuls tels qu'il lui plaît, & fait ployer tout le
peuple à ce qu'il veut, pour raifon de quoi il avoit attiré la haine
& l'envie de plufieurs de la Ville, lefquels fur cette fédition s'é-
toient retirés au Convent de Saint Victor, craignant que ledit
Bouquier n'embraffât cette occafion pour les ruiner.

Mais icelui fe doutant de quelque trahifon, après avoir inter-
rogé le Conful Daries de quelle autorité il faifoit ces défordres,
& l'autre lui ayant répondu que c'étoit par le commandement
de Monfieur le Grand Prieur, fans qu'il en fît apparoir, trouve moyen de faire venir fes ennemis enfermés audit Couvent,

---

(29) M. de Ruffi le nomme de même, il
dit qu'il étoit Religionnaire, & qu'il faifoit
le métier de Revendeur. Antoine l'Emballeur eft peut-être celui que le même Hifto-
rien nommé Clavier, homme feptuagenaire.

(30) Le Sieur de Vins étoit un bon Gentilhomme : voyez la Généalogie de MM.
de Vintimille du Luc dans le Moréri de 1732.
(31) François Bouquier, Gentilhomme
refpecté parmi fes Concitoyens.

& se reconcilier à eux, leur proposant la nécessité publique si bien
que s'étant embrassés & rendus les plus forts, ils auroient mis
la main au collet desdits Consul & Capitaine Boniface, &
quant & quant avertirent du tout Monsieur le Grand Prieur qui
étoit à Aix, lequel accompagné de deux cens chevaux, & d'une
Chambre de Justice, se rendit en toute diligence à Marseille le
vendredi douzieme dudit mois, environ les onze heures du soir,
& incontinent fit mettre en liberté ceux de la Religion ; & de-
là s'en allant aux prisons avec Messieurs de la Chambre, auroit
fait faire le procès auxdits Consul Daries, & Capitaine Boniface, lesquels étant convaincus de trahison, auroient été condamnés & exécutés à mort le lendemain, & un cri public fait par
toute la Ville, & même mandement envoyé par toute la Provence de tenir ceux de la Religion en paix & sûreté. Le lendemain
jour de Dimanche, fut faite une Procession en la Ville pour le
bon succès que Dieu leur avoit donné, & le peuple crioit de
tous côtés, vive le Roi, vive France. La Ville, reconnoissant ne
s'être à tems opposée à la sédition volontairement, a demandé
pardon à Dieu, au Roi & à Justice, ayant envoyé des Députés
au Parlement d'Aix à ces fins. Il est bien besoin de remercier
Dieu d'un si heureux commencement, qui rend toute la Provence
paisible au Roi, & rompt les desseins de la Ligue, qui étoient que
Marseille saisie, Monsieur de Nevers s'y rendroit incontinent,
qui attendoit en Avignon où il est encore ; & sous ombre d'aller
aux bainsde Lucques, avoit fait venir quatre Galeres de Florence
au port de Marseille. Les sieurs de Sault & de Vins, Chefs de la
Ligue au païs de Provence, n'ont pris audit païs une seule bicoque outre leurs maisons, & sont fort peu suivis, bien qu'ils
fassent grande montre de leurs doubles pistolets d'Espagne.

*COPIE de la Lettre écrite par les Consuls de Marseille
à M. de Vins.*

Monsieur, Nous vous faisons la présente pour vous assurer
que sans aucune dissimulation, la Ville de Marseille a pris le parti découvertement de Dieu & de l'Etat, pour faire entiere profession de la foi Catholique, ou chacun est résolu d'adhérer de
tous ses moyens à la Ligue des Princes Chretiens & Catholiques,
& à vous, que pour cet effet vous prions vous acheminer vers
nous. Et si prenez ces chemins dudit lieu, pourrez venir à Pe-
roieulx, ou à Funeau. Et si prenez autre chemin, prenez à Saint

Zacharie ou à Gemenes. Car nous mandons à tous les Villages
de vous donner vivres & faveurs. Et s'ils font autrement, nous
les exterminerons, & menerons le canon s'il eſt beſoin, déclarant
nos ennemis ceux qui ſeront les vôtres, vous prenant en notre
protection, comme nous nous mettons à celle des Princes Chretiens & Catholiques, & à la vôtre. Aujourd'hui a été pris le Fort
de Notre Dame de la Garde, & mis à votre & notre dévotion.
Priant Dieu le Roi des Rois vous avoir en ſa ſainte garde. De
Marſeille ce onzieme d'Avril, mil cinq cent quatrevingt cinq.
Ainſi ſignés, Vos affectionnés amis & ſerviteurs Nicolas Roque
Conſul, Daries Conſul, Bourgoigne Capitaine, Antoine Cor-
nille Capitaine, Charles de Caſaux Capitaine (32), Boniface
Capitaine, Teron Capitaine de Lauze.

*COPIE de Lettre écrite par M. le Grand Prieur, Gouverneur
de Provence (33), à Monſieur de Châtillon.*

Monſieur, à la vérité ceux de la Religion du Languedoc,
auroient très grande occaſion de ſe troubler des maſſacres &
empriſonnemens avenus à Marſeille, puiſque ſous prétexte de
Religion ladite Ville a demeuré trois jours comme dévoyée de
l'obéiſſance du Roi, par l'artifice du ſecond Conſul nommé Daries, qui la vouloit livrer à ceux qui ont levé les armes contre
le ſervice de ſa Majeſté. Mais Dieu, qui eſt le protecteur de notre bon Roi, n'a voulu ſouffrir que cette perfidie ait été exécutée, ni demeurée impunie ayant fait ouvrir les yeux aux gens de
bien d'icelle Ville. En façon que ce traître fut empriſonné par
le même peuple, qu'il avoit voulu ſéduire, & le lendemain je le
fis pendre, toutes les formalités de Juſtice obſervées; enſemble
un Capitaine du corps de Ville qui étoit de ſa faction : & fis en
même-téms mettre en liberté tous ces pauvres priſonniers, qui
ſont demeurés en leurs maiſons paiſibles, ſous le bénéfice de l'E-
dit de Pacification, lequel je fais inviolablement obſerver en
mon Gouvernement, quelque rumeur que faſſent ceux qui ont
levé les armes contre le ſervice du Roi. Ceux de la Religion ſont
ſemblablement tranquilles aux autres Places de ce païs, de ſorte

---

(32) Charles de Caſaux, ou Caſaut, Conſul de Marſeille, qui avec Louis d'Aix avoit
uſurpé l'autorité ſouveraine dans la Ville de
Marſeille. Voyez l'*Ode de Malherbe au Roi
Henri le Grand ſur la priſe de Marſeille.*

(33) Henri d'Angoulême, légitimé de
France, Grand Prieur de France, Gouverneur de Provence, Fils naturel de Henri II,
& d'une Demoiſelle Ecoſſoiſe.

que ce qui eſt avenu à Marſeille, n'a été aucunement par le
commandement du Roi ni le mien : qui eſt tout l'éclairciſſe-
ment que je vous en puis donner. Vous remerciant au reſte très
affectueuſement de tant d'honnêtes offres & preſentations qu'il
vous plaît me faire par votre lettre, de quoi je me revengerai
toujours en tous les endroits que voudrez vous ſervir de moi, qui,
en me recommandant ſur ce très affectueuſement à votre bonne
grace, prie Dieu vous avoir, Monſieur, en ſa ſainte & digne
garde. À Aix, le vingt-ſixieme d'Avril, mil cinq cent quatre-
vingt cinq. *Votre plus affectionné à vous obéir*

D'ANGOULÊME.

*LETTRE DU ROI, touchant l'Entrepriſe faite ſur la Ville
de Marſeille.*

MOnſieur du Lude, je vous envoie la preſente pour vous
avertir comment ma Ville de Marſeille a cuidé, nagueres, être
diſtraite de mon obéiſſance par la perfidie & trahiſon du ſecond
Conſul d'icelle, lequel abuſant du pouvoir de ſon Magiſtrat en
l'abſence du premier Conſul, s'étoit emparé de ladite Ville &
de l'entrée du Port, en intention d'y introduire des forces étrangeres, & la mettre entre les mains des perturbateurs du repos
public de mon Royaume, ſous prétexte néanmoins de procurer
le bien & ſalut d'icelle, & le ſoulagement des habitans ; aucuns
deſquels il auroit fait maſſacrer inhumainement pour échauffer
davantage le peuple à ſédition. Mais il eſt advenu tout autrement, graces à Dieu : car les habitans ayant reconnu la méchanceté dudit Conſul, & que ſous prétexte de leur bien faire, il
tendoit à ſe faire maître de leurs biens, & les livrer à la merci
& diſcrétion deſdites forces étrangeres, ont unanimement tourné leurs armes contre lui & ſes adhérans, ſe ſont ſaiſis de ſa perſonne, & l'ont dépoſé entre les mains de la Juſtice, par Sentence des Officiers de laquelle ayant confeſſé la conſpiration, il
a été condamné à être pendu & étranglé, & ladite Sentence été
exécutée au grand plaiſir & contentement de tous les habitans
de ladite Ville, leſquels ayant à cette occaſion rendu témoignage de leur loyauté très conſtante, ont avec leur honneur, biens
& vie conſervé en mon obéiſſance non ſeulement ladite Ville,
mais toute ma Province de Provence. Choſe que je deſire être
ſûe de tous mes bons Sujets & ſerviteurs, afin qu'à l'exemple
deſdits Marſeillois, ils ouvrent les yeux, & reconnoiſſent à tems

le but auquel tendent les auteurs desdits troubles, lesquels
établissent des Garnisons dedans les Villes & Places où ils peuvent entrer ou leurs partisans. Commencent aussi à prendre prisonniers & mettre à rançon ceux qu'ils peuvent attraper tant Catholiques que autres, imposent & levent nouvelles taxes & contributions sur eux. Saisissent mes deniers, tuent & saccagent les
habitans des Villes sans distinction de Religion, ainsi qu'il est
avenu ces jours passés à Châtillon sur Marne, où ils ont massacré cinq ou six habitans Catholiques, & commettent par-tout
ailleurs infinis autres excès & brigandages, par où chacun peut
connoître que la Religion Catholique ne sera restaurée, ni mon
peuple soulagé & délivré d'oppression, par cette misérable guerre.
Laquelle je desire pour cette cause éteindre & assoupir au plutôt
s'il est possible. Mais où il adviendroit que je ne pusse obtenir cette grace de la bonté de Dieu par la dureté de ceux qui sont cause
du commencement d'icelle, vous admonesterez tous mes Serviteurs & Sujets de prendre garde à eux, & demeurer fermes &
constans en leur ancienne fidélité & obéissance envers moi leur
Prince & souverain Seigneur : se départir de toutes Ligues &
associations, recourir à ma protection, se reposer sur le continuel soin que j'ai de la défense & conservation de l'Eglise Catholique, & de leur soulagement. Envoyant aux principaux Ecclésiastiques & Gentilshommes de la Province, & aux habitans
desdites Villes copie de la presente, pour leur mieux présenter
la bonne volonté que je leur porte, & le danger qu'ils courent par
le progrès de ladite guerre. Priant Dieu qu'il vous ait, Monsieur
du Lude, en sa très sainte garde. Ecrit à Paris le vingt-sixieme jour
d'Avril, mil cinq cent quatre-vingt cinq.

Signé HENRI, & plus bas, de NEUFVILLE.

Et sur la scription : A Monsieur du Lude, Chevalier de mon
Ordre, Gouverneur & mon Lieutenant Géneral en Poitou : &
en son absence, au Sieur de la Frezeliere, mon Lieutenant
audit Gouvernement (34).

(34) On trouve plusieurs autres Lettres sur le même sujet, dans le Livre 7 Chap. 2 de
l'Hist. de Marseille, par M. de Ruffi.

REPONSE*

Aux Déclarations & protestations de Messieurs de Guise, faites sous le nom de Monsieur le Cardinal de Bourbon, pour justifier leur injuste prise des armes.

PROVERBE, 20. 26.

Le Roi sage dissipe les méchans, & fait tourner la roue sur eux.

PROVERBE, 16. 14.

La fureur du Roi est comme Messagere de Mort ; mais l'homme sage l'appaisera.

I. PIERRE, 2, 17.

Craignez Dieu : honnorez le Roi.

I.

JAMAIS aux mauvais Sujets ne manqua prétexte de s'armer contre leurs Princes. Et jamais aussi aux Princes ne manquerent les moyens d'avoir la raison de tels Sujets. Dieu qui fait les Rois, Dieu qui les a ordonnés dessus les peuples, prend leurs causes en main & se tient blessé en leurs personnes ; Dieu qui voit les cœurs, connoît les couleurs & les prétextes, les fait distinguer, les fait démêler d'entre les causes, rien plus ne les meut que l'abus de son nom allégué en vain ou à faux titres, rien plus il ne venge que l'hypocrisie, la déloyauté, & la confusion, déguisées en Foi, en Religion & en Justice.

I I.

Aujourd'hui que tous ces remuemens se voient en ce Royaume, c'est à tous François de tenir les yeux ouverts pour n'être menés à mal sous quelque couleur, sous quelque apparence que ce soit. Pensons au passé, comparons-y le present, nous verrons d'où ils procedent, prévoirons à quoi ils tendent, & jugerons aisément ce qu'il nous en faut attendre à l'avenir.

---

* Cette Réponse a été composée par le sieur Duplessis Mornay : on la trouve au tom. I. des Mémoires de l'Auteur, 1624 *in*-4°. Dans l'édition de cet Ecrit faite en 1585 *in*-8°, cette piece est intitulée, Avertissement sur l'intention & le but de MM. de Guise, & la prise d'armes.

III.

C'est une chose toute connue & commune en ce Royaume que ceux de la maison de Guise se disent être descendus de la Race de Charlemagne, & prétendent comme à tels ce Royaume leur appartenir: les Généalogies qu'ils ont il y a longtems falsifiées, les mémoires qu'ils en ont semés de main en main, & plusieurs semblables pratiques nous en pourroient faire foi; mais particulierement, pour ne reprendre les choses de plus haut, le volume qu'ils firent imprimer à Paris il y a quatre ou cinq ans composé par un des Rozieres, Archidiacre de Toul, auquel par passages faux & supposés, & tirés outre & contre leurs sens, ledit des Rozieres tâche de prouver que ceux de cette Maison sont descendus de Pharamond & de ligne en ligne continués jusques à eux, c'est-à-dire, que cette Couronne leur appartenoit devant Capet, Charles, & Merovée & leurs Races fussent jamais appellés à la Couronne, ce livre fut alors public à Paris & par toute la France. Et étant venu à la connoissance du Roi pour faire le procès à l'auteur, fut commis & envoyé à Toul Monsieur Brulard, à present Président aux Enquêtes, lequel le lui fit & parfit.

Mais (par la bénignité du Roi il obtint grace,) sauf à faire amende honorable de sa faute: se reconnoître criminel de Leze-Majesté, & révoquer par contraire écrit le livre qu'il avoit fait.

IV.

Or ont très bien connu de tout tems ceux de cette Maison, que tandis que ce Royaume demeureroit paisible, il seroit mal-aisé de parvenir à leurs intentions, & pourtant ont toujours tâché de le mettre & entretenir en troubles, tandis qu'ils ont pu gagner ce point, quelque misere que la guerre ait pu apporter au pauvre peuple, quelque confusion qu'elle ait pu introduire en cet Etat, jamais ne s'en sont en rien émus, jamais n'ont donné aucune marque de la ressentir: & la raison étoit que le sang de France s'épandoit par ce moyen & ils vouloient faire leur profit de sa foiblesse, qu'ils étoient alors les instrumens principaux des miseres du peuple; & plus grandes qu'elles pouvoient être, plus auroient-ils de prétextes de le prendre un jour pour sujet de leurs émotions; qu'ils avoient les armes & l'autorité en main, pour gagner créance entre les hommes. Et par ce moyen jettoient peu à peu les fondemens de leur grandeur prétendue sur nos ruines, & que la guerre petit-à-petit alloit corrompant les cœurs

des

des hommes ; pour être de-là en avant plus capables de tous partis & de tous remûmens, quand le tems leur sembleroit être à propos.

V.

La Religion leur servoit de sujet à entretenir ces miseres civiles, & ne s'appercevoit-on du premier coup qu'ils abusoient sous ce beau titre de la dévotion de nos Princes & du zele de notre Nation, à leurs desseins, & que ce fut un prétexte & non une vraie cause. Qui aura bien connu le feu Cardinal de Lorraine, Oncle de ceux-ci, n'en doutera point : car pendant qu'il mettoit le feu aux quatre coins de ce Royaume (en ardeur de ce zele prétendu de Religion), il déclaroit aux Princes d'Allemagne qu'il étoit de leur Confession & qu'il la vouloit introduire en France, faisoit instituer ses Neveux en la Confession d'Ausbourg pour les gratifier, & ne feignoit entre ses familiers de dire que si ceux de la Religion prétendue réformée, n'eussent comme pris à partie ceux de sa maison, il y avoit bon moyen de s'accorder & accommoder ensemble en ce qui étoit de la Religion.

V I.

Enfin fut connu par la prudence de nos Rois, après avoir tenté toutes extrémités, que la Religion ne vouloit être prêchée par armes; que la force pouvoit bien engendrer des Hypocrites mais non des Chretiens; que les guerres, meres de corruption, au lieu de chasser la Religion contraire, introduisoient l'Athéisme. mais particulierement que ces gens qui conseilloient tant la guerre pour la Religion n'étoient plus religieux que les autres, que c'étoient de fins Barbiers qui vouloient entretenir la plaie pour leur profit, & qu'il y avoit danger qu'à la longue ils vérifiassent la prophétie du grand Roi François en ces mots. » Que ceux de » la Maison de Guise mettroient ses enfans en pourpoint, & son » pauvre peuple en chemise. Et de fait, fut fait par aucuns zélateurs Catholiques ; remarquez qu'à la Saint Barthelemy, après avoir induit le feu Roi Charles à se défaire de ceux de la Religion, ils se contenterent de se dépêcher sous cette ombre des ennemis particuliers de leur maison, & venger leurs querelles propres, & firent les doux & les pitoïables, en tous les lieux de leur autorité, faisant profit par ce moyen en toutes sortes, de la rigueur & sévérité de ce Prince, qui selon la vigueur de son esprit s'en fut très bien appercevoir

Tome I. L

VII.

On sait aussi que le Roi à présent regnant, avoit employé ses jeunes ans avec tous les heureux succès qui se pouvoient à l'extermination de ceux de la Religion contraire : & depuis venant à la Couronne, continua un tems toutes les rigueurs précédente, tant qu'il reconnut que les consciences ne se domptoient ni appaisoient par la force des armes, & que pour exterminer une partie de son peuple, il minoit son Royaume & son peuple tout entier. Il se résolut donc, à l'exemple de plusieurs grands Princes & Etats voisins qu'il avoit vus, de composer les troubles de son Royaume par une bonne paix, laissant un chacun vivre selon sa conscience, en attendant que par un bon Concile il y pût être mis quelque ordre ; cependant se délibera de travailler à remettre les Ecclésiastiques en leur ancien devoir, pourvoir aux dignités de l'Eglise de personnes capables & soigneuses de leurs charges en tant qu'il pouvoit, & sachant combien peut l'exemple d'un Prince en toutes choses, de se former lui-même pour exemple de dévotion à sa Cour, à ses Princes & à sa Noblesse, estimant que c'étoient les vrais & légitimes moyens ordonnés de Dieu, & pratiqués des plus sages Princes, pour la réunion de l'Eglise & réduction des consciences.

VIII.

Mais à peine eut-il fait la paix, qui fut sur la fin de l'an mil cinq cent soixante-dix sept, & fait paroître quelque desir de l'entretenir de-là en avant sans plus employer inutilement ses armes contre les ames de ses Sujets, que ces gens, se voyant par-là les moyens retranchés de s'autoriser dedans les armes, penserent à nouveaux desseins, & firent évidemment connoître que la guerre civile leur étoit utile, c'est-à-dire, que notre ruine leur étoit édification. Et pour ce, la Religion leur venant à faillir, aviserent de troubler l'Etat sous un autre prétexte.

IX.

Alors donc ils font soliciter diverses Provinces de ce Royaume à rebellion par leurs partisans ; leur remontrent les foules du Clergé, & ne leur disent pas que les guerres qu'ils avoient allumées & fomentées en étoient cause, & que le feu Cardinal de Lorraine leur Oncle avoit été celui qui premier avoit proposé & procuré la crue des décîmes & la vente de partie du temporel,

dont il avoit remporté à Rome même le titre de fléau de l'Eglise
Gallicane, alleguent la diminution & avilissement de la noblesse,
& ne leur disent pas que ceux de leur maison tant qu'ils avoient
pu être en autorité, avoient ravalé en tant qu'ils avoient pu les
Princes même du sang, qui ne dédaignent pas d'être dit les premiers de la Noblesse ; que la diminution de la Noblesse en devoit
être imputée aux auteurs des guerres civiles, comme aussi l'avilissement des charges & dignités à elle affectées, d'autant que qui
introduit laguerre civile en un Etat, introduit par la même porte,
la confusion en tous etats, qu'il n'est pas possible après de repurger & ramener tout en un coup ; mettoient en avant aussi les
crues des tailles, les inventions des nouveaux subsides & impôts
sur le pauvre peuple, & n'ajoutoient pas que la guerre engendre
au Prince nouvelles charges, & par conséquent au peuple ; que
le moyen unique de l'alléger étoit de laisser continuer la paix ; que
le peuple ne se pouvoit encore ressentir de la benignité de son
Prince, parcequ'il ne faisoit que sortir de la guerre, que rentrer en nouveau trouble pour avoir soulagement du Prince étoit
un remede pire que le mal & même contraire, étoit dis-je retrancher au Prince le moyen de décharger son peuple, & ce qu'est
le principal, que dix ans d'impôts ne coutent pas tant au peuple
qu'un seul an de guerre, que dix ans de guerre bien ordonnée
ne lui font tant de dommage qu'un an de sédition civile telle
qu'ils vouloient susciter sous ce prétexte.

X.

Lors en leurs mémoires ils ne parloient point de la Religion ;
ce zele dont ils faisoient bouclier devant & dont ils ont fait depuis ne venoit point en avant. Au contraire ils traitoient avec
ceux de la Religion contraire, comme chacun sait, pour les
faire entrer en ce parti, ils les assuroient de leur exercice selon
les Edits. Et outre les Edits, si besoin leur étoit, ils négocioient
en Allemagne nommément avec le Duc Casimir (35), tant pour
entrer en cette association que pour y induire ceux de la Religion
contraire & être envers eux garant de la foi & promesse qu'ils
leur donnoient de ne faire rien à leur préjudice, mêmes lui of-
froient des Villes en leur Gouvernement pour contre-plaiges de
la foi qu'ils interposeroient en leur nom ; & les choses fussent
peut-être dès-lors passées plus avant, si ceux de ladite Religion y
eussent voulu entendre.

(35) Jean Casimir, Fils de Frederic Electeur Palatin.

L ij

XI.

Le Roi auſſi par ſa prudence ſut bien divertir & détourner ce
coup : il vit où le mal leur tenoit ; & ne voulant permettre que
leurs mécontentemens particuliers miſſent ſon peuple en peine, ſe
ſoumit juſques-là, que de tâcher à les contenter. Il les appella donc
près de ſoi, leur fit de l'honneur, leur donna occaſion de bien
eſpérer de lui, même leur fit des dons, & leur ordonna des
aſſignations de ce qui leur étoit dû, leſquelles ils prirent & demanderent ſur quelques Edits de nouvelles impoſitions qui furent
lors miſes en avant, tellement que les mêmes vents qui avoient
aſſemblé la nuée la diſſiperent ; il leur fut aiſé d'oublier le Clergé, la Nobleſſe & le peuple. Et quand les Députés des Provinces qu'ils avoient voulu ſoulever vinrent en Cour, à peine firent-ils ſemblant de les voir ou reconnoître, même ils aſſiſte-
rent à la réſolution & omologation de pluſieurs Edits que le
Roi a depuis éteints & abolis ſur les remontrances qui lui ont
été faites de la charge qu'ils apportoient à ſon peuple, & jamais
ne leur ſouvint de dire un ſeul mot au Roi, ou privement ou en
ſon Conſeil, pour le ſoulagement de ſes Sujets, & de-là advint
auſſi que les plus ſages remarquerent eſdites Provinces, qu'ils
n'étoient pas proprement marris du mauvais Gouvernement s'il
y en avoit, mais bien de n'y avoir telle part qu'ils penſoient leur
appartenir, plus prêts ſans doute d'en abuſer quand ils l'auroient,
que ceux contre leſquels ils prétendoient former les plaintes ſous
le nom du peuple.

XII.

Ce qui leur a principalement rongé le cœur depuis, c'eſt qu'ils
ont vu la paix continuer, c'eſt qu'ils ont vu le Roi réſolu de
l'établir de plus en plus, & par le moyen d'icelle reformer les
abus qui ſe ſeroient coulés ès charges de l'Egliſe, de remettre la
Nobleſſe en ſa premiere ſplendeur, & ſoulager ſon pauvre peuple des impôts & ſubventions qui le ruinent : maux introduits
pour la plûpart par la continuation des guerres, maux plus incurables par conſéquent que par la continuation de la paix.

XIII.

Or Dieu ayant retiré de ce monde Monſeigneur (36), frere du
Roi, ils penſerent que la ſaiſon étoit venue qu'ils devoient pen-

(36) François Duc d'Alençon, d'Anjou & de Brabant, mort ſans Alliance le 10 Juin
1584.

fer à l'effet de leurs anciens deffeins; & pour ce commencerent auffi-tôt à renouveller leurs pratiques, tant dedans que dehors le
Roïaume avec les voifins plus fufpects & plus dangereux à cette
Couronne, concluant enfemble qu'il leur étoit néceffaire d'être
armés à quelque prix que ce fût, pour faciliter la mutation
qu'ils prétendoient faire en cet état; & c'eft la caufe pour laquelle maintenant nous les voyons fe jetter en campagne quelque beau pretexte qu'ils aient voulu prendre pour envelopper
gens de toutes qualités à même crime, que certes il n'eft naturel ni raifonnable de croire avoir même but & intention qu'ils
ont.

X I V.

Veut-on voir une marque qu'ils ne favent bonnement de quoi
couvrir leur entreprife fur cet Etat? Ils ont fait des proteftations
à l'entrée de leurs armes, defquelles la feule diverfité peut découvrir la fauffeté à un chacun. Es unes ils jurent l'extirpation de
la Religion contraire, ès autres n'en fonnent mot. Si le zele les
émuet, comment ce zele s'eft-il pu oublier en cet endroit? Es
unes ils veulent que le Roi nomme un fucceffeur en fon Etat,
ès autres ils laiffent cet article en arriere. S'ils ont tant de foin
de l'Eglife Catholique, s'ils craignent tant qu'il n'en mefavien-
ne après la mort du Roi, comment leur eft-elle demeurée au
bout de la plume? Es unes ils fe rendent protecteurs de l'Eglife
& du peuple, Procureurs du Roi d'Efpagne, pour faire remettre Cambrai en l'état qu'il étoit auparavant que feu Monfieur
y entrât, c'eft-à-dire ès mains du Roi d'Efpagne; & ès autres
ils en ont eu honte, & ont bien jugé que cet article en quelque Langue qu'on le pût coucher, ne pouvoit être tenu que pour
pur Caftillan, & non pour François. Qui ne verroit en ces diverfités qu'ils ne favent fur quel pied fe mettre en l'incertitude
de ces proteftations, une incertitude de confcience, un Langage, en fomme, de gens qui ne favent dequoi parer leur mauvaife intention, quipenfent couvrir une fauffeté de deux, & deux
de trois, & toutes enfemble ne valent qu'à les démentir, ne
fervent qu'à les découvrir tels qui font?

X V.

Ils veulent qu'il n'y ait qu'une Religion en France, & c'eft le
fouhait commun de tous gens de bien, de tous Chrétiens. Mais
quelles voies propofent-ils pour y parvenir? S'il eft queftion de

force, ce grand Empereur Charles - Quint en Allemagne en a
reconnu & la débilité, & l'inutilité au fait des confciences. Le
Roi d'Efpagne, quelque Catholique qu'il veuille fembler, après
avoir rendu fes Sujets de Hollande & de Zelande à toutes extrémités par le fuccès de fes armes, fut contraint l'an foixante-feize
leur accorder la paix, & par la paix leur laiffer leur Religion
entiere, fans même remettre la Catholique Romaine éfdits Païs,
ni les Ecclefiaftiques en leurs biens; & même il y a deux ans
leur offroit de rechef pareilles conditions par le Duc de Terra-
nova, & non feulement pour lefdits Païs, mais pour quelques
autres. Nos Rois plus que tous ceux-là ont brulé, ont noyé,
ont vaincu en plufieurs batailles, ont furpris en plufieurs manieres, ont tenté toutes voies, l'efpace de cinquante ans, n'ont épargné aucuns moyens, pour venir à bout de ceux de cette Religion en ce Roïaume. Ce qui a été Chrétien à Charles - Quint,
ce qui a été Catholique au Roi d'Efpagne, à l'un pour fauver
des Sujets plutôt échus par élection que naturels, à l'autre pour
garder des Païs qui ne lui font rien au regard de tant de grands
qu'il tient, pourquoi le fera-t-il moins au Roi pour épargner
ceux que nature a mis en fa protection, pour garantir de ruine
inévitable fon Etat entier, fon Etat jadis fi fleuriffant, fon Etat,
par la réfolution qu'ils veulent mettre fus, reduit à l'extrémité en
laquelle nous l'avons vu? S'ils difent que les guerres n'ont été
bien conduites, à qui s'en pourront-ils prendre, qu'à eux-mêmes, & leurs peres? Et eux n'y ont-ils pas commandé pour la
plupart? N'ont-ils pas été arbitres & de la paix & de la guerre?
Ont-ils pas fonné, felon qu'il leur eft venu à propos, & felon
l'humeur où ils étoient tantôt la charge & tantôt la retraite? Que
s'ils veulent obliger ici le Roi par ferment à une guerre immortelle, c'eft-à-dire, ce pauvre Etat, & ce pauvre peuple qui pâtit depuis tant d'années, à une ruine finale, à une mifere perpétuelle, certes c'eft une Loi trop infupportable du Sujet fur le
Prince, certes c'eft un indice manifefte qu'ils ont grande dévotion à notre ruine, de nous y vouloir aftreindre par dévotion.
Difons plus, c'eft un argument tout certain que ces gens veulent
être armés, qu'ils ne veulet poiut fe défarmer, qu'ils veulent enterrer
le Roi, ou entre leurs armes, ou s'ils peuvent par leurs armes. Et miferables nous qui aurions à vivre fous cetteinfolence, miférables qui
aurions à furvivre fi leurs deffeins avoient lieu, notre Prince, & le
fang de notre Prince, notre défolée Patrie, & les Loix de notre Etat,

XVI.

Mais feroit-ce pas pitié de voir après la mort du Roi, ce Roïaume entre les mains d'un Hérétique? Bons Tuteurs! & voyons l'ordre qu'ils y mettent. Notre Roi eft jeune, & grace à Dieu fe porte bien : ils veulent qu'il nomme un Succeffeur, ainçois ils le nomment, car ils arment Monfeigneur le Cardinal de Bourbon, bon Prince, qui n'apperçoit pas le jeu qu'ils jouent, & lui font prendre la qualité du premier Prince du fang, & prefomptif Héritier de la Couronne. O quelle Chimérie, ou plutôt quel grotefque eft ceci? s'il y va de tant, & s'il y a tant à craindre pour l'Eglife Catholique, à qui plutôt s'en duffent-ils adreffer qu'à notre Roi, Prince très Chretien, Prince très dévotieux, Prince s'il en eft au monde zélateur de fa Religion? A qui moins penfer, s'ils le font à bon efcient, qu'à Monfeigneur le Cardinal de Bourbon, Prince ja caduc, ja près de la foffe? & que dirai-je encore, Prince qu'ils ne peuvent efperer pouvoir naturellement furvivre le Roi, s'ils n'ont limité le terme de fa vie, s'ils n'ont complotté, & s'ils n'ont capitulé fa mort. Gens qui toute leur vie fe font joués de la Religion, montreront à notre Roi le chemin de confcience? Les Lorrains enfeigneront aux François le zele de leur Patrie? Princes étrangers interpreteront nos Loix? regleront nos differens, voudront être arbitres? voudront être Juges des Princes du fang? des dégrés de notre fang? Qui ne voit ici? Dieu ouvre les yeux à Monfeigneur le Cardinal, qu'ils penfent l'avoir loué, l'avoir emprunté pour jouer le Roi fur l'échafaut, peut-être fix mois, tant que leur partie foit bien dreffée, & qui ne voit qu'ils ne penfent pas à lui quand ils parlent de lui, mais à eux-mêmes? quand ils nomment au Roi âgé de trente-trois ans un Succeffeur plus que fexagenaire? quand ils veulent fuppléer le défaut d'hoirs qu'ils alleguent contre notre Roi par la vigueur de Monfeigneur le Cardinal qui a ja paffé fon âge climacterique? Mais pour faire nommer un Succeffeur au Roi prendre les armes, & lui vouloir mettre le pied fur la gorge, fe faifir de fes places, & abufer de l'autorité qu'ils ont de lui, contre lui; qui plus, recevoir & diftribuer deniers du Roi d'Efpagne, appeller & introduire les forces d'Efpagne en ce Roïaume, certes, me pardonne Monfeigneur le Cardinal fi je le dis, s'il ne le voit encore, c'eft ne voir goute; car ce n'eft certes plus être François, c'eft avoir vendu ce Roïaume au Roi d'Efpagne, & avoir jetté le fort fur notre robbe; laquelle fans doute, se sentant trop foible pour pouvoir avoir tout seul, ils en veulent faire part à l'Espagnol, nous vendent à lui, & sous ombre de liberté nous exposent au pillage.

XVII.

Jugeons cette conspiration si elle peut proceder d'ailleurs que de l'Espagne. On sait que Monsieur de Guise est endetté jusqu'au bout, & cependant a distribué de grandes sommes, & toutes en pistoles par ce Roïaume; il en a même envoyé à qui n'en demandoit point. D'où peuvent être venus ces grands deniers vu le coin qu'ils portent, & d'où donc être mus ses desseins que du Conseil d'Espagne? Il est assisté du Comte Charles de Mansfeld (37) qui lui amene des Lansquenets & quelques compagnies de Cavalerie du Prince de Parme. Dieu y a remédié depuis, mais outre leur espoir. Qui est le Prince de Parme, si-non le Chef & Directeur ès Païs de de-çà, de tous les desseins d'Espagne? Il a envoyé ses Enfans en Savoie, & le Duc de Savoie a fraichement épousé une Fille d'Espagne : à quelles fins, si-non pour les tenir en otage des sommes qu'il a reçues, & pour les avoir pour gages des promesses qu'il a faites? Il a demandé aussi que la Ville de Cambrai fut remise comme avant qu'elle eût reçu feu Monseigneur. Cambray, Ville Impériale, mais opprimée violemment par le Roi d'Espagne, Cambray le seul reste de si cheres & si précieux labeurs d'un fils de France, Cambray, au sur-plus, le rempart de France, du côté plus désarmé contre les efforts d'Espagne. Qui peut ignorer, qui peut douter ici, que sous ces habits François ne logent des cœurs d'Espagne? Ajoutez les communications secretes de Monsieur de Guise & du Prince de Parme; ses intrinseques conferences avec l'Ambassadeur d'Espagne; les allées & les venues de Dom Giovan Bardachin, vers l'Évêque de Comminges, Bâtard de Lansac, (38) & infinies pratiques de cette nature. Et qui doutera que l'Armée de ces Conjurateurs ne soit au service d'Espagne? Et qui doutera donc que bientôt on ne voie éclaircir les Escadrons & ployer les Enseignes, quand ce qu'il y a de généreux, quand ce qu'il y a de François, entr'eux les uns poussés d'un dépit, les autres attirés sous un

(37) Charles Prinnce de Mansfeld, Fils de Pierre Ernest Comte de Mansfeld, créé Prince par l'Empereur, né en 1543, mort le 14 Août 1595.

(38) Urbain de saint Gelais, bâtard de Louis de Lansac, Ambassadeur au Concile de Trente. Urbain fut fait Evêque de Comminges en 1580. La Reine Catherine, Mere de Charles IX. l'envoya en Portugal, pour y soutenir & défendre son droit à ce Royaume. Voyez le *Gallia Christiana nova*, *t.* I. *p.* 1108.

faux

faux titre , se ressouviendront d'être François, se proposeront quel monstre seroit un François armé contre la France , & contre la France pour l'Espagne ?

XVIII.

Mais ils ne veulent point tomber sous un Prince Hérétique ; & là-dessus ajoutent que les François ne font point serment au Roi, qu'à condition de maintenir l'Eglise Catholique, Apostolique & Romaine. Dangereuse proposition, & qui ne sent rien moins que la déposition de Chilperic pour mettre Pepin en sa place, sous ombre de n'avoir bien défendu l'Eglise contre les Sarrasins: mais Dieu fera la grace à notre Roi de bien & longuement défendre sa place. Quoi donc s'il vient à mourir? Disons mieux, s'ils le font mourir comme ils esperent? Ils veulent dire qu'ils n'endureront jamais que le Roi de Navare, qu'ils tiennent pour Hérétique, vienne à la succession de cet Etat, qui, en leur conscience, quelque palliation qu'on y puisse apporter, ils connoissent bien lui appartenir de droit. Le Roi de Navarre a assez de jugement, quand le naturel n'y seroit point, combien en ce tems la vie du Roi lui est utile & nécessaire, & c'est à lui toutefois sur ce point à se défendre. Le Roi de Navarre leur pourra répondre là-dessus qu'il est né & nourri en la Religion de laquelle il fait profession ; qu'en conscience il ne s'en peut départir sans être instruit; qu'il est prêt & sera toujours de recevoir instruction d'un Concile libre & légitime , & de laisser l'erreur quand il lui sera montré. S'ils demandent que sans autre instruction pour l'espoir ou le désespoir d'une Couronne il passe tout-à-coup d'une profession à l'autre, que requierent-ils de lui qu'inconstance, qu'infidélité, qu'hypocrisie, non pour le rendre capable d'être Roi, mais indigne plutôt de l'être, s'il se présente à être mieux enseigné, & s'il est prêt à acquiesser quand il l'aura été. Où trouveront-ils ès anciens Canons, que cette obéissance, cette soumission soit appellée Héréfie? Toute erreur, disent les Canons, n'est pas pourtant Héréfie: Héréfie est une erreur importante, & une erreur où il va du fondement de la Foi, des articles du salut. Or le Roi de Navarre leur dira qu'il est Chrétien; qu'il croit son salut en un seul Jesus-Christ; qu'il tient & révere sa parole comme la regle infaillible de vérité; qu'il croit les Symboles de l'Eglise ; qu'il reçoit les Conciles universels qui ont été tenus en la fleur d'icelle ; qu'il condamne toutes Héréfies condamnées par iceux; qu'il se soumet encore aujourd'hui

Tome I. M

1585.

REPONSE
AUX DECLA-
RAT. ET PRO-
TEST. DES
GUISES.

à un Concile univerſel duement convoqué & légitimement tenu. Il n'y a donc point d'Héréſie, à proprement parler. Car il croit dès cette heure ce que les premiers ſe ſont contentés de croire. Il n'y a point auſſi de Schiſme, car le Schiſme préſuppoſe une réſolution en ſéparation. Or tenez un bon Concile & les voila tout prêts de ſe réunir. Il y a plus, car tout homme, diſent les Canons, n'eſt pas pourtant Hérétique. Hérétique préſuppoſe une ambition de nouveauté, une opiniâtreté contre la raiſon enſeignée & démontrée. Or peut juger un chacun ſi le Roi de Navarre eſt pouſſé d'ambition en cette affaire. Car, diroit le Juriſconſulte, *Cui bono*? Quel profit lui en peut-il revenir? telle ambition tombe en un Docteur en Théologie, mais non en un Prince. Telle opiniâtreté tombe en Sophiſte, mais, non en la ſimplicité d'un qui eſt enſeigné par autrui. S'il étoit mu d'ambition; être ambitieux de la bonne grace du Roi, de la faveur de tous les Catholiques de ce Roïaume, des vœux & ſuffrages des plus grands Princes de la Chrétienté, en changeant tout ſoudain de Religion, lui ſeroit plus profitable. Et ſi l'ambition fait l'Hérétique: certes les Auteurs de cette conſpiration le ſont bien plus que lui. Mais il eſt mu de conſcience: la conſcience le fait páſſer par deſſus les conſidérations qui les emportent, & s'aſſure qu'il n'a point affaire à un Peuple qui deſire un Prince perfide & déloïal à Dieu & à ſa conſcience, ains qu'il ſe contente de l'avoir paiſible, capable de raiſon, prêt à mieux apprendre & à mieux faire quand on le voudra mieux enſeigner. La Loi de cet Etat ne prive point un fils à cauſe de la Religion, d'une ſucceſſion directe ni collateralle. Pourquoi un Prince? La Loi reçoit en adminiſtration de tous états indifféremment les uns & les autres: pourquoi moins de l'Etat? La loi permet à un chacun l'exercice de ſa Religion, & n'en exclud perſonne: pourquoi le Prince ſeul ſera-t-il exclu de ce privilége? Le Prince qui le donne? Pourquoi ſeul eſclave en ſa conſcience au plus précieux qu'il ait? Celui qui affranchit les autres? Je dis la Loi de cet Etat, car c'eſt la Loi par laquelle ſeule nous vivons & pouvons vivre en paix: c'eſt-à-dire, remettre cet Etat en ſon premier état, & le retirer de la miſere. Loi délibérée aux Etats d'Orléans, (39) Etats non forcés, non brigués, non ligués par les menées & pratiques de ceux qui aujourd'hui nous troublent. Je dis plus, Etats convoqués par eux au plus fort de leur crédit, & même à leur inſtance,

(39) Ces Etats furent tenus en 1560. Voyez ce qu'en dit M. le Préſident Hénault dans ſon Abregé Chronologique de l'Hiſtoire de France, ſous cette année 1560.

que jamais depuis nous n'avons voulu enfraindre que nous ne
foïons entrés en guerre civile, & quand je dis guerre civile, je
penfe comprendre fous ce mot toutes fortes de calamités, & de
confufions. Loi donc jufte, car elle eft très néceffaire : Loi non
révocable en l'état de l'Etat préfent, car fa révocation nous remet en ruine. Loi jufte, Loi jurée par tous les Princes, Gouverneurs, Lieutenans généraux, Confeillers d'Etat, Cours de Parlement, Siéges Préfidiaux, Villes & Communautés de ce Roïaume, par ceux mêmes qui aujourd'hui témérairement en veulent
protefter ; & toutefois qui remet la décifion du fait de la Religion à un Concile libre, attendant lequel nul ne peut être dit
Hérétique en cet Etat, & auquel auffi quiconque fe foumet ne
peut être à bon droit tenu pour pertinax ni fchimatique. Quelques Empereurs, & Conftantin même fur fa fin, quelques Rois
d'Efpagne auffi, & longues années, ont eu des opinions erronées
aux points plus importans. Et graces à Dieu, le Roi de Navarre
n'en eft pas là. Lit-on toute-fois que jamais on ait penfé à les dépofer ; que jamais on ait propofé de les exclure ? Quelques Papes mêmes, les Docteurs des autres, auxquels le nom d'Hérétique
& d'Héréfiarque eût pu à bon droit appartenir, ont mal cru de
Chrift, ont mal enfeigné fa Divinité. Le fond du Salut, le feul
fondement de la Religion Chrétienne, la Chrétienté toute entiere y avoit interêt, la fource publique où chacun puifoit s'en
alloit gâtée, s'en alloit empoifonnée. Voyons ce qu'on a fait. On
a eu patience d'affembler un Concile folemnel ; on les a ouis ;
on les a inftruits ; on les a reçus à amendement, & à réfipifcen-
ce. Jamais n'ont été prononcés Hérétiques qu'en un plein Concile, jamais on n'a attenté fur leur dignité par préfomption,
jamais par prévention, jamais par force. On y a toujours obfervé toutes formalités ; on a toujours attendu la condamnation ;
même après icelle prononcée on leur a donné tems pour y penfer, on leur a donné répit pour fe convertir à mieux.

XIX.

Mais il y a danger, difent-ils, fi le Roi de Navarre vient à la
Couronne, qu'il ne renverfe la Religion Catholique en ce
Royaume. Je répons qu'il y a bon terme ; & ce grand foin de fi
loin hors de faifon montre une paffion fort violente, & qui n'eft
pouffée de Religion aucune. Je répons que, graces à Dieu, notre Roi eft en la fleur de fon âge, s'ils n'entendent quelque finef-

se qui nous soit cachée, & Dieu l'en garde. Je répons qu'il n'est hors d'espoir d'avoir des Enfans, & que lui & la Reine sa Femme selon leur âge en peuvent avoir une douzaine sans miracle. Je répons qu'à ce mal prétendu ils apportent un foible remede, un Cardinal qui a autant deux fois d'âge que le Roi, un Cardinal qui n'est point marié, en danger de mourir premier que de l'être, assuré de n'avoir point d'enfans quand il le sera.

X X.

Et quant à ce qu'ils alleguent des changemens de Religion qui seroient à craindre, le Roi de Navarre leur dira qu'en sa Religion, il a été toujours instruit à ne forcer point les consciences : qu'en l'ardeur même des guerres civiles, lors que tout exercice étoit défendu par toute la France à ceux de sa Religion, il a toujours laissé la Religion Catholique en son entier en toutes les Villes esquelles il avoit puissance, & de ce, ne veut pour témoins que le Clergé, & les Prêtres & Moines d'Agen où il faisoit sa résidence ; qu'en paix ou en en guerre il a toujours été servi indifféremment tant auprès de sa personne, qu'en tous les états & offices qui sont en sa disposition des uns & des autres , même en sa Chambre, en son Conseil & en ses Gardes, & n'en n'a jamais reculé aucun pour le fait de conscience, & ceux qui ont tant soit peu approché de sa maison le savent bien ; qu'en ce que Dieu lui a laissé de son Royaume de Navarre, qui est beaucoup plus grand que son Pays de Bearn, il a laissé la Religion Catholique Romaine en son entier sans y avoir rien altéré ni innové selon qu'à son avénement il avoit trouvé, ce que malicieusement on cele, se contentant de le calomnier sur le fait de Bearn. Et quant à sondit Pays de Bearn, que l'ayant trouvé réduit par la feue Reine de Navarre sa mere, par une convocation générale des Etats, à la Religion de laquelle il fait profession, il l'a, à la vérité, laissé en ce même état auquel il le trouvoit, ayant été tant occupé en travaux qu'on lui a brassés qu'il ne lui étoit pas à propos d'y rien changer ; cependant fait qu'il en a levé les rigueurs & y a modéré les Ordonnances, & fait payer aux Ecclésiastiques leurs Pensions, & même quelquefois de ses propres deniers, ce que les Evêques Ecclésiastiques qui ont du bien audit Pays ne peuvent nier : au reste toujours offert d'ouvrir les Etats à son Peuple afin qu'ils y pussent franchement ouvrir la bouche, & lui déclarer en iceux ce qu'ils auroient à requérir pour la paix de leurs ames & consciences ; que si on tire une mauvaise consé-

quence qu'il n'a remis la Religion Catholique Romaine en
Bearn, qu'on en doit donc tirer une bonne de ce qu'il ne l'a ôtée
en la baſſe Navarre, où il a pareille puiſſance, mais que toutes
perſonnes non paſſionnées la devroient tirer bonne de l'un & de
l'autre, en ce qu'en l'un ni en l'autre il n'a rien remué ni innové, ſauf qu'il a modéré la rigueur des Ordonnances de Bearn, attendant mieux, à ſavoir qu'il n'eſt pas Prince qui ſe plaiſe en
nouveauté, qui procede légerement aux changemens par une
violente paſſion contre une Religion ou contre l'autre, ains
qu'il laiſſe volontiers les choſes au point où il les trouve, s'il n'y
voyoit une utilité bien évidente. Et de fait qui eſtimera le Roi de
Navarre ſi dépourvu de jugement, ſi ennemi de ſa grandeur &
de ſon bien, ſi Dieu & Nature l'appelloient à un Etat, de le vouloir perdre, ou mettre au haſard par une violence ſans raiſon? &
qui plus eſt par une violence ſans effet, & qui ne pourroit lui attirer que ſa ruine. Et qui croira que celui qui n'aura voulu forcer
tant ſoit peu un Pays de baſſe Navarre, qu'il pouvoit ſans contradiction, veuille forcer un Royaume de France, qu'il ne peut
& ſans le perdre, & ſans ſe perdre ſoi-même? Ces doutes peuvent tomber aux cœurs des idiots, mais non des ſages. Ceux
mêmes qui les proteſtent ne le font pas, encore qu'ils tâchent à
deſſein de les faire croire. Et puis quand les choſes ſeroient réduites à ce point, on peut prendre aſſurance des doutes qu'on a.
Le Peuple les requiert, & le Prince les baille. Et de ce Prince,
graces à Dieu, on ne peut remarquer juſques ici, ni violence ni
perfidie. Mais de s'armer dès cette heure pour une choſe naturellement ſi lointaine, de parer un coup qui vient de ſi loin, qui
peut-être de vingt ou trente ans ne nous peut arriver, & ſous ce
prétexte mettre cet Etat en feu, l'Eſpagnol dedans pour nous
ruiner en tant qu'en eux il ſeroit, & plus, & plutôt que le mal
qu'ils alleguent ne pourroit pas faire, c'eſt nous ordonner la ſaignée pour nous empêcher un accès de fievre, c'eſt une mort aſſurée pour remede d'une maladie incertaine; c'eſt donc un dol
manifeſte, car l'ignorance en ſeroit trop groſſiere. C'eſt un em-
poiſonnement au patient, c'eſt une trahiſon à cet Etat, c'eſt
une conjuration contre le Roi. Et quand il aura nommé ce Succeſſeur, Succeſſeur qui ne pourra eſpérer de le ſurvivre, Succeſſeur toutefois nommé à cette intention, empli de cet eſpoir,
quelle aſſurance pourra prétendre le Roi d'eux qu'ils ne s'en veuillent défaire?

XXI.

Laissons le Roi de Navarre, il saura quand il en sera besoin, plaider sa cause, & Dieu veuille que jamais il n'en soit besoin. Voyons si le reste de leur protestation a plus de vérité ou de couleur. Ils se plaignent de quelques jeunes gens qu'ils disent posseder le Roi, tirer de grands biens de lui, & en reculer les Princes, les vieux Serviteurs, & les principaux de la Noblesse. Sans rien nommer chacun voit assez ce qu'ils désignent, ce sont les Ducs de Joyeuse & d'Epernon. Si le Roi les aime, ce n'est chose si étrange. Personnes privées en leurs amitiés desirent bien être libres, combien plus les Princes ? & en nos Historiens, vit-on jamais Prince qui n'aimât quelqu'un ? S'il leur fait du bien c'est la volonté qui produit son effet. Aimer proprement, c'est vouloir du bien, c'est faire du bien : car le vrai vouloir s'étend aussitôt à la proportion de sa puissance. Mais s'ils disent trop, & que leur censure ait lieu ici : bons Réformateurs, & leur exemple vaudroit s'ils vouloient commencer par eux-mêmes. Qu'ils nous disent donc d'où il s'est pu faire que leur feu grand Pere quand il vint en France, n'eût pour tout que quinze mille livres de rente, & que maintenant ils en aient en leur maison plus d'un million, si ce n'est par la libéralité & bonté de nos Rois ? De nos Rois, je dis, qui leur ont donné de belles charges, de grands Evêchés, de belles Abbayes des plus riches heritieres de ce Roïaume ; de nos Rois en la bourse desquels tant qu'elle leur a été ouverte, ils ont si bien su fouiller, qu'ils se trouveront avoir tiré six ou sept millions d'or, d'où sont procedées leurs belles acquisitions ; & de fait, à l'événement du Roi Charles à la Couronne, avoit été conclu ès Etats d'Orléans qu'ils seroient appellés à reddition de compte, & recherchés des dons immenses qu'ils avoient reçus des prédecesseurs Rois ; & tout fraichement du Roi François deuxiéme, duquel ils avoient emparé la personne & la bourse tout ensemble : mais au lieu de penser à rendre compte, ces bons Réformateurs aviserent au moyen de n'en point rendre, commençans sans commandement du Roi, & contre les Etats de ce Roïaume à tuer ceux de la Religion contraire en la Ville de Vassi (40) ; c'est-à-dire, allumer le feu par un des coins qui embrasa par un long tems toute la France. Le Pere pour nous rendre compte, nous mit en combustion ; & aujourd'hui le fils nous

(40) Petite Ville sur les Frontieres de la Champagne. L'événement dont il s'agit ici, est de 1562, sous Charles IX. Il est très détaillé dans l'Histoire de M. de Thou, Liv. 29.

met à la guerre pour faire compter les autres. Voyons donc comment ils répondent ici : s'ils le font à bon escient, s'ils ne se jouent point, s'ils n'abusent point le peuple ? Tous savent-ils pas que saint Luc & Doleurs principaux partisans, & quelques autres, sont riches des dons du Roi, ont trempé en ses finances, ont tenu en somme ci-devant même lieu que ceux qu'ils taxent & qu'ils font semblant d'amener ici à compte : comptent les premiers qui premiers ont fait recepte ; eux donc les premiers, certes disons mieux, ces gens sont marris que les faveurs de la Cour ne pleuvent toujours sur eux, & si elles dégoutent sur autrui crevent d'envie. Ces gens vont briguer des malcontens comme eux de toutes parts ; & ces mal contens, qui veut regarder leur condition sans passion, font si à leur aise, ont tant reçu de bienfaits, que l'aise seul les devoie, & sans les bienfaits ils n'auroient puissance de mal faire. Le vrai malcontent, celui qu'il faut plaindre, & celui duquel la condition est miserable, certes c'est le Roi, d'avoir fait du bien à race si ingrate, donné du pouvoir, donné du moyen, donné de l'autorité pour être employée aussitôt contre lui.

XXII.

Ils plaignent le peuple, & que donc ne le laissent-ils vivre en repos ; & pourquoi traversent-ils le Roi en la volonté qu'il a de bien faire, dont déja il faisoit voir de bons effets. On sait qu'il l'avoit soulagé pour cette année de sept cens mille livres, & cassé en un jour quatre-vingt ou cent Edits que l'on lui avoit remontrés être à la charge de son peuple, & se preparoit à une reformation generale de son Royaume. C'étoit commencer ; en une autre année il eût fait d'avantage ; & en telles choses la volonté y étant, le progrès va loin en peu de tems. Aujourd'hui qui doute que nouvelle guerre ne lui crée nouveaux dépens, nouveaux maux au peuple ; & puis quel ménage pensons-nous que fassent ces bons ménagers, qui déja commencent à lever de grands deniers sur les Villes qu'ils détiennent, mêmes ont taxé la Ville de Bourg en Bourdelois à dix mille écus, qu'ils n'eussent payés en dix ans au Roi, prêts d'envoyer le Maire & Jurats de la Ville prisonniers en Brouage. Pensons puis après aux armées tant Françoises qu'étrangeres, qu'il faudra nourrir & souldoyer de part & d'autre. Pensons aux deniers du Roi que ja ils usurpent & saisissent, qu'il faudra remplacer d'ailleurs pour s'opposer à leurs rebellions ; aux étappes, aux munitions, aux contributions, aux

paſſages des gens de guerre. Toute guerre eſt un monſtre dévo-
rant : combien plus la domeſtique ? Toute guerre eſt une vraie
confuſion : combien plus que celle qui eſt conduite par gens de
confuſion comme ceux-ci ? Certes je dirai, & je l'ai dit, trois
jours de ſedition civile couteront au pauvre peuple une année
de taille ; & plus, trois ans de guerre bien juſte, quand ils auroient bonne intention, ce qu'ils n'ont pas, ne vaudront jamais
au pauvre peuple un jour de paix.

XXIII.

Mais le Roi a tort, c'eſt ce qu'ils nous diſent, car il ne fait
pas aſſez de cas de ſa Nobleſſe. Voyons qui les ſuit, & voyons
qui proteſte avec eux des Princes du ſang ? Je n'en vois un ſeul
en ce parti, ſi ce n'eſt ce bon Prince qu'ils abuſent, qu'ils ont
enchanté, duquel ils ſe font donner le bien pour l'ôter à ſes
neveux. Si ſont-ils les Chefs & les protecteurs de la Nobleſſe,
des vieux Officiers, des vieux Chevaliers, des vieux Capitaines
de la France, à peine un tout ſeul, je ne vois par-tout que des
Lorrains, quelques mal-contens, (que n'euſſent-ils plus qu'ils
ne méritent) quelques gens perdus, gens de tout parti, gens
diſoit Ceſar, à qui la combuſtion, & à qui la guerre civile
duit, tels que ceux que Catilina eut à ſa ſuite. Penſez que
Lorrains ſe ſoucient beaucoup ſi noſtre Nobleſſe eſt bien. Penſez que Lorrains, qui tant qu'ils ont pu ont ravalé la dignité
de nos Princes, prennent bien à cœur que chacun tienne ſon
rang. Qu'ils n'allèguent point qu'on leur ait pris leurs Eſtats,
ils les ont vendus & cherement, ils en ſont payés : n'allèguent
auſſi qu'on en ait contraint aucun de s'en défaire. Il leur tient
au cœur, c'étoient gens pour la pluſpart à leur dévotion, &
de leur Ligue, & leur fait grand mal qu'on les en fait ſortir.
Aucuns gens d'honneur ont accommodé le Roi de leurs Eſtats,
mais s'en plaignent-ils ? Mais les verra-on rangés ſous leur banniere ? Ains pluſtoſt contre eux. Ils ſavent très bien que leurs
Eſtats ſont charges, charges que nos Rois par les anciennes
Loix avant tous nos remuemens ſouloient remuer de temps en
temps, charges non eſtats & non offices. Car les Princes les
en rappelloient à leur plaiſir, ſans formalité, ſans rembourſement, ſans allèguer cauſe ni prétexte, non pour les priver
indignement, ains pour en tirer quelque meilleur ſervice ; non
pour les fruſtrer, ains pour les recompenſer & honnorer ailleurs.
Et auſſi ne le prenoient-ils à mal, car ils n'abuſoient de leurs

gouvernemens

gouvernemens pour fe rendre néceffaires à leurs Princes, ou pour fe les faire acheter, ou pour fe les rendre héréditaires. C'eft un mal nouveau, introduict par les aucteurs de ces nouvelletés, qui pour attirer quelques Gouverneurs à eux, plus libéraux que les maiftres, leur promettent hardiment que leurs Gouvernemens leur deviendront patrimoines, car parcequ'ils ne tendent qu'à la diffipation de cet Eftat, & connoiffent bien qu'ils ne peuvent pas le retenir tout en un, ils font bon marché du refte, & ne feignent pas de l'expofer en proie.

XXIV.

Le Clergé, la caufe duquel ils veulent fembler entreprendre, je demande quelle reformation ils y apporteront meilleure que noftre Roi? Le Roi, s'il eft queftion de fa perfonne, montre à toute fa Cour le chemin de l'avoir en révérence. Il a pour Confeil les plus apparents & les plus notables d'icelui aux charges & dignités de l'Eglife, par les bonnes Ordonnances qu'il a faites, conformes aux anciens Canons, & defquelles nul de fes prédéceffeurs ne fut jamais fi févere obfervateur que lui. Il choifit les plus excellens, foit en vie, foit en doctrine, qu'il connoiffe en fon Roïaume, il forcloft toutes perfonnes indignes & incapables, fans acception & exception de qualités, n'y admet que ceux qui naturellement peuvent exercer les charges. Contraint les Evêques de refider en leurs Diocèfes, plus féverement & plus exactement que ne fait le Pape même, montre au refte à tous le chemin du zèle & de dévotion. Que fe peut-il atjoufter à ce bel ordre, finon le loifir d'en recueillir le fruit, de le voir profiter? Mais ce n'eft pas prédication de la parole de Dieu qu'ils demandent, ils ne fe foucient pas que ce Roïaume foit peuplé de bons Prédicateurs; que le Peuple foit inftruit en fon falut; que la brebis égarée y foit ramenée, ils veulent des Jéfuiftes qui infpirent le venin de leurs confpirations fous ombre de Sainteté en ce Roïaume, qui fous couleur de Confeffion, (quelle horrible hypocrifie!) abufent de la dévotion de ceux qui les croient, & les obligent par ferment à cette Ligue, & à leur parti, qui exhortent leurs fujets à tuer & affaffiner leurs Princes, leur promettent plein pardon de leurs péchés, leur font croire que par actes éxécrables ils méritent Paradis, vraies colonies d'Efpagnols, ains difons pluftoft, vrai levain d'Efpagne en ce Roïaume, qui dépuis quelques années a enaigri notre pâte, a efpagnolifé fous un sourcis pharisaïque des Villes de noftre France, defquels les Couvens font plus dangereux que Citadelles, defquels les Synodes ne font que confpirations. Tels font-ils connus, tels nous font les fruits de l'affemblée générale qu'ils tenoient à Paris, nagueres en Septembre, & y préfidoit certain Jéfuifte du Pont-à-Mouffon, directeur de ces Confeils. Autres y en a qui blâment le Roi en pleine chaire, fufcitent le Peuple, l'arment de fureur contre les Magiftrats, prêchent les louanges, recommandent les vertus de ces prétendus rejettons de Charle-maigne. C'eft ce zèle ardent, c'eft cette Religion qui les anime. Et voulez-vous voir quand ils font en Allemagne ? ils font Luthériens. Sont-ils mutinés ? Qui leur eût prêté la main ils remettoient fus les Calviniftes: foigneux du Clergé, foigneux du fervice, foigneux de tenir leurs réfidances; qui poffedent nombre d'Evêchés, nombre d'Abbaïes, contre les Canons, contre le Concile qu'ils nous vont prêchant en France ; en vendent les bois, en diffipent le Domaine, laiffent les Eglifes, laiffent les maifons aller par terre, vendent les reliques, reti-rent à eux tout ce qu'il y a de précieux, d'aumône fort peu, les pauvres tout nus, & les Prêtres mêmes y meurent de faim : vrais héritiers non de Charlemagne certes, mais de Charles de Lorraine, qui fut fort dévotement vendre à fon profit la grande croix & les plus riches joyaux de fon Evêché de Metz, fit vendre au Clergé de ce Roïaume partie de fon temporel, & augmenter les décimes, & n'eut point de honte, pour le bon fervice qu'il prétendoit avoir fait en cet endroit, de s'en faire donner une partie en récompenfe.

X X V.

Refte la Juftice. Ces juftes cenfeurs-là nous veulent rétablir en fon intégrité. Qui jamais a vû qu'une guerre domeftique ait été propre à réformer la Juftice ? qui ne voit affez qu'un feul an de guerre lâche plus les nerfs des Loix, & leur ôte plus d'autorité, que dix ans de paix ne lui en peuvent rendre ? lâche plus la bride au mal, que dix ans de paix ne la lui peuvent retenir ? Ces gens pour exemple quand ils auront vomi leur rage viendront à s'en repentir, il leur faudra des pardons, des rémiffions, des abolitions. Il faudra que les Loix dorment, il faudra que les Juges connivent, qui commençoient à repren-dre leur autorité, mal toujours fur mal. Jà les défiances des partis par la prudence du Roi commençoient à fe lever ; ceux de la Religion contraire reconnoiſſoient peu-à-peu que par la voie ordinaire ils pouvoient avoir juſtice, ſans qu'il leur fût grand beſoin d'un conflict de Juriſdictions. Ces perturbateurs protecteurs des Parlemens, qui leur promettent ici plénitude de puiſſance, donnent nouveaux argumens de défiance, ôtent le moïen de réunir à ce point les volontés. Qui plus, on s'eſt plaint ſouvent de la vénalité des Offices de Judicature, in- troduite premierement pour aider à ſupporter les guerres étran- geres, & dépuis continuée pour ſubvenir aux civiles. Or ſait un chacun que le Roi n'a eu tant ſoit peu de relâche, qu'il n'ait auſſitôt aboli cette vénalité, & tous les moïens par leſ- quels indirectement on la pouvoit couvrir ; & ſi cette ſainte Ordonnance eſt par lui ſaintement obſervée, tous les Parle- ments & Siéges de France en ſont témoins, qui ſe peuvent ſouvenir que le Roi n'a voulu admettre quelques réſignations très favorables, deſquelles la conſéquence eût pu faire fraude à l'Ordonnance à l'avenir ; quel ſoin il a eu de pourvoir aux dignités principales en ſes Parlemens, quand elles ſont ve- nues à vacquer. On les voit en ceux qui aujourd'hui les tien- nent, nommés de ſon propre mouvement, & choiſis par ſon bon jugement, gens d'intégrité, de capacité & de doctrine, deſquels la vie eſt une cenſure, la doctrine une lumiere entre les Hommes ; quel ſoin il avoit, même ſur le point que ce trouble eſt avenu, d'abréger les procès entre ſon Peuple, & d'ôter les mangeries qui le conſument, ſavent ceux auſſi qu'il a appellés en conférence, par leſquels il en a voulu être in- formé par le menu. Ces gens ici le ſavent, ces gens n'en peuvent douter, y aïant partie d'eux été mêmes appellés : tout notre mal eſt qu'ils voudroient gouverner ou gourmander la Cour, pour y mettre comme ils faiſoient autrefois gens à leur poſte, & s'ils euſſent pu continuer de même, les Etats fuſſent vénaux, la Juſtice en ſon entier, & ne parleroient ni de réformation à préſent ni d'abus.

XXVI.

Par-là donc, voïons que ces protections & proteſtations ne ſont que vains prétextes : la vraie cauſe, c'eſt l'ambition de gouverner & de régner, c'eſt la diſſipation de notre Etat, pour en emporter une piéce, & y introduire l'Etranger, c'eſt une continuation du deſſein qu'ils ont eu de long-temps, & duquel les mémoires furent découvers dès l'an cinq cent ſoixante-ſeize,

& lequel se manifeste aujourd'hui plus clairement, selon qu'il s'approche plus de l'exécution, & nous du danger. Cependant ils prient le Roi de ne point mal penser d'eux, que c'est pour son bien, qu'ils n'ont tous juré que son service. Ainsi fit Pepin: & ceux-ci se disent de la race, emploïant contre son Roi Chilperic, (14) la force & l'autorité qu'il lui avoit donnée, & la sainteté du Pape Zacharie. Ce Roi est prudent, le François loïal, le jeu découvert, & avons appris que la sainteté condamne les parjures, que la sainteté ne conseille jamais de fausser la foi, forcer sa partie, & se rebeller contre son Roi. A ce beau dessein, ils n'ont point de honte de convier la Reine Mere du Roi de les assister de son autorité, la Reine qu'ils confessent avoir conservé cet Etat par tant de fois, à la ruine & dissipation totale du Roïaume, à la conjuration qu'ils font contre le Roi son Fils, convient les Princes du sang à transporter leur honneur en autre nation, & en autre race, tous les Pairs de France à trahir l'Etat, duquel leur etat les fait comme Curateurs sous l'autorité de notre Roi, les Cours Souveraines à souscrire à leurs desseins, que Dieu a assises en jugement pour la condamnation de tels perturbateurs, les Catons, je dis à être Catilinaires. Et n'ont point de honte d'invoquer Dieu là dessus, de prendre son nom en vain, de l'appeller à témoin de leur sincérité & droiture en cette cause: Dieu jaloux de son saint nom, scrutateur des cœurs des Hommes qui ne peuvent tenir pour innocent qui emploie son nom, à vanité, combien plus à desseins si exécrables? Desseins exécrables, qui sous nom de piété, de justice, & d'ordre, con-

---

(41) C'est Childeric III. Les deux Cardinaux Baronius & Bellarmin prétendent que le Pape Zacharie a déposé Childeric. Sponde, qui a abregé Baronius, le suppose aussi. Bellarmin fait tous ses efforts pour le prouver au 2 Livre de son Traité *de Romano Pontifice*, & dans sa Réponse à Barclai. Serrarius soutient le même sentiment dans ses Notes sur la Vie de Saint Boniface; & c'est à présent le sentiment de presque tous les Ultramontains. Le Pere le Cointe, dans ses Annales, prétend au contraire que jamais on n'avoit consulté sur cela le Pape Zacharie, & que la députation des François est une fable qui a été crue sans fondement. Le Pere du Bois, son Confrere, a embrassé le même sentiment dans son Histoire de l'Eglise de Paris, Liv. 5. Chap. 1; de même que le P. Alexandre, Dominiquain, dans son Histoire Ecclésiastique, 2e Dissertation sur le VIII Siecle. Il est sûr au moins qu'au VIIIe Siecle les Papes ne s'étoient point encore imaginés qu'ils avoient le pouvoir, qu'ils n'ont point en effet, de déposer les Rois. Voïez une Dissertation sur ce fait, dans le *Recueil de Pieces d'Histoire & de Litterature*, imprimé à Paris, chez Chaubert: en 1731. *in-12*. Tome I, pag. 155 & suiv.: & dans le Tome II une autre Dissertation sur les Donations de Pepin & de Charlemagne à l'Eglise de Rome, où l'on montre quels sont les commencemens de la souveraineté des Papes.

Childeric III, fils de Thierri de Cheles, fut détrôné, rasé & enfermé dans le Monastere de Sithiu, aujourd'hui S. Bertin.

fondent tout un Etat, le rempliſſement de vengeances, de meurtres, de brigandages ; font un million de veuves & d'orphelins reduits à la faim & au biſſac, tout pour contenter leur ſeule ambition. Dieu voit tout cela, Dieu pénetre juſqu'au fond, Dieu duquel ils vont ſe moquant en l'invoquant, & duquel ils ſentiront le juſte courroux & la malédiction & la vengeance, Dieu garde des Rois, Dieu tuteur des Loix, conſervateur des Polices, protecteur du pauvre Peuple, qui les détruira, qui les confondra, qui les foudroiera détruiſans ſon Peuple, confondans tout ordre, renverſans les Loix, conjurans contre leur Roi & ſon Etat, abuſans ſur-tout de ſon nom ſacré, du zèle de Chriſt & de l'Egliſe, pour, ſous ce beau voile attenter à leur Supérieur, voler ſa Couronne, expoſer en proie tous ſes Sujets.

PEuples, qu'on veut mutiner ſous ombre du bien public, reſſouvenez vous de ces prétendus rejettons de Charlemagne, & pour interprêter leur dire, liſez leurs précédens mémoires ; là verrez qu'ils veulent être Rois aux dépens de notre Roi, là verrez quel arrêt ils ont conçu contre nous & notre Prince. François, reſte de la France, conſidérez ici ces gens ſouldoïés d'un Roi d'Eſpagne. C'eſt donc la guerre d'Eſpagne, le crible des vrais François. Ils parlent ici d'un ſucceſſeur, & vous avez vu pourquoi : ils voudroient morts tous nos Princes. Ils parlent d'unir la Foi, d'unir les Religions : mais pour diviſer l'Etat, pour partager nos Provinces. Ici n'eſt point queſtion de Religion, nous avons un Roi Chrétien, trop plus zélateur de Dieu, qu'eux tous enſemble, qui ſaura pourvoir, & par moïens légitimes & convenables à la ſureté de la vraie Religion pour la poſtérité. Cette ſainteté n'eſt que pure hypocriſie, cette Ligue (qu'ils appellent ſainte) une feinte dévotion, une vraie conjuration contre l'Etat ; ici auſſi peu eſt-il queſtion de la reformation de ce Roïaume. Ces gens, quand ils n'y ont point vu leur intérêt, ne s'en ſont jamais remués. Ces gens, au contraire en ce peu que Dieu leur a donné d'autorité, à ce peu qu'ils ont eu de Sujets, n'ont montré qu'échantillons évidens de violence & tyrannie. Et puis penſez, je vous prie, quel remede à tous nos maux de nous jetter en la guerre civile. C'eſt-à-dire, réformer le Clergé par l'inſolence du ſoldat, épargner le ſang de la Nobleſſe par une ſuite de cruautés & de vengeance, ſoulager le pauvre peuple par les contributions,

les foules, les rançonnemens, les pillages : redreſſer la Juſtice par l'anéantiſſement de toutes bonnes Loix, remettre ſus
l'Ordre & la Police par choſe qui ſeule a toujours introduit
la confuſion en toutes choſes. Mais qui pis eſt, penſez que
c'eſt de reſtaurer la France en l'ouvrant de toutes parts &
aux deniers & aux forces d'Eſpagne, c'eſt-à-dire, vendre à
l'Eſpagnol notre patrie, & chaſſer la France hors de France,
pour y faire les logis de la Lorraine & de l'Eſpagne. N'allé-
guent-ils le Roi de Navarre pour nous abuſer ? Il eſt Prince
courageux, Prince tout François, & l'ont pour ſuſpect & le
rédoutent, & tâchent par tous moïens de le rendre odieux :
eux confédérés, eux amis & ſerviteurs de l'Eſpagnol. Lui vrai
ſang de France, lui né ennemi & à très grand droit de la nation
d'Eſpagne. Reſte donc que ce qu'il y a de reſte de la France
en France, ſe rallie & rejoigne contre cette conjuration maudite.
Qu'on n'oie plus entre nous ces noms de Papiſtes & Huguenots,
noms enſevelis par les Edits de la paix, noms bien plus à
enſevelir maintenant ſous cette guerre, qui n'a fondement qu'en
nos diviſions. Que pour tout il ne ſoit plus parlé entre nous,
ſinon d'Eſpagnol & de François. Que nous nous revoïons à cette
occaſion réunis deſſous la croix, je dis contre la croix rouge.
deſſous la croix blanche, marque antique de nos Rois. Qu'il
ſoit dit à la poſtérité que cette diviſion, comme autrefois les
Romains, nous ait réunis enſemble, que la rebellion de ces
gens nous ait ramenés à la vraie obéiſſance, je dis de nos
Loix & de nos Rois. C'eſt la contre-ligue que nous devons
faire tous, Ligue née en nous, Ligue naturelle du chef avec
ſes membres. Pour y parvenir n'eſt beſoin de brigues, n'eſt
beſoin de monopoles : le ſang court au cœur, & le bras pare
la tête ſans délibérer, dès qu'il reçoit le danger, dès qu'il apperçoit le coup venir. Soïons tous unis, rangeons-nous au
Roi, chaque membre ſe diſpoſe à faire ſon office. Je vois ces
Ligueurs palles déliés, piéces rapportées, fondre deſſous nous,
fondre devant nous, fondre & ſe confondre par eux-mêmes.
Je les vois défaits, je les vois rompus, & par les Prevots, ſans
autres armes. Et pour leur dicton, au lieu du tombeau qu'ils ſe
promettent : *ce ſont les premiers Eſpagnols François.*

PROTESTATION

Des Catholiques, qui n'ont point voulu figner la Ligue.

NOus, qui pour grandes, faintes & importantes caufes, avons différé de figner la Ligue & Affociation, que nous a (fous couleur de mandemens de Sa Majefté) été préfentée ; jufques à ce que plus amplement & au vrai foyons informés & acertainés des caufes fuffifantes de fon bon plaifir, avons proteftés proteftons & jurons fur notre Foi, nos ames, notre falut, nos honneurs & nos vies, que nous fommes, & voulons être, vivre & mourir, fideles & loiaux ferviteurs de Dieu & du Roi notre Souverain Seigneur. Croyons en la fainte Eglife Catholique, Apoftolique & Romaine : & de cette fidélité, fervice & croiance, ne voulons, ne n'entendons jamais départir pour pertes, dangers ne peines de nos vies, de nos biens & de nos perfonnes, ne mal qui nous en puiffe advenir jufqu'à notre dernier foupir & derniere goutte de notre fang.

Mais que nous trouvons en toutes façons l'affociation & Ligue prétendue, (fous voile de fainte protection de cet Etat, repos public, confervation de la chofe publique,) fufpecte de caption & circonvention du Roi, confufion de fon Etat, changement de régne, mutation & introduction de nouveau Prince en fang étranger à la Couronne, fervitude de la Nobleffe, oppreffion univerfelle de l'Eglife, du pauvre peuple, troubles, féditions, guerres plufque civiles, peftes fanglantes, & cruautés plus horribles qu'elles ne furent oncques fous tyrannies quelconques ; que nous faifons, non-feulement doute, mais avons fraieur, ou plutôt horreur de la figner.

Tenons davantage que nous ne pouvons avoir autre forme de Foi plus entiere & inviolable à Dieu, à fa fainte Eglife Catholique, Apoftolique & Romaine, que celle que nous avons vouée & rapportée des faints fonts de Baptême, & que nous avons toujours maintenue fous l'autorité des faints Conciles, & Décrets de nos faints Peres les Papes, & de notre Mere fainte Eglife ; que la naturalité & fidélité en laquelle nous fommes nés, nourris & confacrés à notre Prince & Souverain Seigneur, ne doit & ne peut, fous prétexte que ce foit, fans violer & altérer toute l'affurance réciproque du devoir; affection & obligation refpective de bons Sujets, & de bon Prince, recevoir aucun déguifement, nouvelle forme de cérémonie, fermens & autres telles fufpectes, odieufes & pernicieufes inventions, à la maintenue d'un Etat; que nous trouvons, non-feulement étrange, mais exécrable & plain de fureur qu'il foit monté, comme l'on dit, au cœur ni au cerveau d'Homme de fens raffis, d'abufer de ce titre de chef ni d'élection, autre que de notre Roi.

Que nous tenons à préfage, très monftrueux & infortuné, de lui ravir fon Sceptre & fa Couronne, de faire élection privée & univerfelle, (fous quelque apparence de titre ni autorité que ce foit,) d'autre chef que de lui, qui nous eft naturellement, héréditairement & très heureufement ordonné par la grace divine, que comme nul ne peut ufurper le patrimoine Roïal, auffi Sa Majefté ne doit fouffrir qu'aucun s'inveftiffe de fa gloire, de fon rang & de fon Office, à l'inftigation ou invention d'autrui, finon que de fon premier & pur mouvement, & par la déliberation mure de fes plus proches, & fidélité de fon Confeil, il déclare & publie pour caufes urgentes & néceffaires, un Lieutenant Général ou Particulier, fuppléant à ce qui eft requis de fa préfence. Ce qui ne fe doit aucunement commettre à l'élection & arbitre d'une multitude, pour l'éminent danger qu'il y a de l'élection d'un chef qui lui fera agréable, qu'elle paffe outre à transférer auffi légérement la principale puiffance en lui, & en dépouiller le vrai poffeffeur. Et comme elle fe montre ambitieufe à lui fubroger un chef élû à fa pofte, (que nous trouvons être une témérité trop grande & irréguliere, & une hardieffe trop fufpecte, d'avoir, long-temps auparavant l'affemblée & tenue des Etats, brigué & confpiré par procurations, moïens & follicitations particulieres, & pris les Sacremens & feings d'une telle Affociation, qui n'a été auparavant aucunement agitée ni délibérée dans le Confeil du Roi, ni aucunement examinée ou autorifée en nulle Cour de fes Parlemens,) qui n'y pouvoit avoir autre raifon que la feule impudence de dire que le Roi l'eût ainfi confenti & procuré par fous main, avant que manifefter fa volonté, car cela feroit lui tollir le fens, la prudence, la dignité, l'honneur, la capacité & réputation. Comme à la vérité ce n'eft autre chofe que le dégrader d'adminiftration & fouveraine puiffance, & qui pis eft, de déjetter bien loin de l'amour

&

& reverence & bonne opinion de fon peuple. Car un feul
trait de fa voix paternelle eût plus vaincu de cœurs à la fois
que tous les artifices & machinations du monde

Nous voyons clairement, & qui ne le voit, s'il a quelque
étincelle de jugement, de piété, de favoir & réfolution, que ce
qui devoit maintenir la tranquilité de l'Eglife, & faire ceffer les
orages qui font à peu-près fubmerger la nacelle de Saint Pierre, que ce qui pouvoit faire refpirer la Nobleffe, ce qui devoit
redonner le fang & la vie au pauvre peuple, ce qui devoit tirer
la liberté du Roi du deshonnête & malheureux joug des dettes,
& acquitter fa confcience & fon patrimoine, ce qui devoit mettre fon Roïaume en fon premïer luftre, abondance & fleuriffant
pouvoir, c'étoit la paix, c'étoit la bride & continence de tous
les Sujets du Roi en une égale, amiable, & pacifique converfation, c'étoit un foin de réformer les dépravations & débau-
ches publiques, qui font en tous ordres & états, un reglement
& inftitution d'une honnête œconomie, frugalité, & fage difpenfation, par laquelle la dignité des honnêtes & anciennes familles eût été confervée & augmentée à l'heur, honneur, & avantage du fervice du Roi. C'étoit d'avoir pitié de la mifere extrême en laquelle languit & meurt le pauvre peuple,à la grande honte & charge damnable de tous ceux qui l'oppriment.

Or, nous voyons à notre fuprême deuil, tout le contraire.
Nous nous voyons (en lieu d'une fociété prétendue) entrer au
chemin de violer toute fociété humaine, & toute divine concorde. Nous voyons, à l'appetit d'une enragée ambition, ce pauvre Etat s'en aller (comme l'on dit) les fers contre mont. Nous
voyons le fanglant Mars avec les flammes & les armes pénétrer
jufques dedans nos entrailles, & s'avancer à faccager le refte de
ce pauvre Roïaume. Nous voyons le pere jurer en la mort du fils,
le frere du frere, l'ami de l'ami : nous voyons les Concitoyens
fe préparer à fe baigner au fang les uns des autres ; nous voyons
fourager & fpolier l'Eglife fous ombre de la maintenir ; nous
voyons armer la Nobleffe en fa propre défaite & ruine ; nous
voyons déferter & dépeupler les Provinces d'hommes, de Soldats, & de peuple, deftituer la République de toutes forces &
nerfs, & la jetter à la proie de toute barbarie étrangere. Nous
voyons jouer au Roi dépouillé ; nous en foupirons, & néanmoins n'en ofons bonnement refpirer. Ces chofes font fi claires
qu'on ne les peut deguifer, nulle opiniâtreté défendre le contraire, nulle malice le déguifer ; & fi elles ne viennent de mau-

Tome I. O

1585.

PROTEST-
DES CATHOL.
NON LIGUÉS.

vaifes confciences, il faut confefler qu'elles procedent de fens aveuglés & occupés de fureur & manie ; & que c'eft une jufte punition divine pour nos démérites & péchés. Nous refte-t-il plus fi-non que d'attendre que Dieu décoche fur nos têtes fes derniers traits de fa juftice & vengeance divine ? Que toute Loi, police, fainteté, & ordre s'écoule & cede à la rage de l'horrible & furieux Soldat ? Que nous voyons piller & prophaner nos Temples & Autels, déchirer nos entrailles, & fubftances, maffacrer nos Enfans, violer nos Vierges, & les anciennes prefcriptions trouver lieu de juftice, d'honnêteté & de douceur, aux prix des impiétés brutales, & plus que tigriques cruautés qu'on ne peut éviter, au progrès d'une fi barbare entreprife.

Nous proteftons donc de rechef de ne nous approcher, ni fouiller en rien d'une fi pernicieufe & fanglante fociété, violation de paix, fédition manifefte, conflagration univerfelle de la Patrie, & perdition de ce Roïaume ; & fi par force & iniquité l'on nous y veut amener & contraindre, nous appellons pour la juftice & équité de notre caufe à la majefté du Roi, confeillé de fes plus fages & loyaux Serviteurs, & au refus de cet accès pour la violence des ennemis du repos public, au fain, & non préoccupé jugement des Potentats & Princes étrangers qui pourront fans paffion juger de la loyauté & fainteté de nos affections & fervices : promettant & jurant par tout ce que nous tenons facré & jurable au monde, de ne nous défemparer à jamais de la Foi, fubjection & obéiffance légitime & naturelle que nous reconnoiffons devoir à notre Seigneur, & que nous vouons à la défenfe de fa Majefté, couronne & puiffance, fupplians fa bonté en toute humilité & refpect qui nous eft poffible, qu'il lui plaife, devant que laiffer échapper un irrévocable trait, féqueftrant toutes importunités, apparences, applaudiffemens, déguifemens, & illufions qui le peuvent plonger & perdre avec fes pauvres Sujets en un gouffre & indéplorables & irremédiables calamités, pefer encore un coup avec tres mûrs & non paffionnés confeils, en cette affaire de derniere importance, ce que Dieu, fa facrée dignité, fa renommée, fon devoir, la mifere de fon peuple défolé & accablé, & tous les bons requierent, crient & attendent de lui ; & n'affouvir la furie d'autrui en la ruine de l'Eglife, au fang de fa Nobleffe, & extermination de fon peuple, qui font fon unique lien envers Dieu, le bras dextre de fes forces, & le fondement de toutes fes exécutions & pouvoir. Ce faifant, nous efpérons qu'il vivra longuement

Roi heureux & pacifique, & invincible, l'Eglife en fa dignité, la Nobleffe en fa fplendeur, & le peuple en continuelles acclamations, bénédictions & vœux pour fa maintenue & profpérité. Ainfi foit-il.

1585.

LE VERITABLE
SUR LA SAINTE LIGUE *.

Il n'y a au Roïaume jamais de fociété féable.

Ainfi difoit en Homere Uliffe,
Celui qui veut commander comme un Dieu,
Ne doit fouffrir Compagnon en fon lieu.

L'HARMONIE de ce grand Corps ne peut fouffrir l'égalité finon comme un tourbillon entre deux airs qui l'agite & le remue, fe mêlant dedans lui, en déregle & démet les accords, & change enfin l'état de la Monarchie, ou bien en tyrannie, par la violence d'un nouveau ufurpateur, ou en Ariftocratie, par la tourmente de contraires factions qu'elle y excite. Auffi eft-ce en fait d'Etat un principe réfolu que l'appui & le foutenement le plus fort de toute droite Monarchie ou Puiffance jufte d'un feul, eft le peuple ; que les mufcles & les nerfs du Roïaume font le peuple ; que d'appauvrir le peuple, eft appauvrir le Roi, affoiblir la Monarchie, & fortifier les parts de l'Ariftocratie, divifer la foi des Sujets, donner faveur aux confpirations, démembrer l'Etat en contraires factions, jetter la femence des guerres civiles, & bref c'eft fapper les fondemens du Roïaume. Il eft bien certain que jamais la Monarchie n'a été ébranlée de fes fondemens, ni fouffert de changement, (comme fit celle des Romains en la perfonne du Roi Tarquin, ou celle de Sicile en la perfonne d'un Denis & infinis autres) que par les immoderés accroiffemens des Grands, & affoibliffement du peuple ; car le peuple qui eft le ciment qui lie & retient ferme la Monarchie, ne peut être ruiné fans faire ouverture à la tyrannie, & laiffer les voies aifées à l'audace d'un nouvel entrepreneur ; & entre tels débris de Monarchie comme de l'impétuofité d'un torrent ou d'un violent ravage, font emportés entre les flots, autant les bons comme les mé-

---

* Cette Piece eft d'un Roïalifte.

O ij

chans, & font tous faits compagnons de la ruine d'un même
naufrage : c'eſt pourquoi tous ceux qui ont eu aſſez de nerfs &
de forces pour ſe faire voie à la tyrannie, voler les Sceptres, &
ravir les Couronnes, & en ſpolier les légitimes Seigneurs, ont
toujours penſé que le droit ne défaut jamais à la force, prenant
tous à leur avantage ce précepte de tyrannie que Ceſar avoit
fréquent en la bouche ; que pour regner & ſe faire le Seigneur,
les Dieux enduroient de violer la Juſtice des Loix, comme ſi
les grands Etats & les grands Royaumes fuſſent les partages de
la force ou de la fortune, ou bien un héritage de briguans, &
que ni la nature, ni la loi qui les déferent aux ſucceſſeurs, ni
la longue poſſeſſion qui les a établis, ne fuſſent aſſez fortes
barrieres pour les garder contre l'injuſtice de l'ambition. Mais
que fait on aujourd'hui en l'invention de cette ſainte Ligue,
que preparer viſiblement un changement d'Etat, & aſſaillir à
vives forces la Monarchie ? Que peut être autre choſe cette Ligue, voire au jugement des plus groſſiers, qu'un public effort,
& un public attentât à l'Etat Royal ? Queſt-ce autre choſe que
liguer un peuple, que lui faire reconnoitre ſes forces, combien
il a de têtes, & combien de bras, & reſoudre en un moment
en pluſieurs la puiſſance que la Monarchie raſſemble & retient
de longs ſiécles jointe & unie en un corps ? Et en ce faiſant, introduire un Etat populaire, ou ſemondre un peuple à élire un nouveau Seigneur ? Qu'eſt-ce autre choſe liguer un peuple, que l'armer & le révolter, & lui faire violer les droits de la Seigneurie ?
Quelles font donc les conditions de cette ſainte Ligue ? Que
tous ceux qui entreront feront tenus & contraints par un ſacré
ſerment, obliger leurs vies & leurs biens à la foi de celui qui
publiquemenr s'en nomme déja le chef. Que peut être autre
choſe ce nouveau ſerment ? qu'un délaiſſement & une abjuration contraire de celui qui a été fait au Roi ; & cette nouvelle
foi, qu'une déſignation certaine d'un nouveau Seigneur ? C'eſt
dit-on pour la manutention de la Religion, & pour la réformation de l'Etat. Manifique & gentille invention ! Mais que fait-
on en ce prétexte, que reprendre, reprocher, diffamer, & ta-
xer de défaut & d'impuiſſance manifeſte le Prince, puiſqu'il
ne peut avec un plus grand nom, & de plus grands avantages,
maintenir, défendre, ou retablir pour l'honneur de Dieu, & le
ſalut du peuple ce qu'un chef de Ligue promet pouvoir ? Que
peut être autre choſe ce nouveau Chef de Ligue, que ſous un
nom déguiſé un nouveau Roi, ou un compagnon en la Roïau-

té ? Ainsi se fit élire Martel Prince des François du Regne de Clotaire, & par tel subtil moyen en ne lui laissant que l'ombre de la Seigneurie ou une Roïauté de Comédie, retira à lui la souveraine puissance, laquelle successivement transmise en Pepin le bref, son fils, lui donna toute facilité d'usurper le Roïaume; ainsi Capet par même ruse, depuis, changea la succession du Roïaume, & en exclut Charles qui en étoit le légitime Héritier; c'étoit, disoit Martel, pour la défense du Christianisme, contre l'impétuosité des Sarasins (42), c'étoit, disoit Capet, pour restituer aux Eglises de France, les biens dont elles avoient été spoliées, & leur rendre leur premiere dignité & splendeur; mais en effet, tels spécieux prétextes étoient seulement les instrumens couverts de leur ambition, laquelle trouvant les Rois chacun de leur tems, tyrans, lâches & imbécilles, se surent accortement servir de la haine que le peuple de France leur portoit; & par ce moyen, l'un fut tondu & fait Citoyen perpétuel d'un Cloître (43), & l'autre mourut en prison (44): & afin qu'il soit à chacun plus manifeste sur quel métier on ourdit cette toile, que pouvoient être ci-devant tant de divers soulevement de Provinces, & ce tant peu connu stratagême de Strasbourg, quelle étoit cette tant secrete entreprise du feu Sieur de May, Capitaine de trente lances, lequel blessé à la Fere d'une balle, de peur qu'il ne parlât trop, le Duc de Guise alla exprès de sa maison au Camp, pour lui servir de Confesseur, & lui faire retenir le silence ? Quelle étoit l'accusation de Salcede, son entreprise (45), ses confessions & dépositions en l'assassinat marchandé contre la personne de feu Monsieur, frere du Roi, moyennant les six mille écus qui lui furent donnés à Nancy ? Et lequel assassinat ayant été lors failli, a été dépuis, par poison, exécuté dans Paris, par les alléchemens amoureux d'une

---

(42) Voïez les Réflexions que fait sur ces événemens M. le Président Hénault, dans son Abregé Chronologique de l'Histoire de France, premiere Race, & au commencement de la seconde.

(43) Childeric III.

(44) Charles, Duc de la Basse-Lorraine, Fils de Louis d'Outremer, & Oncle de Louis V. Il auroit dû regner après son Neveu; mais Hugues Capet s'empara du Trône. Charles défendit son droit, & prit les armes; mais aïant été fait prisonnier, il fut enfermé, & mourut, laissant des Enfans qui n'eurent point de postérité.

(45) Salcedo, Parisien, Fils de Salcedo Espagnol, lequel avoit fait la guerre au Cardinal de Lorraine, & qui fut tué à Paris dans le Massacre de la S. Barthelemi en 1572. On prétend que le fils, aïant été arrêté, accusa les Guises & découvrit tous leurs projets pour éteindre la Maison roïale, & usurper la Couronne sur les Princes du Sang; il n'en fut pas moins condamné à être tiré à 4 Chevaux, ce qui fut executé le, 26 Octobre 1582. Voeyz les Mémoires de l'Estoile, Tome I, page 144 & suivantes. Salcedo fut mis à mort pour avoir formé une conjuration contre le Roi & le Duc d'Anjou.

jeune dame de long-tems pratiquée ; de laquelle le Prince reçut
le mortel morceau qui le tient maintenant en repos en l'autre monde (46). Ainsi ceux de la Maison de Lorraine, sur les fondemens
de leurs prétentions, ont jusqu'ici fait en tous ces premiers petits
essais, comme un jeune tiercelet d'aigle, lequel devant que
tenter le vuide de l'air, & hasarder avec les vents un hardi vol, va
souvent d'arbre en arbre voletant & ainsi en ses petits ébats, essaïer
& assurer la force & vigueur de ses aîles ; c'est pourquoi il est fort
à craindre que si Dieu ne rompt leurs malheureux desseins, réveil-
lant ceux qui y ont le principal intérêt, & tous vrais François
ayant déja rompu avec beaucoup d'art & d'industrie une partie
des défenses de la Forteresse, ils ne s'en rendent finalement les
maitres : car il est certain que s'il est loisible par les Loix à un
peuple (comme déja la créance est entre plusieurs Catholiques
de France, publique de cette proposition), de recourir aux
moyens extraordinaires pour se délier de la domination d'un
Prince hérétique, & en secouer le joug & la servitude, il lui
est encores plus permis de n'endurer que celui qui par profession publique, & un public serment s'est déclaré tel, ne soit
admis & reçu à l'Etat Royal ; que si en ce faisant, l'ordre de la
succession est troublé & perverti, il semble n'y rester plus de
lieu pour venir au tiers heritier ni au quart, ains être loisible au
peuple de procéder à nouvelle election de celui qui sera trouvé
plus digne & agréable. C'est aujourd'hui cette fusée qu'on dévi-
de, étant chose très assurée que la sainte Ligue en laquelle sont
déja entrées secretement plusieurs des meilleures Villes de ce
Roïaume, fera ces deux grands effets : le premier, qu'elle forcera le Roi à tel changement de Cour & de vie qu'il lui plaira,
& le rangera sous une perpétuelle tutelle : le second que celui
qui en sera le chef, retirant à lui sous la faveur de cet ambitieux
masque, toute l'autorité souveraine, prendra sous le nom du Roi
la domination entiere du Roïaume, avec telle puissance, qu'il
lui sera facile d'éteindre entierement la Maison de Bourbon,
établir par la France étroitement l'Espagnole Inquisition, & de
disposer, quand il voudra, de la vie & de l'Etat du Roi ; & ainsi
la quatrieme race regneroit sur les François. Se gardent bien les
mal-conseillés, & s'y réveillent les endormis, & devant toute
la volonté de Dieu soit faite. Ainsi soit-il.

(46) François Duc d'Alençon, d'Anjou
& du Brabant, mourut le 11 Juin 1584,
âgé de 30 ans. Bongars assure que ce fut de
poison, & on lit dans les Mémoires de Nevers, que ce fut par un bouquet empoisonné que lui donna une de ses Maîtresses avec
laquelle il vivoit à Château-Thierri, où il
s'étoit retiré.

READVIS & ABJURATION

*D'un Gentilhomme de la Ligue, contenant les caufes pour lef-
quelles il a renoncé à ladite Ligue, & s'en eft departi*.*

C'Es t un dit ancien, que le bon Citoyen n'eft pas aftraint de
dire, ou écrire toujous femblable propos, mais qu'il doit toujours perféverer en une femblable opinion, qui eft d'adreffer
la pointe de fon intention à l'avénement du repos, & de l'u-
tilité publique : à caufe de quoi l'homme ainfi compofé, ne
peut être repris de légéreté, s'il corrige fon premier avis par
le fecond, d'autant que le jour fuivant eft le précepteur du précédent, principalement aux affaires d'Etat. Ce que je dis auffi
pour mon regard, afin que ceux qui fauront ci-après que j'ai
renoncé, ainfi que je defire être notoire & divulgué, & me fuis
départi de la Ligue, qu'on s'éforce introduire en ce Royaume,
& laquelle j'ai ci-devant fignée, n'attribuent ce changement à
aucune inconftance, point ou fubornation : mais plutôt qu'ils
croient & foient avertis certainement que ma retraite & abjuration eft un enfeignement vérifié que telle Ligue eft très pernicieufe au bien du Roïaume, & reprouvable à tous vrais & naturels François. J'ai l'honneur de n'être pas des derniers au rang
de la Nobleffe, & d'une famille affez ancienne & fucceffive,
pour maintenir ma qualité entre les anciens Gentilhommes ori-
ginaires du nom François : mais encores puisje ajouter ce qui
n'eft commun à tous, que j'ai été appris dès le berceau, par la
tradition de mes Ancêtres, continuée de main en main, de ne
croire qu'une feule foi Catholique & Apoftolique ; & de ne reconnoître aucune fouveraineté terrienne, que celle de nos Rois,
appellés à la Couronne par la fucceffion ordinaire des lignes
mafculines ; qui a été occafion, que trouvant de premiere apparence en cette Ligue à moi préfentée, une profeffion de notre foi Catholique, & de l'obéiffance que devons à notre Roi,
je n'ai fait difficulté de la figner, ne penfant point par-là contracter autre obligation que celle que je fuis tenu naturellement
rendre à mon Dieu, & à mon Roi. Mais depuis ayant appris, par
la communication & discours familiers que j'eu plufieurs jours

* Cet Ecrit vient d'un bon Catholique.

avec les mieux entendus & zélés en ladite Ligue, que les noms
de Religion de fa Majefté divine & humaine, compris en icelle, n'étoient que mafques & bandeaux, pour voiler & couvrir
la hideur d'une monftreufe fubverfion, que quelques uns vouloient faire de tout l'Etat de ce Roïaume, tant général que particulier, je n'ai point craint de rétracter ma fignature, & par
cette abjuration publique découvrir publiquement le goufre &
le piége auquel je me fuis inadvertamment laiffé tomber & furprendre ; afin que ceux qui ont encore les mains nettes, & le jugement libre de tel poifon, fe gardent d'y être attrappés, &
ceux qui comme moi fe font laiffés circonvenir par leur facilité,
fe retirent de bonheur, à mon exemple, pour n'attirer avec leur
ruine la défolation du Pais auquel il font nés, allaités, & élevés.
Pour à quoi leur donner quelque fecours & confort, je m'éfor-
cerai de déclarer le plus briévement que je pourrai, les raifons
de mon changement, & réavis, fondés fur les deffeins & volontés des Ligués, par lefquels j'ai appris :

Que (Ligue) en état politique, eft un contrat folemnel,
juré entre perfonnes égales, & non fujettes à la puiffance
d'autrui, pour conferver & maintenir leur liberté, tant offen-
fivement que défenfivement envers & contre tous. De laquelle
definition procédent deux conclufions néceffaires, l'une que
les Sujets ne peuvent contracter Ligue en l'Etat monarchique,
fans renoncer à la protection du Prince, & par conféquent,
fécouer l'obéiffance & fujéction qu'ils doivent à la fouveraineté :
l'autre que le Roi fignant une Ligue avec fes Sujets, fe dépouille
de la puiffance fouveraine qu'il a fur eux, & les reçoit en paix
& fociété d'içelle.

Ce que j'ai plus particulierement reconnu, après que j'ai
vu que cette Ligue, (contenant une déclaration de falaire
& de récompenfe à ceux qui y obéiront, & de punition aux
contrevenans,) eft une vraie Loi nouvellement introduite
dans le Roïaume, non point Roïale & Françoife : car elle n'eft
pas faite fous le nom feul du Roi, mais plutôt holocratique,
& par conféquent, directement contraire au privilége de la
Couronne, qui ne permet à autre qu'au Roi feul d'ordonner
& commander une Loi dans le Roïaume.

J'ai conféquemment apperçu que ladite Ligue n'étoit pas
fimplement contraire aux priviléges de la Couronne, en fa
forme feule pour la raifon fufdite : mais auffi que par toute fa
difpofition & fubftance, elle renverfoit de fond en comble la

Couronne

Couronne avec tous ſes priviléges : par eſpécial en ce qu'elle oblige & aſſujettit les biens des Sujets du Roïaume à une nouvelle impoſition non limitée, ni circonſcripte à certaine ſomme, mais autant que la Ligue verra bon-être; combien que par ledit privilége il ne ſoit permis à homme quel qu'il ſoit, ſinon au Roi ſeul, de faire impoſition dedans le Roïaume.

En ce pareillement, que par la même Ligue eſt diſpoſé du fait des armes, deſquelles le port eſt permis ou défendu à l'arbitrage de ladite Ligue, ce qui toutesfois eſt reſervé au Roi ſeul par les mêmes priviléges.

Et finalement en ce que ladite Ligue ordonne, & commande un nouveau ſerment de fidélité, & y oblige les vies & biens des Sujets, & non point entre les mains du Roi (auquel ſeul tel ſerment eſt dû & affecté par leſdits priviléges), mais entre les griffes d'un monſtre compoſé de Serfs ſans nombre, d'où s'enſuit que les Sujets du Roi ſe ſoumettant à l'obligation de tel ſervice, tombent en l'un des deux inconvéniens, ou de commettre un crime de faux & de ſtellionat en vendant à deux diverſes perſonnes une même choſe, ou qu'ils caſſent & revoquent l'obligation de la Couronne, pour l'attribuer & transférer à ladite Ligue : d'autant que un ne ſauroit être ſolidairement Serf à deux maîtres, il s'enſuit auſſi que le Roi ſe comprenant en la même obligation, autoriſe, entant qu'à lui eſt, la diſſolution de ſa Couronne, & renonce au droit ſpécial de ſa ſouveraineté, pour le contribuer en cette Ligue, & par ce moyen convertir l'ordre ancien d'une ſi floriſſante Monarchie en la confuſion d'une déplorable holocratie.

Cela préſuppoſé, les conteſtations contenues en ladite Ligue, de l'obéïſſance, de l'honneur, ſujection, & fidélité que les Ligués porteront au Roi, ne ſont pas ſeulement ridicules, mais auſſi injurieuſes, & ſemblables au jeu populaire du Roi dépouillé, lequel les aſſiſtans honnorent de révérences & titres magnifiques, & cependant ils le dépouillent de tous ſes ornemens, en l'appellant Sire. Car, puiſque cette Ligue n'eſt autre choſe qu'une uſurpation de droits, prééminences, autorités & prérogatives que la Couronne réſerve à un ſeul Roi, & que ne ſe peuvent ni doivent communiquer à autre pour parent, allié, ſerviteur, ou favoriſé qu'il ſoit, il n'eſt pas en la puiſſance du Roi, quoiqu'elle ſoit pleine & abſolue, d'avouer & accepter ladite Ligue, ſans ſe devêtir de la Couronne & titre ſou-

verain ; ni loisible au sujet d'y entrer & adhérer, quelque commandement que le Roi lui en fasse, sans être à l'avenir déclaré
traître à son païs, rebelle à la Couronne & Roïauté Françoise,
& indigne de tous honneurs, franchises & priviléges d'icelle.

Passant outre aux motifs & causes finales d'une si pernicieuse
Ligue, il y en a deux exprimées ; l'une c'est pour le rétablissement de la Religion Catholique, Apostolique, Romaine,
aux lieux ou elle est opprimée, & extirpation de la Religion
nouvelle : l'autre pour remettre & contenir le peuple rebelle,
en l'obéissance du Roi, & assurer la succession de la Couronne
à la race de Valois.

Ce sont, à dire vrai, deux causes fort spécieuses, & de belle
apparence en premier front, qui toutesfois en effet, sont fausses
à dire, & impossibles à exécuter. Fausses sont-elles, en ce que
si la seule piété & religion conduisent le desir & l'affection
de ceux qui signent la Ligue, il n'étoit aucunement nécessaire,
ains très dommageable à l'avancement de notre Religion, d'é-
tablir un nouvel Etat & regle de police, qui ne peut engendrer que divisions, défiances, plaintes, jalousies, envies, qué-
relles & autres picques & simultés intestines, ausquelles toutes
sociétés & oligarchies sont ordinairement sujettes, vû que
l'Eglise Catholique est une sainte Ligue, à la défense de laquelle tous Chrétiens Catholiques sont obligés & astreints par
les sermens de Baptême & de la sainte Eucharistie. Que si
cette Ligue & communauté de l'Eglise, n'est assez forte &
suffisante pour faire exposer vie & biens au peuple, toutes les
fois que le besoin & nécessité de la Foi Catholique le requiert,
il n'y sauroit avoir autre Ligue & société suffisante à ce faire,
si sous prétexte de la Religion ne sont proposées quelques particularités de profit, qui aient plus de puissance sur les associés
que le seul regard de la Religion, qui par ce moyen ne servira que de couverture & excuse à la gloutonnie & ambition
de ceux qui se liguent par autre serment que ceux de l'Eglise.
Et au regard de l'autre cause, attitrée du nom du Roi, & de la
race des Valois, je n'ai point encore oui dire, que Ville ou
Particulier quel qu'il soit revoque en doute la puissance légitime
du Roi, ni la succession de la race des Valois, en la Couronne ;
& où quelques-uns seroient tant mal avisés, si les auteurs de la
Ligue & leurs collégues sont aussi zélateurs du service du Roi,
qu'ils en font semblant, le serment donné au Roi lorsqu'il
succéde à la Couronne doit suffire pour convier leur devoir

à emploïer vie, corps & biens pour son service, sans obliger à une Ligue ce qui est au Roi, qu'ils ne peuvent redonner, & moins rapporter en contribution de société, sans lui ôter premierement. Mais posé le cas que les causes susdites fussent véritables, encores seroient-elles impossibles de mettre à exécution ; car quant à la Religion, il ne se trouve point en tout le cours des histoires, depuis le commencement du monde, que les différends émûs en la Religion se soient décidés par autre glaive que celui de la Parole de Dieu, & les Histoires Ecclésiastiques nous enseignent, que les armes, les séditions, les guerres ont toujours été les argumens des hérétiques, & non des Catholiques, lesquels s'assurant en la vérité de leurs propositions, n'ont jamais craint de repousser & de battre à diverses fois, & autant qu'on l'a revoqué en doute, une même question en plusieurs divers Conciles, parcequ'ils ont estimé que la vérité qui est toujours semblable à soi en tous lieux, & en tout temps, n'est point attachée à un ou deux Conciles, ains comme à tous Conciles, légitimement assemblés. A cause de quoi, toutes & quantes-fois que les hérétiques ont recusé, ou désavoué les Conciles qui les avoient condamnés, soit en n'approuvant point la forme de leur convocation, soit en proposant erreur contre leurs jugemens & déterminations, les Orthodoxes n'ont jamais différé leur accorder la convocation d'un autre Concile, & de rechef y proposer ce qui avoit été précédemment arrêté. Mais nous ne lisons point que les Catholiques se soient élevés en guerre civile contre les hérétiques, si ce n'a été pour leur conservation & défense seulement. Et où la corruption du tems en donneroit quelque exemple, ainsi qu'on pourroit remarquer par les guerres de nos Rois, contre les Gots, & du Comte de Montfort (48), contre les Albigeois, nous devons en cette particularité considerer deux choses, l'une que la cause de la Religion n'a été que l'accessoire & accident de la guerre des Gots, suscitée par autre principal respect : l'autre que la forme des armes, quelque victoire qui soit avenue, n'a pas éteint ni aboli l'opinion des Albigeois, ains demeurant supprimée quelque temps par la force des armes, & néantmoins demeurée héréditaire en l'esprit de plusieurs, qui enfin l'ayant derechef découverte & remise sus, a trouvé si grand

(47) Simon, Comte de Montfort, fut en 1210, Chef d'une Croisade contre les Albigeois.

nombre de propugnateurs (49) , qu'ils se pensent aujourd'hui
assez forts pour nous démêler leur querelle en un champ de
bataille , ce que ne devons, ni voulons essaier pour deux raisons, l'une que telle guerre universelle est coûtumierement suivie
d'une subversion d'Etat, ainsi qu'il est avenu en l'état de l'Empire Romain, après la guerre de Constantin & Lucinius (20).
L'autre que le glaive spirituel possédé par l'Eglise n'a rien de
commun avec le temporel, & comme si nous avions perdu
la bataille, ne voudrions pour cela diminuer aucune chose de
notre Religion, aussi faut-il considerer que la perte tombant
sur le parti contraire, comme elle a déja fait plusieurs fois,
ils n'accorderoient pas pour cela que leur Religion fût amoindrie.
Il seroit à desirer, (de ma part je suis du nombre de ceux
qui ont le plus d'affection) que le différend qui est en la
Religion fût ôté du milieu de nous, mais puisque les expériences faites depuis 24 ou 25 ans que n'avons cessé de combattre sur cette querelle, toujours vaincus au milieu des victoires, nous ont enseigné que le coup doit venir du Ciel, &
non pas des Hommes, j'estime que ce seroit une très grande
folie de vouloir retenter un hasard du tout infructueux & inutile, puisque l'opinion consiste en l'esprit, & ne se peut assuje-
tir à la force & courage du corps. Au contraire je suis contraint
de croire, que comme naturellement nous inclinons à chercher
& desirer les choses qui nous sont défendues, aussi tant plus
nous courons sus, & travaillons ladite opinion, plus elle croît
& s'enforcit, au lieu que si nous la méprisions & remettions au
jugement de Dieu (qui seul la peut confondre & abolir), elle se
perdroit & évanouiroit de soi-même, suivant l'avis du bon Ga-
maliel.

Quant à l'autre cause, comme il seroit impossible d'emparer &
de défendre la Majesté du Roi par cette Ligue, puisqu'elle-même la viole & la détruit, ainsi que nous avons ci-devant remontré, si ladite Ligue opprime les priviléges de la Couronne,
confond l'ordre & le Reglement des Etats du Roïaume, abo-
lit le serment de fidélité que les Sujets ont à leur Prince, &
pour dire en un mot, transforme la Royauté en une confu-

(49) Voyez l'Histoire des Albigeois, &
celle du Calvinisme, & l'*Histoire de l'execution de Cabrieres & de Merindol, & d'autres lieux de Provence*, &c. Paris 1645.
in-quarto.

(50) C'est Licinius, qui de simple Soldat
parvint aux Premieres Charges militaires,
fut créé Cesar, & le 11 Novembre 307, fut
fait Empereur par Galere Maximien. Voïez
les Ecrivains de l'Histoire Romaine.

fion d'oligarchie & d'olocratie ; & de quel front ofent propofer les Conjurés que leur Ligue foit ordonnée pour la confervation & défenfe du Roi, & de fa Couronne?

Ces beaux titres donc de Religion & Majefté, expofés en
la montre de cette Ligue, ne font point les caufes finales d'i-
celle, mais plutôt impoftures & artifices, pour féduire & furprendre la crédulité des Sujets fideles à Dieu & à leur Roi ;
comme auffi les noms de Ligue & de Roïauté ne pouvant demeurer enfemble dans un même Etat, pour les raifons ci-devant
déduites, ce papier, ou plutôt abomination qu'on veut faire jurer & figner, ne peut être appellé Ligue, fi le Roïaume de
France ne ceffe d'être appellé Roïaume, & jufques alors, doit
être par un nom propre & convenable à fon fujet, nommé Conjuration, les caufes de laquelle feront faciles à comprendre &
recueillir, fi nous repréfentons en notre mémoire les progrès
des chofes paffées.

Entre plufieurs maximes contraires au bien de la Couronne,
reçues & pratiquées par le Confeil de nos Rois, depuis le décès
du bon Roi Henri leur pere, que Dieu abfolve, cette-ci à été
felon mon avis, plus dommageable, que d'avoir ôté la connoiffance des affaires aux grandes Familles qui les avoient menées fous les regnes du grand Roi François, & Henri fon
fils, pour les commettre à la croyance des perfonnes nouvelles
& inconnues, afin qu'en les élevant par ce moyen aux premieres
richeffes & honneurs de ce Royaume, lefdites grandes Familles fuffent d'autant plus abaiffées, & s'il étoit poffible dépouillées
de leurs biens, non moins que leurs Etats.

Car encore que l'ufage de telle maxime foit falutaire à un
Etat nouvellement ordonné, elle eft néanmoins du tout peftifere
& mortelle à un Etat foutenu & appuyé par fa propre force,
comme celui de la France, pour plufieurs inconvéniens que nous
avons éprouvés à notre grand dommage.

Le Peuple de France a fouffert de grandes & extraordinaires charges & impôts depuis foxante ans en ça, toutes-fois telles
qu'elles aient été, on y a toujours vu le fond; & la fomme,
pour grande qu'elle fût, a été limitée par un nombre fini, foit
en centaine de mille, foit de millions ; tellement qu'il a été facile de conferver quelque forme d'équalité en la contribution defdites fommes, pour le moins on a fu pour quel prix en échapper.

Mais aux exactions de cette Ligue, il n'y a fond ni rive,

ains au contraire tout ainsi que le pretexte de Religion, duquel ladite Ligue est colorée, se trouve perpetuel & sans limite, aussi les rançonnemens qui en doivent proceder ne sont point limi-tés, ains infinis, & d'aussi longue durée & immenses, que se-ra l'ambition & convoitise des Religieux, & bons Sujets de la-dite Ligue.

Les Chefs des Conjurés départiront les charges, tant de la guerre que de la Justice, & les Finances à qui bon leur semble-ra; eux même dresseront l'état de la recepte, & feront les ac-quits de la dépense; ils cotiseront les Villes, les Communau-tés, les Maisons, les familles, & chacun particulier qui aura signé la Ligue, suivant le département de leurs Délégués; & pour le faire avec plus de commodité, ils donneront ordre sous le nom de bonne intelligence, que les Prevôtés, & Echevina-ges, Consulats, receptes, Contrôles, & autres honneurs des-dites Villes, & Communautés, soient mis entre les mains de leurs partisans, afin d'enregistrer jusques à une maille les moyens & facultés des particuliers.

Si dans les Villes ou aux Champs il se trouve une Famille pudique & debonnaire qui haïsse les vices, & déplore la cala-mité du tems, se contentant de sa condition, ce ne sera assez tailler & ronger ladite Famille à discrétion, autant, & plus que le revenu pourra s'étendre, mais en peu de jours n'y aura point de faute de Délateurs qui accuseront le maître de la Famille, ou d'avoir fait quelque rebellion aux Ministres de la Ligue, ou favorisé les ennemis, ou tenu propos séditieux, afin de ravir tout à une fois & sans retourner, ce qu'on ne pouvoit honnête-ment en enlever que à pieces.

Et ne faut point que le corps desdites Villes & Communau-tés en espere avoir meilleur marché; car ayant une fois reçu la Ligue, elles sont par même moyen obligées d'obéir aux Chefs & Directeurs qui leur seront ordonnés; & en cas de refus, ex-posées au ban de rebellion. Choisissent lequel elles voudront, c'est chose notoire que en obéissant, elles seront à toutes heu-res sujettes à saccagemens par les artifices de leurs Gouverneurs, & n'y peuvent non-plus faillir qu'a fait la Ville d'Anvers aux Es-pagnols; & si elles refusent l'obéissance, tous les Conjurés se-ront convoqués & halés pour leur courir sus, & avoir part au butin de la Ville qu'ils nommeront rébelle.

J'ai suivi près de trois mois les principaux Chefs des mem-bres de la Ligue, lesquels j'ai trouvés remplis & prévenus de très damnables difcours & propofitions, les uns affurant la briéveté de vie au Roi, fuivi du défaut en ligne mafculine de leur race, & condamnant les aînés de Bourbon comme Prêtres, Héréti- ques, & Meffieurs de Montpenfier, comme inutiles & fainéants; les autres mettant en délibération de laquelle des filles on fe pourroit les mieux couvrir : favoir fi on admettroit la préfenta- tion en l'aîneffe, ou s'il ne feroit pas meilleur que le principal defdits Chefs fe trouvant veuf, époufât la plus prochaine furvi- vante : mais ce qui m'a le plus navré le cœur, eft d'avoir enten- du affigner leurs dettes, qui fur un Marchand, qui fur un autre, & affeoir la recouffe de leur prodigalité, fous l'efpérance du bu- tin des meilleures & principales Villes du Roïaume, compre- nant celle de Paris, fans referve ni refpect de l'Eglife, ni des veuves, ni d'orphelins.

Quel moyen donc (dira quelqu'un) pourrons-nous garder pour obvier au deftin de tel embrafement, puifqu'il nous eft pré- paré, foit en acceptant ladite Ligue, foit en la refufant ? Le moyen vous en eft affez facile, fi en avez la volonté, & la volon- té vous en viendra, s'il refte encores au milieu de vous tant foit peu de loifir pour en délibérer ; ce qui vous fera de non moins facile exécution, fi, d'un commun accord, vous déclarez en corps de Ville, que ne voulez adhérer, ni participer à une fi pernicieufe conjuration, & fi celles qui fe feroient laiffé perfua- der révoquent leur premier avis, pour fe rallier avec les autres Villes mieux confeillées ; je vous ai ci-devant déclaré le plus briévement que j'ai pu, les raifons qui vous doivent inciter à ce faire, & le ferez fi êtes bien confeillés.

Sinon, & où la ruine totale du Roïaume feroit fi prochaine, que fût maintenant le tems auquel la troifieme vifion de Chil- deric, quatrieme Roi de France, doit être exécutée, que pour ce faire, les Chefs & Auteurs de la Ligue foient les chiens & les chats de ladite vifion, & le refte du peuple de tous états, la grande tourbe d'autres petites bêtes légeres qui s'entredépe- cent, battent & déchirent ; je recevrai en la participation des miferes communes, cette confolation, qu'ayant rejetté le pré- fent avertiffement vous avez de votre propre gré, vouloir, & gaillardife, été les inftrumens de votre ruine, laquelle vous pouvez éviter en fermant les portes de vos Villes, aux premie- res femonces de ladite conjuration, ou en cas qu'elle y fût dé- ja introduite, la rejettant dehors & l'abjurant à mon exemple, lequel je propofe à tous amateurs du bien public & particu-

1585.

ABJURATION D'UN GENTIL- HOMME LI- GUÉ.

lier ; & de tant que j'ai légerement & inadvertamment signé ladite conjuration, tant plus murement, & avec long & pourpensé avis, j'ai signé la présente abjuration, par laquelle je jure & promets de détester ladite Ligue, & ne suivre ni approuver jamais autres conseils, que ceux qui seront conformes à la volonté de Dieu, à la conservation de l'Etat, Couronne de France, & au repos, soulagement, profit & tranquillité de tout le peuple ; à quoi je vous consacre, & dédie ma vie, mes biens, & dequoi je puis disposer en ce monde.

DECLARATION

Du Roi de Navarre, contre les calomnies publiées contre lui ; & Protestation de ceux de la Ligue qui se sont élevés en ce Royaume *.

LE Roi de Navarre ayant vu les protestations & déclarations de ceux qui troublent aujourd'hui l'état de ce Royaume, sous le nom de Ligue sainte, desquelles ils veulent couvrir leur mauvaise intention, partie d'un zéle de Religion, & partie d'une affection du bien public, mais particuliérement le prennent directement à partie, comme Hérétique, relaps, persécuteur de l'Eglise, perturbateur de l'Etat, ennemi juré de tous les Catholiques, a estimé être de son devoir d'éclaircir tous Rois, Princes, Etats, & Nation de la Chrétienté, contre ces calomnies, mais spécialement le Roi son souverain Seigneur, & le peuple de ce Royaume, de tous états & qualités, puisque ainsi est que à l'ombre de lui ils ne font point de conscience d'attenter à la Couronne de son Prince, & confondre misérablement tout son Etat.

Déclare donc premierement, en ce qui concerne sa Religion, ledit seigneur Roi de Navarre, devant Dieu qui voit le fond de son cœur, devant le Roi son souverain Seigneur, auquel il desire principalement approuver ses actions, devant tous les susdits Princes & Nations qu'il en fera volontiers témoins

---

* Cette Déclaration avoit paru à Orthes en 1585. *in-8*. Elle a été dressée par Du Plessis-Mornay, & se lit au Tome I de ses Mémoires, *in-4*. Page 466. La même Déclaration a été imprimée en Latin, à Leide 1585, & en la même Langue, dans le Recueil intitulé *Scripta utriusque Partis*, *in-8*, à Francfort,

&

1589.
DECLARAT.
DE HENRI IV,
ET PROTEST.
DES LIGUE'S.

& juges, qu'il n'espére son salut qu'en la Foi & Religion Chrétienne, qu'il embrasse de toute son affection, & pour regle infaillible de laquelle il reçoit la parole contenue au vieil & nouveau Testament, qu'il a plu à Dieu laisser en ces ténebres pour lumiere & direction de son Eglise; qu'il croit une Eglise Catholique Apostolique, pour la conservation & augmentation de laquelle en toutes sortes de graces, il prie Dieu journellement & s'estimeroit heureux d'épandre son sang en la défendant contre les Infideles: qu'il croit & reçoit les Symboles, ou abregés de la Foi Chrétienne, qui ont été dressés par icelle Eglise Catholique Apostolique, pour servir de marques par lesquelles les Chrétiens Orthodoxes fussent discernés de tous malsentans de la Foi & Hérétiques: comme aussi il embrasse les plus anciens, célebres & légitimes Conciles qui ont été tenus contr'eux; anathématise de bon cœur toutes les Doctrines par eux condamnées, & est prêt, & sera toujours pour la révérence qu'il rend à l'Eglise, de subir son jugement, & acquiescer à son Arrêt, quand elle sera bien assemblée en un légitime & saint Concile.

I I I.

Quant aux différends dont est aujourd'hui question en l'Eglise, désire ledit Seigneur Roi de Navarre, qu'il soit consideré qu'il n'est, ni le seul, ni le premier qui se soit plaint des abus introduits en icelle, & qui en a requis la réformation; & pourtant qu'il seroit trop dur que ce desir vraiment chrétien de voir l'Eglise repurgée, lui fût imputé à hérésie, ou à inimitié contre l'Eglise. Que c'est une plainte commune depuis cinq cens ans & plus de tous les Princes, de tous les Doctes, de tous les saints Personnages, que l'Eglise par ce long espace de tems avoit beaucoup perdu de cette premiere pureté & sincérité, étant icelle composée d'hommes, qui sans doute y apportent toujours de l'homme quant & eux; que c'est la voix de tous les Conciles, sans nuls excepter, qui ont été tenus depuis le susdit tems, que l'Eglise avoit besoin de réformation depuis la tête jusques aux pieds, tant aux chefs que aux membres; qu'après cette réformation avoient aspiré & soupiré les plus gens de bien en chaque siecle, de la bouche desquels ne seroit jamais sortie cette sentence, que qui dit que l'Eglise a besoin de repurgation, dût être tenu pour Hérétique, ou ennemi d'icelle. Que les Rois très Chrétiens reconnoissant très bien cela, auroient souvent pour cet effet estimé être de leur charge, & de l'acquit de leur

Tome I.   Q

confcience, d'exhorter le Pape & les Princes Chrétiens, à un
Concile général, lequel au défaut, & en cas de connivence
d'icelui, ils auroient bien fu convoquer de leur autorité, dont
feroient fortis fous leur nom même, plufieurs très-louables ordonnances, pour la réformation de l'Eglife Gallicane; qu'enfin après une longue quérimonie (49) de plufieurs fiecles, n'y
mettant la main, ceux aufquels ils fembloit appartenir, ains s'occupant plutôt, comme chacun fait, aux négociations du monde, feroit advenu que plufieurs Princes, Peuples, & Etats,
pefant avec un grand foin les raifons qui leur étoient alléguées,
& les voyant foutenues par la conftance d'infinies perfonnes de
toutes qualités ès plus grands tourmens jufques à la mort, auroient requis la fufdite réformation en un Concile légitime, &
au refus d'icelle auroient protefté des abus qu'ils prétendoient
en l'Eglife, & y auroient eux-mêmes mis la main, dont feroit
forti le Schifme que ledit Seigneur Roi de Navarre déplore aujourd'hui en l'Eglife Chrétienne, & auquel certes depuis tant
de tems il n'étoit impoffible de trouver remede, fi l'honneur de
Dieu, & le falut des hommes, nous eut touché d'auffi près que
notre gloire ou notre interêt particulier.

I V.

Dit pour fon regard ledit Seigneur Roi de Navarre, qu'il feroit non-feulement né pendant ce Schifme advenu en l'Eglife
Chrétienne, duquel il eftime la continuation devoir être imputée à ceux qui n'ont point cherché les moyens de réunir l'Eglife comme ils devoient, mais même auroit été élevé en France pendant l'exercice des deux Religions permis par le Roi, ès
Etats généraux de fon Roïaume, & depuis confirmé par plufieurs
Edits de fa Majefté : qu'il auroit été nourri, & inftruit des
premiers ans en cette créance qu'il y avoit des abus en la doctrine de l'Eglife Romaine, qui avoient befoin de réformation,
& s'eft depuis en icelle fortifié, tant par la converfation de
plufieurs perfonnes doctes, que par la lecture des faintes Ecritures. Qu'il croit en fon cœur & confeffe franchement de bouche qu'il eft très perfuadé que la vérité eft de fa part, qui auroit été caufe qu'il auroit encouru beaucoup de périls & de
ruines, plutôt que s'en départir : même à cette occafion, & à

____

(49) Plainte. Voïez, fur ce qui eft dit   Recueil intitulé, *Fafciculus rerum expeten-*
ici, les Hiftoriens des Conciles de Conftan-   *darum & fugiendarum.* in-fol.
ce & de Bâle, & les Pieces qui font dans le

fon grand regret n'auroit eu moyen de faire tant de fervice ni
avoir tant participé à la bonne grace de fon Prince fouverain,
que fans doute il eût pu faire, fi en faine confcience, il eût
pu s'accommoder à même profeffion que lui. Ce nonobftant,
pour faire connoître à tous que ce qu'il en a fait, n'a été par
obftination, ains par conftance & non par ambition, mais par
le feul défir de fon falut, il fupplie très humblement fa Majefté
de faire tenir un Concile libre & légitime, felon qu'il auroit
toujours été promis par fes Edits; étant ledit Seigneur Roi de
Navarre tout prêt & réfolu de reçevoir inftruction par icelui,
& regler fa créance par ce qui en fera décidé fur les différends
de la Religion.

V.

Que fi on dit que le Concile de Trente a jà ordonné defdits
différens fans que plus il foit befoin d'y revenir, appelle ledit
Seigneur Roi de Navarre la confcience des plus zélés Catholiques à témoin, fi ledit Concile a été de libre accès, ou non,
vu que les Ambaffadeurs du Roi fon fouverain Seigneur, qui
y affiftoient, en foient crus, les Prelats mêmes qui s'y trouverent de l'Eglife Gallicane, joint que la guerre civile bruloit
lors par tous les coins de la France, ayant les prédeceffeurs de
ceux qui troublent à prefent l'Etat violemment rompu la paix
publique & l'Ordonnance de fa Majefté ès Etats Généraux de
fon Roïaume, fur l'exercice des deux Religions, fans attendre
ni la décifion, ni la convocation du Concile; mais qui plus eft,
ajoute ledit Seigneur Roi de Navarre, qu'encore que la continuation d'icelui Concile eût été longuement pourfuivie par le
feu Roi Charles, & enfin obtenue du Pape Paul troifieme, &
après la publication d'icelui, envoyés Ambaffadeurs par fa Majefté à Trente, avec inftructions Chrétiennes, Catholiques,
conformes aux faints Decrets de l'Eglife Romaine, & approuvées par la Sorbone, & par les Docteurs d'icelle envoyés auffi
audit Concile, avec lefdits Ambaffadeurs (50) : toutes fois quelque
diligence qu'ils puffent faire envers les Cardinaux, Legats, Préfidens audit Concile l'efpace de dix-huit mois & plus, ne fut poffible de rien obtenir conforme aufdites inftructions, pour la té-

(50) Voïez les Inftructions & Léttres des
Rois très Chrétiens, & de leurs Ambaffadeurs, & autres Actes concernant le Concile de Trente, pris fur les Originaux, fur-
tout la quatrieme Edition, Paris, Sebaftien
Cramoify, *in-*4. ; & dans ce Recueil, les
Pieces en particulier faites fous Charles IX.

Q ij

formation de l'Ordre Ecclefiaftique fuivant icelle, dont avertie
fa Majefté, & connoiffant très bien le mal qui en pouvoit avenir, commanda à fefdits Ambaffadeurs de protefter contre ledit
Concile, & la proteftation faite, s'en revenir : ce qu'ils firent incontinent ; & quelque pourfuite & réquifition qui leur fût depuis faite par le Pape, & le feu Cardinal de Loraine pour retourner audit Concile, & y demeurer jufques à la fin d'icelui
ils ne le voulurent jamais faire ; tellement que ledit Concile
fut continué, fini, & conclu fans eux, & fans être par eux
figné, fuivant la Coutume de tout tems obfervée dont eft auffi
advenu que quelque inftance qui ait été faite pour recevoir
& publier ledit Concile en la Cour de Parlement de Paris, ladite Cour, Chambres affemblées, l'a toujours empêché, même l'an mil cinq cent foixante douze après la faint Barthelemy, lorfque le tems fembloit grandement favorifer ladite
pourfuite.

VI.

Ne penfe donc ledit Seigneur Roi de Navarre, qu'il puiffe
être tenu de gens de jugement pour Hérétique ou pertinax,
puifque la matiere eft indécife, qu'il s'en foumet à un Concile, auffi peu que pour Plaideur ou pour injufte, celui qui attend l'Arrêt d'un Parlement, quoique puiffe caviller (51) l'Avocat d'une partie, ni pareillement pour Schifmatique ou Contu-
max, puifqu'il rend cette obéiffance & révérence à l'affemblée
de l'Eglife, d'être prêt d'y comparoître, d'y rendre raifon, d'y
apprendre, même d'y changer en mieux, quand le mieux lui
fera enfeigné. Se plaint au contraire que jufques ici il a vu par
longues années tous ces zélateurs, pour le détruire, mais nul
pour l'inftruire. Se plaint d'un procès commencé par l'exécution
d'une remontrance commencée par anatheme, fans aucunes
des formalités requifes préalables. Proteftant devant tous Princes & Etats, & furtout devant le Roi, fon fouverain, auquel
il s'adreffe pour avoir Juftice, & devant les Etats de ce Roïau
me, aufquels il veut prefenter fes actions contre les Auteurs &
fauteurs de cette Ligue, de fi manifefte violence, précipitation,
& Injuftice.

____

(51) Chicaner, fophiftiquer, faire un
raifonnement captieux : on dit encore cavil-
lation, fophifme, fauffe fubtilité, raifonnement captieux; mais on ne dit plus caviller.

VII.

Dit ledit Seigneur Roi de Navarre, que auſſi peu & moins encore lui peut convenir le nom & blâme de Relaps, en vertu duquel, ores même que par un Concile il acquieſçât à changer d'opinion, ils prétendent le priver de la ſucceſſion de la Couronne, à laquelle plût à Dieu qu'ils penſaſſent auſſi peu que lui ; & par-là il laiſſe à penſer un chacun, en quelle charité ils y procedent, & quel doit être leur deſſein de lui retrancher, en tant qu'ils peuvent, le deſir de ſe faire inſtruire en un Concile, ſans entrer au fond qui ſe pourroit renverſer & par les Canons, & par les exemples.

VIII.

Relaps nomment-ils en leur langage, ceux qui ayant été Hérétiques, ſe ſont convertis de l'Héréſie, & y ſont rechûs après. Ainſi donc n'ayant par les anciens Canons, comme ci-deſſus a été vu, ledit Seigneur Roi de Navarre été Hérétique, il ſe fait tout clair auſſi qu'il ne peut être Relaps ; dit plus, que quand il auroit été ou ſeroit Hérétique, auſſi peu pourroit-il être Relaps, vu qu'il n'a jamais été converti de la prétendue Héréſie, vu même que nul n'a jamais penſé à prendre la peine, ou chercher les moyens de le réunir ou convertir. Ains ces zélateurs n'ont eu autre but par tous leurs effets & leurs efforts, que de le rendre odieux & le ruiner.

IX.

Alleguent ici que ledit Seigneur Roi de Navarre après la ſaint Barthelemy envoya devers le Pape, & ſe rangea à la Meſſe. Laiſſant l'âge à part, chacun ſait aſſez quelle eſpece de converſion ce fut, & s'il avoit ſujet de juſte crainte, & plus longue refutation ſeroit frivole. Tant y a que ſi nos actions par toutes les Loix ſont eſtimées nulles, quand elles ont procédé, ou de crainte, ou de force, il eſt tout certain que jamais action n'eut moins de volonté, jamais action n'eut plus de force : tant y a auſſi qu'il n'eut pas ſi tôt recouvré ſa volonté, qu'il fit apparoir quelle elle étoit par profeſſion publique, même au milieu des Catholiques qui l'accompagnoient, & ſembloient le poſſeder alors, ſans diſſimuler, ſans tergiverſer : de ce peut apparoir ſon cœur du tout éloigné d'hypocriſie.

X.

Supplie très humblement ledit Seigneur Roi de Navarre, le Roi son Seigneur, qu'il lui plaise trouver bon qu'en toute modestie il réponde aussi au blâme qu'on lui impose, d'être persécuteur de l'Eglise Catholique : & sur ce point il somme les consciences de ses plus grands ennemis de répondre devant Dieu, si ce titre lui pourroit en rien appartenir ; chacun considere ici que les guerres civiles sont tombées sur les plus tendres ans dudit Seigneur Roi de Navarre, & s'il y a apparence aucune qu'il eût entrepris une guerre de gaieté de cœur, pour persécuter les Catholiques, desquels chacun sait, & le nombre, & l'autorité, & la force en ce Roïaume, totalement hors de persécution, lesquels mêmes couverts du seul nom du Roi, étoient à l'abri de tous attentats, entreprises, & injures ; & de fait on a bien oui parler en France des rigueurs & persécutions ès ans passés, mais nul ne l'a jamais interprété que passivement, au regard de ceux de la Religion, & activement au regard des autres, & user autrement du mot seroit si improprement parlé, qu'il ne seroit entendu d'aucun.

X I.

Il plut au Roi Charles de le faire revenir en Cour, & l'honora du mariage de sa sœur (52), il y vint en la Religion en laquelle il étoit né & nourri, & ce qui suivit vaut mieux oublié que ramentu (53). Comme il sort de-là, il se retire en ses Terres : la paix se faisant avec feu Monseigneur, il ne fit instance d'un seul mot pour soi, & il ne s'y lit point un article qui le touche, quoiqu'il eût plus d'occasion, sans doute, que nul autre, ou d'être ennuyé des traitemens passés, ou d'être récompensé des pertes souffertes, ne voulant ledit Seigneur Roi de Navarre retarder le repos de ce Roïaume, & le soulagement du peuple d'un seul jour par son occasion, si sait-on que s'il eût voulu il étoit en sa main de se servir en l'armée des Réistres, qui s'ébranloient à toute heure, à faute d'être payés du Roi, selon les articles de la paix, pour tourner tête vers Paris.

(52) Henri avoit épousé Marguerite de Valois, Sœur de Charles IX, Il en fut séparé par autorité de l'Eglise en 1599, après 28 ans de mariage.

(53) Ramentevoir, signifie souvenir, faire ressouvenir, rappeller à la mémoire.

XII.

Au contraire ce fut dès-lors que les Chefs de cette Ligue abusant de sa bonté, tramerent leur Ligue prétendue sainte contre ledit Seigneur Roi de Navarre, fraichement publiée, par laquelle ils juroient en termes exprès, l'extermination totale de ceux de la Religion, sans exception ni acceptation de personnes, sans respect ni égard d'alliance, affinité, proximité, consanguinité, & de fraternité, dont la plus grande part des Catholiques eurent horreur; & plusieurs qui y étoient entrés sans savoir le fond, s'en resilirent aussitôt qu'ils le connurent, & pour son particulier furent alors découverts les mémoires qui s'effectuent aujourd'huy, concluant sa mort, & de Monseigneur le Prince son Cousin, & de tout leur sang, pour se faire voie plus aisément (comme il est porté expressément) à l'invasion de ce Roïaume : jugeront donc ici tous hommes de sain jugement, qui étoit alors l'agent ou le patient, le persécuteur, ou le persécuté.

XIII.

De-là donc vint à renaître la guerre civile de l'an mil cinq cent soixante dix-sept, eux ayant induit l'assemblée de Blois à l'exécution de leur dessein, auquel eût été contre nature si ledit Seigneur Roi de Navarre ou ceux qui faisoient même profession, n'eussent fait devoir de resister. Il y alloit de sa personne & de sa vie, il y alloit de la conscience & de l'honneur, il y alloit comme l'on dit aujourd'hui du Roïaume & de l'Etat: le mal que le Roi n'a reconnu qu'en sa fleur ne se le pouvant imaginer de la part de ceux qui tenoient leur bien de lui, le Roi de Navarre l'ayant reconnu même en graine, c'eût été trahir soi-même, être déserteur de cet Etat, de se rendre à leur desir, au lieu de s'y opposer.

XIV.

Cependant quoique les cruelles clauses de la conjuration susdite fussent assez suffisantes pour tourner ce coup en fureur, la patience en vengeance, la douleur en générosité qui est naturelle à ceux de sa maison; quoique même on vint à lui courir sus de toutes parts, & que ceux de la Religion fussent poursuivis à la rigueur, & astrains au choix, ou de sortir du Roïaume, ou de renoncer à leur Religion, si ne voulut toutes fois ledit Seigneur Roi de Navarre, ès Villes où il avoit de la puissance, user de même façon envers les Catholiques, ni même envers les Moines & le Clergé, qui pouvoient raisonnablement être suspects de favoriser les exécutions ; au contraire, savent ceux d'Agen (& il allégue cet exemple, parceque c'étoit sa résidence, & que cette Ville Episcopale a quelque nom) que les Catholiques ni souffrirent jamais, ni mauvais traitement en leurs personnes & biens, ni innovation au fait de la Religion ; que le Clergé vaquoit au service accoutumé ; que les Moines prêchoient librement, en la plus forte ardeur desdits troubles, qu'il se contenta que ceux de la Religion pour ne les troubler en rien, eussent leurs prêches en maisons d'emprunt, que pour subvenir aux nécessités de sa défense, il prenoit sans plus les Décimes que le Roi souloit lever sur le Clergé, tous ses patrimoines, lui étant saisis de toute parts ; & de ce eût pu témoigner feu Monseigneur le Duc de Montpensier (54), Prince très affectionné à la Religion Romaine, comme chacun sait. Comme aussi en témoigneront Monsieur le Maréchal de Biron, Monsieur l'Archevêque de Vienne (57), Monsieur de Villeroy (58), Sécretaire d'Etat de sa Majesté, & plusieurs autres qui l'ont vu sur les lieux.

X V.

Et ne fut si-tôt accordée la liberté des consciences, bien qu'avec très grandes restrictions au regard de l'Edit précédent, qu'il ne fut tout prêt de poser les armes, sans délai, encore qu'il en pût continuer la prise (comme fait très bien sa Majesté) avec plus de force & de moyens, par le notable secours qu'il avoir négotié & obtenu des Princes de même Religion, si avant, qu'une forte armée étrangere étoit sur le point d'entrer en ce Roïaume : mais il s'estima heureux d'en pouvoir sortir sans qu'à cette occasion le pauvre peuple eût à souffrir davantage, aimant mieux empirer sa condition en le soulageant du mal prochain, que de l'amender à son dommage. Prie donc ledit Seigneur Roi de Navarre un chacun de prononcer librement si par ces déportemens il a en rien mérité le nom qu'ils lui donnent de persécuteur de l'Eglise Catholique, s'ils ne veulent appeller persécuteur celui qui ne s'est pas pu résoudre à leur laisser exécuter leurs barbares persécutions, & sanglans des-

---

(54) Louis de Bourbon, II du nom, Duc de Montpensier, surnommé *le Bon*, mort le 13 Septembre 1582.

(55) Pierre de Villars, d'abord Conseiller au Parlement de Paris, ensuite Evêque de Mirepoix, puis Archevêque de Vienne,

mort le 14 Novembre 1592, âgé de 75 ans. Il eut pour Successeur son Neveu, Pierre de Villars.

(56) Nicolas de Neuville, Seigneur de Villeroy.

seins

feins contre lui de prime face, mais en conféquence contre le Roi même, & fon Etat.

XVI.

Ès Païs efquels, par la grace de Dieu, ledit Seigneur Roi de Navarre a puiffance fouveraine, il penfe auffi peu avoir acquis ce blâme, voire qui aura bien connu la nature des chofes, & la fuite de tous fes déportemens; & de fait en ce qui lui refte du Roïaume de Navarre, ayant trouvé l'exercice de la Religion Catholique Romaine à fon avenement, il n'y a rien innové ni inalteré, tellement que le fervice d'icelle y eft par-tout, fors qu'en deux lieux feulement y a exercice de la Religion réformée; & quant au Païs de Bearn, qui n'eft pas fi grand, la feue Reine fa mere (57), en une Affemblée générale des Etats, y ayant établi ladite Religion de laquelle elle faifoit profeffion, fans que fur ce changement fût enfuivie plainte aufdits Etats plufieurs ans depuis, il déclare librement qu'il y a continué le même état, ayant toujours eftimé qu'un Prince bien confeillé, ne doit fans néceffité, ou évidente utilité, introduire un changement en fon Etat; & là où la néceffité même y eft, que ce changement doit être fait par la même voie, par laquelle l'ordonnance a été faite.

XVII.

Or, avoit-il vu qu'après la Saint Barthelemi, comme il eût ployé fous la force au fait de fa Religion, & envoyé en fefdits Païs de Bearn, pour Gouverneur, & Lieutenant Général le Sieur de Mioxans (58), que chacun connoît pour Catholique, avec charge expreffe d'y remettre la Religion Catholique Romaine; nonobftant le défefpoir de la Religion en France; nonobftant la profeffion contraire de lui-même, qui pouvoit fervir d'exemple; nonobftant l'autorité d'un Gouverneur par lui exprès envoyé, ils s'étoient tous réfolus à perféverer en leur Religion & à maintenir la forme de leur Etat, fans y recevoir ce changement: penfa donc ledit Seigneur Roi de Navarre (& juge un chacun fi à bon droit) que c'étoit à fes Etats une refolution fixe & ferme, puifque la néceffité & même telle néceffité qui donne la Loi à toutes Loix ne les en avoit pû démouvoir aucunement: comme auffi de fait en tou-

---

(57) Jeanne d'Albret, Fille de Henri Roi de Navarre, laquelle avoit époufé Henri de Bourbon, Duc de Vendôme. C'eft par Jeanne d'Albret que Henri IV devint Roi de Navarre.

(58) Jean d'Albret, Baron de Mioffans.

tes les assemblées d'Etats qui se tiennent d'an en an en sondit Païs de Bearn, n'est jamais comparu personne qui ait requis ce changement, encore que la liberté y soit telle qu'on connoît, de proposer jusques au moindre grief qu'on prétend recevoir du Prince, & en requerir la réparation, dont appert que ce n'est qu'une pratique de dehors, de ceux qui envient le repos de ses Sujets, & non un desir intérieur d'iceux : & n'a laissé pourtant ledit Seigneur Roi de Navarre faire toujours payer les pensions des Prelats & autres Ecclésiastiques de sondit Païs, dont il ne prend autres à témoins qu'eux-mêmes, & le plus souvent de ses propres deniers, comme savent les Evêques de Daqz & d'Oleron, & autres. Qui plus est, de son propre mouvement pour contenter ceux de ses Sujets qui pouvoient continuer en la Religion Catholique Romaine, modera les Ordonnances de la feue Reine sa mere pour le fait de la Religion, qui n'étoient qu'amendes pécuniaires fort légeres ; tant s'en faut que jamais on y ait procédé contre les Catholiques par ravissemens, punitions corporelles, morts, brulemens, tourmens, recherches, ainsi qu'ont conseillé, pratiqué, introduit ceux qui aujourd'hui se disent protecteurs de la Religion Romaine, contre ceux de la Religion contraire : & de ce sont témoins les Catholiques de Bearn qui vivent en toute paix & tranquilité, desquels plusieurs exercent offices notables, ou audit Païs, ou près de la personne dudit Seigneur Roi de Navarre, & qui même ont les premieres charges en ses Gardes, & les Capitaineries de ses meilleurs maisons : ce que certes il n'est apparent qu'il voulût faire s'il les avoit maltraités, ou s'il leur gardoit un mauvais cœur à l'avenir.

XVIII.

Or par ce que dessus seroit assez répondu à ce qu'ils disent, qu'il est ennemi juré des Catholiques : mais ledit Seigneur Roi de Navarre, qui voudroit ouvrir son cœur à tout le monde, ne s'ennuiera point de leur découvrir ses affections & actions. Déclare donc ledit Seigneur Roi de Navarre qu'il connoît & croit, & a toujours cru & reconnu, que pourvu que le fond de bonne conscience y soit, la diversité de Religion n'empêche point qu'un bon Prince ne puisse tirer très bon service indifferemment de ses Sujets, & que les Sujets ne rendent réciproquement le devoir qu'ils doivent, soit à leurs Supérieurs, soit à leurs Princes ; étant évident que les deux Religions recommandent

également selon la parole de Dieu, le devoir du Sujet envers
son Prince, & de l'inférieur vers son Supérieur; & pourtant
s'est toujours attendu ledit Seigneur Roi de Navarre de n'être
moins fidélement servi des uns que des autres : comme aussi de
fait en la distribution des Charges de sa Maison, où chacun sait
assez qu'il les y a toujours pourvus; sait aussi ledit Seigneur Roi
de Navarre qu'il est bien aimé & bien servi des Gentilshommes
Catholiques, & autres personnes de toutes qualités qu'il a retirées
à son service, comme de leur part ils confesseront tous volontiers qu'il les a aimés sans exception de leur Religion, & selon la
proportion de ses moyens leur a départi de ses biens & honneurs aussi largement, & plus même au tems de la guerre, qu'à
ceux qui faisoient même profession que lui; & savent aussi les
Seigneurs Gentilshommes, & tous autres Catholiques, que durant les troubles il les a épargnés tant qu'il a pu en leurs biens
& Maisons, sans avoir jamais soufffert que contre eux ait été
exercée aucune rigueur de guerre, même contre ses Vassaux armés contre lui, qui se trouvoient à la ruine & démolition de
ses propres Maisons : lesquels, la guerre finie, le venant trouver,
ont été tous les bienvenus, sans jamais leur en avoir ou tenu propos facheux, ou fait mauvais visage, tant s'en faut que selon
les divers moyens que le Seigneur a sur son Vassal, il ait pratiqué contre eux ou directement, ou indirectement, une seule
espece d'animosité ou de vengeance. Comme aussi s'ose promettre de ses actions ledit Seigneur Roi de Navarre, que les Catholiques qui ont voulu s'approcher de lui, en seroient partis
contens, & n'auroient rien remarqué dont ils puissent présu-
mer qu'une naturelle affection d'embrasser tous les Serviteurs &
Sujets du Roi, de quelque Religion qu'ils soient de même
forte, se promettant de leur part cette même bienveillance
qu'ils ont toujours démontrée envers les siens.

XIX,

Les susdits effets qu'il a de tout tems, & jusqu'à present continués, pense ledit Seigneur Roi de Navarre avoir assez de
poids pour emporter les paroles que ses ennemis publient contre lui : or, ont-ils dit néantmoins, que ledit Seigneur Roi
de Navarre avoit envoyé en Angleterre, Allemagne, brasser
une Ligue à la ruine & confusion des Catholiques, prévoyant
la mort du Roi; advenant laquelle, il se préparoit à la mutation
de la Religion, & vouloit envahir les biens du Clergé, vou-

loit confifquer ceux de la Nobleffe, qui n'adhereroient à fon intention ; & fur ce fujet ont femé par-tout, même fait lire ès
fermons en pleine Chaire, certain concordat de l'an mil cinq
cent quatre-vingt-quatre, en date du quatorzieme jour de Décembre, réfultant d'une affemblée qu'ils difent avoir été tenue
à l'inftance dudit Seigneur Roi de Navarre à Magdebourg,
que pareillement en l'Affemblée tenue à Montauban, il auroit
conclu & juré d'abolir (advenant la mort du Roi) la Religion
Catholique Romaine, la dépouillant de fes biens, & privant
ceux qui en feroient profeffion, de tous Etats & dignités ; & ici
fe verra évidemment, comme toute calomnie de fa nature fe
découvre & refute d'elle-même.

X X.

Protefte donc ledit Seigneur Roi de Navarre devant Dieu,
& en fa confcience, qu'il defire & fouhaite de tout fon cœur,
longue & heureufe vie au Roi, fon fouverain Seigneur, ne lui
étant jamais entré en l'opinion de bâtir deffeins, ni fur fa mort,
ni après fa mort ; lefquels il eftimeroit non - feulement crimes de lèfe majefté, ne pouvant iceux procéder que d'un defir
miferable de la mort de fon Prince, qui feroit fuivie de prompts
effets fi la puiffance y étoit ; mais même feroient crimes en quelque façon contre nature, & contre le fens commun, étant fa
Majefté, graces à Dieu, en la force de fon âge, & pleine de
fanté, & leur âge au demourant fi peu different, qu'il feroit ridicule pour la différence de deux ans ou environ, de prendre tel
avantage l'un fur l'autre. Tant s'en faut, que comme ont fait les
chefs de la Ligue, il lui foit jamais monté au cœur de condamner le Roi à mort prochaine, en prévoyant les conféquences de fa mort, trente ou quarante ans, pour le moins, comme il efpere, premier qu'il en foit befoin ; & fous le prétexte
de pourvoir aux affaires du Roïaume, le mettroit à prefent en
une confufion très déplorable. Tant s'en faut auffi que par publique déclaration, il ait prononcé & préjugé fteriles & le Roi
& la Reine fa femme en la fleur & force de leurs ans, comme
ils ont fait, chofe qui ne fut jamais pratiquée en Etat de Chrétienté, chofe que les Etats d'Angleterre n'ont pas voulu requerir de la Reine d'Angleterre non encore mariée, fe repofant
tant fur fa prudence, que celle qui les a régis en paix durant fa
vie, les voudra laiffer en heritage à fa poftérité ; Brief qu'il n'a
requis le Roi fon fouverain Seigneur de le déclarer, ce que na-

turellement & légitimement il eſt, ou d'en donner quelque marque, ſoit par un titre nouveau, ſoit par quelque ac-croiſſement ou avantage, comme les ſuſdits ont entrepris qui lui ont armé Monſieur le Cardinal de Bourbon, Prince âgé de ſoixante-ſix ans, Prince hors d'eſpoir & de mariage, & de poſ-térité pour être ſon heritier, comme ſi le Roi n'avoit plus qu'un an ou deux à vivre pour lui ſuſciter ſemence, comme ſi d'un vieil eſtoc de Celibat, nous devoit plutôt ſortir lignée, que d'un mariage vigoureux & floriſſant de ſa Majeſté : comme ainſi fut toutes fois que ledit Seigneur Roi de Navarre, ne peut ignorer les deſſeins que les ſuſdits projettoient de long-tems contre lui, les pratiques qu'ils faiſoient dedans les Villes, menées qu'ils tramoient en Italie, & en Eſpagne, de l'exclure avenant la mort du Roi, du droit de ſucceſſion en ce Roïaume, duquel il eſpere que Dieu lui fera la grace, donnant longue vie au Roi, de n'avoir ſujet de conteſter, s'aſſurant auſſi que le droit & la nature lui voudroient donner, par toutes leurs Ligues & bri-gues ils ne pourroient l'empêcher de l'obtenir.

X X I.

Reconnoit franchement ledit Seigneur Roi de Navarre, que long-tems a, il ſe ſeroit très bien apperçu des deſſeins des ſuſdits contre le Roi & ſon Etat, & ſupplie très humblement ſa Ma-jeſté de ſe reſſouvenir des avertiſſemens qu'il lui en auroit donnés dès l'an mil cinq cent ſoixante-ſeize, lui ayant envoïé certains mémoires par un Gentilhomme exprès, qui aujourd'hui s'effec-tuent de point en point, & dès lors commençoient à ſe fonder ſous le nom de Confrairie & Ligue ſainte : que tôt après la paix de l'an mil cinq cent ſoixante-dix-ſept, il auroit auſſi vu hauſſer les bâtimens par les remuemens qu'ils firent en-tre les Etats ſuſcités en diverſes Provinces contre le ſervice de ſa Majeſté, ſi avant qu'ils y avoient voulu attirer ceux même de la Religion, en auroient traité avec le très illuſtre Prince Ca-ſimir, Comte Palatin du Rhin, lequel ayant vu au fond de leurs deſſeins (comme il le reconnoîtra toujours) qu'ils préten-doient à l'Etat, pour l'honneur & l'amitié que les ſiens & lui auroient de tout tems porté à la Maiſon de France, ny auroit voulu entendre plus avant ; que depuis, comme les affaires s'a-cheminoient pas à pas, auroit auſſi découvert les traités qu'ils avoient en Italie & en Eſpagne, les deniers qu'ils en tiroient, les propoſitions qu'ils y faiſoient, les réponſes qui leur étoient

1585.

Declarat.
de Henri IV,
et Protest.
des Ligue's.

faites fur icelles, lefquelles fa Majefté ne pouvant en fon efprit concevoir, auroit fait difficulté de croire une fi grande ingratitude & perfidie, defquelles toutes fois ledit Seigneur Roi de Navarre, comme d'une mine par lui découverte, attendoit l'éclat de jour en jour: qu'il fe fouvenoit de la prife & exécution de Salcede, qui auroit dépofé grande partie de ce qu'on voit aujourd'hui, qu'on auroit tâché d'obfcurcir pour lors par artifices; mais dont étoit demeuré quelque certitude au cœur de tous vrais François: que feu Monfeigneur n'en avoit pas averti le Roi fans fondement: que le Roi auffi, s'il n'eût été criminel que des crimes ordinaires, n'eut pas pris la peine de l'envoyer querir au Païs-Bas, par deux perfonnages des premiers de fon Confeil d'Etat, & n'eut pas auffi voulu être préfent à fes interrogatoires & récolemens, & dont s'en enfuivit que par Arrêt de la Cour de Parlement de Paris, il fut tiré à quatre chevaux, comme traître au Roi, & à la France; que par leurs Mémoires précédens & par leurs Confrairies qu'ils dreffoient de nouveau, en la plufpart des bonnes Villes de ce Roïaume, apparoiffoit affez de leur pretexte, qui étoit d'exterminer la Religion de laquelle il fait profeffion, & lui-même particuliérement; & fi en eux étoit tellement que le premier coup de leur tonnerre auroit à fondre fur lui, fi tant étoit qu'entre-ci & là, fa Majefté ne reconnût la fin de leurs pratiques. Pour cette occafion, voyant que fa Majefté n'y avoit donné autre ordre, prévoyant ledit prétexte qu'ils prendroient d'extirper tous ceux de la Religion, il auroit été induit de penfer à fes affaires, & pour ce auroit fur la fin de l'an mil cinq cent quatre-vingt-trois, dépêché vers la Reine d'Angleterre, le Roi de Dannemarc, les Princes & Electeurs d'Allemagne, le Landgrave de Heffen (59), & autres Princes & Etats, le Seigneur de Segur Pardaillan (60), Superintendant de fa Maifon; premièrement pour les exhorter à chercher les moyens de compofer tous les differends en la Religion qui reftoient entre les Eglifes réformées, defquels on abufoit à leur ruine commune; fecondement pour renouveller & affurer une bonne amitié avec eux, & fans toutefois les requerir ni employer plus avant; tiercement pour dépofer en Allemagne une bonne fomme de deniers, laquelle au befoin lui pût ramener un bon fecours contre fes ennemis: tous les fufdits Rois, Princes & Etats alliés étroi-

(59) C'eft le Landegrave de Heffe.
(60) Jacques Segur de Pardaillan, Gentilhomme d'une des meilleures Familles de Guienne, & très zelé Calvinifte. Voïez l'Hiftoire de M. de Thou, Livre 79, année 1583.

tement de la Couronne de France, vers lesquels le Roi a ses
Ambassadeurs, & avec lesquels ledit Sieur de Segur avoit charge de communiquer, & communiquoit de fois à autre, lesquels
il prend pour témoins de ses faits & dits, de ses propositions,
négociations, conclusions; comme depuis le retour dudit Sieur
de Segur, il a supplié très humblement sa Majesté de lui faire
cet honneur de se faire informer diligemment de toute sa légation, s'assurant que plus clair il y verroit, plus il y reconnoîtroit de cœur François, de sincere affection, & de vraie fidélité envers sa personne & son Etat.

XXII.

Requiert donc ici ledit Seigneur Roi de Navarre tous les
susdits Serenissimes & Illustrissimes Rois & Princes, d'attester
au Roi par leur seing propre, à ce Royaume & à la Chrétienté,
si oncques de sa part, leur ont été baillées lettres ou mémoires,
ou tenus propos, ou contre la dignité du Roi, ou contre le bien
de son Etat, ou contre le devoir en somme de très humble &
très dévotieux Serviteur & Sujet, & si jamais leur a été parlé de
faire la guerre au Roi, de renouveller les troubles, ou de ruiner les Catholiques; si oncques ouverture directement ou indirectement a été faite sur la mort ou en conséquence de la mort du
Roi, aux susdits Princes. Supplie très humblement ledit Seigneur
Roi de Navarre S. M. qu'il lui soit permis d'envoyer cette sienne
déclaration contre les susdites calomnies, la faire présenter par
les Ambassadeurs mêmes de Sa Majesté, chacun endroit soi, à
tous les Princes Chrétiens, amis, & confédérés de ce Roïaume; afin que, s'il traite chose semblable, le voyant protester
le contraire, ils l'estiment Prince feint, de peu de foi, non-
véritable, & indigne au reste de leur amitié, que les dessusdits calomniateurs veulent rendre si suspecte, & que de sa part
il déclare franchement desirer soigneusement entretenir, comme il pense l'avoir recherchée très raisonnablement.

XXIII.

Quant au Concordat, ils le datent du quatorzieme Décembre mil cinq cent quatre-vingt-quatre, & y font présent le Sieur
de Ségur, en qualité d'Ambassadeur du Roi de Navarre, lequel étoit parti d'Allemagne, repassé des Païs-Bas en Angleterre, où il avoit séjourné deux mois & plus, & nonobstant
tout ce temps, s'étoit rembarqué pour revenir en France avant

le quatorzieme jour de Décembre. Audit Concordat introduisent les Ambassadeurs de l'Electeur Palatin & du Prince d'Orange : l'un (63), mort plus d'un an auparavant, n'ayant laissé qu'un mineur, pendant la minorité duquel, le Duc Casimir (64) gouverne l'Electorat : l'autre (65), assassiné quatre mois devant, par un Jésuite suborné par leurs semblables ; & tous ces deux toutefois s'obligent à se trouver encore au mois de Mai en la Ville de Bâle, pour la composition des différends de la Religion. Ajoutent que le Roi de Navarre, le dix-huitieme Avril lors prochain, promettoit prendre les armes, à savoir, parcequ'en même temps ils s'étoient résolus de les prendre, & en veulent dériver la haine sur ce Prince, qui, tout environné qu'il est de leurs menées, ne bouge point : datent ledit résultat de Magdebourg, Ville appartenante au fils de Monsieur l'Electeur de Brandebourg, & du pere, ni du fils en ce Concordat ne se souviennent point ; & c'est aussi une assemblée imaginaire : car, ni en ce lieu, ni en autre, ne se trouvera qu'il en ait été tenu aucunement. Les titres, au reste, & les qualités des Princes y sont si mal observés, les quotités aussi & les contributions de deniers & d'hommes si mal proportionnées, tant d'absurdités en somme & de chimeres, que c'est non-seulement trop de honte ou trop d'impudence d'abuser la France de chose si lourde, mais chose prophane & digne d'un banc de Charlatan, & de la Chaire de quelque Jésuite, qui a licentieusement accoutumé de remplir de contes, même si mal digerés, l'oreille d'un pauvre Peuple attentif à ses dévotions. Car, que peuvent lesdits calomniateurs gagner sur oreilles accortes ?

XXIV.

L'Assemblée de Montauban ne mérite plus de blâme par ce qui en est, ni plus de créance par ce qu'en ont publié ceux de la Ligue. La vérité est, que le Roi faisant la paix l'an mil cinq cent soixante-dix-sept, en intention qu'elle fût exactement

---

(63) On veut parler de Louis V du nom, dit *le Facile*, Duc de Baviere, Comte Palatin du Rhin, & Electeur, mort le 12 octobre 1583.

(64) Jean-Casimir, oncle de Frederic IV du nom, fils & successeur de Louis V.

(65) Guillaume de Nassau, IX du nom, Prince d'Orange. Il fut blessé le 18 Mars 1582 dans sa maison, en sortant de table, d'un coup de pistolet, tiré par le valet d'un Banquier ruiné, qu'on soupçonnoit avoir empoisonné Dom Jean d'Autriche ; le Prince guérit de cette blessure : mais Balthazar Gérard, Franc-Comtois, Emissaire des Espagnols, le tua d'un autre coup de pistolet, dans sa maison, le 10 Juin 1584.

&

1585.

Declarat.
de Henri IV.
et protest.
des Ligués.

& diligemment exécutée, auroit délaissé en garde au Roi de Navarre, & à ceux de la Religion, huit Villes pour l'espace de
six ans, pendant que les animosités & défiances s'éteindroient,
& amortiroient en ce Roïaume. Que, nonobstant cette bonne
intention, plusieurs qui ne demandoient qu'à ressusciter les troubles, qui depuis ont pris les armes avec les Auteurs de cette
Ligue, traversoient par tous moïens l'exécution d'un Edit de
paix, & donnoient à toutes heures par entreprises nouvelles,
occasions de défiances : tellement que les plaies que le temps
devoit cicatriser, s'aigrissoient, & ledit Edit de paix, que le temps
devoit effectuer, s'en alloit reculant pas à pas, & étoit retranché point après point. Que, par la continuation de ces pratiques, seroit advenu, que, durant lesdits six ans, la paix auroit été interrompue diversement par surprises, attentats, &
même par guerre ouverte, qui auroit duré un an entier, dont
seroient sorties les conférences de Nerac & Fleix : tellement
que le temps des six ans qu'on avoit préfix pour la remise des
Places, n'auroit pû fournir, obstant les susdites interruptions,
à l'exécution de l'Edit & à l'amortissement des animosités qu'on
se promettoit dedans ce tems. Cependant le Roi, sollicité d'aucuns, demandoit que lesdites Villes lui fussent remises, attendu le temps qui étoit expiré ; & ceux de la Religion, de l'autre part, voïant les causes durer, savoir est les occasions de
défiance, & les animosités renouvellées par les troubles, en faisoient quelque difficulté, suppliant très humblement Sa Majesté de n'avoir égard au temps préfix, mais au mal qui s'y
étoit entrejetté, & considérer plutôt le fait qu'il feroit promis
pendant les six ans, & au bout des six ans, à savoir, l'exécution
& continuation de paix, & par conséquent l'amortissement de la
défiance & animosité, & au bout des six ans par conséquent la remise de ses Places, laquelle (les choses étant en cet état), sembloit n'être convenable à cette grace & équité de S. M. dont
premierement la concession des Places étoit procedée, vû que
la condition par lui espérée n'avoit procédé comme il espéroit. Pendant ce temps, Sa Majesté donc considérant ces raisons, & n'affectant pas le terme, ains ce qu'il avoit attendu
au bout du terme, à savoir la guérison du mal, & la réunion
de ses Sujets, trouva convenable de ne presser ceux de la Religion à la rigueur ; & comme le Roi de Navarre lui eut remontré que lesdits Sujets de la Religion avoient de grandes
plaintes à lui faire, concernant l'exécution de ses Edits, les-

quelles ouies & fatisfaites , feroit plus aifé de parvenir à la remife defdites Places , ledit Seigneur Roi confentit par la bouche du fieur de Believre (66) , l'un des Principaux de fon Confeil d'Etat , à la requifition dudit Seigneur Roi de Navarre à
l'affemblée de Montauban , compofée de Princes , Seigneurs ,
Gentilshommes , & perfonnes qualifiées de ladite Religion : &
fut ledit Sieur de Believre , au nom du Roi , en ladite Ville de
Montauban , tant que l'affemblée dura ; lequel ledit Seigneur
Roi de Navarre requiert pour témoin de fes actions , & defire
être oui & cru en tout ce qu'il a connu de ladite affemblée.
Ainfi ce n'a point été , comme la leur , une convocation au
défû ou contre le gré du Roi , mais par le confentement &
commandement de Sa Majefté même , qui l'ayant bien mûrement déliberée , l'a jugée utile & néceffaire au bien & repos de
fon Etat.

X X V.

En cette Affemblée fut dreffé un Cahier général des inexécutions & contraventions de l'Edit de paix , qui fut préfenté
au Roi , à S. Germain - en - Laye , par Monfieur le Comte de
Laval & autres Députés , avec très humble requête de pourvoir
aux doléances de fefdits Sujets de la Religion : fut auffi promis par tous & chacun pour quelque attentat particulier qui
fe fît contre eux , de n'en rechercher point la réparation par
attentats réciproques , de peur que la témérité de quelques particuliers ne rejettât ce Roïaume aux troubles , comme quelquefois on l'avoit cuidé voir ; mais d'en faire plainte au Roi de Navarre , lequel la feroit entendre au Roi , qui , felon fon inclination affez commune au repos de fes Sujets , y fauroit pourvoir de remedes convenables ; comme réciproquement le Roi
de Navarre leur promettoit d'embraffer leur caufe envers Sa
Majefté , & la lui repréfenter foigneufement , lorfqu'il en feroit
befoin , comme il auroit toujours fait par le paffé , afin que ,
voïant qu'il entreprenoit leur caufe envers le Roi , ils fuffent
plus retenus dans les voies de la raifon , fans penfer aux extraordinaires qu'ils avoient tentées par le paffé , faute de recours & de fupport ailleurs. C'eft tout ce qui fe trouvera avoir
été fait en ladite affemblée , & rien plus que cela ; & le but
eft très évident , d'empêcher que des attentats particuliers ne
provînt un mal public , qui troublât la paix de ce Roïaume ,
confirmée à la Conférence de Nerac tenue avec la Reine mere

(66) Pompone de Belliévre , depuis Chancelier de France.

du Roi, où il en fut fait articles exprès : & ce qu'ils sement
de plus est tout aussi vrai que le Concordat de Magdebourg,
où les Jésuites se sont oubliés, d'avoir fait tuer le Prince d'O-
range, qu'ils sont revenir en jeu cinq mois après.

X X V I.

Et de fait le Roi, qui fut très bien averti de ce qui fut traité
en ladite assemblée, trouva leurs raisons si bonnes, que de son
plein gré il leur accorda encore les Villes de sûreté pour quelques ans, voyant bien que son Edit n'étoit pas exécuté comme il cuidoit ; & c'est un des griefs dont les dessusdits de la
Ligue vont s'escarmouchans contre le Roi de Navarre, & protestent aujourd'hui contre Sa Majesté même.

X X V I I.

Certes, pense le Roi de Navarre, que quiconque se voudra
ressouvenir de tout ce qui s'est passé en ce Roïaume, depuis
treize ou quatorze ans, ne trouvera point étrange qu'on ait
demandé en paix quelques Villes de retraite & sûreté, & qu'on
ait requis Sa Majesté, le terme venant à expirer ; mais l'Edit
n'étant encore exécuté, ni les défiances amorties que ses sûretés eussent à durer encore pour quelque temps, puisque le
danger ne leur étoit levé, & puisque l'Edit de paix, duquel
dépendoient leur vie & leur repos, ne se voyoit point encore
en bon état. Dira toutefois fort franchement ledit Seigneur
Roi de Navarre, que la cause principale, pour laquelle, outre la nécessité commune de ceux de la Religion il eut un desir
particulier de supplier très humblement Sa Majesté de les laisser
encore pour quelque temps, fut la conspiration des susdits,
de laquelle il attendoit l'effet à tous momens, & contre laquelle ceux de la Religion, desquels ils ont conjuré la mort,
avoient besoin d'un abri, tant que Dieu leur fît la grace que
le Roi connût leurs fins à bon escient. Et de fait, la plûpart de
ceux qui ont attenté, durant la paix, sur lesdites Villes de sûreté, que le Roi désavouoit toujours, nous découvrent aujour-
d'hui suffisamment à l'aveu de qui ils osoient troubler la paix,
& entreprendre sur lesdites Places, & autres de la Religion,
ayans pris les armes à la suite de la Ligue. Et ledit Seigneur
Roi de Navarre supplie très humblement le Roi de se ressouvenir des avertissemens qu'il lui donna peu de mois devant ladite assemblée de Montauban, qui étoient bien suffisans pour

faire penfer dès-lors Sadite Majefté à fes affaires; & à ce défaut, pour l'admonefter à bon efcient, de chercher ou retenir
quelque fûreté pour foi, auquel manifeftement ils en vouloient.

XXVIII.

Que s'ils difent aujourd'hui, qu'ils aient pris les armes &
faifi les Villes de Sa Majefté, pour avoir auffi des Villes de fûreté, à l'exemple de ceux de la Religion contraire, comme aucuns ont voulu dire : les prie donc tous enfemble ledit Seigneur Roi de Navarre, de déclarer à la France quelles défiances
les y meuvent; car certes mal-aifément pourroit-elle deviner
quelles caufes ils en ont, d'avoir à fe défier du Roi, d'avoir
à fe défier des Catholiques, d'avoir à fe plaindre ou de haine
ou d'injure, ou de querelle de leur part. Certes, on fait trop
que le Roi leur a commis fes forces & fon Roïaume, & s'il leur
eût voulu du mal, ils n'auroient pas tant de moyen à faire du
mal : qu'ils ont comme partagé ce Roïaume entre leurs freres,
& entre ceux de leur maifon, par le moyen des grandes charges, & des grands Gouvernemens qu'ils ont même quelques-
uns aux dépens des Princes de fon Sang : qu'ils ont commandé aux armées, affailli les Villes, & donné des batailles, départi les charges, & diftribué en fomme la faveur du Roi quelques années, ainfi comme ils ont voulu jufques à ce jour;
pendant qu'ils ont fait femblant d'adhérer à fes commandemens, ils ont été honorés des bonnes Villes, & fuivis de la
Nobleffe, & y ont eu autorité, y ont affuré qui bon leur a
plû, tant s'en faut que par autrui ou contre autrui, ils aient
eu befoin d'y être gardés & affurés; ont au refte (& on le fait),
vuidé leurs querelles propres par les propres bras du Roi, exécuté leurs vengeances aux dépens de fon Roïaume. Si toutes
ces affurances ne les rendent affurés, c'eft la confcience qui a
peur, qui leur ramentoit qu'ils ont abufé de la bonté du Roi,
de l'autorité qu'ils ont eue de lui contre lui-même, & ne pouvant s'affurer contre lui que de lui-même, attentent fur fa perfonne, & envahiffent fon Etat. Que s'ils difent qu'il leur faut
des affurances contre ceux de la Religion en France, certes chacun fait que pour huit places que ceux de la Religion retiennent, ceux-ci ont autant de Gouvernemens entiers en ce Roïaume, & qui connoîtra cette inégalité (& n'y a fi ignorant qui ne
la voie); ne croira jamais que contre eux ils aient pourchaffé
des fûretés, ne croira jamais qu'ils aient crainte d'être attaqués

1585.
Declarat.
de Henri IV.
et protest.
des Ligue's.

de ceux qui jufques ici ont eu bien affaire à fe défendre, qui ne les pouvoient bleſſer que couverts du Roi, remparés de ſon autorité, & armés de ſa puiſſance.

XXIX.

Afin donc que chacun connoiſſe la ſincérité dudit Seigneur Roi de Navarre, & leurs feintiſes, & qu'à l'ombre de quelques ſûretés qui lui ont été données, après tant de juſtes défiances, ils n'alleguent d'avoir eu beſoin d'en demander contre lui, eux qui n'eurent onc que des faveurs, qui ne font aujourd'hui mal que par la trop grande confiance qu'on a priſe d'eux, & la trop grande créance qu'on leur a donnée; offre, pour le bien de ce Roïaume, nonobſtant l'inégalité de leurs conditions en toutes ſortes, ledit Seigneur Roi de Navarre, qu'il eſt prêt à remettre ès mains du Roi les Villes de ſûreté qu'il a en garde, qui font en ſa puiſſance, ſans attendre les deux ans de prolongation qu'il lui a plû d'accorder, moyennant que les ſuſdits poſent les armes, remettent ès mains du Roi les Places qu'ils ont ſaiſies, pour en ordonner à ſon bon plaiſir : offre d'abondant, nonobſtant les ſuſdites inégalités, tant de ſa part, que de Monſeigneur le Prince ſon couſin, pour leur lever les ſcrupules, s'il en ont, & faciliter la paix, de remettre ès mains du Roi les Gouvernemens qu'il lui a plû leur donner en ce Roïaume, pour en ordonner à ſa volonté, pourvû que les ſuſdits cedent par même moyen entre ſes mains les Gouvernemens qu'ils tiennent; tant s'en faut que pour l'aſſurance que chacun connoît leur être trop mieux dûe, ils importunent le Roi de nouvelles ſûretés & nouveaux Gouvernemens, comme eux qui n'ont honte de capituler en leurs articles, que les Gouvernemens de Normandie, Picardie, Lyonnois, Saluces, Mets, Thoul, & Verdun, ſoient diſtribués entre ceux de leur maiſon, c'eſt-à-dire, à bien parler (vû ce que ja ils en ont) la plus grande partie de ce Roïaume.

XXX.

Par ce que deſſus prétend le Roi de Navarre qu'il ſe voit à clair qui d'eux ou de lui cherchent plus le bien du pauvre peuple, le contentement du Roi, le repos & tranquillité de cet Etat : & de fait auſſi ſeroit-ce choſe trop abſurde, que le ſerviteur de la maiſon voulût être cru plus zélateur du bien d'icelle, que l'enfant de la famille : que des Etrangers nous vou-

1585.

Declarat.
de Henri IV.
et protest.
des Ligue's.

luffent faire entendre qu'ils euffent plus de fouci de la confer-vation de cet Etat, que ceux en qui ce fouci eft né avec l'in-térêt : ces Etrangers, dis-je, defquels la grandeur ne peut s'ac-croître que par fa ruiné & diffipation, & qui toutefois n'ont point fait de confcience de le publier ennemi de cet Etat.

XXXI.

Prie à ce propos ledit Seigneur Roi de Navarre tous les Or-dres & Etats de ce Royaume comparer ici (chofe toutefois non comparable) les déportemens de fes prédéceffeurs en ce Roïau-me, & qui de pere en fils ont gardé ce nom de n'avoir jamais été auteurs ni de foule au peuple, ni d'injure à la Nobleffe, avec les déportemens des prédéceffeurs des Chefs de cette Li-gue, qui fe trouveront avoir mis, depuis qu'ils ont mis le pied en France, la vénalité des Offices de Juftice, les nouveaux fubfides fur le pauvre peuple, dont ils ont tiré le fuc & la fubftance, fous les Rois Henri, & François II, la confufion ès charges & dignités qu'ils ont les premiers transferées à leur plaifir, les vendant de main à autre ; bref, avoir accrû la fi-monie en l'Eglife, & introduit la vente du temporel à leur profit pour fe venger de leurs ennemis fous prétexte d'héréfie.

XXXII.

Quant à fa perfonne, prie auffi tous les Etats de ce Roïau-me, fe fouvenir & s'enquerir s'il a jamais été caufe, quelques charges qu'il ait eû à foutenir, d'une charge fur le peuple : au contraire, comment il gouverne ce peu de Sujets que Dieu lui a donnés, qui fe trouveront n'avoir été furchargés d'au-cuns impôts, tailles, ni fubfides, nonobftant les grandes af-faires qu'il a eues un fi long temps, fi onc il a fait outrage de fait ou de parole, ès biens ou en la perfonne à Gentilhomme quelconque, (quoique de plufieurs il ait été offenfé étrange-ment) ; fi jamais auffi, il en a traité aucun indignement pour quelque occafion que ce puiffe être, foit en fa maifon, ou en fes païs propres ; fi jamais il a fait tort pour rigueur qu'il ait reçue de ceux de la Religion Romaine, à Prélat, Curé, Moi-ne, ou aucun du Clergé ; au contraire, s'ils n'ont pas été toujours bien venus & reçus auprès de lui, plus prêt à oublier les offenfes qu'on lui fait, que ceux qui lui en ont fait, à lui en faire : s'il n'a pas toujours rendu honneur & refpect aux Cours Souveraines, & aux Officiers d'icelles, à tous ceux en

somme qui portent la marque de Justice, si jamais on l'a vû
violenter la Justice par la force, ou bien dénier la force nécessaire, si elle a été en lui, à la Justice. Et quant à toutes les
parties de cet Etat, n'a montré qu'honneur, amitié, & bienveillance, n'a jamais fait déplaisir, n'a desiré que plaisir. Partant ne peut être aisément cru ne estimé ennemi de tout l'Etat.

X X X I I I.

Pour le regard de l'Etat en général, il ne veut nier que les
guerres civiles n'aient apporté en ce Roïaume une grande confusion en toutes choses, pauvreté au peuple, diminution à la
Noblesse, ruine au Clergé, mépris de Justice, engeances de
guerre, & sur-tout d'une guerre civile, qu'il pleure en son cœur,
à quoi il voudroit remédier si possible étoit, même par son propre sang : mais atteste Dieu, atteste sa conscience, atteste la
France même, qu'il a les yeux assez clairs, & la mémoire
assez fraîche, pour avoir bien vû, & pour bien se souvenir de
tout ce temps, si jamais il est venu aux armes que par le Conseil d'extrême nécessité, encore que de longue main il la peut
avoir prévue & prévenue par la raison même, comme témoigne assez l'Assemblée de Blois, suscitée par la présente Ligue,
qui le déclaroit banni de ce Roïaume, & tous ceux qui font
même profession, en cas qu'il ne changeât de Religion tout
aussi-tôt, changement à lui peut-être non difficile, s'il avoit
aussi peu de religion comme eux; si jamais aussi il a dilayé de
recevoir la paix pour occasion particuliere que ce soit, quoique son dégré soit tel que ce qui lui est particulier puisse être
à bon droit estimé comme public, quand sa conscience a pu
être satisfaite, quand il a pu voir que ceux de la Religion, dont
il a fait profession, pouvoient servir Dieu selon leur foi, en
tranquillité, & en repos; s'il a jamais demandé rien d'avantageux pour soi, crûe d'autorité, crûe de pensions, ou crûe de
charges; s'il n'a au contraire mieux aimé se voir, comme il est
encore, sans autorité en son gouvernement, qui lui devoit être
rendue toute entiere par la paix, que de prolonger la guerre
tant soit peu, que de dilayer d'une heure le soulagement du peuple par la paix, ou que de troubler la paix, depuis qu'elle a
été faite, faute de jouir avec plein effet de ce qui lui étoit
promis pour son regard ès articles de la paix. En soit pour témoin la Conférence de Fleix en laquelle il se pouvoit servir
pour amander ses conditions du desir extrême de feu Monsei-

1585.

Declarat.
de Henri IV.
et protest.
des Ligue's.

gneur, de paſſer ès Païs-Bas, où il étoit appellé par une Am-
baſſade générale des Etats deſdits Païs qui l'en requeroient &
ſollicitoient très inſtamment. Cependant il aima mieux ceder
ſon intérêt à l'accroiſſement de ce Roïaume, que de différer
ou marchander tant ſoit peu, pour le notable bien qui en eut
pû venir en ſon particulier. Il fit donc la paix, l'accepta à telles conditions qu'il plut à Sa Majeſté lui accorder pour faciliter la conquête deſdits Païs, & pour y aller lui-même ſi Sa
Majeſté l'eût eu pour agréable. Ceux-ci, bon François, pour
empêcher que la Flandre ne ſoit conjointe à la France, lorſque les Ambaſſadeurs des Païs-Bas l'offrirent au Roi à telles
conditions qu'il eût voulu, prêts à recevoir la Loi de lui, prêts
à mettre dedans leurs Villes telles garniſons & Gouverneurs
qu'il lui plairoit, pour l'en empêcher, troublent ſon Roïaume, mutinent ſon peuple, commencent la guerre en pleine
paix.

X X X I V.

Quelle puiſſance a eu le Roi de Navarre depuis tout ce temps :
quelque mécontentement qu'il peut concevoir du traitement,
qui, à la ſujection de leurs aſſemblées, lui a été fait, il le laiſſe
à la conſidération de tout le monde, étant reculé du Roi, ſans
autorité en ſon Gouvernement, non-payé de ce qui lui étoit
dû, trop moins reſpecté en ſes affaires que le moindre Capitaine du Royaume, (ſoit dit ſans reproche & pour la ſimple
vérité de ſes déportemens). S'il n'eût non plus reſſenti
le mal du peuple, que font aujourd'hui ceux de la Ligue, étant
ce qu'il eſt, c'étoit pour perdre ledit peuple entierement. Mais
il eſt François, & Prince François, membre de la France,
qui ſent ſes douleurs & le deuil de ſes plaies : diminution d'autorité, faute de faveur, intérêt particulier, n'aura jamais pouvoir de le faire dépiter contre ſoi-même : choſe propre à ceux
qui n'y ſont qu'entrés légerement, aux jambes de bois, & aux
bras poſtiches, qui ne ſentent quand le corps ſe brûle, auxquels
on peut bien donner l'extérieur, non l'intérieur, non le mouvement, non le ſentiment de vrais François ſur ces remuemens
qu'ils déclarent & proteſtent être directement contre lui, s'at-
taquant à ſa perſonne, à ſa vie, à ſon honneur, à ſa conſcience propre, les voïant armés, ſe ſaiſir des Villes au milieu de
ſon Gouvernement, enveloppé d'eux, irritant ſa patience in-
ceſſamment, s'il n'eût reſpecté le Roi plus que ſon propre danger

ger, s'il n'eût affecté le bien du Roïaume, l'espoir d'une paix publique (si paix il y peut avoir avec telles gens), plus que sa conscience même, y avoit-il raison aucune de se contenir comme il a fait ? Mais tout lui est bon, pourvû que le Peuple ait repos ; tout lui est utile, pourvû que l'Etat demeure en paix, le Roi obéi, le Roi honoré comme il doit être, fût-ce à son péril tout évident, fût-ce à son dommage irréparable.

1585.
DECLARAT. DE HENRI IV. ET PROTEST. DES LIGUÉS.

X X X V.

Et c'est en somme à quel titre le Roi de Navarre a pû être blâmé de ces beaux titres d'hérétique, relaps, persécuteur de l'Eglise, ennemi des Catholiques, & perturbateur de cet Etat. Quant à la conclusion qu'ils en retirent, par laquelle ils le déclarent incapable de succeder au Roïaume, & ont fait prendre à Monseigneur le Cardinal son oncle, le nom de premier Prince du Sang, & présomptif héritier, c'est certes le point qui plus le touche au cœur, mais auquel jusques ici il a pensé le moins, & qui lui est aussi venu tout le dernier : se contente sur ce point ledit Seigneur Roi de Navarre de l'espoir qu'il a que Dieu gardera long-tems sa Majesté pour le bien de ce pauvre Roïaume, lui donnera lignée à tems au regret de tous ses ennemis ; se confie aussi qu'il a affaire à François, quelque soin qu'on ait rendu à les corrompre, qui savent les droits, qui n'ignorent les descentes, qui lui garderont les rangs qu'il doit tenir ; se confole en Dieu protecteur du droit, vengeur de la violence, qui voit les uns & les autres, duquel le droit jugement n'est comme des hommes corruptibles, duquel l'Arrêt est certain, l'exécution irrévocable, sans qu'ils y puissent contrevenir.

X X X V I.

Pour conclusion en ce qui concerne la Religion, déclare ledit Seigneur Roi de Navarre au Roi son souverain Seigneur, à tous Ordres & Etats de ce Roïaume, à tous Princes & Etats de la Chrétienté, temporels, ou Ecclésiastiques, qu'il est & sera toujours tout prêt à se soumettre à la détermination d'un légitime Concile général, ou national, comme il est porté par les Edits de pacification de Sadite Majesté, en ce qui concerne cet Etat, & l'administration d'icelui, qu'il acquiesce aussi très volontiers en ce qui en sera ordonné en une légitime assemblée générale des Etats de ce Roïaume, quand

Tome I.   T

fa Majefté aura agréable de la convoquer. Cependant, qu'il ne defire autre chofe que vivre doucement fous le bénéfice des Edits, prêt à emploïer fa vie, fes moïens, & fes amis, pour la défenfe du Roi, de fon Etat, & de tous les bons Sujets de ce Roïaume.

XXXVII.

Et d'autant que ceux de la fufdite Ligue l'ont pris pour fujet & prétexte de leurs armes, & veulent faire penfer qu'ils n'en veulent qu'à lui, femant en leurs fufdites proteftations diverfes calomnies, & le publient nommément en icelles défireux de la mort du Roi, perturbateur de l'Etat, & ennemi juré des Catholiques ; & outre tout ce que deffus qu'il eftime fuffifant pour rendre un chacun fatisfait de fes actions, fupplie ledit Seigneur Roi de Navarre en toute révérence le Roi fon fouverain Seigneur, aux oreilles duquel il ne doute point que ces calomnies ne foient parvenues, ne trouver mauvais (fauf toujours l'honneur & le refpect dûs à Sa Majefté), qu'il die & prononce en ce lieu, comme il a fait préfentement, que ceux qui ont publié & femé les fufdites calomnies contenues ès fufdites proteftations contre lui, ont fauffement & malicieufement menti.

XXXVIII.

Et d'abondant pour démentir leurs calomnies par fes actions, fupplie auffi très humblement ledit Seigneur Roi de Navarre ledit Seigneur Roi fon Souverain, de vouloir avoir agréable la très humble fidélité & dévotion en l'offre qu'il lui fait. C'eft que pour le repos & foulagement de Sa Majefté, & de fon Peuple, il lui plaife trouver bon de laiffer démêler cette querelle entre les fufdits & lui, fans y hafarder fa vie qui feroit trop chere à ce Roïaume, & fans ce que Sa Majefté s'en mette en autre peine, efperant que Dieu lui fera encore la grace de trouver affez d'amis tant en ce Roïaume entre les ferviteurs de Sa Majefté, que hors le Roïaume entre les amis & Alliés de fa Couronne, pour ranger lefdits calomniateurs à la raifon, leur faire reconnoître la très humble obéiffance qu'ils doivent audit Seigneur Roi fon fouverain, & le refpect & honneur qui lui doit appartenir fous lui.

XXXIX.

Mais particulierement parcequ'il ne peut penser sans soupirs & larmes à la grande effusion de sang de la Noblesse qui pourra sortir de cette guerre, à l'extrême pauvreté & désolation qu'aura à souffrir le pauvre peuple, au désordre & à la confusion qui par-là s'introduira en tous Etats, au lieu que la piété, débonnaireté, & prudence de Sa Majesté, sans ces remuemens, se préparoit, comme on fait, à réparer cet Etat en sa premiere splendeur, prospérité, dignité, intégrité en toutes sortes; & sur-tout aux blasphêmes exécrables que produit la guerre contre Dieu, & au débordement des vices qui accroîtra par la licence des armes; pour abreger ces miseres que ledit Seigneur Roi de Navarre voudroit racheter de son sang propre, il supplie très humblement, & de toute son affection, Sa Majesté, qu'il lui plaise ne trouver étrange l'offre que présentement il fait à Monsieur de Guise, puisqu'il l'a pris à partie en ses prétextes & que ledit Sieur de Guise commande en l'armée de ceux de la Ligue, que cette guerre, sans que plus avant tous les Ordres & Etats de ce Roïaume aient à en souffrir, & sans y entremettre Armées Domestiques, ni Etrangeres, qui ne pourroient être qu'à la ruine du pauvre Peuple, soit vuidée & démêlée de sa personne à la sienne, un à un, deux à deux, dix à dix, vingt à vingt, plus ou moins, ou tel nombre que ledit Sieur de Guise voudra avec armes visitées entre Chevaliers d'honneur. Et pour le regard du lieu, s'il le desire en ce Roïaume, supplie très humblement Sa Majesté de lui faire cet honneur de le vouloir nommer; & où il auroit en ce Roïaume pour suspect, lui offre de se trouver en tel autre lieu hors de ce Roïaume, que ledit Sieur de Guise voudra choisir, & qui soit de leur accès non-suspect ni aux uns ni aux autres (honneur certes, vû la disproportion & inégalité de leurs personnes, & dégrés tels que chacun connoît, que ledit Sieur de Guise devra embrasser & racheter par tous moïens: heur aussi que ledit Seigneur Roi de Navarre, & Monseigneur le Prince son Cousin, acheteront de leur sang très volontiers pour racheter le Roi leur souverain Seigneur des travaux & peines qu'ils lui brassent, son Etat de trouble & de confusion, sa Noblesse de ruine, tout son Peuple de calamité & de misere extrême). Protestant ledit Seigneur Roi de Navarre devant Dieu & en sa conscience, qu'il n'est mû à choisir cette voie ni d'ambition qui foit en lui, ni de haine qu'il leur porte, ni de vengeance qu'il defire, que de celle que de gaieté de cœur ils époufent contre lui ; ains, que le feul defir de voir Dieu fervi & honoré, fon Roi hors de peine, cet Etat en paix, le peuple en repos, lui fait volontairement prendre le fort des armes : le feul déplaifir, & le feul malheur qu'il fe repréfente à tous momens, de revoir Dieu blafphêmé, cet Etat expofé aux vagues & au péril d'un naufrage, de revoir ce pauvre peuple ès extrémités & ès miferes defquelles à peine il peut encore refpirer, defquelles à peine s'il y retombe une fois pourra-t-il jamais fe relever.

X L.

S'affure auffi & confie entierement ledit Seigneur Roi de Navarre, que le Tout-puiffant qui voit au-dedans des cœurs, & qui préfide au fort des armes, montrera par le fuccès à tout le monde la fincérité & la juftice de fa caufe, pour être en exemple à la poftérité & à tous âges : Dieu duquel il appelle l'ire, la vengeance & la malédiction fur foi, s'il protefte à faux ; s'il a jamais conçu du mal contre la perfonne de fon Roi, contre les Sujets de toutes qualités, de quelque Religion qu'ils foient ; fi jamais il a bâti fes deffeins fur fon tombeau ; fi jamais il a minuté en fon efprit violence aucune contre la Religion Romaine, ou contre les Catholiques ; Dieu auffi duquel il attend la bénédiction, la bienveillance, & la faveur, contre ceux qui fans occafion lui pourchaffent fa ruine, & fous ombre de fon nom, remuent ce Roïaume, renverfent tout ordre, ruinent le Peuple, & veulent dépouiller le Roi de fon Etat.

Fait à Bergerac, le dixieme jour de Juin mil cinq cent quatre-vingt-cinq.

Seigneur, délivre mon ame des fauffes levres, & de la langue cauteleufe ; je demande la paix : mais quand j'en parle, ils s'émeuvent à la guerre. (Pf. 120.)

REPONSE

De par Messieurs de Guise à un Avertissement.*

COmbien que ceux de la prétendue Religion aient été déclarés Hérétiques par les premiers & seconds Conciles généraux en sciences de l'Eglise, & que les Rois François I du nom,
& Henri II son fils, les aient par leurs Edits condamnés, les
Cours de Parlement de ce Roïaume les aient fait mourir par
feu, que le Roi François II les ait punis par glaive en la Ville
d'Amboise, les Rois Charles IX, & notre Roi Henri III à présent regnant les aient poursuivis comme leurs capitaux ennemis, par siéges de Villes, & quatre batailles données, que
le peuple les ait par plusieurs fois courus à forces, & massacrés
comme gens reprouves; toutefois ils se sont particulierement
toujours attachés à la Maison de Guise, comme s'ils eussent été
seuls auteurs, motifs & cause de ce qu'ils n'étoient venus à leurs
inténtions; & après avoir quelque temps combatu par passages de l'Ecriture Sainte, & par les armes qu'ils ont pu amas-
ser tant par la France, Allemagne, que Angleterre, enfin, mettant & les armes spirituelles & les corporelles en leurs foureaux,
ils se font mis à calomnier Messieurs de Guise de chose qui
ne concerne en rien la Religion : c'est qu'ils ont dit que feu
Monseigneur de Guise prétendoit à la Couronne de France,
se disant être descendu de Charlemagne, sur la race duquel
Hugues Capet a usurpé le Roïaume ; à cette cause ils disent
que l'on a appellé Huguenots nos Rois & Princes du Sang,
descendus dudit Hugues Capet, comme si tous les Huguenots
fussent Princes du Sang de France, & héritiers de la Couronne, ou qu'il n'y eût que lesdits Princes du Sang Huguenots.

En leur objectant le crime de leze-Majesté, ils condamnerent
aussi quasi tous les Princes, Gentilshommes, Seigneurs, & Sujets
du Roi, comme complices & auteurs de crimes, quand ils ont
pris les armes avec ceux de la Maison de Guise, comme le
feu Roi de Navarre qui fut tué au siége de Rouen, les feus

---

* Cette Réponse ne contient qu'une récrimination contre les Huguenots : elle avoit
paru en 1585 *in-8°*.

ſieurs de Montpenſier, de la Roche-ſur-Yon, Prince Dauphin, les Ducs de Nemours, de Longueville & de Nevers, tant pere, fils, que gendre, le feu Connétable qui laiſſa la vie à la ba-taille S. Denis, le Maréchal S. André qui fut tué à la bataille de Dreux, les Maréchaux de Montmorency & Danville, de Briſſac, de Tavanne, de Biron, de Matignon, les Sieurs de Martigues qui moururent devant S. Jean d'Angely, le Sieur de Briſſac qui mourut à Muſſidam, & infinis autres qui ont per-du & les biens & la vie pour cette querelle, leſquels tous ont été traîtres & déloyaux à leur Roi, favoriſant la Maiſon de Guiſe, & ont été déclarés lourdaux d'avoir ignoré pour qui ils portoient les armes.

Auſſi, de dire que nos Rois n'aient été ſi peu voïans, qu'ils n'euſſent jamais connu l'intention de ceux de Guiſe, qui étoit de les dépouiller de la Couronne pour s'en inveſtir, ce ſeroit leur faire tort. L'événement des guerres a montré que toutes les Villes & Places fortes qu'ils ont eues en leurs mains, ils ne ſe ſont jamais impatroniſés d'une ſeule Place, comme ont fait les Huguenots : qu'ils ont retenu pour leur derniere main les Villes de la Rochelle, S. Jean d'Angely, Montauban & plu-ſieurs autres, & qui avoient mis entre les mains des Anglois, anciens ennemis de la France, le Havre de Grace, & autres Places de grande conſéquence. Donc, l'on peut dire à Mon-ſieur de Guiſe ce que Dion récite avoir été écrit ſur la ſépul-ture de Ruffus. » Cy gît Ruffus, lequel, ayant chaſſé l'ennemi, » a reconnu l'Empire, non pour lui, mais pour ſa Patrie ; car Monſieur de Guiſe, après y avoir perdu la vie, a laiſſé ſa mai-ſon engagée de plus de ſix cens mille livres, comme il eſt tout notoire.

Mais c'eſt autre choſe de médire, autre choſe d'accuſer ; car celui qui accuſe, s'inſcrit à la preuve de Tullon, admi-niſtre témoin, uſe d'argument, de conjecture & indice violent ; celui qui médit, ſe contente de vomir tout ce qu'il a dedans le cœur pour ſe décharger, & ne ſe donne peine d'entrer en preuve.

Si ceux de la Religion prétendue, qui leur impoſent ce, craignent demeurer quelques indices de ce qu'ils dient qu'ils trouvaſſent les Imprimeurs qui ont mis ſur la preſſe les Gé-néalogies dont ils parlent, ils auroient quelque apparence en leurs dires : mais ils en parlent fort impertinemment, & ſans vériſimilitude aucune ; car il eſt tout certain que tant d'Hiſ-

toriens, qui en ont fait mention, tiennent que le dernier de
la race de Charlemagne mourut sans aucun enfant mâle, comme même témoignent les Histoires de Lorraine, celles des
Evêques de Verdun par un nommé Vassebongd (67), la Généalogie de Lorraine par Charles Etienne (68), autre Livre (69) qui
est intitulé *Testamenta Lotharingia*, composé par un Chanoine
de Toul Sujet du Roi, lequel, pour s'être trop oublié en parlant
de notre Prince & le sien, fut fait prisonnier par Monsieur
le Duc de Lorraine, & accusé par Monsieur de Guise. Etant
donc ainsi que la race de Charlemagne soit faillie en ligne
masculine, quand il seroit vrai que ceux de Lorraine seroient
descendus des filles de celui qui fut dernier de la race de Charlemagne, toutefois ils ne seroient capables d'hériter à la Couronne de France, par la Loi Salique inviolablement gardée
en ce Roïaume qui exclut les femelles, & ne donne la Couronne à ceux qui sont descendus par filles, non plus qu'elle
ne tombe en quenouille.

Et si ceux de Lorraine sont descendus par filles dudit Charlemagne, aussi en sont descendus nos Rois & Princes du Sang
de par la mere de S. Louis.

Et si contre la Loi Salique ceux de Guise prétendoient à la
Couronne, comme venus des filles de France, ils n'ont pas
à rechercher leur race de si loin; car Monsieur de Guise est
petit-fils du Roi Louis XII; les enfans de Monsieur de Lorraine sont petits-fils du Roi Henri II, sans rechercher ni la
Maison d'Anjou, d'Alençon & de Bourbon, dont ils sont
venus par filles.

Cela donc est sans apparence, & seroit leur droit prescrit
par sept cens ans passés; il faudroit admettre la succession à
l'infini, où le Droit Civil & Canon n'admettent que le dixieme dégré; & encore, où ce Droit ne seroit prescrit par le

---

(67) Richard de Vassebourg.

(68) Discours des Histoires de Lorraine &
de Flandres, par Charles Etienne, Docteur
en Medecine, 1552.

(69) Le Livre dont on parle ici, est intitulé : *Stemmatum Lotharingiæ ac Barri Du-
cum Tomi septem.* L'Auteur étoit François de
Rozieres, Archidiacre de Toul. Son Livre
ayant fait tant de bruit, qu'il étoit à craindre que cela ne fît sur le Peuple une impres-
siou préjudiciable à la Maison Roïale, Henri III fit amener l'Auteur devant lui, & en
présence de la Reine sa mere, du Cardinal
de Bourbon, de Charles de Bourbon, Archevêque de Rouen, du Cardinal de Vaudémont (Charles de Lorraine frere de la Reine), des Ducs de Guise & de Mayenne, de
M. de Chiverni, Garde des Sceaux, &c. il
lui accorda, à la priere de la Reine sa mere,
le pardon qu'il lui avoit demandé. Voyez le
Procès-verbal concernant cette affaire dans
les Remarques sur la Satyre Ménippée, T. 2,
p. 368 & suiv.

temps, ceux de Lorraine y auroient renoncé, se trouvant au Sacre des Rois Charles V, Charles VI, VII, François I, Henri II, François II, Charles IX, & de notre Roi, où ils ont assisté comme Pairs, & ont aidé à couronner nos Rois, ont pris état sous eux, leur ont fait foi & hommage, comme à leurs Rois & Princes souverains.

Davantage, si ainsi étoit qu'il y eût quelque droit pour la Maison de Lorraine, ce seroit premierement au Duc de Lorraine, puis au Duc de Mercœur, à la débattre, avant que ceux de Guise y puissent rien quereller.

Dont il n'est vrai-semblable que feu Monsieur de Guise eût prétendu à la Couronne, ni son frere. Et si vous me dites que ce n'est pas assez de le dénier, & si pour dénier un crime, on doit absoudre un homme, jamais il n'y auroit aucun convaincu; je vous répondrai ce que dit un grand Empereur : » s'il est ainsi » que ce soit assez que d'accuser pour condamner, jamais hom- » me ne se trouvera innocent.

Aussi ledit argument de ceux de la prétendue Religion se trouvera bien foible & bien léger, quant avec une dénégation seule il sera renversé & sellé. Si donc ils ont quelques témoins de leur dire, ils les doivent produire, & accuser seulement ceux de Guise de grand crime; car, qui ne déferera un criminel de leze-Majesté, encourt le crime de leze-Majesté par les Loix Civiles dudit Roïaume.

J'ajouterai encore ce point : que quand ceux de Guise seroient descendus par raison de Charlemagne, ce que ne font, toutefois ce Roi leur peut dire que Pepin, pere de Charlemagne, avoit usurpé le Roïaume contre les Successeurs de Pharamond : conséquemment, que Hugues-Capet, & sa Race, y ont autant de droit que ceux de Charlemagne. Mais qu'est-il besoin se défendre, quand il n'y a aucun procès intenté pour ce fait-là, & qu'on ne doit recevoir un criminel à ses faits justificatifs, avant qu'on lui ait parfait son procès.

Il est vraisemblable assez que Monsieur le Cardinal de Bourbon, s'il connoissoit l'intention de Monsieur de Guise être telle, qu'il voulût deshériter de la Couronne Messieurs de Bourbon pour se l'approprier, il ne voudroit adhérer à ses desseins, ou il s'oubliroit par trop.

Mais c'est la façon ordinaire des Huguenots de se mêler des choses qui ne leur appartiennent en rien, semer des noises entre les Princes pour leurs rangs, où ils devroient disputer des

points

points controverſés en la Religion par autorité de la juſte Ecriture & des Peres de l'Egliſe.

Ils n'ont jamais ceſſé qu'ils n'aient tiré hors de la Cour le Roi de Navarre, à qui le Roi Charles avoit baillé ſa ſœur en mariage, & qui aimoit ſingulierement Monſieur de Guiſe (comme chacun ſait), étant ordinairement enſemble comme proches parens, enfans des deux couſins-germains : ayant auſſi, Monſieur de Guiſe, ſa couſine-germaine, beau-frere d'ailleurs de Monſeigneur le Prince de Condé ; & de le rendre ſi ennemi de la Maiſon de Bourbon, comme ils le font, c'eſt diſſoudre une trop grande alliance : il n'y a maiſon plus alliée de celle de Bourbon, que celle de Lorraine. La grand-mere de feu Claude de Lorraine, Ducheſſe de Gueldres, ſa femme ſe nommoit Antoinette de Bourbon ; la mere de Madame de Guiſe étoit ſœur de Monſieur le Cardinal de Bourbon ; la grand-mere du Duc d'Elbeuf étoit ſœur de feu Monſieur de Montpenſier ; la grand-mere du Duc de Lorraine étoit ſœur de Charles de Bourbon, Connétable de France ; feu Monſieur de Montpenſier avoit épouſé la femme de feu Monſieur de Guiſe ; la grand-mere de Monſieur le Cardinal de Bourbon ſe nommoit de Lorraine, qui étoit Ducheſſe d'Alençon : voilà comment ils ſont parens & alliés, & n'étoit la Religion, très bons & fideles amis.

De les rendre auſſi ennemis de nos Rois, eſt choſe qui ne ſe peut croire, & qu'ils vouluſſent les priver de la Couronne. Le Roi François II avoit épouſé la Reine d'Ecoſſe, niéce de feu Monſieur de Guiſe ; le Duc de Lorraine avoit épouſé la fille du Roi Henri II, dont il en a enfans, & le Roi préſent a fait cet honneur à la Maiſon de Lorraine, que d'épouſer la fille de feu Monſieur de Vaudemont.

Et combien que la Loi Salique n'approuve les femelles de la Couronne, toutefois elle n'eſt ſi forte qu'elle puiſſe éteindre le parentage qui eſt entre eux de droit de nature, plus ancien & plus fort que la Loi Salique.

Ils imputent à la Maiſon de Guiſe, qu'ils ſe font aggrandis aux dépens du Roi ; toutefois les Terres de Guiſe, de Joinville, du Maine, d'Aumalle, d'Elbeuf, & autres qu'ils tiennent, leur viennent d'antiquité de la Maiſon de Lorraine ; le Duché de Mercœur, de la Maiſon de Bourbon Connétable, dont le Duc de Lorraine étoit neveu auſſi proche que Monſieur de Montpenſier ; & n'eſt point à rechercher que ayant fait ſervice

Tome I. V

à nos Rois, ils fe foient fentis quelquefois de leur libéralité ; parceque plufieurs autres qui font en leur dégré ou de parenté ou
de mérite en ont beaucoup plus emporté en peu de temps.

Si vous me demandez quel fervice ils ont fait ? voyez les
Hiftoires de France, qui fans paffion en témoignent, où vous
verrez qu'il y a peu de Princes ou Seigneurs de France qui
n'aient quelquefois failli, fe rangeant du côté des ennemis du
Roi ; mais nuls de ceux de Lorraine, quoiqu'ils ne fuffent Sujets, fe font rendus du parti contraire à nos Rois ; lefquels ont
fait comme l'oie nourrie au Capitole de Rome , non pour la
garde , toutefois firent meilleure guerre que les chiens & les
mortepaies , qui étoient ordonnés & nourris pour ce faire.

On a écrit que le Roi François I les avoit pour fufpects & ne
les aimoit pas. Si autres que les Huguenots l'avoient écrit, j'en
penferois quelque chofe ; mais tel perfonnage n'eft ainfi à reprocher. Meffieurs de Lorraine lui avoient toujours fait bon
& loyal fervice. A la journée de Marignac (70), Antoine,
Duc de Lorraine , y étoit, & Claude de Lorraine , Duc de
Guife fon frere , qui (comme on récite), tout le jour parmi
les morts refpirant ; fon frere François de Lorraine fut tué en
la bataille de Pavie, où le Roi fut pris. Le Duc de Guife fut
employé durant ce regne en toutes les armées , & eft tout notoire que l'un des plus favoris du Roi François étoit Jean Cardinal de Lorraine ; mais je crois qu'ils ont controuvé cette calomnie, comme ils ont fait beaucoup d'autres. Quand eft du
Roi Henri , l'Hiftoire témoigne affez comme ils étoient defirés
& bien venus vers lui , comme ayant gouverné les plus grandes affaires de fon Roïaume, tant en guerre que pour la police. Quand François , Duc de Guife, en combattant contre
les Anglois , reçut un coup de lance qui lui outrepaffa la tête,
qu'il combattit l'Empereur à Renty, qu'il défendit Metz, qu'il
reconquit Calais, Guines & autres Places, qu'il le fit fon Lieutenant en l'armée près Amiens, un peu devant la paix faite entre le Roi & l'Efpagnol , on lui objecte qu'il a mené une armée en Italie pour lui conquérir le Roïaume de Sicile , comme s'il commandoit au Roi , autant âgé que lui, auquel on fait
peu d'honneur de lui imputer qu'il fe laiffoit ainfi gouverner
à fon Sujet.

Quant à Charles , Cardinal de Lorraine , on lui impute qu'il
a ordonné des finances , & on demande que fes héritiers en

(70) C'eft , Marignan , à une lieue de Milan.

rendent compte, comme s'il eût été Tréforier de l'épargne, &
qu'il eût manié les finances, dont il fut comptable. Les Tréforiers de ce temps-là en ont compté en la Chambre des Comptes,
où lors les finances alloient bien d'un autre train qu'elles ne
font maintenant : on favoit lors que le tout étoit devant jufques à un liard : les deniers ne fe recevoient que par les Comptables. Et pour finir le regne du Roi Henri II, lorfqu'il fut tué
au tournoi, feu Monfieur de Guife étoit l'un des vivans avec lui.

Depuis on les a calomniés qu'ils s'étoient faifis du feu Roi
François II ; mais quel tort lui ont-ils fait : ils le préferverent
des embuches contre lui dreffées à Amboife ; ils ont fait révoquer les trois Etats à Orléans, qui montre qu'ils ne vouloient
rien faire au préjudice du Roïaume.

Lui décédé, le Roi Charles IX vint au Roïaume ; incontinent les troubles commencerent tels qu'un chacun fait : la bataille de Dreux fe donna, où feu Monfieur le Duc de Guife
fe trouva, comme il fit au fiege de Paris, à Rouen, & d'Orléans où il fut proditoirement occis, fon frere le Duc d'Aumalle occis devant la Rochelle, après s'être trouvé ès batailles de Dreux, Saint-Denis, Jarnac & Moncontour, & demeurés endettés, tellement que leurs enfans n'en font encore hors.
Quant à notre Roi, il fera témoin & juge de ce qu'il a vu à
l'œil, comme des fervices que Henri de Lorraine Duc de Guife,
le Duc de Mayenne fon frere ont faits, qui font trop recens
pour les coucher en ce lieu, & lefquels, depuis dix ans en ça,
ont eu fi peu d'entremife aux affaires du Confeil, qu'ils n'ont
eu moyen ni de s'aggrandir ni d'avancer les leurs, encore que
de ce regne certains Seigneurs y ont tellement fait leur befo-
gne, qu'ils fe peuvent comparer aux plus grands Princes en
biens & honneurs.

Voilà en fomme comme fe font gouvernés Meffieurs de Guife ; à qui eft plus d'honneur d'être blâmés & calomniés par ces
boute-feux de Miniftres, que d'en être eftimés.

Quand eft de la Ligue qu'ils ont entreprife depuis quelques
jours, pour ne voir la France réduite en l'état où l'Angleterre
eft maintenant, que les Princes Catholiques font gênés & tour-
mentés continuellement, ou font bannis ou refugiés hors de
leurs Païs, & privés de leurs maifons & biens, & de leurs parens & amis, je réferverai d'en juger jufques à ce que le Roi
lui-même les ait jugés, & l'évenement a ce découvert quelle
eft leur intention.

V ij

Or, d'autant que pour éblouir les yeux de quelques-uns qui ne feroient affez bien confirmés en leur Religion, ou qui préfereroient les miferes de ce monde aux béatitudes de la vie éternelle, le Diable & ceux qui font conjurés avec lui, pourroient leur propofer que les Princes Catholiques qui font à préfent armés, voudroient, fous le manteau de la Religion, s'adreffer à l'Etat & à la perfonne du Roi, iceux Princes déclarent appertement, & defirent que un chacun s'accorde, que tant s'en faut que telle foit leur intention, & qu'avec la caufe de Dieu, lequel avec la vérité de fa parole font vengeables injures & torts de ceux qui les remettent en la main de juftice, y veulent rien mêler de leur particulier, qu'ils n'ont autre chofe fur ce comme n'ont les armes fur le dos, & ne fe font difpofés d'employer leur vie & leurs moyens & ceux de leurs Sujets. Et confidéré que pour la manutention de l'Eglife, la tuition & défenfe d'icelle, & comme eux étant les premiers Princes du Sang, Pairs de France & Officiers de la Couronne, ils puffent avec raifon & autorité parler de l'Etat, chacun fachant affez en quelle difpofition il eft à cette heure; ce n'eft toutefois leur but & leur fin, encore moins de toucher aux déportemens du Roi, la Majefté duquel leur eft fainte & facrée, pour lefquels ils font armés & non contre lui, pour la vie duquel ils veulent mourir & non attenter à fa Perfonne : ains la feule caufe de l'Eglife Catholique, de laquelle ils s'affurent que le Roi ne fe dévoiera jamais, les a unis, leur a fait ceindre les armes & jurer qu'ils mourront plutôt mille fois, fi faire fe pouvoit, que voir l'Eglife appauvrir par fes ennemis; favent iceux Princes fort bien que l'Eglife bien établie & la réunion en nos cœurs, l'Etat le fera auffi, & que icelle abolie & délaiffée, l'Etat fera ébranlé.

Pour ce, comme très humbles Sujets & Serviteurs qu'ils font du Roi, fes proches parens, fes plus fideles Confeillers, ceux lefquels de fes yeux il a vus lui-même combattre fes ennemis, qu'il a vus au milieu des batailles ramener bleffés pour fon fervice, non une fois, mais plufieurs, qui ont heureufement défendu fes Villes, affailli & pris celles de fes adverfaires, réuni fes Provinces en fon obéiffance, retenu toujours celles qui leur ont été commifes en leur devoir & fidélité, defquels les membres bleffés font les marques & le fceau de leur foi envers Dieu & envers le Roi; profternés devant Sad. Maj. le fupplient embraffer avec eux la défenfe de l'Eglife, ne fe féparer point, s'il lui plaît, d'icelle , & ſe ſouvenir du nom de très Chrétien , qui eſt plus beau & recommandable que celui de Monarque du monde , ſe ſouvenir du premier ſerment qu'il a fait prenant la Couronne de France ſeulement , qui eſt beaucoup toutefois , mais d'avoir le nom de fils aîné de l'Egliſe , de protecteur & défenſeur d'i- celle , qui eſt encore davantage , & à conſiderer , que ne pre- nant en main cette tuition , à laquelle & comme Chrétien & comme Roi très Chrétien il s'eſt obligé , outre les malédictions , ruines , & renverſement d'Etat , qui arrivent & ſont advenus aux anciens Rois & Princes , leſquels ont manqué à Dieu , à l'Egliſe , & à leur foi & à ſon ſervice. Ou il faut qu'il demeure neutre & ſpectateur des batailles que donneront ces Princes , que Dieu pour la défenſe de ſon Egliſe a de ſa propre main armés ; ou il ſera beſoin qu'il ſe range du côté des ennemis de Dieu : demeurant neutre , il n'y aura nul doute qu'il ſera la proie des victorieux ; ſe rangeant du côté des ennemis de Dieu & de ſon Egliſe , que peut-il eſpérer de ſon Etat , les fondemens duquel ſont aſſis ſur la Foi de l'Egliſe , ſinon que comme furieux & reprouvé de ſens , il déchirera ſes entrailles & ſe coupera la gorge à lui-même ? Aura-t-il donc plus de fiance aux armées , deſquelles il a vu maintefois les lances & picques baiſſées contre lui , aux Chefs & Capitaines deſquels il a vu l'épée tirée pour la lui cacher dedans le cœur , que à ceux qu'il a ſenti oppoſer leurs corps propres , pour empêcher que le ſien ne fût bleſſé ? Aura-t-il plus d'aſſurance en la pa- role de ceux qui la lui ont fauſſée tant de fois qu'à peine ſe peut-il dire , que non pas à la foi des Princes & bons Sujets qui la lui ont inviolablement gardée , & la lui conſervent en- core en ſon entier , ſans avoir jamais changée ni de Foi , ni de Religion , ni de Roi ? Aura-t-il certitude des Catholiques incertains , qui renieront Dieu pour s'aſſurer du monde ; étant prêt à combattre , que leur propoſera-t-il ? que Dieu eſt pour eux , pour lequel ils ont pris les armes ; que c'eſt pour leur Foi & Religion , laquelle ils ont abandonnée ; pour les ſaintes Egliſes & Autels , qu'ils combattent , & toutefois ils fortifient & accompagnent les bras de ceux qui les détruiſent ; pour leurs enfans & familles , qui peut-être combattront contre eux-mêmes , parceque nous ne ſommes pas tant redevables à nos Peres & à nos Princes , que nous ſommes redevables à Dieu & à ſon Egliſe ; & parceque , ſi Sa Majeſté ſe range du côté de ſes en- nemis mêmes , & des ennemis de Dieu , il n'allumera pas ſeu-

1585.

REPONSE DES GUISES A UN AVERTIS- SEMENT.

lement un feu qu'il ne pourra éteindre dans les Provinces de son Roïaume, mais dans les maisons particulieres & dans les cœurs de ses Sujets. Le Roi puis après marchant à la tête de son armée, desquels se gardera-t-il plutôt, ou de ceux qui seront derriere lui pour le tuer, comme par tant de fois ils ont tâché faire, l'ont entrepris ? ou de ceux qu'il aura en front, lesquels s'ouvriront plutôt, & leveront les bois, que de toucher sa personne, leurs armes n'étant point duites ni prises pour offenser le Roi, comme sont celles des ennemis de Dieu & de l'Eglise, entre les bras desquels s'il se jette, il ne doit attendre qu'une subite mort, une ruine & désolation de son Etat ? Et la raison de ceci est qu'iceux Hérétiques demeurant maîtres & supérieurs, si dès l'heure même du combat ils ne mettent à mort le Roi après la victoire obtenûe, ils le priveront de son autorité, sans doute, ou attenteront à sa vie.

Que la volonté des Herétiques n'ait été telle jusques ici, chacun le peut considérer qui sait que la lance du feu Prince de Condé en la rencontre de Jarnac ne cherchoit pas plutôt l'estomach du Roi, que nul autre ; que l'épée du feu Amiral en la bataille de Moncontour n'étoit pas tirée pour la baigner au sang de sa Majesté : que tous les Herétiques ne miroient pas sa tête & ne souhaitoient pas sa mort plutôt que nul autre ; & ceux le savent vraiment, qui lors ont combattu avec le Roi, qui l'ont relevé de cheval, & ont été ministres & auteurs en partie de sa victoire.

Or, que lesdits Herétiques changent d'opinion lorsqu'ils se verront audessus de leurs affaires, icelui-là seul le peut comprendre qui sait si tels personnages pardonnent à leur ennemi quand ils le tiennent foulé à leurs pieds, & à un tel ennemi encore qui sans cesse leur a fait la guere, les a rompus, poursuivis & domptés, comme a fait le Roi, duquel la mort & la fin est le commencement & la vie de leur autorité, & qu'ils n'ignorent point être vrai Catholique en son courage.

Le Chef mis à bas, que peuvent esperer les Catholiques tiedes & flottans en leur foi, lesquels ayant combatu pour les Herétiques, auront combatu contre eux-mêmes, sinon que les Herétiques étant venus au sommet de leur puissance, & où il y a si long-temps qu'ils s'y desirent, & se promettent quasi déja être, rendront avec usure aux Catholiques ce qu'ils leur ont prêté par ci-devant ; c'est-à-dire, ils ôteront des Gouvernemens, Charges & Offices, tant de Judicature que de Finances, & des Etat particuliers des Villes ceux qui ne seront de leur Religion ; & em-

pêcheront qu'aucun Catholique y puiſſe parvenir : car quant aux
Eccleſiaſtiques , outre l'extermination de leurs perſonnes , les
maſſacres qui ſe commettront auparavant ſur iceux , ils doivent
être aſſurés qu'il ſera jetté ſur leurs robbes. Ce qui ſera la derniere
ruine de l'Egliſe ; parceque l'ambition & l'avarice ont tant de
pouvoir ſur le cœur des mortels , que nous avons vu depuis ſix ans
la Chambre mi-partie, avoir plus fait d'Herétiques en France, ſeulement pour gâgner le temps en un procès , que les prêches des
Miniſtres , & leur inſtitution n'avoit fait vingt ans auparavant.
Que ſera-ce donc lors que les Herétiques ſeront Rois , tiendront
les armes, les Provinces , la Juſtice , les finances , & bref tout
l'Etat en leurs mains ? ſinon qu'ils ſe ſouilleront de la vengeance ſi long-tems préméditée contre nous autres pauvres & miſérables Catholiques. Ou au contraire, s'il plaît au Roi ne perdre point le nom de Protecteur de l'Egliſe , lequel par tant de
victoires il s'eſt acquis ; s'il lui plaît tirer du fourçau le coutelas
ſacré qui lui fut envoyé par notre Saint Pere le Pape, comme à
celui la valeur & magnanimité duquel avoit fait paroître qu'il
étoit lors le plus fort & le plus vigoureux défenſeur de l'Egliſe
entre tous les Princes Chrétiens ; s'il plaît à ſa Majeſté être Chef
de ceux qui lui ont toujous obéi , entendant ſa voix , & reçu toujours ſes commandemens , & qui ſont prêts à les recevoir , qui
ont toujours combatu avec lui , & ſont retournés victorieux , il
n'y a nul doute que Dieu verra le cœur de ſes Sujets ; renverſera
ſes ennemis , aſſurera les trophées que par ci-devant il a élevés
des dépouilles des Herétiques , & que ſa Majeſté viendra à bout
de ce qu'elle a par tant de fois demandé à Dieu , qui eſt l'extermination des héréſies ; rétablira ſon Etat , regnera en paix aſſurée & non incertaine , & Dieu enfin lui donnera des enfans ,
ayant été peut-être différée cette bénédiction , juſqu'à ce que ,
ſuivant la trace de ſes Prédéceſſeurs , ce que par ci-devant il a
ſi heureuſement fait , la dextre de ſa Majeſté ſoit armée pour la
tuition & défenſe des enfans de Dieu & de ſon Egliſe.

INSTRUCTION

Aux Tréforiers généraux de France, établis à Poitiers, de ce qu'ils feront en l'exécution de la Commiſſion que le Roi leur a cejourd'dui adreſſée, pour la levée & fourniture de la quantité de neuf cens cinquante muids bled, les deux tiers ſeigle : mille quatre-vingt-dix pipes vin, & trois cens ſoixante muids avoine : leſdits grains meſures de Paris, dont Sa Majeſté veut faire magaſins pour la nourriture de ſes Camps & Armées, ès Villes ci-après déclarées.

PREMIEREMENT.

SA Majeſté veut & ordonne que leſdits Tréforiers de France ſe départiront, pour ſe tranſporter au plutôt que faire ſe pourra, ès Villes de Poitiers, Châtellerault, Saint Maixant, Nyort, Fontenai, Thouars, Angoulême, Xaintes & Cognac, pour en icelles faire lever ladite quantité de vivres, & y établir les magaſins d'iceux, ainſi qu'il s'enſuit.

A SAVOIR.

En la Ville de Poitiers, cent cinquante muids de Bled, & quarante muids avoine, meſure de Paris, & cinq cens quatre-vingt pipes vin, qui feront levés & mis ès lieux les plus commodes qu'ils connoîtront pour la conſervation d'iceux, & ſe ſervir de munition : & quant aux vins, demeureront ès caves des Propriétaires, auſquels après avoir été marqués, ils feront baillés par forme & conſignation, pour s'en ſervir quand il en ſera beſoin, afin d'éviter au déchet & dépériſſement que le tranſport & déplacement d'iceux pourroient apporter, ci

Muids bled, ... 150
Muids avoine, ... 40
Pipes vin, ... 580

En la Ville de Châtellerault, quatre-vingt muids bled, trente muids avoine dite meſure, & ſoixante pipes vin, ci

Muids bled, ... 80
Muids avoine, ... 30
Pipes vin, ... 60

En

En la Ville de Saint-Maixant , foixante muids bled , quarante muids avoine dite mefure , & cinquante pipes vin , ci

Muids bled , ... 60
Muids avoine , ... 40
Pipes vin , ... 50

En la Ville de Nyort , fix-vingt muids bled , cinquante muids
avoine , & quatre-vingt pipes vin , ci

Muids bled , ... 120
Muids avoine , ... 50
Pipes vin , ... 80

En la Ville de Fontenai , cent cinquante muids bled , foixante
muids avoine , & foixante pipes vin , ci

Muids bled , ... 150
Muids avoine , ... 60
Pipes vin , ... 60

En la Ville de Touars , cinquante muids bled , trente muids
avoine , & cinquante pipes vin , ci ,

Muids bled , ... 50
Muids avoine , ... 30
Pipes vin , ... 50

En la Ville d'Angoulême , fept-vingt muids bled , quarante
muids avoine , & foixante pipes vin , ci ,

Muids bled , ... 140
Muids avoine , ... 40
Pipes vin , ... 60

En la Ville de Xaintes , fept-vingt muids bled , quarante
muids avoine , & foixante-dix pipes vin , ci ,

Muids bled , ... 140
Muids avoine , ... 40
Pipes vin , ... 70

Cognac , en ce compris l'Election de Saint Jean d'Angely ,
foixante muids bled , trente muids avoine , & quatre-vingt pipes
vin , ci ,

Muids bled , ... 60
Muids avoine , ... 30
Pipes vin , ... 80

NOMBRE.

Muids bled , ... 950
Muids avoine , ... 360
Pipes vin , ... 1090

Tome I.   X

Et où lefdites munitions ne pourront être entierement levées efdites Villes ci-devant mentionnées, lefdits Treforiers Généraux de France en pourront par l'avis des Elus faire lever le furplus fur les autres Villes, Bourgs & Bourgades de leurs Elections, qui mieux le pourront porter.

Et pour le regard des lieux où il fera befoin de retirer lefdites munitions en chacune d'icelles Villes, lefdits Tréforiers Généraux de France aviferont avec les Maire & Echevins, les endroits plus commodes pour y retirer lefdits blés & avoines, & quant aux vins, demeureront ès mains des Propriétaires, comme dit eft ci-devant en l'article de Poitiers.

Ce que lefdits Tréforiers Généraux aviferont & ordonneront être fourni par les Villes ci-devant mentionnées, où lefdits Magafins feront établis, en fera par eux fait un rôle & département en la préfence, & par l'avis des Maire & Echevins, fur tous les Habitans defdites Villes, exempts & non exempts, privilégiés & non-privilegiés, Ecclefiaftiques & Nobles, demeurant efdites Villes, attendu que c'eft pour la confervation de leurs biens, & pour le foulagement du peuple; auffi que fa Majefté veut & entend lefdites munitions être ci-après payées; lefquelles toutesfois Ecclefiaftiques & Nobles, fadite Majefté n'entend point être compris, fi-non pour la commodité qu'ils auront, & qui fe trouvera en leurs caves & greniers, d'en pouvoir faire l'avance, & non point en la cottifation particuliere qui en fera faite, ne qu'ils en paient pour ce regard, autre portion pour petite qu'elle foit.

A la fourniture defquelles munitions chacun des cottifés fera contraint comme pour les propres deniers & affaires du Roi, & à les faire porter dans le tems qu'il leur fera prefix, ès lieux où lefdits magafins feront établis, à leurs frais & dépens; & icelles configner ès mains des perfonnes refcentes & folvables que lefdits Maire & Echevins y commettront pour en faire la garde, & ce par leurs récepiffés.

Veut néantmoins fa Majefté que auparavant que lefdites munitions foient portées efdits magafins, les prix en foient faits par lefdits Tréforiers Généraux fur le prix commun des trois derniers marchés, en préfence, tant defdits Maire & Echevins, que du Procureur du Roi des lieux, auquel prix fadite Majefté veut & entend être compris les frais que lefdits Propriétaires feront tenus de faire, tant pour le tranfport, conduite & mefurage, que pour l'attente de leur paiement, parceque les fommes de deniers, à quoi monteront lesdites munitions, ne leur pourront être païées sinon dans les quatre quartiers de l'année prochaine.

1585.
INSTRUCT.
AUX TRESORᶜ
DE FRANCE.

Toutes fois est permis ausdits Treforiers Généraux, que au cas qu'ils trouvassent aucuns Marchands qui voulussent faire ladite fourniture, ou partie & portion d'icelle, en accorder avec eux amiablement, sans avoir égard ne prendre pied au trois derniers marchés, & toutes fois au meilleur ménage pour sa Majesté, que faire se pourra.

Et pour le regard des autres Villes & Bourgades, qui seront taxées, & contribueront à ladite fourniture, en feront les rôles & départemens, prix & marchés faits par lesdits Tréforiers Généraux, de l'avis des Elus où elles ressortiront, & en la présence du Procureur du Roi en icelles Elections, suivant l'ordre ci-devant prescrit, & feront contraindre lesdits contribuables à faire mener ou porter à leurs dépens les munitions à quoi ils seront cottisés ès Villes où lesdits magasins seront établis les plus proches, & icelles mettre & consigner ès mains des Commis à la garde desdits magasins par leurs récépissés.

Et parcequ'il ne seroit raisonnable de faire lever lesdites munitions sans qu'il fût pourvu au paiement d'icelles, sadite Majesté veut & ordonne ausdits Treforiers Généraux qu'ils aient à en passer les obligations, & que par icelles ils promettent au nom de sadite Majesté de leur faire payer & rembourser les sommes de deniers à quoi elles monteront.

Et afin que par un seul compte le Roi puisse connoître ce que lesdites munitions auront coûté, veut & entend sadite Majesté que lesdites obligations, recepissés & quittances soient rapportées par ceux qui feront les paiemens desdits vivres, au Receveur Général de Finances, établi en ladite Ville de Poitiers, qui sera lors en exercice.

Aussi-tôt que lesdits Tréforiers Généraux de France auront fait les départemens desdites munitions, & d'icelles passé les obligations & marchés, ils en envoieront un état signé de leurs mains aux Généraux des vivres, par chapitres distincts & séparés de ce qui devra être mis en chacun magasin, afin qu'à mesure que lesdits magasins seront établis, ils en puissent être avertis pour s'en aider à la nourriture desdits camp & armée.

Comme aussi après qu'ils auront exécuté le contenu en cette présente instruction, ils envoieront à Monsieur le Chancelier l'état au vrai desdites munitions, contenant la quantité & prix d'i-

celles , & les lieux où elles auront été prifes , afin qu'il foit pourvu des paiemens.

Seront par eux faites défenfes très expreffes aufdites gardes,
fur peine du quadruple , d'employer lefdites munitions à autre
effet que celui qui leur fera ordonné par lefdits Généraux des vivres ; lefquels pourront par lefdits gardes, faire convertir en farine telle quantité defdits vivres qui leur fera mandé. Comme
auffi fadite Majefté fait défenfes aufdits Généraux des vivres &
tous autres de quelque dignité , qualité & condition qu'ils foient,
d'ordonner , permettre , ne fouffrir lefdites munitions être employées à autre effet que pour la nourriture defdits gens de guerre, fur les mêmes peines du quadruple , & d'en répondre en
leurs propres & privés noms.

Et encore que les vins demeurent par confignation , après les
marchés faits,ès mains des Propriétaires : néantmoins lefdits Tréforiers Généraux en drefferont deux états , l'un defquels ils envoieront aufdits Généraux des vivres , & l'autre ils le mettront ès
mains defdits gardes pour s'en charger par leurs récepiffés , lors
que l'on les enlevera pour la nourriture defdites armées , & ne
feront délivrés par lefdits Propriétaires qu'en vertu des récepiffés des gardes defdits magafins.

Mais afin qu'ils fe chargent plus librement defdites munitions ,
fans qu'ils puiffent à l'avenir être inquietés d'en rendre compte en
la Chambre des Comptes , comme ils ont été par le paffé , fadite Majefté en a déchargé & décharge iceux gardes , veut & entend qu'ils en comptent feulement par état au vrai , pardevant
lefdits Généraux des vivres,ou l'un d'iceux, affiftant pour le moins
deux du Corps de la Ville , & le Procureur du Roi ; lequel état
arrêté & figné des mains des deffufdits avec les récepiffés des
Clercs Commis defdits Généraux , ils le mettront en celles du
Garde Général defdites armées par inventaire , au bout duquel
il en fera fa quittance qui l'en rendra comptable en ladite Chambre , & d'icelui état en fera fait & figné en la forme ci - deffus
deux originaux , dont l'un demeurera pour l'acquit & fûreté des
gardes de chaçun defdits magafins , & l'autre mis (comme dit
eft) ès mains du Garde Général de l'armée de fa Majefté , pour
compter fur icelui en la Chambre des Comptes.

Et avenant qu'il refte efdits magafins quelque quantité defdites munitions dont fa Majefté n'ait befoin , lefdits Généraux
des vivres feront tenus d'avertir lefdits Tréforiers Généraux
de France , afin de proceder par eux en la plus grande diligence

que faire se pourra, à la restitution d'iceux, en nature, au marc
la livre, aux personnes qui les auront fournis, si mieux ils n'aiment être vendus au plus offrant & dernier enchérisseur, par
lesdits Trésoriers Généraux, les Procureurs du Roi appellés, qui
en feront mettre les deniers ès mains des Receveurs des tailles de
chacune Election, pour convertir & employer au paiement desdits vivres au sol la livre, l'acquit & décharge du Roi, sans qu'il
puisse être fait don desdites munitions qui resteront à quelque
personne, ni pour quelque chose que ce soit.

Neantmoins, où par inadvertance, importunité, ou autrement, sa Majesté en feroit don ou de partie ou portion d'iceux:
en ce cas sadite Majesté les révoque dès-àpresent comme pour lors,
faisant très expresses défenses ausdits Trésoriers Généraux, &
Garde Général des vivres, d'y avoir aucun égard, sur peine de
payer le quadruple, & aux Donataires sur la même peine du quadruple, d'en être comptables & sujets à restitution.

Et parceque pour l'exécution de ces présentes il conviendra
faire plusieurs menus frais, comme salaires d'Huissiers, Notaires, Gardes, louages de Greniers, & Messagiers, il a été accordé que lesdits Trésoriers Généraux pourront ordonner jusques à
la somme de deux cens cinquante écus, qu'ils feront payer par les
Receveurs des tailles en chacune desdites Elections, étant de present en exercice, & ce des deniers de ce present quartier; ausquels est mandé ainsi le faire, encore que les Ordonnances &
états faits pour la présente année portent le contraire. Validant
sa Majesté, & autorisant dès à present toutes & chacunes
les taxes qui seront faites par lesdits Trésoriers Généraux de
France, suivant le cahier de frais qui sera rapporté à la reddition du compte dudit Receveur.

Fait à Paris, le dixhuitieme jour de Juin, l'an mil cinq cent
quatrevingt-cinq. Ainsi signé.

HENRY.

Et plus bas, BRULART.

HENRI, par la grace de Dieu, Roi de Fance & de Pologne:
A nos amés & feaux Conseillers, les Trésoriers Généraux de
France, en la charge & Généralité de Poitou, établie à chacun
d'eux, & l'un en l'absence de l'autre, Salut. Comme pour les
occasions assez à notre très grand regret connues à un chacun,
nous soyons contraints pour la conservation de notre Etat, met-

1585.

INSTRUCT.
AUX TRESOR.
DE FRANCE.

tre fus une forte & puiſſante armée, en laquelle nous defirons aller en perſonne, pour avec l'aide de Dieu & de nos bons & loyaux Sujets, maintenir l'autorité qu'il lui a plu nous donner ; pour l'entretenement de laquelle, s'il n'y eſt pourvu de vivres néceſſaires, il feroit impoſſible de la contenir en ſon ordre, & garder que nos Soldats, tant nos Sujets qu'Etrangers, à pied & à cheval, ne ſe débandent au grand dommage, foule & ruine de notre pauvre peuple. Nous à ces cauſes deſirant le ſoulagement d'icelui en tout ce qu'il nous eſt poſſible,

Vous avons & à chacun de vous, l'un en l'abſence de l'autre, (comme dit eſt) commis & député, commettons & députons par ces preſentes ſignées de notre propre main, pour vous tranſporter ſéparément, en la plus grande diligence que faire ſe pourra, ès Villes, Bourgs, Bourgades & Élections de votre charge & Généralité en icelles Villes, faire lever ſur tous nos Sujets de quelque qualité ou condition qu'ils ſoient, privilégiés & non privilégiés, attendu que c'eſt pour la conſervation de leurs biens, & ſoulagement de notre peuple, la quantité de grains & vins, particulierement déclarée en l'inſtruction que nous vous avons ce-jourd'hui fait expédier, auſſi ſignée de notre main, dont vous ferez les prix & marchés ſelon le cours commun des trois derniers marchés, auſquels prix & marchés vous comprendrez les frais que les Propriétaires d'iceux grains & vins ſeront tenus faire tant pour le tranſport, conduite & meſurage deſdits grains, que pour le ſalaire des perſonnes qui ſeront établis à la garde deſdits magaſins, comme auſſi pour l'attendre de leur rembourſement, ſuivant ladite inſtruction ci-attachée ſous le contreſcel de notre Chancellerie : à quoi faire nous voulons pour la ſureté de ceux qui fourniront leſdits vivres, que vous leur paſſiez obligation en notre nom, en telle & ſi bonne forme qu'ils aient occaſion d'en demeurer contens. De ce faire & accomplir tout ce qui dépend du fait & exécution de ceſdites préſentes, vous avons donné & donnons plein pouvoir, puiſſance, authorité, commiſſion, mandement ſpécial par icelles ; mandons commandons & très expreſſement enjoignons à tous Baillifs, Sénéchaux, Prevôts, Lieutenans, Maires & Echevin de nos Villes, Maîtres des ponts, ports & paſſages, & tous autres nos Juſticiers, Officiers & Sujets qu'il appartiendra, qu'en ce faiſant ils vous obéiſſent & entendent diligemment, prêtent & donnent conſeil, confort, aide & priſon ſi métier eſt & requis en ſont, contraignant & faiſant à ce faire contraindre tous ceux qu'il appartiendra : & que pour ce feront à contraindre par toutes voies & manieres ducs & raifonnables , & comme pour nos propres deniers, dettes & affaires, & celles concernant le fait & état public, nonobftant oppofitions ou appellations quelconques, pour lefquelles ne voulons être aucunement différé , & lefquelles nous avons retenues & réfervées à nous & à notre perfonne, l'interdifant à toutes nos Cours & autres Jurifdictions quelconques ; & pour ce que de ces préfentes l'on pourra avoir affaire en plufieurs & divers lieux, nous voulons qu'au *vidimus* d'icelles, dûment collationné par l'un de nos Amés & Féaux Notaires & Sécretaires, ou fous Scel Roïal, foi foit ajouté comme au préfent Original : car tel eft notre plaifir.

Donné à Paris le dix-huitieme jour de Juin , l'an de grace mil cinq cent quatre-vingt-cinq , & de notre regne le onzieme. Ainfi figné, HENRI. *Plus bas*, par le Roi, BRULART. Et fcellé fur fimple queue du grand Scel en cire jaune.

1585.

INSTRUCT.
AUX TRESOR.
DE FRANCE.

REQUESTE AU ROI,

Et derniere réfolution des Princes , Seigneurs , Gentilshommes , Villes , & Communautés Catholiques , préfentée à la Reine mere de Sa Majefté , le Dimanche neuvieme Juin 1585 , pour montrer clairement que leur intention n'eft autre que la promotion & avancement de la gloire , honneur de Dieu , & extirpation des Héréfies , fans rien attenter à l'Etat , comme fauffement impofent les Hérétiques malfentans de la Foi , & leurs Partifans.

SIRE,

LE Cardinal de Bourbon, & les Princes & Seigneurs Catholiques qui l'affiftent , vos très humbles, très obéiffans Sujets & Serviteurs, reconnoiffent qu'ils font naturellement tenus & obligés de rendre à Votre Majefté tout honneur, refpect & très humble fervice, comme à leur Roi & Prince fouverain ; jurent & proteftent auffi devant Dieu qu'ils n'ont jamais eu autre intention, & qu'ils continueront en cette volonté, toute leur vie.

REQUÊTE AU
ROI, ET RE-
SOLUT. DES
LIGUÉS.

A quoi, outre leur devoir, ils font beaucoup excités de ce qu'il plaît à Votredite Majesté déclarer le zele qu'elle a d'établir le service de Dieu par tout son Roïaume, mais la supplient très humblement prendre de bonne part, s'ils lui remontrent que pour jouir de ce bien qu'eux & tous les vrais Catholiques d'icelui Roïaume ont tant de fois desiré & recherché au prix de leur sang, & n'ont jamais pu obtenir, il n'est pas seulement requis de faire un Edit qui contienne que tous les Sujets soient contraints de faire profession de la Religion Catholique (tout autre exercice interdit), & lesdits Hérétiques déclarés incapables de tenir offices, dignités & charges publiques.

Ains, est aussi nécessaire pour faire connoître qu'on veut venir aux effets & à l'observation, qu'il lui plaise, suivant le serment fait à son Sacre, la supplication de tous les Sujets de son Roïaume, assemblés en corps ès Etats Généraux tenus à Blois, jurer & protester en son Parlement de Paris, après la lecture & publication de l'Edit, étant assisté des Pairs & Officiers de sa Couronne, que c'est son intention de le faire perpétuellement & inviolablement garder, & que si aucune révocation ou dérogation étoit faite, qu'elle ne veut qu'on y ait égard, comme à chose directement contraire au service de Dieu, auquel Elle se reconnoît & ses Sujets avoir le premier devoir, la principale & plus grande obligation ; en faire jurer aussi l'observation aux Pairs, Officiers de la Couronne, Conseillers de son Conseil d'Etat, à tous les Parlemens, Gouverneurs & Lieutenans Généraux de ses Provinces, Baillifs, Sénéchaux, & autres ses Officiers.

Outre ce, demander à ceux de la nouvelle opinion les Villes qu'ils tiennent, & les retirer avec la force s'ils en font refus.

Vouloir aussi quitter, s'il lui plaît, la protection de Geneve, n'étant chose qui puisse résider en une même volonté, d'extirper les hérésies, & de conserver avec ses moyens & autorité la source de laquelle dérive l'hérésie en son Roïaume, & par toute la Chrétienté, sans qu'aucun bien & commodité en advienne à son Etat, comme Sa Majesté l'a très bien reconnu ; ayant déclaré plusieurs fois qu'elle y avoit été induite par les conseils & à la persuasion d'autrui, & non de son instinct & mouvement.

Et pourceque ce n'est l'Edit seul qui fait cesser le mal, en ayant été fait plusieurs, & jusques au nombre de cinq, avec

paroles

paroles fort solemnelles & expresses qui ont été révoquées tôt après, & n'ont de rien servi (ce que les Catholiques ont plus d'occasion de craindre de l'Edit qu'on veut faire aujourd'hui, que jamais); d'autant qu'ils sont bien avertis des assurances secretes qu'on donne à ceux de la nouvelle Religion; & que tout ouvertement ils levent gens avec commission de Sa Majesté, encore qu'ils estiment que ce soit sans son su: qu'il lui plaise ordonner que l'exécution s'en fera sans aucune remise, & avec les forces qu'ils ont en main, de ses autres Sujets Catholiques, pourvoir aux moyens nécessaires, en sorte que l'effet & l'observation s'en ensuive, que le service de Dieu soit rétabli par tout son Roïaume, & Sa Majesté reconnue de tous ses Sujets, avec une entiere obéissance.

Moyennant quoi, encore que avec juste & légitime occasion ils aient requis & supplié très humblement leur accorder quelques suretés, de crainte que l'exécution ne se faisant de son Edit, ils fussent exposés aux violences de leurs adversaires; & qu'elle ait aussi jugé raisonnable leur en offrir: néanmoins afin que Sadite Majesté ne soit divertie de suivre une si bonne & sainte intention, & que tous moyens de les blâmer & calomnier soient ôtés à ceux qui sont coutumiers de juger avec passion de leurs actions, offrent se départir de toutes autres suretés que celles qui dependent de sa bonne grace, de leur innocence, & de la bienveillance des gens de bien.

Et pour témoigner encore que ils n'ont rien au cœur qu'un desir de servir Dieu, à Sa Majesté, & au public, sont prêts, si elle l'a agréable, & qu'il leur plaise leur commander, de lui remettre en main les charges, dont elle & ses Prédecesseurs les ont honorés, & se retirer comme personnes privées en leurs maisons, pour y finir leurs jours avec ce contentement d'avoir aidé, sous son nom & autorité, à une si bonne œuvre.

POUR faire connoître à toute la Chrétienté la révérence & respect que nous avons au Roi, & notre zele au bien & repos de ce Roïaume, nous n'avons refusé d'entendre à la conférence de la paix, avec toutes les longueurs dont on s'est voulu prévaloir pour rompre & diviser nos forces; & avons pensé que notre rondeur rendroit toujours plus de témoignage de notre innocence, & de nos saintes intentions. On nous a pensé éblouir de l'apparence d'un Edit pour la Religion, sans effet, & nous

arrêter sur les sûretés que nous demandions pour nos amis, lesquelles nous avons fort opiniâtrées, tant pour leur respect que
pour établir la Religion. Nous nous sommes bien apperçus qu'on
vouloit sur le particulier interpréter en mauvaise part nos actions,
& les rendre odieuses, encore que les volontés, & de nous, &
de nos amis, soient très droites & innocentes : enfin pour lever toute occasion & moyen de les calomnier, nous avons fait
la réponse que nous vous envoyons ; de laquelle ceux qui traitent avec nous, se sont trouvés si étonnés qu'ils sont demeurés
sans replique, & sur ce point nous sommes départis incontinent,
avec ferme résolution d'avancer nos affaires & joindre nos forces au plutôt, & d'exposer nos vies pour une si sainte entreprise ; à laquelle ne doutant aucunement de l'entiere affection
que vous y avez vouée, nous ne vous dirons autre chose, sinon
que c'est à ce coup que nous ferons preuve que nous sommes
serviteurs de Dieu, zélés à l'avancement de sa gloire, & au
bien & repos de la France. Fait à Châlons, le dixieme jour
de Juin mil cinq cent quatre-vingt-cinq.

CHARLES, *Cardinal de Bourbon.*

Henri de Lorraine.

Monsieur, encore que plusieurs sachent que Monseigneur le Cardinal de Bourbon, & autres Princes & Seigneurs
Catholiques soient aujourd'hui en armes, si est-ce qu'à mon
avis peu d'entr'eux en ont encore pris la vérité du sujet : les
uns pour n'en avoir oui parler du tout, les autres pour avoir
été prévenus de belles harangues faites par quelques-uns, qui,
sous le faux masque du service du Roi, ont voulu persuader
que ceci procédoit de l'ambition de ceux qui étant nés grands,
ayant fait de grands & signalés services à la manutention de
la Religion Catholique & de l'Etat, y ayant perdu leurs prédécesseurs, y ont maintefois exposé leurs vies, employé leurs
biens & leurs amis ; & enfin ne prévoyant point la sinistre intention de ceux qui vouloient bâtir leur fortune de leurs ruines, se sont contentés de se retirer en leurs maisons, jusques
à ce qu'ils aient (comme tous les autres Princes) découvert les
ligues, associations & menées faites avec les Protestans d'Allemagne, Hérétiques d'Angleterre, & autres Etrangers, & les
résolutions prises au Synode de Montauban, & que tout ne

tendoit qu'à la fubverfion de la Religion Catholique & de l'Etat de France. C'eft pourquoi il me fembleroit très néceffaire de faire imprimer la Déclaration de Monfeigneur le Cardinal, & l'envoyer par tous les quartiers de ce Roïaume, fans laiffer plus longuement couver ce doute ou envicillir l'opinion de ceux qui fe font prévenus : ce que j'entends qu'il a différé jufques à ce qu'il fût joint avec tous les autres Princes & Seigneurs qui avec lui fe font déclarés protecteurs de cette fainte & jufte caufe, à laquelle nous ne doutons pas que tant qu'il y a de Catholiques, comme ils y ont intérêt également, ne fe joignent & l'embraffent promptement ; mais ce qui en a gardé beaucoup de grands, eft la crainte que quelques-uns ont eue, que le pourparler de la Reine mere du Roi ne fît diffoudre cette fainte entreprife. Je ne faudrai point de le dire, parcequ'il leur femble qu'ils ne peuvent tomber que debout, prenant par imagination le parti du Roi que chacun de nous reconnoît pour très Catholique, & aimant fon Peuple, mais non tous ceux de fon Confeil, même ceux de qui cette Déclaration parle, qui s'étant comme gliffés en la grace de Sa Majefté, abufent de tant d'honneur & de tant de biens qu'ils en reçoivent, & néanmoins fous fon autorité, font publier & écrire par-tout que c'eft à elle que l'on s'adreffe. Je ne doute point que ladite Déclaration ne vous ait éclairci bien tout ce fait, & que, comme vous avez le jugement bon, vous n'en tiriez le vrai difcours de vous-même. Toutefois, puifque c'eft chofe que je ne puis encore vous envoyer, je vous prie, pour en parler privément avec vous qui êtes mon ami, de confidérer cependant que tant qu'il a plu à Dieu nous conferver en vie Monfeigneur frere du Roi, nous avons eu occafion d'efperer la confervation de notre Religion, & d'avoir patience. Mais depuis & incontinent après fa mort, eft-ce pas chofe certaine que Monfieur d'Épernon, duquel la fortune, faute de bon fondement, a befoin de forts & puiffans appuis, fut trouver le Roi de Navarre ? auquel, outre-paffant fon pouvoir, il déclare de la part du Roi, que Sa Majefté le tenoit aujourd'hui pour fon fils & héritier de cette Couronne, chofe fi étrange à nos yeux d'avoir dès-à-préfent un fucceffeur Hérétique, qui publiquement s'eft déclaré perfécuteur de notre Religion, l'exercice de laquelle il a, fur peine de la vie, interdite ès Païs de fon obéiffance : ce que reconnoiffant ledit Roi de Navarre, même cette fucceffion ne lui être légitime, & que du gré des François, finon

1585.

REQUÊTE AU ROI, ET RESOLUT. DES LIGUÉS.

des dévoyés de notre Religion, il n'en prendra jamais poffeffion ; il a cherché de s'appuyer fur les moyens que lui en préparoient les Ducs de Joyeufe & d'Épernon, par promeffes qu'ils
fe font faites refpectivement : à favoir, lefdits Ducs de l'établir Roi, & lui de les conferver tels qu'ils font : & pour plus
aifément y parvenir depuis ce temps-là, ces deux Meffieurs fe
font tellement fait amplifier leurs pouvoirs d'Amiral & de Colonel, que, comme Roi même, l'un s'eft attribué tout pouvoir fur la mer, & l'autre fur la terre. Car, ledit Duc d'Epernon, non-content des principales clefs de la France, a fait
étendre fon pouvoir fur chacune des Places frontieres, rendant par ce moyen les Gouverneurs généraux des Provinces
& les Capitaines particuliers defdites Places frontieres fans aucun pouvoir, ne fervant, comme l'on dit, que d'o en chiffre.

Depuis ce même temps s'eft-il vu Prince, Seigneur ni Particulier avoir le moyen d'obtenir rien de Sa Majefté, ni expédition de Placet, quelqu'équitable qu'il fût, fi par les mains
de l'un des deux, ou de ceux qui leur appartiennent ils n'avoient
été préfentés, ni un feul homme établi en office, bénéfice ou
charge publique, que par leur nomination ? Ces moyens leur
ont acquis les offices & les clefs de la France, au nom d'une
fi grande partie, que, s'il n'y eft promptement pourvu, c'eft ou
fera grande pitié de voir un fi grand & floriffant Roïaume être en
la difpofition de deux hommes, le fervice defquels chacun connoît. Toutefois leurs honneurs ou grandeurs ne font pas notre
grief ; c'eft que telle difpofition fe prépare en faveur de l'ennemi public & juré de notre Religion, qui, preffé d'un defir
de vengeance de la S. Barthelemi, à la fufcitation de fes Miniftres, & autres qui, fous prétexte de leur prétendue nouvelle
Religion, ont déja failli à ruiner cet Etat : les nourrit en efpérance de piller & faccager toutes les bonnes Villes de ce
Roïaume, & de leur ruine enrichir ceux de fa Secte, & les
inftaller, à l'exemple d'Angleterre, au plein & libre exercice
de leurdite prétendue nouvelle Religion, pour l'entiere ruine
de la nôtre très ancienne. A quoi je m'étonne que plus de gens
prévoyant affez le mal avenir, ne s'efforcent d'y pourvoir de
leurs moyens. Une partie de Meffieurs les Eccléfiaftiques veulent-ils, comme enivrés de leur commodité préfente, s'endormir en leur vaiffeau, fans faire guet fur les Pirates qui font
fi proches de les mettre à fond ? Partie de la Nobleffe au commencement faifoit tant de bruit & de plainte du mépris qu'on

faifoit d'eux, veulent-ils maintenant qu'il n'eft plus queftion de leur particulier d'y mettre la main, & fe tenir aux écoutes, pour fe ranger enfin du côté le plus certain & plus plein d'honneur? J'ai honte d'en écrire, mais en ceci je ne le vous puis celer, ni même le regret que j'ai de tant de gens de bien, qui pour argent ont quitté leurs charges que leur vertu leur avoit acquifes: & fur-tout ce que l'on tient aujourd'hui pour fait, de l'un d'eux, lequel, lorfque premierement il fut pourfuivi de remettre fa place pour vingt mille écus, & depuis pour cinquante mille par les premiers refus qu'il en fit, difant qu'il en avoit de long-temps refufé deux cens mille Angelots (71), fe conferve avec grand honneur fa réputation. Je ne veux point alléguer d'obligation qu'il a particulierement à quelques Princes de ceux qui fe font déclarés en ce parti, parceque quand il y va de l'équité de la caufe, il n'eft befoin d'affectionner le particulier; mais celui-là me fait craindre que plufieurs autres de moindre jugement que lui, ne fe laiffent faifir de pareille affection, induction, s'ils ne font provoqués de bonne heure à embraffer cette caufe par ceux qui en ont les moyens comme vous, que partant je requiers & exhorte de s'y employer pour la décharge de nos confciences, & même tout le menu peuple qu'il occupe, qui eft en fa vocation ordinaire, & ne fent ou prévoit jamais que le bien ou le mal qui eft préfent. C'eft chofe dont je ne doute nullement, que le Roi voyant tous fes Sujets armés, les uns, pour conferver la Religion Catholique, les autres, fous prétexte d'un Edit de pacification, affemblés avec les ennemis d'icelle, il prendra toujours le parti le plus affuré, & auquel de fon naturel il eft du tout zélé & affectionné, fans s'arrêter à la paffion de ces deux fauteurs de l'ennemi public de fa Religion; & en tout cas s'il advenoit (que Dieu ne permette s'il lui plaît) que Sa Majefté prît autre parti, que pourroient efpérer ceux qui en ce s'oppoferoient, finon s'apprêter l'échafaud de leur mort honteufe.

Je prie Dieu qu'il faffe la grace à tous fes bons ferviteurs, & fpécialement François, de connoître fi bien la vérité, que perfonne ne feigne plus de fe déclarer comme la confcience les admonefte.

(71) Angelot, forte de Monnoie d'or, frappée fous Philippe de Valois. On a auffi nommé Angelot une Monnoie d'or des Rois d'Angleterre, frappée en France, & qui fut ainfi nommée à caufe de l'Ange qui tient les Ecuffons de France & d'Angleterre. Voyez le Traité Hiftor. des Monnoies, par le Blanc, édit. de Holl. p. 207 & 244.

F I N.

LETTRE

Du Roi de Navarre, au Roi.

MONSEIGNEUR, Votre Majesté aura vu comme ceux qui
se sont n'a gueres élevés en ce Royaume m'ont pris à partie en
leurs protestations, & par toutes sortes de calomnies ont tâché
de me rendre suspect à Votre Majsté, odieux à tous les Ordres
& Etats, & en mauvaise odeur envers tous les Princes & Nations de la Chrrétienté : c'est pourquoi, Monseigneur, j'ai pensé de vous envoyer la déclaration écrite & signé de ma main,
qui vous sera présentée par les Sieurs de Clervant, & de
Chassincourt, laquelle je supplie très humblement Votre Majesté vouloir lire de point en point, & en icelle se représenter
devant les yeux mêmes actions & déportemens passés, esquels je
m'assure que l'œil équitable de Votre Majesté ne marquera que
fidelité & intégrité. Nul, Monseigneur, ne l'a vu plus profondément, ni plus clairement, soit aux causes, soit aux effets,
que Votre Majesté; & pourtant encore que je desire sur tout
satisfaire à votre jugement, si me confié-je que ce m'est chose
fort aisée à l'endroit de Votre Majesté : mais parce, Monseigneur, que le venin de ces calomnies se va répandre par toutes les
veines de ce Roïaume, & même de la Chrétienté, entant qu'ils
peuvent, en quoi mon honneur & réputation souffrent un interêt incroyable, j'ai à supplier très humblement Votre Majesté de me faire tant de faveur que de trouver bon que j'envoie
la susdite Déclaration à toutes vos Cours de Parlement & autres
Corps notables de ce Roïaume, vers lesquels principalement ils
ont tâché de me dénigrer & diffamer : aussi que Votre Majesté
me fasse cet honneur de commander à vos Ambassadeurs de la
presenter à tous Princes Chrétiens vos amis & alliés, avec les
lettres, que sous le congé de Votre Majesté je me delibere leur
écrire, m'assurant que Votre Majesté ne pourra trouver que très
étrange (lui étant ce que je suis, avec le courage que j'ai) que
je passe sous silence les énormes blâmes dont ils chargent mon
honneur, que j'oserai dire ne pouvoir être taché sans quelque
interêt de votre Majesté. Je l'en supplie donc très humblement

& de toute mon affection; & remettant le surplus sur lesdits sieurs de Clervant & de Chassincourt, je supplierai très humblement Votre Majesté les croire.

Votre très humble & très obeissant Sujet & serviteur,

HENRI.

AUTRE COPIE

Des Lettres du Roi de Navarre, au Roi.

MONSEIGNEUR, dès que les Auteurs de ces nouveaux remuemens eurent fait paroître les effets de leur mauvaise volonté envers Votre Majesté & votre Etat, il vous plut m'écrire le jugement que vous faisiez à très bon droit de leurs intentions, que vous connoissez (quelque prétexte qu'ils prissent) qu'ils entreprenoient sur votre personne & votre Couronne; qu'ils vouloient s'accroître & s'agrandir à vos dépens, & à votre dommage, & ne prétendoient que la totale ruine & dissipation de votre Etat : c'étoient les propres mots de vos lettres. Monseigneur, vous me faisiez cet honneur en reconnoissant la conjonction de ma foi tenue avec celle de Votre Majesté, d'ajouter expressément qu'ils pourchassoient ma ruine avec la vôtre, à laquelle il leur étoit mal-aisé (dépendant de votre grandeur comme je fais) de parvenir que par la vôtre. En cette qualité donc, Monseigneur, vous auroit plu commander à vos Gouverneurs & Lieutenans Généraux, Baillifs, Sénéchaux, & autres Officiers de leur courir sus comme à rebelles, & perturbateurs du repos public. A toutes vos Cours de Parlement aussi furent envoyées vos Déclarations & vérifiées en icelles ; par lesquelles ils sont déclarés criminels de lèse-Majesté, & de-là sont ensuivis plusieurs Arrêts solemnels, & en conséquence desdits Arrêts, quelques exécutions très importantes en divers endroits de ce Roïaume ; pour marque exemplaire de leur rebellion & conspiration contre l'Etat, & du jugement que Votre Majesté, selon sa clémence naturelle, auroit trouvé bon & m'auroit fait cet honneur de le m'écrire, de les ramener à leur devoir par douceur. M'auroit aussi commandé de me contenir en patience, pour vous donner le loisir de mieux distinguer & faire connoître à vos Sujets, combien étoient différentes les causes qui les mouvoient, & leurs prétextes, chose à votre Majesté assez connue; mais qu'il étoit nécessaire de faire connoître à votre peuple lequel, sous fausse ombre de Religion, ils auroient dévoyé de leur devoir. Monseigneur, Votre Majesté se peut ressouvenir avec quelle patience j'ai acquiescé & obéi jusques à present à votre commandement; & n'ignore toute-fois, selon sa prudence & équité, les justes occasions qui sollicitoient & importunoient à tous momens ma patience: me voyant pris à partie par les ennemis de votre Majesté, qu'ils déclaroient ouvertement n'avoir autre but que ma ruine: me voyant en butte à leurs attentats & entreprises, sans oser pour la révérence que je voulois rendre à vos commandemens, tant soit peu me remuer, les voyant passer & devant mes yeux, & presque entre mes mains, armés contre vous, animés contre moi, tous les jours tentant quelque entreprise, ou sur les Places de mon Gouvernement, ou sur mes maisons, ou sur moi-même, sans vous pouvoir faire le service que l'occasion me présentoit, comme la raison & la nature eussent voulu. J'ai pris, Monseigneur, pour toute raison & toute loi votre volonté. J'ai ployé & ma nature & mon devoir, & presque ma réputation, sous vos commandemens. Et d'autant plus, Monseigneur, que Votre Majesté me faisoit cet honneur de me promettre toujours, & par toutes ses Lettres, d'avoir en recommandation mon intérêt comme le sien, de n'accepter ni octroyer rien au préjudice de son Edit de paix, qu'Elle vouloit être irrévocable, de maintenir en icelui & selon icelui indifféremment tous vos Sujets: ce que Votre Majesté m'auroit souvent répété en ses Lettres que je garde écrites de sa main, & qu'Elle auroit aussi promis & assuré aux Sieurs de Clervant & de Chaffincourt, faisant mes affaires près de sa Personne: comme aussi la Reine votre mere tant de bouche que par Lettres. Et maintenant, Monseigneur, quand j'ois dire tout-à-coup que Votre Majesté a traité une paix avec ceux qui se sont élevés contre votre service, à condition que votre Édit soit rompu, vos loyaux Sujets bannis, & les conspirateurs armés, & armés de votre force & de votre autorité, contre vos très obéissans & fideles Sujets, & contre moi-même qui ai cet honneur de vous appartenir, qui depuis le temps que j'ai pu participer à votre bonne grace, ne puis l'avoir éloignée que par ma patience & obéissance, je laisse à juger à Votre Majesté en quel labyrinte je me trouve, & quelle es-

pérance

pérance me peut plus rester qu'au désespoir. J'ai fait ouverture
à Votre Majesté en la Déclaration qui lui a été présentée de
ma part, des plus équitables offres qui se pouvoient faire pour
la paix publique & générale, & pour votre repos, & pour le
soulagement de vos Sujets, s'il est question de la Religion : mais
quelque bouclier qu'ils en fassent, c'est le point qui moins leur
touche au cœur. J'ai acquiescé à un Concile libre. S'ils cherchent des Sujets (qu'ils n'ont pas certes sujet ni raison de demander), j'offre de quitter mon Gouvernement, & toutes
les Places que je tiens, à condition qu'ils fassent le semblable
pour ne retarder la paix de cet Etat. Si c'est moi qu'ils cherchent, ou si sous mon ombre ils troublent ce Roïaume, sans
que Votre Majesté en soit en peine, j'ai requis que cette querelle soit débattue d'eux à moi ; & pour abreger la misere publique, de leur personne à la mienne, je me suis en somme,
contre toute apparence de raison & tout sentiment de nature,
accommodé à tous les commandemens de Votre Majesté. J'ai
voulu, outre le devoir, & nonobstant la disproportion de nos
dégrés & qualités, m'égaler à mes inférieurs, pour racheter de
mon sang tant de malheurs, m'égaler à ceux que Votre Majesté même avoit prononcés rébelles. Si j'ai ce malheur (& je
ne le veux encore croire) que Votre Majesté passe outre en la
conclusion de ce Traité, nonobstant telles conditions & sub-
mission, rompant son Edit, armant ses rebelles contre son Etat,
& contre son sang & contre soi-même, je déplorerai de tout
mon cœur la condition de Votre Majesté, vous voyant forcé
(pour ne vous vouloir servir de ma fidélité) à la totale ruine
de votre Etat : je déplorerai les calamités de ce Roïaume,
auxquelles en vain pourra-t-on espérer fin qu'en sa fin propre,
étant tout connu à chacun par la preuve de vingt ans & plus,
que ce qu'ils prétendent n'est qu'un vain effort, & leur bâtiment qu'une ruine ; me consolerai cependant en mon innocence, en mon intégrité, en mon affection envers Votre Majesté & son Etat, qu'il n'aura tenu que je n'aie sauvé par mon
péril de ce naufrage, mais sur-tout en Dieu, protecteur de
ma justice & loyauté, qui ne m'abandonnera en ce besoin,
ains me doublera le cœur & les moyens contre tous mes ennemis, qui font les vôtres ; & je le supplie, Monseigneur,
qu'il vous donne un bon conseil, vous assiste de sa sainte conduite en ces affaires, & me donne la grace de vous rendre le
service que je vous dois & desire toute ma vie, & conserve Votre

Tome I.   Z

1585.

LETTRE DU
ROI DE NAV.
AU ROI.

Majefté, Monfeigneur, longuement & heureufement en très parfaite fanté.

De Nerac, ce dixieme Juillet mil cinq cent quatre-vingt-cinq.

Votre très humble & très-obéiffant Sujet & Serviteur,

HENRI.

EDIT DU ROI,

*Sur la réunion de fes Sujets à l'Eglife Catholique, Apoftolique & Romaine *.*

HENRI par la grace de Dieu Roi de France & de Pologne, à tous préfens & à venir, falut. Dieu & les hommes favent la volonté que nous avons toujours eue & la continuelle peine que nous avons prife, devant & depuis notre avenement à la Couronne, pour réunir au giron de l'Eglife Catholique, Apoftolique & Romaine, nos Sujets féparés d'icelle, & purger du tout notre Roïaume des fectes & diverfités d'opinions en la Religion, qui fe font coulées & introduites en icelui, durant la minorité des feu Rois nos très cheres fieurs & freres, que Dieu abfolve, & la nôtre, tant pour décharger notre confcience envers Dieu, comme nous fommes tenus de faire, que pour établir & fonder un bon, folide & perpetuel repos entre nos Sujets, par le moyen duquel nous puiffions rendre notre Regne auffi heureux & tranquille que ont été ceux des Rois nos prédéceffeurs d'heureufe mémoire : car nous avons fouvent pris les armes, & longuement fait la guerre en notredit Roïaume pour cette feule occafion, en quoi nous avons très volontiers employé notre propre perfonne, & toute notre propre puiffance, affiftés de nos bons & loyaux Sujets. D'ailleurs auffi les Rois, nofdits fieurs & freres, & nous, voulant épargner le fang & la fubftance de nos Sujets, & delivrer notre pauvre peuple de l'oppreffion & injure de la guerre, avons femblablement fait plufieurs

---

* Le Roi révoque par cet Edit tous les précédens, donnés en faveur des Huguenots. Cet Edit avoit paru à Geneve en 1590, *in-8°*. Il a auffi été traduit en Latin, & inféré dans le Recueil intitulé, *Scripta utriufque partis*, à Francfort, 1586, *in-8°*.

& divers Edits de pacification, pour essayer de parvenir au but de notre intention, par la voie de douceur. Mais Dieu n'a permis que ce chemin nous ait été plus heureux que celui de la force, comme il se voit à present par la nouvelle sublévation & prise des armes, faite en notredit Roïaume, laquelle a tiré son origine & fondement de la diversité de ladite Religion tolerée en icelui. Par où nous connoissons & éprouvons, que si la prévoyance humaine est foible & très fragile en toutes choses, elle l'est encore plus en ce qui touche & concerne le fait de la Religion, en laquelle toutes & quantes fois qu'il y a eu controverse & division en un Etat, il a été sujet à toute infelicité & désolation suivant la sainte parole de Dieu. A quoi désirant pourvoir & remédier comme un Roi très Chrétien, qui a son salut & celui de ses Sujets en singuliere recommandation :

Nous pour ces causes, & autres bonnes & grandes raisons, à ce nous mouvant, de l'avis de la Reine notre très honorée Dame & mere, de plusieurs Princes & Sieurs de notre Conseil, avons cetui notre present Edit perpetuel & irrévocable dit, statué, & ordonné, disons, statuons, & ordonnons ce qui s'ensuit.

Premierement, que en cetui notre Roïaume, Païs, Terres & Seigneuries de notre obéissance, il ne se fera dorénavant aucun exercice de la nouvelle Religion prétendue réformée, mais seulement celui de notre Religion Catholique, Apostolique & Romaine. Ce que nous inhibons & défendons très expressément à tous nos Sujets de quelque qualité & condition qu'ils soient, sur peine de confiscation de corps & de biens, nonobstant la permission qui étoit donnée de ce faire par nos Edits de pacification précédens, laquelle nous avons révoquée & révoquons par ces présentes, par lesquelles voulons & ordonnons, sur les mêmes peines que dessus est dit, que tous Ministres de ladite nouvelle Religion, aient à vuider & sortir de cetui notredit Roïaume, & Païs de notre obéissance, un mois après la publication qui en aura été faite en nos Cours de Parlement : & pour mieux retrancher l'occasion des grands maux & calamités que la tolérance de la diversité d'opinions en la Religion a ci-devant introduits en notre dit Roïaume, & remettre un repos & tranquillité plus assurée entre nos Sujets, Nous avons ordonné & ordonnons, sur les mêmes peines que dessus, que tous nosdits Sujets seront tenus de vivre dorénavant selon ladite Religion Catholique, Apostolique & Romaine ; & ceux qui sont de la-

1585.
EDIT DU ROI,
SUR LA RÉUN.
A L'EGL. C. A.
ET R.

dite Religion nouvelle, de s'en départir, se réduire à la dite
Religion Catholique, Apostolique & Romaine, en faire profession dedans six mois après la publication de ces présentes; &
au cas qu'ils ne veulent faire ladite profession, nous voulons
qu'ils aient à vuider & sortir hors de notredit Roïaume & Païs
de notre obéissance : en quoi faisant, leur avons permis & per-
mettons de pouvoir néantmoins vendre, jouir ou autrement
disposer de leurs biens, tant meubles qu'immeubles, ainsi que
bon leur semblera. Pour la même cause & considération, nous
avons aussi déclaré, & déclarons par cesdites présentes, tous
ceux de nos Sujets de quelque qualité & condition qu'ils soient,
qui se trouveront atteints d'heréfie, incapables de tenir & exercer aucunes charges publiques, états, offices & dignités en
notredit Roïaume, & Païs de notre obéissance; & pour éteindre la mémoire des troubles passés, & de la diversité qu'il y a entre nos Sujets au fait de la Religion, nous avons dès à present
revoqué & révoquons les Chambres Miparties, Triparties, &
autres établies en nos Cours de Parlement, suivant & en vertu
de nos Edits de pacification, & par même moyen avons renvoyé & renvoyons les procès qui y sont pendans, en quelque
état qu'ils soient, pardevant les Juges, ausquels la connoissance en appartient.

Voulons aussi, & ordonnons que les Villes qui ont été ci-
devant baillées en garde à ceux de ladite Religion nouvelle pour
leur sureté, soient par eux délaissées libres, & que les garnifons qui y sont, en sortent, & soient mises hors incontinent
après la publication de cesdites présentes en nos Cours de Parlement au ressort desquelles elles sont situées & assises; & pour
ce qu'à l'occasion des susdites défenses de l'exercice de la nouvelle Religion, aucuns pourroient prendre prétexte d'exercer
vengeances particulieres, & émouvoir troubles & séditions en
cetui notre Roïaume : nous défendons très expressément à tous
nos Sujets, de quelque qualité & condition qu'ils soient, sur
peine de la vie, d'user de voie de fait, ni entreprendre aucune
chose les uns sur les autres de leur autorité privée, reservant à
nos Officiers la correction & punition des contraventions à cetui
notre présent Edit; & d'autant que nous avons connu que ce
que les Princes, Officiers de la Couronne, Prelats, Seigneurs,
& autres nos Officiers, Villes, Communautés, & tous ceux
qui les ont suivis, secourus & favorisés, ont fait en ces nouveaux remuemens, tant en la prise des armes, Villes, Forte-

tereſſes, deniers de nos receptes générales & particulieres, ou
autres nos deniers, en quelque ſorte que ce ſoit, vivres, fon-
te & priſe d'Artillerie, confection de poudres, boulets, & autres munitions de guerre, pratiques & levées de gens de guerre, rançons, actes d'hoſtilité, & généralement toutes autres
choſes qui ont été faites, gérées & négociées dedans & dehors
notredit Roïaume, pour raiſon de ce que deſſus, a été pour le
zele & affection qu'ils ont à la manütention & conſervation de
ladite Religion Catholique, Apoſtolique & Romaine, Nous
avons déclaré & déclarons par ces mêmes préſentes, que nous l'a-
vons pour agréable, l'approuvons, & voulons qu'ils en demeurent
déchargés en tout & par tout, ſans pouvoir en être recherchés
à l'avenir, en quelque ſorte & maniere que ce ſoit ; impoſant
ſur ce ſilence perpetuel à nos Procureurs Généraux, préſens &
à venir, & à tous nos autres Juges & perſonnes quelconques ;
& ſi pour raiſon des choſes ſuſdites, aucuns Jugemens avoient
été donnés, nous voulons & entendons qu'ils demeurent nuls,
& comme non avenus ; & afin que le contenu en notre préſent
Edit ſoit de tant mieux ſuivi & obſervé en tous & chacuns ſes
points, nous voulons que tous les Princes, Pairs de France,
Officiers de cette notre Couronne, Conſeillers en notre Conſeil d'Etat, Chevaliers de nos Ordres, Gouverneurs & Lieutenans Généraux de nos Provinces, Préſidens & Conſeillers
de nos Cours Souveraines, Baillifs, Sénéchaux, & autres nos
Officiers, les Maires, Echevins, Corps & Communautés de
nos Villes, promettent & jurent ſolemnellement de garder &
obſerver inviolablement icelui notre Edit ; & que de leurs ſermens, actes & procès-verbaux ſoient dreſſés & mis ès Regiſtres
des Greffes de noſdites Cours, pour y avoir recours quand
beſoin ſera.

Si donnons en mandement par ceſdites préſentes à nos amés
& féaux les Gens tenans nos Cours de Parlemens, Baillifs,
Sénéchaux, Prévots ou leurs Lieutenans, & à tous nos autres
Juſticiers & Officiers, & à chacun d'eux, ſi comme il appartiendra, que cetui notre préſent Edit, Ordonnance, vouloir
& intention, ils faſſent lire, publier & enregiſtrer, entretiennent, gardent & obſervent, & faſſent entretenir, garder &
obſerver inviolablement & ſans enfreindre ; & à ce faire & ſouffrir, contraignent & faſſent contraindre tous ceux qu'il appartiendra, & qui pour ce feront à contraindre. Car tel eſt
notre plaiſir ; nonobſtant quelconques Edits, Ordonnances,

1585.

EDIT DU ROI,
SUR LA RÉUN.
A L'EGL. C. A.
ET R.

Mandemens, défenses, & Lettres à ce contraires, auxquelles nous avons pour le regard du contenu en cesdites présentes, & sans y préjudicier en autres choses, dérogé & dérogeons.

Et afin que ce soit chose ferme & stable à toujours, nous avons signé cesdites présentes de notre main, & à icelles fait mettre & apposer notre Scel.

Donné à Paris, au mois de Juillet, l'an de grace mil cinq cent quatre-vingt-cinq. Et de notre Regne le douzieme. Ainsi signé,

HENRI.

Et sur le replis est écrit : Par le Roi étant en son Conseil.
BRULART.

Et scellé sur lacs de soie rouge & verte, du grand Scel de cire verte.

Lues, publiées & regiftrées, oui & ce requérant le Procureur Général du Roi, à Paris, en Parlement, le Roi y séant, le dix-huitieme jour de Juillet, l'an mil cinq cent quatre-vingt-cinq.
Signé, DEHEVEZ.

DECLARATION

Et Protestation du Roi de Navarre, de Monseigneur le Prince de Condé, & de Monsieur le Duc de Montmorenci, sur la paix faite avec ceux de la Maison de Lorraine, Chefs & Principaux Auteurs de la Ligue, au préjudice de la Maison de France *.

CHACUN fait assez & se peut repréfenter devant les yeux, quel étoit l'état de ce Roïaume, quelle aussi la volonté du Roi, lorsque ceux de la Maison de Lorraine, sous le nom de Ligue sainte, ont commencé à s'armer contre Sa Majesté, & à troubler le repos de son Etat.

Car la paix, par la grace de Dieu, jettoit ses racines au profond des cœurs, & en arrachoit les animosités & défiances ;

---

* Cette Déclaration a été dressée par M. Duplessis-Mornay. Elle avoit paru en 1585 in-8°. avec les Lettres du Roi de Navarre, qui sont dans ce présent Recueil, l'une écrite au Parlement, l'autre à Messieurs de Sorbonne : plus, une Epître au Roi par un Gentilhomme, qu'on croit être le même Duplessis - Mornay.

la Juſtice, ſous ſon ombre, reprenoit vigueur par l’exercice des Loix; la Religion tant de part que d’autre regagnoit l’autorité qu’elle avoit perdue par la licence des armes, ſur les conſcien-ces; la Nobleſſe ſe rapprivoiſoit enſemble, & ſe dépouilloit des partialités; le Peuple, après tant de maux, jouiſſoit de ſon labeur, & par le bon ordre que le Roi y avoit mis, étoit délivré de la mangerie & inſolence du ſoldat; les maux de la guerre en ſomme s’en alloient enſevelis & oubliés dans peu de temps ſous le bénéfice de la paix, cultivée aſſidument par la prudence du Roi, qui n’avoit rien plus à cœur que de l’en-tretenir.

1585.

DECLARAT
ET PROTEST;
DE HENRI IV,
&c. SUR LA
PAIX AVEC
LES LIGUE’S.

Et ſi encore il reſtoit de part & d’autre quelques traces des anciennes miſeres, que la paix, qui n’avoit duré ni eu tant de forces que la guerre, n’eût pu effacer entierement, le Roi certes, qui avoit bien reconnu les maux & les remedes, prenoit un chemin par le ſoin aſſidu qu’il rendoit au bien de ſes affai-res, non-ſeulement de mettre une fin aux calamités de ce Roïau-me, mais même de le remettre en peu de temps en ſon ancien-ne dignité, proſpérité & ſplendeur.

Or, ce bon acheminement de toutes choſes au bien, repos & ſoulagement, tant de tous en général que de chacun en particulier, a été interrompu par ceux de la Maiſon de Lor-raine, impatiens de la paix & tranquillité de ce Roïaume, qu’ils ſentent contraires à leurs deſſeins, & auxquels auſſi ils ſavent très bien ne pouvoir parvenir par la proſpérité, ains par la confuſion, ruine & diſſipation de cet Etat.

Et n’eſt beſoin de répéter ici quels ſont ces deſſeins, qui ſont aſſez découverts par leurs effets, car chacun doit être aſſez inſ-truit des intentions & prétentions de ceux de cette maiſon, & des moyens qu’ils ont tenus principalement depuis le Regne du Roi François ſecond, juſqu’à preſent pour y atteindre, C’eſt en ſomme d’éteindre la maiſon de France, & ſe loger en ſa place; c’eſt auſſi pour faciliter cette entrepriſe de diviſer ce Roïaume, y nourrir les troubles, y affoiblir la Nobleſſe, par l’effuſion & perte de ſon ſang, rabaiſſer la grandeur & l’autorité des Prin-ces, ſous divers prétextes; d’avoir cependant les armes en main pour gagner des Partiſans, & abbattre ceux qui les empêchent d’at-tirer à ſoi la force & l’autorité de ce Royaume tant quils peuvent.

C’eſt le chemin qu’ils ont tenu depuis le Regne du Roi Fran-çois deuxieme, gagnant pied à pied, & de temps en temps, en y employant toutes occaſions, & chacun s’en peut reſſouvenir,

Ils firent accroire aux premiers Princes du sang qu'ils avoient
fait entreprise contre la personne de ce jeune Prince, & sous
cette couleur firent emprisonner, ou retenir les premiers du Sang,
éloignerent tous les autres d'auprès Sa Majesté, défaviserent les
plus vieux & plus fideles Officiers de la Couronne, & tenoient
dès-lors, si Dieu n'y eût pourvu, le pied sur la gorge à cet
Etat. C'est chose connue, & qui ne pouvoit être attribuée
qu'au dessein de leur ambition : car lors n'y avoit-il Prince en
France qui ne fît profession de la Religion Catholique & Romaine : lors n'étoit-il question des différences de la Religion,
de laquelle il se parloit encore fort peu en ce Royaume : c'é-
toit la querelle, & si l'est encore, de la Maison de Loraine, sur
celle de France. Sous l'ombre du Roi ils vouloient regner, attendant meilleure occasion, & sous son autorité, & par son
bras se défaire des premiers Princes du sang, qui leur eussent
fait obstacle, & des Officiers de la Couronne, qui n'eussent pas
pu souffrir leur usurpation.

C'est selon cette origine, qu'il convient juger de leurs actions suivantes ; selon cette cause qu'il faut estimer tous leurs
effets, que depuis ils ont voulu déguiser pour les rendre favorables en diverses sortes, comme ils firent peu après, & font encore aujourd'hui. Mais la nature de l'eau ne se connoît jamais
mieux qu'à la source, où elle est encore simple, & non mêlée ;
la nature aussi des actions humaines qu'à leurs origines & commencement premier, que les inconvéniens que nous appercevons
nous aient révélé les artifices, & nous aient appris de les connoître.

Et c'est pourquoi aussi le Roi François étant mort, sous couleur
duquel ils avoient gouverné, à cause qu'il avoit épousé la Reine d'Ecosse leur Niéce, se voyant frustré de ce moyen, la cause
demeurant toutes fois toujours de même, ils changerent aussi-
tôt de pretexte : car lors se voyant par les Etats Généraux de
ce Roïaume légitimement tenus & convoqués, appellés à compte
de leurs actions & administrations, ils commencerent à vêtir
leur ambition d'un manteau de zèle de la Religion Catholique
Romaine : eux qui quatre jours devant donnerent espérance aux
Princes d'Allemagne de se ranger à la Confession d'Ausbourg,
rompirent violemment (commençant par le massacre de Vassi,
de plusieurs personnes de tous sexes, âges & qualités) la paix &
tranquillité publique, pour laquelle entretenir l'exercice des deux
Religions avoit été trouvée nécessaire esdits Etats Généraux ;
dont s'étoit ensuivi un Edit solemnel vérifié en toutes les Cours

de

de Parlement, qui ne pouvoit être attribué ni à force, ni à crainte, ni à brigue aucune, ains à la feule confidération du bien &
repos de cet Etat : s'emparerent en main armée de la perfonne
du Roi, lors en bas âge, & de la Reine fa mere, qui par fa
prudence avoit confenti ledit Edit, & par jufte crainte de leurs
forces, non fans reclamer fouvent l'aide des Princes du Sang
contre leur tyrannie, fut contrainte de fe rendre, & d'autorifer enfin leurs paffions : le tout pour engager, comme ils
firent, la jeuneffe de ce Prince en guerre & en haine contre
fon fang propre, pour affoiblir ce Roïaume, & le rendre plus
ouvert à leurs invafions, & pour attirer à eux l'autorité & la
force, vivant & regnant parmi les armes pour en abufer un jour
à leurs prétentions.

1585.
Declarat.
et Protest.
de Henri IV,
&c. sur la
paix avec
les Ligue's.

Ce que certes ils auroient fu faire fi avant que ce Roïaume
en auroit été embrafé de guerre civile, depuis vingt-cinq ans,
à la faveur defquelles ils auroient exercé leurs inimitiés, af-
fouvi leurs vengeances, acheminé leur ambition, aux dépens
du Roi & de l'Etat, aux dépens auffi, par leurs malheureux
& exécrables confeils, de l'honneur & réputation de la Nation
Françoife, à laquelle on attribuoit le mal qu'elle faifoit, par
le Confeil de cette Maifon fatale de Lorraine, tant que le
Roi qui regne à préfent reconnut par fa prudence, que ce zèle
de Religion dont ils faifoient bouclier, ne leur étoit que prétexte ; que le vrai efprit de la Religion, qui le touche trop plus
qu'eux, ne confeilloit point de violenter les Loix publiques,
rompre le ferment, remplir un Etat de meurtre & de fang ;
que c'étoit fans doute un deffein de parvenir plus haut ; pour
à quoi couper chemin, falloit compofer les troubles du Roïaume
par une équitable paix, qui fût convenable à la difpofition préfente : réfervant à Dieu, qui feul regne fur les confciences,
d'opérer ès cœurs de fes Sujets pour les réunir & ramener en
une Religion.

Mais comme cette paix auroit été faite, non par force, mais
par la bonne volonté du Roi, qui pour cette occafion auroit
voulu qu'elle s'appellât fa paix, n'auroient ceux de cette maifon jamais pu imaginer de paix en la paix, l'auroient au contraire traverfée par tous les artifices qu'ils auroient pu, auroient
apofté leurs Partifans, pour réduire à défefpoir par toutes fortes
d'injures, de torts & d'attentats, ceux de la Religion, pour
leur faire perdre patience & reprendre les armes, afin que ce
fût fujet au Roi de les armer contre eux ; d'autre part auffi les

auroient follicités d'entrer en parti avec eux, fous ombre de bien public, leur promettant toute liberté de leur Religion, & telles caufes & affurances d'icelle, qu'ils euffent fu defirer, n'obmettant pratique ou artifice quelconque, pour remettre en trouble cet Etat duquel ils favent très bien que le repos & la tranquillité combattent & abbattent tous leurs deffeins.

Enfin, voyant d'une part le Roi réfolu de plus en plus à maintenir la paix, ceux de la Religion auffi ne defirant que repos fous le bénéfice des Edits, mais fur-tout feu Monfeigneur le Duc d'Anjou feroit décédé, le Roi fans enfans, lequel, par une opinion qui ne pénetre que d'un defir, ils fe promettent furvivre, & auquel, comme chacun fait, ils ne donnent pas long temps à vivre, ils fe feroient réfolus de fe mettre tous aux armes, fe faifir des perfonnes de leurs Majeftés, comme ils euffent fait s'ils n'euffent été découverts, & de la plus grande partie de ce Roïaume qu'ils pourroient, pour être plus préparés à la mutation qu'ils s'imaginent; & pour attirer à cette conjuration nombre de partifans auroient pris & publié divers fujets & prétextes auffi véritables l'un que l'autre, pour s'accommoder à la diverfité des hommes, cachant le venin qu'ils portent d'un beau titre d'antidote, pour jouir & abufer de leurs affections.

Ces prétextes ont été le bien public, la décharge du Tiers-Etat, la réintégration de la Nobleffe en fon ancienne dignité, le rétabliffement de l'Eglife en fes libertés & autorités, le rabaiffement de certaines perfonnes élevées en grandeur par le Roi, la reftitution de ceux qu'ils prétendent qu'ils auroient traités indignement, la nomination d'un fucceffeur Catholique Romain à la Couronne pour la manutention de l'Eglife Romaine, l'extirpation de l'héréfie, & extermination des Hérétiques par eux prétendus; toutes lefquelles chofes ils auroient promis effectuer, premier que pofer les armes, & auxquelles toutefois chacun fait comme ils ont fatisfait puis après: la vraie caufe demeuroit toujours de même, & c'eft celle auffi qui feule a produit quelques effets: c'eft d'avoir les armes en la main pour faire la loi au Roi, fous ombre de l'extermination des Hérétiques, & fe défaire des premiers Princes du Sang, & de ceux qui principalement leur font empêchement, à favoir, qui font profeffion de la Religion y étant nés & nourris, pour plus aifément venir à bout du refte.

Et de fait, ceci avoit été très bien reconnu du Roi, depuis le commencement de leurs remuemens jufques à la fin; car il a écrit par plusieurs Lettres au Roi de Navarre, qu'il connoissoit bien que ce zele de Religion ne leur étoit que couverture : que leur propre but étoit contre sa personne, contre sa maison & son État ; cependant, parceque sous ce prétexte ils auroient abusé plusieurs de ses Sujets, qu'il le prioit de vouloir patienter, tant qu'il leur eût fait discerner les couleurs d'avec les vraies causes, & qu'il s'assurât qu'il reconnoissoit l'entreprise faite contre soi directement, & l'offense proprement sienne. Selon cette même connoissance & ce même jugement, auroit aussi Sa Majesté commandé par Lettres très expresses à tous Gouverneurs & Lieutenans Généraux en ses Provinces, de courre sus à leurs troupes ; les auroit aussi déclarés & publiés rébelles, crimineux de lèze-Majesté, perturbateurs du repos, & ennemis de l'Etat, dont les Lettres auroient été vérifiées en toutes les Cours de Parlement de ce Roïaume ; seroient ensuivis plusieurs Arrêts, & partie auroient été exécutés ; comme aussi vers les Princes alliés de cette Couronne auroient été faites pareilles dépêches, & commandé aux Ambassadeurs de Sa Majesté, de leur tenir propos à ce conformes : à savoir, connoissant très bien Sa Majesté par leurs effets passés & présens, & reconnoissant aussi par les actes & témoignages susdits, que la sublévation de ceux de cette maison, quelques prétextes qu'ils prissent, étoit un effet de leur premier dessein, c'est-à-dire, de la conjuration qu'ils ont de ruiner la Maison de France ; ce que nul n'ignorera qui se pourra bien représenter & rapporter devant les yeux leurs déportemens depuis vingt-cinq ans & plus, pour les contempler tous d'une vue.

Pareillement auroit Sa Majesté, en ce même temps qu'elle les déclaroit rebelles, fait republier son Edit de pacification en tous les endroits de son Roïaume, pour testifier à tous, & particulierement à ceux de la Religion, qu'elle n'entendoit aucunement incliner à leurs demandes ; ains les condamnoit en ce qu'ils vouloient abolir ladite Religion par armes, ayant bien connu que ce moyen n'étoit ni expédient ni légitime : comme aussi Sadite Majesté, par plusieurs Lettres, auroit assuré le Roi de Navarre, de ne faire rien au préjudice de son Edit, ni de lui-même, duquel il reconnoissoit la cause sienne.

Nonobstant, seroit advenu que tout-à-coup auroit été conclu une paix avec ceux de ladite Maison & Ligue, de laquelle seroit procédé un Edit, par lequel l'Edit de pacification fait si mûrement, & juré si solemnellement par leurs Majestés, par les

1585.

Declarat.
et Protest.
de Henri IV,
&c. sur la
paix avec
les Ligués.

Princes de son Sang, par toutes les Cours de Parlement, par les principaux Seigneurs & Officiers de ce Roïaume, & tout fraîchement réitéré & confirmé, seroit revoqué entierement ; l'exercice de la Religion défendu sur peine de la vie ; ceux qui en feroient profession, dans le terme de six mois condamnés à sortir du Roïaume ; les villes de sureté pareillement, que de son plein gré, pour plusieurs considérations concernant le bien & repos de son Etat, il auroit prorogées ausdits de la Religion, délaissées tout promptement : tout cela pour racheter la paix avec les susdits rebelles & conspirateurs, déclarés & reconnus pour tels par Sa Majesté, aux dépens de ses plus proches, auxquels, qui pis est, on met les armes en main pour en faire l'exécution : chose repugnante à toutes Loix qui ne permettent jamais que d'un Arrêt prononcé l'exécution soit commise à la partie, ni même qu'elle y assiste, fût-ce pour prêter la main à la Justice.

Prie ici le Roi de Navarre, de considérer quelle occasion il a de se douloir en leurs protestations publiques. Les conspirateurs s'adressoient directement à lui ; toutefois pour donner contentement au Roi, & pour n'être occasion de foule au peuple, il s'est contenu en paix, & ne s'est jamais voulu armer, quoique les voyant armés autour de lui, il a vu que la volonté du Roi étoit de venir à une paix, & le mal & la ruine qu'il lui procuroit ouvertement, lui pouvoir donner occasion de la traverser par tous moyens ; nonobstant, pour le bien de ce Roïaume, il en a fait au Roi les ouvertures par sa déclaration expresse, qui s'est vue, & telle, comme il espere, que toute la Chrétienté approuvera, & qui ne seroient pas rejettées entre les plus barbares. Ils avoient parlé d'exterminer l'héréfie, & les anciens Chrétiens lui faisoient la guerre par Conciles : or, il se soumet à un Concile, & déclare qu'il est prêt à être instruit par icelui, & d'y acquiescer ; desiroient aussi quelque réformation ou changement en ce qui touche l'Etat ; & tels différends par les anciens Statuts de ce Roïaume, se décident en Etats : or déclaroit-il qu'il s'en remettoit à une assemblée des trois Etats, prêt à la subir quand Sa Majesté la voudroit convoquer : prétendoient en outre que ledit Seigneur Roi de Navarre, & ceux de la Religion, se départissent incontinent des Villes de sureté, nonobstant la prorogation que le Roi leur en avoit donnée, pour leur lever tout scrupule. Il offroit de les remettre sans aucun délai, qui plus est, de se dessaisir entre les mains du Roi, lui & Monseigneur le Prince de Condé, des Gouvernemens qu'ils ont en ce Roïaume, moyennant que les susdits fissent de même : si est-il notoire à un chacun, que c'est une espece d'inégalité inique d'égaler les enfans de la maison aux étrangers ; s'ils avoient au reste autre différend à vuider avec lui, afin que le Roi n'en eût la peine, duquel la personne coûteroit trop cher à ce Roïaume, supplioit ledit Seigneur Roi de Navarre Sa Majesté de trouver bon que cette querelle se démêlât, ou de ses forces aux leurs, ou, pour abreger la misere publique, de sa personne à celle de Monsieur de Guise, ou de plus à plus, comme il voudroit, soit dedans, soit dehors le Roïaume, en un lieu de libre accès ; ajoutant que, s'il se pouvoit aviser d'autres moyens expédiens plus propres pour pacifier l'Etat de ce Roïaume, volontiers il les embrasseroit, & n'y épargneroit sa vie, & suppliant Sa Majesté très humblement de lui faire cet honneur de les lui ouvrir s'il en voyoit. Cependant, sans avoir égard à ces conditions si raisonnables, a été passé outre audit traité de paix, au grand préjudice de l'Etat, & de la Maison de France & du Roi même : paix à la vérité indigne de ce nom ; car on juge assez que c'est la veille d'une guerre, & cette guerre peut-être (Dieu y peut pourvoir par sa clémence) la veille de la ruine & dissipation de cet Etat : paix faite avec les Etrangers, pour exterminer les domestiques avec les rebelles, pour ruiner les obéissans avec les conjurateurs, pour leur mette l'épée en la main contre soi-même, pour en abuser à leur discrétion : paix aussi qui n'a rien eu certes de l'air d'une paix, mais toute funebre, toute noire, & de mauvais augure, que le Roi n'a signée qu'à main tremblante, que les Princes de son Sang, & les Pairs de ce Roïaume même les plus Catholiques, ont refusé de jurer, comme l'arrêt de leur mort, & la finale ruine de l'Etat, qui au reste n'a apporté joie ni aux champs ni aux Villes, a rempli d'horreur tous les bons François de ce Roïaume, a seuls réjouis ceux qui se nourrissent de sa mort.

Mais paix, à la vérité, que ledit Seigneur Roi de Navarre reconnoît très bien ne devoir être imputée au Roi, Prince débonnaire & équitable, de la nature duquel elle est trop éloignée, ni à la Reine sa mere, qui n'a eu dessein en ses travaux que de rendre la tranquillité en ce Roïaume ; ains partie à la lâcheté & partie à la perfidie de quelques-uns du Conseil du Roi, les uns serviteurs, les autres parens ou alliés de ceux de cette Ligue,

1585.

DECLARAT. ET PROTEST. DE HENRI IV, &c. SUR LA PAIX AVEC LES LIGUÉS.

qu'on fait au commencement lui avoir exténué & amoindri le
mal, le lui propofant facile à appaifer, afin qu'il ne fe pourvût des remedes néceffaires, & puis tout-à-coup l'ont repréfenté
fi grand, quand les forces de la Ligue ont été bien avancées,
qu'il s'eft aifément perfuadé qu'il pouvoit être opprimé par eux,
s'il ne leur fatisfaifoit bien promptement ; & des gens de cette
forte, on fait qu'un bon nombre avoit accompagné la Reine
fous ombre de la fervir, qui avertiffoient ceux de la Ligue de
ce qu'elle avoit de plus fecret ; qui tenoient confeil enfemble,
foudain qu'ils étoient hors de fa chambre, des confeils qu'ils
leur devoient donner ; qui, pour l'étonner en fomme, lui fi-
guroient des armées pour le fecours de la Ligue, qui n'ont
jamais comparu, & n'avoient fubfiftance qu'en l'air. C'eft par
ce Confeil que le Roi a été détourné de fe fervir de fes plus
proches, qui n'euffent pas épargné leur fang pour le tirer de
peine, & qui en avoient & les volontés & les moyens en main ;
& pour récompenfe, on les vend à l'Etranger, on paie de leur
fang & de leur vie en tant qu'on peut. C'eft par ce même Confeil, qu'on a refufé les offres des Princes voifins, loyaux
alliés de la Couronne, pendant que l'argent d'Efpagne s'épandoit dedans la France par la Ligue, & trouvoit entrée dedans
les Villes, dedans les Confeils, jufques aux plus étroits. En
fomme le Roi, & chacun le fait, a été livré par ceux auxquels
il avoit autant occafion de fe fier fi les biens reçus pouvoient
amender l'ame des hommes ; & s'affure entierement ledit Seigneur Roi de Navarre, que, s'ils ont eu la puiffance par leur
artifice & violence d'armer fes bras contre lui, qu'au moins
fes foupirs, fes fouhaits & fes vœux combattront pour fa querelle, qu'il a très bien reconnue (& n'eft pas poffible qu'il l'ait
oublié) être la fienne.

Efpere ledit Seigneur Roi de Navarre que la plupart de gens
de quelque jugement de ce Roïaume, & ceux fur-tout qui
auront plus près approché de leurs actions, & y auront même
été mêlés, auront bien fu découvrir le fond des intentions
de cette Ligue ; & pourtant fe veut promettre d'eux qu'ils ne
feront tant de tort à leur honneur que de porter les armes contre
la Maifon de France, fous ombre de cet Edit : comme ils en
feroient auffi trop & à leur jugement, s'ils les penfoient avoir
prifes pour lefdits prétextes, même pour la fureté de leur Religion.

Ceux de cette Ligue avoient pris divers prétextes, comme

ils auront fait ès uns , aussi est-il apparent qu'ils font ou feront
de tout le reste de ce bien public qu'ils vantoient tant , & qui
avoit animé plusieurs de la Noblesse , même la plus éloignée
d'ambition , & la moins participante des corruptions du temps ;
il ne s'en est dit un mot en cet Edit ; dès le premier jour ils
s'en font départis.

De la décharge du Tiers-Etat qu'ils promettoient , ne s'est
faite aucune instance en ce Traité ; au contraire , ils l'ont mis
en train par cette paix d'être surchargé & ruiné de plus en plus.
Car , quant à ce qu'ils avoient promis en leurs déclarations que
leurs gens de guerre vivroient de regle , & paieroient par-tout,
chacun sait assez que jamais ne s'en est vu en ce Roïaume parmi
tous les troubles , de plus déreglés & désordonnés en toutes
sortes ; comme aussi ce qu'ils auroient protesté , de n'attenter
point sur les Villes du Roi , & de n'y mettre point de garnisons
contre leur gré & consentement , n'a été bien observé par eux
qui en ont saisi les unes par la force , ès autres qui les auroient
reçues de leur bon gré , sous ombre de bonne foi , ont bâti
des citadelles & introduit des garnisons.

La Noblesse n'en a pas reçu plus de contentement : car en
ce Traité pour qui ont-ils fait , que pour eux-mêmes , & pour
ceux de leur maison ? & qui ont-ils rétablis ès dignités qu'ils
prétendoient leur avoir été ôtées indignement ? Tout ce qu'ils
ont fait en somme , ç'a été de faire partager la France à tous
ceux de leur Maison , selon le dessein qu'ils ont de s'en saisir
un jour , leur faisant accorder par la paix le gouvernement de
plusieurs Villes d'importance , & de quelques Provinces , tant
sur les frontieres que dedans le cœur de ce Roïaume ; & sur
ce point doit considerer la Noblesse de ce Roïaume , quel avancement elle pourroit espérer par leur moyen , quand il faut que
vingt-quatre Princes de Lorraine soient contens & assouvis ,
premier qu'aucuns d'eux puissent atteindre à quelque dignité
par leurs moyens.

De la due promotion aux charges & dignités Ecclésiastiques ,
ils n'ont pas eu plus de soin en cet Edit , témoin l'Evêché d'Au-
tun , où Monsieur de Mayenne a fait nommer son beau-fils par
force , non plus que de ses prérogatives , franchises & libertés :
encore que voulant prendre le prétexte de Religion , c'étoit cet
article qu'ils devoient avoir principalement en recommandation :
au contraire , qu'on s'informe de leur vie , ils ont rançonné les
Prêtres , profané les Monasteres , pillé les Calices , & les Croix,

& tous autres meubles de l'Eglise, tout leur a été de guerre, même en faisant la paix, pour se payer de leurs frais en suivant les traces du feu Cardinal de Loraine, leur oncle, qui premier mit en avant la vente du temporel du Clergé : ils ont proposé & tiré promesse d'en aliener pour cent mille écus de rente, & d'en poursuivre le consentement du Pape, pourvu que tous ces deniers fussent affectés à leur remboursement ; & aussi sait-on en somme que de tout ce qui touchoit les trois Etats, sans en faire instance ni poursuite, ils se retrancherent dès l'entrée du pour-parler de paix.

Quant à la faveur trop grande de quelques Gentilshommes près du Roi, qu'ils appellent en leurs déclarations sangsues du peuple, & qu'ils disoient vouloir rabattre & ramener à leur point, il est tout commun qu'ils ont recherché vilement leur amitié en toutes sortes, qu'ils l'ont voulu racheter en leur remettant entre les mains les Villes de leur Gouvernement qu'ils avoient soustraites par la guerre ; mais à leur grande honte, ils leur ont montré le chemin de générosité & de courage, leur faisant connoître qu'ils ne desiroient leur amitié, qu'en tant qu'elle pourroit être utile à ce Roïaume.

De M. le Cardinal de Bourbon, qu'ils avoient mis en campagne, sous promesse de lui faire liquider le droit qu'ils lui ont fait accroire qu'il peut prétendre la Couronne, ils se sont joués de même, selon leur façon accoutumée de ployer l'interêt d'un chacun en leur patticulier ; car depuis qu'ils l'ont vu engagé, ils ont tenu peu de compte de ce droit imaginaire, même ont eu honte d'en ouvrir la bouche, venant à traiter avec la Reine. Si au reste il a été question de quelque aigreur, & de quelque point épineux, ils l'en ont fait instrument. C'a été M. le Cardinal qui en a fait l'ouverture, eux se réservant toujours d'adoucir les choses, de rappointer les personnes, & tirer de la négociation tout le gré & le profit à eux.

Cependant c'étoit un point principal, & dont ils faisoient grand fondement pour la sureté de la Religion Catholique Romaine, de pourvoir que le Roi nommât un Successeur qui en fît profession ; & sous ce pretexte, comme sous les autres précédens, concernant le bien public, ils avoient tiré à leur parti plusieurs de la Noblesse, pensant que ce fût à bon escient ; mais ils prétendoient obtenir seulement ce point qu'ils ont obtenu par cette paix, & c'est celui seul duquel ils ont fait instance, d'être saisis des Frontieres & des clefs de ce Roïaume, qu'on

n'avoit

n'avoit même voulu bailler à feu Monfeigneur : d'avoir auffi les armes en main fous ombre de la Religion pour fe rendre arbitres des Confeils, pour donner la Loi au Roi, tant qu'il vivra, ruiner les Princes de fon fang , & les loyaux Serviteurs de la maifon de France ; & après fa mort, qu'ils s'imaginent prochaine, ufurper violemment ce pauvre Etat.

Car de croire, ou qu'ils puiffent, ou que même ils penfent pouvoir venir à bout de l'extermination de la Religion , la preuve qu'ils en ont faite en l'efpace de 25 ans & plus , fait trop au contraire. Nos Rois n'y ont épargné ni les artifices de la paix , ni les rigueurs de la guerre. Les auteurs de cette Ligue y ont auffi déployé & leurs bras & leurs fineffes. Le nom de la Ligue n'a rien ajouté à leurs moyens , n'a point créé de nouveaux Soldats en ce Roïaume, & ne les a pas auffi rendus plus grands Capitaines qu'ils étoient. C'eft toujours la France , partie de laquelle & la meilleure me voudra aider à ruiner la France , & c'eft d'abondant la maifon de France, affaillie par celle de Lorraine (car tous les prétextes font affez découverts à un chacun) qui renforcera le Roi de Navarre des vieux Officiers de la Couronne , des Princes du Sang., des fouhaits du Roi , des foupirs de tous les bons François , fans acceptation quelconque de Religion , & diminuera d'autant fes ennemis; joint qu'il n'eft plus à propos, comme contre les vieux Albigeois, de s'imaginer la publication d'une croifade ; car ce n'eft point un coin de France qui confent à ce parti, il n'y a parti, il n'y a endroit du corps , il n'y a fibre quafi qui ne s'en fente ; & n'eft point auffi la France qui ait feule pourfuivi une réformation en la Religion , ç'a été un mouvement commun ès Etats & Nations de notre Europe. Les Roïaumes tout entiers fe font féqueftrés du Pape, les Empires en ont été entamés plus qu'à moitié, à peine y a-t-il Etat peu ou plus qui ne s'en foit ému , & tous ces Etats, comme chacun fait , confentent & compatiffent, & favent très bien connoître & éviter leur ruine propre en celle de leur voifin.

Comme d'autre part il n'y a Prince en l'Europe , de quelque Religion qu'il foit , qui ne trouve très étrange que fous couleur de Religion, on prétend exclure un Prince non oui & non inftruit, fans autre formalité , contre les Loix du Païs, d'un Etat ou d'une fucceffion qui lui foit due : car on fait affez par les Hiftoires quels font les effects de la paffion, de l'ambition & de l'envie : fur le moindre point on pourra former une Héréfie. Hérétique fut Philippe le Bel quand il ne voulut tenir ce Roïaume en hommage du Pape, & pour tel, fut retranché de l'Eglise. Les Papes plus modérés qui étoient devant, & qui vinrent depuis n'étant mus de même paffion, en ont opiné & décidé tout autrement : un Concile fera la raifon de tout, & qui le refuit, refuit la lumiere, refuit la raifon, montre ne chercher que les ténebres, & ne prendre la Religion qu'en vain.

Cependant, puifque le malheur eft tel que le Roi fon fouverain Seigneur, partie par la violence & confpiration de fes ennemis, & partie par la malice & conclufion d'aucuns de fes Confeilliers, ait été forcé & induit à une paix, de laquelle s'enfuit infalliblement (fi tôt n'y eft pourvu) fa ruine propre, la deftruction de la maifon de France, & la diffipation de cet Etat, protefte & déclare le Roi de Navarre premier Prince de fon fang, & premier Pair de ce Roïaume, proteftent auffi Monfeigneur le Prince de Condé fon coufin, Prince & Pair de France, Monfeigeur le Duc de Montmorency, Pair de France & premier Officier de la Couronne, avec les Seigneurs, Chevaliers, Gentilshommes, Provinces, Villes & Communautés, tant d'une que d'autre Religion, affociés à la confervation de cet Etat, ce qui s'enfuit :

Premierement, que leur but eft, & n'a oncques été, que de voir le Roi bien fervi & obéi de tous, & felon le rang qu'ils tiennent chacun en droit foi, d'en donner l'exemple à un chacun, comme il peut être apparu par effets tous récents ; qu'ils ne defirent auffi que de voir l'Etat de ce Roïaume paifible & tranquille, comme il en étoit en train avant ce remuement ; & à cette fin, s'emploieront de tout leur cœur contre ceux qui veulent troubler la profpérité du Roi & de l'Etat, & y déploieront très volontiers ce qu'ils ont de vie & de moyens.

Et parceque ci-devant en auroit été propofé quelques expédiens au Roi, foit pour décider les différends de la Religion, ou de l'Etat, que fes ennemis prenoient pour couverture, foit pour vuider les débats qu'ils prétendoient en particulier contre les Princes de France, entre lefquels le Roi de Navarre tient le premier lieu : il fupplie très humblement Sa Majefté fe vouloir reffouvenir des offres fus-mentionnées, contenues en fa déclaration en date du 10 Juin 1585, qui lui fut envoyée, écrite & figné de fa main ; & fi autres ouvertures lui font faites pour le contentement de Sa Majefté, & le bien de ce Roïaume, fera très aife de les entendre, & s'eftimera heureux fi elles font telles que devant Dieu & les hommes il s'y puiffe accommoder :

mais particuliérement, parceque ceux de la Ligue pour le pouvoir attaquer dès à prefent ont pris pour fujet de demander les
Villes de fureté, & y employer la force ouverte, s'il ne les
remet incontinent, il fupplie très humblement Sa Majefté de
fe reffouvenir comme au mois de Décembre dernier paffé 1584,
il lui plût en accorder la prorogation volontairement en pleine
paix, fur les très humbles Requêtes qui lui furent faites pour
le bien de fes Sujets, qu'il jugea très convenables à la paix de
ce Royaume : que depuis, par vive force & main armée, il en
auroit accordé de bien plus grandes & avec moins de fujet à
ceux de la Ligue ; s'étant élevés contre fa perfonne, contre fa
maifon & fon Etat, même content de non leur laiffer celles
qu'ils avoient faifies, leur en auroit baillé quelques autres d'a-
bondant, qui leur euffent dû coûter à prendre deux ans de
guerre & plus, dont auroit occafion ledit Seigneur Roi de Navarre, comme auffi tous les bons Sujets & Serviteurs de cet Etat, de
requérir le Roi de leur accorder nouvelles fûretés contre ceux de
cette Ligue ; & ce d'autant plus qu'ils ont en leur main les principales Frontieres, tant du côté de la mer, que de la terre, pour
attirer l'Etranger dans ce Roïaume : nonobftant offre ledit Seigneur Roi de Navarre, de rechef, de fe défaifir de toutes lefdites Villes de fureté, à lui prorogées par le bon vouloir de
Sa Majefté, moyennant que lefdits de la Maifon de Lorraine,
& autres de la Ligue, leurs adherans, fe départent en effet de
celles qu'ils ont, que les armes foient pofées, les Etrangers renvoyés, & eux retirés en leurs maifons.

Que fi nonobftant offres fi raifonnables, les forces s'avan-
cent contre le Roi de Navarre, Monfeigneur le Prince Condé,
& Monfieur le Duc de Montmorency, ou aucuns d'eux ou de
leurs adherans, ils fupplient très humblement Sa Majeté de ne
trouver mauvais s'ils prennent confeil de la nature, & de la
néceffité qui apprennent à chaffer la force par la force ; & s'ils
emploient tous leurs amis & leurs moyens, & ce d'autant plus qu'il
ne fe combattra pas en Guienne de la Guienne, ni en Languedoc
du Languedoc, ni en Dauphiné, Provence, & autres lieux de
la condition du Roi de Navarre, ou dudit Seigneur Prince,
ou dudit Seigneur Duc de Montmorency, mais fans doute de
la condition & liberté du Roi & de la Reine fa mere, de la
confervation des Loix, & de la tuition de tout l'Etat : comme
ils s'affurent auffi (& cela leur double le courage) que fi leurs Ennemis ont tant fait que de faifir fes armes, au moins il leur a gardé

B b ij

1585.

DECLARAT.
ET PROTEST.
DU R. DE NAV.
&c. SUR LA
PAIX AVEC
LES LIGUÉS.

& réfervé fon cœur : prient la Reine, mere du Roi, de fe reffouvenir quel traitement elle a reçu de ceux de cette Maifon,
lors qu'ils dominoient fous le Roi François II fon fils, & de
temps en temps quelle ambition déméfurée elle a remarquée en
eux : elle qui premier les a fait connoître aux Rois fes enfans,
pour tels qu'ils font : mais fur-tout qu'elle, qui avoit gâgné le
nom de mere du Roïaume, ne laiffe opinion à la poftérité de
le voir acheminer à fa ruine, & bailler en proie à l'Etranger,
rompant une paix publique pour contenter les defirs particuliers des Ennemis publics, & faifant porter à fes plus proches,
& aux plus obéiffans, la peine qui étoit due aux perturbateurs
& aux rébelles ; au lieu, tout au moins qu'il fe pouvoit faire
une paix générale, fi tant eft que par fa prudence elle jugeât
qu'il fût néceffaire d'abolir leurs crimes pour la paix de cet
Etat.

Adjurent ledit Seigneur Roi de Navare, ledit Seigneur Prince, & ledit Seigneur Duc, Meffieurs les Princes du Sang de
reffentir ici à bon efcient, qu'il y va de leur maifon & de leur
Sang ; les Pairs & Officiers principaux de ce Roïaume, qu'il y
va du ferment & du devoir qu'ils prêtent, & doivent rendre à
la Couronne ; tous les Parlemens, qu'il y va des Loix fondamentales de l'Etat, defquelles ils font confervateurs & gardiens ;
tous les ordres & Etats de ce Roïaume, qu'il y va de leur ruine & de la confufion de leurs familles : car qui onc fe peut affurer d'un repos particulier en un mouvement public, d'une
tranquillité en une mer émue, d'un Etat certain en une mutation d'Etat, d'une fureté privée en un brigandage univerfel ?
tous les Princes & Etats étrangers, pareillement alliés & cofé-
derés de cet Etat, de les affifter en la défenfe qu'ils entrepren-
nent, ne permettant pas qu'une telle conjuration vienne à fa
fin, pour la conféquence qu'elle apporteroit à tous les Etats de
la Chrétienté.

Declarent devant Dieu qui voit leurs cœurs, & devant tous
hommes qu'ils font juges de leurs actions, qu'ils déplorent la
condition du Roi affiégé dehors, & enveloppé dedans les intelligences de fes ennemis ; que leurs armes ne font que pour lui,
pour fa liberté, pour fon fervice, & que plût à Dieu qu'il eût
voulu mettre leur affection en œuvre, car bientôt ils l'euffent
mis hors de toutes ces perpléxités.

Quant au fait de la Religion, déclarent de tout leur cœur,
& fur leur foi & honneur lefdits Seigneurs Roi de Navarre, &

Prince de Condé, que leur intention n'est aucunement de nuire aux Catholiques, ni de préjudicier à la Religion de laquelle ils font profession, ayant toujours été d'opinion que les consciences devoient être libres, & pour le fait de la leur, étant prêts de s'en soumettre en un Concile. Qu'ils embrassent tous les bons & vrais François, tant Séculiers qu'Ecclésiastiques, & de toutes qualités, sans acception ni exception de la Religion, également les prenant en leur protection & sauvegarde, leur conscience, honneurs & dignités, biens, vies & familles, pour les garantir en tant qu'en eux sera contre toute opression & violence.

Les exhorte tous chacun en droit soi, selon son moyen & qualité, pour rendre preuve de ce qu'ils font, de se ranger auprès d'eux, pour les secourir & assister contre ceux de cette Ligue, que le Roi a déclaré ouvertement avoir attenté à sa Couronne, & à son Etat. Pour leur lever tout scrupule, Monsieur le Duc de Montmorency, duquel la Religion n'est point en doute, & duquel aussi la prudence est assez connue, pour savoir bien remarquer l'intention desdits Seigneurs Roi de Navarre, & Seigneur Prince, leur en montrera l'exemple, & leur y servira de guide : lui Pair de France, & premier Officier de la Couronne, auquel appartient le premier lieu, en la conduite des armes ; & déja par la grace de Dieu ils sont assistés & accompagnés d'un bon nombre de Seigneurs, Chevaliers, Capitaines, & Gentilshommes Catholiques, qui ont reconnu le bon droit & la nécessité de leur défense.

Quant aux Chefs de la Ligue, & ceux qui leur adhereront à même intention, les déclarent & reconnoissent lesdits Seigneurs Rois de Navarre & Prince de Condé, & ledit Seigneur Duc de Montmorency, ennemis du Roi, de la Maison de France, & du bien de cet Etat, tels aussi que ses Cours de Parlement, en vérifiant ses lettres, les ont reconnus ; & suivant la teneur desdites, & les commandemens du Roi y contenus, leur feront la guerre à toute outrance, & les extermineront par tous moyens.

Nonobstant, parcequ'aucuns y en a qui auroient été trompés & abusés, par les prétextes de sa Ligue, venant à s'en départir dedans deux mois de la date des présentes, & à se retirer chez eux ou auprès d'eux, ils les reçoivent en leur protection & sauvegarde, comme dessus, n'entendant en conformité des Ordonnances précédentes de Sa Majesté, qu'ils soient recherchés, ni moleſtés, pour avoir été ſéduits par les perſuaſions de la ſuſdite Ligue.

Prient à même fin ledit Seigneur Roi, Prince & Duc, tous ceux qui n'adherent à l'intention deſdits Ligueurs, qu'ils doivent avoir aſſez reconnus, & qui toutefois ſe retrouveroient dedans leurs places, troupes, ou armées, de s'en retirer & démêler au plutôt, pour le regret qu'ils auroient de ne les pouvoir bien diſcerner; n'étant leur intention de rendre participant à même peine ceux qui ne ſeroient compris en mêmes crimes.

Et parceque ledit Seigneur Roi de Navarre, ledit Seigneur Prince, & ledit Seigneur Duc ſavent bien conſiderer que toute guerre eſt un fléau de Dieu, & ſurtout la guerre domeſtique, en laquelle le pauvre peuple innocent ſouffre le plus, duquel dès cette heure ils déplorent en leurs cœurs & les calamités & les miſeres, ils ſupplient le Tout-puiſſant, de tous leur cœur, qu'il lui plaiſe de déployer ſa Providence ſur le miſérable État de ce Roïaume & de ce peuple, à ce que le mal puiſſe être détourné par quelque voie, ou prévenu par quelque bonne paix; qu'il lui plaiſe auſſi toucher les cœurs, & ouvrir les yeux du Roi & de la Reine ſa mere, pour s'appercevoir des expédiens plus ſalutaires, amollir auſſi la dureté & obſtination, reprimer l'ambition de ceux de cette Maiſon & de cette Ligue, les rendant capables de meilleurs conſeils & plus convenables au repos de cet État.

Sinon, & que leurs prieres ne puiſſent tant obtenir de bien, prient un chacun de juger ſi jamais y eut défenſe plus naturelle, plus néceſſaire, plus juſte de donner auſſi le tort, & verſer la malédiction ſur ceux qui les ont réduits à cette extrémité, ne leur laiſſant à choiſir qu'en l'extermination de la Maiſon de France, avec la ruine de l'État, ou une défenſe légitime & néceſſaire; s'aſſurent conſéquemment que Dieu bénira leurs juſtes armes, & fera tomber ſur les auteurs de cette Ligue, vrais auteurs de nos miſeres, la ruine qu'ils prétendent du Roi & de toute ſa Maiſon & ſon Etat.

Fait à S. Paul de Cadejous, le dixieme jour d'Août 1585.

HARANGUE DU ROI,

Faite à Messieurs de Paris , l'onzieme d'Août mil cinq cent quatre-vingt-cinq.

LE Roi, Dimanche dernier 11 du préfent mois d'Août 1585, manda querir au Louvre le Prevôt des Marchands, les premier & fecond Préfident du Parlement, & le Doyen de Notre-Dame, & pria nommément le Cardinal de Guife d'y affifter. Il commença par une réjouiffance qu'il avoit de ce que bien confeillé, & après avoir longtemps patienté, enfin, par l'avis de tous fes ferviteurs, & mêmement de ceux qui étoient là préfens, il avoit révoqué fon Edit de paix avec ceux de la Religion ; que s'il avoit été long à s'en réfoudre, n'avoit été faute d'affection à la Religion Catholique, mais parcequ'ayant tant de fois effayé les difficultés de la guerre, il ne fe pouvoit pas imaginer qu'il fût plus facile d'exécuter cette derniere réfolution que les premieres, cette confidération l'avoit retenu & retient encore, prévoyant les grandes incommodités que cette guerre apporte & au général de l'Etat & au particulier ; mais ce néanmoins que fe voyant affifté de tant de perfonnes, & de la fidélité defquels il s'affure qu'ils perfevereroient fi gaiement & à la facilité & à l'exécution, il s'en réjouiffoit & congratuloit avec eux, & les prioit tous d'avifer avec lui les moyens les meilleurs, pour parvenir à une heureufe iffue du confeil que eux-mêmes lui avoient donné. Pour cet effet, il leur repréfentoit quelles forces il prétendoit lever, & avec combien d'honneur il vouloit accepter cette guerre ; qu'il vouloit trois armées, l'une en Guyenne, l'autre près de lui, & l'autre pour empêcher l'entrée des Etrangers, lefquels, quelque chofe qu'on lui pût perfuader, il favoit être prêts à marcher ; qu'il n'étoit pas temps de penfer au moyen de la guerre, quand on a les Ennemis fur les bras, ni de faire la paix, quand il étoit le plus fort ; qu'il avoit toujours trouvé grande difficulté à rompre l'Edit de paix ; qu'il en trouvoit encore plus à exécuter celui de la guerre ; & par ce, que tous penfaffent bien à ce qu'ils avoient à faire, & qu'il feroit bien tard de crier la paix quand les Moulins de

Paris feroient brûlés. Quant à lui, qu'ayant reçu le confeil d'autrui contre le fien propre, il s'étoit réfolu de n'épargner rien
du fien, & de fait l'ayant bien montré, s'étoit dépouillé prefque
jufques à la chemife pour cette guerre ; que, puifqu'ils ne l'a-
voient voulu croire à l'entretenement de la paix, il falloit donc
qu'ils le fecouruffent à l'entretenement de la guerre ; qu'il ne
fe vouloit pas ruiner tout feul, & qu'il falloit que chacun des
particuliers portât fa part des incommodités, lefquelles il avoit
le premier effuyées tout feul ; & s'adreffant à Monfeigneur le
Premier Préfident, il le loua fort de fa bonne affection à la
Religion Catholique, laquelle il avoit bien remarquée par une
bonne & longue Harangue, qu'il fit lorfque l'Edit fut révoqué ; mais qu'il étoit raifonnable qu'il confidérât, lui & toute
la compagnie, de laquelle il étoit le Chef, la néceffité des
affaires qui étoient telles, que, pour être contraint de courir
à l'extraordinaire, il falloit qu'il laiffât l'ordinaire : & pour ce
les pria qu'on ne lui fît plus de remontrance pour le paiement
de leurs gages, lefquels, tant que la guerre dureroit, il n'avoit
moyen de payer. Puis s'adreffant au Prevôt des Marchands,
il lui dit, que le Peuple de fa Ville de Paris avoit fait grande
démonftration de fe réjouir de la fracture de l'Edit de paix ;
qu'il falloit donc qu'il aidât à exécuter ce qu'on lui avoit fait
trouver bon : & lui commanda fur le champ d'appeller le Corps
de ladite Ville dès le lendemain, & là, faire une impofition
de deux cens mille écus, dont Sa Majefté difoit avoir affaire,
étant pour commencer le premier mois de la guerre, fe montant l'entretenement de la guerre à quatre cens mille écus tous
les mois ; enfin fe tourna vers le Cardinal de Guife, auquel
il fit entendre, avec un vifage un peu courroucé, que, pour
le premier mois, il efpéroit y fournir fans l'aide du Clergé,
en cherchant jufques au fond de tous les Particuliers ; mais
que, pour les autres mois, tant que la guerre dureroit, il entendoit prendre les frais fur l'Eglife : qu'en cela il ne penfoit
rien faire contre fa confcience : qu'il ne vouloit attendre ni
l'autorité ni le confentement du Pape ; que c'étoit pour caufe
que les Chefs du Clergé étoient ceux qui l'avoient le plus pouffé
à cette guerre : qu'il falloit qu'ils portaffent une partie des dépens ; enfin, que Sa Majefté n'étoit pas réfolue de fe ruiner
toute feule. Là, il fe tut pour ouir ; & comme on lui fit là-
deffus quelques difficultes, il s'écria : il eût donc mieux valu
me croire. J'ai grande peur qu'en voulant perdre le Prêche,

nous ne hafardions fort la Meffe; ajoutant, il vaudroit mieux
faire la paix : encore ne fais-je s'ils la voudront recevoir à notre
heure.

ARTICLES & CONDITIONS

*Du Traité fait & conclu entre l'Alteffe du Prince de Parme ,
Plaifance , &c. Lieutenant, Gouverneur & Capitaine Général
ès Païs de par-deçà, au nom de Sa Majefté, comme Duc de
Brabant , & Marquis du Saint Empire , d'une part , & la
Ville d'Anvers , d'autre part , le dix-feptieme jour d'Août l'an
mil cinq cent quatre-vingt cinq.*

COMME les Bourgmeftres, Echevins, Tréforiers, Receveurs, & Confeil de la Ville d'Anvers, aient par avis & réfolution, tant d'eux que des autres Membres du Breden-Raedt ,
enfemble par avis & aveu des Colleges, des Coronnels, Doyens
des fix Guldes ou Confreries fermentées, & 80 Capitaines de
ladite Ville , envoyé vers fon Alteffe leurs députés, les fieurs
Philippe de Marnix, Seigneur de Sainte Aldegonde, Bourg-
meftre de dehors, Guillaume de Merode, Seigneur de Duffe-
le , Jean de Scoonhoven Chevalier, Echevins; Maître André
Heffels, Mathieu de Lannoy, Echevin, maître Loys Meganck,
Cornelis Prevenen, Philippe de Landtmeter, vieux Echevins ,
Adrien Bardoul, Hooftman de la Porterie, Jean de Weerdt ,
Gilles Sautin, Wiickmeftres; Monfieur Henry van Uffele , vieux
Wiickmeftre, Arnould Boudewiins, Doyen des Drappiers, Guillaume van Scooten, vieux Doyen des Merciers, Jean Godin, vieux
Coronel, Jean Rademacher, Louis Malapart, Coronel, Herman van Dadenborch, Doyen de nouvelle archaleftre, Henry
van Erp, Doyen du vieux Arc à main; Jean Garin, Thierry
van Os, Capitaines de ladite Ville , fuffifamment autorifés pour
traiter, conclure, & arrêter leur réconciliation avec le Roi leur
Souverain Seigneur & Prince naturel ; lefquels après avoir ver-
balement déclaré leur charge, & exhibé articles par écrit ès mains
de fadite Alteffe, & depuis par charge d'icelle communiqué &
conféré diverfes fois avec les Préfidens & Confeillers, Pamele,
d'Affonleville, Richardot & Vanderburcht, y prefent l'Au-

C c

diencier Verreyken, fur ladite reconciliation, s'y étant repré-
fentées plufieurs difficultés, d'une part & d'autre ; enfin ce font
lefdits Députés, au nom que deffus, contentés des points.& articles que Son Alteffe leur a, au nom de Sa Majefté, bénignement confentis & accordés, en la forme & maniere que s'enfuit.

I.

Premierement, puifque ladite Ville, Bourgeois & Inhabitans d'icelle, fe remettent humblement fous l'obéiffance du
Roi, comme Duc de Brabant & Marquis du Saint Empire,
leur fouverain & légitime Seigneur & Prince naturel, comme
ils étoient du paffé, renonçant à toutes ligues, traités & con-
fédérations que, durant ces troubles, ils peuvent avoir faits
en préjudice de Sa Majefté ; fon Alteffe auffi réciproquement
au nom d'icelle, nonobftant toutes chofes paffées, les reçoit,
& veut traiter en toute douceur & paternelle affection, comme
bons Vaffaux & Sujets, les rejoignant avec le refte de Brabant, pour dorénavant vivre en amitié & concorde avec les
autres Villes & Provinces de l'obéiffance de Sa Majefté, comme
ils faifoient avant cefdits troubles, déclarant fon intention être
que les anciennes alliances & traités avec le Saint Empire,
Princes, Païs, & Villes, fur le fait du commerce, trafic,
marchandifes & autrement, foient ponctuellement entretenus, &
où befoin fera, renouvellés pour le plus grand bien de la Ville,

I I.

Et pour ôter toutes occafions de diffidence, accorde pardon
& oubliance générale & perpétuelle à tous & chacun des Bourgeois & inhabitans préfens & abfens de ladite Ville, & à tous
ceux qui s'y tiennent à préfent, en général & en particulier, fans
exception quelconque, de tous les excès, fautes, défordres,
més-us, forfaits, crimes de lèfe-Majefté, & autres, par eux
commis durant ces troubles, pour grands ou griefs, & de quelque qualité qu'ils foient, ou puiffent être tenus, & fans aucun
excepter, dont la mémoire demeurera éteinte & affoupie, comme
de chofes non advenues, fans que jamais ils puiffent en être
recherchés, inquiétés ou reprochés, en façon ou pour quelque
occafion que ce foit, à peine de punir & châtier les contrevenans, comme perturbateurs du repos public ; & ce non-feulement au regard des vivans, ains auffi des morts ; à l'effet qu'à
la mémoire & héritiers d'iceux, ne fe fera aucune honte, in-

jure ou reproche ; avec défenfe & interdiction à tous Fifcaux,
Procureurs Généraux, Jufticiers, Officiers, & toutes autres perfonnes publiques & privées, de quelque qualité qu'elles puiffent
être, d'en faire aucune recherche, pourfuite, accufation ou
autre moleftation en façon que ce foit ; en quoi feront comprifes les perfonnes intéreffées en leurs biens, ou perfonnes durant cefdits troubles, qui ne pourront prétendre dommages ou
intérêts, ni intenter action pour Ordonnances, Actes, Réfolutions ou Jugemens contre eux ou leurs biens décernés, finon
à charge des particuliers qui les auroient outragés, ou en profiter de leur autorité privée.

I I I.

Que nul defdits Bourgeois & inhabitans, & autres compris
en ce Traité, de quelque qualité, état ou condition qu'il foit,
ayant, durant ces troubles, fervi ou affifté au Confeil d'Etat,
fous l'Archiduc Mathias, le Duc d'Alençon, en l'Affemblée des
Etats Généraux, Etats de Brabant, leurs Députés, ou autre
Supériorité, Confeil de Brabant, Finances, Chambre des
Comptes, des Aides, au Magiftrat, Bancs fubalternes, Chambre des Coronels & feize Capitaines, & en toutes autres Chambres & Colleges d'icelle Ville, y érigés par les Bourgmeftres
& Echevins, tant anciennement que nouvellement, ne fera
molefté, recherché ou tiré en caufe, en jugement ou dehors,
ou autrement en aucune maniere, pour les réfolutions, ordonnances, fignatures, paraphes, ou fentences émanées defdits
Confaulx & Colleges ; n'y devront répondre pour les dettes,
actions ou obligations d'iceux, finon auffi avant qu'ils en auroient particulierement profité.

I V.

Mais, comme l'expérience a fait voir que la douceur & bénignité ufée envers aucuns a été de très grand préjudice, pour
ce qu'ils ont été de Ville en Vllie y troubler l'Etat, & empêcher leur réduction, Son Alteffe entendoit que les bannis
ou congiés d'autres Villes ou Provinces de par-deçà, ou qui,
pouvant être compris ès Traités particuliers des Villes où ils
étoient du temps de la réduction, rejettant la grace, fe font
rendus en Anvers, fe retireroient hors le païs ; toutefois, pour
gratifier lefdits d'Anvers, qui lui en ont fait grande inftance,
& pour l'efpoir qu'elle a, que les fufmentionnés fe conduiront

C c ij

1585.

Traité du
P. de Parme
et de la Vil.
d'Anvers.

modeſtement à l'avenir, leur permet ou de continuer leur réſidence en ladite Ville, ou de s'en retirer avec les biens meubles qu'ils y ont, ſelon que mieux leur ſemblera ; à charge de
ne ſe plus mêler de la guerre, ni autrement faire mauvais offices contre le ſervice de Sa Majeſté, le bien & le repos des
Païs, ni empêcher directement ou indirectement que les autres
Villes ou Provinces ne ſe reconcilient & remettent ſous l'o-
béiſſance de Sadite Majeſté, ſous peine d'être privés & forclos
de toute grace,

V.

Que tous leſdits Bourgeois préſens & abſens, & outre iceux
les Inhabitans, dès auparavant le Traité de reconciliation, des
Provinces d'Artois, Hainault, &c. rentreront pleinement &
paiſiblement, dès le jour de ce Traité, en la poſſeſſion & jouiſſance de tous leurs biens, ſoit feudaux, allodiaux, ou autres,
en quelque place ou lieu de l'obéiſſance de Sa Majeſté qu'ils
ſoient ſitués : enſemble au capital de leurs rentes, par Lettres hy-
pothequées ou non-hypothequées, nonobſtant tous ſaiſiſſemens,
confiſcations, vente ou aliénations faites au contraire, & ſans
qu'il leur ſoit beſoin obtenir main-levée ou autre proviſion que
cedit Traité ; le même auſſi des actions & crédits, qui ſeront
encore en être, & dont Sa Majeſté n'aura diſpoſé : bien entendu que les abſens qui voudront jouir d'icelui Traité, ſortiront
hors des Païs Ennemis dans trois mois après la publication ;
& en ce ſeront compris tous Villageois de Brabant, qui, pour
cette guerre & la ſureté de leurs perſonnes, ſe ſont retirés en
ladite Ville,

V I.

Et comme la volonté du Roi n'eſt pas de dépeupler cette
Ville tant principale, fondée ſur trafic & marchandiſe, ni rigoureuſement en chaſſer ceux qui y ſont, tous leſdits Bourgeois & Inhabitans y pourront continuer leur réſidence, l'eſpace de quatre ans entiers, ſans y être recherchés ou inquiétés
au fait de leurs conſciences, ni contraints à nouveaux ſermens
pour le fait de la Religion, y vivant paiſiblement ſans déſordre
& ſcandale, pour ce pendant aviſer & ſe réſoudre s'ils voudront
vivre en l'exercice de la Religion ancienne, Catholique, Apoſtolique, Romaine, pour, en cas que non, ſe pourvoir lors &
endans ledit temps, quand bon leur ſemblera, librement retirer

hors du Païs ; auquel cas leur fera promife la libre jouiffance de tous leurs biens, pour en difpofer, les tranfporter, vendre ou aliéner felon qu'ils trouveront convenir, ou bien les faire régir, recevoir & adminiftrer par tels qu'ils voudront députer ; & venant à mourir hors ou dedans le Païs fans tefter, lefdits biens fuivront les plus proches héritiers en ligne directe ou indirecte.

V I I.

Que réciproquement le Roi rentrera en fes domaines, biens, droits & actions : Comme auffi feront en tous leurs biens, action & crédits, tous Prélats, Colleges, Chapitres, Monafteres, Hôpitaux, lieux pieux, & généralement toutes perfonnes eccléfiaftiques ou féculieres, publiques ou privées : aïant fuivi le parti de Sa Majefté, ou fe retiré en païs neutre, pour par-tout où ils les trouveront, les reprendre, vindiquer & en jouir pleinement librement & franchement, comme paravant, ores qu'ils fuffent vendus ou aliénés ; excepté ce qui eft appliqué aux fortifications des Villes, rues, marchés & autres ufages publics ; furquoi fe députeront Commiffaires pour récompenfer les propriétaires de la valeur des fonds, ou autrement y ordonner felon qu'il fe trouvera convenir.

V I I I.

Et quant aux maifons & édifices bâtis dedans ladite Ville, fur les fonds & héritages vuides des Eccléfiaftiques, dont lefdits d'Anvers on fait inftance ; comme c'eft un point qui ne peut fe décider promptemeut & fans connoiffance de caufe, Son Alteffe en remet la décifion jufques à ce qu'elle foit à Anvers, que lors elle députera Commiffaires pour infpection des lieux, faire ouir les parties intéreffées, & après y ordonner équitablement felon qu'en termes de droit & raifon l'on trouvera fe devoir faire.

I X.

Auffi jouiront des arrérages dûs ou par le Corps de la Ville, ou par les Etats de Brabant au quartier d'Anvers ; mais quant aux fruits & revenus des immeubles & arrérages des rentes dûes par les particuliers, reçus & emploïés par charge & autorité des Etats ou du Magiftrat, ne s'en pourra prétendre reftitution, finon des particuliers qui en auront fait leur profit. Et pour le regard des meubles, ils fe pourront d'une part & d'autre répé-

1585.

TRAITÉ DU
P. DE PARME
ET DE LA VIL.
D'ANVERS.

ter, vindiquer & reprendre quelque part qu'on les trouve en être, & ce par justice ordinaire, & sans user des voies de fait.

X.

Que nuls Tréforiers, Receveurs, Officiers & autres aïant en maniance des deniers d'Aides, Impofitions, Domaines ou autres, faifis & adminiftrés de la part des Etats ou Magiftrats, quels qu'ils foient, ne feront moleftés ou inquiétés pour les fommes & parties qu'ils montreront avoir fournies & païées par décharge & ordonnances defdits Etats, leurs Députés ou Magiftrats; ni leurs comptes fujets à recherche ou révifion, finon à titre d'erreur ou de fraude en iceux commifes, qui fe vuideront en la maniere accoutumée, & par ceux qu'il appartient.

X I.

Que toutes procédures encommencées, Sentences, Lettres de grace, de Juftice & autres, données & octroïées par ceux aïant tenu le Confeil en Brabant, par le Magiftrat & autres Colleges de Juftice aïant eu autorité de judicature en femblable cas, entre ceux qui ont été préfens & avoué, leurs jurifdictions feront valables, pour éviter confufion. Bien entendu que les Parties intéreffées pourront fe pourvoir, fi bon leur femble, par voie de révifion, appellation, fuivant les coutumes ou privileges de Brabant, pourvu que le tems ordinaire pour appeller, réformer ou révider ne foit expiré. Mais quand aux Sentences rendues par défauts ou contumaces d'une part & d'autre contre les abfens, les condamnés feront ouis & réintégrés en leurs actions & exceptions, du moins fous bénéfice de reliefs.

XII.

Que toutes exhérédations, donations, difpofitions d'entre vifs ou à caufe de mort, faites par haine de Religion, & à caufe de fes troubles, & durant iceux, de part & d'autre, feront tenues pour caffées & de nulle valeur, & toutes fucceffions *ab inteftato* échues pendant ledit tems, fuivront les proches & légitimes héritiers.

XIII.

Et comme les Marchands, Bourgeois & Inhabitans, & autres compris en ce Traité, pourroient être intéreffés, fi avant que ceux de Hollande, Zélande, & autres Provinces & Villes

des Païs-bas, continuans la guerre contre Sa Majesté, voulussent
confisquer les biens, navires, marchandises, deniers, actions,
crédit & arrérages, compétant auxdits d'Anvers & autres que
dessus ; Son Altesse promet que quand elle traitera avec eux ,
elle procurera que ce soit sans préjudice desdits d'Anvers , & à
condition qu'ils seront païés , satisfaits de tout ce que leur sera
légitimement dû, & auront restitution de tous leursdits biens &
marchandises.

X I V.

Au fait de la Monnoie, comme il est très nécessaire, pour
le bien de la Ville & du trafic y donner & établir quelque bon
ordre, Son Altesse, quand on sera d'accord & de séjour, y
fera, avec l'avis des Etats de Brabant, & participation du Magistrat, & principaux Marchands, prendre un pied, à la moindre foule du païs, & au plus grand profit & soulagement des
Sujets. Et cependant auront cours en ladite Ville toutes sortes
de Monnoies d'or & d'argent, selon qu'il est présentement ,
sans les pouvoir hausser.

X V.

Et afin que le trafic puisse derechef être remis en son entier ,
seront affranchis les ponts , ports & passages , en païant les
droits & tonlieux dûs à Sa Majesté, & aux Vassaux respectivement.

X V I.

Et ores que Son Altesse desireroit grandement que toutes impositions, gabelles & autres charges , mises sus durant cette
guerre, fussent été ôtées & abolies pour soulager le pauvre peuple, & lui donner moïen de respirer ; toutefois Elle consent
que pour paiement de leurs dettes, obligations, assignations,
rentes & pensions, lesdites impositions, gabelles, & charges,
soient continuées ; pourvu toutefois que ledit paiement ne se
fasse à ceux qui seront ennemis ou continueront la guerre
contre Sa Majesté, & les Villes & Provinces de son obéissance.

X V I I.

Que tous leurs privileges tant généraux que particuliers ,
dont ils ont légitimement joui avant ces troubles , leur seront
ponctuellement maintenus & gardés , pour en jouir paisiblement & librement comme avant cesdits troubles.

XVIII.

Que tous ceux defdits Bourgeois & Inhabitans, foit qu'ils foient en ferment ou fervice de ladite Ville, ou non, qui, après la conclufion de ce Traité voudront fe retirer pour changer domicile ou pour autre refpect, le pourront en tout tel tems que bon leur femblera, librement faire avec leurs femmes, enfans, familles, & tous biens meubles, tant marchandifes qu'autres, par eau & par terre, fans qu'il leur foit donné aucun empêchement, ou qu'il fera befoin d'avoir paffeport. Et pourront ceux qui fe retireront en Province & Places neutrales, ou celles qui feront fous l'obéiffance de Sa Majefté, librement & franchement paffer & repaffer, marchander & trafiquer efdits païs de l'obéiffance de Sa Majefté, & difpofer de leurs biens meubles & immeubles, ainfi qu'ils trouveront convenir, ou les faire régir, recevoir & adminiftrer par tels qu'ils voudront députer ; & auffi y retourner & reprendre leur domicile, fans être obligés d'impétrer autre provifion, que ce préfent accord.

XIX.

La même liberté fe donne aux Mariniers de ladite Ville, s'il en y a aucuns qui fe veuillent retirer avec leurs bateaux propres ; ne fût que fon Alteffe fe voulût fervir defdits bateaux, comme elle pourra faire en païant le prix d'iceux, felon la jufte eftimation que s'en fera.

XX.

Et quant à ceux qui voudront aller ès Provinces ou Villes, non encore reconciliées, pour y donner ordre à leurs affaires, pourront retourner dans le terme de fix mois après ce préfent Traité pour venir demeurer ès Provinces & Villes de l'obéiffance de Sa Majefté, ou en lieux neutraux, où ils jouiront de la fufdite liberté de paffer, repaffer, négocier & trafiquer, & de tout ultérieur effet de cedit Traité, comme les fufdits, fans autre accord ou paffeport.

XXI.

Davantage fur la remontrance que lefdits d'Anvers ont faite, qu'ils font fujets à arrêts, pour les dettes & charges de ladite Ville, Son Alteffe, pour leur donner loifir de s'acquitter, leur confent que leurs perfonnes ou biens ne feront arrêtés, ni inquiétés quietés par l'espace d'un an entier pour lesdites dettes & charges, pour ce pendant aviser & résoudre sur quels moyens ils pourroient être aidés & soulagés.

1585.

TRAITÉ DU
P. DE PARME
ET DE DA VIL.
D'ANVERS.

XXII.

Et comme il est très convenable que les Eglises ruinées & démolies en ladite Ville se refassent, pour non demeurer cette perpétuelle ignominie à la vue de tout le monde, les Magistrats, Conseil & Membres de ladite Ville, traiteront par ensemble pour équitablement aviser le pied qui s'y devera tenir, à la moindre foule d'icelle.

XXIII.

Que ceux qui se voudront retirer par la riviere seront à leurs dépens raisonnables accommodés de bateaux pour le transport de leurs personnes, leurs familles & meubles, moyennant suffisante caution pour le retour des Mariniers & bateaux qui les conduiront.

XXIV.

Que les prisonniers d'une part & d'autre, n'aïant convenu de leur rançon, seront relaxés en païant leurs dépens ; horsmis le Seigneur de Theligny, auquel son Altesse ne peut toucher ; bien s'emploiera-t-elle à faire tous bons offices pour sa délivrance vers Sa Majesté ; comme, il est assez notoire, elle a fait pour le Seigneur de la Noue son pere.

XXV.

Que moïennant ce que dessus lesdits d'Anvers mettront promptement toute leur artillerie, munitions & bateaux de guerre, appartenant à ladite Ville, ès mains de son Altesse, qui se résout d'entrer en icelle, & y mettre garde de deux mille hommes d'Infanterie, & deux compagnies de chevaux, logés à la moindre incommodité des Bourgeois, que faire se pourra ; promettant son Altesse que si ceux de Hollande & de Zelande se reconcilient & remettent en l'obéissance de Sa Majesté, ladite Ville ne sera chargée ni de Château, ni de garnison ; & en cas que non, comme elle demeureroit frontiere, se résoudra lors, avec la participation & aveu de ceux du Magistrat & autres accoutumés entrevenir en telles affaires, sur les moyens de l'assurer contre les forces & ruses de l'Ennemi. Et pour le regard des gens

Tome I. D d

de guerre qui font au païs de Brabant, auſſi-tôt que la diſpoſi-
tion des affaires le permettra, leſdits d'Anvers connoîtront par
effet, que Son Alteſſe ne les tient pour fouler & travailler les
Sujets; mais bien pour combattre & recouvrer le juſte patrimoine du Roi.

XXVI.

Au demeurant, ores que Son Alteſſe ſoit fondée de prétendre
& demander bonne partie de la dépenſe qui s'eſt faite durant
cette entrepriſe, toutefois pour montrer qu'elle ne veut la ruine
& deſtruction de cette Ville, ſe contente qu'elle paie la ſomme
de quatre cens mille florins, pour avec iceux donner contentement à l'armée, après avoir ſouffert un ſi long & pénible ſiege,
& pour le paiement de laquelle ſomme leur ſera donné terme
raiſonnable, & à leur plus grande commodité.

XXVII.

Et quand au Seigneur de Sainte Aldegonde, puiſqu'il perſiſte
à vouloir ſuivre le même parti, l'on entend qu'il promettra &
jurera de ne porter les armes contre le Roi, l'eſpace d'un an entier, dès la date de ce Traité.

XXVIII.

Tous leſquels points & articles ont été conclus, arrêtés &
ſignés, tant par Son Alteſſe que par leſdits Députés, promettant ladite Alteſſe de faire avouer & ratifier par Lettres Patentes, ſous la ſignature & grand ſcel de Sa Majeſté, dans quatre
mois de ce jour.

Fait à Bevres le 17 d'Août 1585.   R.

Et deſſous étoit ſigné,

           ALEXANDRE.

Et plus bas, par ordonnance de Son Alteſſe.

          VERREYKEN

Par autoriſation, & au nom de la Ville d'Anvers.

Ph. de Marnix.	Cornelis Pruenen.
Jean de Schoonhoven,	Philippe de Landtmetter.
Matth. van Lannoy,	Hans de Weert.

Aerdt Boudewyns.
Guillaume van Schooten.
Balt. de Moucheron, en lieu de
    Loys Malapert.
Herman van Dadenborch.
Jean Garin.
Guillaume de Merode.
And. Hessels.

Meganc.
Adriaen Bardoul.
Gillis Sautin.
Jean Godin.
Jean Rademacher.
Hendrick van Erp.
Dierick van Os.

1585.

TRAITÉ DU
P. DE PARME
ET DE LA VIL.
D'ANVERS.

Lu & publié à l'appui de la Maison de la Ville, en préfence de Meffire Jean Richardot, Préfident au Confeil Provincial d'Artois, & Confeiller d'Etat de Sa Majefté, & de Meffire Jean Vander Borcht, Préfident au Grand Confeil de Sa Majefté, à l'effet dudit Traité & ce qu'en dépend, fpécialement commis de par Son Alteffe, & des fufdits Députés, enfemble Meffieurs les Efcoutet, Bourgmeftres, Echevins, & Confeil de ladite Ville d'Anvers, le vingtieme jour d'Août, l'an mil cinq cent quatre-vingt-cinq.

Signé, EVERATS.

PROPOSITIONS

Des Députés du Roi, envoyées au Roi de Navarre, avec la Réponfe de leur Légation.

LES Sieurs de Lenoncourt, de Poigny, & préfident Brulart arriverent de la part du Roi vers le Roi de Navarre, le vingt-cinquieme d'Août ; & dès l'entrée de leur négociation lui repréfenterent avec beaucoup de mots, & plufieurs honnêtes offres, la bienveillance de Sa Majefté, le foin & le defir extrême qu'elle a porté à ce qui regarde le bien, la grandeur, & le contentement dudit Seigneur Roi de Navarre.

Lui propoferent de la part de Sa Majefté, que les occafions qui l'ont mu de faire la paix avec ceux qui fe font dernierement foulevés en fon Roïaume, ont procédé de la divifion qu'elle voyoit naître parmi le parti Catholique, au préjudice de fon Etat, & repos de fes Sujets.

D d ij

Que pour l'amitié finguliere qu'il porte audit Seigneur Roi de Navarre, Sa Majefté defire le voir.réuni à l'Eglife Catholique Romaine, tant pour le bien de fa confcience, que pour le danger qu'il y a que tous les Catholiques de fon Roïaume, déja bandés pour le fait de la Religion, ne vinffent à le troubler, & s'oppofer du tout à fon établiffement, fi tant eft, le tenant comme pour fils & heritier de la Couronne, qu'il vînt à y fucceder.

Lefdits Députés l'ont voulu perfuader de la part de Sa Majefté d'ôter l'exercice de la Religion réformée pour les fix mois portés par l'Edit; dans lequel temps on ne rejetteroit les expéditions qui fe pourroient offrir pour le contenter, & ont donné fentiment de vouloir confentir un Concile, fans en avoir ouvertement parlé.

Ils ont requis la reddition des Villes de fureté.

Surquoi ledit Seigneur Roi de Navarre, après les remercie-mens très humbles de la bonté que le Roi montre à fon particulier, a répondu que s'il eût plu à Sa Majefté lui faire cet honneur de fe fervir de fa perfonne, & de fes bons & fideles Sujets de la Religion, contre ceux qui fous un faux pretexte ont deffigné la ruine & diffipation de fon Etat, il eût témoigné que fon affection ne manque en rien à fa fujetion naturelle, ni au devoir où l'honneur de lui appartenir de fi près l'oblige.

Sur le defir que Sa Majefté a de la réunion du Roi de Navarre à l'Eglife Romaine, lui propofant le bien de fon ame, & bien particulier qui lui pourroit avenir:

Il le fupplie très humblement de confidérer combien il lui feroit mal-féant qu'ayant été nourri & élevé en la Religion reformée fans y avoir connu erreur quelconque, & pour la défenfe de laquelle il a été employé tant de temps, & tant de fang répandu, il vînt à s'en féparer.

Qu'en ce qui concerne fa confcienece, il pofpofera toujours les biens, honneurs, & toutes les faveurs mondaines qui lui pourroient arriver; & néanmoins il a offert par fa proteftation ci-devant publiée, qu'il eft prêt d'entendre à ce qu'on lui montrera faillir, & s'en remettre à un Concile libre.

Pour la reddition des Villes de fureté, l'on a rendu telle la condition de ceux de la Religion, que tant s'en faut qu'ils defirent quitter les Villes qui leur ont été baillées en garde, qu'à l'exemple de leurs ennemis ils en pourroient juftement demander de meilleures, vu les préparatifs qu'on fait pour les ruiner,

De difcontinuer l'exercice de la Religion durant les fix mois : qu'elle eft enracinée, & a pris fi bone poffeffion en ce Roïame par le bénéfice des Edits de paix fi folemnellement jurée, qu'elle ne peut ceffer par un Edit qui eft forcé, & que c'eft chofe où tant de gens de bien ont interêt, que de foi-même il ne peut, ni n'a intention d'en rien traiter, non plus que de tout le refte qu'ils lui ont propofé, n'y ayant répondu que par forme de devis.

Et là-deffus lefdits Députés lui ont offert que s'il vouloit traiter avec la Reine Mere, comme ayant commandement de Sa Majefté, elle s'avanceroit jufqu'à Champigny, moyennant qu'il lui plût arrêter l'armée étrangere qu'ils penfoient être déja prés d'entrer en ce Roïaume ; & qu'il donnât temps de fe pouvoir rendre audit lieu, lui offrant auffi de faire repaffer les armées delà la Riviere de Loire.

Ledit Seigneur Roi de Navarre a fait réponfe que quand il plaira à la Reine lui faire cet honneur, de l'avertir de fa volonté, & s'approcher au lieu deffus nommé, & faifant repaffer les armées au-delà de Loire, il s'acheminera de fon côté jufques à Bergerac pour avifer le lieu où il lui pourra aller baifer les mains & traiter de toutes chofes qui concernent le bien de la paix.

Quant à ce qu'ils demandent d'arrêter l'armée étrangere, il ne peut, ni ne doit en rien refroidir ni retarder la bonne volonté de fes amis, qui en un tel & fi grand befoin accourent à fon aide, & que ce fera un moyen pour rendre le Roi obéi de ceux qui lui font rompre fon Edit de paix.

DECLARATION

De Notre Saint Pere le Pape Sixte V, à l'encontre de Henri de Bourbon, soi-disant Roi de Navarre, & Henri semblablement de Bourbon, prétendu Prince de Condé, Hérétiques, contre leurs postérités & successeurs : par laquelle tous les Sujets sont déclarés absous de tous sermens qu'ils leur auroient jurés, faits ou promis ＊.

SIXTUS EPISCOPUS,
SERVUS SERVORUM DEI,

Ad futuram rei memoriam.

L'Autorité baillée à Saint Pierre & à ses Successeurs par l'infinie puissance de l'éternel Roi, surpasse toutes les puissances des Rois & Princes terriens ; & étant fondée sur la ferme pierre, & n'étant jamais ébranlée par aucuns vents ou orages contraires ou favorables, elle prononce des Arrêts & jugemens irrévocables, & avec toute diligence prend garde à faire observer les loix ; & quand elle en trouve aucuns contrevenans à l'ordonnance de Dieu les punit de griéve condition, les privant de leurs siéges quelques grands soient-ils, les terrassant comme Ministres de Sathan.

Par quoi, suivant la charge & soin qui nous a été commis

＊ Cette Bulle de Sixte V est traduite du Latin ; on la trouve en cette Langue, imprimée sur l'Exemplaire de Rome, à la suite de l'Ouvrage que le célebre Jurisconsulte François Hotman composa pour la réfuter. Cet Ouvrage est celui qui a pour titre : *Brutum Fulmen Papæ Sixti Quinti adversùs Henricum Serenissimum Regem Navarræ, & Illustrissimum Henricum Borbonium, Principem Condæum : unà cum protestatione multiplicis nullitatis.* in-8°. 234 pages, sans la Bulle. On a aussi le *Brutum Fulmen*, in-12. 1603, avec diverses Pieces Latines qui y ont rapport. La Bulle de Sixte V est encore dans les *Scripta utriusque Partis*, à Francfort 1586, in-8°. & dans le troisieme Tome de la Monarchie de l'Empire, par Goldast, pag. 124. Le *Brutum Fulmen* a été traduit en François, & publié ainsi en 1587, *in-8°.* sous ce Titre : »» Protestation & défense pour »» le Roi de Navarre Henri IV, Premier Prince »» du Sang, & Henri, Prince de Condé, »» aussi Prince du même Sang, contre l'injuste »» & tyrannique Bulle de Sixte V, publiée à »» Rome au mois de Septembre 1585, au »» mépris de la Maison de France ». Il y a beaucoup d'érudition & de lumiere dans cet Ouvrage ; mais il est trop satyrique. L'Auteur auroit pu défendre avec plus de modération les droits des Souverains, & épargner davantage les Papes.

de toutes les Eglifes & Nations, afin qu'en premier lieu on donnât ordre au falut des ames, & que non feulement le temps
de notre Pontificat ou miniftere, mais encore celui qui eft à
l'avenir, repurgé des fceleres & déteftables monftres, apporte paix
à toutes les parties de la Chrétienté, & principalement au fleuriffant Roïaume de France, auquel la Religion Chrétienne a toujours perfévéré; la piété, foi & dévotion des Rois d'icelui a été fi
grande, leurs mérites auffi fi fignalés envers l'Eglife Romaine, qu'à
très bon droit ils ont obtenu d'icelle le nom de très Chrétiens;
afin auffi de n'être jamais accufés devant Dieu du mépris de
notre charge, fommes contraints d'exercer les armes de notre
milice, lefquelles ne font point charnelles ni provenantes de
nous, ains du Tout-puiffant Dieu pour la ruine des Puiffances
adverfaires, à l'encontre principalement de deux enfans d'ire,
Henry de Bourbon, jadis Roi de Navarre, & contre Henry
auffi de Bourbon, jadis Prince de Condé, car le fufdit, jadis
Roi de fon bas âge, a fuivi les erreurs de Calvin, & foutenu
obftinement fes héréfies, jufqu'à ce que feu d'excellente mémoire Charles IX Roi de France, & notre très chere fille
en Jefus-Chrift, Catherine Reine fa mere très débonnaire,
joint auffi notre bien aimé fils Charles du titre de faint Chri-
fogon, Prêtre Cardinal de Bourbon fon oncle, & Louis de
Montpenfier Duc, par leurs religieufes & fréquentes exhorta-
tions, & remontrances des Théologiens de rare doctrine & vertu, il s'eft réduit & ramené (comme il fembloit) à la foi de
l'Eglife Catholique, Apoftolique & Romaine, abjurant, condamnant & anathématifant toutes les opinions hérétiques
contraires à la foi Catholique, publiquement à l'Eglife dans
Paris, écrivant dès-incontinent lettres à jadis d'heureufe mémoire
Gregoire XIII, Pape mon prédéceffeur, par lefquelles il le prioit
comme le reconnoiffant pour fouverain Chef de toute l'Eglife Catholique, qu'il eût pour agréable fa pénitence, converfion & profeffion d'obéiffance, qu'il daignât lui objecter pardon
& rémiffion de tout le paffé, promettant affurément de garder
à jamais entierement & inviolablement la Foi Catholique: auf-
quelles lettres comme Roïaux mon jadis Prédéceffeur croyant,
& ému d'une charité paternelle, comme affuré de ce, par le
témoignage indubitable du Roi, de la Reine mere, du Cardinal & du Duc fufdit, favoir eft de fon entiere converfion,
déclara abfous icelui jadis Roi de Navarre, confeffant fes erreurs paffées, demandant humblement pardon du crime d'héré-

1585.

DECLARAT.
DE SIXTE V.

fie & des cenfures Ecclefiaftiques, qu'à cette occafion il avoit
encourues, le reverfant au giron de l'Eglife Catholique, &
l'admettant à la communion des Fideles, tout empêchement
ôté. En outre, afin que d'un plus étroit & ferme lien, il fût
retenu en icelle, il le difpenfa, comme auffi Marguerite, fœur
dudit Roi Charles, laquelle comme iffue de la race très Chrétienne, & en icelle nourrie, on efpéroit qu'elle maintiendroit
& feroit contenir en devoir fon futur mari, & le retenant en
l'obfervance de la Religion Chrétienne, afin que nonobftant
l'empêchement du troifieme dégré, & autre peut-être en eux
dégrés de confanguinité & parenté fpirituelle, ils puffent traiter mariage, comme ils firent, en face de l'Eglife. De-là à quelques mois icelui de Navarre envoya fon Orateur Jean Durat,
pardevers notre Prédéceffeur, pour en fon nom protefter de fa
pénitence, converfion, foi & conftance, en face du Saint Siege Apoftolique : de façon qu'ayant tenu confiftoire public en
l'affemblée de tous les Cardinaux & Prelats de l'Eglife, où infinis étoient accourus en la Salle Roïale, comme on a de coutume : icelui Henry en tant que Roi nouvellement converti à la
foi & comme Catholique (ja été admis) la Ville en étant toute
émue de joie, & rendant graces à Dieu de la réduction de la
brebis égarée : mais icelui comme variable & inconftant qu'il
étoit, non guères après fe départant de la foi Catholique, &
de l'obéiffance due au Saint Siége Apoftolique, enfemble de
toutes les autres promeffes que publiquement & avec ferment il
avoit faites & jurées, fe fouftrayant & retirant couvertement,
& ayant affemblé en un lieu affez éloigné de la Cour, le plus
grand nombre qu'il put des plus fceleres Hérétiques, & autres
manieres de gens de fon humeur, audit lieu il révoqua publiquement tout ce qu'il avoit fait auparavant, favoir eft la dé-
teftation du Calvinifme, & l'abjuration d'héréfies, & profeffion
de la foi Catholique, Apoftolique & Romaine, proteftant de
vouloir continuer le Calvinifme, comme il avoit promis, comme il a auffi fait, adherant à icelui d'une volonté opiniâtre & en-
durcie, & vivant en icelui jufqu'à ce jourd'hui, & non content, le plus fouvent a ému & armé les mutins & féditieux Hérétiques (defquels il eft chef, guide, protecteur en France, &
même grand défenfeur des Etrangers) contre le fufdit Charles
& contre notre très chere fils en Jefus-Chrift Henry très Chrétien, Roi de France, jaçoit qu'il le dût honorer & refpecter
comme fon beau-frere, & le fuivre comme fon Roi & Seigneur

gneur : mais bien plus est, comme ingrat & peu souvenant de
la douceur & courtoisie reçue, a animé même les Catholiques
contre leur Roi, assemblant des armées très pernicieuses &
dommageables, y appellant les Hérétiques d'étrange Nation,
lesquels presque par tout leur passage, ont ensanglanté les Villes, par la boucherie qu'ils ont faite des gens de bien ; les Eglises ont été profanées & ruinées, les Ecclesiastiques & Religieux massacrés, & les Villes & Forteresses des Catholiques, ou
de force ou trahison occupées, défendant l'exercice de la Religion Catholique. Il a fait à sa poste des Ministres & Prédicans
Hérétiques, contraignant les Citoyens & Habitans Catholiques
d'aller à leurs prêches, pour les faire instruire à toute impiété, &
par ce moyen abolir du tout la Religion Catholique ; & non-
content de ce, il a façonné & instruit un des plus intimes qu'il
eut de ses ruses & cautelles, & l'a envoyé hors la France en
divers endroits, par le moyen duquel il a communiqué tous ses
malheureux desseins aux principaux des Hérétiques, provoquant
leurs armes & forces à l'encontre de la Religion Catholique &
la puissance papale : a aussi fait faire plusieurs assemblées d'Hérétiques en diverses Provinces, en aucune desquelles il a non
seulement assisté, mais qui pis est, présidé, pendant qu'on y
résoudoit & promettoit de se bander directement contre la Foi
Catholique, & principalement contre les Eglises, contre le
Clergé, & contre tous les Catholiques du Roiaume de France.
Quant à Henri de Bourbon, Prince de Condé, né de pere &
de mere Hérétiques, & nourri au Calvinisme, suivant les traces
de ses pere & mere, encore adolescent, a commis les mêmes
forfaits, par même moyen que le Roi de Navarre fut ramené
à l'Eglise avec la plus grande humilité de cœur dont on se pourroit aviser, abjurant & détestant publiquement les erreurs &
rêveries des Hérétiques, fit pareille profession de Foi Catholique que le susdit de Navarre : ce qu'étant référé à Sa Sainteté,
& lui ayant usé de pareilles prieres, notre jadis Prédécesseur le
déclara absous, ensemble Marie de Cleves sa femme, prétendue infectée de même hérésie de ce temps là, revenant à pénitence, abjurant & détestant l'Eglise du même, & leur permit
de pouvoir se marier nonobstant le second dégré de consanguinité
qui empêchoit : mais ledit de Condé peu après retombant en sa
premiere erreur, & suivant la voie que son Pere, jadis Louis
Prince de Condé, très scéléré, lui avoit tracée & frayée par ses ves-
tiges de Persécuteur de l'Eglise Catholique, tenant donc la

même route & carriere du pere, se rendit aussi cher des Hérétiques & effrenés de toute la France, étant auteur des séditions
& guerres civiles, y amenant troupes & bandes de Soldats
étrangers Hérétiques, & auquel voyage a essayé à prendre les
Villes & Châteaux, a renversé les Eglises, violé les choses sacrées,
& ravagé, a fait mourir les Prêtres de cruel genre de mort &
indigne, & a substitué en leur lieu un tas de Ministres; a aussi
commandé l'hérésie est reprêchée & reprêchée & observée; bref il a
usé de toute sorte de cruauté & inhumanité, l'exerçant tant envers les Prêtres, comme aussi envers tous les Catholiques. Toutes
lesquelles choses étant assez manifestes, publiques & notoires,
& que nous en sommes entierement & légitimement informés,
principalement par ses déportemens & façon de procéder, au
temps même de notre Prédécesseur de bonne mémoire Gregoire XIII, & par plusieurs avertissemens & témoignages de
très grande autorité, icelui Henri jadis Roi, & Henri Prin-
de Condé susdits, être relaps, & rechus en l'inexcusable crime
d'hérésie, & en outre coupables comme fauteurs d'Hérétiques :
nous, voulant déguainer le glaive de vengeance contre eux suivant le dû de notre Charge; comme à ce faire contraints, sommes grandement marris qu'il nous faille user d'icelui glaive,
contre cette génération bâtarde & détestable de l'illustre & si si-
gnalée famille des Bourbons, en laquelle la pureté de la vraie
Religion, le loz de vertu a relui, ensemble l'observance & respect qu'en tout temps ont déféré au Siége Apostolique, & ce
pour ses forfaits susdits; donc en ce très haut Siége, & en la
pleine puissance que le Roi des Rois & le Seigneur des Seigneurs & Monarques, nous a donnée (jaçoit qu'indigne) établi de Dieu tout-puissant, & de Saint Pierre & Saint Paul ses
Apôtres, & de la nôtre, ensemble du consentement & conseil
de nos vénérables freres Cardinaux de la Sainte Eglise Romaine, prononçons & déclarons Henry jadis Roi, & Henry
Prince de Condé, être tels que dessus, & être Hérétiques &
relaps en hérésie, & non repentans, être chefs, fauteurs, protecteurs manifestes, publics & notoires, & par ainsi coupables
de lèse-Majesté divine, & ennemis jurés de la Foi Catholique,
si évidemment qu'ils ne sauroient faire paroître du contraire par
couverte, ambage ou excuse quelconque, & partant donc avoir
damnablement encouru les Sentences, censures & peines contenues aux saints Canons, Constitutions Apostoliques, & aux
Loix tant générales que particulieres, & décrétées aux Hé-

rétiques, relaps & non repentans ; & être par le même droit privés, favoir eft Henry, jadis Roi, de fon prétendu Roïaume de Navarre & de la partie qu'il occupe encore pour
ce jourd'hui, enfemble auffi de Bearn, & l'autre Henry de
Condé, eux deux & tous leurs Succeffeurs de tous & quelconques autres Principautés, Duchés, Domaines, Seigneuries,
Cités, Lieux, Fiefs, & même biens amphiteufes, fucceffions,
& non feulement de ce, mais encore de toutes dignités, honneurs, dons, charges & offices mêmes roïaux, directes, &
droits que de fait ils détiennent, & aufquels, comme que ce
foit, ont eu quelque droit, ou prétendent avoir ; les déclarant
s'être rendus indignes d'iceux, & avoir été & être incapables &
inhabiles pour les retenir, & d'obtenir à l'avenir quelqu'autre
chofe que ce foit ; & pareillement qu'ils font par le même
droit, privés, incapables, & inhabiles de fucceder à quelque
Duché, Principauté, Seigneurie & Roïaume, & fpécialement
au Roïaume de France, auquel ils ont commis de fi énormes
forfaits & crimes, & aux Domaines annexés & dépendans d'icelui Roïaume, jurifdiction & autres lieux ; comme auffi d'abondant, & entant qu'il en eft befoin, nous les privons & toute
leur poftérité à jamais, favoir eft Henry jadis Roi au Roïaume
de Navarre de fa part & de Bearn, & l'autre Henry de Condé
tous ces deux, & leurs Succeffeurs, d'autres Principautés, Duchés, Domaines, Fiefs & tous autres biens, & encore de droit
de fucceder & acquerir, & toutes autres chofes fufdites, tant en
général qu'en particulier. D'avantage les déclarons incapables à
jamais, eux & leurs hoirs, à iceux Domaines, & des fucceffions
de toutes Principautés, Duchés, Domaines, Fiefs, & Roïaumes, & fignalement au Roïaume de France, & à toutes an-
nexes d'icelui, comme deffus, fuppléant à tous défauts de droit
ou de fait, fi quelqu'un en advient en iceux : en outre tous
Magiftrats ou Gouverneurs, tenans Fiefs, Vaffaux, Sujets &
Peuples de ce Roïaume, Duchés, Principautés, & autres Domaines deffufdits, même ceux qui reconnoiffent autres Souverains, lefquels auroient prêté ferment de fidélité & d'obéiffance,
ou d'autre quelconque, comme auffi nous les abfolvons tous, tant
en général qu'en particulier, & délivrons par l'autorité des
préfentes, commandons & interdifons à tels Sujets de ne leur
rendre obéiffance aucune, ou à leurs avertiffemens, loix &
commandemens ; & ceux qui à ce contreviendront, fachent
être dès-lors enveloppés & compris à ladite excommunication

ou excommuniment. Au reste, nous exhortons notre susdit Fils en Jesus-Christ, Henri, Roi de France, Très Chrétien, par l'infinie bonté & miséricorde de Dieu, le prions & admonestons, comme mémorable de la très excellente Foi & Religion des Rois ses Ancêtres, laquelle il a reçue d'iceux comme un héritage beaucoup plus excellent que n'est tout le Roïaume; qu'il soit aussi mémorable du serment prêté en son Couronnement publiquement, d'exterminer les Hérétiques, afin que, de son autorité, puissance, vertu & grandeur de courage véritablement roïal, il travaille & soigne à l'exécution de cette notre si juste Sentence, & qu'en ceci il se montre agréable à Dieu tout-puissant, payant & s'acquittant du dû service qu'il doit à sa Mere l'Eglise. Commandons en outre à nos vénérables Freres, Primats, Archevêques & Evêques, tant du Roïaume de France que de Navarre & de Bearn, & résidens en autres lieux susnommés, qu'en vertu de sainte obédience, que tout-aussi-tôt que la copie des présentes Lettres leur sera communiquée, qu'ils les fassent publier, & tant qu'en eux sera possible, s'efforcent de les faire effectuer : & voulons que ces nôtres présentes Lettres soient affichées aux portes de l'Eglise du Prince des Apôtres, & en la pointe du Champ Floré de la Ville, comme est la coutume, attachées & publiées : voulons aussi qu'aux Copies tirées de cet Original, ou par impression, ou par main de Notaire public, ou Prélat Ecclésiastique, & scellées du Sceau d'icelle Cour, on y ajoute autant de foi en jugement & hors, comme si l'original leur étoit produit & démontré. Ne sera donc permis à homme du monde de violer ou rompre ce présent Sommaire de notre prononciation ou Arrêt, déclaration, privation, inhabilation, supplément, absolution, délivrance, précepte, commandement, interdict, liement, exhortation, priere, monition & volonté, ou d'y contrevenir d'audace téméraire. Que si aucun présume de l'entreprendre, qu'il sache qu'il encourra l'indignation de Dieu tout-puissant & de ses Apôtres Pierre & Paul.

Donné à Rome à Saint Marc, l'an de l'Incarnation de Notre Sauveur & Rédempteur Jesus-Christ mil cinq cent quatre-vingt-cinq, le neuvieme Septembre,

A. DE ALEXIIS

✠

EGO SIXTUS, Catholicæ Ecclesiæ Episcopus.
Ego Jo. ANTONIUS, Episc. Tuscul. Card. S. Georgii.
Ego M. S. Card. ab Altaemps.
Ego INN. AVALUS, Card. de Arag.
Ego P. Card. Sanctacrucius.
Ego GULIELMUS SIRLETUS, Card.
Ego MICHAEL BONELLUS, Card. Alex.
Ego LUDOVICUS, Card. Madrutius.
Ego NICOLAUS, Card. Senonensis.
Ego JUL. ANCT. SANCTORIUS, Card. S. Severine.
Ego P. Card. Cæsius.
Ego HIER. Card. Ruft.
Ego Jo. HIER. Card. Albanus.
Ego P. Card. Deza.
Ego ANT. Tit. SS. Jo. & PAULI, Card. Carafæ.
Ego Jo. ANT. Card. SS. Quatuor.
Ego Jo. BAP. Card. Marcelli
Ego AUG. Card. de Veronæ.
Ego VIN. Card. Montis Regalis.
Ego M. Card. S. Stephani.
Ego SCIPIO, Card. Lancellotus.
Ego FERD. Card. de Medicis.
Ego PHIL. VAST. Card. Cam.
Ego VINCENTIUS, Card. Gonzaga.
Ego FRANCISCUS, Card. Sfortia. S. Nicolai.
Ego ALEXANDER, Card. de Montealto.

Anno à Nativitate Domini millesimo quingentesimo octua-gesimo quinto, indictione decima tertia, die vero vigesima prima mensis Septembris, Pontificatus Sanctissimi in Christo Patris & D. N. Sixti divinâ providentiâ Papæ Quinti anno primo, retroscriptæ sunt Litteræ, affixæ & publicatæ fuerunt in Basilica Principis Apostolorum de Urbe, & in acie Campi Floræ, per nos Hieronimum Lucium, & Nicolaum Taglietam Sanctissimi D. N. Papæ Cursorem.

JO. ANDREA PANNIZZA, Mag. Curf.

REMONTRANCE AU ROI,

Par la Cour de Parlement *.

SIRE,

LEs Gens tenans votre Cour de Parlement aïant délibéré sur l'Edit & la Bulle que Votre Majesté leur a envoïée, vous supplient de recevoir en bonne part les humbles Remontrances qu'ils desirent vous faire entendre avant que les vérifier ou homologuer. Car combien que le peu d'accès que nos prieres ont eu ci-devant envers Votre Majesté nous rende presque muets, nous ôtant toute espérance de remporter autre réponse cette fois que les précédentes ; néanmoins tant qu'il plaise à Votre Majesté nous continuer en nos Charges, nous sommes obligés de continuer en notre fidélité accoutumée, à la décharge de votre conscience & des nôtres ; ce que nous faisons maintenant sous le bon plaisir & permission de Votre Majesté, ait tant plus hardiesse en liberté que les Ennémis de votre Etat estiment avoir plus de licence d'abuser de votre piété & dévotion pour couvrir leur impiété & rebellion.

Et s'il eût plû à Dieu que les raisons qui furent discourues en votre présence sur la publication de l'Edit de Juillet dernier passé, eussent pu pénétrer jusqu'à l'oreille de la patience & bonne affection que Votre Majesté avoit accoutumée de réserver à la voix de cette compagnie, nous ne serions maintenant en cette extrêmité ; car vous eussiez connu dès-lors, SIRE, que ceux qui pour une espérance fort incertaine de réunir vos Sujets à une Religion, engagerent votre autorité & conscience à la ruine très certaine de votre Etat, n'étoient ligués & unis que pour désunir vos Sujets de votre obéissance, en laquelle par une singuliere grace de Dieu ils demeuroient tous unis nonobstant la désunion de la Religion.

Qu'encore que leurs armées soient fort grandes & redoutables,

---

* Cette Remontrance est au sujet de la Bulle de Sixte V. On peut voir dans la Bibliotheque des Historiens de France du P. le Long, pag. 123 & 124, les divers Ecrits faits pour & contre cette même Bulle.

eu égard aux grands maux & oppreſſions que votre Peuple en
reçoit , ſi eſt-il facile à juger par l'expérience du paſſé , qu'elles
ſont trop débiles pour exécuter leurs propoſitions.

Que quand ils auroient moïen de ce faire, Votre Majeſté ne
s'en doit ſervir, d'autant que le crime que vous voulez châtier
eſt attaché aux conſciences, leſquelles ſont exemptes de la puiſſance du fer & du feu , & ſe peuvent manier par autres moïens
plus convenables à l'affection paternelle que votre Peuple a toujours trouvée en vous , vû même que ceux qu'on a voulu tant de
fois forcer par la force , offrent volontairement de s'en ſoumettre
à la raiſon & aux moïens approuvés de tout tems à l'Egliſe.

Mais , puiſque ce qui a été ordonné ne peut plus ſe révoquer ,
& que l'Edit qui eſt ſur le Bureau n'eſt que l'exécution & la ſuite
du précédent , Nous ne deſirons vous remontrer autre choſe ,
ſinon qu'il plaiſe à Votre Majeſté ſe ſouvenir que les Rois ſont
les Paſteurs, & les Edits les houlettes par leſquelles ils les condui-
ſent ſous un gouvernement doux & gracieux , & plus utile au
troupeau même , qu'au Paſteur ; car Votre Majeſté connoîtra
d'Elle-même que le nom d'Edit ne peut s'accommoder à cette
ſanglante proſcription que contient en termes ſi exprès l'occiſion
générale du troupeau , par conſéquent l'anéantiſſement de la
charge & autorité du Paſteur.

Quand tout le parti des Huguenots ſeroit réduit en une ſeule
perſonne , il n'y auroit celui de nous qui oſât conclure à la mort
contre elle , ſi préalablement ſon procès ne lui étoit ſolemnellement fait , & partant ſi elle n'étoit dûment atteinte & convaincue
de crime capital & énorme ; condamnant le malfaiteur , aurions-
nous regret de perdre un bon Citoyen. Qui ſera-ce donc qui ſans
forme de juſtice aucune oſera dépeupler tant de Villes , détruire
tant de Provinces , & convertir tout ce Roïaume en un tombeau ? Qui oſera , dis-je , prononcer le mot pour expoſer tant
de millions d'hommes , femmes & enfans , à la mort , voire ſans
cauſe ni raiſon apparente , vu qu'on ne leur impute aucun crime
que d'héréſie ; héréſie encore inconnue , ou pour le moins in-
déciſe ; héréſie qu'ils ont ſoutenue en votre préſence , contre les
plus fameux Théologiens de votre Roïaume , en laquelle ils ſont
nés & nourris depuis trente ans par la permiſſion de Votre Majeſté , & du feu Roi votre Frere d'heureuſe mémoire , laquelle
ils remettent au jugement d'un Concile univerſel , général ou
national.

La rupture de l'Edit de pacification nous a apporté tant de calamités, qu'il n'y a langue qui puiſſe ſuffiſamment exprimer ; mais il ſeroit difficile de remarquer un ſeul bienfait qu'en aies reçu en contre-change, ſinon qu'Elle a trop plus de Sujets qu'Elle ne penſoit. Car ceux qui font ſi bon marché de la peau des Huguenots ne vous euſſent jamais amené à leur opinion s'ils euſſent pû croire que le nombre en eût été ſi grand qu'il ſe voit aujourd'hui qu'ils font contraints de s'aſſembler ; & qui eſt celui qui ſe puiſſe imaginer le maſſacre d'une telle multitude, ſans horreur, & qui y puiſſe conſentir, ſans dépouiller tout ſentiment d'humanité ?

Conſiderez, SIRE, quelle affection peuvent avoir à votre ſervice ceux qui ont ſi grand ſoif de votre ſang : quelle fidélité ils apportent à la conſervation de cet Etat ſi caduc & ancien, lui tirant ce qui lui reſte de force & de vigueur par une ſaignée ſi démeſurée, que ceux qui en feront les Barbiers ſont en danger de ſe noyer eux-mêmes : Car nous avons appris, hélas, trop cherement que trente ou quarante mille Huguenots armés, pour la défenſe de leurs vies & de tout ce qu'ils ont de plus cher en ce monde, ne ſe peuvent défaire, qu'il ne demeure à-peu-près nombre égal des Catholiques, leſquels ne marchant en cette guerre qu'à regret, pourront à peine égaler les forces de ceux qui n'ont eſpérance qu'au déſeſpoir & auſquels il ne reſte plus rien que le courage & les armes.

Si donc la vengeance divine nous pourſuit tant, qui pourra obéir à ce dernier Edit ſi ces deux partis viennent à s'acharner juſqu'à l'entiere ruine, défaite de l'une ou de l'autre partie ? Qui s'oſera promettre de demeurer pour jouir de la victoire, ſi victoire ſe peut trouver après une telle deſtruction ? ou plutôt que reſtera-t-il à la peſte & à la famine qui diſputent déja contre la guerre l'honneur de l'extrême ruine de votre Roïaume ?

Mais que dira la Poſtérité, ſi elle entend jamais que votre Cour de Parlement ait mis en délibération d'honorer du nom paternel de vos Edits les articles d'une Ligue aſſemblée contre l'Etat, armée contre la perſonne du Roi, & qui s'éleve contre Dieu même, & qui dépite la nature, commandant aux peres de n'être plus peres à leurs enfans, & défendant aux meres de n'être plus meres à leurs filles, invitant l'ami à trahir ſon ami, & appellant l'aſſaſſin à la ſucceſſion de celui qu'il aura aſſaſſiné ?

Nous ne particulariſerons point davantage ſur les iniquités & injuſtices, aſſemblées en nombre infini ſous cette forme d'Edit, par lequel ceux qui en font les auteurs eſperent pouvoir

gagner

gner le Roïaume après qu'ils vous l'auront fait perdre ; mais nous
fupplions Votre Majefté ne fe guider par leurs confeils, qui ne
procedent que d'une ambition aveugle, & ains fuivre plutôt,
comme vous avez commencé, l'exemple tant célebre de la fa-
pience & juftice de Salomon. Car comme il feignoit vouloir
être cruel pour difcerner la vraie mere de la fuppofée, nous ef-
perons que Votre Majefté, aïant fait femblant de communiquer
aux defirs tyraniques de ces Ligués pour les découvrir, fe gardera bien de les accomplir, ains en fera fon profit pour la
confervation de fes naturels & obéiffans Sujets.

Nous n'excuferons pas, SIRE, la prife de Montelimar, &
d'une infinité d'autres Places furprifes par ceux de la Prétendue
Religion, & ne defirons rien tant qu'une bonne paix rende l'autorité & la force à votre juftice pour vous faire raifon ; mais la
nature, permettant à tous hommes de défendre leurs vies par tous
moïens, excufe aucunement ceux qui font réduits à cette néceffité ; & au contraire le péché de ceux-là eft inexcufable, lefquels confeillant une guerre très pernicieufe à Votre Majefté,
pour la friandife & confifcation des biens des Huguenots, les
ont contraints avec tant de rigueurs de fe récompenfer de leurs
pertes à vos dépens, & confifquer tout ce qu'ils peuvent entreprendre fur Votre Majefté.

Quant à la Bulle fainte, la Cour en trouve le ftyle nouveau
& fi éloigné de la modeftie des avant-Papes, qu'elle ne reconnoit aucunement la voix d'un fucceffeur des Apôtres ; & d'autant que nous ne trouvons point par nos regiftres, ni par toute
l'antiquité, que les Princes de France aient jamais été fujets à la
juftice du Pape, ni que les Sujets aient pris connoiffance de la
Religion de leurs Princes, la Cour ne peut delibérer fur icelle
que premierement le Pape ne faffe apparoir du droit qu'il prétend en la tranflation des Royaumes établis & ordonnés de
Dieu avant que le nom de Pape fut au monde, qu'il ne nous ait
déclaré à quel titre il s'entre-mêle de la fucceffion d'un Prince
plein de jeuneffe & vigueur, & qui naturellement doit avoir
fes héritiers en fes reins ; qu'il n'ait inftruit notre Religion, avec
quelle apparence de juftice ou équité il dénie le droit des gens
aux prévenus d'héréfie, contre la difpofition des faints Canons
& anciens Décrets, lefquels ne permettent qu'aucun foit tenu
Hérétique qu'il n'ait été librement ouï en fes raifons, & qu'il
n'ait été admonefté par plufieurs Synodes, & jugé par un Concile
légitimement affemblé. Il faut qu'il nous enfeigne avec quelle

Tome I. F f

efpece de piété & fainteté il donne ce qui n'eft pas fien, il ôte à autrui ce qui lui appartient légitimement, il mutine les Vaffaux & les Sujets contre leurs Seigneurs & Princes Souverains, & renverfe les fondemens de toute juftice & ordre politique ; bref, il nous doit montrer en quelle autorité il entreprend de condamner votre Sang au feu, & envoïer, par maniere de dire, une partie de votre ame en enfer.

Mais puifque le nouveau Pape, au lieu d'inftruction, ne refpire en fa Bulle que deftruction, & change fa houlette paftorale en un flambeau effroïable, pour perdre entierement ceux qu'il doit regagner au troupeau de l'Eglife, s'ils en font égarés, la Cour ne peut délibérer plus longuement l'homologation d'une telle Bulle, fi pernicieufe au bien de toute la Chrétienté, & à la fouveraineté de votre Couronne, jugeant dès à préfent qu'elle ne mérite aucune récompenfe que celle qu'un de vos Prédéceffeurs nous fit faire à une pareille Bulle qu'un Prédéceffeur de ce Pape leur avoit envoïée, à favoir, de la jetter au feu en préfence de toute l'Eglife Gallicane, & enjoignit à votre Procureur général de faire diligente perquifition de ceux qui ont pourfuivi l'expédition en Cour de Rome pour en faire fi bonne & brieve juftice qu'elle ferve d'exemple à toute la poftérité.

Car qui ne connoit que tous ces artifices font apoftés par tous les Ennemis de cet Etat, lefquels fous le nom de vos hoirs s'adreffent directement à votre propre Perfonne, s'imaginant déja être parvenus par leurs pratiques au-deffus de leurs attentes, ne leur reftant plus rien à faire que vous tirer par la cappe hors de votre place pour prendre pleine poffeffion de ce qu'ils abbaient & pourfuivent de fi long-tems.

Les chofes font fi claires & ont été tant éclaircies, qu'en vain nous abuferions de votre patience pour vous en faire plus amples Rémontrances, lefquelles nous n'efpérons point de voir de plus grande efficace & vertu que les précédentes. Mais fi tant eft que nos péchés nous aient du tout fermé l'oreille de votre clémence à juftice, faites-nous cette grace, SIRE, de reprendre en vos mains les Etats, dont il a plû à Votre Majefté & aux Rois vos Prédéceffeurs, nous honorer, afin que vous foyez délivré des importunes difficultés que nous fommes contraints de faire fur tels Edits, & nos confciences déchargées de la malédiction que Dieu prépare aux mauvais Magiftrats & Confeillers.

La néceffité de vos affaires nous a fouventefois contraints cidevant de conniver à plufieurs furcharges & pernicieufes inventions.

L'opinion que Votre Majesté avoit conçue que ceux de la Prétendue Religion en quitteroient aisément l'exercice, & que ce parti se pourroit abbattre sans grande effusion de sang, & sans une évidente ruine de cet Etat, a eu encore tant de force sur nos avis que de nous faire passer la révocation de tant d'Edits si solemnellement jurés.

Nous voïons à notre très grand regret & confusion, combien notre lâcheté vous est peu profitable, combien elle a été dommageable à tous vos Sujets, & honteuse à nous & à notre postérité. Notre patience ne sera plus obéissance, mais une stupidité inexcusable, si elle se veut étendre plus loin & passer outre en nonchalance & mépris de tout bien public.

Il est donc plus expédient à Votre Majesté d'être sans Cour de Parlement, que de la voir inutile comme nous sommes, & nous est aussi trop plus honorable de nous retirer privés en nos maisons & pleurer en notre sein les calamités publiques avec le reste de nos Concitoyens, que d'asservir la dignité de nos Charges aux malheureuses intentions des ennemis de votre Couronne.

1585.

RIMONTR.
DU PARLEM.
AU ROI.

DECLARATION DU ROI,

Sur son Edit du mois de Juillet dernier, touchant la réunion de tous ses Sujets à l'Eglise Catholique, Apostolique & Romaine.

Lu & publié en la Cour de Parlement, le 16 Octobre 1585.

HENRI, par la grace de Dieu, Roi de France & de Pologne, à tous ceux qui ces présentes Lettres verront, Salut. Par notre Edit du mois de Juillet dernier passé, Nous avons fait amplement entendre notre volonté & intention sur la réunion de tous nos Sujets à la Religion Catholique, Apostolique & Romaine, afin de retrancher le cours d'infinis maux & calamités, que la tolérance de la diversité d'opinions en la Religion a ci-devant introduits en celui notre Royaume, & rendre une paix, union & bienveillance, plus assurée entre nos Sujets, ainsi qu'elle s'est vue du tems de nos Prédécesseurs Rois ; lesquels pourvoyant sagement à toutes choses, n'ont souffert de leur regne,

F f ij

que le seul établissement de la Religion Catholique. A quoi pour tant mieux induire nosdits Sujets faisant profession de la nouvelle Religion, & les faire plus doucement embrasser par bonnes instructions, ce qui est du salut de leur ame, & touche à leur bien particulier, Nous aurions voulu leur donner terme de six mois après la publication de notredit Edit, pour dedans icelui se départir d'icelle nouvelle Religion, se réduire à notre-dite Religion Catholique, Apostolique & Romaine, & en faire profession, ou à faute de ce, sortir hors de notredit Royaume, & pays de notre obéissance, avec la permission de pouvoir jouir, vendre & disposer de leurs biens, selon qu'il est plus à plein contenu par icelui Edit. Et encore que nous leur ayions baillé ce délai avec toute bonne intention & pour davantage aider à leur conservation, néanmoins il se voit clairement que plusieurs de ladite nouvelle Religion obstinés en leur erreur, abusant de notre bonté, s'en servent & aident pour, en jouissant paisiblement de leur bien, avoir le moyen de se mettre en armes, s'équiper & faire provision d'argent, les uns pour aller joindre, & les autres pour assister de leurs moyens & facultés ceux qui, au lieu d'obéir à notredit Edit, comme bons & loyaux Sujets doivent faire aux Loix & Ordonnances de leur Roi, se sont ja élevés en armes contre nous, & y résistent à main forte, ayant en plusieurs endroits, comme même ès pays de Guyene, Dauphiné & Languedoc, pris par force aucunes de nos Ville & Châteaux, saisi nos deniers, ceux des Ecclésiastiques, de nos autres Sujets Catholiques, qu'ils appliquent à la dépense de leur guerre, exerçant au surplus tous actes d'hostilité contre les Gens d'Eglise, & autres Catholiques qui ont été en quelques endroits inhumainement tués & massacrés. Et combien que pour remédier à tels désordres nous ayions ja mis sus de bonnes & puissantes forces, avec lesquelles nous esperons que Dieu nous fera la grace de réprimer l'audace de telles gens, & de nous faire rendre l'obéissance qui nous est due, si est-ce que nous avons estimé que cela n'étoit du tout suffisant, & qu'il étoit requis de donner encore quelqu'autre provision pour empêcher que le mal ne prenne plus grand accroissement. Pour cette cause, après avoir mis l'affaire en délibération, en la présence de la Reine notre très honorée Dame & Mere, de plusieurs Princes & Sieurs de notre Conseil, étant près de nous, Nous avons par leur avis, & de notre pleine puissance & autorité Royale, ordonné & ordonnons ce qui s'ensuit.

ET PREMIEREMENT.

Que tous nos Sujets de ladite nouvelle Religion, de quelque qualité & condition qu'ils foient, qui fe font élevés en armes pour empêcher l'exécution de notre fufdit Edit, ou qui leur adherent, & femblablement les Catholiques qui fe font joints à eux, ou leur ont aidé & affifté, aident & affiftent de leurs biens, moyens & facultés, aient à dépofer les armes, fe defifter de leur mauvaife entreprife & adhérence, & nous obéir & reconnoître, ainfi que doivent faire bons & loyaux Sujets, fur peine d'être atteints & convaincus de crime de leze-Majefté; comme à faute de ce faire, Nous les avons dès à préfent, comme pour lors, tels déclarés & déclarons par ces Préfentes, par lefquelles voulons, ordonnons & nous plaît, que tous & chacuns leurs meubles, immeubles, dettes actives, noms, raifons & actions, foient faifis & arrêtés, & mis en notre main; & au régime & gouvernement d'iceux établis bons & fuffifans Commiffaires & Gardiens, qui feront contraints d'en prendre & accepter la charge. Nonobftant toutes exemptions, excufes ou privileges, pour être les meubles vendus, & les immeubles baillés à ferme, au plus offrant & dernier enchériffeur, & les deniers qui en proviendront, employés aux affaires de la guerre. Les oppofitions toutefois préalablement jugées & terminées, lefquelles à cette fin, propriétaires, créanciers & autres prétendans droit, feront tenus former aux Greffes de nos Bailliages & Sénéchauffées, dedans quinzaine pour tous délais, après la faifie faite, fi les oppofans font demeurans dans le reffort du Bailliage ou Sénéchauffée, & dans un mois pour le regard de ceux qui demeurent hors lefdits Bailliages & Sénéchauffées, & par même moyen apporteront leurs titres & enfeignemens, cédulles, obligations & autres pieces juftificatives de leurfdites oppofitions, pour fur icelles faire droit par nos Baillifs, Sénéchaux ou leurs Lieutenans, auxquels nous enjoignons procéder fommairement fans longueur ne connivence, fur peines de privation de leurs états, & plus grande s'il y échet, & faire regiftre à part des expéditions aux Greffes defdits Bailliages & Sénéchauffées.

Enjoignons auffi fur pareilles peines aux Subftituts de nos Procureurs Généraux de tenir la main à l'exécution de cette préfente déclaration, & certifier nofdites Cours de quinzaine en quinzaine du devoir qu'ils y auront fait.

Défendons en outre à tous ceux qui doivent auxdits élevés en armes ou à leurs adhérans & complices rente ou autres chofes, de leur en rien païer, ains leur enjoignons de le venir déclarer à nos Juges incontinent après la publication de ces Préfentes, fur peines du quadruple, & d'être procédé contre eux criminellement, comme fauteurs & adhérans auxdits élevés.

Faifons auffi très expreffes inhibitions & défenfes à toutes perfonnes d'acheter aucune chofe des fufdits élevés en armes, de leurs adhérans & complices ; déclarant dès à préfent tout ce qu'ils auront acheté, à nous acquis & confifqué. Voulons en outre qu'ils foit procédé contre lefdits acheteurs criminellement & que de tous les deniers qui proviendront de la vente d'iceux meubles, & fruits des immeubles, foient dreffés bons & amples procès verbaux par les Commiffaires à ce commis, qui les mettront ès mains des Tréforiers de France & généraux de nos finances, en la Généralité fous l'étendue de laquelle fe trouveront lefdits meubles, & feront fitués les immeubles ; fur lefquels procès verbaux lefdits Tréforiers généraux drefferont leurs états aux Receveurs particuliers des lieux, pour être lefdits deniers par eux reçus mis ès mains des Receveurs généraux de nos finances, comme les autres deniers de leur Charge & Généralité, & après employés en l'acquit des dépenfes que nous fommes contraints de faire & fupporter pour l'entretennement des gens de guerre que nous avons mis fus pour l'établiffement de notredit Édit du mois de Juillet dernier, & nous faire rendre l'obéiffance qui nous eft due par nos Sujets. A quoi nous avons affecté & affectons les fufdits deniers, à ce qu'ils ne puiffent être divertis ailleurs pour quelque caufe ou occafion que ce foit. Voulons en outre que nofdits Officiers vaquent en toute diligence, & toutes autres affaires ceffantes, à faire & parfaire les procès criminels & extraordinaires aufdits élevés en armes, leurs fauteurs & adhérans, & qu'ils procedent au jugement & Arrêts contre les fufdits, felon la rigueur de nos Edits & Ordonnances, réfervant toutefois à Nous pour le regard des biens immeubles de donner telle provifion que aviferons bon être pour la confervation d'iceux aux enfans & autres héritiers habiles à fuccéder aux prévenus, pourvû que iceux enfans & héritiers foient Catholiques, & qu'ils s'en rendent dignes par les bons & agréables fervices qu'ils nous feront. Et afin que nous puiffions tant plutôt connoître & difcerner ceux de nofdits Sujets de ladite nouvelle Religion, qui ont volonté de fe réduire à notre digne Religion Catholique, felon que nous le defirons pour leur

bien & falvation, ou bien d'obéir à ce que Nous avons ordonné par notredit Edit, en cas qu'ils ne veulent s'y réduire :
aufli pour empêcher que, fous prétexte du délai de fix mois,
que nous leur avions accordé avec bonne intention, aucuns
d'entr'eux mal affectionnés ne continuent d'en abufer & s'en
fervir au préjudice de notre fervice & du bien général de notredit Roïaume, comme ils ont fait jufques ici, Nous avons déclaré & déclarons que nous voulons & entendons que tous nos
Sujets d'icelle nouvelle Religion, aient dedans quinze jours
après la publication de ces préfentes, à fe réduire à notredite
Religion Catholique, & en faire profeffion, ou à faute de ce,
fortir hors de notredit Roïaume & Païs de notre obéiffance,
avec permiffion de vendre, jouir, ou autrement difpofer de
tous leurs biens, tant meubles que immeubles, ainfi que bon
leur femblera, felon qu'il eft contenu en notredit Edit : à la
charge toutefois qu'ils n'aideront d'iceux biens directement ni
indirectement ceux qui font élevés en armes contre notre
autorité, ou leurs fauteurs & adhérans ; & à faute d'obéir à
ce que deffus, nous voulons & entendons qu'il foit fommairement procédé contre eux, par faifie de leurs biens meubles
& immeubles, vente d'iceux meubles, & application des fruits
des immeubles, felon & en la forme & maniere qu'il eft dit
ci-deffus, des biens de ceux qui font élevés en armes contre
notre autorité, & de leurfdits adhérans, & que leurs procès
leur feront faits & parfaits, ainfi que l'on a accoutumé contre les infracteurs de nos Edits & Ordonnances, fans y ufer
d'aucune longueur ou connivence.

Nous n'entendons en cette préfente Déclaration être comprifes les femmes tant mariées que veuves, ni les filles étant
de la nouvelle Religion, auxquelles nous laiffons le refte du
terme de fix mois, porté par notre Edit du mois de Juillet,
pour fe réduire à notredite Religion Catholique, ou fortir hors
de notredit Roïaume, felon qu'il eft contenu par icelui.

Défendons néanmoins à tous nos Sujets, de quelque qualité qu'ils foient, fur peine de la vie, d'ufer d'aucune voie de
fait en ce qui dépend de l'exécution de cette notre préfente Déclaration, & de faire aucun tort ni injure, foit ès perfonnes
ou biens de ceux qui, enfuivant notredite volonté, fe retireront hors notredit Roïaume, ou contrevenans à icelle, demeureront ledit temps paffé, dont nous remettons l'entiere recherche & pourfuite à nos Officiers.

Si donnons en mandement à nos Amés & Féaux les Gens tenans nos Cours de Parlement, Baillifs, Sénéchaux, Prevôts, ou leurs Lieutenans, & à tous nos autres Justiciers & Officiers, & à chacun d'eux, si comme à lui appartiendra, que notre présente Déclaration, vouloir & intention, ils fassent publier, vérifier & enregistrer en nosdites Cours & Siéges particuliers, à ce que chacun en ait bonne connoissance, entretenir, garder & observer, sans qu'il y soit contrevenu en quelque sorte ou maniere que ce soit, ou puisse être; mandant à nos Avocats & Procureurs généraux & particuliers d'y tenir la main de leur part, & nous avertir de quinze jours en quinze jours du devoir & diligence dont il aura été usé à l'exécution de cesdites présentes : lesquelles, en témoin de quoi, Nous avons signées de notre propre main, & à icelles fait mettre & apposer notre scel. Car tel est notre plaisir.

Donné à Paris le septieme jour d'Octobre, l'an de grace mil cinq cent quatre-vingt-cinq, & de notre Regne le douzieme.

Ainsi signé,

HENRI.

Et plus bas,

Par le Roi étant en son Conseil.

BRULART.

Et scellé de cire jaune sur double queue.

Lues, publiées & registrées, oui & requerant le Procureur Général du Roi ; & en seront envoyées copies collationnées ès Bailliages & Sénéchaussées de ce Ressort, pour y être publiées, gardées & observées, & avoir lieu à jour de publication d'icelles seulement, & est enjoint aux Gouverneurs, Baillifs & Sénéchaux, de tenir la main à l'exécution & entretenement desdites Lettres, & empêcher les voïes de fait, suivant la volonté & intention du Roi, sur peine de contravention aux Edits & Ordonnances. A Paris en Parlement, le seizieme Octobre, l'an mil cinq cent quatre-vingt-cinq.

Ainsi signé,

DEHEVEZ.

DE

DE PAR LE ROI.

NOTRE Amé & Féal, poùrce qu'il se voit clairement que plusieurs de nos Sujets de la nouvelle Religion, obstinés en leur erreur, abusant de notre bonté, se servent & aident du délai de six mois que nous leur avions donné par notre Edit du mois de Juillet dernier, pour se réduire à notre Religion Catholique, Apostolique & Romaine, ou sortir hors cetui notre Rôïaume, & que, au lieu d'obéir à cette notre volonté, ils se mettent en équipage d'armes & chevaux, font provision d'argent, les uns pour aller joindre, & les autres pour assister de leurs moyens & facultés ceux qui se sont ja élevés en armes contre notre autorité, & y résistent à main forte, ayant en plusieurs endroits pris par force aucunes de nos Villes, Places & Châteaux, & fait infinis autres actes d'hostilité. Nous avons, pour y remédier & ne leur octroyer le moyen de se prévaloir de leurs biens au préjudice de notre service & du bien général de notredit Rôïaume, fait expédier nos Lettres de Déclaration, dont la copie sera ci enclose : suivant lesquelles nous vous enjoignons très expressément, que toutes autres affaires cessantes & postposées, vous ayez à saisir & mettre en notre main les meubles, immeubles, dettes actives, noms, raisons & actions de ceux de ladite nouvelle Religion de votre Ressort, qui se sont élevés en armes pour empêcher l'exécution de notredit Edit, ou qui leur adherent, & semblablement des Catholiques qui se sont joints à eux, ou leur ont aidé & assisté, aident & assistent de leurs biens, moyens & facultés ; & au régime & gouvernement d'iceux biens, établir bons & suffisans Commissaires, pour être lesdits meubles vendus, & les immeubles baillés à ferme au plus offrant & dernier enchérisseur, selon qu'il est plus à plein contenu par nosdites Lettres de Déclaration : procédant au surplus à l'entiere exécution d'icelles le plus diligemment qu'il vous sera possible, sans y user d'aucune longueur ou connivence, sur les peines y contenues. Et à ce ne faites point faute : car tel est notre bon plaisir.

Tome I. G g

Donné à Paris le dix-huitieme jour d'Octobre mil cinq cent quatre-vingt-cinq.

Signé, HENRI,

Et plus bas, BRULART,

Et en la superscription est écrit,

Au Prevôt de Paris, ou son Lieutenant Civil.

ANTOINE DU PRAT, Chevalier de l'Ordre du Roi, Seigneur de Nanthoillet, Precy, Royay & Formerie, Baron de Thiers, de Toury & de Vitteaux, Conseiller de Sa Majesté, son Chambellan ordinaire, & Garde de la Prevôté de Paris, Au

Nous, pour satisfaire à l'intention & volonté du Roi, & commandement de Sa Majesté, dont copie est attachée à ces présentes, sous le contre-scel de ladite Prevôté, vous commettons & enjoignons par la présente, que vous ayiez diligemment, & toutes choses cessantes, à faire perquisition de tous ceux de la nouvelle opinion, demeurans en vôtre Ressort, ou qui y étoient résidens depuis quatre mois ; Nous envoyer leurs noms, surnoms, qualités & demeurances : & pour ceux qui se sont retirés, le jour & lieu de leur retraite ; & faites sommaire requisition en quel lieu ils sont partis, & s'ils se sont retirés en lieu contre le service de Sa Majesté. Et de tout ce que dessus, vous nous envoierez vos procès verbaux à la huitaine, après la réception des présentes, pour, iceux vus, être par Nous pourvu à l'entiere exécution de l'intention de Sa Majesté ; vous avisant qu'en cas de négligence par vous, sera procédé contre vous par les suspensions & autres peines portées par les Lettres Patentes sur ce expédiées.

Fait au Châtelet de Paris, sous notre signet, le Vendredi vingt-cinquieme jour d'Octobre, mil cinq cent quatre-vingt-cinq.

DECLARATION

Des causes qui ont mu les Ducs, Comtes, Seigneurs, Barons
& Nobles du Roïaume d'Ecosse, avec leurs Adhérans, à pren-
dre les armes, pour le rétablissement de la Personne & Etat
du Roi, & de la discipline Ecclésiastique, selon la parole de
Dieu, avec l'heureux succès qui s'en est ensuivi.

Traduit d'Ecossois en François.

COMME ainsi soit qu'il est évident à tous que la bonne éduca-
tion & nourriture du Roi notre Sire, a été abusée, ses vertus que
Dieu lui avoit eslargies, & qui ont fait publier sa renommée par
tout, par-dessus la capacité de son âge, au grand confort de ses
bons Sujets, ont été obscurcies ces années passées par la finesse
& subtilité de certains hommes de nulle valeur, pour la plupart
de basse condition & de nuls moïens, néanmoins ambitieux &
d'une inclination vicieuse & cruelle, qui, sous prétexte d'alliance & amitié, s'étant fourrés près Sa Majesté, ont cherché seulement leur profit & avancement, & secouant, par maniere de
dire, & renonçant à toute charité, même à tous devoirs & offices exercés entre les barbares, n'aïant aucune crainte de Dieu
ni des hommes, comme renards cauteleux & loups sanglans, en
corrompant les loix, & par autres pratiques damnables, ont
gâté de telle sorte, dissipé & démoli tout le corps de cette République, qu'il n'y reste rien de l'ancienne forme de justice, &
police jadis reçue de nos ancêtres, soit en l'Etat Ecclésiastique,
soit en l'Etat Civil, qu'une ombre ou masque contrefait, au grand
deshonneur du Roi ou outrage de la Noblesse, & au grand regret de tous les gens de bien. Il est assez connu quelle justice
& paix regnoit au païs, combien grande étoit l'affection que
le Roi & ses Sujets se portoient mutuellement; quelle beauté
& splendeur reluisoit en l'Eglise de Dieu avec espérance d'accroissement, quelle attente toutes Nations étrangeres avoient
de notre Prince avant que d'Aubigny, depuis nommé Duc de Le-
nos, entrât au Royaume, que Jacques & le Colonel Stuards
vinssent en crédit avec leurs complices, & quelles choses sont

survenues depuis, & desquelles nul vrai & naturel Ecossois ne
se peut souvenir sans grande douleur : car il n'y a à cet instant
nul lieu ni Province qui soit en paix ni repos ; tout est plein d'i-
nimitiés & divisions, les vengeances & meurtres demeurent impunis : là où les plus sages des progeniteurs de Sa Majesté se sont
efforcés de gagner à eux les cœurs de leurs Sujets, non pas par
cruauté & violence, mais par douceur & débonnaireté ; d'autre
part, ont toujours tenu en leurs mains les forces du Roïaume,
pour prévenir aux inconvéniens auxquels sont sujets les Princes
qui se laissent mal gouverner. Ceux qui jouissent à présent de
la personne du Roi l'ont dépouillé & désarmé de l'un & de l'autre, en tant qu'il leur a été possible ; car les principales Places
& Forteresses sont en la puissance d'un, qui, se disant descendu
du Duc Mardo, jadis mis à mort, & convaincu du crime de Leze-Majesté, n'a point eû de honte de dire, parlant de soi : *Ici
est la personne de Jacques VII du nom* : La chose d'elle-même
témoigne clairement avoir voulu aliéner les Sujets de leur Roi, &
par même moïen, comme il semble, lui ôter le pouvoir de
les punir, quand, avec le tems, il auroit découvert leur méchanceté : Car aussi sous le nom de Sa Majesté ils ont usé de telles
partialités en toutes affaires, de telles extorsions, cruautés &
dissimulations par-tout, que si ce n'étoit que les bons Sujets ont
eu expérience du bon & paisible gouvernement de leur Prince,
devant que ces personnes fussent élevées en dignité, & savent
certainement que tous ces troubles doivent être imputés, non
à lui, ains aux autres, il y a long-tems que soutenus du général mécontentement de tout le peuple, procedé desdites causes, ils se fussent distraits de l'obéissance du Roi, ils eussent
mis sa Personne, sa Couronne & Etat en grand hasard ; au lieu
que maintenant par la grace de Dieu, ils sont persuadés, que
si les méchans étoient éloignés de sa Personne, il se remetroit
à exercer en tous respects sa première douceur & équité, pour
un long-tems merveilleusement éclipsées par la malice de certaines personnes qui n'ont pas seulement cherché, & cherchent
pour leur profit & avancement particulier, la destruction de quelques-uns, mais ainsi qu'il appert ont conjuré contre tout le
Corps du Roïaume, tellement qu'il n'y a aucun du Païs qui ne
s'en ressente. Les plus apparens de la Noblesse, & comme les
Chefs, nommément ceux qui ont donné meilleure preuve de
leur piété envers Dieu, & fidélité envers leur Roi, sont exposés au supplice, mis à mort, bannis, emprisonnés, où n'osent

se trouver en la présence du Roi. Arrêts & Jugemens sont publiés contre le Ministere, Ecoles & Clergé. On leur interdit
leurs Consistoires & Assemblées, & autres exercices ; les Privileges & Immunités leur sont ôtés, qui toutefois leur avoient
été ratifiés par Ordonnance des Etats, ou par coutume ancienne,
ou par permission juste & louable, depuis la premiere Réformation de la Religion au Roïaume, & sans lesquelles la pureté de
la Doctrine, & la vraie forme de la Discipline Ecclésiastique ne
peut subsister, & qui étoit le vrai moïen pour examiner la vie,
les mœurs & doctrine d'un chacun, même de les réformer, si
besoin étoit. Les plus doctes d'entre les Ministres & Professeurs,
& gens sans reproche, démis de leurs Charges & privés de leurs
gages. Jésuites, & tous autres qui sont emploïés ès autres Nations, pour faire que le sanglant Concile de Trente fût mis en
exécution, sont en grand estime : Papistes choisis & élus pour
être Présidens & Conseillers ès Cours de Parlement, pour occuper la place des vrais & fideles Sénateurs qui en ont été chassés. Pour ce qui concerne le particulier des Villes, on voit les
priviléges abolis par l'institution des Magistrats constitués pour
y présider, qui ne sont ni Citoyens, ni idoines à s'acquitter de
leurs charges, hommes seulement choisis pour applaudir &
consentir à tout ce que les séditieux mettent en avant, tellement
que sans un remede opportun, cet Etat autrefois ornement du
Roïaume, doit être soudain renversé. Comme donc il y a trois
pilliers, desquels le Roi doit être soutenu ; que peut-on attendre, s'ils sont minés & démolis de telle façon, que la ruine universelle de tout l'Etat ? Il y a davantage, que les susdits perturbateurs du repos public, ne se contentant pas des énormités
déja exprimées, ont pratiqué & pratiquent journellement de
convertir l'amitié, qui pour un long-tems a été entre les habitans de toute l'Isle, en une extrême hostilité, sans égard du
voisinage ou consanguinité entre les deux Princes, ni sans considerer les mérites de la Reine d'Angleterre envers le Roi d'E-
cosse, & tout le pays, pour y avoir planté la Religion & conservé l'autorité de Sa Majesté, lorsque pour sa minorité Elle ne
pouvoit pas se maintenir elle-même. Car ils ont eu intelligence
avec ceux qui ont cherché par tous moïens la ruine de la Reine
d'Angleterre, comme il est connu par la confession de plusieurs
rebelles & traîtres de nagueres exécutés. Il est vrai qu'aussi-tôt
qu'ils ont apperçu quelque danger pour la communication trop
familiere qu'ils pourroient avoir ensemble frauduleusement, &

pour tromper Sa Majesté, ont prétendu ces mois passés grande amitié & courtoisie, promettant à cet effet capituler & conclure une alliance offensive & défensive qui dureroit à jamais; mais nonobstant toutes ces belles promesses, la fin a bien montré qu'ils n'avoient projetté rien que fausseté & cruauté. La mort du Lord Roussel en rend le témoignage à tout le monde, lequel étant de maison honorable, méritant aussi grande louange pour ses vertus & qualités, mais particulierement bien affectionné envers le Roi & notre Nation, lors même que l'on parloit de paix & alliance, a été meurtri d'une façon si étrange & odieuse, que si on ne fait justice d'un crime tant horrible, comme il est requis, il y a doute qu'il ne redonde au grand deshonneur de Sa Majesté & opprobre de ses Sujets, qui en sont innocens. Finalement, qui est une chose du tout insupportable, & requiert amandement, ces mêmes garnemens couvrent toutes leurs méchancetés de l'autorité du Roi, par cette occasion s'excusant du changement; & comme cela ne peut être que scandaleux pour nous, & amoindrir la bonne réputation de Sa Majesté, si on endure que hommes dissolus, qui ont fait naufrage de toute honnêteté, continuent près sa personne, & si les Nations Etrangeres viennent à entendre que telles pestes, & si peu en nombre, éteignent la fleur de la Noblesse, gouvernent tout le Païs, & tiennent le Roi captif, & autorisent leurs faits exécrables par sa puissance Roïale. Pour ces causes susdites, & autres qui pourroient être alléguées, nous, Chefs de la Noblesse, appellés par la grace de Dieu pour faire profession de son Evangile, nous, Conseillers de Sa Majesté, obligés non-seulement d'exposer nos biens, honneur & vie pour la vérité, mais aussi chargés en nos consciences d'avoir la sureté & honneur de notre Roi en recommandation, & à ce titre tenant de ses ancêtres nos Terres, biens & Fiefs, vu derechef les grandes énormités & tyrannies des Ennemis, en la crainte de Dieu & obéissance de notre Roi, nous nous sommes unis pour donner ordre à tous abus, & réformer toutes corruptions; la trop longue souffrance ayant déja bien avant blessé l'Etat de la Religion, deshonoré S. M., troublé tout le Roïaume, & désuni aussi bien les cœurs des Princes comme des Sujets des deux Nations. Nous estimons donc la nécessité requérir, voire y être obligés par devoir de conscience, tous doutes étant mis à part, que ces perturbateurs soient chassés & bannis de la présence du Roi, qu'il soit restitué en sa premiere liberté, à ce qu'il puisse conduire son Peuple paisible-

ment , suivant l'avis des grands & modestes Conseillers qui
procurent l'avancement de la gloire de Dieu, & la sauveté de
leur Prince , & conservation de son Etat, afin que l'Eglise soit
remise en sa pureté, tous actes faits au préjudice d'icelle anéantis ,
le Corps de cette République puisse être déchargé de si grieves
oppressions & outrages qu'il a endurées un si long temps, par
la punition que l'on fera des vices en la personne de ceux qui
sont principaux auteurs de ces maux, & maintien du rétablissement de la vertu & justice , l'heureuse amitié & alliance des
Anglois soit entretenue pour la gloire de Dieu, honneur du Roi ,
& contentement de tous les gens de bien : en la poursuitte &
exécution desquelles choses , nous protestons devant Dieu &
ses Anges , que nous n'épargnerons ni vies ni biens , mais les
exposerons au besoin , & emploierons tous nos moyens , jusques à ce que ces imposteurs soient appréhendés & présentés
à la Justice , pour souffrir comme ils méritent ; ou bien , s'ils
ne peuvent être attrapés, jusques à ce qu'ils soient chassés de
la compagnie du Roi , & bannis du Roïaume. Partant , nous
commandons & enchargeons , au nom du Roi notre Sire , à
tous Sujets de Ville en Ville , & de lieu en lieu , de nous assister & donner aide en une si louable entreprise , & se joindre
à nous , comme ils desirent donner témoignage de leur zèle à
la gloire de Dieu , & affection à chercher la sauveté de leur
Roi , & tranquillité de tout le Roïaume : donnant à entendre
à tous en général , & chacun en particulier , que tous ceux qui
attenteront quelque chose contre nous , & ne voudront suivre
notre parti , nous les réputerons comme fauteurs du vice &
iniquité , & coupables des trahisons & conspirations , tant
contre la Religion , que contre Sa Majesté ; & à la paix des
deux Roïaumes, & nous nous porterons envers eux comme envers
nos Ennemis ; en outre aussi , ordonnons que tous les Juges &
Présidens des Cours de Parlement , Sénéchaux , Commissaires,
& autres Juges subalternes , fassent & administrent justice , à
l'accomplissement & exécution des présentes , selon les Loix de
ce Roïaume , comme devant répondre pardevers nous , & en
défaut , encourront les mêmes dangers que dessus.

La Pacification.

Les Comtes Angous, Mar. Bothouel , Athal , Maréchal , les
Seigneurs Hamilton , Maxwel , Hume , Heries , Cambeskeneth,
le Tuteur de l'Héritier Glames , Dry-bourg , Paissay , Couding-

ham, les Barons Cesfuird, Drumlanric, Coudonknois, Wodderburn :

Avec les Seigneurs, Barons, Gentilshommes leurs alliés, & confédérés, environ neuf à dix mille de cheval, arriverent à la Chapelle de Saint Amian, qui est un mil de Sterlin, le premier jour de Novembre mil cinq cent quatre-vingt-cinq, là où ils dresserent leurs tentes, & se camperent comme si c'eût été une nouvelle Ville. Le lendemain donnerent dedans la Ville au point du jour : il y eut quelque résistance l'espace de deux heuheures, entre qu'ils furent dedans par tous les quartiers, & que leurs ennemis, le Comte de Montroze, Grafford, Glencarne, Arol, & le Colonel Stuard furent retirés au Château avec les principaux de leur suite, ils planterent leurs Enseignes tout contre le Boullevard du Château. Surquoi le Roi leur envoya un sien Sécretaire, & le Lieutenant de la Justice, les requerir : premierement que sa vie, son honneur & Etat fussent préservés : en second lieu, qu'on épargnât la vie aux Comtes Montroze, Grafford, & Colonel Stuard : tiercement que toute choses pussent être transigées paisiblement ; & à ces conditions se présentoit pour se laisser conduire dorénavant par leurs avis & conseil.

Les Nobles répondirent aux Députés du Roi : que pour le premier, le Seigneur connoissoit qu'ils n'avoient jamais eu autre intention que de conserver sa personne, son Etat & dignité, & délivrer Sa Majesté des mains de ceux qui sous son nom & autorité, avoient oppressé si cruellement l'Eglise & la Republique, & exposé en danger aussi bien sa vie que sa Couronne : qu'ayant la crainte de Dieu devant les yeux, ils étoient venus pour lui faire tout devoir & service, & se montrer fideles & obéissans Sujets, comme auparavant ils avoient fait, s'opposant à la violence de ceux qui autrefois combattoient avec sa Mere, Enseigne déployée, pour le priver de sa vie & Etat, lesquels nonobstant aujourd'hui étoient admis seuls au maniment des affaires.

Touchant le second, vû que les susnommés (la vie desquels on désiroit épargner) avoient troublé tout le Païs, & été instrumens de telles confusions, que jamais on n'en avoit oui ni vu de semblables, qu'ils ne pouvoient moins faire, pour l'honneur qu'ils portent au Roi, & affection à leur patric, que chercher les moïens par lesquels ils fussent mis entre les mains de la Justice, pour être traités comme ils auront mérité.

Pour le dernier, eux-mêmes déclarent au Roi, qu'ils le supplient

plient très humblement qu'il donne ordre lui-même à ce que
tout se passe paisiblement, & ce en temps opportun, pour le
plus grand contentement de tous ses bons Sujets; & pour cet
effet lui promettent toute aide & assistance, protestant n'être
approchés du Roi en armes, & avec si grandes troupes, que
par contrainte, & pour sauver leurs vies & biens de la tyrannie
de ceux qui ne demandoient que leur ruine.

Les Députés partis, les Nobles en envoyerent d'autres de
leur part supplier le Roi semblablement de trois demandes :
que le Roi donnât son consentement à réformer les corruptions & abus qui s'étoient glissés en l'Eglise & Etat civil, par
le mauvais gouvernement de ceux qui avoient abusé de son autorité : au préalable qu'il avouât comme légitime la procédure
tenue par eux, pour obtenir ladite réformation ; & à cette occasion soussignât la brieve Déclaration qu'ils avoient faite de
leur cause ; & pour plus grande assurance, les Perturbateurs de
l'Etat fussent déchassés des Forteresses qu'ils avoient en leur puissance, pour après être délivrées à ceux que les Etats du Païs
estimeront pour les garder.

Secondement, que les Perturbateurs de l'Etat leur fussent
donnés en garde, jusqu'à ce que la Justice eût connu de leur
déportement. En outre que la garde fût changée, & qu'une
autre fût établie, composée de gens modestes, sages, sobres,
tels que la noblesse nommeroit.

Toutes ces choses leur ont été accordées ; & pour quelques
particularités le Sieur Hamilton a été ordonné Lieutenant pour
le Roi au Château de Dumbartan, le Baron de Coudonknouis
en celui d'Edimbourg, l'autre de Sterlin restitué au Comte Mar
qui en doit être Gouverneur par succession. Les Places fortes &
d'importance, appartenantes à ceux qui en avoient été chassés
à tort, rendues aux vrais Possesseurs. Le Tuteur de l'Héritier
Glames a été fait Capitaine de la Garde du Roi.

La nuit devant que les Nobles entrassent en la Ville, Stuart
Comte d'Aran s'enfuit au Château d'Edimbourg, duquel il s'étoit
saisi longtemps au paravant ; là étoit tenu assiégé. L'Archevêque de Saint André, comme on dit, constitué prisonnier
par les Ecoliers & jeunes hommes de la Ville, & doit être
mis entre les mains des Nobles, & présenté à la Justice. Ceux
qui étoient détenus captifs pour n'avoir voulu soussigner à ses
articles, mis en liberté, les bons Ministres & Possesseurs rappellés & rétablis en leurs charges & pensions, la discipline re-

Tome I.   H h

mise audessus en plus grande liberté que jamais. Les Jesuites de nagueres venus de France, & autres Papistes merveilleusement étonnés de ce changement, trouvent à grande difficulté place pour se cacher, & s'en vont là où ils ont le moyen, en habit de Marinier, hors du Roïaume.

S O N N E T.

A peine l'Ecossois, pour vivre en liberté,
   Avoit de l'Antechrist secoué le joug damnable,
   Que Satan envieux commençoit, détestable,
   A troubler le repos de sa félicité.

Il va subtil & vient d'un & d'autre côté,
   Et déja s'avançoit son dessein exécrable,
   Pour faire recourber l'Ecosse misérable
   Dessous le joug fâcheux d'une captivité.

Mais Dieu y a pourvu, suscitant la Noblesse,
   Qui s'est avec son Roi tirée de l'oppresse,
   Où déja la tenoit cet Antechrist Romain.

Misérable François, regarde & considere
   L'Ecossois ton ami retiré de misere;
   Et toi n'as-tu de cœur pour semblable dessein?

C O P I E

*De l'opposition faite par le Roi de Navarre & Monseigneur le
Prince de Condé, contre l'Excommunication du Pape Sixte V,
à lui envoyée & affichée par les Cantons de la Ville de Rome*.*

HENRI, par la grace de Dieu, Roi de Navarre, Prince
Souverain de Bearn, Premier Pair & Prince de France, s'oppose à la Déclaration & Excommunication de Sixte V, soi-
disant Pape de Rome, la maintient fausse, & en appelle comme
d'abus en la Cour des Pairs de France, desquels il a cet honneur d'être le premier. Et en ce que touche le crime d'Hérésie, & de laquelle il est faussement accusé par la Déclaration,
dit & soutient que Monsieur Sixte, soi-disant Pape (sauve sa
Sainteté) en a faussement & malicieusement menti : & que lui-
même est Hérétique ; ce qu'il fera prouver en plein Concile
libre & légitimement assemblé : auquel s'il ne consent & ne
s'y soumet, comme il est obligé par ses Droits Canons même,
il le tient & déclare pour un Antechrist & Hérétique ; & en
cette qualité, veut avoir guerre perpétuelle & irréconciliable
contre lui : proteste cependant de nullité, & de recourir contre
lui & ses successeurs, pour réparation d'honneur de l'injure qui
lui est faite & à toute la Maison de France, comme le fait &
la nécessité présente le requierent. Que si par le passé les Princes & Rois ses prédécesseurs ont bien su châtier la témérité de tels
Galans, comme est ce prétendu Pape Sixte, lorsqu'ils se sont
oubliés de leur devoir, & passé les bornes de leur vocation,

---

* Dans une autre Edition du *Brutum
Fulmen*, que celle qui est citée plus haut,
c'est-à-dire, dans l'Edition de 1603, *in-12.*
petit caractere, on a cette opposition en
Latin, sous ce Titre : *Appellatio, seu Ré-
clamatio Regis Navarræ, & Principis Con-
dæi, opposita futili Excommunicationi Sixti
Quinti, qui nomen usurpat Papæ Romani,
allata Romam per Virum quendam Nobilem,
& ibi locis quatuor destinatis publicis de-
nunciationibus affixa 6 Octob. 1585.* Ce
même Ecrit est dans le Recueil intitulé,
Scripta utriusque Partis, à Francfort, 1586.

in-8°. Varillas, dans son Avertissement sur
l'Histoire de Henri II, attribue cet Ecrit à
Jacques Bongars, *Gentilhomme Bourguignon,*
de la Religion Prétendue Réformée : & il
assure qu'il eut la hardiesse de l'afficher lui-
même dans Rome. Mais il s'est trompé sur
la Patrie de Bongars ; il étoit Gentilhomme
Orléannois ; & il fut Résident & Ambassadeur du Roi Henri IV, vers les Electeurs,
Princes, & Etats Protestans d'Allemagne.
On a de lui un Recueil de Lettres, & d'autres
Ouvrages.

Hh ij

confondant le temporel avec le spirituel ; ledit Roi de Navarre, qui n'est en rien inférieur à eux, espere que Dieu lui fera la grace de venger l'injure faite à son Roi, à sa Maison & à son Sang, & à toutes les Cours de Parlement de France, sur lui & sur ses successeurs ; implorant à cet effet l'aide & secours de tous les Princes, Rois, Villes, & Communautés vraiment Chrétiennes, ausquels ce fait touche ; aussi prie tous Alliés & Confédérés de cette Couronne de France, de s'opposer avec lui contre la tyrannie & usurpation du Pape & des Ligués conjurateurs en France, ennemis de Dieu, de l'Etat, & de leur Roi, & du repos général de toute la Chrétienté.

Autant en Proteste Henri de Bourbon, Prince de Condé.

Affiché à Rome le 6 Novembre 1585.

MANDEMENT DU ROI,

Contenant injonction à ses Officiers, de se saisir des personnes & biens de ceux qui ont porté les armes pour Monsieur le Prince de Condé, auxquels Sa Majesté pardonne en se réduisant, & seront relâchés en baillant Cautions Catholiques.

Aussi enjoint aux Lieutenans Généraux de faire rôles de ceux qui sont sortis hors du Roïaume, & de ceux qui se sont réduits à l'Eglise Romaine.

DE PAR LE ROI,

NOTRE Amé & Féal, en faisant notre Edit du mois de Juillet, & Déclaration sur icelui du septieme Octobre, derniers passés, nous n'avons eu autre but & intention que de ramener nos Sujets de la nouvelle opinion au sein & giron de l'Eglise Catholique, Apostolique & Romaine, & les détourner & empêcher de prendre les armes contre notre autorité & leur propre devoir, afin d'établir un ferme & assuré repos en cetui notre Roïaume ; toutefois nous n'avons pu tant faire qu'un grand nombre d'entr'eux ne se soient élevés en armes, & les autres ne se soient plutôt résolus de sortir hors de notredit Roïaume, que

de se réunir à ladite Eglise & notre Religion Catholique,
Apostolique & Romaine, suivant notredit Edit & Déclaration :
desquels, d'autant que la condition est différente, aussi voulons-
nous en être fait distinction, & usé envers eux de différent traitement. Vous aurez pu voir par les précédentes Lettres que nous
vous en avons écrites, & même par nos dernieres du cinquieme ou sixieme de ce mois, quelle est notre volonté pour
lesdits élevés en armes, & même pour ceux qui ont suivi notre
Cousin le Prince de Condé en ses mauvaises délibérations &
entreprises, lesquels ont été contraints se séparer, étant pressés
de nos gens de guerre, & se sont retirés en leurs maisons ou
celles de leurs amis : & nous assurons que vous aurez fait exacte
perquisition & plein devoir de vous saisir de leurs personnes,
armes, chevaux, maisons & autres biens, ainsi que vous avons
mandé de faire. Mais afin que nous puissions être à la vérité
éclaircis & informés qui sont ceux qui se sont absentés hors
notredit Royaume, suivant nosdits Edits & Déclaration, ceux
qui se sont faits Catholiques, & comme ils se comportent, &
ceux aussi qui sont élevés en armes contre notre service & autorité, & les ont portées depuis la publication de nosdits Edits
& Déclaration, même dernierement avec notredit Cousin le
Prince de Condé :

A cette cause, Nous voulons & vous mandons que, après
vous être bien & dûment informés de chacune desdites qualités de personnes, ayant leurs principales & ordinaires demeures
en votre Ressort & Jurisdiction, vous ayez à en faire rôles par
chapitres contenans leurs noms, surnoms, qualité, Paroisses
de leursdites demeures, pour, incontinent après, l'envoyer au
Gouverneur & notre Lieutenant Général de la Province, dedans laquelle est assis le principal Siége de vôtredite Jurisdiction, lequel nous le fera tenir suivant ce que lui écrivons présentement ; & ce pendant, continuez à faire perquisition &
vous saisir des personnes, chevaux, armes, maisons & biens
des susdits qui portent les armes contre nous, & s'étant séparés d'avec notredit Cousin le Prince de Condé, se sont retirés en leurs maisons ou celles de leurs amis, & les tiendrez
sous bonne & sure garde, jusques à ce que par nous autrement
en soit ordonné, selon qu'il vous est mandé par nosdites Lettres du cinquieme ou sixieme de ce mois : procédant néanmoins
aussi contre eux, selon & ainsi qu'il est porté par notredit Edit
& Déclaration ; & toutefois s'il y en a quelques-uns d'entre

eux, qui, fans faction, fe veulent réduire à notredite Religion
Catholique, Apoftolique & Romaine, vous les avertirez que
nous leur pardonnerons volontiers ladite prife & port d'armes,
& leur en ferons expédier nos Lettres-Patentes & particulieres,
nous en requerant ; mais, pour éviter que ne fôyons trompés
d'eux, nous voulons qu'ils demeurent fans armes & chevaux
dont ils fe puiffent fervir à la guerre, jufques à ce que par nous
autrement en foit ordonné ; & outre, voulons auffi qu'ils bail-
lent caution & affurance de Catholiques : à favoir, les Gentilshommes, des Gentilshommes ; les autres, d'autres qualités de
perfonnes tous refcéant domiciliées & fuffifantes, qui répon-
dront pour eux qu'ils n'adhéreront & ne feront directement ou
indirectement aucune chofe pour l'affiftance defdits de la nouvelle opinion, au préjudice de notredit fervice : vous chargeant
très expreffément de nous avertir incontinent de la réception
de la préfente, & femblablement du devoir que ferez en ce
que deffus plus foigneufement que ne faites des dépêches que
vous envoyons ordinairement : car, depuis que les avez reçues,
vous ne nous y faites communément nulle réponfe, & pour ce
vous adrefferez pour ce fait vos Lettres au Gouverneur & notre
Lieutenant Général de la Province où eft affife votredite Jurifdiction, fans y faire faute : car tel eft notre plaifir.

Donné à Paris, le onzieme jour de Novembre, mil cinq
cent quatre-vingt-cinq.

Ainfi figné, HENRI.

Et plus bas, DE NEUFVILLE.

REMONTRANCE
DU CLERGÉ DE FRANCE,

*Faite au Roi le 19 Novembre 1585, par Monsieur l'Evêque de S. Brieu *, assisté de Monseigneur Illustrissime Prince & Révérendissime Cardinal de Bourbon, Archevêques, Evêques, & autres Députés.*

SIRE,

Votre piété connue par toute la Chrétienté, & par nous expérimentée dès les premiers ans de votre enfance, entre tant de vos saintes & vertueuses actions, qui rectifient l'intégrité de votre conscience, & montrent à un chacun l'ardeur de votre charité envers Dieu, nous donne assurance que prendrez en bonne part la Remontrance que nous proposons sous votre bon plaisir, & par votre permission, vous faire presentement au nom de l'Eglise.

Laquelle étant votre Mere, qui, par la parole de vie, vous a spirituellement régénéré enfant de Dieu, d'autant plus que l'aimerez, honorerez, favoriserez, & à ses saints avertissemens acquiescerez, aussi serez de plus agréable à Dieu, & rendrez votre vocation plus certaine, par laquelle vous êtes appellé ; pour après cette vie mortelle éternellement regner en toute gloire & honneur, avec son fils notre Sauveur & Rédempteur Jesus-Christ, qui est le but auquel nous devons tous aspirer, & hors lequel, & sans lequel vaudroit mieux à la créature jamais n'avoir été, que d'avoir été ; voire été le plus grand, le plus puissant, le plus riche & le plus redouté Monarque de la terre.

A cette cause Saint Augustin écrit, qu'il ne faut estimer un Roi Chrétien être heureux, pour avoir regné longuement, laissé

---

* Cet Evêque de S. Brieux étoit Nicolas *Langelier.* Robert, dans son *Gallia Christiana*, fait mention de cette Harangue, & dit que ce Prélat avoit déja harangué au nom du Clergé assemblé à Melun en 1579. Il est mort à Dinan au mois de Septembre 1595 ; c'est à lui qu'on doit la rédaction des Decrets du Concile de Tours de l'an 1583. Il avoit assisté à ce Concile. Il avoit succédé dans l'Evêché de S. Brieux à Jean du Tillet, lorsque celui-ci passa en 1567 à l'Evêché de Meaux.

poſtérité de ſon corps, qui ſuccede à ſa Couronne, dominé ſur pluſieurs grandes & puiſſantes Provinces, commandé à divers peuples & différentes Nations, aſſujetti, dompté & opprimé ſes ennemis ; d'autant que pluſieurs Princes idolâtres & infideles, n'appartenant au Roïaume de Dieu, ont très grandement joui de tels ou ſemblables dons ; au contraire beaucoup de bons & fideles Rois, aimés & chéris de Dieu, les noms deſquels ſont écrits au livre de vie, n'en ont rien ou bien peu obtenu, ayant peu de tems regné, mourant ſans enfans, & la plupart de leur vie ayant été travaillés par leurs Ennemis tant étrangers que domeſtiques, le tout provenant de la miſéricorde de Dieu, qui ne veut que les Rois faiſant profeſſion de ſa foi attendent & deſirent de lui telles faveurs, comme apportant avec ſoi le ſouverain bien. Par ce moyen, le Saint Eſprit leur ſignifiant qu'il faut ailleurs & en autre ſiecle attendre leur récompenſe rétribution, la vraie & ſolide félicité leur étant aſſurée dès à préſent par eſpérance, & à l'avenir par jouiſſance, pourvu qu'ils perſéverent en ſa foi, s'humilient ſous ſa main puiſſante, rendent juſtice à un chacun, & emploient la puiſſance qui leur eſt de lui donnée, à la louange & repos des bons, vengeance & châtimens des méchans, conſervation de la vraie Religion, profligation des héréſies, & amplification du ſaint Nom de Jeſus-Chriſt par-tout où ils auront moïen.

Saint Grégoire écrivant à Adilbert Roï des Anglois, lui dit : Que Dieu établit des bons Rois à celle fin que par eux, comme ſes inſtrumens, il départe aux peuples à eux commis, les dons & les graces de ſa puiſſance.

A raiſon de quoi, il exhorte ce Roi à ce que par ſa ſollicitude & diligence les peuples Anglois ſes Sujets reçoivent la foi Chrétienne qui lui a été, par la bonté divine, donnée ; qu'il multiplie le zele de juſtice & droiture qui eſt en lui, en la converſion d'iceux, & exterminant entierement l'Idolâtrie & toute fauſſe Religion.

Sire, l'eſprit de Dieu qui a ſuſcité ce grand & vertueux Evêque d'ainſi parler, d'ainſi exhorter ce bon Roi, vous a auſſi pour même effet ſuſcité à faire l'Edit de la réunion de vos Sujets à l'Egliſe Catholique, Apoſtolique & Romaine, & vous a ſuggéré ce que chrétiennement & très juſtement avez par icelui ordonné ; vous enſeignant que pour la décharge de votre ame ne ſuffit que vous ſoyez bon Catholique, mais en outre que par tous les moyens que Dieu vous a donnés, vos Sujets ſoient

invités,

invités, instruits & rangés à prendre & suivre la vraie Religion, laquelle, par la grace de Dieu, avez embrassée, qui est le vrai moïen, pourvu qu'il soit bien exécuté, d'appaiser Dieu, assurer votre Etat en bonne paix, & effacer la note d'hérésie qui diffamoit tout votre Royaume.

Saint Ambroise, en une sienne épître écrite à Théodose Empereur très Chrétien, très vertueux & très victorieux, dit qu'il y a une différence très remarquable entre un bon Roi & un mauvais ; le bon aime la liberté en ses Sujets, le mauvais aime que ses Sujets demeurent comme esclaves sous le joug de servitude : qu'il n'y a rien en un Evêque tant dangereux envers Dieu, & tant honteux envers les hommes, que n'oser librement dénoncer tant aux grands qu'aux petits ce qu'il a conçu en son esprit pour l'édification de leur salut.

SIRE, je sais que vous êtes Roi très bon, je sais qu'en patience & humanité vous avez enduré la liberté de ceux qui vous ont fait Remontrance. Je suis Evêque indigne au regard du mérite, toutefois je le suis d'office, ayant charge de vous porter la parole au nom de l'Assemblée du Clergé, représentant l'Eglise de votre Roïaume, permettez-moi, s'il vous plaît, que je parle en liberté : néanmoins gardant toujours l'humilité, modestie & révérence qui est due à votre Majesté, laquelle après Dieu, sur-tout nous devons respecter & honorer.

L'Histoire Ecclésiastique nous apprend que Damaze, Sirice & Anastase, personnages de sainte vie & de doctrine éminente, consécutivement promûs à la chaire de Rome, voyant que Théodose ci-dessus mentionné, se montroit lent d'assoupir & faire cesser par son autorité impériale le schisme qui étoit entre l'Eglise d'Orient & celle d'Occident, ému à l'occasion de Flavian Patriarche d'Antioche, chacun en son tems, par lettres le reprenant, lui objectent qu'il savoit bien exploiter promptement les guerres qu'il entreprenoit pour son particulier : mais qu'en la cause de Dieu, étant par trop remis, enduroit patiemment que ceux qui par insolence s'élevoient contre Jesus-Christ, & par présomption méprisoient ses saintes constitutions, exerçassent en l'Eglise leur tyrannie.

SIRE, je remets à votre conscience pour juger si l'Eglise n'a pas eu ci-devant très juste occasion de vous faire pareille complainte.

S. Bernard parlant à l'Empereur Lothaire, lui dit que Dieu choisit & éleve les Rois pour en tems mauvais & turbulent subvenir à l’Eglise; & attendu qu’ils sont protecteurs & défenseurs d’icelle, ils sont de leur office obligés à repousser la rage & fureur des Hérétiques & Schismatiques, & délivrer l’Eglise de leur infestation. Que si près la personne d’un Roi y avoit de si mauvais Conseillers qui osassent lui conseiller de ne se travailler pour l’Eglise, mais seulement se souciet de maintenir & garder ce qui concerne le temporel de son Etat : le même saint Bernard écrit à Conrad, autre Empereur, que tels Conseillers divisent Jésus-Christ, tronquent & mutilent le corps de la dignité du Roi, auquel appartient de maintenir sa Couronne, & aussi défendre l’Eglise contre ses ennemis, exécutant l’un comme Roi, l’autre comme patron & défenseur de l’Eglise.

Constantin, fils d’Heraclius, Empereur très Catholique, prenoit pour une marque très certaine de la stabilité de son Empire, que Dieu avoit en icelui planté son Eglise Catholique, comme étant sa propre maison, fondée sur la foi en lui, laquelle est permanente & inconcussible.

Pareil fondement a cette Monarchie, laquelle depuis que l’Eglise Catholique y a été établie, n’a pû être usurpée par aucun étranger, quelques forces que l’on y eût voulu ou pu introduire; d’autant que les Sujets, comme ils étoient entiers & immobiles en la foi vers Dieu, aussi ils ont voulu de même constance, la garder à leur Roi, lui rendant toujours l’obéissance qu’ils lui devoient.

Mais depuis que l’Hérésie y est entrée, & que le fondement de la Religion Catholique a été ébranlé, SIRE, par expérience avez connu que défaillant en vos Sujets la foi envers Dieu, & l’obéissance envers son Eglise ; aussi envers vous ont défailli, & la fidélité & l’obéissance. Chose qui apporte la ruine d’un Etat, parceque l’Hérésie n’est jamais sans faction.

Cette France, par-dessus toutes les autres, rapportoit cette louange, qu’auparavant qu’elle fût Chrétienne, n’avoit eu en haine le nom de Chrétien, & depuis avoir reçu le Baptême de Jesus-Christ, n’avoit engendré aucun monstre d’hérésie ; aussi qu’elle premiere, non-seulement par vœu, prieres & sainteté, mais aussi par armes, au danger de sa vie, avoit combattu & entierement défait les forces des Hérétiques ; ennemis de Jesus-Christ. Qu’incontinent après la connoissance du Baptême de Jesus-Christ, elle recueillit les Corps des saints Martyrs, mis à mort par les Romains, de la sujettion desquels elle s’étoit délivrée, & les avoit enchassés en or, & ornés de pierres précieuses.

Mais incontinent que l'Héréfie a fenti qu'elle avoit faveur &
fupport en ce Roïaume, le nom de Chrétien, c'eft-à-dire de Catholique, a été en horreur; les vieilles & puantes Héréfies prenant leur commencement de Simon le Magicien, ont été ra-
maffées, renouvellées, noûrries & mifes en avant; les Corps
des glorieux Martyrs expofés au feu, à l'eau, au Bourbier; les
Miniftres de Dieu & de fon Eglife injuriés, conculqués, battus,
meurtris, & cruellement maffacrés; les Eglifes, autels, images
des Saints, démolis & brifés, & tout ce que religieufement avoit
été tenu en l'Eglife de Dieu pour faint & facré, a été violé, pro-
phané, pillé, pollu & corrompu; les armées des Hérétiques étrangers appellées, conduites, introduites, foutenues & fouldoïées,
pour ravager, gâter, ruiner, faccager & perdre les émulateurs
de Dieu, de fa fainte Religion & de votre fervice; & où ce
Roïaume étoit la retraite des Catholiques étrangers en leur perfécution, en ce tems ils y ont été pillés, volés, déchaffés,
exilés ou mis à mort; qui eft la tache qui jufqu'à préfent dif-
fame notre France.

Or, SIRE, graces à Dieu, maintenant vous remediez à ces
maux, & remettez cette France en honneur, vous difpofant d'y
établir entierement le fervice de Dieu & l'obfervance de la fainte
Religion Catholique, par votre Edit de réunion, ayant révoqué celui de pacification, ou plutôt celui de faction.

Car en vérité tel Edit ne fervoit qu'à moyenner & noûrrir
factions & divifions entre vos Sujets, & pervertir la fidélité qui
doit être rendue à Dieu & à vous; car vous ne pouvez vous affurer de la fidélité de celui qui n'eft fidele à Dieu, comme n'eft
tout Hérétique, quelque proteftation qu'il faffe au contraire.

Ecrit fort bien Tertullien, qu'il n'y autre différence entre l'Hérétique & le Payen, finon que le Payen en ne croïant il croit,
mais l'Hérétique en croïant ne croit. Et ne faut eftimer qu'une
bonne paix & ferme concorde fe puiffe établir où la paix a été
tant de fois rompue, tant d'injures & de torts faits de part &
d'autre.

Et pour plus au vrai parler, comme enfeigne très véritablement Nanzianzene (72), n'y a paix à defirer que celle qui nous
conjoint avec Dieu; que fi elle eft faite avec fon deshonneur,
& eft contraire à fa volonté, telle paix eft abominable & vitu-
pérable, & au lieu de telle paix la guerre eft à louer & à fouhai-

______

(72) C'eft-à-dire, S. Gregoire de Nazianze, Docteur de l'Eglife.

ter : Car comme dit saint Cyrille, où la Religion est violée, le bon Chrétien ne fait état de la révérence de ses parens, comme étant chose inutile & périlleuse ; il quitte l'amour envers ses enfans & ses freres, préfere la mort à la vie, esperant trouver par cette mort, une résurrection meilleure & plus glorieuse.

Partant, SIRE, cet Edit votre de la réunion de vos Sujets, nous a été très nécessaire pour, avec l'honneur de Dieu, donner entrée à quelque bon rétablissement d'ordre en votre Roïaume, qui, autrement, se précipitoit en confusion & ruine, à l'occasion de la diversité de Religion, étant chose assurée qu'il n'y a peste plus pernicieuse à une République, que quand les Hérétiques occupent les Eglises. Car où l'Hérésie est en crédit, est très certain que si elle se sent forte ne fraudra jamais à maltraiter la Religion Catholique, & enfin l'exterminer, si elle en a la puissance. La Grece l'a assez expérimenté en tous les tems où elle a été commandée par Empereurs Hérétiques ; & nos voisins en Ecosse, Angleterre, Allemagne, & autres pays circonvoisins, nous en donnent par trop de preuves & exemples, afin que prenions garde à nous.

Ce qu'étant bien considéré, l'on ne doit trouver étrange ce que vous avez ordonné par votre Edit, spécialement contre les obstinés : car ayant offert à tous les dévoïés grace & bon traitement, s'ils se veulent reconcilier à l'Eglise ; que peut-on reconnoître en ceux qui demeurent obstinés, sinon une maligne pervicacité, qui en la fin produit des effets très pernicieux, & tels que l'on a toujours experimenté aux Hérétiques opiniâtres ? Car la douceur & lénité des Princes ne profite en telle obstination & ne leur apporte amendement, comme dit Nanzianzene ; au moïen de quoi, non seulement par autorité ecclesiastique, laquelle ils méprisent, mais plutôt par coercition du Prince ils doivent être châtiés.

Reste seulement l'exécution, SIRE ; elle ne vous sera impossible, si vous le voulez, comme nous sommes assurés que telle est votre volonté.

L'Empereur Andronicus fit un Edit très rigoureux contre les communes qui pilloient le bris (73) de ceux qui avoient fait naufrage en leurs confins ; aucuns Seigneurs de sa Cour lui di-

---

(73) *Bris*, terme de Marine, les restes d'un bâtiment qui a fait naufrage. On dit *Droit de Bris*, pour exprimer le droit prétendu que s'arrogeoient, contre toute justice, les Seigneurs dont les Terres étoient situées sur les côtes de la Mer, sur les débris des naufrages & des vaisseaux échoués.

foient, qu'il perdoit tems, & que par fa loi il ne pourroit empêcher tel excès & ravage, d'autant plus que le mal étoit trop invétéré, même que les Empereurs précedens n'y avoient pu rien faire par leur autorité. En foupirant du profond de fon cœur, ledit Andronicus leur dit, qu'il n'y a rien qu'un Empereur ne puiffe corriger, & qu'il n'y a délit qui, par les forces d'un Empereur, ne puiffe être puni; qu'il falloit que les autres Empereurs ou n'euffent prudemment entrepris cette affaire, ou bien qu'ils euffent procédé par diffimulation.

Sire, Dieu vous ayant donné le vouloir & le pouvoir pour faire éxécuter votre Edit, & la prudence & fageffe pour y bien proceder, ne faut douter qu'en aurez la raifon, quelque force que les rebelles Hérétiques vous pourroient oppofer, lefquels ne pourront fubfifter devant vous, comme eft ordinairement avenu, où les bons Princes ont pris les armes pour la querelle de Dieu, manutention de la vraie Religion, défenfe de l'Eglife & de leur Etat.

Tel fuccès eut en Efpagne le Roi Recaeredus (74), Gothique de nation, lequel, à la fuafion de Leandre Evêque de Seville, & du bon Abbé Eutrope (75), depuis Evêque de Valence, ayant fait publier un Edit, par lequel il vouloit que l'Arianifme fût abjuré, & que la feule Religion Catholique fût exercée ès Efpagnes, toute autre ceffant, emporta le deffus, quelques oppofitions & violences que fiffent au contraire les Ariens; qui, pour la plupart, occupoient cette région, & ne permit aucun réfider en fon Roïaume qui ne fût Catholique.

Toutefois, Sire, je vous avertirai qu'il ne fuffit que votre caufe foit bonne, que juftement vous entreprenez une fainte guerre pour l'extermination de l'Héréfie, faut confidérer que Dieu permet l'Héréfie, non-feulement pour punir ceux qui font Hérétiques; car Héréfie eft aux Hérétiques, peines & punition; mais auffi pour par les Hérétiques châtier les Catholiques, qui croient bien & fuivent la vraie Religion, mais par énormes péchés irritent Dieu, & font par leurs œuvres blafphêmer fon faint Nom; qui eft la caufe pourquoi les Hérétiques, les Infideles, étrangers, entrent ès terres des Catholiques, gârent leur païs, pillent leurs biens, & obtiennent grandes victoires fur eux.

Salvian, Evêque de Marfeille, écrit que pour cette caufe les

---

(74) C'eft *Recaréde*, premier de ce nom, Roi des Vifigoths en Efpagne, qui avoit fuccédé à fon pere Leuvigilde en 586.

(75) C'eft Eutrope, Evêque de Valence en Efpagne, dont parle Ifidore au chap. 32 de fes Hommes Illuftres.

Goths & Vandales Hérétiques obtenoient tant de victoires contre les Gaulois, ores qu'ils fuffent Catholiques.

Charles le Chauve en une Affemblée de fes Etats qu'il tenoit en la Ville de Poiffi l'an 869, reconnoît la caufe pour laquelle les Etrangers, Barbares, Infideles & Hérétiques, gâtoient cette Gaule, provenir parceque Dieu avoit ôté aux Princes Gaulois, pour les énormités qui fe commettoient au païs, fon efprit de confeil & de force. Dont ne falloit s'émerveiller, s'ils ne pouvoient arrêter devant leurs ennemis, ni à eux réfifter, d'autant que fans confeil la force ne vaut, & fans la force le confeil n'a puiffance.

Le bon Roi Gontran ayant entendu les pilleries, facrileges, paillardifes, pollutions & irrévérences qui étoient faites par fes Gens d'armes aux Eglifes & aux Miniftres d'icelles, fit affembler quatre Evêques & plufieurs Seigneurs de fon Roïaume, & en la préfence de fes Capitaines & Conducteurs de fes armées, dit, qu'il n'étoit pas poffible d'obtenir victoire ou fes Gens d'armes commettoient tels forfaits, & que ce n'étoit de merveille que leurs mains fuffent invalides, leurs épées tiedes, & leurs boucliers ne les défendoient, comme il avoit de coutume; & à l'inftant ordonna que quiconque ci-après perpetreroit tels forfaits, perdroit la vie.

Ces exemples, SIRE, vous ferviront en paffant d'avertiffement de la regle & difcipline qui doit être gardée entre les Gens d'armes, la force defquels vous voulez emploïer contre les ennemis de Dieu & de vous. A quoi, fans toucher davantage pour cette heure, & ne parler que de ce qui touche notre Etat, je dirai qu'ajouterez un grand avancement à l'execution de votre Edit, fi fans délai & connivence tenez la main ferme & roide à la réformation des Eccléfiaftiques.

Le Pape Zacharie en une Epître écrite aux Evêques, Clergé, Ducs & Comtes de la France, dit; qu'il n'eft poffible d'obtenir victoire, où les perfonnes Ecclefiaftiques font indifciplinés & corrompus en leurs mœurs & converfation.

Pour cette caufe faint Grégoire admonefte Brunechilde Reine de France, & Théodoric Roi, qu'ils aient à tenir la main à ce que l'Etat Ecclefiaftique par bonne réformation foit purgé des vices fcandaleux, dont il étoit noté: favoir de paillardife & de fimonie, alléguant que la corruption des mœurs des Ecclefiaftiques eft la caufe de la ruine du peuple.

C'eft pourquoi, SIRE, avec tant d'inftance nous requérons la publication du faint Concile de Trente ; & par fpécial, d'abondant, je fuis chargé de ce faire : car outre que ce Concile a éclairci, réfolu & déclaré ce qui eft controverfé par les Hérétiques en la doctrine de l'Eglife Catholique, à celle fin que les perfonnes ne fluctuaffent, & ne fe laiffaffent tranfporter à tout vent de Doctrine, avancé par la malice & aftuce des hommes, pour les circonvenir & induire en erreur : auffi il a très prudemment avifé & ordonné tout ce qui fembloit pour la faifon de ce temps, être néceffaire à la réformation de l'Eglife.

La réformation, réglement & difcipline, dépend principalement du bon devoir des Evêques & autres Prelats : car bons Prelats étant conftitués en l'Eglife, rangeront par leur exemple & autorité le refte du Clergé à vertu & fainteté de mœurs ; & par ce moyen Dieu fera rendu propice & favorable aux Ecclefiaftiques, & leurs prieres lui feront agréables, qui caufera, comme dit l'Empereur Juftinian, que l'Etat militaire ira bien, les Cités feront en bon ordre, toutes chofes floriront en paix & modération des loix : la terre fructifiera, les hommes fe transfigureront en mieux, & d'un même vouloir confpireront en toutes chofes faintes, & pleines de dignité.

C'eft pourquoi, SIRE, qu'en continuant les précédentes Requêtes, je fuis auffi chargé vous fupplier de remettre les élections, par ce moyen déchargeant votre confcience d'un fi pefant fardeau.

SIRE, je ne veux vous celer que feu de très heureufe mémoire votre ayeul, le grand Roi François, étant au lit de la mort, déclara à feu votre pere le bon Roi Henry (la mémoire duquel ne périra jamais) qu'il n'auroit rien dont il tint fa confcience fi chargée, que de ce qu'ayant ôté les élections, s'étoit chargé de la nomination aux Eglifes & Monafteres.

Je fais bien que les élections apportoient grandes dificultés, caufoient beaucoup de différends & procès qui troubloient & renoient en longueur la bonne adminiftration des Eglifes. Auffi qu'en ces élections fe commettoient beaucoup de fimonies & paffions illicites avec violences, qui forçoient la liberté des Elifans. Mais, SIRE, il eft en vous de remedier à tous ces inconvéniens, qui êtes Prince très fage & très prudent, & avez moïens très faciles à ce faire, en bien ordonnant & vertueufement exécutant.

Et en un mot, SIRE, vous dirai qu'il eft plus expédient pour le falut de votre ame, que foyez juge & exacteur des fautes qui

1585.

REMONTR.
DU CLERGÉ
DE FRANCE
AU ROI.

fe pourroient commettre ès élections , foit en la forme de l'élection , foit en la perfonne de l'Elû , que retenant le droit de nomination , demeuriez fous le jugement de Dieu , pour les fautes que vous pourriez avoir faites en votre nomination ; car quand vous nommez une perfonne indigne , & que par dûe inquifition vous ne vous êtes informé des mérites , mœurs , vertû , doctrine & autres qualités & capacités requifes en la perfonne par vous nommée , êtes , par le jugement du grand Leon Pape écrivant aux Evêques d'Afrique , refponfable devant Dieu de toutes fes fautes , comme participant & communiquant à fes péchés.

Et d'autant que n'avez autre Juge par-deffus vous auquel devez répondre de vos actions & intentions , que Dieu ; d'autant plus devez craindre fon jugement , qui fera , comme difoit l'Empereur Marc Aurele , plus rigoureux contre vous.

Parquoi , SIRE , fi vous differez de remettre les Elections pour certaines caufes qui vous retiennent , pour le moins confiderez qu'il n'y a chofe en laquelle vous devez plus mettre de foin , que vous enquerir des perfonnes , lefquelles vous voulez nommer aux Evêchés.

Eft remarqué que Saint Louis ne bailloit le moindre Benefice de la Sainte Chapelle de votre Palais de Paris , finon à des perfonnes bien choifies , de vie approuvée & de doctrine finguliere. Qu'eût-il donc fait s'il eût nommé aux Evêchés , auxquels celui qui préfide doit être irrépréhenfible , puifqu'il doit corriger les autres ?

Quant aux Monafteres , j'ai particulierement à vous remontrer les grandes pertes & dommages qu'ils endurent à l'occafion des Commandes , parceque partie par la négligence , partie par l'avarice & lâcheté des Commandataires , les édifices & bâtimens des Abbayes tombent en ruine , le fervice de Dieu de jour à autre y eft diminué & en plufieurs endroits ceffé ; la regle & difcipline monaftique abolie , toute diffolution & corruption y ayant pris pied. Outre qu'à l'occafion de ces Commandes , les confidences & effrontées fimonies font entrées en l'Eglife , au grand deshonneur de Dieu & fcandale des bons Chrétiens , qui voient les laïques , voire femmes , tenir les Abbaïes , en jouir , difpofer & trafiquer comme de leur propre.

En un Synode tenu l'an 845 en la Ville de Thionville , fut remontré par les Evêques à Charles le Chauve , le grand défordre qui étoit de fon tems en l'adminiftration des Abbayes ,

parceque

parceque l'on les bailloit à des laïcs, lesquels outre qu'ils gâtoient les biens des Monasteres, donnoient un grand scandale, à l'occasion qu'ils s'entremettoient du régime des Moines, résidoient avec eux, & y commandoient comme vrais Abbés & Titulaires. Lesdits Evêques remontroient au Roi que d'ainsi pourvoir aux Monasteres, étoit damner & perdre ceux auxquels ils étoient commis, & provoquer l'ire de Dieu & des Saints contre lui, & rendre son regne malheureux. Parquoi requeroient au Roi, qu'à l'avenir il ne commît les Monasteres à autres qu'à Religieux dévots & instruits en l'école de Dieu, & où ne se trouveroient Religieux, l'on les commît à autres bons & dévotieux Ecclesiastiques; ajoutant qu'où l'on trouveroit qu'ils conversassent mal, & ne profitassent à la Religion & Republique, après avoir été avertis, s'ils continuoient leur mauvaise conversation, l'on commît en leur lieu autres personnages meilleurs & plus utils, pourvu qu'ils ne fussent laïcs.

S i r e, prenant exemple sur la Requête & Remontrance des susdits Evêques, au nom de l'Eglise, nous vous supplions que tant que trouverez de bons Religieux, les nommiez aux Abbayes, selon leur Ordre, & qu'en défaut desdits Religieux, autres n'y soient admis que bons Ecclesiastiques, dévots & bien institués en la regle de l'Eglise, excluant entierement les laïcs de telles administrations.

Vous me pardonnerez, S i r e, s'il vous plaît, si j'ose vous dire qu'il est impossible que vous prosperiez, soit en paix, soit en guerre, si les abus continuent en ce Roïaume en la provision & administration des Evêchés & Abbaïes, & ne sont par votre puissance & autorité retranchés. Est fort à considerer que la Couronne ne dura que quatre-vingts ans en la lignée des Meroveans (76), & en celle des Carlins soixante ans, depuis que les abus tels que nous voyons aujourd'hui en la jouissance & possession des Evêchés & Abbaïes, commencerent en leur regne, & furent par eux tolerés. Il n'est à moi de limiter le tems de la patience & longanimité de Dieu : si est-il certain que tout ainsi qu'il est patient, bon & miséricordieux, aussi est-il juste Juge & enfin vindicateur.

L'Abbé Ansegise récite que Loys Débonnaire (77) déclara qu'outre toutes les choses qu'il vouloit être conservées en son Empire, la premiere étoit la défense, exaltation, & convenable

____

(76) On dit, les Mérovingiens, & les Carlovingiens.
(77) Il faut, Louis le Débonnaire.

Tome I.

K k

honneur de la sainte Eglise & Ministres d'icelle. En la susdite assemblée tenue à Poissy, pour le premier chef, ledit Charles le Chauve commande de garder le service de Dieu, l'honneur des saintes Eglises du Roïaume, que les Archevêques, Evêques, Prêtres & Serviteurs de Dieu reçoivent l'honneur dû à leur dignité & Ordre, avec leurs exemptions & immunités, afin qu'ils puissent accomplir leur ministere en repos, & prier Dieu pour la prospérité du Roi, de tout le peuple, & la stabilité de ce Roïaume.

Ces bons Rois n'étoient contens de faire telles Ordonnances générales en la faveur des Ministres de l'Eglise; mais en outre (comme est rapporté ès livres de leurs Loix), par commissions particulieres adressées aux Gouverneurs des Provinces, Magistrats & grands Officiers, leur enjoignoient de tenir la main à ce qu'ils fussent honorés, & que les Sujets obéissent à leurs Ordonnances en ce qui concerne leurs Charges. Ce qui étoit si bien observé, que si quelqu'un de quelque qualité qu'il eût pû être, fût été excommunié par l'Evêque pour crime scandaleux, & n'eût voulu obéir à l'Eglise & satisfaire, étoit par le Magistrat civil puni & contraint d'obéir. Police, en vérité, très sainte; à celle fin que ceux qui se disent de l'Eglise, & néanmoins font contre la foi & discipline de l'Eglise, soient (comme dit Fulgence) brisés par la rigueur des Princes, & que la puissance du Roi mette sur le col des arrogans & obstinés, le joug de la discipline, laquelle l'humilité de l'Eglise ne peut exercer sur eux, pour leur arrogance.

SIRE, tant s'en faut que cette obéissance soit aujourd'hui rendue à l'Eglise de votre Royaume, qu'au contraire sommes réduits à tel point, que notre jurisdiction est sans effet, & quasi du tout anéantie : car pour le regard des personnes laïques, voire ès causes merement spirituelles, lesquelles sans difficulté appartiennent à la jurisdiction ecclesiastique, & principalement où est question de crime scandaleux & public, si l'Evêque entreprend d'en connoître, & que pour l'opiniâtreté du laïc, qui, après plusieurs admonitions dûement faites, ne veut se corriger, ains persevere au scandale public, est procédé à censure, comme la regle & discipline de l'Eglise porte, incontinent appel comme d'abus est interjetté, reçu, plaidé, & enfin par arrêt, avec condamnation de dépens, est dit qu'il y a entreprise, & que l'on a abusivement procédé. Tellement que suivant tels jugemens saint Paul auroit abusé, mettant hors la

Communion de l'Eglife l'inceftueux Corinthien ; abufivement auroit ordonné que l'on n'ait fréquentation & habitude avec ceux qui font convaincus de fornication, avarice, & autres crimes portant fcandale à l'Eglife ; abufivement auroit ordonné que celui qui eft défobéiffant à fa parole, qui vit inordinaire-ment en l'Eglife, foit noté par affiches, fui & évité comme ex-communié.

Et quant aux Clercs qui par droit commun, Ordonnances anciennes de nos Rois vos Prédéceffeurs, & coutume obfervée en l'Eglife Chrétienne, depuis l'établiffement d'icelle ne font traita-bles ailleurs que devant leur Evêque, aujourd'hui notre jurifdic-tion y eft le plus ordinairement empêchée, foit en civil, foit en criminel, pour les entreprifes de vos Juges, qui contrai-gnent les Clercs, voire en défendant répondre devant eux ; & fous couleur des cas privilegiés, lefquels ils mettent en avant indifferemment en tous crimes dont un Clerc eft atteint, veu-lent avoir la connoiffance en toutes procédures criminelles fai-tes contre les Ecclefiaftiques.

Auffi où un Evêque entreprend quelque correction contre un Clerc qui lui eft fujet, incontinent il a la main liée, par un appel interjetté comme d'abus, & quelque Ordonnance qu'il y ait au contraire, s'il procede contre l'appellant, par arrêt il eft condamné aux dépens, & eft dit abufivement avoir été procédé. Tellement que les crimes demeurent impunis, & que par ce moyen licence eft donnée aux Ecclefiaftiques de méprifer la ri-gueur de la difcipline, & fe moquer de l'autorité de leurs Evê-ques.

Que fi nous fommes mal maintenus en nos jurifdictions, nous le fommes encore davantage pour le regard de nos immunités, foit pour nos perfonnes, foit pour les biens defquels feulement nous fommes difpenfateurs.

Car quand aux perfonnes, en la plupart de vos Villes l'on contraint les Evêques à faire guet, garder portes, ou mettre gens pour eux, loger Gens d'armes, fournir aux munitions, font taxés aux emprunts & frais communs des Villes, & généralement n'ont plus d'immunité en telles charges, que les roturiers & gens du tiers état, combien que de droit, & par les anciennes Loix de France portées ès Chapitres de Charlemagne & Loys Dé-bonnaire, ils en foient entierement exempts, à celle fin que librement ils fervent Dieu, & par aucune néceffité ils ne foient retirés des divines Offices.

K k ij

1585.

REMONTR.
DU CLERGÉ
DE FRANCE
AU ROI.

Et quant aux biens de l'Eglise, Sire, je suis honteux de vous dire qu'ils semblent n'avoir été baillés à l'Eglise, sinon pour les prendre à toutes occasions, & pour s'en servir sous couleur de feintes nécessités.

Plusieurs sont qui se disent Catholiques, & veulent être vus grands zélateurs de la vraie Religion, lesquels toutefois ne demandent autre chose, sinon la dissipation des biens de l'Eglise, ne considerant qu'ils sont sacrés à Dieu, lequel en est le Seigneur & proprietaire, & Jesus-Christ qui est l'époux de l'Eglise; que lesdits biens sont les vœux des Fideles, le prix pour racheter les péchés, patrimoine des pauvres, l'aliment & entretien des Serviteurs & Ministres de l'Eglise.

Pour cette cause, l'Empereur Charlemagne déclare en une sienne Constitution, rapportée par l'Abbé Ansegise en ses Chapitres, qu'il veut non-seulement conserver lesdits biens à chacune Eglise; mais aussi de beaucoup les augmenter.

Donc, Sire, vous pouvez assez connoître combien l'opinion de ce saint & vertueux Empereur est differente de celle que plusieurs ont aujourd'hui, qui osent avancer que vous êtes Seigneur des biens de l'Eglise, qu'à toutes occasions en pouvez, selon votre volonté, disposer, comme biens appartenant à votre Couronne, & étant de votre Domaine.

Plus favorable a été à la Synagogue des Païens Symmachus, Prevôt de Rome, Payen, lequel dit être le devoir d'un bon Prince de s'augmenter, non avec le dommage des biens dédiés aux Prêtres, mais par les dépouilles des ennemis.

Sire, le bien immeuble de l'Eglise doit être en telle sorte conservé, qu'il ne doit être non plus aliéné que la même Eglise. Et tant s'en faut que vous puissiez vous approprier indifferemment du bien acquis à l'Eglise; que vous ne pourriez raisonnablement & justement prendre & vous accommoder de celui que par la liberalité de vous ou de vos Prédécesseurs, l'Eglise auroit acquis. A Dieu ne plaise, dit le même Symmachus, que telle opinion entre en l'esprit d'un bon Prince, que ce qui a été donné au public à aucune personne, soit estimé demeurer en la puissance & droit du fisc & du Prince pour le pouvoir ôter & s'en approprier. Ce qui est destiné pour la nourriture des Prêtres & Pontifes qui président en la Religion, dit le même Symmachus, doit être plutôt estimé pour remede & soulas de ceux qui donnent, que largesses faites ausdits Prêtres & Pontifes.

Par les Constitutions Imperiales est expressément défendu que;

voir au cas où il échet aliénation de l'immeuble de l'Eglise, ce
qui aura été baillé par l'Empereur, ne pourra toutefois être
aliéné ; c'est pourquoi au Concile premier tenu à Orleans sous
le Roi Clodovée est ordonné, que ce que le Roi aura donné à
l'Eglise en obligations ou terres, demeure inaliénable pour les
réparations des Eglises, nourritures des Prêtres, entretien des
pauvres & rachapt des Captifs,

Au second Concile tenu en la Ville de Valence en Dauphiné,
à la requête du Roi Gontrand, est ordonné par le Synode, que
tout ce que le Roi aura donné aux Eglises, soit en terre, soit
en autre chose, demeure, & que les Successeurs Rois ne puissent
rien diminuer ou ôter. Que si aucun des Rois succedant à la
Couronne ou leur postérité présumoit d'y contrevenir, ôtant ce
qui auroit été donné aux Eglises, fût puni de perpetuel anathême du jugement de Dieu, comme meurtrier des pauvres,
& obligé au supplice éternel, comme sacrilege.

Je vous dirai davantage, SIRE, vous êtes plus obligé à conserver les biens de l'Eglise, & empêcher les alienations, desquels vous êtes ordonné de par Dieu défenseur, que ceux de
votre Couronne, d'autant que les biens qui sont de l'Eglise sont
du Domaine de Dieu ; la cause duquel est préférable à tout autre, & la possession de ce qui est tenu sous son nom, & pour
lui, est plus sainte & excellente que toute autre possession appartenante aux hommes. Au moyen de quoi tant s'en faut que
deviez ou pouviez diminuer les biens de l'Eglise, que vous êtes
tenu & obligé de les multiplier & augmenter : ce qui est de telle
importance & estimé tant nécessaire que connoissiez pour le
devoir de Votre Majesté envers Dieu, qu'au Concile de Magunce (78), tenu sous l'Empereur Loys Débonnaire Roi de
France, où présidoit Raban Archevêque dudit lieu, personnage
très recommandable en l'Eglise, tant pour sa vie, que pour sa
sainte doctrine, est ordonné, que quiconque par importunité,
qui ne peut procéder que de malice, auroit entrepris de divertir
le Roi de son bon propos pour la conservation des biens de
l'Eglise, fût excommunié & retranché de l'Eglise, ores qu'il fût
utile & nécessaire au Roi pour les autres biens temporels &
transitoires appartenans à sa Couronne.

Je sais bien qu'à tous propos l'on nous oppose l'immensité des
richesses de l'Eglise ; l'on nous met en avant grande quantité

____

(78) Magunce ; c'est la Ville de Mayence.

de millions de notre revenu ; l'on fait état sur des supputations faites à la fantaisie de certains personnages oisifs à bien faire, & très occupés à mal faire, auxquels ne veux autrement répondre, sinon qu'ils se trompent & s'abusent de plus de la moitié ; & n'y auroit pas grand intérêt qu'ils demeurassent en leur erreur, n'étoit qu'ils voudroient bien, Sire, que foi leur fût ajoutée, pour vous inciter de prendre & vous saisir des biens de l'Eglise, ou pour le moins d'une bonne partie d'iceux, & par ce moyen au dommage de l'Eglise, sous votre autorité, faire leur profit. Mais, je dirai davantage, Sire, & leur mettrai en avant ce qu'un grand & saint personnage, disciple de Monsieur Saint Augustin, Prosper (79) natif d'Aquitaine, Evêque de Riez en Provence, leur répond : disant que l'Eglise ne peut avoir trop de richesses, pourvu qu'elles soient bien dispensées, & que la cupidité & négligence d'aucuns dispensateurs de l'Eglise doit être blâmée, non par les amples richesses de l'Eglise. C'est la chose dont l'on se doit émerveiller (dit le même Prosper), l'Eglise de Jesus-Christ a trop, & l'ambition & l'avarice des mondains n'a pas assez.

Les immeubles des Eglises sont destinés non-seulement pour les tems présens, mais aussi pour les futurs, à l'entretien des Ministres, nourriture des pauvres, sustentation des Pelerins, rédemption des Captifs, & autres nécessités, qui sont continuelles & ne cessent en l'Eglise. Qui est la raison pourquoi, combien que pour la seule cause de la rédemption des Captifs, il soit permis de vendre les sacrés vaisseaux des Eglises ; toutefois il n'est permis de vendre les immeubles pour quelque cause que ce soit, comme a été ordonné au sixieme Concile géneral tenu en Constantinople y a plus de neuf cens ans. Ce qu'auparavant si étroitement avoit été défendu, que par le Concile tenu à Rome par le Pape Symmachus, l'an cinq cent quatre, n'est mêmement permis au Pape, pour quelque cause que ce soit, aliener les immeubles de l'Eglise, sur peine d'anathême.

Et combien que sous Carloman, Prince des François, en un Synode tenu à Liptines, l'an 742, par le conseil des Evêques & du peuple Chrétien, pour les grandes guerres & invasions que les voisins de ce Roïaume vouloient faire, fût ordonné, que l'on arrêteroit quelque certaine partie du revenu du bien ecclésiastique, qui seroit baillée en titre de précaire ou censive, pour

---

(79) Saint Prosper n'a jamais été Evêque ; & l'opinion la plus autorisée est même qu'il n'est jamais entré dans l'état Ecclésiastique.

en avoir argent , qui feroit emploïé pour foutenir la guerre :
toutefois cette alienation n'étoit perpétuelle, mais temporelle,
& falloit cependant bailler à l'Eglife quelqu'argent pour reconnoiffance , & où le preneur mouroit, la terre retournoit à l'E-
glife , & les contrats étoient faits à telle condition , que toujours
falloit que la terre retournât à l'Eglife.

Mais que pourra dire ou penfer la poftérité , quand par les
monumens qui demeurent des chofes qui font paffées, en leur
tems entendra l'immenfité des fommes excedant la valeur de plus
de vingt-cinq ou trente millions d'or , par votre autorité impofées
depuis vingt quatre ou vingt cinq ans , & prifes fur l'Eglife fous
les noms de décimes , fubventions ; outre plus , folde de gens de
pié , de millions accordés , avec plufieurs alienations du fond
de fon domaine , jufqu'à emploïer les dîmes (qui eft le droit de
Dieu), fans grande néceffité octroyées & permifes inégalement
par les Diocèfes départies , pirement exécutées , pour les fraudes , collufions & mutuelles intelligences intervenues ès prifa-
ges & adjudications des biens eccléfiaftiques ainfi expofés en
vente.

L'an 1580 , contrat eft paffé avec Votre Majefté , par lequel
le Clergé eft obligé de continuer l'efpace de fix années la fomme de treize cens mille livres par chacun an , pour être emploïée
au paiement de certaines rentes que l'Hôtel de la Ville de Paris prétend lui être dûes , avec conditions que durant lefdites
fix années ne fera par vous, S I R E , demandé au Clergé , ni levé
fur lui aucune décime , empunts ni dons gratuits , ce que avez
promis garder en bonne foi & parole de Roi.

Toutefois nonobftant votredite promeffe , qui doit être plus
inviolablement gardée qu'autre plus étroit & faint ferment qui
pourroit être fait (la foi & parole du Roi étant tenue pour
une conftance immobile , & vérité irrévocable de tout ce qu'il
aura dit ou conventionné), Meffieurs de vos finances, fans y
avoir égard, n'ont laiffé pendant le tems dudit contrat , de
demander & faire lever des décimes extraordinaires , & quafi
auffi ordinairement que les années font ordinaires , avec telles
rigueurs , que plus grande n'eft la rigueur de la levée des deniers
de vos tailles & fouages.

Néanmoins ces grandes & infupportables charges , ores qu'a-
vec les autres difficultés que la malice du tems nous a apportées ,
aient réduit les Eccléfiaftiques en extrême néceffité , & quafi
jufques à impuiffance , n'ont pu empêcher qu'en la préfente oc-

1585.

REMONTR.
DU CLERGÉ
DE FRANCE
AU ROI.

casion qui concerne l'honneur de Dieu, conservation de la vraie Religion, votre Personne & Etat, & le bien & salut de tout le Roïaume, l'Eglise ne vous ait accordé un secours si grand & notable, que pour satisfaire, une bonne partie des Bénéficiers seront contraints chercher un autre moyen de vivre : d'autant que l'entier revenu de leurs Bénéfices sera employé pour satisfaire à la taxe qu'il leur convient porter pour leur cotte dudit secours.

Sire, la piété qui est en vous, & revérence que portez à la Reine votre Mere, ne permettroit jamais de lui ôter ou accourcir & retrancher les moyens de pouvoir honnêtement, & selon son état, entretenir sa maison & appointer ses domestiques, Officiers & Serviteurs selon leurs charges & qualités. Sire, vous ne pouvez avoir moindre dévotion envers l'Eglise, qui est Mere spirituelle de vous & de votre Empire, comme disoit le Pape Agatho, écrivant aux Empereurs Heracle & Tybere, attendu même que les Serviteurs de l'Eglise sont Ministres de Jesus-Christ & dispensateurs des Sacremens de Dieu, par lequel vous vivez & regnez.

Le discours des Histoires & Annales de France nous enseigne que d'autant que l'Eglise a été bien & favorablement traitée, l'Etat de cette Couronne a prosperé & triomphé ; au contraire, d'autant qu'elle a été opprimée, l'Etat des Rois & du Roïaume a empiré : comme aussi l'on a connu que où les Rois ont été peu dévotieux, l'Ordre ecclésiastique, la forme réguliere de vivre & la Religion monastique, souventefois a branlé, & a été presque éteinte ; & au contraire, où Rois dévotieux, fervens du zele de Dieu sont venus à commander, l'Ordre Ecclésiastique a été comme ressuscité, & a repris sa vigueur.

Ce que je dis, Sire, pour vous remontrer qu'il appartient à l'honneur de votre mémoire, que l'âge présent & la postérité connoissent que Dieu aura rendu votre regne si heureux, que l'Eglise en vos jours aura été relevée de ses miseres, la délivrant par votre magnanimité de ses ennemis, & par votre libéralité la conservant en ses biens. Aussi qu'elle aura reverdoïé & refleuri en sainte discipline, institution & bon ordre, tant en ses Chefs qu'en ses Membres, par votre pieté & zele singulier envers Dieu, la réformant & repurgeant de tous abus.

Dequoi nous assurant, à raison de la ferme résolution qu'avez prise pour retrancher tous les désordres qui sont en votre Roïaume, en rétablissant par-tout la vraie Religion, extirpant l'Hérésie

réfie & réduifant tous vos Sujets en l'obéiffance de l'Eglife Catholique, Apoftolique & Romaine, pour par ci-après, avec la grace de Dieu, gouverner vofdits Sujets en la vôtre. Nous ne craignons vous faire nos humbles requêtes, efperant & nous affurant que nous les accorderez, comme étant très juftes & très équitables.

Donques, SIRE, premierement en toute humilité nous vous requerons, & les genoux de nos cœurs devant vous fléchis, vous fupplions de perféverer en la volonté de n'endurer autre exercice de Religion en votre Roïaume que de la Catholique & Apoftolique: que continuiez à l'entiere execution de votre Edit de la réunion.

Votre Majefté ne doit méprifer la foi que les Hérétiques corrompent, en laquelle Vous & tous vos progeniteurs avez été baptifés, fur laquelle les fondemens de l'Eglife ont été jettés, pour laquelle les faint Martys ont enduré innumerables tourmens, avec laquelle vous avez vertueufement combattu & vaincu ceux qui, encore aujourd'hui, levent les armes contre vous, & de laquelle encore avez befoin pour les dompter. Ne faut douter que Dieu dominateur de tous, non-feulement fera conducteur de vos forces; mais auffi fera comme un compagnon combattant avec vous; puifque cette guerre eft entreprife pour défendre la vérité de fa doctrine, maintenir fon honneur, & empêcher que le corps de l'Eglife, qui eft la tunique inconfutile de Jefus-Chrift, foit déchiré.

Secondement, nous vous requerons très humblement, SIRE, fuivant ce que nous vous avons ci-devant requis, que le Concile de Trente foit publié & obfervé, tant pour la confirmation de la doctrine, que pour la réformation de l'Eglife.

Que remettiez les Elections en leur vigueur, ou pour le moins, ne nommiez aux Eglifes & Monafteres autres perfonnes que très dignes, & ne permettiez que par la grande & ennuyeufe importunité d'aucuns, la fainte intention que vous avez toujours eue d'y bien pourvoir, & avec promeffes par tant de fois fi folemnellement faites, foit forcée.

Vous requerons auffi très humblement, que par votre autorité l'honneur dû aux Evêques, Prêtres, & autres Miniftres de l'Eglife foit, en tous lieux & affemblées, gardé felon leur ordre. Cette requête, SIRE, n'eft nouvelle, a exemple très ancien, & eft fondée en raifon, laquelle importe à Vous & à votre Etat.

Dieu, par la bouche du Prophete Ozée, dit que le peuple qui

aura déshonoré & défobéi aux Prêtres, fera ruiné, & avec lui le Prophete. Peut-être, S I R E, que le mépris de notre Ordre, qui eft aujourd'hui en ce Roïaume, a bien avancé la ruine de votre peuple, Dieu étant indigné, pour le mépris fait à fes Miniftres. Car en effet méprifer le Miniftre, c'eft méprifer Dieu. Pour cette caufe, il peut avoir permis que votre peuple ait été defçu par Héréfie, défaillant par fon jufte jugement en plufieurs lieux de votre Roïaume bons Pafteurs, qui leur euffent annoncé la vérité de fa doctrine.

Les Evêques, au Concile tenu en la Ville d'Aix-la-Chapelle, font pareille requête à l'Empereer Loys Débonnaire, & lui demandent que par lui, fes enfans, fes Princes & Seigneurs entendent & connoiffent la puiffance, vigueur & dignité des Prêtres, pour leur rendre l'honneur qui leur appartient, lefquels ont pouvoir de Dieu de lier & de délier fur la terre, de remettre & retenir les péchés ; lefquels le grand Conftantin Empereur a tant honorés, qu'en la préfence de trois cens dix-huit Evêques affemblés par le Concile tenu à Nice, refufant de prendre la connoiffance de leurs différends, leur dit : Qu'ils avoient puiffance de juger tous les autres hommes, mais qu'eux Evêques ne pouvoient être jugés d'aucuns hommes. Théodofe, Empereur très Chrétien, à un qui lui difoit qu'il commandât à faint Cyrille, Archevêque d'Alexandrie, de ne permettre les Evêques s'affembler, répondit, qu'il n'avoit puiffance de commander à un Evêque.

Ainfi, S I R E, notre requête ne doit être eftimée incivile ni ambitieufe ; car encóre que les Evêques & Prêtres qui nous ont précédés aient été beaucoup plus excellens que nous, en leur vie & mérite, toutefois le faint miniftere que nous traitons eft même, & n'eft de moindre autorité & dignité ; & combien que nous foyons indignes d'un fi grand miniftere, toutefois nous ne devons être méprifés, & notre miniftere ne doit être en nous vilipendé pour l'honneur de celui duquel nous fommes Miniftres.

Pareillement, S I R E, nous vous fupplions que notre jurifdiction eccléfiaftique ne foit empêchée, comme elle a été, & eft journellement, & que la puiffions librement exercer ès caufes purement fpirituelles, fur les perfonnes tant laïques qu'eccléfiaftiques, fpécialement pour le regard des cenfures contre ceux qui ont commis crimes notoires & fcandaleux. Cette requête n'eft nouvelle. Les Evêques affemblés au Concile de Châlon fur Sône, requirent l'Empereur Charlemagne, à ce que par

son aide & autorité l'on remît en l'Eglise la pénitence publique,
& que l'ordre introduit en l'Eglise par les saints Canons, d'excommunier les pécheurs publics, notoires & scandaleux, &
aussi les réconcilier, fût observé.

Que défenses soient faites à vos Juges, sur peines telles qu'il
vous plaira ordonner, de ne contraindre les Ecclésiastiques à
plaider devant eux, sinon ès cas desquels, par le droit & vos
Ordonnances, leur est attribuée connoissance ; & à raison que
sous couleur des cas privilegiés, est empêchée la libre connoissance
des Evêques sur les crimes des Clercs, soit votre plaisir faire par
Edit, déclaration desdits cas, pour à l'avenir en ôter toute dispute entre les Juges Ecclésiastiques & Séculiers ; & que pour couper le chemin à confusion & mépris de la discipline ecclésiastique, les appellations comme d'abus soient davantage reglées.

Aussi vous supplions, SIRE, que nous soyons maintenus en
nos libertés & immunités ; spécialement que ne soyons vexés par
indues charges & exactions. C'est chose honteuse qu'en votre
Roïaume très Chrétien, les Gens d'Eglise, (lesquels sont Ministres de Jesus-Christ, pour l'honneur duquel ils ne devroient
être moins privilegiés que les domestiques des Rois) soient traités
comme roturiers.

Les Princes & Républiques des Payens ont honoré les Sacrificateurs & Ministres de leur fausse Religion, les ont maintenus
en leurs libertés, conservé leurs biens, & en extrême nécessité ne
les ont voulu travailler. Exemple en est en l'Ecriture des Prêtres
de Pharao, qui en outrageuse famine universelle ont été nourris par le Roi, leurs personnes & terres conservées en leurs immunités.

Et attendu, SIRE, les grands secours que vous avez reçus
du Clergé pour vos affaires & celles du Roïaume, & tels qu'il
est quasi incroïable, & à la postérité difficilement sera persuadé
que le Clergé de France ait pu fournir sommes si grandes &
quasi inestimables.

Mêmement en faveur du grand secours qu'à présent nous vous
faisons, par-dessus notre pouvoir, aussi considéré que nous
avons satisfait au contrat passé avec Votre Majesté l'an 1580, &
que suivant icelui par le tems de six années, portées audit contrat, nous avons payé la somme y contenue pour les rentes prétendues par ledit Hôtel de la Ville de Paris : nous vous supplions,
SIRE, qu'à l'avenir cessent sur nous toutes les levées de décimes & autres deniers qui ont accoutumé d'être levés sous le nom

de fubventions & dons gratuits , & que foyons déchargés de la
continuation de ladite fomme de treize cens mille livres , puifqu'avons fatisfait audit contrat.

Et pour le regard des rentes, lefquelles ledit Hôtel de la Ville
de Paris prétend lui être dues par ledit Clergé , vous nous pardonnerez , S I R E , fi maintenons que nous ne les pouvons reconnoître ni avouer, efpérant bien nous en défendre en juftice ,
quand nous aurons Juges non fufpects & qui n'y foient intéreffés ;
& ce par plufieurs bonnes & fortes raifons qui ont été y a fix ans
propofées & déduites par devant Votre Majefté, & débatues en
plufieurs Conférences faites avec Meffieurs de votre Confeil ;
defquelles fans en répéter autres pour le préfent , de crainte de
vous ennuyer, j'en dirai feulement deux , & encore fommairement. L'une , que tous les contrats par lefquels on prétend que
nous fommes obligés à telles rentes , font nuls de plufieurs nullités de droit , même pour n'y avoir été les folemnités requifes à
l'aliénation du bien de l'Églife , gardées & obfervées , & plufieurs
d'iceux ont été faits & paffés par perfonnes n'ayant pouvoir ni
autorité de ce faire , qui ont été défavoués ; les contrats mêmes
à leur fimple lecture portant leur vice vifible.

L'autre raifon eft, que des contrats qui ont plus d'apparence ,
& par lefquels fembleroit que fuffions plus obligés , nous en devons être quittes & libérés, Les fommes requifes & néceffaires
pour le païement du cours de la terre , & acquit du fort principal , ayant été impofées & levées fur nous par l'efpace de dix
ans & plus,

Pour ces raifons , & plufieurs autres , ayant dès lors prétendu
devoir être tenus quittes de ces obligations, fuppliâmes Votre
Majefté de vouloir nous en déclarer déchargés & quittes , ou
bien nous bailler Juges non fufpects , pour juger entre lefdits
fieurs dudit Hôtel de Ville de Paris & nous. Ce que vous n'ayant
voulu pour lors exécuter ; nous , pour fatisfaire à votre volonté ,
accordâmes à Votre Majefté d'impofer fur nous la fomme de
treize cens mille livres par an , l'efpace de fix ans , pour être employés au païement des arrérages de ladite rente. Ce qu'ayant
été fatisfait par nous , que refte-t-il , S I R E , finon que nous en
demeurions quittes pour ce regard ?

Et quand aux obligations prétendues par ledit Hôtel de Ville
de Paris , touchant lefdites rentes , requérons pareillement qu'en
demeurions déchargés , tant pour avoir fatisfait aux unes , que
pour nullité & invalidité des autres,

Que si l'on vouloit à l'occasion de ces obligations nous charger desdites rentes avec cet autre secours pour lequel nous nous sommes obligés de nouveau à Votre Majesté, serions contraints en plusieurs endroits de quitter nos Bénéfices & abandonner nos charges, délaisser le service de Dieu & administration des saints Sacremens, pour prendre une autre vacation, & trouver autre moyen de vivre, ou bien, demeurant en la nôtre, être réduits à mendicité. Chose qui redonderoit au déshonneur & opprobre des Serviteurs & Ministres de l'Eglise de Dieu, & apporteroit honte à la mémoire de votre regne. Mais, SIRE, vos saintes actions nous donnent confiance que ne recevrons autre traitement de vous, que les Serviteurs de Dieu & vôtres doivent attendre & espérer d'un très Chrétien & très bon Roi, qui doit la justice à tous ceux qui ont recours à lui.

Par quoi nous sommes assurés que pour les considérations ci-dessus déduites, par votre justice & équité vous nous déchargerez desdites rentes, comme ne doutons que dès à présent vous ne nous en déchargez & tenez quittes; vous suppliant en faire déclaration, & nous en donner telle provision que de raison appartient.

Cela faisant, SIRE, & nous accordant avec effet nos autres requêtes; esperons que Dieu vous fera la grace de voir vôtre Roïaume prospérer en Religion, paix & justice, qui sont les trois choses que devez conserver en votre dit Roïaume; nous tenons assuré, & nous promettons comme chose très certaine, & comme si déja la voyons, que Dieu vous donnera lignée, qui par longues successions de siecles en honneur & triomphe, à la gloire de Dieu & soulagement de tout le peuple François, gouvernera cette Monarchie. Car sachant avec quelle dévotion tous les gens de bien de votre Roïaume prient Dieu que soyez fait jouissant de vos saints souhaits, principalement qu'ayez lignée qui vous succede à la Couronne; sachant aussi votre ardeur, votre zele & votre amour envers Dieu; avec quelle instance, quelles larmes, quels jeûnes & quelle austérité de vie, vous prosternez en toute humilité vos prieres devant la Majesté de Dieu, je dirai presque comme un bon Evêque disoit des larmes que la sainte mere de saint Augustin épandoit pour la conversion de son fils, qu'il est impossible que vous ne soyez exaucé, & que Dieu bon, pitoyable & miséricordieux, ne vous octroie l'enfant pour lequel avoir, épandez tant de larmes tous les jours; qu'il ne vous accorde cette demande de votre cœur, qui n'est, sinon pour

fon honneur & tuition de fa fainte Eglife, repos & confervation
de cette Couronne, en laquelle il a été par tant de foi honoré,
fervi & adoré. Auquel de toute affection & fincérité de cœur,
au nom de toute l'Eglife & de vos bons Sujets, ferai la priere
que les Peres affemblés en Conftantinople pour le fixieme Concile général, firent pour l'Empereur, le fuppliant qu'il vous veuille
garder, benir votre vie, conduire à bon port vos faints confeils,
& vertueufes entreprifes, brifer & diffiper les forces de vos Ennemis, & de ceux qui vous réfiftent, d'autant que vous faites
juftice & jugement, donnant du fecours, fupport & aide à la
vérité Catholique qui par l'Héréfie, étoit en danger, & pro-
curez le falut de votre peuple, le voulant réduire en unité de foi
& de Religion ; qu'il vous faffe la grace de voir en votre roïale
maifon bonne lignée & maturité d'âge, pleine de fageffe &
vertu, capable de commander à cette Couronne, icelle conduire, régir & gouverner, & à la fin en longue vieilleffe, plein
d'honneurs, triomphes, vertus & mérites, foyez fait jouiffant
de la couronne glorieufe, qu'il a préparée de toute éternité à
ceux qui l'aiment, fervent & honorent (80).

---

(80) Il y a dans ces Remontrances bien
des faits allégués, bien des autorités citées,
beaucoup de raifonnemens, qui fouffriroient
aujourd'hui de grandes difficultés, principalement en ce qui concerne les immunités
du Clergé, fa Jurifdiction, ce qu'on y appelle
fes prérogatives. On peut s'éclaircir fur cette
matiere, en lifant les Ecrits pour & contre
les Immunités du Clergé, qui ont été com-
pofés dans ces derniers temps, & qui ont
été recueillis en 1751 & 1752, en fept vol.
in-12. Le difcours de l'Evêque de S. Brieux
y eft plufieurs fois examiné en partie, &
refuté.

DECLARATION
DU ROI DE NAVARRE,

Sur les moyens qu'on doit tenir pour la saisie des biens des Fauteurs de la Ligue, & de leurs Adhérans.

HENRI, par la grace de Dieu, Roi de Navarre, premier Prince du fang, & premier Pair de France, Gouverneur, & Lieutenant Général pour le Roi en Guienne : à tous ceux qu'il appartiendra, falut. Comme nous aurions ci-devant patienté le plus longuement que poffible nous a été, premier que de venir aux armes ; & depuis nous être réfolus à une défenfe très jufte & néceffaire, nous aurions ufé de la plus grande modération qu'aurions pû avifer pour la moindre foule & vexation, & plus grands foulagemens de tous fes Etats, & nommément du pauvre peuple, & que nonobftant nous aurions vu évidemment que notre patience n'auroit fervi que d'allumer la fureur, & notre modération, que d'augmenter l'infolence des perturbateurs de la paix & tranquillité publique & des ennemis de cet Etat, & nôtres : ainfi qu'il nous eft plus clairement apparu par l'Edit n'a gueres publié, duquel les rigueurs s'exercent & exécutent à prefent en ce Roïaume : Nous à cette caufe, après avoir mis l'affaire en délibération, avons avifé être expédient & néceffaire d'ufer des moyens & voies légitimes que Dieu a mis en main, contre une fi extrême & injufte violence, & pour le bien & confervation de tant de bons Sujets de ce Roïaume, profcrits & deftinés à la mort & perte de leurs biens & honneurs ; de forte que fuivant le dégré que nous tenons en la France, & le pouvoir que nous avons en cetui notre Gouvernement, Nous nous fommes finalement réfolus, & avons été à notre grand regret contrains de déclarer & ordonner ce qui s'enfuit.

A favoir que tous les fruits, rentes, revenus, biens, meubles, & immeubles, débets actifs, noms, raifons, & actions de ceux qui font habitans & reféans ès Villes efquelles ledit Edit tant des fix mois que de l'abreviation de quinze jours, a été reçu & publié ou exécuté : enfemble des Gentilshommes & au-

tres portant les armes avec lesdits Ennemis, & de leurs adherans, & pareillement de tous les Ecclésiastiques habitans esdites
Villes, ou autrement contraires à notredit parti, ou qui con-
tribuent contre nous, seront incontinent saisis, arrêtés & mis
en notre main, pour être lesdits biens meubles vendus, & les
immeubles baillés à ferme au plus offrant & dernier enchérisseur, par les Commissaires sur ce députés par nous ou nos Lieutenans Généraux, sous le Contrôle des Contrôleurs établis ès
receptes, ou leurs Commis, suivant l'Etat qui leur en sera baillé, signé par nous ou nosdits Lieutenans Généraux.

Défendons en outre à ceux qui doivent ausdits Ennemis &
leurs adherans, de les payer; ains leur enjoignons de le venir
déclarer à nous, nosdits Lieutenans Généraux, Surintendans
desdites receptes, ou à leurs Commis & Subrogés, sur peine du
quadruple, & d'être punis criminellement; pour être les deniers qui en proviendront employés aux affaires de la guerre,
& nécessités publiques, & les grains & vivres mis ès Magasins
qui seront jugés par nosdits Lieutenans être nécessaires ès lieux
& lorsque besoin sera. Comme aussi nous entendons le même
être fait de tous les biens des manans & habitans des Villes,
Bourgs, & Villages qui refuseront de payer les contributions,
ou les manœuvres pour les fortifications & leurs cotisations, &
départemens pour les munitions & Magasins qu'il conviendra
faire pour le soutenement de ladite guerre: tous lesquels ci-
dessus mentionnés ès présentes, nous avons déclarés, & déclarons être de bonne prise, & révoquant toutes exemptions, sau-
vegardes & passeports que nous leur pourrions avoir donnés &
octroyés ci-devant, voulant & entendant qu'il leur soit fait généralement pareil & semblable traitement que celui qui sera
fait par lesdits Ennemis à ceux qui font profession de la Religion, ou aux Catholiques & autres qui se sont joints à nous,
pour la manutention de notre illustre cause; sauf & réservé à
nous de gratifier ceux que verrons le mériter par leurs bons
déportemens. Nonobstant tous autres Réglemens tant militaires que de Finances, Déclarations, Exemptions & Provisions
précédentes ausquelles nous avons dérogé & dérogeons par ces
présentes, desquelles parceque l'on pourroit avoir affaire en plusieurs & divers lieux, nous voulons qu'au *vidimus* d'icelle duement collationné, foi soit ajoutée comme au présent original.
Si donnons en mandement à tous les Lieutenans Généraux,
Gouverneurs, Justiciers & Officiers de faire publier par tout où

leur

leur pouvoir s'étend, & ailleurs où besoin sera, notre présente Ordonnance, que nous voulons être exécutée selon sa forme & teneur, & exactement gardée & observée de tous, sans y contrevenir ou y user de longueur, connivence, ou dissimulation.

Donné à Bergerac le dernier jour de Novembre 1585.

Ainsi signé, HENRI.

Par le Roi de Navarre, premier Prince & premier Pair, Gouverneur & Lieutenant Général susdit.

LALLIER.

REGLEMENT

Que le Roi veut être observé par les Baillifs & Sénéchaux, ou leurs Lieutenans, pour l'exécution de l'Edit de Sa Majesté, sur la réunion de ses Sujets à l'Eglise Catholique : & icelui être lu & publié en leurs Auditoires, & à jour de plaids & de marché, à ce que un chacun soit averti du contenu en icelui, & n'en puisse prétendre cause d'ignorance.

Ensemble les Lettres Patentes du Roi, adressantes à ses Sénéchaux, ou leurs Lieutenans, pour la publication du présent Reglement.

DE PAR LE ROI.

NOTRE amé & féal, nous vous envoyons un Reglement de ce que nous entendons être fait, gardé & observé, pour l'exécution de notre Edit du mois de Juillet, & Déclaration du septieme d'Octobre, derniers passés, pour la réunion de tous nos Sujets à l'Eglise Catholique, Apostolique & Romaine : lequel Reglement vous ferez incontinent lire & publier, ainsi qu'il est porté par icelui, à ce que aucun n'en puisse prétendre cause d'ignorance ; Et icelui garderez & observerez, & ferez garder & observer selon notre intention : car tel est notre plaisir.

Donné à Paris le vingt-troisieme jour de Décembre 1585.

Ainsi signé, HENRI.

Et plus bas, PINART.

SA Majesté mande aux Baillifs & Sénéchaux, ou leurs Lieutenans, faire un Rôle général distingué par cinq chapitres : le premier, de ceux qui portent les armes contre sadite Majesté, de quelque opinion & Religion qu'ils soient, & persistent en leur rébellion. Le second, de ceux qui ont porté les armes, & se sont à present retirés, se voulant réduire en son obéissance, & se convertir à la Religion Catholique, Apostolique & Romaine. Le tiers, de ceux qui obéissant à l'Edit se sont retirés hors du Roïaume. Le quatrieme, de ceux qui ne sont point sortis hors de leurs maisons, & ont fait déclaration de vivre catholiquement. Et le cinquieme de ceux qui ont toujours demeuré en leurs maisons, & persistent en leur opinion sans faire abjuration & profession de foi.

Procéderont lesdits Baillifs & Sénéchaux en toute diligence à la confection des procès de ceux de leur ressort & justiciables, qui portent les armes contre sa Majesté, & persistent en leur rébellion ; & est enjoint aux Procureurs Généraux des Cours de Parlement de faire semblable poursuite, contre ceux qui pour leurs dignités & qualités, doivent être jugés ésdites Cours. Seront lesdits procès mis en état sans les juger auparavant que d'en avoir averti le Roi.

Sera par lesdits Baillifs & Sénéchaux, procedé à la vente des meubles desdits portans les armes, & bail à ferme de leurs immeubles, si lesdites ventes & baux à ferme ne sont retardés par quelque opposition & juste empêchement qui gise en connoissance de cause : en quoi les Juges suivront le contenu en la Déclaration du mois d'Octobre.

Et s'il se trouve bail à ferme ja fait en temps paisible, & auparavant les présens troubles, exempt de toute suspicion & fraude, seront les Fermiers maintenus & conservés en leurs baux : & seront condamnés vuider leurs mains de ce qui se trouvera être dû ; & pour la liquidation de ce qu'ils devront, seront contraints de représenter les quittances des paiemens prétendus faits par eux, enquoi nos Juges n'auront aucun égard aux paiemens prétendus faits depuis la publication dudit Edit ; & quant aux quittances précédentes ladite publication, examineront s'il y a fraude & antidate, en informeront, & avertiront sadite Majesté des difficultés notables qui se presenteront ésdites oppositions.

Sera faite recherche des dettes & rentes dues à ceux de la qualité susdite afin de faire vuider les mains aux débiteurs, si le terme est échu ; & s'il n'est échu, faire défenses ausdits créanciers de ne payer, & enjoindre de payer, au terme, aux Receveurs du Domaine ou autres qui seront commis par les Tréforiers Généraux de France en chacune Généralité.

Seront interpellés les Notaires de déclarer quelles obligations ils ont passées au profit de ceux de la qualité susdite, & à leur refus seront contraints exhiber leurs Registres, pour faire perquisition desdites obligations.

De ce que dessus lesdits Officiers avertiront lesdits Tréforiers Généraux de France, pour faire état des deniers qui en proviendront, & être employés aux effets portés par l'Edit.

Et quant aux Officiers de sadite Majesté qui se sont absentés hors le Roïaume, & retirés de leurs maisons, ou ceux qui y demeurent sans se réduire, sera enjoint de resigner leurs états dans le tems qu'il leur sera prefix, autrement, & à faute de ce faire seront déclarés vacans & impétrables, & sera y pourvu par sadite Majesté.

Et pour le regard desdits Officiers de sa Majesté, & de ceux des Hauts Justiciers qui jusques à la publication dudit Edit ont suivi l'opinion nouvelle : en l'abjurant & faisant profession de foi, seront maintenus en leur état, à la charge néanmoins que ceux de Judicature & des Finances s'abstiendront de l'exercice d'iceux durant le temps de six mois, que par leur persévérance ils confirmeront la vérité de leur conversion. Sera enjoint à ceux qui se réduisent, & retournent à la Religion Catholique, de faire abjuration & profession de foi, entre les mains des Evêques Diocésains ou leurs Vicaires, & non des Curés seulement, qui n'ont pouvoir d'absoudre, lesquelles abjurations & professions feront faites selon la forme qui en sera envoyée imprimée ; & afin que ceux qui sont éloignés des demeurances des Villes & Cités épiscopales ou archiepiscopales, ne soient travaillés, ni en danger pour la longueur du chemin, seront admonestés les Archevêques & Evêques de commettre Vicaires en chacune Ville de leurs Diocèses pour recevoir lesdites abjurations & professions, & sans que les Baillifs & Sénéchaux ou leurs Lieutenans s'entremettent de les recevoir.

Lesquelles abjurations & professions seront par après représentées ausdits Juges en la Chambre du Conseil en la présence du Substitut du Procureur Général de sadite Majesté, entre

M m ij

1585.

REGLEMENT DU ROI SUR LA RÉUNION.

les mains defquels lefdits Abjurans jureront & promettront de garder le contenu, & bailleront promeffe fignée de leur main, de n'aider & favorifer de leurs moyens ceux qui portent les armes, & qu'ils vivront en l'obéiffance de fadite Majefté fuivant fés Edits; & feront lefdites promeffes & profeffions enregiftrées aux Greffes defdits Baillifs & Sénéchaux; & en cas de contravention fe foumettront aux peines portées par l'Edit & Déclaration faite fur icelui.

Et d'autant que les Officiers des lieux font difficulté de recevoir ceux qui viennent depuis quinzaine portée par ladite Déclaration, & depuis la faifie de leurs biens: feront ceux qui n'ont point porté les armes, reçus à faire profeffion de foi, encore qu'ils foient venus depuis la quinzaine; & s'il y a faifie, leur fera fait main-levée en payant les frais de la faifie: mais s'ils font Gentilshommes, autres qui aient porté les armes, feront remis à venir implorer la grace de fadite Majefté, qui pourvoira pour la main-levée comme elle verra bon être.

Sera faite faifie actuelle contre ceux que l'on dit s'être retirés avec le Roi de Navarre à être en fon fervice, comme contre ceux qui portent les armes.

Pareillement fera mandé aux Officiers de procéder par faifie de biens & ventes des meubles contre ceux qui font demeurés en leurs maifons, fans faire abjuration ni profeffion de foi, fi ce n'eft qu'ils y fatisfaffent quinze jours après la publication du prefent Réglement, au dedans du Bailliage, ou Sénéchauffée où ils font demeurans.

Et feront tenus lefdits Baillifs & Sénéchaux ou leurs Lieutenans par chacun mois envoyer un état au vrai des faifies qui auront été faites, & des main-levées qui auront été baillées.

Fait à Paris, le Roi étant en fon Confeil, le ving-troifieme jour de Décembre mil cinq cent quatre-vingt-cinq.

Ainfi figné, HENRI.

Et plus bas, PINART.

IL est ordonné (ce requerant le Procureur du Roi, comparant par Maître Jean Vidard) que le Réglement fait par sa Majesté touchant son Edit du mois de Juillet dernier, présentement & judiciairement lu, sera régistré au Greffe de la Cour de céans, pour y avoir recours si & quand besoin sera; publié à son de trompe & cri public, par Pierre Beaupeou, Sergent Roïal ordinaire en la Cour de céans, par les cantons & carrefours de cette Ville, lieux & endroits accoutumés à faire tels cris & publications les jours de Mardi, Jeudi & Samedi, à ce que nul n'en prétende cause d'ignorance ; & par le Greffier d'icelle envoyé par tous les Siéges Roïaux, Baillages, anciens ressorts, & enchues de cette Sénéchaussée pour y être semblablement lu, enregistré & publié à ce que nul n'en prétende cause d'ignorance ; & aux Officiers de chacun desdits lieux, en certifier le Procureur du Roi en la Cour de ceans dedans quinzaine.

Donné & fait en la Cour ordinaire de la Sénéchaussé de Poitou & Présidial à Poitiers, le neuvieme jour de Janvier l'an mil cinq cent quatre-vingt-six.

Le neuvieme jour de Janvier mil cinq cent quatre-vingt-six, le contenu ci-dessus a été lu & publié à son de trompe & cri public, par tous les cantons & carrefours accoutumés à faire cris & publications en cette Ville de Poitiers, par moi Pierre Beaupeou Sergent Roïal ordinaire en Poitou, ayant avec moi Richard Vermillon, Huche (84) & Trompette dudit Poitiers.

Fait les jours & an que dessus.

Signé, *P. Beaupeou.*

---

(81) *Huche*, Crieur, celui qui appelle à haute voix. Hucher est un vieux mot, qui signifie appeller. Voyez le Diction. étymolog. de Menage. On trouve aussi dans le Diction-naire de Borel, Hucher, *Huissier*, de *huis* porte. Il ajoute, *Hucher*, c'est aussi appeller en criant, crier.

MANIERE
DE PROFESSION DE FOI,

Que doivent tenir ceux du Diocese d'Angers, qui se voudront remettre au giron de notre Sainte Mere l'Eglise Catholique, Apostolique & Romaine.

Laquelle maniere a été presque suivie par tout le Roïaume.

NO u s Guillaume Ruse (82), par permission Divine, Evêque d'Angers, étant bien avertis & duement informés, que quelques personnes de notre Diocese, suivant les nouvelles opinions des Hérétiques de ce temps, & ne voulant abjurer en leurs ames, délibérent toutes-fois s'aider de l'Edit du Roi, & contre l'intention de Sa Majesté, protester de bouche & non de cœur les articles proposés par notre sainte Mere, l'Eglise Catholique, Apostolique & Romaine, se réservant en leurs assemblées cette excuse, d'avoir servi au temps, & pour vivre en Police avoir obéi aux Edits du Roi ; pour preuve de quoi ils usent en leur protestations de ces mots, *puisqu'il plaît au Roi,* &c. pensant par ce moyen couvrir leurs professions, qui sont du tout contraires. Nous susdits, sachant que la sainte volonté de Sadite Majesté est de convier les Dévoyés à se remettre au bon chemin, & non pas de fournir de masque aux hypocrites, aussi que notre Seigneur défend de communiquer les choses saintes aux personnes feintes, & que les saints Sacremens de notre sainte Mere, l'Eglise Catholique, Apostolique & Romaine ne se doivent administrer qu'après une diligente examination, & preuve de ceux qui se présentent à les recevoir: autrement que telle communication faite aux faux Freres tourne au deshonneur de Dieu, à la confusion de sadite Eglise, son épouse, & à la perdition & ruine des recevans, qui par mentir au Saint-Esprit, encourent la malédiction d'Ananias &

(82) C'est Guillaume Rusé, qui prit possession de l'Evêché d'Angers au mois d'Août 1572, & mourut à Paris le 28 Septembre 1587. L'Ordonnance ou le Reglement qui est ici, ne se lit point parmi les Reglemens de Guillaume Rusé, qui font partie des Statuts & Ordonnances des Evêques d'Angers, imprimés en 1680, in-4°.

Saphira. Pour ces considérations, & voulant tant qu'il nous est possible embrasser de bon cœur tous ceux qui se voudront réduire au bon chemin, & couper chemin à ces moqueries & impostures, quant telles gens se présenteront à la profession de leur foi & abjuration de leurs erreurs, mandons, & très expressément enjoignons à tous Curés, Vicaires & Prêtres de ce notre Diocèse, qui se peuvent entremettre en l'administration desdits saints Sacremens, que sur peine des Censures ecclésiastiques & suspension des divins & sacrés Mysteres, ils n'aient à administrer lesdits saints Sacremens, ni recevoir lesdits de la nouvelle opinion en la communion des Catholiques, sinon que préalablement ils aient fait leur profession de foi en la maniere qui s'ensuit:

Je N. crois de ferme foi, & confesse tous & chacuns les articles contenus au Symbole de la Foi, duquel use la sainte Eglise Romaine : savoir est, je crois en Dieu le pere tout-puissant, Créateur du ciel & de la terre, de toutes choses visibles & invisibles : Je crois en un souverain Seigneur Jesus-Christ, fils unique de Dieu, engendré du pere avant tous les siecles, Dieu de Dieu, lumiere de lumiere, vrai Dieu de vrai Dieu, engendré non pas créé, consubstantiel au pere, par lequel toutes choses ont été faites ; qui est descendu des cieux pour nous hommes, & pour notre salut, & a été incarné par le Saint-Esprit de la Vierge Marie, & a été fait homme, a été aussi crucifié pour nous, sous Ponce Pilate, a enduré mort & passion, & a été enseveli, & est ressuscité le troisieme jour selon les Ecritures, & est monté au ciel, il est assis à la dextre de son pere, & de rechef il viendra en sa gloire juger les vivans & les morts : & au Saint-Esprit Seigneur & vivifiant, qui procede du Pere & du Fils, qui ensemble avec le Pere & le Fils est adoré & glorifié, & qui a parlé par les Prophetes, & une sainte Eglise Catholique & Apostolique. Je confesse un Baptême pour la rémission des péchés, & attens la future résurection des morts, avec une vie de l'autre monde.

Je crois fermement, & embrasse les traditions des Apôtres & de la sainte Eglise avec les autres usages, coutumes & ordonnances d'icelle.

Je crois la sainte Ecriture selon & au sens que la tient & a tenue notre sainte Mere l'Eglise, à laquelle appartient juger de la vraie intelligence & interprétation de ladite sainte Ecriture : pourtant je ne la prendrai ni exposerai jamais que selon le commun accord & consentement des Peres.

1585.

MANIERE DE PROFESS. DE FOI PAR CEUX D'ANGERS.

Davantage je confesse qu'il y a sept vraiement & proprement appellés Sacremens de la nouvelle Loi, institués par Notre-
Seigneur Jesus-Christ, & nécessaires (mais non pas tous à un
chacun, pour le salut du genre humain : c'est à savoir, le
Baptême, la Confirmation, & la Sainte Eucharistie, la Pénitence, l'Extrême-Onction, l'Ordre, & le Mariage ; & que par
iceux, la grace de Dieu nous est conférée, & que trois d'iceux,
savoir est le Baptême, la Confirmation, & l'Ordre, ne se peuvent réitérer sans sacrilege.

Je crois aussi les cérémonies approuvées & usitées par l'Eglise,
en l'administration solemnelle & publique desdits Sacremens.

J'approuve tout ce qui a été conclu & arrêté au Sacré Saint
Concile de Trente, touchant le péché originel, & la justifi-
cation de l'homme.

Je proteste qu'en la Sainte Messe on offre à Dieu un vrai,
propre & propitiatoire sacrifice pour les vivans ; & qu'en ce
Saint Sacrement de l'Eucharistie est vraiment, réellement &
substantiellement le Corps & le Sang, l'Ame & la Divinité
de Notre Seigneur Jesus-Christ : & qu'en icelui est faite une
conversion de toute la substance du vin au Sang, laquelle conversion l'Eglise Catholique appelle transubstantiation. Je confesse aussi que sous l'une des especes on prend & on reçoit J. C.
tout entier & son Sacrement.

Je tiens pour tout certain qu'il y a un Purgatoire, & que
les ames qui y sont détenues peuvent être soulagées & aidées
par les suffrages & bienfaits des Fideles.

J'affirme assurément qu'on doit honorer les Saints & Saintes
bienheureux & regnans avec Jesus-Christ, lesquels prient &
offrent à Dieu leurs oraisons pour nous, & desquels on doit
honorer les saintes Reliques.

J'affirme assurément que l'on doit avoir & retenir les Images
de Notre-Seigneur & Rédempteur Jesus-Christ, de sa bienheu-
reuse Mere perpétuellement Vierge, & des autres Saints &
Saintes, en leur faisant l'honneur & vénération qui leur appartient.

J'avoue davantage que notredit Rédempteur a laissé en son
Eglise la puissance des pardons & indulgences, desquels l'usage
est très salutaire au peuple Chrétien.

Je reconnois que la sainte Eglise Catholique, Apostolique
& Romaine, est la mere & maîtresse de toutes autres Eglises.
Je jure & promets vraie & entiere obéissance à Notre Saint Pere
le

le Pape, Grand Pontife de Rome, comme au vrai fucceffeur de S. Pierre, Chef des Apôtres, & Vicaire de J. C en terre.

Je crois & promets garder, fans aucun doute, tout ce qui a par les Conciles généraux, & fpécialement par le S. Concile de Trente, été déterminé, conclu & arrêté. J'abjure, je condamne, je rejette & anathématife toutes chofes qui font à ce contraires, mêmement les Héréfies qui ont été condamnées, rejettées & anathématifées en l'Eglife Catholique.

Je N., remerciant très humblement le Roi de la fouveraine bonté dont il a ufé au terme qu'il lui a plu me donner pour me reconnoître & revenir au bon chemin dont je m'étois forvoyé, confeffe les articles, qui préfentement m'ont été lus & récités, contenir vérité; & jure & promets à Dieu par le moyen de fa très fainte grace, les obferver de point en point, tous les jours de ma vie, pour vivre felon iceux en l'union de notre fainte mere l'Eglife Catholique, Apoftolique & Romaine, fans jamais m'en départir. Et outre j'abjure généralement toutes Héréfies; toute doctrine & toutes opinions contraires aufdits articles, fpécialement celles de Calvin & des Sacramentaires de ce temps : & protefte que je n'y fuis forcé ou violenté par l'Edit du Roi ou autre, ains purement & franchement induit & ramené par un defir de fortir de l'erreur où j'ai jufques ici été, & tenir déformais le chemin qu'il me faut fuivre pour le falut de mon ame : ce que je protefte du cœur comme de la bouche, priant Dieu que, fi j'ufe de feintife en cet endroit, & que j'aie au cœur autre chofe que ce que j'ai dit de ma bouche & figné de ma main, il étende fa vengeance fur moi à la perpétuelle damnation de mon ame.

Et d'autant que le crime d'Heréfie eft l'un de ceux dont les Canons des faints Conciles renvoient la connoiffance aux feuls Evêques des lieux : voire, que depuis quelques années les Saints Peres l'ont retenue à foi-même, ou à ceux aufquels ils en auroient délégué pouvoir fpécial, tel qu'il nous a été envoyé par de très heurcufe mémoire defunt notre Saint Pere Grégoire, treizieme Pape de ce nom, que Dieu abfolve : Nous mandons auxdits Curés, qu'après la profeffion faite, & le ferment pris ainfi que deffus, ils enjoignent auxdits faifant profeffion, qu'ils aient à fe retirer devers nous pour recevoir le bénéfice d'abfolution de leur erreur, & être par nous remis en l'union de notre Sainte Mere l'Eglife Catholique, Apoftolique & Romaine.

LETTRES

*Envoyées à l'Eglise de Niort & S. Gelais, par L. Blachiere,
Ministre de la Parole de Dieu en ladite Eglise, pour rappeller
ceux qui sont tombés & se sont révoltés en ces troubles, suscités
par la Ligue contre la Religion Réformée.*

SALUT PAR JESUS-CHRIST.

MEs Freres, comme au tems d'adversité les vrais amis sont
discernés d'avec les faux, aussi au tems des persécutions suscitées
contre la vraie Religion & profession de foi apparoît facilement
quels sont les vrais disciples de Jesus-Christ, & quels sont les
hypocrites. Car ceux qui font profession de foi en Christ, seulement pour quelque commodité privée, ceux-là en tems de persécution défaillent vilainement, & renient apertement la foi ou
bien la dissimulent, ou bien s'accordent & font alliance avec les
Ennemis de l'Evangile du Fils de Dieu. Mais ceux qui ont vraiment embrassé Jesus-Christ de tout leur cœur, ceux-là ne sont
jamais épouvantés pour la crainte d'aucun péril & danger, ou
pour la crainte de perdre leurs biens, que pour iceux ils se révoltent de lui & quittent son parti. C'est la cause pourquoi notre
Seigneur Jesus-Christ a exhorté si ardemment & à bon escient ses
Disciples de persévérer constamment jusqu'à la fin ; car ce n'est
rien de bien commencer qui ne persévere. Et nul qui met la
main à la charrue & regarde en arriere n'est bien disposé pour le
Roiaume de Dieu. Considérez la femme de Loth. Jesus-Christ
les a exhortés aussi de se soutenir, que les tyrans ne peuvent rien
que sur le corps, mais ils ne peuvent rien sur l'ame, pour l'empêcher de monter ès Cieux & y vivre éternellement. Voire même
sur les corps ne peuvent-ils rien, quelques puissans & cruels
qu'ils soient, sinon entant que Dieu leur permet ; comme
notre Seigneur Jesus le fit bien connoître à Pilate qui se van-
toit d'avoir la puissance de le crucifier ou de le délivrer. Tu n'aurois, dit-il, point de puissance sur moi, si cela ne t'étoit donné
d'enhaut ; c'est à savoir de Dieu, pour le bon plaisir & volonté
duquel toutes choses sont régies & gouvernées, & lequel non-
seulement tient en sa main les jours de notre vie comptés,
mais aussi le nombre de nos cheveux, pas un desquels ne

tombera en terre fans fa volonté. Il veut donc que cette fen- tence ne foit jamais mife en oubli, ains profondément engra- vée ès cœurs des fiens. Ne craignez point ceux qui tuent le corps & ne peuvent tuer l'ame ; mais plutôt craignez celui qui peut perdre l'ame & le corps en la gehêne. Par lefquelles paroles le Seigneur Jefus enfeigne tous les fiens de ne point craindre les hommes plus que Dieu ; tellement que pour complaire aux hommes nous devions faire quelque chofe pour déplaire à Dieu. Ains plutôt nous devons craindre Dieu feul, & nous étudier fi bien à lui complaire, qu'il ne nous doit chaloir de déplaire aux hommes quelque grands qu'ils foient : car autrement fi nous ne préférons Dieu aux hommes, & à tout le monde, c'eft fait de notre foi & de notre falut. Pour confirmation & preuve de tout ceci, propofez-vous devant les yeux l'exemple de Jofeph en Egyp- te, qui aima mieux tomber en danger & péril de fa vie, & trem- per longuement ès prifons puantes, plutôt que d'offenfer & dé- plaire à Dieu, pous obéir & complaire à la lafcivité de fa Dame & maîtreffe. Propofez-vous devant les yeux l'exemple de Daniel & fes compagnons en Babylonne ; de Daniel, dis-je, qui aima mieux être jetté en la foffe aux lions, que d'obéir à l'Edit tyran- nique du Roi Darius, qui défendoit de prier Dieu durant trente jours ; de fes compagnons qui aimerent mieux être jettés en la fournaife ardente, que de fe profterner devant l'idole d'or que Nabuchodonofor avoit fait faire. Propofez-vous devant les yeux l'exemple des Machabées, lefquels ont mieux aimé endurer tous fupplices & tourmens felon la cruauté des Tyrans, que de faire la moindre chofe du monde contre la loi de Dieu. Bref, propofez-vous devant les yeux les exemples des Prophetes & Apô- tres, & d'un nombre infini de Martyrs jufqu'à notre tems, qui de leur fang ont fcellé la vérité de l'Evangile, & n'ont ténu compte de déplaire & défobéir aux hommes pour complaire & obéir à Dieu. Parquoi à leur exemple, faites comparaifon entre les hommes, vos ennemis, & Dieu, entre le corps & l'ame, entre cette vie mortelle & la vie immortelle & éternelle. Quant aux hommes vos ennemis, ils peuvent tuer le corps, & ne peuvent rien plus, encore faut-il que Dieu leur permette. Mais quant à Dieu, après avoir perdu le corps & l'avoir dépouillé de cette vie mortelle, il peut dépouiller & priver l'ame & le corps en- femble de la vie immortelle, & les plonger & abimer ès tour- mens éternels de la gehêne du feu qui jamais ne s'éteint. Puis après je vous prie d'argumenter par un fens commun, que l'ame

N n ij

1585.

Lettre a
l'Eglise de
Niort.

eſt plus que le corps; il faut donc avoir ſouci de l'ame plus que du corps, & devons veiller plus diligemment & deſirer d'être ſauvés & d'ame & de corps, que de vouloir pour un peu de tems ſauver le corps en cette vie, & cependant perdre l'ame avec le corps enſemble pour jamais. Concluons donc qu'il eſt meilleur de craindre Dieu plus que les hommes, & qu'il faut obéir à Dieu plutôt qu'aux hommes, tant grands ſoient-ils, leſquels combien qu'ils exercent toute cruauté contre nous, tels tourmens toutefois ne peuvent être de longue durée. Mais au contraire le feu de la gehêne ne s'éteint jamais, & le ver qui ronge le cœur des damnés ne meurt point. Et de là nous recueillons qu'il y a après cette vie mortelle, une autre vie laquelle eſt immortelle, & en laquelle tout l'homme en corps & en ame ſera en joie éternellement ou tourmenté éternellement. Or, l'empire de cette telle vie eſt en la main de Dieu; Dieu donc doit être craint & non pas les hommes, qui ne peuvent rien d'eux-mêmes, tant puiſſans ſoient-ils, ſans ſon vouloir. Voilà pourquoi auſſi notre Seigneur Jeſus-Chriſt a dit: Quiconque me confeſſera devant les hommes, je le confeſſerai devant mon Pere qui eſt ès Cieux; mais quiconque me reniera devant les hommes, je le renierai devant mon Pere qui eſt ès Cieux; & quiconque voudra ſauver ſa vie, il la perdra, & qui perdra ſa vie pour moi & pour l'Evangile, il la ſauvera: Car que profitera-t-il à l'homme s'il gagne tout le monde, & qu'il reçoive perte de ſon ame? ou quelle récompenſe donnera l'homme pour ſon ame? Car qui aura eu honte de moi & de mes paroles en cette génération adultere & péchereſſe, le Fils de l'homme aura auſſi honte de lui, quand il viendra en la gloire de ſon Pere avec les ſaints Anges. Or, freres, qui eſt le pere d'entre vous qui pourroit ſupporter ſes enfans, leſquels ne voudroient le reconnoître pour pere? Et qui eſt le mari d'entre vous qui ne réputât une injure intolérable lui être faite, s'il entendoit ſa femme avoir honte de lui? Et nous penſerons-nous que Jeſus-Chriſt qui eſt venu pour nous ſauver puiſſe ſupporter & reconnoître ceux qui ont honte de lui devant cette génération bâtarde, perverſe & adultere? Hélas, mes freres, j'entends que le nombre eſt très grand entre vous de ceux qui ont apoſtaté & renoncé la vérité de l'Evangile, pour adherer aux menſonges de l'Antechriſt. Ne ſavez-vous pas qu'on croit de cœur, pour être juſtifié; mais on confeſſe de bouche pour avoir ſalut? Où eſt donc la confeſſion que vous avez faite de votre foi? Où eſt l'épreuve d'icelle?

Où font les prifons que vous avez endurées pour Jefus-Chrift ?
Où font les tourmens & fupplices que vous avez fentis & portés
pour fon Nom ? Avez-vous réfifté jufqu'au fang pour lui ? Avez-
vous renoncé à pere, mere, femme, enfans & biens pour le fuivre ? N'eft-ce pas plutôt le contraire ? Car vous avez défavoué
Jefus-Chrift pour fauver vos biens & richeffes. O richeffes d'iniquité, qui font perdre les vraies richeffes & biens éternels ! O
hypocrifie ! O perfidie ! O déloyauté ! O pufillanimité ! O couar-
dife & lâcheté de courage d'abandonner ainfi fon Capitaine
devant qu'avoir combattu ! Au premier fon de la trompette men-
fongere & ennemie fe rendre au camp de l'ennemi, & quitter la
banniere de l'Evangile du Fils éternel de Dieu ! O gens de peu
de foi ! qui avez reçu la femence de la parole de Dieu entre les
pierres & les épines ! Vous avez fait beau femblant pour un tems;
mais vous avez montré qu'il n'y avoit pas d'humeur ni de bonne terre en vous pour réfifter à l'ardeur de cette épreuve ; & d'autre côté
les épines de vos richeffes ont tellement fuffoqué en vous la bonne
femence de la parole de Dieu, qu'elle n'a pu produire aucun
fruit au befoin, lorfque le Seigneur le requeroit de vous. Vous
voilà maintenant bien riches avec vos biens, pour lefquels fauver vous avez renoncé celui qui vous les avoit donnés. Vous avez
gagné tout le monde, ce vous femble; & quand ainfi feroit,
qu'avez-vous profité en faifant naufrage & perte de votre ame ?
Vous pafferez-vous bien de Jefus-Chrift ? Vous pourrez-vous bien
fauver fans lui ? Lui pourrez-vous réfifter ? Echapperez-vous fa
main ? Ne mourrez-vous jamais ? Cuidez-vous avoir prolongé
votre vie, en renonçant l'Auteur de vie : lui, qui nourrit les
oifeaux du Ciel qui ne fement ni ne moiffonnent, n'a-t-il pas
le moyen de vous nourrir fi vous cuffiez perdu vos biens pour
l'amour de lui ? Notez que le feul & vrai moyen de bien garder
fa vie & fes biens, c'eft de les perdre pour Jefus-Chrift. Mais
plufieurs d'entre vous avez fait le contraire, quand, pour fauver
vos biens, vous avez abjuré & renoncé la vraie Religion, felon le formulaire déteftable dreffé & bâti par l'Antechrift & fes
Evêques, pour fuivre les abominations d'icelui : lequel, pour
mieux vous faire avaler fes poifons, s'eft préfenté à vous finement, comme transfiguré en Ange de lumiere, & vêtu de peau
de brebis (quoique par-dedans il foit loup raviffant), avec un
langage doux & emmiellé il vous a propofé le fymbole qui
fut fait au Concile de Nicée, lequel fymbole eft vraiment conforme à la parole de Dieu : mais incontinent après, il vous

1585.

LETTRE A
L'EGLISE DE
NIORT.

a fait humer ſes erreurs ; car, premierement, en votre révolte
il vous a fait proteſter, que vous croyez fermement & embraſſez
les traditions des Apôtres & de la ſainte Egliſe, entendant par
telles traditions, tous les menſonges, ſonges & rêveries ſuperſ-
titieuſes, que les Papes & leur Clergé ont fourrées & introduites en l'Egliſe Chrétienne, directement contraires à la doctrine des Apôtres, du nom & titre deſquels il abuſe, pour mieux
& plus finement vous abuſer. Secondement, en votre révolte,
il vous a fait proteſter que vous croyez la Sainte Ecriture ſelon
le ſens qu'il la tient, ſoi-diſant avec ſon Clergé être la Sainte
Mere Egliſe, à laquelle appartient la vraie intelligence & interprétation de ladite Sainte Ecriture. Or, l'expérience montre
clairement combien le ſens d'icelle eſt obſcurci, corrompu &
dépravé, & l'intention du Saint-Eſprit renverſé par les interprétations, traditions & gloſes de l'Antechriſt & de ſes ſuppôts ſcholaſtiques, & que la fumée du puits de l'abîme qu'il
a ouvert, empêche, par ſon épaiſſeur ténébreuſe, de voir la
clarté de ce grand Soleil de Juſtice Jeſus-Chriſt Notre Seigneur, auquel vous avez tourné le dos pour cheminer en tâ-
tonnant parmi telles ténebres damnables. En troiſieme lieu,
vous avez confeſſé en votre révolte, qu'il y a ſept vraiment &
proprement appellés Sacremens de la nouvelle Loi, inſtitués par
Jeſus-Chriſt, & néceſſaires pour le ſalut du genre humain ; au
contraire, vous aviez été ſouvent enſeignés que Jeſus-Chriſt
Notre Seigneur n'en a inſtitué que deux communs à tous
ſes élus & fideles, à ſavoir, le Baptême & la ſainte Cêne ; comme
auſſi ſes Apôtres, conduits par ſon eſprit, l'ont enſeigné &
prêché fidellement par tout le monde, & laiſſé par écrit à
l'Egliſe, afin qu'elle ſe donne bien garde de croire à tous eſprits, mais d'éprouver les eſprits s'ils ſont de Dieu : voire même
de tenir pour anathême & exécrable, quand un Ange viendroit
du Ciel pour nous évangeliſer autrement que ce qui a été évan-
géliſé & écrit par les Apôtres. Vous avez auſſi confeſſé que par
les Sacremens la grace de Dieu nous eſt conférée ; au contraire,
vous aviez été enſeignés que les Sacremens ſont ſceaux de la
Juſtice de notre Foi, & que par iceux nous faiſons commé-
moration ſolemnelle de la mort du Seigneur, juſqu'à ce qu'il
vienne : & que tous ceux qui les reçoivent indignement, tant
s'en faut que par iceux la grace de Dieu leur ſoit conférée,
qu'au contraire, ils reçoivent leur jugement & condamnation.
Vous avez confeſſé que vous croyez les cérémonies approuvées

& ufitées par l'Eglife en l'adminiftration folemnelle & publique defdits Sacremens : en ce faifant, vous avez humé & avalé tous les crachats, huiles, fels, luminaires, béguins, croifades, conjurations & exorcifmes diaboliques, & autres ordures par lefquelles le Saint Baptême eft profané, fouillé & obfcurci : auffi tous les fatras, kirielles, barbotemens inconnus, virevouftes, fingeries, croifades, & charmes foufflés à baffe voix fur le pain & fur le vin qu'ils vous font adorer pour le vrai Jefus-Chrift : ce que jamais Jefus-Chrift n'a inftitué ni ordonné, & fes Apôtres ne l'ont jamais prêché ni pratiqué ; ce font donc des cérémonies qui témoignent la prophanation, renverfement & corruption de la Cêne du Seigneur. Item, en votre révolte vous approuvez tout ce qui a été conclu & arrêté au Concile de Trente, qu'ils appellent Sacro-Saint : auquel cependant a été confpirée la ruine totale du regne fpirituel de Jefus-Chrift, par lequel nous fommes délivrés non-feulement de la contagion du péché originel, mais auffi de tous les méchans effets qui procedent journellement d'icelui péché, & ne fommes juftifiés par autre moyen que par la feule Foi, laquelle appréhende Jefus-Chrift, qui nous a été donné du Pere pour juftice, satisfaction, fanctification & rédemption ; au contraire, le fufdit Concile, mettant bas l'office & mérite de Jefus-Chrift, a vifé à ce but que de bien établir, étançonner & confirmer la tyrannie de l'Antechrift, & fes indulgences pour attraper deniers, & maintenir la gloire & honneur d'icelui. Qui plus eft, en votre révolte vous avez protefté & figné, fuivant ledit formulaire, qu'en la Meffe on offre à Dieu un vrai propre & propiciatoire facrifice pour les vivans & trépaffés. O blafphême horrible contre Jefus-Chrift, lequel eft notre vrai & feul propiciatoire : facrifice très fuffifant pour nous tous, & qui ne fe peut ni ne fe doit réiterer ! En votre révolte, vous avez figné qu'en la Meffe eft faite une converfion de toute la fubftance du pain & du vin au Corps & au Sang, à l'ame & à la divinité de notre Seigneur Jefus-Chrift, laquelle converfion ils appellent Tranfubftantiation. O Héréfie monftrueufe & diabolique contre la vérité de Jefus-Chrift ! lequel n'a point dit, ceci eft ma divinité ; mais après avoir dit du pain, Ceci eft mon Corps, & du vin, Ceci eft mon Sang, donne encore les noms de pain & de vin aufdits fignes. Je ne boirai, dit-il, dorénavant de ce fruit de vigne, jufqu'à ce jour-là que je le boirai nouveau avec vous au Roïaume de mon Pere. Et par la bouche de Saint Paul dit : Toutes les fois que vous

mangerez ce pain & boirez de cette coupe, vous annoncerez la
mort du Seigneur jusqu'à ce qu'il vienne ; lesquels mots de
pain & de coupe font réitérés par trois fois ; ce qui ne feroit
point écrit s'il y avoit converfion de fubftance, en telle forte que
le pain ne fût plus pain, mais chair, & que le vin ne fût plus
vin, mais fang. Vous avez figné que fous l'une des efpeces on
prend & reçoit Jefus-Chrift tout entier. O facrilege déteftable
contre Jefus-Chrift ! lequel a commandé aux fiens, non-feulement de prendre & manger le pain rompu ; mais auffi de boire de
la couppe, & (comme il eft écrit,) tous en bûrent. Vous avez
figné qu'il y a un Purgatoire, & que les ames qui y font détenues
peuvent être foulagées, & aidées par les fuffrages & bienfaits
des fideles. O menfonge impudent & plein de blafphêmes contre le Sang de Jefus-Chrift, qui nous purge, lave & nettoie de
tout péché. Vous avez figné qu'on doit honorer les Saints & les
Saintes, qui prient & offrent leurs oraifons à Dieu pour nous,
& defquels on doit honorer les faintes Reliques. O deshonneur
infâme, & blafphême plein de facrilege contre Jefus-Chrift,
qui feul eft digne de tout hônneur, comme étant feul & unique
Médiateur, Avocat & Interceffeur envers Dieu le Pere pour
nous, & qui n'a jamais commandé d'honorer aucunes Reliques
des morts. Vous avez figné qu'on doit avoir & retenir les images
de Jefus-Chrift, de la Vierge Marie, & des autres Saints &
Saintes, en leur faifant l'honneur & vénération qui leur appartient. O idolâtrie déteftable contre l'expreffe parole de l'E-
ternel notre Dieu ! lequel défend en tant & tant de paffages
de l'Ecriture de faire aucune image, femblance, ftatue ou
pierre érigée de repréfentation des chofes qui font là-fus au Ciel,
ni ci-bas en la terre, ni ès eaux qui font fous la terre, & défend
auffi de les fervir & honnorer. Vous avez figné que Dieu a laiffé
au Pape & à fon Clergé (car c'eft ce qu'ils entendent par ce
mot d'Eglife), la puiffance des pardons & indulgences, defquels l'ufage eft très falutaire au peuple Chrétien. O Marchands
abominables qui ont fait de la Maifon de Dieu une fpelunque
& caverne de brigands & larrons, & qui font ordinairement
trafic & marchandife des ames, fous ombre de Religion ! tous
lefquels font entrés en la bergerie du Seigneur, non point par
la porte, mais par la fenêtre ; car pas un d'eux n'a vocation
légitime, felon les regles de la parole de Dieu, pour pouvoir
annoncer en vérité la rémiffion des péchés aux pauvres pécheurs :
au contraire, vous aviez été enfeignés que cette puiffance de

lier

lier ou de délier, de pardonner ou de retenir, n'a point été conférée aux perſonnes, en tant qu'ils ſont hommes, mais eſt conjointe au miniſtere de l'Evangile; parquoi, celui qui par vocation légitime, ſans s'être ingéré, prêche purement l'Evangile, lors ce qu'il dit en terre eſt ratifié ès cieux : car à tous ceux qui croient, les cieux ſont ouverts, mais ils ſont fermés à ceux qui ne croient point : & par même prédication les Enfers ſont ouverts aux incrédules, mais ils ſont fermés aux croyans. Voilà la vraie & légitime puiſſance des clefs que le Seigneur a laiſſées à ſon Egliſe : l'uſage deſquelles n'eſt ni ne ſera jamais parmi ceux qui s'ingerent, & qui, avec Simon Magus (83), donnent de l'argent ou des préſens pour avoir cette puiſſance, qui auſſi ne prêchent point purement la vérité. Vous avez ſigné que vous reconnoiſſez la Sainte Egliſe Catholique, Apoſtolique & Romaine, être la Mere & Maîtreſſe de toutes les autres Egliſes (84). O langage diabolique du tout contraire au ſacré ſtyle du Saint-Eſprit, qui n'a jamais ainſi parlé, & n'a jamais conſtitué aucune Egliſe Mere & Maîtreſſe de toutes les autres Egliſes ! mais bien nous a décrit & peint au vif que la grande Cité, aſſiſe ſur ſept montagnes, & qui a eue domination ſur tout le monde (à ſavoir Rome), eſt le ſiege de la bête & de la grande & paillarde mere des paillardiſes, laquelle a enivré les Rois, Princes & peuples de la terre, du vin de ſes paillardiſes : voilà certes le langage du Saint-Eſprit. Vous avez juré & promis vraie obéiſſance à celui que vous appellez votre Saint Pere le Pape, grand Pontife de Rome, comme au vrai ſucceſſeur de Saint Pierre, Chef des Apôtres, & Vicaire de Jeſus-Chriſt en terre. O jurement & promeſſe damnable, ſi bien-tôt n'eſt retractée ! car vous avez promis obéiſſance à celui que le Saint-Eſprit appelle l'homme de péché, le fils de perdition, qui s'oppoſe & s'éleve ſur tout ce qui eſt dit Dieu, ou qu'on adore, juſqu'à être aſſis au Temple de Dieu, comme Dieu, ſe montrant ſoi-même qu'il eſt Dieu, & qui, par ſes actions & paroles, ſe fait connoître ſucceſſeur non de Simon Pierre, mais de Simon Magus, & grand ennemi & adverſaire de Jeſus-Chriſt en terre, les membres duquel il perſécute par feux & par glaives. Bref, vous avez ſigné tout ce qui plaît au Pape pour le maintenir, confirmer & entretenir en ſa tyrannie

1585.

Lettre a l'Eglise de Niort.

_____

(83) Simon Magus : c'eſt-à-dire, Simon le Magicien.

(84) Tout cet Ecrit ne contient que de faux raiſonnemens, & les calomnies ordinaires des Hérétiques contre l'Egliſe Catholique.

contre le regne spirituel de Jesus-Christ : lequel vous avez abjuré, condamné, rejetté & anathématisé, comme étant un regne
contraire aux déterminations du susdit Conciliabule de Trente.
Et si avez protesté que vous n'étiez forcés ni violentés par l'Edit
du Roi ou autre, ains purement & franchement induits & ramenés par un desir de sortir de l'erreur, duquel vous avez confessé avoir été tenus jusques ici (car tels sont les mots du formulaire de votre abnégation & révolte), & tenir désormais le
chemin qu'il vous faut suivre pour le salut de vos ames ; & finalement pour le comble de votre malheureux révoltement,
vous avez protesté de cœur comme de bouche, avec une détestable imprécation faite contre vous-même, que si vous avez
usé de feintise en cet endroit, & que vous eussiez au cœur autre chose que ce que vous avez dit de vos bouches & signé de
vos mains, que Dieu étende sa vengeance sur vous, & à la
perpétuelle damnation de vos ames. O mensonge impudent &
diabolique, prononcé & signé contre le témoignage de votre
propre conscience ! & pour mieux le sceller, & tourner du tout
le dos à Jesus-Christ, qui seul nous peut absoudre de tous nos
péchés, il vous faut retirer pardevers les Evêques, pour recevoir d'eux le bénéfice d'absolution de vos erreurs, & être par
eux remis en l'union de leur sainte Mere Eglise Catholique,
Apostolique & Romaine : voilà en quelle Eglise vous entrez,
en sortant de la vraie Eglise de Jesus-Christ, en laquelle vous
avez oui plusieurs fois retentir sa vérité éternelle, qu'ils appellent erreurs, pour maintenant vous enivrer des erreurs vraiment
diaboliques de l'Antechrist, le fils de perdition, avec lequel
vous vous perdez en le suivant, & qui, par son formulaire
d'abnégation & renoncement, vous a fait finement entrer en
la voie glissante du péché contre le Saint-Esprit, lequel ne
sera pardonné éternellement, & auquel vous ne faudrez jamais
de tomber pour résister & combattre contre la vérité connue,
si vous ne tournez visage pour revenir à Jesus-Christ: car ceux
qui ont été une fois illuminés, & ont goûté le don céleste,
& ont été faits participans du Saint-Esprit, & ont goûté la
bonne parole de Dieu & les puissances du siecle à venir ; s'ils
retombent, il est impossible qu'ils soient renouvellés par repentance, en tant qu'ils crucifient derechef le fils de Dieu en eux-
mêmes & le diffament. Notez que si vous péchez volontairement, après avoir reçu la connoissance de vérité, il ne reste
plus de sacrifice pour les péchés, mais une attente terrible du

jugement, & une ferveur de feu qui dévorera les adverſaires. O que c'eſt choſe horrible de choir ès mains de Dieu vivant! Parquoi, ſelon cette parole du Seigneur, je vous dénonce que la voie en laquelle vous cheminez maintenant, n'eſt pas bonne, ains tyrannique, méchante & dangereuſe, laquelle tend & mene aux Enfers; car, ſi vous perſévérez en votre révolte & chute, vous êtes perdus & damnés éternellement. Retournez-vous donc au Seigneur notre Dieu, & vous convertiſſez à lui de tout votre cœur; & pleurez votre faute & chute à l'exemple de l'Apôtre Saint Pierre, afin que le Seigneur vous garde des yeux de ſa miſéricorde : lequel ne veut point la mort du pécheur, mais qu'il ſe convertiſſe & vive, & qui ne briſe point le roſeau caſſé, & n'éteint point le tiſon fumant. Il eſt venu pour chercher la brebis égarée : il vous attend, il vous appelle à repentance. Repentez-vous donc, & vous vivrez. Conſolez-vous ès paroles du Seigneur, qui dit : car le Fils de l'Homme eſt venu pour ſauver ce qui étoit péri. Et qui eſt l'homme d'entre vous, qui, ayant cent brebis, s'il en perd une, ne laiſſe les quatre-vingt-dix-neuf au déſert, & s'en aille après celle qui eſt égarée, tant qu'il l'ait trouvée, & l'ayant trouvée, ne la mette ſur ſes épaules bien joyeux : puis étant venu en la maiſon, n'appelle ſes amis & voiſins, & leur diſe : réjouiſſez-vous avec moi, car j'ai trouvé ma brebis qui étoit perdue? Je vous dis qu'ainſi il y aura joie au Ciel devant les Anges de Dieu pour un pécheur ſe repentant, plus que pour quatre-vingt-dix-neuf juſtes, qui n'ont que faire de repentance. Priez donc, un chacun de vous avec David.

> Pour te louer, de vivre j'ai deſir :
> Car de ta grace à moi toujours montrée
> Tu ne voudras, Seigneur, me deſſaiſir.
> Helas ! je ſuis la brebis égarée :
> De me chercher, Seigneur, prends le loiſir,
> Car en mon cœur ta loi eſt demeurée.

Confeſſez franchement avec les Fideles du temps d'Iſaïe: nous tous avons erré comme brebis : nous nous ſommes tournés un chacun en ſa propre voie. Mais auſſi conſolez-vous en ceci, que combien que votre faute ſoit très grande, toutesfois les miſericordes de Dieu ſont ſans fin : lequel (pour les vous faire ſentir & connoître) a envoyé ſon Fils éternel pour

porter vos langueurs, & charger vos douleurs, afin qu'il fût
navré pour vos forfaits, & blessé pour vos iniquités, & que par
sa plaie vous ayez guérison : d'autant que le pere a jetté sur icelui son Fils l'iniquité de vous tous, & lequel Fils vous convie si
doucement, disant, Venez à moi vous tous qui êtes travaillés
& chargés, & je vous soulagerai : prenez mon joug sur vous,
& apprenez de moi que je suis débonaire & humble de cœur ;
& vous trouverez repos à vos ames, car mon joug est aisé, &
mon fardeau léger. Parquoi mes freres, comme vous avez été
par ci-devant lâches en son service, & en la confession de son
saint Nom, montrez-vous maintenant constans, fermes, zélés
& embrasés à vous remettre pour le servir & confesser, & vous
recevrez la couronne de gloire & de victoire, laquelle vous
avez perdue par votre déloyauté & perfidie, indigne des vrais
Disciples de Jesus-Christ. Et quant à vous, freres, qui par la
grace & miséricorde de Dieu, êtes encore de bout, veillez &
priez diligemment & ardemment afin que ne tombiez, & ten-
dez la main à ceux qui sont tombés, afin qu'ils prennent mieux
courage de se relever. Or, je vous exhorte au Nom du Seigneur
que de main en main vous fassiez courir ces lettres pour être
vues & lues de tous ceux de l'Eglise, tant en la Ville qu'aux
champs. Je n'eusse point tant tardé à vous écrire si j'eusse trouvé messager qui se fût voulu charger de telles lettres. Or, le
Dieu de miséricorde vous veuille faire grace, vous préserver,
& délivrer de la patte de Satan, & tyrannie de son Antechrist,
pour servir à sa gloire, par son Fils notre Seigneur Jesus-Christ,
Amen.

De la Rochelle, ce 20 Décembre 1585.

Le tout vôtre en Jesus-Christ,

L. BLACHIERE.

LETTRE

De Monsieur Jean de l'Epine, Ministre de la parole de Dieu,
*& Jean le Mercier, ancien, à l'Eglise d'Angers *.*

MES Freres, j'eusse fort désiré d'avoir un argument plus
joyeux & agréable pour vous écrire, que celui qui m'en est aujourd'hui présenté : car de jour en jour nous n'avons aucunes
nouvelles de vous, sinon que la plus part se révoltent & se
départent de la Religion, laquelle ils ne peuvent ignorer être
la vraie, & celle seule qui est fondée sur le fondement des Prophêtes & Apôtres, ce qui me donne un tel déplaisir qu'il n'y a
chose qui me soit plus griéve à porter : car encore que nous soyons
assiégés de grandes & diverses tentations qui se présentent tous
les jours & nous environnent de toutes parts, toutes fois il
n'y a rien qui m'ulcere & perce plus le cœur, que d'entendre
telles choses, mêmement de ceux que j'eusse pensé devoir servir de maîtres pour fortifier & encourager les infirmes, & être
si forts que les portes des enfers n'eussent pu prévaloir contre
eux : mais telles gens font bien connoître par leur chute, que
l'homme n'est rien que toute vanité, & que les plus grands,
& ceux qui ont plus d'apparence, n'ont aucune force à persis-
ter aux assauts qui leur sont livrés par Satan & l'Antechrist,
que celle qu'il plaît à Dieu leur fournir pour les fortifier : & à
la mienne volonté que telles gens se fussent souvent ramentus
ce qui leur a été dit & prêché tant & tant de fois : à savoir
pour ne tomber point ès tentations qui nous adviennent, il est
besoin de veiller & prier continuellement, veiller à lire & mé-
diter l'Ecriture, & pour l'ouir se retirer aux lieux où elle est
purement prêchée, & prier assiduellement Dieu que par sa grace & son esprit il les fortifiât tellement qu'ils ne pussent être
renversés par effort quelconque que leur pussent faire Satan,
l'Antechrist & leurs adherans : mais telles manieres de gens se
font endormis, comme firent les Apôtres, lors qu'ils avoient
plus de besoin de veiller pour prévenir la venue des ennemis,

---

* Cette Piece est dans le goût de la précédente. C'est une invective contre l'Eglise Romaine, & un tissu de faux raisonnemens.

& se préparer à recevoir courageusement l'assaut qui leur pouvoit être livré par eux. C'est grande pitié qu'entre vous soient trouvé gens, lesquels vingt & cinq & trente ans, ayant fait droite profession de suivre Jesus-Christ & son Evangile : en ces derniers temps se soient laissés si facilement écouler, par la publication d'un simple Edit, où il n'étoit question que de leurs biens caducs & temporels, lesquels ils aient préférés à la gloire de Dieu, à leur salut, & à l'espérance certaine qu'ils pouvoient avoir du Roïaume des cieux, & de la vie éternelle. Telles gens sont fort mal avisés de laisser le certain pour prendre l'incertain, d'aimer mieux la terre que le ciel, & de quitter la compagnie de Dieu, de Jesus-Christ, de ses Anges, des Prophêtes & Apôtres, pour entrer en celle des Diables & de l'Antechrist, & s'associer avec eux. C'est grand cas que les menaces des hommes qui ont si peu de pouvoir, aient plus de force à les faire fourvoyer, que les promesses de Dieu véritables & infaillibles à les retenir & arrêter au droit chemin, & que une vaine imagination de l'aise & repos qu'ils se promettent en ce monde, ait tant pu gâgner sur eux que de leur faire abandonner l'héritage, le bien, & le parfait contentement qui leur étoit promis & assuré au Roïaume des Cieux. O Jesus-Christ ! est-il possible que les hommes oublient si tôt les menaces que tu leur fais de les désavouer au Ciel devant ton Pere, s'ils ne te confessent & avouent constamment en la terre devant les hommes ; & qu'ils fassent si peu de compte des promesses certaines qui leur sont faites du repos éternel, qui leur est préparé au Ciel pour loyer du travail qu'ils endurent ici pour la confession du nom de Dieu? Ce qui les a fait trebucher, est, qu'ils ne se sont rien représenté devant leurs yeux que la croix seulement & les travaux, qui sont communs à tous ceux qui veulent suivre Jesus-Christ, laissant en arriere le principal, c'est à savoir la méditation de la gloire que peuvent attendre au Roïaume de Dieu tous ceux qui auront participé aux afflictions de Jesus-Chist. C'est une chose déplorable que gens qui avoient si heureusement navigué, aient fait naufrage de leur foi, & par conséquent de la grace & bénédiction de Dieu, lorsqu'ils étoient sur le point d'arriver au port, & se reposer au giron d'Abraham avec le Lazare, en plaisir & en joie éternellement. Quelle ingratitude, que Jesus-Christ soit venu au monde vêtir la robe d'un serviteur, endurer mille opprobres, se charger de la malediction qui nous étoit due, pour nous en délivrer & procurer notre salut,

& que nous foyons fi lâches de ne vouloir effayer aucun danger
ni hafard pour fervir à fa gloire, & avancer fon honneur ? Ceux
qui ont fait cette faute ne font-ils point émus des horribles &
épouvantables menaces que Dieu leur fait par fon Apôtre, de
ne pouvoir jamais être réduits ni renouvellés par repentance,
quand après avoir été une fois illuminés, & gouté le don celefte, & avoir participé au Saint-Efprit, & à la bonne parole
de Dieu, ils retournent, & entant qu'en eux eft crucifient le
Fils de Dieu, & l'expofent en opprobre ? J'entends bien que plufieurs d'entre eux fe flattent & entretiennent en leur apoftafie
par une folle & vaine efperance qu'ils ont de pouvoir facilement
retourner au troupeau, & en la maifon de Dieu, quand les
temps feront plus paifibles, & que cela fe pourra faire plus furement, & avec moins de danger de leurs perfonnes & de leurs
biens : mais qui les affure de jamais voir ces temps-là ? Il faudroit qu'il n'y eût plus de Diables aux Enfers, ni d'Antechrifts
au monde, ni de reprouvés parmi les élus, ni de tyrans regnans fur la terre, ni brief d'ire & jugement de Dieu au Ciel
pour punir nos péchés, fi nous voulions jouir ici de telle paix
temporelle qu'aucuns s'y promettent : davantage, vu la briéveté & incertitude de la vie humaine, qui eft expofée à tant de
dangers, & fujette à tant de rencontres & accidens, ne doivent-ils pas penfer qu'ils pourront être prévenus de la mort,
avant que le temps qu'ils fe promettent foit arrivé, comme les
exemples quotidiens de ceux qui font furpris d'une mort inopinée
leur peuvent repréfenter devant leurs yeux ? Item, avenant ce
qu'ils efperent, qui les affure que Dieu, lequel ils ont abandonné leur fera miféricorde, & leur donnera grace de fe repentir, pour obtenir rémiffion de leurs péchés, attendu qu'il les
menace du contraire, & que lorfqu'ils diront en eux-mêmes
paix & fureté, fon jugement les accablera avant qu'ils le puiffent appréhender : ce que nous voyons ès cinq folles Vierges,
lefquelles n'eurent loifir d'allumer le feu de leurs lampes, qu'elles avoient laiffé éteindre par leur négligence, & pourtant furent forclofes à l'avenue de l'Epoux d'entrer avec lui en la
falle où les nopces fe célebroient. Bref, ils fe doivent ramentevoir ce que faint Auguftin dit, qu'un homme fe peut bien
tuer, mais non pas réffufciter quand il veut ; & ce que dit
l'Ecriture, que la merci de Dieu eft éternelle, mais à ceux feulement qui le craignent, & qui obfervent fon contrat, non à
ceux qui l'éloignent & le méprifent, & qui fe départent de lui

si déloyaument, violant l'alliance qu'ils avoient contractée avec
lui par une foi publique, & un serment si solemnel. Il ne faut
donc point qu'en ce monde ils attendent un temps qui leur
apporte le repos & la paix qu'ils imaginent, & se promettent
follement en leurs esprits : ains plutôt qu'ils pensent comme dit
l'Apôtre, que par plusieurs tribulations nous soyons préparés à
entrer au Roïaume de Dieu ; & comme dit le Prophête, que
quiconque ira droit, sujet à mille maux, sera sans espérance
d'en être délivré jusqu'à ce qu'il plaise à Dieu nous retirer de
ce monde. Y a-t-il autre voie pour aller en Paradis que celle qui
est pleine de pierres, de ronces, épines, & toutes autres difficultés ? Y a-t-il autre porte pour y entrer que celle qui est étroite, & par laquelle peu de gens passent ? Voulons-nous avoir
une meilleure condition & meilleur traitement que celui qu'a
eu Jesus-Christ notre Seigneur & Sauveur ? Voulons-nous être
couronnés au Ciel, sans avoir combattu en la terre ? Voulons-
nous emporter le loyer & la bague, sans avoir premierement
encouru la lice ? Il nous faut, mes freres, travailler six jours
(c'est-à-dire le temps ordonné pour vivre en ce monde) & au
surplus entrer au repos de notre Dieu, comme il fit après avoir
créé toutes ses œuvres. N'est-ce point une grande chose de retourner à son vomissement, comme les chiens, & à la fange
pour s'y vautrer comme pourceaux ? ayant délaissé la maison &
cabinet de l'Epoux, rempli de tant de parfums & de bonnes
& suaves odeurs de sa parole, premierement, & de son sacrifice, lequel a été si odoriférant devant Dieu, que son ire en a été
du tout appaisée envers nous. Devrions-nous, comme ce peuple
insensé qui étoit sorti d'Egypte, regretter les aux & oignons dont
nous étions repus en la Papauté, & avoir encore volonté d'y
retourner pour en jouir, en quittant la douce manne du Ciel,
c'est à savoir l'Evangile, qui est une puissance de Dieu en salut à tous croyans, & par lequel nos ames sont si bien repues
& sustentées. Devrions-nous à l'exemple de la femme de Loth
regretter le malheureux séjour de Sodome, laquelle ne peut
attendre qu'horrible jugement de Dieu & un feu par lequel elle
soit un de ces matins détruite ? Voudrions-nous retourner &
rentrer en Babylon, de laquelle Dieu nous a commandé sortir
pour ne participer en sa ruine & en ses plaies ? Pensons-nous
que nous puissions éviter le jugement de Dieu, en délaissant Jesus-Christ, lequel seul le peut divertir & détourner de
nous ? Pensons-nous trouver ailleurs le salut & la vie, qu'en la
maison

maison de Dieu, & en son Eglise? Pensons-nous éviter le déluge autrement qu'en l'Arche de Noé? Pensons-nous être assurés au logis de l'Antechrist, qui est un séjour & repaire des Diables, & de tous esprits immondes? Est-ce en vain que nous vous avons prêché si longuement, & que vous de votre côté avez été tout un temps si curieux & attentifs à nous ouir? Etes-vous si mal avisés & si ensorcelés que ayant commencé par le Saint Esprit vous veuilliez maintenant achever par la chair, comme l'Apôtre reprochoit aux Galates? Y a-t-il Evangile, que celui qui vous a été publié en nos Eglises, par lequel vous puissiez être sauvés? Y a-t-il quelque Ange qui soit descendu nouvellement du Ciel pour vous en annoncer un autre, & quand il y en auroit un, ne vous devroit-il pas être maudit? O pauvres gens! O les plus fous & idiots qui soient entre le peuple! serez-vous tant insensés que de quitter Jesus-Christ pour Belial, & le temple de Dieu pour les idoles, & la compagnie des Apôtres pour suivre celle des Apostats qui abandonnent Jesus-Christ, & conséquemment les paroles de vie, qui ne sont annoncées qu'à ceux seulement qui sont & demeureront en sa maison? David requeroit de Dieu, sur tout, de lui faire cette grace de ne s'éloigner jamais de sa maison, & qu'au dur temps il lui donnât toujours quelque petit coin pour y être surement & sans crainte, & disoit qu'un jour chez lui trop mieux valoit que mille ailleurs, & que les états de simples gardes des portes de la maison de Dieu étoient meilleurs & plus désirables, qu'avoir un logis de beauté entre les Méchans arrêté: ce que vous noterez si vous êtes sages & bien conseillés, & aussi ce qu'il dit en un autre endroit, parlant à Dieu en cette sorte:

> Heureux celui que veux élire
> Et près de toi loger,
> Afin que chez toi se retire
> Pour jamais n'en bouger.

Dont on peut inférer qu'il a estimé très malheureux & miserables tous ceux qui ne veulent point entrer en la maison de Dieu, ou qu'après y avoir entré & demeuré quelque tems s'en départent à la parfin & rentrent au monde, lequel est déja condamné de Dieu. Nous montrons bien que nous sommes fort délicats, & que nous n'avons jamais pensé que la vie d'un Chrétien soit une perpétuelle guerre en ce monde, & qu'à cette cause chacun de ceux qui veulent suivre Jesus-Chrift se doivent difposer à endurer le froid, le chaud, la faim, la soif, les dangers & alarmes, & toutes les adverfités, corvées & traverfes auxquelles eft sujette & expofée la condition des gens de guerre. Plût-il à Dieu que nous euffions une telle penfée & réfolution, qu'avoient les Apôtres qui abandonnerent alegrement leurs femmes, enfans, maifons, héritages, & tout ce qu'ils avoient de plus cher & précieux, pour fuivre Jefus-Chrift; & que nous nous repréfentaffions devant les yeux la conftance & fermeté de tant de Martyrs qui ne penfoient qu'il y eût un plus grand heur & félicité à l'homme que de perdre fa vie pour la confeffion du nom de Dieu. Et faut-il que nous ayons tant de fois oui réciter l'exemple & l'hiftoire de Moyfe fans en faire notre profit ? De Moyfe, dis-je, lequel élut plutôt d'être affligé avec le peuple de Dieu que d'avoir pour un peu de tems les délices de péché, eftimant l'opprobre de Chrift plus grandes richeffes que les tréfors qui étoient en Egypte : car il avoit égard, comme dit l'Apôtre, à la rémunération. Saint Paul ne fe glorifie de rien plus que de l'honneur & faveur que Dieu lui faifoit de porter la Croix de notre Sauveur Jefus-Chrift, & de fouffrir toutes les tribulations, que les méchans lui procuroient à caufe de la confeffion de fon nom. Et de fait, ce n'eft pas une petite gloire que d'être fait conforme au Fils de Dieu; & de porter fon joug qui eft fi aifé, & fa charge qui eft fi legere. Car il ne faut pas penfer qu'il nous délaiffe en nos infirmités ; mais qu'au rebours c'eft alors qu'il fe tient plus près de nous, pour nous appuyer & nous foutenir par fa parole & fon efprit, dont nous recevons & fentons en nos cœurs plus de joie & de confolation en un mois que dure l'affliction, que nous ne ferions en deux, voire trois ans durant la paix & la profpérité ; mais cela n'eft connu que de ceux feulement qui le pratiquent & expérimentent en eux-mêmes, & non de ces hommes abrutis, qui ne cherchent non plus que les bêtes, que ce feulement qui peut contenter l'appétit & concupifcence de leur chair, n'eftimant aucune volupté que celle qui leur eft commune avec les bêtes, là où ils devroient chercher le plaifir & le contentement qu'ils pourroient trouver avec les Anges & Efprits bienheureux, perféverant jufqu'à la fin : car ils doivent être certains que le monde paffera bientôt avec toutes fes concupifcences, & que la parole de Dieu feulement, & ceux qui la fuivent & s'y arrêtent, demeureront éternellement. Réduifez en mémoire, je vous prie, l'exhortation que fait l'Apôtre aux Hebreux en ces paroles : Al-

lons avec vrai cœur en certitude de foi, ayant les cœurs né-
toyés de mauvaise conscience, & les corps lavés d'eau nette. Tenons la confession de notre espérance sans varier ; car celui qui
l'a promis est fidele , & prenons garde l'un à l'autre , afin de
nous inciter à charité & bonnes œuvres , ne délaissant point
notre assemblée , comme aucuns ont coutume , ains admonestons l'un l'autre, & ce d'autant plus que vous voyez le jour approcher. Car si nous péchons volontairement , après avoir reçu la
connoissance de vérité, il ne reste plus de sacrifices pour les péchés , mais une attente terrible du jugement , & une ferveur de
feu qui dévorera les adversaires. Car si quelqu'un aïant méprisé la
loi de Moyse mouroit sans aucune miséricorde sous deux ou
trois témoins ; combien pires tourmens cuidez-vous que desser-
vira celui qui aura mis le Fils de Dieu sous les pieds , & tenu
pour chose prophane le sang de l'alliance par lequel il avoit été
sanctifié , & qui aura fait injure à l'esprit de grace. Car nous connoissons celui qui a dit : A moi est la vengeance , & je la rendrai , dit le Seigneur. Et derechef : Le Seigneur jugera son Peuple. C'est chose horrible de choir ès mains du Dieu vivant.
Vous vous ramentevrez cela, & ce que dit le Prophete au Pseaume :

> A herbe & foin semblent les jours de l'homme ;
>   Pour quelque tems il florit ainsi , comme
>   La fleur des champs qui nutriement reçoit :
>   Puis en sentant d'un froid vent la venue ,
>   Tourne à néant , tant que plus n'est connue.
>   Du lieu auquel n'a gueres fleurissoit.

Afin que vous ne pensiez pas que les délices & aises de ce monde
soient pour durer longuemeut à ceux qui en étant affriandés, délaissent la viande solide de la parole de Dieu , & les biens certains & assurés qui nous y sont proposés.

Voilà , mes Freres , que moi , & le Mercier Secretaire de la
présente , avons avisé être besoin de vous écrire ; réservant à
vous écrire ci-après plus amplement , selon que nous connoîtrons
la volonté dont aurez reçu la présente. Dieu demeure avec vous.
Monsieur Fleuri , notre frere absent , lorsque nous vous écrivions
la présente , vous salue , & délibere en brief aussi vous écrire.

De Saint-Jean d'Angely ce 25 Février 1586.

Ainsi signé , DE LESPINE , & LE MERCIER.

LETTRES
DU ROI DE NAVARRE,

A Messieurs des trois Etats de la France, & à Messieurs de la Ville de Paris.

A MESSIEURS DU CLERGE'.

MESSIEURS, je me plains à vous en corps & en commun, & si ne puis-je croire que soyez menés d'un même esprit, en ce qui se brasse contre moi. Vous ne pouvez ignorer de quelle modération j'ai toujours usé en votre endroit, même en la rigueur des armes. N'ignorez aussi les justes nécessités qui m'y auroient quelquefois réduit, & m'assure qu'en vos ames vous en savez bien donner le blâme à qui il appartient. Tant y a que je n'ai onc troublé la paix, de gaieté de cœur ; ains puis dire avec vérité, que j'ai donné mes justes douleurs & mécontentemens (& en beaucoup de sortes) au bien & repos de cet Etat. Ceux, Messieurs (si vous y prenez bien garde), que vous assistez de vos moïens pour ma ruine, n'ont pas procédé de même sorte. D'une ambition particuliere, ils ont fait un zele de l'Eglise ; de leurs mécontentemens privés, une guerre publique. N'ont fait conscience, au reste, d'allumer le feu aux quatre coins de ce Roïaume, pour se donner ce plaisir d'avoir mis le Roi en quelque peine, d'avoir su venger les défaveurs qu'ils s'imaginoient avoir reçues de lui , par une calamité universelle. Dieu vous veuille ouvrir les yeux , & vous faire voir le fond de leurs intentions. Je ne crains (& Dieu le sait) le mal qui me peut venir, ni de vos deniers , ni de leurs armes. L'un & l'autre ont été ja employés assez de fois en vain. Je plains le pauvre peuple innocent qui souffre presque tout seul de ces folies. Je plains même un grand nombre d'entre vous, qui contribuez à l'ambition de ces perturbateurs , vous de votre pauvreté , eux à peine de leur abondance. Je plains principalement la faute que vous faites tous , les uns d'une affection , & les autre d'une autre , qui aurez un jour à répondre à ce Roïaume & à votre patrie des miseres & des précipices où vous les jettez à vos dépens. Vous qui deviez être , selon votre

office, les appuis de la tranquillité publique, à répondre devant Dieu de tant de sang innocent qui se répand, des désordres & des vices que la guerre que vous nourrissez, amene, des
pleurs & des cris & des langueurs de tant pauvres familles, que
votre abondance devoit ou nourrir, ou soulager, que vous faites
instrument de leur misere, cause de leur faim, & fléau de la
chose publique. Vous m'alleguerez le zele de l'Eglise; & je
veux bien croire qu'aucuns d'entre vous en soient poussés. Que
dira donc la postérité, que vous aïez négligé les offres que j'ai
faites? Que vous ayez mieux aimé mettre tout en confusion, que
vous disposer à un Concile, comme je le demandois au Roi par
déclaration expresse; mieux venir au sang, que conferer doucement du sens des Ecritures; mieux aimé la voie de subvertir
l'Etat, que la voie de convertir les ames que vous pensez dévoïées,
même y allant de ma personne, que certes vous eussiez dû plutôt
instruire que détruire. Ceux qui abusent de votre zele savent
bien qu'il leur est impossible de tenir ce qu'ils promettent; je
dis d'extirper la Religion, en laquelle je vis, par la force des armes. Ils ne cherchent pas la réunion de ce Roïaume, ains sa
ruine; & souvenez-vous qu'autrefois en vain ils vous ont fait vendre votre temporel sous ce prétexte; & souvenez-vous que vos
deniers seront consumés, & votre dévotion de les fournir éteinte,
premier que vous ayez vu tant soit peu de progrès en vos délibérations. On passe plus outre. Aucuns du Clergé (je ne veux pas
croire qu'il y en ait eu beaucoup qui aient consenti à un tel
monopole) ont sollicité le Pape contre moi, & ont obtenu de
lui certaine déclaration, par laquelle je suis exposé en proie,
déclaré inhabile à la succession de ce Roïaume. Ne pensez, Messieurs, que ces foudres m'étonnent : c'est Dieu qui dispose des
Rois & des Roïaumes; & vos Prédecesseurs qui étoient meilleurs
Chrétiens & meilleurs François que les Fauteurs de cette Bulle,
nous ont assez enseigné que les Papes n'ont que voir sur cet
Etat. Il me déplaît seulement que contre toutes bonnes mœurs,
il se soit trouvé des gens si inconsidérés, que de faire consulter
& décider à Rome la succession d'un Roi vivant & en fleur d'âge.
Car à quoi peut être bon cela, qu'à nous susciter en cet Etat ou
plusieurs dissipateurs, ou un usurpateur? Me déplaît aussi que
nous ayons fait connoître aux Nations étranges, que notre Nation, jadis si dévotieuse envers ses Princes, ait produit des monstres en ce siecle, qui pour leur plaisir ou leur ambition exposent
la République en proie, & convient à leur escient au sac de cet

1586.

LETTRES DU
ROI DE NAV.

Etat tous les Voifins. Car quant à mon intérêt, Dieu me garde que mes efpérances percent au-delà de la vie de mon Prince. Dieu confonde en fa jufte fureur ceux qui fondent leurs grandeurs fur fon tombeau, ceux qui font fi providens, que d'anticiper fa mort par leurs confeils. Meffieurs, laiffons ce propos. Je veux mieux juger de vous, que vos actions ne m'y convient. J'aime mieux juger de vos affections par moi que par vos actions. On m'a pourchaffé beaucoup de mal, je ne le veux imputer à tous en général ; je veux croire que c'eft le complot de quelques-uns, pouf-fés d'ailleurs, peut-être de l'infpiration de quelques Jefuites, fe-mence d'Efpagne, ennemis du bien de cet Etat. Et Dieu doint qu'ils foient auffi prompts à s'abftenir du mal à l'avenir, comme je me fens dès à préfent prêt à leur pardonner. Ce qui me refte à vous dire, Dieu m'a fait naître Prince Chrétien, le defir, l'af-fermiffement, l'accroiffement & la paix de la Religion Chrétien-ne. Nous croyons un Dieu, nous reconnoiffons un Jefus-Chrift, nous recevons un même Evangile ; fi fur les interprétations de mêmes textes nous fommes tombés en differend, je crois que les douces voies que j'avois propofées nous pouvoient mettre d'accord. Je crois que la guerre que vous pourfuivez fi vive-ment eft indigne de Chrétiens, indigne entre les Chrétiens, de ceux principalement qui fe prétendent Docteurs de l'Evangile. fi la guerre vous plaît tant, fi une bataille vous plaît plus qu'une difpute, une confpiration fanglante plus qu'un Concile, j'en lave mes mains. Le fang qui s'y répandra, foit fur vos têtes. Je fais que les malédictions de ceux qui en pâtiront ne peuvent tomber fur moi : car ma patience, mon obéiffance & mes raifons, font prou connues. J'attendrai la bénédiction de Dieu fur ma jufte défenfe, lequel je fupplie, Meffieurs, vous donner l'efprit de paix & d'u-nion, pour la paix de cet Etat & l'union de fon Eglife. Amen.

De Montauban, ce premier jour de Janvier 1586.

Votre bien affectionné & affuré ami,

HENRI.

A MESSIEURS DE LA NOBLESSE.

MESSIEURS, vous êtes nés tels, que vous approchez affez les affaires de l'Etat, pour donner le tort, ou la raifon à qui elle appartient, fans qu'il foit befoin de long propos, pour vous ouvrir les yeux. Vous avez vu naître en pleine paix les remuemens de la Ligue contre le repos de ce Roïaume : vous favez la patience que j'ai eue, quoiqu'ils m'euffent pris comme à partie, & pour fujet & prétexte de leurs armes. Vous avez vu les Ligueurs déclarés rébelles par le Roi, & pourfuivis comme tels par toutes fes Cours de Parlement. Vous vous êtes vus vous-memes commandés, armés & combattans contr'eux, par l'expreffe volonté du Roi, fous l'autorité des Princes de fon fang, des Pairs, & principaux Officiers de fa Couronne. Je ne doute donc qu'il ne vous foit très étrange de voir comme en un inftant ce changement, de vous voir armés contre le fang de France, commandés par Etrangers que vous combattiez comme perturbateurs, & qui pis eft, contre ceux qui trois jours auparavant, pour le fervice du Roi & du Roïaume, fe trouvoient mandés & commandés comme vous, rangés fous mêmes enfeignes, & de même volonté que vous : mais vous favez bien juger auffi que les premiers mandemens procedoient du propre mouvement du Roi ; ceux qui ont fuivi depuis, de la violence des perturbateurs. Car qu'ont fait depuis, même entré eux, ceux de la Ligue, pour leur faire perdre les qualités de rébelles, crimineux de lèfe-Majefté, perturbateurs du repos, qui leur font attribuées par tant d'Arrêts ? Ou qu'ont commis ceux de la Religion vivant fous le bénéfice des Edits, que fa Majefté avoit mandés indifféremment pour fon fervice, qui couroient auffi également à l'embraffement commun, pour être aujourd'hui, à l'appetit defdits perturbateurs, chaffés du Royaume, pourchaffés à mort de toutes parts ? Si c'eft pour le fait de la Religion, y avoit-il pas Edit exprès ? étoit-il pas fraichement réiteré ? Ce qui eft permis par les Loix du Roïaume, peut-il être réputé à crime ? peut-il être pourfuivi de quelque peine ? Si c'eft (& ce l'eft vraiment) pour avoir contrarié aux deffeins de la Ligue, êtes-vous donc pas complices de ce crime ? êtes-vous donc pas fujets à même peine ? cherchez-vous donc pas votre ruine propre ? Car quel crime pourſuit-on en eux, que d'être, & ne vouloir être que François ? Je viens à moi-même, ſoit que vous jugiez de moi, par moi, ou par la comparaiſon de ceux de cette Ligue. Je ſais bien que vous ne me pouvez donner le tort : je ſais même qu'en vos ames vous le donnez à mes ennemis. Ils ſe mêlent de parler de ma Religion. Vous qui connoiſſez la dignité du ſang de France, qui ſavez bien dire que vous ne devez reſpect qu'à celui-la ! ſera-t-il donc dit, que j'en rende compte à l'Etranger ? me ſuffit-il point d'en donner contentement au Roi, & à la France ? Quelqu'un s'eſt-il plaint que je l'aie violenté pour ſa Religion ? & qu'ai-je pu faire, au reſte, ou plus raiſonnable, ou plus Chrétien, que de requérir un bon Concile ? Ils ſe ſont formaliſés auſſi du Gouvernement de cet Etat, ont voulu pourvoir à la ſucceſſion, l'ont fait décider à Rome par le Pape. Vous donc, qui tenez les premiers lieux en ce Roïaume, ſi le beſoin d'icelui l'avoit requis, auriez-vous été ſi nonchalans de vous laiſſer prévenir par étrangers en cet office ? n'auriez-vous point eu de ſoin de la poſtérité ? vous ſeriez-vous endormis en ce devoir ? car qu'a-t-on vu que Lorrains en ces remuemens ? Mais certes pour reformer ou tranſformer l'Etat, comme ils deſirent, il n'étoit beſoin de votre main : pour faire paſſer l'Etat en étrangere main, il n'appartenoit qu'à Etranger à l'entreprendre. Pour chaſſer la France hors de France, le Procès ne ſe pouvoit juger en France : elle étoit par trop ſuſpecte en cette cauſe ; il falloit qu'il fût jugé en Italie. Ils ſe ſont, au reſte, pris directement à moi : je me ſuis offert à un duel : je ſuis deſcendu au-deſſous de moi-même : je n'ai dédaigné de les combattre : je l'ai fait, & Dieu m'en eſt témoin, pour ſauver le peuple de ruine, pour épargner votre ſang, de vous, dis-je, de qui principalement il ſe répand en ces miſeres. S'ils avoient à dire quelque choſe contre moi, leur étoit-il pas plus honorable ? s'ils avoient à cœur le bien & le ſalut de cet Etat, les metrois-je pas en beau chemin ? Il s'en eſt trouvé qui mettoient leur vie pour le ſalut de leur Patrie. Quels jugerez-vous être ceux-ci, qui pour ſe ſouſtraire du danger, veulent voir périr tout un Etat ? Vous faites profeſſion de gens d'honneur. Quel tort ont-ils fait à leur honneur de n'accepter point une ſi belle voie ? Quel tort faites-vous au vôtre de les accompagner contre moi, vous qui feriez conſcience contre l'un de vos voiſins d'aſſiſter une ſupercherie ? Ne penſez, Meſſieurs que je les craigne : je ſais ce que peut la for-

ee contre moi : on fera plutôt laſſé de m'aſſaillir que je ne ſerai
de me défendre. Je les ai portés pluſieurs années plus forts qu'ils
ne ſont, plus foible beaucoup que je ne ſuis. Vous avez expérience & jugement : le paſſé vous réſoudra de l'avenir. Je plains
certes votre ſang répandu, & dépendu en vain, qui devoit
être épargné pour conſerver la France. Je le plains employé
contre moi, qui me le deviez garder, étant ce que Dieu m'a
fait en ce Roïaume, pour deſſous l'autorité & le bonheur du Roi
joindre une France à la France, au lieu qu'il ſert aujourd'hui à
la chaſſer de France. Je plains auſſi qu'il ne ſera, ni payé, ni
plaint preſque d'aucuns : car le Roi forcé en ſon vouloir, ne ſe
tient pas pour ſervi en ceux qui lui font force : ceux d'ailleurs
qui lui font force ne vous ſauront pas de gré de ce ſervice,
qui ſavent que c'eſt le nom du Roi, & non pas le leur que vous
ſervez. Meſſieurs, Dieu doint y bien penſer. Les Princes François ſont les Chefs de la Nobleſſe. Je vous aime tous : je me ſens
périr & affoiblir en votre ſang : l'Etranger ne peut avoir ſentiment : l'Etranger ne ſent point d'intérêt en cette perte. J'aurois
bien à me plaindre d'aucuns, j'aime mieux les plaindre : je ſuis
prêt à les embraſſer tous : ce qui me déplaît, c'eſt que ceux
que je diſtingue en mon eſprit, que je ſais avoir été circonve-
nus, je ne les puis diſtinguer au fort des armes, mais Dieu
ſait mon cœur. Leur ſang ſoit ſur les auteurs de ces miſeres :
quant à moi, Meſſieurs, je le prie, & je le prierai inceſſam-
ment, qu'il lui plaiſe ouvrir la voie par laquelle ſon nom ſoit
ſervi & honoré, le Roi obéi, l'Etat en repos, tous les Ordres
& Etats de ce Roïaume en leur ancienne dignité, proſpérité,
& ſplendeur. Amen.

De Montauban, ce premier jour de Janvier, 1586.

Votre bien affectionné & aſſuré ami,
HENRI.

A MESSIEURS DU TIERS ETAT.

MESSIEURS, je n'ai point beſoin de grand langage, pour
vous faire entendre la juſtice de ma cauſe. Reſſouvenez-vous que
lorſque ces remuemens ſont advenus, nous vivions en paix, &
de jour en jour allions en mieux. Reſſouvenez-vous, nonobſtant qu'ils fuſſent directement contre moi, que je n'ai bougé

huit mois durant, que ma patience a paſſé toute borne. Reſſouvenez-vous que j'ai vu les armes mêmes qui me dévoient être plus propices, jointes à mes ennemis, & acheminées contre moi, premier que de me réſoudre à me défendre ; & je vous jure, Meſſieurs, que l'horreur d'une Guerre civile, & l'appréhenſion ſenſible des miſeres & calamités qu'elle produit, me rendoit ſtupide & inſenſible à mon domage propre, ſi je n'euſſe aperçu que ma trop longue patience tournoit en dommage & ruine à ce Roïaume, donnant loiſir aux perturbateurs d'y faire violemment tout leur plaiſir. S'il a été queſtion de la Religion, je me ſuis ſoumis à un Concile : ſi de plaintes concernantes cet Etat, à une aſſemblée d'Etats. J'ai deſiré même de tirer ſur ma perſonne tout péril de la France, pour la ſauver de miſere, m'étant égalé de mon plein gré à ceux que nature m'a rendus inférieurs : au lieu que de leur propre interêt ils ont fait une calamité commune ; de leur querelle particuliere une confuſion publique. J'aurois à me plaindre de ce que mes juſtes offres n'ont été reçues : je m'en plains à vous, pour vous toutes fois, & non pour moi. Je plains les extrémités, où l'extrême injure qu'on me fait m'aura réduit, de ne me pouvoir défendre ſans que le peuple innocent en ſouffre. Je plains ma condition, que pour garantir ma vie, il faille que vous ſentiez du mal & de la peine, vous pour le ſoulagement & bien deſquels j'étois prêt à répandre mon ſang, ſi mes ennemis n'euſſent mieux aimé ſe racheter d'un combat où je les appellois, par un parricide contre cet Etat, par une combuſtion univerſelle. Mais je me conſole, que vous ſaurez bien conſidérer que la nature des maux eſt telle, qu'ils ne peuvent pas être guéris, ſans quelques maux : que vous en ſaurez attribuer la cauſe, non pas au Chirurgien, qui a but de guerir, mais à celui qui a fait la plaie, & en cette plaie par conſéquent toutes les douleurs qui s'en enſuivent : que dans peu de tems, au reſte, Dieu me fera cette grace, après tant de traverſes, de voir cet Etat purgé de ceux qui le travaillent, de vous voir auſſi jouir d'un repos certain & aſſuré, qui nous faſſe un peu de temps oublier tous les travaux paſſés : jugez je vous prie par les effets, des intentions des hommes. Pour vous faire applaudir à ces troubles, ces gens vous vouloient faire eſperer qu'ils réformeroient les abus des Finances, qu'ils diminueroient les tailles & ſubſides, qu'ils rameneroient le temps du Roi Louis XII ; & déja, qui les eût voulu croire, ils ſe faiſoient ſurnommer Peres du peuple. Qu'eſt-il advenu ?

Leur guerre après vous avoir rongés étrangement de toutes parts
s'eſt vue terminée par une paix, en laquelle ils n'ont penſé
qu'à leur particulier, & ne s'y eſt faite aucune mention de vous.
Leur paix, qui pis eſt, s'eſt tout-auſſitôt tournée en une guerre contre ceux qui demeuroient paiſibles, par laquelle le Roi
eſt contraint de doubler les impots, le peuple expoſé en proie
aux gens de guerre, la France obligée (ſi Dieu n'y met tôt la
main.) à être meurtriere d'elle - même : car qu'eſt autre choſe l'Edit qu'ils ont extorqué, qu'une néceſſité impoſée au
Roi de ruiner ſon peuple, de ſe defaire ſoi-même de ſa main?
Au moins, s'ils ne vouloient ſoulager le peuple, que ne ſe con-
tentoient-ils de l'avoir abuſé ; & que leur avoit-il fait pour l'accabler ? On couvre ce mal d'un zéle de l'Egliſe. L'ardeur de
ce zele ſe devoit montrer en une charité, & la charité en l'u-
nion des deux Religions. Quelle charité qui n'a penſé qu'à
exterminer ! Quelle ardeur de zele qui embraſe ſa patrie, qui
met en combuſtion tout un Etat ! Cependant ſous ombre que
le Clergé aura payé quelques ſommes d'avance, pour donner courage à commencer la guerre, la voila en train, ce ſera au pauvre peuple à courre : deux cens mille écus, ou environ, l'auront obligé pour l'avenir aux millions : aucuns du Clergé, en
ſomme, au regret du Roi, & même de leur corps, pour leur
paſſion particuliere auront conclu le marché tous ſeuls, en auront fait avancer les arrhes : ce ſera au pauvre peuple à le tenir,
& à parfournir le reſte à quoi qu'il monte ; à celui qui n'en
peut, mais qui en porte le dommage, & n'en attend point le
fruit, à ſupporter tout le faix, à endurer tout le mal qui en
viendra. Meſſieurs, je vous répete ceci : je ſuis né Prince Chrétien : j'ai cherché & propoſé les voies Chrétiennes pour compoſer cet Etat, & réunir l'Egliſe. Je ſuis né François, je com-
patis à vos maux, j'ai tenté tous les moyens de vous exempter
des miſeres civiles. Je n'épargnerai jamais ma vie pour les vous
abreger. Je ſais que pour la plupart vous êtes aſſujettis ſous cette violence : je ſais que vos volontés ſont ſerves : je ne veux vous
imputer vos actions, vous êtes François, j'aime mieux vous
imputer vos volontés. Je ne vous demande à tous, qui ſelon votre vocation êtes plus ſujets à endurer le mal, que non pas à le
faire, que vos vœux & vos ſouhaits, & vos prieres. Priez Dieu,
Meſſieurs, qu'il diſtingue par ſes jugemens ceux qui cherchent le
bonheur ou le malheur de cet Etat, la proſpérité ou la calamité publique. Quant à moi, je le prends à témoin que je ne

1586.

LETTRES DU
ROI DE NAV.

Q q ij

desire que le bien de ce Roïaume , & de vous tous. Je le prends pour Juge , si ambition ou passion particuliere a poussé ou animé aucunement mes armes.

De Montauban , ce premier jour de Janvier 1586.

Votre bien affectionné & assuré ami.

HENRI.

A MESSIEURS DE LA VILLE DE PARIS.

MESSIEURS, je vous écris volontiers; car je vous estime comme le miroir & l'abrégé de ce Roïaume , & non toutefois pour vous informer de la justice de ma cause , que je sais vous être assez connue; au contraire pour vous en prendre à témoins, vous, qui par la multitude des bons yeux que vous avez , pouvez voir & pénétrer profondément tout ce qui se passe en cet Etat. Vous savez quel jugement a fait le Roi, dès le commencement, des auteurs de ces miseres , quels ils les a déclarés & prononcés à vos oreilles : il vous requeroit de l'assister contre eux, comme ennemis publics , & c'étoit lors que sa volonté étoit entiere & libre , premier que la violence eût rien gagné sur lui. Tout le changement qui est venu depuis , je sais que vous l'aurez imputé , non à son vouloir, ains à leur force ; & de fait je suis bien averti qu'étant peu après requis de fournir aux frais de cette guerre , vous avez bien su répondre que ces troubles n'avoient onc été de votre avis , que c'étoit à ceux qui les mouvoient, & non à vous, à en porter le faix. Réponse que vous n'avez pas accoutumé de faire , quand vous pensez qu'il est question ou du service du Roi, ou du bien du Roïaume ; car jamais Sujets ont-ils été plus libéraux pour ce regard que vous? mais certes quand vous appercevez que vos deniers ne vont pas aux réparations, comme quelquefois on vous a fait croire, mais à la ruine du Roïaume ; quand vous voïez clairement qu'on ne vous demande pas vos bagues pour fournir à la rançon d'un Roi François ou de ses enfans , ou d'un Roi Jean , mais pour éteindre le sang & la postérité de France , pour réduire votre Roi en servitude & en prison. Or je sais bien que le Roi vous en aura su gré , & tous bons François ont cette obligation à votre endroit , mais j'y en reçois pour moi une très fpéciale, pour le rang que Dieu m'a ordonné en ce Roïaume, & pour être (puifqu'il lui a plû) des enfans de la maifon. Jugez quel befoin il nous étoit de cette guerre; vous favez que cet Etat fe rendoit de jour en jour capable d'une paix. S'il falloit rien remuer en la Religion fans rien alterer, il ne falloit qu'appeller un bon Concile; fi au maniement de cet Etat, le Roi n'eût pas refufé d'ouvrir une affemblée d'Etats. Et pour couper chemin à ces malheurs, vous favez que je m'y fuis foumis par déclararion expreffe, même de vuider par un duel ce que les perturbateurs euffent pu particulierement prétendre contre moi. Ceux donc qui ont refufé ces beaux moïens, font les auteurs de la guerre, & d'une guerre non néceffaire, & donc injufte. Moi qui les ai défirés, & qui volontiers m'y fuis foumis, me fuis déchargé de tous les maux qui en viendront. Car des moïens légitimes on a pris plaifir de me réduire aux extrêmités extrêmes, tellement que les armes que j'ai en la main font naturelles & néceffaires, & donc très juftes. Comparez, en fomme, mon obéiffance à leur rebellion, ma grande patience à leur précipitation, mes modeftes actions à leurs paffions immodérées; & vous propofez fur tout cela quels ils font en ce Roïaume, & quel j'y fuis. Vous conclurez qu'il m'eft fait un tort ineftimable, dont il n'y a Gentilhomme en ce Roïaume qui ne s'efforçât, & à qui ne fût permis d'avoir raifon. Je le dis avec vérité, j'en appréhende les conféquences; je vois que les innocens en fouffriront. Mais fouvenez-vous toujours que mes ennemis font ceux qui ont été déclarés ennemis du Roi & du Roïaume; qu'ils ont troublé le repos, appellé les étrangers, fait exterminer les domeftiques, emprunté les ennemis & employé leurs moyens, non à ma ruine feule, mais à la confufion de cet Etat. Lors, Meffieurs, vous imputerez à leurs offenfes tous les inconvéniens que peut amener une jufte défenfe; vous leur faurez mauvais gré des maux confécutifs, comme vous les reconnoiffez auteurs & caufes des premiers. De moi, je me déplairai en mon malheur de ne pouvoir déchaffer le mal univerfel de cet Etat, fans quelques maux. Je me plairai, pour le moins, en mon intégrité, qui les ai voulu racheter de ma vie, qui la fentirai toujours bien emploïée pour la confervation de cet Etat, & de vous tous. Or Meffieurs, je vous dirai pour la fin, que j'attens & attendrai toujours de vous, tout ce qui fe peut & doit de vrais François, & de la regle exempláire des François. Attendez de moi pareillement tout ce qui fe peut & doit d'un Prince François, & d'un

Prince Chrétien, pour l'union de l'Eglise, le service du Roi, mon Seigneur, le bien du Roiaume, le soulagement du Peuple, le contentement de tous les gens de biens. Je prie Dieu, Messieurs, qu'il ait pitié & compassion de ce Roïaume, & nous doint à tous un bon conseil, pour sa gloire & notre propre bien.

De Montauban, ce premier Janvier mil cinq cent quatre-vingt-six.

Votre meilleur & plus affectionné Ami,
HENRI.

LETTRES PATENTES
DE DECLARATION DU ROI,

Sur son Edit du mois de Juillet, pour l'exécution de la saisie, vente des biens meubles, & perception des immeubles de ceux de la nouvelle opinion, & tous autres portant les armes contre Sa Majesté.

Publiées en Parlement à Paris, le deuxieme de Mai, mil cinq cent quatre-vingt-six.

HENRI, par la grace de Dieu, Roi de France & de Pologne; à tous ceux qui ces présentes Lettres verront; Salut. Par nos Lettres Patentes du 7 d'Octobre dernier passé, déclaratives de notre intention sur notre Edit du mois de Juillet précédent, pour la réunion de tous nos Sujets à l'Eglise Catholique, Apostolique & Romaine, & depuis par le Reglement par nous fait le vingt-troisieme Décembre aussi dernier passé, sur l'exécution de notredit Edit; Nous avons voulu & ordonné qu'il fût procédé par voie de saisie des biens meubles & immeubles, de ceux qui se feroient notoirement élevés, & portent les armes contre notre service, & autres, & que les meubles fussent vendus & les immeubles baillés à ferme, pour les deniers en provenans être emploiés & nous en aider à supporter les frais & dépenses de la présente guerre. A quoi faire il auroit été vaqué par nos Baillis, Sénéchaux & autres nos Officiers auxquels aurions donné mandement de ce faire. Mais nous sommes avertis qu'il s'est formé & forme

tant d'oppofitions auxdites faifies, ventes des meubles, & perception des immeubles, par aucuns prétendus créanciers & autres,
difant y avoir intérêt, pour autres confidérations, qu'il ne s'en
eft pu tirer aucune ou que bien petite commodité ; même il fe
trouve que la plupart defdites oppofitions font frivoles & fans
fondement, & feulement pour empêcher l'exécution de notredite intention ; & cependant il eft très certain, & fu d'un chacun, que nofdits Sujets défobéiffans à notredit Edit, & portant
les armes contre notredit fervice, & autres, prennent & fe fai-
fiffent par-tout où ils peuvent, non-feulement des deniers de
notre Domaine, Aides & Gabelles, mais auffi de nos Tailles &
des deniers des recettes générales de nos Finances, & s'en
fervent en la préfente guerre pour foutenir leur mauvaife caufe
& opiniâtre défobéiffance, qui nous donne tant plus d'occafion,
argument, & matiere de nous accommoder de leurs biens, &
moïens de poftpofer ce qui eft du fait defdits créanciers à la néceffité de nos affaires ; eu même égard qu'il y a de grandes fraudes & déguifemens efdites oppofitions & empêchemens. Ce
qu'ayant mis en délibération en notre Confeil d'Etat, avons,
par l'avis d'icelui, déclaré, voulu & ordonné, déclarons, voulons & ordonnons par ces Préfentes, que nonobftant lefdites
oppofitions faites & à faire, & fans préjudice d'icelles, les deniers qui proviendront de la vente defdits biens meubles, revenu des immeubles, appartenant à ceux de la nouvelle opinion,
& autres joints avec eux, portant les armes contre nous, ou qui
leur aident de leurs biens, moïens & facultés, feront pour la préfente année, par ceux qui font commis & établis à la recette,
régime & gouvernement d'iceux biens, entierement remis ès
mains de nos Receveurs généraux, refpectivement pour être convertis & employés au paiement de nofdits gens de guerre ; fauf
néanmoins auxdits oppofans, créanciers & autres prétendans
droit fur lefdits biens, d'être payés & fatisfaits fur les fruits d'i-
ceux biens des années fubféquentes, après que leurs droits auront été connus, & que lefdites oppofitions auront été vuidées
à leur profit. Et s'il fe trouvoit quelqu'uns defdits de la nouvelle
opinion, de la condition fufdite, & autres joints avec eux,
qui n'euffent aucuns immeubles, mais feulement quelques meubles fur lefquels eût été, ou fût faite faifie & arrêt par leurs créanciers ; en ce cas nous remettons à la Religion & confidération
de nos Baillis & Sénéchaux, Prevôts ou leurs Lieutenans, d'y
avoir égard, & voir & éclaircir diligemment, s'il n'y aura point

de fraude & déguisement, pour pouvoir faire droit & justice auxdits créanciers, selon qu'ils verront être à faire par raison. Si donnons en mandement à nos amés & féaux les Gens tenans nos Cours de Parlement, & à nosdits Baillis & Sénéchaux, Prevôts, ou leurs Lieutenans, & à tous nos autres Justiciers & Officiers, si comme à chacun d'eux appartiendra, que cesdites Présentes ils fassent lire, publier & enregistrer ès Registres de leurs Greffes, gardent, observent & entretiennent, & fassent garder, observer & entretenir de point en point, selon leur forme & teneur, cessant & faisant cesser tous troubles & empêchemens au contraire : Car tel est notre plaisir, nonobstant quelconques Ordonnances, mandemens, défenses, & Lettres à ce contraires. En témoin de quoi nous avons fait mettre notre Scel à cesdites Présentes.

Donné à Paris le 26 jour d'Avril, l'an de grace 1586, & de notre regne le douzieme.

Ainsi signé,   HENRI.

Et sur le repli, par le Roi en son Conseil, PINART.

MANDEMENT DU ROI,

Touchant l'exécution de ses Edits précédens, contre ceux de la nouvelle opinion.

DE PAR LE ROI,

NOTRE aimé & féal, Nous avons été avertis qu'aucuns de nos Sujets de la nouvelle opinion s'étant par ci-devant retirés hors de notre Roïaume, faisant par la contenance de vouloir obéir à notre Edit du mois de Juillet dernier, sont depuis peu de tems en çà retournés en leurs maisons, où ils font démonstration de vouloir demeurer comme auparavant, sans qu'ils se soient réduits à notre Religion Catholique, Apostolique & Romaine, ne qu'ils aient fait profession & exercice d'icelle & satisfait aux autres choses que nous avons ci-devant ordonnées pour l'exécution de notredit Edit du mois de Juillet : ce que ne pouvons avoir

que

que fort défagréable, comme directement contraire à notre volonté & intention. Pour cette caufe nous voulons & nous vous mandons, que vous ayez à vous informer & enquerir foigneufement, au-dedans de votre Reffort & Jurifdiction, de ceux qui fe trouveront de la qualité fufdite, lefquels incontinent après que vous en aurez été bien & duement averti vous ferez arrêter & conftituer prifonniers pour leur faire & parfaire leur procès, & être punis felon qu'ils fe trouveront l'avoir mérité. Par même moyen nous voulons & vous enjoignons, que vous ayez à procéder à la faifie de leurs biens, tant meubles qu'immeubles, pour être lefdits meubles vendus au plus offrant & dernier enchériffeur, & les fruits defdits immeubles baillés à ferme, & les deniers qui en proviendront appliqués aux dépenfes de la préfente guerre, felon que l'avons ci-devant ordonné pour le regard des biens de ceux qui n'ont fatisfait à notredit Edit du mois de Juillet. Vous ordonnant fort expreffément de fatisfaire au contenu ci-deffus, avec tout bon foin, devoir & diligence: Car c'eft chofe que nous avons grandement à cœur.

Donné à Paris le quatre-vingt fix.   jour de Mai, l'an mil cinq cent

Signé, HENRI.

Et plus bas, PINART.

V R A I E   C O P I E

D'une Lettre envoyée par la Majesté de la Reine d'Angleterre au Seigneur Maire de Londres, ses Confreres & Assesseurs : par laquelle Sa Majesté approuve & a pour agréable, la grande joie conçue & déclarée par ses Sujets, sur la découverte de plusieurs gens, & appréhension d'iceux, à cause de leur très détestable conspiration

Lue en pleine Audience de la Communauté en la Maison-de-Ville d'icelle Cité, le 22 d'Août 1586 : devant la lecture de laquelle M. Jacques Dolton, un des Conseillers de ladite Cité, harangua comme verrez ci-après.

Le tout traduit mot par mot, d'Anglois en François, par Claude Desainliens, dit Holliband.

D E   P A R   L A   R E I N E *,

A notre féal & bien amé, le Seigneur Maire de notre Cité de Londres, & ses freres Aldermans d'icelle.

T R è s loyaux & bien aimés, nous vous souhaitons tout bien. Comme l'on nous ait fait entendre comment vos bons & bienveillans Sujets d'icelle Cité se sont réjouis par la prise de certains endiablés & mal entalentés Vassaux nôtres, lesquels par la grande & singuliere bonté de Dieu l'on a découverts, comme très méchans & dénaturés, avoir conspiré, non-seulement de nous ôter la propre vie ; mais aussi émouvoir en tant qu'en eux est, une rebellion générale par tout notre Roïaume, nous n'avons pu que ne vous testifiassions, & par ces nosdites Lettres, vous déclaras-

---

(*) La Reine d'Angleterre étoit alors Elizabeth. La conjuration dont il est ici question, est, sans doute, celle des deux Gifford, Hodgeson, Savage, Babington, & autres, qui coûta la vie à Marie Stuart, Reine d'Ecosse. Rapin Thoiras entre dans le détail de cette conjuration, où Elisabeth devoit perdre la vie, dans le Livre XVII de son Histoire d'Angleterre, & il ne parle d'aucune autre sous l'année 1586. La Cour fit faire le procès à quatorze des Conjurés, qui furent tous condamnés à mort, & avouerent tout. L'Historien ne fait pas mention de la Harangue de Dolton, & ne nomme pas même celui-ci.

fions le grand plaifir & fingulier contentement qu'avons reçu
fur le rapport de ce : vous affurant ne nous être tant réjouie d'a-
voir échappé l'attentat prétendu contre notre perfonne , comme
de voir la joie qu'ont prife nos aimables Sujets fur l'appréhenfion
des braffeurs de telle méchanceté ; & pour mieux faire apparoir
leur amour envers nous , felon qu'on nous a informée , & à notre grand confort , ils n'ont obmis externe démonftration quelconque , laquelle par acte manifefte & apparent , peut teftifier à
tout le monde l'amour intérieur & dévotieufe affection qu'ils
nous portent. Et comme nous avons autant d'occafion de reconnoître , avec toute action de graces , la grande bonté de
Dieu , à nous démontrée par fes bénédictions infinies élargies
fur nous , & en fi grand nombre , qu'oncques Prince eût , mais
plutôt , que jamais créature reçut ; toutefois pour aucune bénédiction mondaine reçue de la divine Majefté , nous ne reconoif-
fons ou eftimons point tant cette-ci , que comme il lui a plû incliner le cœur de nos Sujets , voire dès le commencement de
notre regne de nous porter un tel amour & affection , que jamais
Sujets porterent à Prince ; ce qui nous doit mouvoir (comme
il fait de vrai) de chercher avec tout foin , & par tous les bons
& vrais moyens , qui conviennent à un Prince Chrétien , la pré-
fervation & fauvegarde de fi bons & loyaux , & fi bien affectionnés Sujets , vous affurant que nous ne defirons plus longuement
vivre , que pendant & durant tout le cours de notre gouvernement , nous puiffions nourrir & entretenir leur amour & bon vouloir envers nous , mais encore icelui augmenter & accroître. Nous
eftimons être convenable , que nos Lettres foient communiquées
à nos très bien aimés Sujets , en quelque générale affemblée de la
Communauté d'icelle Cité.

Donné fous notre cachet en notre Château de Windfor , le
dix-huitieme jour d'Août mil cinq cent quatre-vingt fix , & de
notre regne le vingt-huitieme.

HARANGUE
DE M. JACQUES DOLTON.

MEs très honorés Compatriotes & bons Citoyens de cette très noble Cité de Londres; depuis le dernier bruit & rapport, fait d'une très méchante & traîtreuse conspiration, par laquelle l'on prétendoit, non-seulement d'attenter contre notre très gracieuse & Souveraine Princesse, laquelle Dieu préserve en bonne & longue vie & regne prospere sur nous, & la priver de cette vie, mais aussi susciter une rebellion générale par tout ce Roiaume; la grande liesse & joie universelle de tous vous autres Bourgeois de cette Cité, causée par l'emprisonnement des déloyaux, & icelle dernierement déclarée, & par vous testifiée par tant divers actes & externes démonstrations, a apporté un tel contentement à Sa Majesté très excellente, qu'elle a été incitée de signifier par Lettres signées de sa propre main, à Monseigneur le Maire de cette Cité, le bon accueil qu'elle en fait; voire en telle sorte, que par icelle il appert que Sa Majesté ne s'est pas plus, mais pas tant réjouie d'avoir échappé le méchef attenté contre sa personne, comme elle a fait par la joie que ses loyaux Sujets, & mêmement de vous, Messieurs de Londres, par la joie, dis-je, qu'avez eue de voir les Architectes d'une si maudite trahison découverts & appréhendés.

A raison de quoi Sa Majesté étant ramenée à une souvenance & reconnoissance des biens & bénédictions infinies, lesquelles Dieu a élargies envers elle, pour être comparagées avec celles de tous les Princes ou créatures de la terre, elle n'estime néanmoins chose terrestre au prix de cet amour cordial de ses fideles Sujets, en plusieurs façons par ci-devant manifestée, & d'abondant en ce tems-ci, & par celle occasion, & d'une joie indicible, s'est fait connoître.

Or, à celle fin que sa grande bénévolence & acception de votre réjouissance vous soit plus notoire, il a plû à Sa Majesté vous déclarer par ses Lettres, qu'elle desire que sa vie n'ait plus longue durée entre nous, si elle ne s'efforce à maintenir, continuer, nourrir & augmenter l'amour & bienveillance de ses Sujets envers elle.

Enſemble le vouloir de Sa Majeſté eſt, de vous faire à tous
ſavoir qu’elle ne faudra avoir ſoin & cure, & par toutes les voies
& moyens décens à un Prince Chrétien, de procurer la conſervation de vous tous, ſes tant féaux & affectionnés Sujets.

Or, le bon plaiſir de Sa Majeſté vous ayant été en partie déclaré, & vous ſera plus amplement manifeſté par la lecture de
ſes Lettres à vous faites, Monſeigneur le Maire & ſes freres
m’ont requis vous donner à entendre comment ils ſe réjouiſſent
& grandement remercient ce bon Dieu pour celle bien heurée
journée, en laquelle votre ſi grande joie a été acceptée de Sa
Majeſté; en outre, mondit Seigneur le Maire lui-même m’a enjoint de vous remercier tous en ſon nom, en ce que par vos
louables comportemens, & ce au tems & ſaiſon de ſon ſervice,
avez acquis à cette Cité un ſi excellent témoignage de devoir &
loyauté, d’une ſi noble & rare Princeſſe.

Or, pour autant que nous voyons les bénédictions de Dieu
abonder, & que joie ſur joie nous advient, ne nous montrons
nullement ingrats envers Dieu; ains reconnoiſſant ſa bonté gratuite, attribuons ceci, comme de fait nous devons à la ſincere
Religion du Tout-puiſſant, très religieuſement établie par la très
excellente Majeſté de la Reine, laquelle nous a droitement enſeignés de connoître Dieu, notre devoir envers notre Souveraine,
à aimer notre patrie; nous rendant ſi ſerviables & obéiſſans Sujets;
nous réjouiſſant de la proſpérité de Sa Majeſté, de ſon Roïaume,
& de tous ceux qui vaquent à ſon noble ſervice: vrais effets,
certes, d’une vraie & bonne Religion, là où les contempteurs
d’icelle & immodérés Sectateurs d’une Religion romaneſque com-
blée de ſuperſtitions, étant vuides d’une vraie connoiſſance de
Dieu, ils ont decliné, & ſe ſont détournés d’icelui, de leur
ſubmiſſion envers leur Prince, de l’amour & piété de leurs païs;
étant devenus inventeurs de tout méchef, trompettes & ſemeurs
de faux rapports, & ſéditions tumultuaires, ne ſe réjouiſſans en
aucune choſe bonne; ains ſe ſoulaciant en tout mauvais événement, la vraie marque & enſeigne de leur profeſſion, leſquels
par ci-devant, & en ce Roïaume, & autres païs de Sa Majeſté,
ont émû rebellions, ſuſcité invaſions foraines, & bien ſouvent
pratiqué la mort même, & totale deſtruction de Sa Majeſté,
avec l’entiere ſubverſion de tout le Roïaume, les fruits & propres
effets de leur Religion de Rome.

Nous avons contemplé toutes ces choſes; nous avons vu en
nos jours que les méchefs pratiqués, & ruines préméditées contre

les autres, sont tombées sur les têtes des inventeurs mêmes ; nous avons vu que plusieurs d'iceux se sont diaboliquement défaits & meurtris de leurs propres & violentes mains, quand traîtreusement ils vouloient, mais la merci Dieu, ils n'ont su occire l'oint du Seigneur.

Et comme nous avons vu toutes ces choses ainsi, & loué soit Dieu, étant instruits en meilleure Religion, nous n'avons point été participans de leurs méchantes inventions ; ains avons apporté nos mains adjutrices, selon que l'occasion s'est offerte, & serons toujours prêts & appareillés de renverser les auteurs & inventeurs de telles méchancetés.

Or, je ne doute point que nous habitans de cette noble Cité, qui avons jusqu'ici, en toute obéissance & fidélité, été prêts de servir Sa Majesté en toutes occurrences & occasions, voire nommément que Sa Majesté accepte si bénignement la moindre partie de notre devoir, nous réjouissant pour l'appréhension de ses ennemis, & dorénavant chacun de nous sera prêt de tout son pouvoir ; voire, à tout hasard de notre vie, de prendre notre revanche sur tous ceux qui lâchement & traîtreusement feront attentât, ou procureront aucun encombrier à sa noble Personne, & auront cependant un œil vigilant, & oreille attentive sur toutes telles suspicieuses personnes & malcontens Sujets, notant leurs dits & faits, leurs faux bruits & rapports, les lieux & cornieres où ils hantent & se retirent, leurs receleurs, compagnons, adjuteurs & fauteurs.

Le Seigneur soutienne & maintienne sa Religion entre nous, augmente & accroisse notre zele en icelle, qui nous a rendus tant aimés & acceptés Sujets à une si noble & digne Princesse ; déracine & arrache cette méchante Religion Romaine, laquelle a engendré si grand nombre de Sujets si traîtres & déloyaux, & auxquels la vie & regne bienheureux de la noble Elisabeth, notre vertueuse Reine, est tant odieuse & fâcheuse.

Dieu confonde tous tels traîtres, préserve & garde en bonne & longue vie Sa Majesté très excellente, afin de longuement regner sur nous.   Ainsi soit-il.

HARANGUE

Des Ambassadeurs des Princes Protestans d'Allemagne faite au Roi.

SIRE,

LEs très puissans Electeurs Palatin, Saxon, Brandebourg, & les autres très illustres Princes Joachim Frideric, Marquis de Brandebourg, & administrateur de Magdebourg, Jules de Brunswic & Lunebourg, Guillaume, Louis, & Georges Landgraves de Hesse freres; & Joachim Ernest, Prince de Chat, avec les quatre Villes libres impériales & principales de toutes les autres, Strasbourg, Ulmes, Nurnberg (85) & Francfort, tous de la Religion réformée, & étant du saint Empire, nous ont envoyés vers Votre Majesté, tant en leurs noms, que pour tous ceux de leurs Maisons, Familles & Alliés, pour vous baiser les mains, & vous offrir leurs humbles recommandations, & très affectionné service. Or, combien que les deux Ambassadeurs de Hutten & Issenbourg, & noüs autres ayons été dépêchés par ensemble, & que lesdits autres, à cause de leurs urgentes affaires, pour votre absence, ayant été contraints se retirer devant cette Audience, dont vous avez été par eux devant leur départ averti, pour les excuser s'il vous plaît bénignement; si est-ce que nous tous avons généralement & spécialement pouvoir de faire cette charge comme appert par nos créances que voici, que présentons à votre Majesté, en toute humilité & révérence.

SIRE, la grandissime affection que nos très illustres Princes & Villes Impériales vous portent, & à votre grandeur, bien & repos de toute la France : la louable correspondance, grande obligation & mémoire de tous vos plaisirs & mutuels offices, qui ont toujours été entre les Rois de France, leurs prédecesseurs, & eux; avec la bonne voisinance de ces deux très puissans Peuples, entretenue de toute ancienneté, sont cause de cette ambassade.

Lesquels ayant entendu les dernieres récidives de cette mal-

____

(85) C'est Nuremberg.

heureufe Guerre civile, vous ont bien voulu déclarer leur extrême regret, & le grand défir qu'ils ont de voir rétablir une bonne paix; & afin que Votre Majefté connoiffe le fond de leur
intention, & fincere volonté, ils nous ont commandé par exprès de faire lecture de notre charge par écrit, & en votre préfence. A raifon de quoi vous fupplient très humblement de
nous vouloir écouter, & nous donner le moyen de la lire.

Nofdits Princes & Maîtres tous en général & un chacun en
particulier ont été de long-temps avertis des remuemens de la
guerre fufcitée au Roïaume de Votre Majefté, dès le commencement de l'autre Eté paffé, & des inconvéniens qui les ont
enfuivis, non encore affoupis. A l'occafion dequoi ont été émus
de compaffion chrétienne envers vous, comme vos fideles amis
& vos bons voifins; & ce d'autant plus que les entrepreneurs
d'un tant dommageable deffein fe font, à l'inftigation du païs de
jadis, jufques-là oubliés d'attenter à la Couronne & adminiftration; vous preffant, voire contraignant à force d'armes, à
faire la guerre, & perfécuter à main forte vos obéiffans Sujets, même ceux qui vous touchent de fi près de l'union de
parenté; & rompant l'Edit de paix tant folemnellement fait,
& appuyé fur la foi & parole de la fainte Majefté, ornement
fingulier, & plus précieux joyau de tous Princes & Potentats,
au jugement de tous peuples.

Et bien qu'ils ont été avertis, & crurent volontiers pour l'honneur qu'ils vous portent, que nonobftant les prétendues raifons du rétabliffement entier de la Religion Romaine, diftri-
bution des Etats, & dignité en votre Royaume des Eccléfiaftiques, de la Nobleffe & tiers Etat, vous auriez pris réfolution
chretienne, louable, & digne d'un Prince, de maintenir votre
Edit de paix, ferme appui du repos de Votre Majefté & de
vos Etats, lequel avoit été établi par l'effufion du fang d'aucuns
Princes, & de plufieurs grands Seigneurs, & de grande partie
de la Nobleffe, & du peuple, encore que vous auriez voulu
être notifié & fu d'un chacun. Comme appert par les lettres de
Monfeigneur de Mandelot, Gouverneur & Lieutenant Général du Lyonnois, en date du huitieme Mai de l'autre année.

Si difent que peu après entendant à regret que vous vous
étiez laiffé ébranler de votre tant chretienne & bien fondée déclaration, auriez changé de volonté, & caffé l'Edit de paix, ne
voulant endurer perfonne en votre Royaume, qui ne fût de la Religion Romaine, dont font enfuivis Édits contraires de révocation

tion du tems donné pour la retraite , conjonction d'armes ; &
enfin la perſécution des Chrétiens fideles , & obéiſſans Sujets
de Votre Majeſté, qui continue encore.

Leſquels changemens leur ont ſemblé étranges , attendu que
votre Perſonne Royale, vos Etats, votre conſcience , votre
honneur, votre réputation & bonne renommée , s'y trouvent
beaucoup intéreſſées.

A l'occaſion de quoi , même en conſidération de votre ſuſdite louable Déclaration, & preſent fardeau duquel vous vous
chargez , & autres conſidérations de grand poids , euſſent à
grande peine ajouté foi , ſans ladite révocation enſuivie par vos
Lettres du 22 Octobre dernier , envoyées à aucuns par le Sieur
de Schomberg. Auquel il a été trouvé outre plus étrange , que
tous les blâmes ſont jettés ſur ceux de la Religion réformée ,
comme s'ils étoient auteurs de la priſe des armes , contre vous &
votre grandeur. Là où nagueres & peu de jours auparavant vous
les auriez reconnus pour vos bons voiſins & fideles Sujets,& obéiſſans ſerviteurs : leur enjoignant de ſe tenir cois , vivre en paix &
repos , & aſſurance , ſous votre Edit de pacification : avec offres de leur maintenir la paix contre ceux qui étoient armés en
Campagne , & qui, comme ſu a été , auroient été ſi oſés & hardis d'entreprendre la réformation des Etats ; & plus de vous établir un ſucceſſeur durant votre vie, & à la fin l'extirpation de ceux
de la Religion.

Partant, faiſant comparaiſon de voſdites Lettres , toutes d'une
même ſubſtance , avec les Edits de paix ſolemnels , accompagnés
du repos continuel de ſix ans , & davantage , & une louable
ſuſdite Déclaration de maintenir l'Edit , & par conſéquent la
paix & proſpérité de votre Roïaume , empêcher toutes choſes
à ce contraires , & de ce que dit eſt , de la Religion Réformée , ſelon qu'ils ſont à plein informés de tout ceci , ils ne
peuvent remarquer quel avantage & avancement il peut advenir à Votre Majeſté & à vos Etats , de prêter l'oreille à ceux
qui vous voudroient détourner de vos promeſſes roïales , de votre
foi & parole contenue en votredit Edit de paix , que vous ſou-
liez appeller votre paix , comme donnée de votre bon gré , &
ſans aucune armée de vos Sujets, & partant inviolable ; joint
qu'il eſt inexcuſable devant Dieu , de donner à ſon eſcient
occaſion de perſécuter les innocens , contre la foi, & paix octroyée.

L'affection donc que portent nos Princes à votre Grandeur,

Tome I.   S ſ

& la louable correspondance qui a de tout tems été entretenue entre les Rois de France, vos prédécesseurs, & eux, & la bonne voisinance de ces deux peuples : laquelle aussi de leur part ils desirent continuer avec vous & votre Couronne, avec les considérations de paix, union & repos de vos Sujets, les presse de divertir Votre Majesté d'une tant hasardeuse & dangereuse entreprise, non que pour cela ils poursuivent, ou entendent leur appartenir aucune chose, en ce qui concerne l'administration de votre Etat.

A l'occasion dequoi ils vous requierent & supplient humblement, qu'il vous plaise considerer de près le piteux état de la France, avec l'effusion du sang, faite à l'instigation du Pape, en haine de la Couronne de France ; la perte des Princes, de tant de Seigneurs, de la Noblesse, & de tous vos Sujets, qui ont toujours fait tant de notables services à la Couronne ; & finalement, l'expérience que vous-même voyez, que la Religion ne peut être extirpée par armes, suivant votre propre Déclaration.

L'exemple du Roi votre frere, d'heureuse mémoire, & de plusieurs Princes de la Chrétienté, aux Roïaumes & Etats desquels est la diversité de la Religion, après avoir été établie par le sage Conseil & prudent avis de la Reine votre mere, du Cardinal de Bourbon, des Princes du Sang, héritiers de la Couronne, l'Edit dernier de pacification, par ce moyen, a appaisé les troubles suscités à l'occasion de la Religion : étant plus que notoire que tous les Etats, depuis les plus grands jusques aux plus petits, tant Ecclésiastiques que séculiers, tant aux Villes qu'aux Champs, sentant les effets d'un Roi, rétablissant la Justice, rentreront en splendeur & accroissement.

Si donc Votre Grandeur se peut laisser ébranler de non-feulement casser & annuller, à l'instigation du Pape, & autres perturbateurs, un Edit de paix, mais d'entreprendre la persécution de ceux qui, s'étant distraits de l'obéissance dudit Pape, se font rangés à l'obéissance Evangelique & Réformée, vous considererez, s'il vous plaît, que tout le fruit qui en pourra réussir, sera infailliblement de rentrer aux dissipations & dissolutions passées d'effusion de sang ; par aventure (que Dieu ne veuille) la ruine & subversion de la Couronne, outre le mépris de votre réputation envers tous Potentats & Princes Chrétiens unanimement. Comment pourroit le Pape attenter plus griévement contre votre personne, Couronne & Etats, qu'en vous mettant

en mépris à l'endroit & au jugement d'un chacun par la rupture de l'Edit de paix, tant folemnellement établi ?

Car Votre Majefté doit bien noter ceci : que fi le Pape &
auteurs du nouveau trouble étoient guidés de bonne & louable
affection envers vous, l'un d'un côté ne chercheroit d'établir
fa principauté infatiable, & par ce moyen anéantir les privileges de l'Eglife Gallicane, pour la confirmation defquels les
Rois vos prédéceffeurs fe font fouventefois oppofés au Pape :
& d'autre part, comme appert par la proteftation Catholique
des Ligueurs, datée à Peronne du dernier jour de Mars, l'an
paffé, l'on ne vife qu'au profit particulier, & à établir durant
votre vie un fucceffeur à la Couronne ; & autrement ils fe garderoient bien de vous preffer à chofe dérogeante à votre foi,
parole, confcience, & roïale grandeur.

Car, puifque vous avouez l'Edit de pacification avoir été
fait par mure délibération du Confeil, & publié avec toutes
les folemnités requifes, comme le Duc Jean Cafimir peut témoigner ; que le Duc d'Alençon votre frere, d'heureûfe mémoire, Princes & Seigneurs, ont juré femblable Edit, avec ferment, en levant les mains, & tant vous que vos loïaux Sujets s'en font bien trouvés ; & ceux de la Religion Réformée
ne prétendent autre chofe, qu'avec libre affurance en l'exercice
de leur Religion, vous rendre toute obéïffance due : quelle
raifon peut-il avoir, qu'avec grand préjudice, voire la ruine de
la Couronne, rompant & anéantiffant ce bien par lequel cette
paix & repos ont été entretenus & confervés, fans lefquels
auffi toute communication & fociété humaine eft morte, vous
procuriez contre vous le profit & avancement du Pape & des
auteurs de ces troubles ? Outre que votre confcience s'en trouvera
chargée devant Dieu, votre regne en fera enfanglanté, s'en-
tretiendra de la défiance au lieu de la confidence correfpon-
dante entre les Rois de France & les Princes Electeurs, & autres Princes & Etats du faint Empire.

La vérité donc étant telle, & Votre Majefté la trouve fans
doute par effet, auffi elle la fentira en après avec plus grande
force, voire irréparable ruine de vos Sujets ; fi apportant d'heure
remede convenable, vous ne rompez le col aux perfécutions de
vos fideles Sujets, lefquels eftiment que vous y ayez été pouffé
d'ailleurs. Auffi jurerez vous aifément qu'étant ceux de la Religion réformée pourfuivis à toutes têtes contre l'Edit de paix,
confirmé par ferment, leur fureté révoquée, fans avoir donné

nulle occasion de ce faire, ne par élévation d'armes, ou autre prétexte quelconque, au lieu de la maintenir, on la leur a ôtée contre toute justice & raison, sans avoir pitié & compassion Chrétienne de leurs miseres & calamités.

Ils vous supplient bien affectueusement que vous veuilliez prendre de bonne part cette leur sincere Remontrance, & veuillez rejetter au loin les pernicieuses pratiques & menées du Pape. Que vous veuillez reprendre & maintenir fermement la paix octroyée, & les assurances d'icelle, & en punir les infracteurs & contrevenans. Quoi faisant, vous vous remettrez en prospérité, & vous acquerrez honneur & louange envers un chacun. Que si à votre jugement, nosdits Maîtres & Princes pourroient aider à remettre entre vous & vos pauvres Sujets la paix & toutes choses en vos Etats, vous trouverez par effet, combien ils sont affectionnés & enclins à chercher & procurer tout ce qui appartient à votre honneur & grandeur, & à vous faire jouir d'un regne paisible. Vous supplians très humblement qu'en ce que vous desireriez remettre sus une bonne paix ferme & heureuse (dont ils ne peuvent aucunement douter) & que vous ayez cette bonne confidence en eux, qu'ils puissent servir de quelque chose entre les deux parties, & appaiser par accord amiable cette guerre émûe & tant dangereuse, conséquemment vous ne les veuillez en rien épargner. Vous assurant qu'ils s'emploieront avec singuliere fidélité à tout ce qui peut servir à votre dignité & couronne roïale, à vos Sujets & au bien de toute la Chrétienté ; notamment à appaiser vos troubles suscités en cette guerre, à leur opinion forcée d'aucuns.

Ils vous supplient en outre très affectueusement que veuillez entendre à remettre sus les susdits Edits de paix, selon l'assurance qu'ils en ont, dont ils auront occasion de tant plus étroitement conserver l'alliance, correspondance & bonne voisinance, & de vous rendre humble & agréable service. Voilà, Sire, ce que nous avons charge de très illustres Princes & Villes Impériales, de faire entendre & remontrer à V. M. Vous suppliant très humblement d'y vouloir avoir égard, & à leur bonne affection, & nous favoriser d'une bonne & briéve réponse, pour leur rapporter. Et afin que Votre Majesté ne pense que nous ayons dit quelque chose qui ne soit de notre charge, nous vous supplions de recevoir de nous nos instructions & original en Allemand & François,

REPONSE DU ROI
AUX AMBASSADEURS.

LE ROI, ayant entendu ce qu'il lui a été proposé de la part des Ambassadeurs des Ducs Jean Casimir, & autres dessus nommés, n'a autre chose à répondre sinon, qu'étant ordonné de Dieu pour gouverner son Roïaume, sur lequel il l'a institué Roi, honoré du titre de très Chrétien, il a toujours essayé faire connoître par ses actions, combien la conservation de la Religion Catholique lui étoit particulierement recommandée, & tout établissement contraire desagréable, pour infinies grandes considérations que chacun peut assez juger sans qu'il soit besoin de s'étendre à les exprimer en ce lieu, & même pour être chose du tout différente de ce qui s'est observé de tems en tems en ce Roïaume, depuis sa constitution. Aussi desire Sa Majesté que les susdits Princes & Villes Impériales sachent, qu'ayant la crainte de Dieu, & l'honneur devant les yeux, ainsi que doit tout Prince Chrétien, elle n'a jamais manqué de soin, & de l'amour paternel que peut démontrer un bon Roi envers ses Sujets, lesquels elle a toujours désiré, plus que nul autre, maintenir en tout bon repos & tranquillité, comme celui à qui il attouche de plus près, il les affectionne aussi davantage. Dépendant de la seule autorité Roïale d'ordonner de toute administration en son Roïaume, selon qu'elle connoît nécessairement à faire pour le mieux, pour la particuliere connoissance qu'elle doit avoir de leur besoin & nécessité plus que tout autre, pour lequel effet elle a pu, peut, & doit constituer en son Roïaume tels Edits, Loix & Ordonnances que bon lui semblera, les changer & immuer selon l'exigence des cas & que le bien de ses Sujets le requiert, ainsi que font tous les bons Princes de la Chrétienté, ausquels elle laisse le soin de gouverner leurs Sujets selon qu'ils jugeront être raisonnable. Comme aussi elle saura bien aviser ce qui sera à faire pour le mieux pour le regard des siens, & rechercher tous les moyens possibles dedans son cœur de regner tranquillement, & conserver en union les Peuples que Dieu a commis sous sa charge, le faisant Roi du premier Roïaume de la Chrétienté.

Fait à Saint-Germain en Laye, l'onzieme jour d'Octobre 1586.

SUBSTANCE

Des choses dites par l'Ambassadeur du Roi, le Mercredi dernier passé, au Pape.

DILECTISSIME PATER, le Roi, mon Seigneur, a plusieurs fois entendu par les Cardinaux de Rambouillet (86) & d'Aex, & encore dernierement, que votre Sainteté ne vouloit prêter l'oreille, ne donner lieu aux desirs que le Duc de Savoie, à la sollicitation du Roi d'Espagne, avoit à l'entreprise de Geneve, & néanmoins, j'entens que Votre Sainteté a déja arrêté ce traité de contribuer avec eux, gens & argent. Et pour ce qui m'est commandé de la Majesté du Roi mon Maître, vous assurer qu'il opposera toutes ses forces à une telle entreprise, parcequ'elle est faite sous masque, & sans l'intention de Sa Majesté. Avertissant Votre Sainteté que sans doute ce remuement tirera la guerre en Italie. Outre qu'elle contraindra la Nation des Suisses, tant Catholiques, que Protestans, à faire la guerre contre eux, chose que le Roi mon Seigneur, avec la Nation Françoise, ne veut souffrir pour la conservation de son Roïaume. Et sachant que Votre Sainteté s'est obligée de payer soixante-trois mille écus pour icelle entreprise, je l'assure qu'elle sera la premiere à s'en repentir, d'avoir favorisé le seul effet particulier du Duc de Savoie & du Roi d'Espagne, & donné occasion à la France, & Protecteur particulier du Saint Siége Apostolique, de changer la volonté en son endroit. Et s'il faut que cette Place soit ruinée, après être prise, les passages pour être libres aux François ne manqueront pas des premiers à y mettre la main, qui autrement seront les premiers à la conserver en l'état qu'elle est, contre quelques Primats & Potentats que ce soient.

On ne sait encore ce que le Pape a répondu, seulement est procédé de-là un Mandement au Seigneur Pœlatio Vesino de differer l'expédition des forces qui auroient ja été levées. Le Cardinal de Rambouillet fut après Sa Sainteté pour lui faire entendre que le Roi de France n'entendra jamais à une telle chose, & que ce qui semble noir aux Etrangers est blanc.

(86) Charles d'Angennes de Rambouillet, Evêque du Mans, Prêtre, Cardinal du titre de Sainte Euphemie; mort en 1587. *Ibid.* Daex, il faut, sans doute, Aix.

REMONTRANCE
AUX TROIS ETATS DE FRANCE,
*Sur la guerre de la Ligue *.*

MESSIEURS, on vous avoit affez avertis par ci-devant que la Ligue feroit caufe de grandes calamités en ce Roïaume, & ne feroit pas grand mal (quoiqu'elle vous promît) au Roi de Navarre ni aux fiens. Auffi a-t-elle été faite contre ce Roïaume proprement, & pour telle reconnue premierement du Roi, & de vous tous; le Roi de Navarre, comme il en reffent en foi le moins de mal, & vous le principal, n'en étoit que la couleur & le prétexte.

Le pis eft que vous ayez mieux aimé le voir que le prévoir, le fentir jufqu'au vif que le croire. Encore, certes, que je fais que beaucoup d'entre vous ont fervi de Caffandre à Troyes (87), peu autorifés pour détourner le mal, prou prudens & avifés pour le prédire.

Les Auteurs de cette Ligue, pour vous faire entrer en cette guerre plus facilement, vous en propofoient une facilité très grande. Ce n'étoit que pour trois jours à faire, les meilleures Places ne devoient pas foutenir le feul bruit de leur nom; le Roi de Navarre au refte étoit bloqué incontinent, & ne reftoit que fon épitaphe à faire, & fi quelqu'un ofoit remontrer vingt-cinq ans mal employés en ce même deffein, c'eft-à-dire beaucoup de tems perdu à nous perdre, c'étoit crime & héréfie formée, & ne manquoient ces répliques ordinaires, que la Ligue qui s'entreprenoit étoit tout autre chofe; que ces Chefs y favoient bien d'autres fineffes; & la violence les faifoit valoir pour la raifon.

Repréfentez-vous ici, Meffieurs, les progrès de leurs affaires en un an, mefurez par une année toutes les autres, encore que leur principale ardeur s'en va évaporée, leur colere convertie pour

---

* Cet Ecrit eft de Philippe du Pleffis-Mornay : il eft au Tome I. de fes Mémoires, *in* 4°. pag. 706.

(87) Caffandre, fille de Priam, Roi de Troye. On dit qu'elle fut aimée d'Apollon, qui lui donna le don de prophérie ; mais, après avoir reçu ce don, elle refufa de confentir à ce qu'Apollon exigeoit d'elle. En conféquence, Apollon voulut qu'on n'ajoutât jamais foi à fes oracles, dont on fe moqua en effet, lorfqu'elle annonça par avance les malheurs de Troye. Voyez Homere, en divers endroits de l'Iliade & de l'Odyffée, & Virgile, au fecond Livre de l'Enéide.

la plupart en phlegmes, & vous jugerez par-là du succès à venir; vous verrez que tous recrus & harrassés, que déja nous en sommes, nous n'avons pas fait encore un pas qu'en reculant.

Après l'Edit de Juillet, procedé des violences de la Ligue, Monsieur de Maïenne entreprit la Province de Guyenne, & pour cet effet, outre les forces de la Ligue, les forces du Roi lui furent consignées en main; chacun peut juger de là quelle étoit son armée: car de deux assez fortes, il s'en faisoit une. Il partit, saisi d'une grande somme de deniers, & épuisa presque jusqu'au fond le zele du Clergé. Artillerie ne munitions ne manquoient point; & si vous voulez vous souvenir ou de leurs vanteries, ou même de vos imaginations d'alors, toutes les murailles de Guyenne alloient en éclat, ou s'envoloient en poudre. Le Roi de Navarre même ne savoit où se ranger pour se mettre à couvert.

Et de fait, il est certain qu'il étoit désarmé, ne s'étant jamais voulu ni pu persuader que l'obéissance qu'il avoit rendue au Roi lui dût être en ruine; il étoit armé d'une fiance en Dieu, qui maintient le droit, même tout nu, contre l'injure armée: il se pensoit aussi bien couvert des armes de son Roi, qui le devoient couvrir, puisqu'il lui avoit fait cet honneur de reconnoître & tenir sa querelle pour sienne.

Vient donc ledit Sieur de Mayenne en Poitou & Xaintonge: il laisse derriere soi la Rochelle, Saint Jean d'Angeli, Pons, &c.; & sans rien attaquer (si étoient-ce les plus proches Places du cœur du Roïaume, & l'occasion y étoit à propos, parcequ'elles étoient lors si travaillées de peste, qu'à peine les gens de guerre y pouvoient subsister), de-là il prend son chemin par le Périgord, où il prend à composition le Château de Montignac le Comte, Place qui avoit été comme banniere de tous les troubles précédens, & un chacun le sait; & le fil de son voyage eût porté qu'il fût allé à Bergerac, pour y essayer la premiere fureur de son armée. Il prit nonobstant son chemin par Souillac, où il passa Dordoigne, laissant Montfort & Turenne, & Saint Ceré, Places du Vicomté de Turenne, sans les attaquer, de-là entra au haut Quercy, où ceux du parti contraire tiennent Figeac, Cadenac, Cajarc, & autres Places. Il en fut logé au milieu, trois semaines durant, fut requis par les Etats, importuné par l'Evêque de Cahors, & par le Sénéchal de les en délivrer; & de fait on sait jusqu'à quels mots en vinrent les Sieurs de Saint Sulpice & Camburat avec lui, voyant

le

le Païs tout ravagé, & réduit à la faim & sans profit ; tant y a qu'il n'y fit autre chose, sinon composer avec deux ou trois Gentilshommes du Païs des plus foiblement logés, à condition qu'ils pourroient avoir l'exercice de Religion chez eux, pourvu que de leurs maisons ils ne fissent la guerre, sauf pour leurs personnes à la faire ailleurs où ils voudront.

Les excuses furent qu'il vouloit aller nettoyer les Rivieres, & assurer le commerce du Païs ; & aux confidens il disoit à l'oreille, qu'il vouloit surprendre & investir le Roi de Navarre en quelque lieu qu'il fût : stratagême pédantesque s'il en fut jamais, & qui toutes-fois étoit leur fondement, comme si la France étoit un échiquier, où un Prince n'eût de pourmenoir que quatre pas ; & de fait en même temps le Roi de Navarre ayant pourvu (comme il pouvoit) à toutes les Places, qu'il laissoit derriere, passa la Riviere de Garonne entre les deux Armées dudit Duc de Mayenne, & Maréchal de Matignon, qui n'étoient éloignées de lui que de quatre ou cinq lieues, & vint à Bergerac, à la tête de l'armée de M. de Mayenne, & séjourna un mois entier, n'y ayant Riviere ni ruisseau entre les deux, & sans que jamais on lui donnât alarme ; & enfin passa jusqu'en Saintonge, s'avançant devers la France, & visitant son Gouvernement jusques au bord de Loire, lui qu'ils devoient chasser en quatre mois, lui qu'ils devoient faire reculer jusqu'à l'acul s'il ne résolvoit bien promptement de vuider le Roïaume.

Castetz, maison du sieur de Fabas sur la Garonne, quand Monsieur de Mayenne arriva, étoit assiégée du Maréchal de Matignon. Ledit Sieur de Mayenne à son desçu, pour lui dérober cette petite gloire, composa à douze mil écus pour se la faire rendre : chose néantmoins inusitée entre tous gens de guerre, une Place étant battue & breche faite, de lui donner un assaut d'argent.

De-là en avant il a pris Sainte Bazeille, Montsegur, & Castillon, Places inconnues avant ces guerres, Places non jamais mentionnées dedans les Cartes plus particulieres, Places de nul nom, que par la résolution de les défendre, Places néanmoins, & surtout Montsegur & Castillon, qui lui ont couté bien cher en toutes sortes ; & est bien certain que sans la peste qui travailloit ceux de Castillon, plus qu'on ne sauroit croire, il étoit pour recevoir un grand affront devant, ayant été cette Place en la face de Monsieur de Mayenne secourue & rafraichie par Monsieur de Turenne. C'est en somme tout ce

Tome I.   T t

qu'il a fait en Guienne en une année entiere ; & notez que le Roi de Navarre peu auparavant s'est accru de Taillebourg & de Royan, Places fortes d'art & de nature, Ports de mer, embouchures de Carente & de Garonne, je ne nomme Saint Jean d'Angle, Tonnai-Charente, & autres qui récompensent, sans celles-là, Castetz & Sainte Bazeille, & mieux.

Je laisse que la Garonne qu'on avoit promis d'ouvrir pour le contentement de Toulouse & Bordeaux, demeure toujours enclose, plus même que par avant la guerre : car ne pensez pas qu'après Sainte Bazeille prise, ledit sieur de Mayenne ait osé attaquer Caumont, qui le regardoit, la Riviere entre deux. Aussi peu le Mas & autres Places qui commandent la Garonne, joint qu'en même tems on a fortifié la Ville de Meillan, qui vaut mieux que tout ce qu'il a pris, comme savent bien ceux du Païs. Outre certains Forts de-çà & de-là l'eau qu'on y a bâtis depuis au dessous de Clarac, tellement que les Marchands, auxquels on avoit promis d'affranchir le commerce dedans Noel dernier passé, leur défendant par exprès, à peine de la vie, de composer pour la liberté & sureté de leur passage, & de leurs Marchandises, s'en voyant plus loin qu'ils n'étoient paravant, ayant souffert en ce pendant à faute du commerce plusieurs pertes, dont sont ensuivies notables banqueroutes, sont venus enfin à composition, maudissant la Ligue & tous ses adherans ; mais c'est aussi ce que le Maréchal de Matignon a très bien reconnu (& quelque sobre qu'il soit, il ne s'en est pu taire en quelque lettres) que Monsieur de Mayenne avoit plus d'entreprise sur Toulouse & Bordeaux (c'étoit parlant du Château Trompette) que sur le Mas de Verdun & sur Caumont.

Or, qu'ils puissent ci-après faire grand cas au reste de la Guienne, jugez l'apparence qu'il y a : car toutes les Places, qui à l'entrée de la guerre commencée sur l'arriere saison, eussent pu avoir fautes de vivres, ont fait leur révolte tout à l'aise, & même du gré de leurs voisins, soit qu'une nécessité commune à tous les deux, les ait amenés à mutuels offices, soit qu'ils abhorrent telles extrémités, & détestent la misere de ce tems, & c'étoit en leurs mémoires toutes-fois, qu'ils présenterent au Roi pour lui faciliter les choses, l'unique moyen qu'ils prétendoient contre les Villes principales, moyen certes qui tient plus de la nature de l'extrémité, que du moyen ; qui plus est, auquel ils ne peuvent revenir de deux bons ans & plus.

Es autres Provinces la Ligue n'a pas mieux prosperé en ses

affaires : car en Languedoc Monſieur de Montmorency s'étant
aſſocié avec le Roi de Navarre pour le tort qu'il connoiſſoit lui
être fait, a réduit à ſoi Lodéve & Saint-Pons, Villes Epiſ-
copales, & leurs Diocèſes, a fortifié les deux rives du Rône,
a jetté racines en Provence ſi avant qu'on a été contraint d'accorder libre exercice de Religion aux Gentilshommes. Tout ce
qu'on peut alleguer avoir été gâgné en Languedoc, c'eſt le Fort
de Monteſquiou en Lauragais qui pourroit être contrepeſé de
pluſieurs Forts de même étoffe, qui ont été pris en la Province ; & tout fraîchement la priſe de Marvejols plus par trahiſon
que par effort, & qui n'aura rien ſervi qu'à reſoudre les autres,
y ayant été contre la foi promiſe, telles cruautés & inſolences
exercées, qu'il faudroit trouver de nouveaux noms pour les décrire : mais le ſiége du Mas-ſaintes-puelles en pourra tout ſeul
contrepeſer la gloire, Place la plus miſérable & moins tenable
de toutes celles de Lauragais, qui a repouſſé l'armée de Monſieur de Joyeuſe, lui ayant tué trente deux Capitaines & cinq
cens Arquebuſiers, diſſipé ou rebuté ſes Régimens, & fait perdre ſon credit entre les gens de guerre, juſquà ſe reſoudre ès
Etats depuis tenus à Caſtelnaudary de ne s'en mêler plus.

Et quant au Dauphiné, la Province, comme chacun ſait,
ſi on a égard à ceux du contraire parti, la plus abbattue de toutes lorſque ces troubles ont commencé, la Province en ſomme où Monſieur de Mayenne penſoit avoir fait l'eſſai de ſa fortune, & dont il s'étoit promis facilement la ruine des autres,
chacun ſait comme ils y ont laiſſé prendre Montelimart, Ville
notable, & depuis Ambrun Ville Métropolitaine du Païs, les
deux qu'ils penſoient avoir acquiſes à la Ligue, & que maintenant le ſieur Deſdiguieres lui a rendu imprenables, outre ce qu'ils
ont laiſſé reprendre Die, Livron & autres lieux, de la conquête
deſquels Monſieur de Mayenne triomphoit & avoit fait ſa gloire.

Je laiſſe pluſieurs Châteaux en diverſes Provinces, pris à moins
de dix livres de poudre, dont la Ligue eût fait ſonner les clo-
ches, & fait gâgner tous les Merciers du Palais, ſi elle les eût
pris par l'effort du Canon ; je laiſſe que ces petits Châteaux,
que Monſieur de Mayenne fait ſonner à nosoreilles, coûtent
un million d'or chacun, & la vie de nos meilleurs ſoldats,
au lieu que les bonnes Villes que deſſus n'ont coûté au Roi de
Navarre & à ſes Serviteurs qu'un coup de petart, & à peine
quelque homme : je laiſſe pareillement qu'en tous les combats
qui ſe ſont faits par le menu (car de grands il n'y en a point

T t ij

eu) il se trouvera que pour la plus part la perte est tombée sur
la Ligue, tellement qu'il se peut dire avec vérité que pour un
de la Religion prétendue réformée, il en est mort trente de la
Ligue pour le moins ; & pour abreger en somme, voyez, toutes choses calculées, s'il y a homme si idiot qui voulût troquer
Royan & Taillebourg en Guienne, Lodeve & Saint Pons en
Languedoc, Montelimart, Ambrum & Dye en Dauphiné, &c.
contre Montignac, Castetz, Sainte Baseille, Monsegur & Castillon, les trophées de la Ligue, les trophées de Monsieur de Mayenne, mais triomphes chers & ruineux, & j'oserai dire funérailles.

Vient maintenant, après qu'ils ont jetté tout le feu, une
puissante armée étrangere, au secours du Roi de Navarre : quel
miracle produira la Ligue ici pour s'en couvrir ? Quand on al-
leguoit devant le Roi, qu'il seroit sans doute secouru des Princes qui faisoient même profession que lui, puis même qu'il y
alloit de la Religion, expressément, & qu'ils vouloient qu'on le-
vât le masque ; ils avoient, qui les eût voulu croire, pourvu de
long-tems à tout cela. De la Reine d'Angleterre, ils lui devoient tant tailler d'affaires du côté d'Ecosse, tant même en
son Roïaume propre, qu'elle seroit assez occupée en elle-même ; & de fait ne faut douter qu'ils n'aient attisé tous les tisons
fumans, remué toutes les cendres, & soufflé toutes les étincel-
les qu'ils ont pu. Cependant comme il plaît à Dieu souffler sur
leurs desseins, jamais l'Angleterre ne fut si paisible, jamais plus
étroitement alliée à l'Ecosse, jamais aussi ne s'y vit la bénédiction de Dieu plus clairement, soit dedans, soit dehors, Dieu
ayant miraculeusement découvert les pratiques par plusieurs fois,
& franchement que les Jesuites suscitoient contre la Reine d'Angleterre, sa personne & son Etat, Dieu au contraire favorisant
les entreprises qu'elle a faites pour la défense de ceux qu'elle a
connus être opprimés injustement.

D'Allemagne, pour lever toutes difficultés au Roi, ils entroient presque en caution qu'il n'en sortiroit aucun secours
pour le Roi de Navarre. Alléguoient, pour colorer ce vain espoir, les vieux différends sur quelques points en la Religion,
entre les Eglises d'Allemagne & les Françoises, qu'ils prétendoient fomenter par leurs pratiques. Et voilà qu'ils ont vu au
contraire, que leurs artifices n'ont servi qu'à réunir les cœurs
& à faire cesser les disputes ; qu'elles se sont réconciliées ensemble étroitement, pour faire dorénavant & même corps, & même
cause. Que le Roi de Dannemark, & les Electeurs & Princes

de l'Empire, les Seigneurs auffi des Ligues de Suiffe & des Grifons, fe font fentis offenfés en la perfonne de çe Prince, fe font
fentis bleffés en fes plaies, & atteints en fes injures. Et de fait,
qui ne s'en fût ému? Qui n'eût apperçu la conféquence de ce
qui fe braffoit contre lui? Quand pour la Religion qu'ils tiennent, & que les prémiers ils ont reçue en leur pays, on expofe
en proie fon état, fa vie & fon honneur, on le veut rendre incapable & de toutes dignités, & de tous biens. Ils devoient
armer les Allemands les uns contre les autres; ils devoient ref-
fufciter les plus vieilles querelles pour mettre la guerre entre les
Princes Catholiques & les Proteftans; ils n'avoient pas faute
auffi, difoient-ils, d'inventions pour divifer les Proteftans entr'eux-mêmes. Où font maintenant tous ces grands artifices?
Que font devenus tous ces difcours? vu que l'Allemagne n'a
jamais été ni plus compofée en elle-même, ni plus difpofée à fecourir leurs ennemis. Et que feront-ils à ce cadet de Cafimir (car
ainfi appellent-ils ce Prince), qui paffera fur le ventre un de ces
jours, & cela ne leur fera nouveau à l'aîné de ces beaux rejettons, à l'aîné de Lorraine?

Mais au pis aller, & à tout rompre, les Reiftres venant à
entrer, ils faifoient fortir une armée d'Italie contribuée par
les Princes de la Ligue, ils la tenoient embufquée dedans les
Alpes, toute prête à découpler à point nommé, l'état en couroit par le Palais, il fe lifoit fur la cour du Louvre. Où donc
s'endort-elle maintenant? & que ne comparoit-elle à ce befoin?
Et qui ne fait au contraire que les Seigneurs de Venife, les plus
anciens amis & alliés de ce Roïaume, ont offert fecours au Roi
contre la Ligue, & l'exhortent maintenant à une paix; que le
Roi d'Efpagne, fur lequel tournent tous leurs deffeins, eux
n'ayant tenu ce qu'ils avoient promis, les a laiffés à moitié chemin, & a renvoyé leurs Négociateurs avec reproches? Et que
diront-ils du Pape Sixte même, qui a reconnu à Monfieur de
Montmorency qu'il avoit été furpris par eux, en la déclaration
qu'il avoit publiée contre le Roi de Navarre & Monfeigneur le
Prince, qui le prie de radoucir les chofes, lui fous le voile duquel ils les avoient aigries, qui même permet en Avignon (&
par traité exprès) libre accès à ceux du contraire parti de Dauphiné & de Provence, qui en tirent tous les jours, par fa permiffion, vivres, armes, poudre, & autres munitions de guerre?

Cette armée donc d'Italie, ou s'étant fondue, ou n'ayant été
fondée qu'en l'air; au contraire l'armée d'Allemagne étant en

nature, & tenant déja le pied sur la frontiere, qui ne voit en quelle extrémité par leurs illusions ils ont réduit le Peuple ? Qui ne voit le bon marché qu'ils font de sa calamité, du sang de nous tous, de l'honneur du Roi & du Roïaume ?

Mais aussi les veulent-ils combattre, & c'est à la vérité un de leurs griefs en leurs livrets, que les étrangers n'ont été combattus sur la frontiere ès troubles précédens. Je voudrois donc savoir qui les a empêchés ? Quant aux premiers troubles, feu Monsieur de Guise commandoit aux forces de la France ; & quant aux seconds, feu Monsieur d'Aumale avoit une armée sur la frontiere, pour leur en fermer l'entrée (& la mort de Monsieur le Prince de Condé en même tems lui venoit à propos), & quand la derniere fois Monsieur de Mayenne l'entreprit, qui étoit logé trois mois devant sur les passages, qui avoit choisi ses avantages à loisir, & qui toutefois en tout ce long voyage ne leur donna une seule alarme ; mais ainsi ont-ils accoutumé d'en faire. Pour avoir les armes à la main, & se rendre arbitres des affaires, ils se font tenir un tems Protestans, du service du Roi, s'il ne leur est accordé de les combattre, & quand on leur a lâché la bride sur le col, ce sont les premiers qui cherchent des excuses, & prennent très grand plaisir qu'on leur allegue alors, qu'il est dangereux & inique de jouer la Noblesse de France, contre une armée étrangere, & dans le cœur de la France.

En somme, voulez-vous voir le bien que la Ligue a fait en ce Roïaume en général ? Elle a allumé le feu au quatre coins & au milieu. Elle a mis les meilleures Provinces, les meilleures Villes à la faim, & n'a pas encore fait un pas en l'entreprise prétendue, en avançant. Elle avoit promis d'exterminer les Huguenots, & voilà qu'ils ont ancré plus ferme. Elle les devoit chasser en Allemagne, & voilà que l'Allemagne vient en France. Elle promettoit d'extirper leur doctrine, & voilà qu'elle nous a réduits à tirer au bâton avec eux à qui demeurera, & à refaire les lots, & rentrer comme en nouveau partage, au lieu qu'ils se contentoient auparavant de telle condition & part que nous leur accordions.

Voyons si au moins la Ligue, qui a confondu tout cet Etat, a fait quelque bien particulier à nos Etats ? ils étoient couverts, comme vous savez, tous du vieux gaban du bien public, car ainsi ils l'appellent ; ils avoient promis de décharger le peuple, & faisoient sonner bien haut qu'ils étoient les petits-fils du Roi Louis XII, & à peine qu'ils ne fussent successeurs du beau surnom qu'il mérita de Pere de son Peuple : là-dessus on vous avoit prou dit que vous feriez furchargés plus que jamais, que nouvelle guerre apporteroit nouveaux impôts, que la Ligue pour vous obliger bailloit les armes; mais que ce feroit fans doute à vous à tenir le marché & payer les contrats. Voyez donc au bout de l'an l'engence de la Ligue; voyez ce qu'a engendré ce bien public; vingt-fept nouveaux Edits d'une volée, que vingt-fept ans n'avoient pas pu produire : Edits onéreux à tout le monde, la lie & le marc de toute l'invention des Couriers d'Italie. Que reftoit-il plus pour accabler le pauvre Peuple, pour accomplir la confufion de ce Roïaume ? On s'étoit plaint aux Etats que multitude d'Officiers en la juftice étoit multitude & longueur de procès, & voilà multiplication de Préfidens & Confeillers, & autres Officiers ès Cours Souveraines & Sieges Préfidiaux : voilà Receveurs alternatifs d'épices, en payant finance, pour multiplier, entretenir, alonger, encherir les procès. On avoit infinies fois mis en avant la fuppreffion ou reglement du nombre effrené de Procureurs, & les nous voilà non pas innombrables feulement, mais fuccef-fifs & héréditaires; voilà, dis-je, nos procès qui tiennent cotte & ligne, & paffant de main en main, de pere en fils aux Procureurs, fe rendent perpétuels à tous nos defcendans. Combien eût-il mieux valu laiffer le Roi en paix, qui ne vaquoit, lors de cette Ligue, qu'à rétablir la juftice en fon Roïaume, qui confultoit fi foigneufement les principaux de fes Cours Souveraines des moyens plus propres de rétablir l'ordre en toutes chofes ? On avoit auffi de longtems apperçu que nombre d'Officiers au maniement des finances n'y apportoit que dommage & diminution, que l'écu fortant des mains du pauvre Peuple, paffant puis après par tant de financiers, ne revenoit pas à un tefton en la bourfe du Roi. Et de là étoit né ce Confeil de remettre fus la façon ancienne, que tous les deniers roïaux fuffent portés tout droit en l'épargne du Roi. On y épargnoit par ce moïen & les Comptables & les comptes. On y épargnoit les deux tiers des finances, & d'un tiers par cette épargne & plus, le Roi fans s'incommoder eût foulagé fon Peuple. Que ferons-nous maintenant qu'on nous donne nouveaux Généraux & Généralités ? Qu'on nous remet fus fans aucune raifon les élections, qu'avec tant de raifon on avoit fupprimées; qu'on nous rend héréditaires les Offices des Chambres des Comptes & tous autres Offices venaux, c'eft-à-dire, qu'on rend les finances du Roïaume patrimoniales, héréditaires, vénales, & à ceux qui les manient & à ceux qui jugent de leur maniement ? Ce font les belles fucceffions que le différend de la fucceffion fi mal-à-propos mis en avant nous a apprifes.

Succeffions de plaideurs & de chiquaneries, fucceffions de larrons, de péculats, de mangeries, mille fucceffeurs du vivant même du Roi en ce Roïaume, puifqu'ils fuccedent à fes finances.

Le Roï propofoit avant ces remuemens de foulager fon pauvre peuple, & voilà qu'on l'a réduit à cette extrêmité de l'accabler; il vouloit dégager fon domaine, il le vend à plein; ra-
baiffer les Tailles & les Aides, & il les redouble, même il les
vend; ce qu'il ne fit jamais; il vouloit ôter toutes les vieilles taxes, & en voici de nouvelles d'heure à autre, & de tant de fortes qu'il nous faut un Calepin pour en favoir les noms. Toutes
ces furcharges, toutes ces inventions, engence de la Ligue qui
n'a pas voulu laiffer loifir au Roi de bien faire à fon Peuple,
ennuyeufe du bien, du repos, & du rétabliffement de ce Roïaume, ennuyeufe de l'honneur que s'aqueroit le Roi de l'avoir rétabli, de l'affection & de l'amour qu'il fe gagnoit au dedans de
fon Peuple, de lui faire fentir un allégement après tant de
travaux.

Et penfez pas auffi que les Chefs de la Ligue n'en retirent bien
le principal profit; car outre ce qu'une partie de ces Edits nouveaux eft dédiée à l'entretien de la guerre, qu'ils ont créée, qui fe
conduit par leurs mains, & par conféquent leur paffe entre les
doigts, on fait que particulierement Monfieur de Guife a obtenu l'Edit des dix vendeurs de marée, & l'Edit des douze vendeurs de bétail à Paris, l'Edit qui nous crée les Receveurs alternatifs pour les épices, l'Edit d'ampliation à tous Sieges Roïaux,
pour exploiter par tout le Roïaume, en finançant. Que Monfieur
de Mayenne a eu auffi les Lieutenans de robbe longue en chaque élection, & que tous deux participent à l'hérédité des Offices vénaux & des Chambres des Comptes, eux qui devoient abolir par un nouvel Edit toutes les vieilles taxes, eux qui devoient
ramener, felon qu'ils proteftoient, le fiecle du Roi Louis XII en
ce Roïaume.

Peut être auront-ils mieux traité la Nobleffe: car ils la veulent amadouer, en tant qu'ils peuvent, & peut-être l'auront-ils
remife en fa fplendeur: car ils le difent Prince de Foi, & ils
le promettoient; nous le pouvons tous favoir, qui avons effaïé
leurs armées, fi onc les maifons des Gentilshommes qui étoient
auparavant facrées, ont été moins refpectées que par leurs troupes. Si des Huns, des Goths & des Vandales, on eût pû attendre pire traitement qu'on a eu d'eux. Ceux du contraire parti,
parcequ'on

parcequ'on vouloit verfer la haine de la guerre fur le Roi, qui y étoit forcé, ont trouvé de la faveur, parce auffi qu'ils compo- foient par le moyen de leurs amis moitié marchandife & moitié guerre. Les Catholiques tout au rebours, parcequ'ils s'affuroient en eux-mêmes, en leurs privileges, leurs fervices, leurs mérites, ont été comme expofés en proie, ont été traités comme ennemis & étrangers.

Je laiffe que des furcharges que femble porter le tiers Etat, la Nobleffe eft plus chargée que lui ; & c'eft en quoi nous nous flattons ordinairement ; car fous ombre que nous n'avons pas compté l'argent, on nous fait accroire que nous ne le payons point, comme fi en la faignée le fang fortoit feulement du bras où on la fait, & non pas des parties plus hautes, qui ont à le remplacer incontinent : certes fi le métayer eft ruiné, il eft évi- dent que c'eft le Gentilhomme qui en fouffre ; fi les taxes fe redoublent fur les marchandifes, c'eft le Gentilhomme qui les porte. Qui plus achete de foie, aquitte la Douane, qui plus de chevaux eft chargé de l'Edit des Courtiers, qui plus fe promene par païs, des entrées des vins, des bleds, des chairs, du redou- blement des Aides, de l'impôt fur les hôtelleries ; difons plus, que qui a plus de terres coutumierement aura plus de procès, & pour ce fommes-nous auffi, à proprement parler, qui fom- mes chargés, des nouveaux Préfidens, Confeillers, Lieutenans & Officiers, &c. qui payons les Receveurs alternatifs d'épices, qui avons à fouldoyer l'hérédité des Procureurs poftulans. Le coup de lancette fe donne en la peau du païfan, du Marchand, de l'Officier, du Procureur, &c. le premier fang, le premier ar- gent fort de leur bourfe : mais il fe remplit des plus hautes par- ties, ils fe refont tous à nos dépens. Car le païfan faura bien en- cherir fes labeurs & fes fruits ; le Marchand faire fon compte & hauffer fes denrées ; l'Officier nous débiter par le menu ce qu'il aura payé en gros ; le Procureur, élargir fes lignes, enchérir fes écritures & fes pas : tous enfin recouvrent leurs avances : & fur qui, que fur les Gentilshommes, qui demeurent fur leur perte, & qui ne peuvent pas la recouvrer d'ailleurs ni de plus haut ?

Quant à nos honneurs, vous vous fouvenez qu'en leurs protef- tations ils devoient remettre toutes chofes en fplendeur, loger un chacun en fon dégré, faire rendre les gouvernemens à ceux qu'ils prétendoient en avoir été ôtés, &c. & parcequ'il faifoit mal au cœur à quelques-uns de voir quelques Gentilshommes près du Roi, qui, par la faveur & amitié qu'il leur portoit,

avoient atteint aux plus grands honneurs en un coup ; ils se pré-
valoient de ce sujet pour nous envenimer. Mais vous vous res-
souvenez aussi qu'en paix faisant ils n'en dirent jamais un seul
mot, qu'ils n'ont fait remettre un seul de ceux pour qui ils se
sembloient formaliser. Quant à ceux qu'ils découpoient en leurs
écrits, ils ont recherché leur bonne grace vilément, & ont tâché à les obliger en toutes sortes ; & de fait vous les voyez, &
ils les voient & plus grands & plus autorisés qu'auparavant.
Je ne touche point aux choix qu'a fait le Roi. Je ne touche
point à leurs mérites. Je sais qu'il n'y a si grande dignité qui
ne soit ouverte à la Noblesse, où le bras aussi de la vertu ne puisse
atteindre. Mais je veux que nous reconnoissions les prétextes
qu'ils prennent, & comme ils se jouent de nous à leur plaisir,
& que nous sachions qu'ils se servent de nos coleres, de nos
mécontentemens & de nos déplaisirs, & tout aussi-tôt qu'ils en
ont fait, ne s'en souviennent plus.

Au moins auront-ils fait du bien au Clergé ; au moins auront-
ils fait quelque chose pour l'Eglise ? l'Eglise leur principal prétexte ; le Clergé qui s'engageoit & se vendoit si volontiers pour
eux. Voyons. Ils avoient promis de dissiper les Huguenots en
France ; & voilà qu'ils les y ont unis étroitement, & voilà qu'ils
les ont réunis & réconciliés en toutes Nations, François, Allemans, Anglois, Danois, Ecossois, Suedois & Suisses, & voilà
qu'ils les ont fait associer avec nos Princes Catholiques, & les
principaux Seigneurs de ce Roïaume. Le parti de leur Religion
se réunit, & le nôtre se divise ouvertement. Combien eût-il mieux
valu y procéder par saintes admonitions, par douce conversation, par bon exemple ; moïens peut-être plus lents pour les impatiens ; mais salutaires, au moins, & assurés moïens ; peut-être
moins agréables aux prétendus Médecins de notre maladie ; mais
au moins utiles ; mais au moins non dangereux pour le malade.

Et puis, qu'y ont même profité ceux du Clergé ? Car quel de
tous les Evêques se peut dire avoir été réintégré, quelques frais
qu'ils aient faits ? Quel avoit reçu amandement par leurs armées ?
Au contraire, Messieurs d'Ambrun, de Lodeve, de Saint-Pons,
& autres, ont-ils pas perdu tout de nouveau leurs Evêchés ? Et
combien leur faudra-t-il vendre de temporel pour les ravoir de
force ? Et toute l'affection, toute l'ardeur d'engager, de vendre,
de contribuer, sera-t-elle pas évaporée premier ?

Mais voulez-vous voir aussi que ce n'étoit rien que prétexte.
Les Chefs de la Ligue s'escarmouchent, ce nous semble, quand

on parle de prêcher en France; ils ont extorqué Edit exprès duRoi
pour l'empêcher ; & ils ont permis & consenti aux Gentilshommes du parti contraire, composant pour leurs maisons, d'y avoir
libre exercice de Religion, pourvû que de leurs maisons on ne
leur fît la guerre. Ils ont offert la même condition à Villes, à
Châteaux, & à Particuliers ; ils souffrent à leurs Reistres, au milieu de leur armée, d'avoir leurs Ministres & leurs prêches. Ils
ont prêché dans les Cimetieres & dans les Eglises ; ils ont célé-
bré leur Cêne publiquement dedans leur camp. Ce qui se permet
par eux à quelques-uns, pourquoi moins l'aura permis le Roi à
tous ? Ce qu'ils auront volontiers souffert aux Étrangers, pourquoi moins le Roi à ses Sujets ? Ce qui leur sera zele d'Eglise, ce
qui leur sera ou méritoire ou veniel, pourquoi note d'hérésie au
Roi ? Pourquoi damnable ou mortel à leur Supérieur ? Ces gens
ont volé enfin, & violé les lieux sacrés ; ces gens ont pillé & rançonné les Prêtres & les Moines ; ces gens, sous ombre de piété,
ont perpétré cent mille impiétés ; ces gens, par plaisir, de gaieté de
cœur, nous ont épuisés de biens, nous ont tous noyés de maux.
De tant & de si grands maux, quel bien nous en revient ? Quel
au Peuple ? Quel à la Noblesse ou au Clergé ? Quel en général ou
en particulier ? Et qui jamais fît du mal, au moins s'y voulût opiniâtrer, que pour espoir du bien ? Ains, pourrois-je dire encore,
Quel bien ont-ils fait à eux-mêmes ? Car Dieu a maudit leurs
actions de telle sorte, que cependant qu'ils pensent soulder leurs
confrairies dedans les Villes, sous prétexte de l'autorité que la
guerre leur donne ; les meilleures Places qu'ils eussent surprises
se sont retirées de leur subjections, Agen & Auxonne, rachetées
toutefois de nouveau par le Roi pour les remettre entre les mains
des Ligueurs, & quelques autres ; & notez que cet exemple, pour
peu de mauvais visage qu'on leur fasse, s'en ira bientôt suivi par
tout ailleurs.

Que s'ensuit, puisque cette Ligue est inutile à elle-même, &
puisque la guerre est dommageable à tous, puisqu'en vingt &
un mois, en la plus grande vigueur, elle n'a fait chose qui
vaille, puisqu'au lieu d'acheminer, elle ne va qu'en reculant;
sinon que nous recourions à quelqu'autre remede, sans nous obs-
tiner en cetui-ci, en cet antimoine corrosif & venimeux, qui
chasse le bon & le mauvais ensemble, & souvent plutôt le bon
que le mauvais ; qui sous ombre de vomir l'humeur peccante,
nous fera jetter jusqu'au sang, & peut-être l'ame dans le sang.
Certes il nous faut tous adresser à notre Roi, il est Prince débon-

naire, & qui aime fon Peuple ; il fait bien qu'un Roi meurt en
fon Roïaume. Il eft fans doute bleffé en nous plus que nous-
mêmes , il aura pitié de foi en nous & en nos plaies : décou-
vrons-les lui tout privément , & lui montrons ceux qui nous me-
nacent ; difons-lui tout haut les maux que la Ligue nous fait ;
fupplions-le felon fa prudence finguliere d'y trouver remede ,
remede durable & compatible à la difpofition de notre corps ,
remede que notre débilité puiffe porter , remede pour convertir
& adoucir l'humeur , non pour en penfant l'évacuer , mettre
au bas notre corps. Prions Dieu fur tout qu'il tourne vers ce
Roïaume le doux œil de fa miféricorde : car qui pourroit foutenir l'œil rigoureux de fa juftice ? qu'il affifte notre Roi de fon
efprit pour manier fon fceptre ; qu'il lui infpire de bons confeils ; lui fufcite de bons Confeillers , l'empliffe de force & de
courage , pour compofer les humeurs & confolider les plaies de ce
Royaume ; c'eft-à-dire , pour éteindre les malheureufes engences
de la Ligue , pour rendre une fainte , heureufe & perdurable paix
à cet Etat.

B R I E V E   R E P O N S E

*D'un Catholique François , à l'apologie ou défenfe des Ligueurs
& Perturbateurs du repos public , fe difant fauffement Catholiques unis les uns avec les autres* *,*

AM I , je crois que tu dis vrai , tu as perdu la patience ; auffi
ne pouvois-tu être patient & Ligueur tout enfemble , ton difcours
fait affez connoître que d'impatience tu es tombé en fureur , &
de fureur en rage. Ce font les dégrés par lefquels il faut monter à cette fainte Ligue , & voilà un très beau progrès pour prendre la défenfe de notre Religion. Les impatients veulent maintenir la même patience , les furieux la fageffe , les enragés la
modeftie. Je fuis Catholique , Apoftoliquc & Romain , & auffi
foigneux de ma Religion que tu pourrois être ; je voudrois qu'il
n'y en eût point d'autre en France. Mais je fuis contraint de

* Cette Réponfe paroît être l'un des meil- / fent plutôt l'efprit d'un Proteftant déguifé
leurs écrits que l'on ait faits contre la Ligue, / que celui d'un vrai Catholique. Elle avoit
& l'un des plus judicieux, Cependant on y / déja paru à Bourdeaux, en 1586, *in-8°.*

vouloir ce que je puis, ne pouvant ce que je veux. Je suis contraint de defirer un commencement d'une heureufe paix, ne
voyant ne fin, ne profit en cette guerre. Je fuis la volonté de
mon Roi, les prieres de mes compagnons, & defire avec eux
le rétabliffement de cet Etat; je condamne & ai en horreur ta
Ligue qui en porte la ruine. Je ne faurois reconnoître pour Sujets & Serviteurs du Roi ceux qui ont entrepris fur fa Perfonne.
Je ne puis reconnoître pour François ceux qui ont le cœur en
Efpagne. Je loue la bonne volonté de ceux qui s'oppofent à vos
deffeins, qui fe lient pour vous délier, & qui s'uniffent pour vous
défunir. J'approuve ce remede, quoi qu'avec regret, pour les
aigres douleurs qu'il apporte à ce pauvre Etat. Que maudite foit
la Ligue qui nous fait avoir recours aux Ligues. Maudites foient
les armes qui nous contraignent de prendre les armes. Maudite
foit l'efpérance qui réduit tant de pauvres ames au défefpoir. Ami,
tes paffions me paffionnent, ton impatience ébranle ma patience,
& ta fureur ma raifon. Ecoute, je te rendrai compte de ma paffion,
avec plus de fidélité que tu ne fais de ton impatience. Il ne fuffit
pas pour rendre une action bonne, de fe propofer une bonne fin.
Celui qui coupe la gorge à fon prochain, pour donner l'aumône à
fon prochain, ne laiffe pas pour ce deffein d'être meurtrier & lar-
ron. La Ligue, qui trouble l'Etat & qui le divife, ne laiffe pas d'être
à condamner, quoiqu'elle fe propofe la défenfe de la Religion.
C'eft un beau titre, mais c'eft tout. C'eft un fuperbe portail
à un bâtiment de terre. Je t'en veux faire manier l'étoffe, &
voir à l'œil les Maçons. Ceux de Guife en ont jetté le fondement : tu ferois marri de les priver de cet honneur. Mais je
te demande s'il leur eft licite de fe liguer avec les Ennemis de
ce Roïaume, fans l'aveu de leur Roi. Je m'affure que tu ne
feras point fi impudent qu'impatient, & que tu me confefferas
qu'ils ont eu tort, principalement leur Roi étant Roi Catholique, voire le plus religieux qui fut onc. Voilà donc le premier fondement de la Ligue : c'eft un crime de lèfe-Majefté
plein de trahifon, plein d'audace, plein de mépris; & voici
les crimes que ce crime nous a enfantés, voici les beaux éta-
ges que vous avez bâtis fur ce beau fondement. La Ligue eft
faite pour défendre la Religion, & le commencement de cette
défenfe eft une générale entreprife fur les principales & plus
Catholiques Villes de ce Roïaume. Les Huguenots étoient en
Guyenne : ceux de Guife dreffoient la tête de leur armée vers
Paris. Les Hérétiques vivoient à la Rochelle : ceux-ci entre-

1586.

Réponse
d'un Cath.

prenoient fur Nantes ; le prêche fe difoit à Montpellier : ceux-
ci le vouloient chaffer de Marfeille ; la fource de l'héréfie étoit
à Genêve , & ils la cherchoient à Lyon. Voilà le chemin qu'ils
prenoient pour exterminer l'héréfie. Je laiffe les infinies cruautés
qui fe font commifes par ces nouveaux défenfeurs de Religion,
fur les Prêtres même de notre Religion. Je me contente d'avoir
le cœur de toucher en gros ce que j'aurois peine & horreur de
te traiter par le menu. Toute la France fent affez le mal que
la Ligue lui fait , fans qu'il faille que j'en rafraîchiffe la mémoire par mon difcours. Et bien , dis-moi à quel chef de la
Ligue rapporteras-tu l'entreprife qui étoit fur ces Villes , &
l'exécution qui s'eft faite fur plufieurs autres ? A quel chef rapporteras-tu le nouveau & fecret Traité de Nanci , duquel le
premier article eft de fe faifir de la perfonne du Roi , s'il eft
poffible ? Tout cela n'a nulle conformité avec le premier chef ,
qui eft , felon ta divifion , qu'il n'y ait qu'une Religion en France,
encore moins le pourras-tu rapporter à l'autre. Car , à quel propos confpirer contre un Roi & faint & Catholique , pour empêcher qu'un Hérétique ne foit Roi ? Que ne laiffes-tu au Roi
le foin de fon Roïaume ? Penfes-tu que fans ton aide , Dieu
n'ait pas le moyen de nous pourvoir d'un Roi Chrétien , comme
il a fait jufques ici ? Nous avons , dis-tu , un Roi plein de fanté :
pourquoi donc envies-tu fa bonne difpofition ? Tu efpere qu'il
enterrera & les uns & les autres : & pourquoi t'armes-tu pour
être à fa mort , fi tu attens de lui une fi heureufe vie ? Certes
tu ne pourrois mieux ni plus vivement affaillir notre Religion
Catholique , qu'en confpirant contre un Roi qui l'a fi bien maintenue jufques ici. Tu ne convertiras jamais un Hérétique par
une fi malheureufe confpiration ; tu ne conferveras jamais cet
Etat en le divifant. Tu ne tireras jamais une bonne paix d'une
fi injufte guerre. Ta bonne fin ne guérira jamais ton corrompu
commencement. Ton beau prétexte ne couvrira jamais tes malheureux deffeins. Ne tire point de ton côté la volonté du Roi ;
j'étois près de lui quand la paix fût faite : je l'ai vu pleurer
de fe voir forcé de hafarder fon Etat , pour conferver fa vie.
Il me fouvient encore du jour que la nouvelle vint de la délivrance de Marfeille ; le Roi vit les Députés de ladite Ville
dans fa Salle : il fendit auffi-tôt la preffe , & s'approcha d'eux :
Mes amis , dit-il , je vous accorde ce que vous m'avez demandé ,
& d'avantage , s'il eft befoin ; ma libéralité ne fuffira jamais
pour reconnoître votre fidélité. Que dis-tu là-deffus ? C'eft le

Roi qui parle ; il déclare, de sa bouche, fideles ceux qui ont fait
pendre un de tes Compagnons. As-tu point peur, ou n'as-tu
point de honte d'appeller saintement ligués, ceux qu'on peut
saintement lier à un poteau ?

Je tourne de tout côté pour trouver quelque chose de meilleur en ta Ligue, mais j'y perd mon tems, je n'y vois que mal,
& ne vois point d'espérance qu'il doive sortir aucun bien de
ces maux ; & pour te le faire connoître je suis content de répondre à ce beau argument sur lequel tu bâtis, & ta Ligue &
son apologie. Tu dis que le Roi de Navarre ne se doit point
offenser de la Ligue s'il est Catholique ; tu devois dire s'il n'est
François, pourquoi ne s'en offensera-t-il pas, vû qu'elle ruine
un Etat, auquel Dieu l'appelle pour successeur, & vû que le
Roi s'en est offensé lui-même ? Qui veux-tu qui l'approuve, après
que le Roi l'a publiquement condamnée ? Qui veux-tu qui la
défende après que le Roi s'est armé contre elle, après qu'il l'a
assaillie, & qu'il s'est mis en devoir de la vaincre, si son Conseil eût secondé son courage, si ses Conseillers eussent été aussi fideles à leur Maître qu'il étoit fidele à son Roïaume ? Les
Serviteurs lui manquerent, & non pas lui à ses Serviteurs : la
fortune le délaissa, & non pas la vertu ; & nous savons combien encore aujourd'hui il desire de recouvrer ce que ces Traîtres
lui ont fait perdre. Que puisse-tu, ô mon Roi, remettre ton Roïaume en paix, ta personne en sûreté, & le service de Dieu en
son entier !

Je viens à l'autre point de ton argument, si le Roi de Navarre renonce à la Religion pour être Roi de France, ceux de
la Ligue en doivent être grandement loués ; mais qui pense-tu
qui soit si sot d'attribuer aux Ligueurs une si bonne œuvre, à
eux, dis-je, qui n'ont encore fait que mal ? Penses-tu que le
cœur d'un Roi s'ébranle pour une sédition, ou pour une armée ?
Penses-tu que pour avoir pris deux ou trois cens pestiférés dans
Castillon, le cœur du Roi de Navarre se prenne. Dieu tient
le cœur des Rois, c'est lui seul qui les ébranle, & quand celui-
là sera ébranlé, nous en remercierons Dieu, qui l'aura touché,
& non pas vous qui n'y pouvez rien ; & quand Dieu nous auroit tant affligés d'appeller à soi notre Roi, nous devons tous
souhaiter qu'il nous donne un vrai Catholique, non pas un Hypocrite, un qui soit tel pour sauver son ame, & non pas pour gagner un Roïaume : je dirai plus, & Dieu me veuille pardonner
si je faux, qu'il nous est plus expédient d'avoir un bon Hugue-

not pour Roi, & qui craigne Dieu, qu'un mauvais Catholique. La force ne fera jamais une bonne conscience : les armes ne produisent que des renieurs de leur foi, & non pas des convertis. Nous attendons la conversion de ce Prince, de la grace de Dieu, & non pas de vos armes, non pas de vos trahisons, non pas de vos Ligues, non pas de vos secretes intelligences. Et quel gré pense-tu qu'il vous saura, s'il vient jamais à la Couronne, & que Dieu auroit exaucé nos prieres, en le convertissant, quand, au lieu d'un florissant Roïaume, vous serez contraints de lui mettre en main les cendres de ce pauvre Etat ? Tu dis que les Anges se réjouiront de sa conversion, il est vrai ; mais nous pleurerons la subversion de tant de bonnes Villes qui périssent sous vos armes, & serons encore si misérables de ne pouvoir vivre le reste de nos jours que sur le tombeau de nos Concitoyens.

Voici le dernier point, c'est que si le Roi de Navarre demeure obstiné, & que les François ne le veuillent point recevoir, les Catholiques doivent remercier la Ligue d'avoir été cause que leur Religion Catholique n'aura point été bannie de la France. Voici un grand secret : d'où as-tu tiré que la Religion Catholique doive ou puisse être bannie de la France sans la Ligue ? Fais-tu l'etat de la vraie Religion si misérable, qu'il dépende d'un si pauvre appui ? Es-tu bien assuré que les François jugeront le Roi de Navarre obstiné, & qu'ils ne le recevront point? & s'ils le reçoivent, quel profit aura apporté la Ligue en France, dequoi aura servi le sang & l'argent qui s'épand tous les jours de tant de bons François ? Tu me confesseras que le bien que tu attends de la Ligue est incertain, pour ce qu'il dépend d'une condition incertaine, voire impossible à la Ligue, & je te confesse que le mal qu'elle fait est présent & très certain.

Dequoi sert donc ta Ligue ? parlons sans fard, vous voulez être les plus forts, s'il mésavient du Roi, vous voulez demeurer armés pour le désarmer un jour sur le chemin du bois de Vincennes, si la commodité se présente, & quand la continuation de vos meurtres vous aura donné assez de hardiesse pour commettre ce sacrilege, comme vous avez déja une fois entrepris. Vous entreprenez la défense de notre Religion pour vous garder d'être punis de votre ambition, vous remettez au hazard du combat ce que vous ne pouvez espérer du droit de votre cause, vous continuez à mal faire, pour ce que vous avez mal commencé, & vous voulez faire passer votre injuste entreprise sous une non moins injuste poursuite. Tu dis que ce

font

font calomnies qu'on propose contre ceux de Guife ; & pour leur défenfe, tu dis que cette imputation n'eft pas nouvelle. Il eft vrai, mais tant plus certaine en eft-elle, & toi criminel plus coupable de défendre fi fauffement ce vieux crime. Tu falfifie la dépofition de Salcede pour juftifier leur conjuration : Salcede ne mourut point comme calomniateur, & s'il étoit mort pour ce refpect, il le faudroit defenterrer pour lui donner un honorable tombeau, vu que les événemens font foi certaine de la vérité de fa dépofition.

Encore moins fais-tu pour la Ligue de dire qu'un Cardinal de Bourbon en eft chef, fi fon entrée la défend, voici fa fortie qui lui fera fon procès. Ce bon Prince fe laiffa au commencement emporter à la violence de ces Meffieurs, mais ayant bientôt après reconnu qu'ils le faifoient inftrument de leur ambition, qu'ils faifoient femblant de le vouloir établir, pour ruiner fa maifon par elle-même, il s'eft auffitôt retiré, il a féparé fon zele de leur ambition, & a retiré fa foi de la confufion de cette infidélité ; & tu voudrois encore attraper, fi tu pouvois, ces jeunes Princes, les repaiffant de la même efpérance : mais l'exemple de leur Oncle les fera fages, ils reconnoîtront le venin de vos appas ; & vos bonnes fins ne les induiront point à fe faire connoître à la France par la ruine de la France. Ils conferveront & leurs amis & leur réputation, pour s'oppofer à vos malheureux deffeins, fous le commandement de leur Roi, quand Dieu lui fera la grace de vous pouvoir auffi librement contredire qu'il eft violemment contraint de vous complaire.

Voila maintenant ta Ligue fans Cardinal, la voila fans Chef, elle n'a plus que membres pourris ; fes plus belles actions font crimes de lèfe-Majefté : & voila tout le fruit qu'elle nous a apporté jufques ici ; elle a mis la famine en France, & de la famine la pefte, & l'un & l'autre font caufe de la mort de plus de deux cens mille perfonnes. Tu dis que c'eft l'opiniâtreté de ceux de la Religion prétendue réformée qui en eft caufe. Je te réponds que votre injufte pourfuite a juftifié leur défenfe ; qu'ils vous ont avec droit refufé ce que fans raifon vous demandiez d'eux, vous vouliez retirer les Villes que le Roi leur avoit données par la paix, & depuis encore accordées à l'Affemblée de Saint Germain, ils les tenoient pour leur fureté, vous les vouliez pour votre avantage. Que n'attendiez-vous que celui qui les avoit données les redemandât ? Quel droit

avez-vous fur les Villes de ce Roïaume ? Vous voulez que le
Roi foit obéi , & vous lui refufez touté obéiffance. Pourquoi
vous armez-vous fans fon commandement ? Pourquoi méprifez-
vous fon autorité ? Pourquoi efpérez-vous plus de votre force
que de fa juftice ? Pourquoi lui dreffez-vous une guerre, quand
il s'entretient en la paix ? Tu dis que c'étoit pour ruiner
les Hérétiques. Et il faifoit plus que vous ; car il tâchoit
de fauver ceux que vous voulez perdre ; vous combattez les
corps , & il vouloit avoir la victoire des ames : fes vœux , fa
religion , fon auftere vie , lui fervoient d'efcadrons invincibles
pour s'affurer en cette bataille ; fes Sujets ne fe ruinoient point
par cette guerre , & il tiroit un merveilleux profit & contentement de cette paix ; mais elle ne vous pouvoit plaire : c'étoit
la paix des hommes , & non pas la paix de Dieu ; auffi l'avez-
vous chaffée , & en fa place vous avez mis la guerre du Diable , plutôt comme tu dis pour choifir un Roi d'entre vos freres,
que pour abbattre les autels des Mécréans. Vous avez perdu tant
de tems pour obtenir le premier Chef de votre Ligue. Pourquoi
pourfuiviez-vous opiniâtrement avec notre ruine , ce que vous-
mêmes & de plus grands que vous , n'avez pu obtenir? Pourquoi voulez-vous que la Ligue de quelques Particuliers puiffe
faire ce à quoi tout le Roïaume a failli ? Pourquoi nous pro-
mettons-nous plus d'heur des entreprifes du Duc de Mayenne,
que des belles & heureufes exécutions de notre Roi? La Ligue
n'a fait jufques ici qu'agacer les Huguenots. Notre Roi les a
vaincus , & toutefois après fa victoire il leur a permis l'exercice de leur Religion ; il leur a permis, dis-je, pourcequ'il ne
le pouvoit ôter, & a mieux aimé tenir ce corps en vie, quoiqu'aucunement mal-fain , que de le tuer , en s'opiniâtrant à le
guérir ? Le Roi y a mis le fer , le tranchant a rebrouffé fous fa
main ; les Cours de Parlement y ont mis le feu, la fumée nous
a cuidé étouffer. Pourquoi n'apprenez-vous à n'entreprendre
plus , vu que ceux-ci n'ont rien gagné à leur entreprife ? Pourquoi vous arrêtez-vous plutôt à l'effai qu'à l'épreuve ? Vous
prenez un plus haut deffein : c'eft d'empêcher que le Roi de
Navarre ne vienne à la Couronne ; vous vous êtes fervis de
Monfieur le Cardinal , tant que vous avez pu , pour l'en-for-
clorre : vous avez foutenu qu'il étoit plus proche. Depuis , vous
avez appris que la branche fuccede en France plutôt que les
perfonnes ; vous avez appris que le Roi de Navarre n'a que
faire de fe fervir du droit de repréfentation , & qu'elle n'a point

de lieu , que lorfqu'il y a concurrence : que le Roi de Navarre eft premier , pourcequ'il eft Chef de la premiere branche , laquelle les Loix fondamentales ont honorée par-deffus
les autres ; & quand il n'y auroit nulle Loi , la coutume qui a
fi bien maintenu le Roïaume , eft Loi affez forte. Auffi ne te-
nez-vous plus ferme fur ce point ; vous dites qu'il eft Hérétique , & voulez qu'on vous en croie ; vous vous vantez de faire
un grand fervice à cet Etat, quand le Roi viendroit à mourir : car c'eft fur fa mort que vous bâtiffez vos trophées ; &
pourquoi vous mettez-vous en peine avant le temps ? Laiffez
vivre le Roi. Pourquoi preffez-vous fes jours ? N'avez-vous
point de honte de vous préfenter devant lui , pour attendre
l'heure de fa mort ? Il ne vous peut regarder fans voir fon tombeau : encore la mémoire de la mort feroit agréable à lui qui
fait exercice de s'en fouvenir , fi avec fa mort vous ne lui re-
préfentiez la mifere de fes Sujets , les cris des Veuves , le défefpoir des Orphelins , & en un coup la défolation de tout fon
Roïaume. Vous ne parlez que de vaincre , & avec fi grande
peur d'être vaincus. Quand Dieu nous auroit tant affligés de
mener le Roi où vous l'attendez , craignez-vous que le Roi de
Navarre faffe comme il a fait en fon Païs ? Je crois , & eft
vrai-femblable , qu'il feroit en France ce qu'il a fait en fes Terres : il a trouvé en Bearn l'exercice de fa Religion , par l'avis
commun des Etats , il l'a maintenu en fon état. Il a trouvé en
la Baffe-Navarre l'exercice de la Religion Catholique Romaine ,
& s'il l'a maintenue auffi foigneufement que la fienne ; & quand
il trouveroit en France le libre exercice des deux , il le maintiendroit. Il n'eft point Etranger , il eft François. Nous le
connoiffons & le reconnoiffons pour Prince très prudent &
très fage ; ce qui nous le fait aimer , vous le fait haïr : ce qui
nous feroit bien efpérer de lui , vous le fait craindre. Il a déja
appris que les armes ne peuvent rien fur la Religion. Quelques
centaines d'hommes n'ont pas pu être chaffés de France : par
quelle raifon voulez vous qu'il fe propofe , & lui qui eft Prince
très avifé , de changer les meilleurs Villes , voire les Provinces
entieres de ce Roïaume ? Les François font trop religieux pour
changer de Religion , quand ils changent de Roi. L'exemple des
Anglois ne fait point de loi en France : & puis , que trouvez-
vous en eux pour nous épouvanter devant la peur ? Ils fe font
accordés enfemble de leur Religion : & je voudrois que nous
euffions fait de même , à la charge de punir grièvement le pre-

X x ij

mier qui s'opposeroit à la résolution d'un bon & saint Concile : je m'assure que nous gâgnerions plus par raison que par la force, & qu'un jour convertiroit plus d'Huguenots, que plusieurs batailles & plusieurs années n'ont fait jusques ici. Nous les avons tant de fois condamnés, & ne les avons jamais ouis : que ne les convainquons-nous? Il nous est plus facile de les convaincre que de les vaincre : il est plus convenable aux Chrétiens de gagner les Chrétiens par la raison que par la force. Nous avons perdu tant de sang, & vous en perdrez encore davantage. Mais votre faute est sans excuse, pour être faite après la nôtre, & contre l'expresse volonté du Roi. Ce vieux Romain fit mourir son fils, pour avoir combattu sans son congé, quoiqu'il eût gagné la victoire : & que mériteriez-vous, d'avoir tant perdu sans combattre? Il jugea plus expédient de n'avoir point de fils, que si sa République étoit sans discipline : & tous les bons François jugeront plus utile de n'avoir point de Ligue, que de troubler le repos de ce Roïaume.

Mais tu dis que c'est un trouble nécessaire, pourceque Dieu le commande, & que le Roi s'y est astreint particulierement par serment. Les passages que tu allegues sur ce propos, ne sont nullement à propos. Car, pour détruire par ce commandement la Religion-Prétendue, il faudroit premierement prouver qu'elle est semblable à celle de laquelle Dieu vouloit la destruction ; & pour te faire entendre les passages desquels tu te sers, je dis qu'il faut mettre différence entre les Religions, ou entre les opinions sur la Religion ; les unes détruisent entierement les fondemens de notre salut, & blasphêment contre Dieu : les autres sont de telle nature, qu'il seroit meilleur qu'elles ne fussent point : néanmoins elles ne sont point insupportables. Et comme le Roi doit employer tous moyens pour ôter les unes de son Roïaume, aussi ne doit-il pas user de violence pour corriger les autres. Tous Hérétiques & toutes Hérésies ne sont pas semblables, aussi la punition ou la correction ne doit pas être semblable. Les uns faillent par malice, les autres par ignorance : ceux-ci méritent instruction, ceux-là punition : ceux-ci doivent être doucement admonestés, les autres peuvent être rudement contraints; & pour donner exemple de cette regle, je dis que celui qui ne voudroit point reconnoître Dieu par sa parole, ou qui ne reconnoîtroit point Christ pour notre Médiateur, celui qui nieroit sa mort ou sa résurrection, je dis que celui-là ne doit être nullement toléré du Magistrat Chrétien : lequel néanmoins doit tâ-

cher diligemment d'abbattre plutôt l'héréfie que l'Hérétique :
ou , pour parler avec Saint Auguftin , il doit aimer les hommes ,
& faire mourir les erreurs , même il les peut contraindre à faire
la volonté de Dieu contre leur volonté ; & où il reconnoîtroit
une extrême opiniâtreté , une malice , un deffein de divifer l'E-
glife , ou de s'oppofer à la vérité : alors il lui'étoit licite d'ufer
des remedes extrêmes , de punir ceux - là qui veulent ignorer
ce qu'il faut qu'un Chrétien confeffe néceffairement pour fon
falut.

Voilà la Loi que le Magiftrat doit obferver contre ceux qui
renverfent les fondemens de notre falut. Mais , comme j'ai dit , il
y a différence entre ceux-là, & ceux qui apportent en l'Eglife quelqu'opinion , de laquelle la connoiffance n'eft point néceffaire à
notre falut. Exemple : ceux de la Religion prétendue n'ufent
point d'eau-bénite en leurs affemblées , & n'ont point d'images
dans leurs Temples. Cette queftion , s'il faut que les Chrétiens
aient de l'eau-bénite , ou des images , n'eft point des fondemens
de leur falut , c'eft une queftion qui peut être débattue , de
laquelle on peut s'enquérir ; & tu vois affez qu'être idolâtre ,
blafphêmer contre Dieu , & n'ufer point d'eau-bénite , ne font
pas des chofes femblables , l'un eft un crime , l'autre eft ignorance. Dieu eft deshonoré , & l'Eglife fe diffipe par l'un ; elle ne
laiffe pas de s'entretenir pour l'autre. Pourquoi veux-tu punir
d'une même Loi ceux qui faillent fi diverfement ? Voyons en quoi
faillent ceux de la Religion prétendue , & nous apprendrons
comme il faut les traiter. Vuidons premierement ce point s'ils
font infideles ; & s'ils font tels , ou changeons-les , ou chaffons-
les d'entre nous. Dieu le veut & le commande. Ils fe difent
Membres de notre Eglife ; ils font jaloux comme nous de l'honneur de Dieu ; ils l'adorent felon qu'il veut être adoré par fa parole. Il n'y a point en cela d'infidélité ni d'idolâtrie. Examinons
maintenant s'ils font Hérétiques , je n'y vois point de malice.
Car quelle malice trouveras-tu à fe faire brûler ? à quitter les
biens , & à fe rendre pour leur Religion en ce monde miférables ? Je n'y vois point d'opiniâtreté , vu qu'ils s'offrent à être
inftruits. Nos maîtres me pardonneront , fi je dis que je ne vois
point en eux les marques par lefquelles ils m'apprennent de reconnoître un Hérétique. J'ai appris d'eux que l'Héréfie eft *in
habitu, non in defeƈtu*. Voyons donc fi ceux de la prétendue Religion font mal inftruits , ou s'ils ne font pas affez inftruits.
Nous favons qu'ils croient en Dieu comme nous , qu'ils croient

1586.

RÉPONSE
D'UN CATHO.

en une divine essence, trois Personnes ou trois hypostases, le Pere, le Fils & le Saint-Esprit, jusques-là il n'y a point d'héréfie. Ils tiennent deux Sacremens, le Baptême & la Cène, & nous les reconnoissons pour Sacremens. Il n'y a donc point d'héréfie. Mais il faudroit leur apprendre d'en tenir encore cinq. Ils croient que par le Baptême ils font introduits en l'Eglife, & que par la Cène ils y font nourris. Ils croient que comme l'eau lave fon corps, qu'auffi le Sang de Chrift lave les ames. Ils croient que comme le pain & le vin nourrit le corps, que la Chair de Chrift nourrit les ames. Il n'y a point en cela d'héréfie. Ils croient que comme ils reçoivent réellement le pain, qu'ils reçoivent auffi réellement le corps de Chrift, duquel ils font faits Membres. Nous nous accordons avec eux en l'effet de la manducation de la Chair de Chrift. Mais nous difputons des inftrumens. Ils croient qu'ils le reçoivent par la foi, & nous auffi. Mais voici leur faute. C'eft qu'ils croient de le recevoir fpirituellement, & nous, plus qu'eux, corporellement. Ils le cherchent feulement au Ciel, & nous croyons, plus qu'eux, qu'il eft auffi après la confécration en la main du Prêtre. Apprenons leur à croire que Chrift eft fur l'Autel, que le pain n'eft point figne du Corps, mais le Corps même, & ils croiront comme nous. Le défaut qui eft en eux n'eft point intolérable, ou nous avons tort de l'endurer aujourd'hui parmi les Grecs, que nous recevons comme Membres de notre Eglife. Chacun fait qu'ils tiennent qu'il ne fe faut point enquérir fi le pain eft le Corps ; mais qu'il faut précifément faire ce que Chrift a ordonné, qu'il faut faire fon commandement, & non pas s'enquérir de fa volonté. Si nous fouffrons au Grec cette ignorance, pourquoi en requérons nous la fcience en ceux-ci ? Ufons pour le moins envers eux de la même douceur que nos vieux Peres ont ufé à l'endroit des Hérétiques convaincus, approuvant ce qui étoit de bon en leur opinion, & corrigeant ce qui étoit de mal par la vérité. Suivons encore les fondemens de leur falut. Ils croient le Symbole des Apôtres ; ils croient que Chrift eft mort, & que par fa mort il les a retirés de la mort, à laquelle ils étoient affervis par le péché de ●ur premier Pere. Ils croient que pour aller en Paradis ils n'ont point à faire d'autre Purgatoire. Nous croyons que la juftice de Chrift efface notre iniquité, que fa mort nous donne la vie, que par fa mort tous nos péchés nous font pardonnés. Et en cela nous fommes d'accord. Apprenons-leur que la coulpe du péché nous eft remife ; mais non pas la peine ; & s'ils croient cela, ils croiront comme nous.

Ils croient à ce qui est contenu au vieux & nouveau Testament;
mais ils ne croient pas en tout & par tout aux traditions de l'E-
glise. Ils ne croient pas donc mal ce qu'ils croient ; mais ils ne
croient pas assez. Et pour le faire court, il y a plutôt un défaut
de bien qu'habitude de mal. Je ne saurois jusqu'ici condamner leur
confession, que je ne condamne la nôtre, de laquelle la leur est
entierement tirée. Je sais qu'on les a brûlés comme Hérétiques,
& sais bien que les feux étoient allumés par toute la France, &
que nos Présidens ne voient pas clair en leur Confession. J'ai
vu plusieurs fois un de leurs Juges fondre en larmes, lorsqu'il se
souvenoit d'en avoir condamné au feu plusieurs, croyant qu'ils
ne crussent pas recevoir en la Cène réellement le Corps de Christ.
Une pauvre Demoiselle, qu'il condamnoit à mort, lui fit tellement
sa leçon en recevant sa sentence, qu'aussi-tôt il se retira de ses
jugemens, passant le reste de sa vie avec beaucoup d'honneur;
mais avec une extrême repentance. Je ne le nommerai point:
les hommes vertueux le connoîtront sans le nommer, pour avoir
été en sa jeunesse le premier Jurisconsulte de sa robbe, & sur
ses vieux ans un des plus grands Théologiens de ce siecle.

  J'aimerois mieux suivre en ce fait la repentance de ce grand
Personnage que ses jugemens. Et puisqu'il n'y a point en eux
d'hérésie, ou s'il y en a, qu'elle n'est point de telle nature qu'elle
pervertisse les fondemens de notre salut, il vaudroit mieux attendre de les instruire en nous conservant, que nous opiniâtrer
sans raison à les ruiner en nous perdant. Considere, je te prie,
comme Dieu a beni & nos feux & nos supplices ; vois comme il
bénit votre Ligue ; vous la sentez ruiner de jour à autre, & nous
nous sentons ruiner par elle ; Dieu en a maudit le bâtiment & les
ruines. Nous le voyons, nous le connoissons, un chacun le dit, un
chacun l'entend ; mais jusqu'ici personne n'en fait son profit.
Nous sentons le mal, la douleur nous éveille, & nous ne veil-
lons point pour y appliquer le remede. Je parle à vous, ô François, à quoi pensez vous ? Un Edit de la Cour vous étonne, &
les larmes du Roi ne vous émuent point ? Vous allez avec la Ligue pour un commandement qu'il vous fait par un Sécretaire, &
ne revenez point chez vous pour les prieres qu'il vous fait en son
cœur. Vous n'avez plus d'excuse, & seriez plus à blâmer, si
la grande faute de deux ou trois des grands ne rendoit la vôtre moindre. Vous suivez le Duc de Joyeuse ; mais vous & lui
qui avez poursuivi le Marquis d'Elbœuf & ses troupes, & qui l'avez
fait fuir honteusement, comment pouvez-vous combattre sous

même Enseigne, mêler votre suite avec leur fuite, votre gloire avec leur honte, & votre hardiesse avec leur peur? Vous qui suivez le Maréchal de Biron, vous souvenez-vous plus qu'il a fait l'enceinte de Paris pour s'opposer aux armes que vous favorisez aujourd'hui? Vous souvenez-vous plus des Couriers qui le firent hâter pour se rendre près du Roi, & lui ne se souvient-il point de ses bons conseils? Le son du tambourin a-t-il plus de pouvoir sur lui que la raison? lui qui a usé sa vie pour cette Couronne, la veut-il perdre avec les ennemis de la Couronne? Je blâme plus les Gascons que tous autres; ils ont toujours été plus libres, & poussés d'un cœur généreux, ont plutôt suivi la justice que les faveurs. Je les blâme de les voir aujourd'hui suivre le Maréchal de Matignon, & à lui de se laisser suivre à eux, qui sait bien le tort qu'il se fait, qui sait bien le tort qu'il leur fait, & qui devroit plutôt mourir, qu'enterrer dans le fossé de Castillon l'honneur qu'il avoit acquis dedans Agen. Confessez librement tant que vous êtes que vous n'avez point eu de jugement, ou que vous n'avez plus de constance. Confessez que vous avez été traîtres par le passé, ou que vous n'êtes plus aujourd'hui fideles à la Couronne. Vos enfans vous redemanderont l'honneur que vos Peres vous ont laissé. La France se plaindra de vous, & vous redemandera les François qui se perdent sous vos commandemens, vos consciences vous convaincront du peu de conscience que vous faites de combattre contre vos consciences.

Unissez-vous donc, rangez-vous près du Roi, donnons-lui la force & qu'il reprenne son autorité, qu'il ordonne & que nous obéissions. Qu'attendez-vous? Le danger commun vous y appelle, votre devoir le requert, & les cœurs François vous en prient. Aimez-vous mieux périr séparés & désunis, que vous conserver étant ensemble? Conservez-vous, conservez-nous, qu'on coure sus aux rebelles, & qu'on épargne les obéissans. Otons à ce coup la cause ou le prétexte qui nous éblouit les yeux; unissons-nous pour demander & obtenir une sainte réformation de Religion, qui mette nos ames en repos, & qui coupe à l'avenir le chemin aux troubles. Nous connoîtrons par ce seul moyen ceux qui seront poussés d'une bonne affection, les gens de bien nous aideront; ceux qui ont quelque Religion nous suivront; ceux que nous appellons Hérétiques y consentiront, & sans doute se convertiront, & ceux qui s'opposeront à ce saint Concile doivent être tenus pour ennemis de Dieu & des hommes. Qu'on ne m'allegue plus que le Concile en est passé: les actions
bonnes

bonnes ne laiſſent pas d'être bonnes pour être réitérées s'il n'y a
Commandement de Dieu contraire ; le Concile ne perd rien de
ſa dignité pour être convoqué pluſieurs fois. Conſtantin le raſſembla pour Arrius ; notre Roi n'a point moindre autorité ou
dévotion que Conſtantin, & les Huguenots ne ſont pas pires que
les Arriens. Faut-il, ſous prétexte que l'Italie ou l'Eſpagne
n'en ont point beſoin, que nous en ſoyons privés ? Ceux qui ſont
à leur aiſe ne conſeillent jamais bien ceux qui ſont en peine. Si
le mal leur cuiſoit autant qu'à nous, ils rabattroient de leur
auſtérité & aimeroient beaucoup mieux conſentir aujourd'hui à
une réformation de Religion, vu mêmement qu'elle eſt tôt ou
tard néceſſaire, que de ſe perdre avec tous les Religieux. Nous
nous perdons & ſommes miſérables toute notre vie, pour ne
vouloir être un jour heureux. Le jour que nous nous joindrons
pour cette belle entrepriſe, ce jour ſera le commencement de notre heur & la fin de notre miſere. Nous le pouvons, vous le devez, la raiſon nous le conſeille, le tems nous preſſe ; la néceſſité
nous y contraint. Faiſons par ſageſſe de bonne heure, ce que
nous ne pourrons pas faire dans quelque tems par notre folie.
Les ennemis de cet Etat ſe rallient, & nous les regardons faire.
Ils complottent votre mort, & vous leur apportez votre vie. Ils
pourſuivent les Huguenots pour nous défaire, après nous avoir
laſſés à la pourſuite. Faiſons profit de leur deſſein, & n'attendons pas le dernier effort de leur malice.

Je reviens à toi. Comment prouveras-tu maintenant que le
Roi doit pourſuivre à feu & à ſang ces pauvres gens ? Tu entens
déja qu'il n'y a point de raiſon d'alleguer le Commandement de
Dieu au ſeptieme du Deutéronome. Il commande d'abbattre les
autels des Idolâtres & Infideles. Tu ſais aſſez qu'il n'y a en eux
ni infidélités ni idolâtrie ; & s'il s'en trouvoit, je m'accorderois
avec toi, ou plutôt avec l'Eſprit de Dieu.

Quant à l'autre paſſage du dix-ſeptieme, où il eſt commandé
au Peuple de prendre un Roi entre les Freres, il eſt allégué auſſi
mal-à-propos que le précédent. C'eſt un Commandement qui
regarde particulierement ce Peuple, duquel le Roïaume étoit
Sacrement de notre Seigneur, & n'étoit pas raiſon qu'il tombât
en la main d'un étranger & d'un infidele. Cette conſidération
ne peut être au Roïaume de France, & ce titre ne peut être
donné au Roi de Navarre, qui eſt le premier Prince du Sang,
Prince craignant Dieu, Prince religieux, & duquel la Ligue
craint plus & le courage & la juſtice, qu'elle ne hait la Religion.

Que reste-t-il plus ? Tu dis que le Roi s'est obligé à son Sacre de maintenir la Religion. Je t'accorde qu'il le doit faire. Mais maintenir sa Religion n'est pas courre sus à toutes les autres. Si tu veux qu'il soit obligé à ruiner les Idolâtres & Infideles, il faudroit qu'il passât en Levant, qu'il délivrât la Terre-Sainte de la tyrannie des Infideles ; & je crois que ce passage vous seroit aussi agréable que sa demeure vous est ennuyeuse. Ne te semble-t-il pas qu'il s'acquitte assez & de sa promesse & de son devoir, mettant de bons Evêques & de bons Pasteurs aux Eglises ? Penses-tu qu'il ne fasse pas mieux de mettre toute peine à faire bien instruire ses Sujets, que de poursuivre à mort ceux qui se trouveront mal instruits ? Ne penses-tu pas que l'exemple qu'il donne à tous bons Religieux est vraiement maintenir sa Religion ? Oui, tu le penses ; tu crois assez ce que je me travaille de te faire croire ; mais tu nous veux déguiser tes passions sous le masque d'un vrai zele. Tu fais semblant de veiller pour l'Eglise, pour pouvoir un jour dormir sur l'Etat, & Dieu levera ce masque d'hypocrisie. Dieu confondra vos conseils ; Dieu dissipera vos desseins, & quand il aura jetté son œil de pitié sur nous, il vous jettera dans le feu comme fléaux de son ire, & desquels il nous châtie justement pour nos péchés.

Et ego credo Ecclesiam Catholicam, Sanctorum Communionem.

ANTI GUISART*.

LEs chofes naturelles, dit Plutarque, font fujettes à un continuel flux de génération & corruption, & celui feul eft de nature immuable, qui n'ayant eu commencement, ne doit prendre fin. L'homme, felon fon corps, a certaines périodes, efquelles il reçoit manifeftement mutation, & felon lefquelles il croît & décline, comme de fait la fleur d'âge fe paffe quand la vieilleffe furvient, la jeuneffe fe termine en fleur d'âge, l'enfance en la jeuneffe, & le premier âge meurt en l'enfance. La Nature en ceci eft comme l'image de l'homme, & l'homme la figure de toute République, qui, pour excellente qu'elle foit en beauté, s'envieillit peu à peu, comme fujette au torrent de nature fluide. L'antiquité en a vu de bien fondées en grandeur, & triomphantes en gloire; mais qui aient pu tenir pied ferme contre le cours du tems, on n'en a point vu, & ne s'en verra jamais. Ains comme nos corps viennent à fe diffoudre, ou pour être extérieurement atteints par violence exceffive de coups, ou pour fe trouver difproportionnés en humeurs, ou pour être abbattus & caffés de vieilleffe; ainfi l'état des chofes publiques arrive à fon dernier période par divers accidens; les unes font couvertes & noyées de diffolutions extrêmes qui s'y débordent; les autres s'embrafent au feu de diffenfions civiles; les autres minées par le tems, & arrivées au dernier point de leur durée, comme une perfonne qui eft avant en l'âge, prennent fin. Or de vouloir arrêter le cours des chofes mondaines, c'eft avec les Géans écheler les Cieux : Mais faire en forte que le changement de fa république foit doux & naturel, fonder tous moyens pour lui donner pied ferme, faire voile à tout vent pour la faire furgir au port de falut, lui fervir de Médecin fi elle eft malade, lui prêter la main fi elle bronche, lui fournir de lunettes fi elle a

* Cet Ecrit fut imprimé *in-8°*. à Paris, mais fans nom de Ville ni d'année. On n'en connoît point l'Auteur. Il eft très peu favorable aux Partifans de la Ligue, & la Maifon de Guife n'y eft point épargnée. L'Auteur affecte tant de compaffion & de bonté pour les Huguenots, qu'on le prendra volontiers pour avoir été attaché à cette Secte. Voyez ce qu'en dit M. Baillet dans fes *Anti*, pag. 267 de l'Edition *in-4°*. Il eft certain que, quel que foit l'Auteur de l'Anti-Guifart, fon Ecrit contient bien des faits calomnieux contre l'Eglife Catholique, & bien des propofitions qui ne fentent que l'Eréfie & l'efprit de Parti. Ceux qui font inftruits s'en appercevront aifément : une réfutation feroit ici déplacée.

la vûe courte , être fon bâton de vieilleffe fi elle eft chargée d'ans ; cela part d'une ame douce & débonnaire, d'une nature qui ne tient rien de la beftialité cynique, & à bien dire, ce n'eft que payer nos dertes à notre patrie.

C'eft pourquoi, François, maintenant que quelques-uns pour rétablir les vieilles mafures de l'ambition de leurs ancêtres, tâchent d'etouffer notre repos, acheminans leurs malheureux & execrables deffeins aux dépens de nos biens , de notre fang, de nos vies; je ne puis , comme ceux qui font en terre ferme, regarder le naufrage de mon païs ; mais le voyant ébranlé, & qu'il flotte en danger, je jette la derniere ancre facrée de moi-même, qui eft la hardieffe de franchement parler. Et parce-qu'ès accidens humains le difcours fe doit prendre par origine, Voici , François , la fource de nos miferes.

Du regne de Louis XII, Pere du Peuple, Claude de Lorraine , ou à mieux parler , de Vaudémont, commença de prati-quer la France, où il remua toute pierre pour jetter le fonde-ment de la grandeur en laquelle on voit aujourd'hui fes Succeffeurs montés, & éblouit fi bien les yeux des François par une fauffe perfuafion de fes richeffes, qu'en l'an 1512 , environ la Fête-Dieu, il époufa à Paris en l'Hôtel d'Eftampes Antoinette de Bourbon , fille de François de Bourbon & de Marie de Luxembourg. Mais François, Duc de Valois & Comte d'Angoulême, arrivé à la Couronne par la mort de Louis , ayant commencé à flairer l'humeur de cet Etranger, le tint en bride , & partageant les premiers Offices vaquans de fa Maifon, le paffa par-deffus, Le Duc de Bourbon fut fait Connétable. Le Comte de Vendôme Gouverneur de l'Ifle de France ; le Seigneur de Lautrec, Gouverneur de Guienne ; le Seigneur de la Paliffe , Maréchal de France ; Monfieur de Boiffy, Grand-Maître ; Anne Seigneur de Montmorency, & Philippes Chabot, Seigneur de Brion , étoient les deux Favoris du Roi. De Claude de Lorraine, il ne s'en parle point, fes aîles font trop courtes pour voler à ces grandeurs , à l'ombre defquelles il demeura quelque tems caché. Ce qui ne rabbatit point l'efpérance qu'il avoit d'un heureux fuccès : ains l'ambition , qui feule, felon Thucydide , ne vieillit point en l'homme , le faifant tenir roide contre la fortune, il fut fi bien effacer ce que le Roi avoit conçu de finiftre de lui , qu'après plufieurs allées & venues, il fut couché en l'état de la Maifon, & fut fait Grand Veneur (88). Cet état

(88) Sous François I, vers l'an 1530.

avoir de la ... mailons des Gentilshommes
de ſimple étoffe. Sous Charles VI il fut manié par Louis d'Orgue-
chin (89): ſous Louis XI, par Yvon du Fou (90): ſous Louis XII
par les ſieurs des Chenets (91) & de Rouville (92). Dont la pré-
ſomption eſt grande que ce Lorrain étoit bien éloigné de la grandeur pretendue par ſes ſucceſſeurs, & qu'on ne pouvoit pas lui
reprocher qu'il ſe fût fait voie aux dignités par le luſtre de ſes
Ancêtres : comme un Romain objectoit à Piſo : mais que bas
de poil & foible de crédit, lui-même s'étoit ouvert la porte des
honneurs par ruſe, par cautelle, & en renard, comme on dit du
Pape Boniface VIII.

Et de fait il ſuivit ſi dextrement la pointe de ſon aventure,
& de temps en temps fut ſi bon ménager des graces du Roi,
que ſelon les diverſes occurences des affaires, il mania divers
États : car environ l'an 1515 le Roi dreſſant armée pour la conquête de Milan, fit venir à ſes gages ſix mille Allemans ſous la
conduite du Duc de Gueldres, qui quelques jours après ayant
entendu que les Brabançons s'étoient débordés ſur ſon Païs,
prit la poſte pour aller ſecourir ſes Sujets, réſignant ſa charge à Claude de Lorraine ſieur de Guiſe. Depuis toutes-fois en
l'an 1521, au voyage de l'Amiral Bonnivet en Navarre, il n'eut
charge que de deux mille cinq cens Lanſquenets; & en l'an 1522,
faiſant la guerre en Picardie ſous Monſieur de Vendôme, il
ne commandoit qu'à une Compagnie d'hommes d'armes : mais
il eut ſi bien le vent en poupe, qu'en l'an 1523, Monſieur de
la Trimouille étant fait Gouverneur de Picardie, lui laiſſa le
Gouvernement de Bourgogne, auquel depuis en l'an 1524, on
ajouta la Champagne, parceque les plus grands de la France
avoient embraſſé l'entrepriſe d'Italie, & s'y acheminoient avec le
Roi : au retour duquel ce Lorrain le ſut ſi bien plier à ſes affections, qu'en Janvier 1527, il lui érigea ſa Villette de Guiſe
en Duché : puis par traite de temps, en l'an 1542, Charles Duc
d'Orleans puiſné du Roi, étant envoyé avec une groſſe armée,
pour aller fondre & jetter le faix de la guerre ſur le Duché de
Luxembourg, eut pour ſes principaux Conſeillers les ſieurs de
Jamets & de Guiſe.

Voila ce Lorrain bien haut monté pour un Gentilhomme

(89) Ou Louis d'Orgecin : il fut fait
grand Veneur en 1413.

(90) Yves Du Fou, Grand Veneur en
1472 & en 1485, ſous Charles VIII.

(91) La Liſte des grands Veneurs nomme
ſous Louis XI, Georges de Châteaubriant,
Seigneur des Roches-Baritaut : c'eſt peut-
être le même que le ſieur des Chenets.

(92) Louis, Seigneur de Rouville, étoit
grand Veneur en 1488.

reluit à élever ceux qui font abaiſſés, enrichir les pauvres, & aggrandir les petits : telle fut ſa faveur, voire telle, que jaçoit qu'il lui reſtât toujours quelque ſiniſtre impreſſion des humeurs de cet étranger, il ne voulut toutes-fois le dépouiller de ſes charges & dignités : de ſorte que ſuivant le fil de ſa bonne fortune, il ſe donna ſi heureuſe entrée ès graces du Roi Henri II, que ſes enfans honorablement appointés, il fit ériger Aumale en Duché l'an 1547 ; & en fin de compte, riche de biens, d'alliance, & en qualité de Duc de Guiſe & d'Aumale, Pair de France, & Gouverneur de Bourgogne, il mourut le 18 d'Avril 1550 : ſemblable à Marcus Perpenna, qui au témoignage de Valere, ″ fut Conſul plutôt que Citoyen : « mais diſſemblable en ce que, comme dit le même auteur, ″ la vie de ″ Perpenna fut triomphante, & ſa mort rendue ignominieuſe par ″ la Loi Papia, en la perſonne de ſon pere, qui de nature ″ étrangere fut banni de Rome, pour s'être prévalu des privi-″ leges des Citoyens Romains. « Au contraire les enfans de celui-ci ont continué ſes triomphes, voire comme on dit de Perpenna, ″ ſe ſont à la malheur habitués en étrange Païs. «

C'eſt, François, l'étranger, auquel on devoit dire comme les Lacédémoniens à Philippes Roi de Macédoine, qu'il n'entrât en leur Païs comme ami, ni comme ennemi ; c'eſt ce cadet de qui on peut dire comme du Pere de Sylla, que malaiſément il étoit homme de bien s'étant ſi-tôt enrichi : c'eſt ce vagabond, vers lequel nous devions pratiquer ce dire de Theophraſte, qu'il ne faut pas aimer les étrangers pour les éprouver, mais qu'il les faut éprouver pour les aimer. C'eſt ce grand Veneur, ce Fauconnier qui vous a nourri en ſes enfans des oiſeaux de proie, qui par leur ambition, comme d'un bec crochu, déchirent la pauvre France, & par armes, comme de poignantes griffes tâchent d'empieter cet Etat. O prudent & magnanime Roi François, que peut s'en faut que vous ne ſoyez vrai Prophête, quand vous prédîtes que ſi jamais la race de ce cadet prenoit pied & terre ferme en France, elle mettroit les Rois en pourpoint, & le peuple en chemiſe ! Auſſi nous préſumons de l'avenir par les choſes préſentes ou paſſées, vu que rien ne ſe fait ſans cauſe, & rien ne ſe prévoit ſans raiſon précédente. Cet oracle nous devoit faire tenir ſur nos gardes : mais qui peut éviter ſes deſtinées ?

Les enfans donc de Claude de Lorraine, fatalement deſtinés à la ruine de cet Etat, ont eu la meilleure part des faveurs de

la Cour fous Henri II, au facre duquel ils furent fi bien mettre
leur ambition fur les rangs, qu'ils obtinrent le point d'honneur
& de prefféance fur Monfieur le Duc de Montpenfier, Prince
du fang, comme on peut voir en l'acte qui en fut retenu par
Du Thier, Sécrétaire des Commandemens, le 25 de Juillet
1547 : ce qu'encore depuis en l'an 1559, ils pratiquerent au facre du Roi François II, à caufe, difoient-ils, de l'ancienneté
de leurs Pairies, efquels il faut plus avoir d'égard aux repréfen-
tés qu'aux repréfentans, quoiqu'il eût été autrement jugé par
Arrêt du Parlement de Paris entre les Ducs de Montpenfier &
de Nevers, en Juin 1541.

Ayant cette barre, & ce point de grandeur gagné fur la
France, ils commencerent fur les arrhes de leur crédit à étendre de plus en plus les aîles de leur ambition : & de fait comme
on ne connoît pas le vice & la faute des vaiffeaux quand ils
font vuides, mais quand on y verfe quelque liqueur ; auffi les
ames pourries & gâtées ne peuvent contenir leur autorité &
puiffance, ains coulent dehors par leurs cupidités & infolences, comme on peut remarquer en ces avortons de fortune : car
environ l'an 1548, un Avocat du Parlement en fon plaidoyer
pour le Duc de Guife, ayant pris la qualité de Prince, il fut
ordonné fur-le-champ que cette qualité feroit rayée, ce qui les
fit tellement fortir hors des gonds, & les mit en telle amertume, que Charles de Lorraine, Cardinal, ne ceffa de remuer
toute pierre, pour démonter le feu Préfident Lifet de fon état,
comme il fit en l'an 1550, fous autres prétextes toutes-fois.
Depuis pour mettre leur ambitieufes menées en meilleur train,
& de tant mieux reffembler aux cantharides, qui felon Plutarque,
s'attachent au plus beau bled, & rofes plus épanouies, ils tirerent au colier avec M. Anne de Montmorency, fur lequel
après plufieurs traverfes, & à la faveur de fa prifon avenue l'an
1557, à la journée Saint Laurent, ils enjamberent en forte
que le Roi fit expédier lettres de Lieutenant Général à François de Lorraine : à quoi le Connétable, comme perfonnage
recuit & ftylé à ménager le temps, fut bien conniver & faire
bonne mine à mauvais jeu ; & le Roi par trainée de temps fut
fi raffafié des belles paroles de ces Lorrains, & de leurs im-
portuns abbois après les plus beaux offices de la Couronne,
voire pour n'être lethargique d'efprit, fentant au vif quelques
traits de leur ambition, qu'il réfolut de fe défaire de tels &
fins ménagers, & les chaffer arriere de fa perfonne, & hors

de son Roïaume, où ils s'étoient engraissés par leurs subtils artifices, au grand mépris de la Reine à présent mere du Roi,
qui à leur suasion fut sur le point de se voir honteusement répudiée, & à la désolation des François, entre lesquels ils n'ont
servi que de soufflets pour allumer le feu des dissentions civiles:
si que depuis que nous les avons pour hôtes, nous pouvons
nous écrier contre la France, comme faisoit jadis Agesilaus,
ayant entendu qu'il y avoit eu près de Corinthe une cruelle
bataille entre les Grecs mutinés les uns contre les autres, ,, O
,, malheureuse Grece, qui de ses propres mains a défait tant
,, de gens, qu'ils seroient suffisans pour défaire en un jour de
,, bataille tous les Barbares ensemble !

La résolution du Roi fut rompue par la Providence de Dieu,
qui ne voulant, pour encore, tirer ses fléaux de dessus nous,
rendit la France veuve de ce bon Roi en Juillet 1559, & nous
mit en proie à l'ambition démésurée, à l'avarice insatiable, &
à la cruauté enragée des étrangers, qui regnerent à l'ombre
du Roi François II, & à la faveur de sa minorité jouerent à
boule vue contre les Princes du sang, & mirent si bien le
pied sur la gorge de cet Etat, que la France ne servoit plus
que d'un sanglant échaffaut, les bons François de Martyrs, ces
Lorrains & leurs complices de bourreaux cruels, felons, & im-
pitoyables.

Cet orage étoit aisé à prévoir soudain après la mort du Roi
Henri : car tandis que les Princes du sang, & les premiers Officiers de la Couronne gardoient le corps de leur Maître aux
Tournelles, Logis Royal de la rue Saint Antoine, où tout re-
sonnoit de chants tristes & lugubres, ces Messieurs triomphoient
au Louvre, où ils avoient mené le Roi, auprès duquel ils commandoient à baguette, & sous ombre de tutele se faisoient voïe
à la souveraineté, comme Tarquin premier, qui à la faveur de
semblable prétexte ravit le Roïaume de Rome des mains des
enfans d'Ancus Martius : ou comme Stillicon & Ruffin, Tuteurs d'Arcadius & Honorius, qui mirent l'Empire Romain en
combustion : mais quelle ingrate, qu'elle inhumaine mécon-
noissance de demeurer à yeux secs, lorsqu'un chacun accompagne la mort du Roi de plaintes & de larmes ? Quelle tyrannie
de plier à ses passions la minorité de son Maître ? Quelle impudence d'enjamber sur l'autorité des Princes du Sang ? La Loï
arrêtée par avis commun des trois Etats assemblés à Tours,
l'an 1484, commande : ,, Que si la Couronne échoit au mineur,
,, les

» les trois Etats foient affemblés, & par eux le Roi pourvu de
Confeil pour le gouvernement de fon bas âge » : la Coutume
eft, » que les Princes du Sang ont le premier lieu en ce Confeil » :
comme il advint, lorfqu'après le décès du Roi Louis XI, Charles
VIII, âgé de quatorze ans, vint à la Couronne. Les Loix Romaines veulent, » que celui qui affecte ou s'eft ingéré à quelque
» tutelle, en foit rejetté comme fufpect » : & puis c'eft une
regle générale, facrée & inviolable, » que nul Prince Etranger
» ne tient rang en France ». Mais que peut la raifon parmi la
fureur, & la coutume entre le défordre ? Que peut le droit
où la force a tout pouvoir ? Que peuvent les Loix entre les
meurtres, le fang & la tyrannie ?

S'étant donc ainfi affurés de la perfonne de Sa Majefté, ils
jouerent fi bien leur jeu, que nouvelles gardes d'Arquebufiers
dreffées fous le Sénéchal d'Agenois ; Diane de Poitiers, Ducheffe de Valentinois, chaffée de Cour ; Bertrandi, Préfident
à Touloufe, pourvu fous Henri II des Sceaux de France, dé-
ferré à plat, mais adouci d'efpérance de mieux ; la Surinten-
dance des Finances ôtée à d'Avanfon ; & fous ombre de bon
ménage, les plus fideles Serviteurs de la Couronne défapointés :
la porte des honneurs n'étoit ouverte qu'aux complices de deux
Etrangers, qui tirerent à eux toutes affaires publiques pour leur
profit particulier, ainfi qu'on dit que le vent Cæcias attire à
foi les nuées, & garnirent la Juftice d'hommes de femblable
farine qu'eux, & attitrés à exécuter leurs mauvaifes volontés :
comme auffi de même main ils fe fortifierent de l'amitié des
Maréchaux de Briffac & de Saint André, & du Cardinal de
Tournon, ennemi juré du Connétable : & mettant en pratique le confeil d'Andronodorus, qui, abufant de la minorité de Hieron, Roi de Sicile, qu'il prétendoit dépouiller de
fon Etat, lui mit en tête de bannir de fa Cour les Principaux
du Roïaume, ils firent, à l'aveu du Roi, fubtilement écarter
ceux qui euffent pû entraverfer le cours de leur fortune, &
avec lefquels ils ne pouvoient aucunement compatir, non tant
pour la différence de leurs qualités, que parceque le vrai François ne pouvoit prendre la nature du Lorrain, ni le Lorrain
celle du François : tellement que, comme difoit Ciceron parlant des différends ordinaires qui naiffoient à Rome entre les
Confuls & les Tribuns, » le feu des diffentions civiles étoit
allumé non par la diverfité de leurs qualités, mais pour leurs
diverfes humeurs & complexions ». Et ainfi le Prince de Condé

fut envoyé en Flandres, fous couleur de refouder fort & ferme
l'amitié avec le Roi Philippes, & après lui le Prince de la Roche-
fur-Yon, qui à fon retour fut choifi avec le Cardinal de Bourbon
pour conduire Madame Elifabeth en Efpagne. Le Duc de Montpenfier fut appointé du Gouvernement de Touraine; mais on
lui bailla Chauvigny pour Lieutenant, avec telle autorité, que
le Prince n'avoit que le titre. Le Connétable eut doucement
le bond, & entre autres traverfes fut dépouillé de l'état de
Grand Maître; & depuis encore, cette plaie fut rafraîchie par
le différend du Comté de Dampmartin, que François de Lorraine, Ceffionnaire de Rambures, prétendoit emporter fur
lui.

La Cour, veuve des Princes du Sang, & dénuée des plus
braves Chevaliers François, ceux de Guife commencerent à
bâtir leurs maifons de la ruine de plufieurs autres : voire de
façon qu'ils n'épargnerent amis ni ennemis, Papiftes ni Huguenots, biens fpirituels ni temporels : témoin le Comté de
Nanteuil, & les principaux Bénéfices du Cardinal de Lenoncourt, ami de leur maifon : témoins les biens du Marquis de
Nefle & du Seigneur de Grignan, le Château de Meudon,
la Maifon de Marchais, & la Terre de Chevreufe : témoins
les Moines de Monftier-endé, que le Cardinal chaffa, & fit
brûler tous les titres de l'Eglife pour enrichir la Maifon de
Ginville : témoin le Grenetier de Saint Difier, qu'il fit brûler
pour Luthérien, quoiqu'il allât ordinairement à la Meffe, par
le témoignage de tout le Païs : tellement que ce pauvre homme
pouvoit dire comme Quintus Aurelius, qui, fe trouvant au
rôle de ceux qui avoient été profcrits par affiches, quoiqu'il
ne fe fût jamais entremis de la guerre de Marius ni de Sylla,
s'écria tout haut : *Hélas ! ma maifon d'Albe m'a fait mourir.*
Viendrai-je au cataftrophe & dernier Acte de la Tragédie ?
Ouvrirai-je une plaie encore fanglante ? Les chofes en vinrent
là, que toutes Loix & bonnes Ordonnances foulées aux pieds
par le Cardinal & fon frere : les Parlemens du Roïaume def-
honorés & échafaudés en toute forte : le Peuple fuffoqué de
tyrannie : le Prince de Condé, tenu prifonnier à Orléans, pour
crime de félonie fauffement controuvé, comme depuis il fut dit
par Arrêt du Confeil Privé, le 13 de Mars 1560, & par deux
Arrêts de la Cour de Parlement : Madame de Roye, prifonniere à Saint Germain-en-Laye : la Maifon du Connétable def-
tinée à ruine & fubverfion : le Seigneur d'Andelot, fon neveu,

défapointé de la Charge de Colonel de l'Infanterie Françoise :
le Cardinal d'Armagnac, banni de Cour : le Vidame de Chartres, misérablement tenu à la Baſtille : les priſons pleines de
pauvres innocens : les échafauds tout rouges de ſang : les gibets
ordinaires : les feux allumés : tout n'étoit que ruine & déſo-
lation, que pilleries de maiſons, que proclamations à ban, que
très cruelles exécutions ; & en la paix nous ſentions les effets
d'une ſanglante guerre ; en temps calme & ſerein, la face de la
France étoit hideuſe & épouvantable. Et toutefois nous allet-
tions ces Bourreaux de notre ſang, nous leur donnions curée
de nos biens, nous les faiſions triompher de notre honte : &
à eux ſeuls la porte des honneurs étoit ouverte. Mais plutôt,
que ne parlions-nous, comme fit jadis Rabirius, par la bouche
de ſon Avocat : *Gracchus*, dit-il, *mourroit plutôt mille fois d'une
mort très cruelle, qu'il vît en ſon plaidoyer aſſiſter le Bourreau,
qui, par les Loix des Cenſeurs, ne peut avoir domicile à Rome.*
Et toutefois le Bourreau, Miniſtre de Juſtice, eſt bien plus
ſupportable que ceux-ci, qui, en leurs ſanglantes exécutions,
n'étoient autoriſés que de leur ambition, à laquelle ils avoient
ſi bien applani le chemin, qu'il ne leur reſtoit qu'à ſe faire à
titre ouvert proclamer Rois ; car, ordonner des Provinces & de
l'épargne, faire la Loi & la caſſer, décerner la guerre & la paix,
inſtituer & deſtituer les Officiers, recevoir & déléguer les Ambaſſades, & avoir en tout le dernier reſſort, cela leur étoit ordinaire. Que leur manquoit-il donc, que le Nom, le Sacre,
& la Couronne ? Auſſi, ayant fait leur fond principal ſur quelques
ſéditieux Miniſtres de leurs paſſions, ils s'acheminoient au grand
pas à la ſouveraineté, ſi Dieu, (Dieu vraiment tutélaire de la
France) n'eût mis barriere à leur courſe en l'an 1560, par la
mort du Roi, du nom duquel ils faiſoient bouclier à la ruine
d'icelui & de ſon Etat, & ſous ſon prétexte faiſoient ramper
l'effet déréglé de leurs paſſions immodérées : de ſorte que, pour
ne s'être encore fortifiés de toutes choſes néceſſaires à leurs deſſeins, ils demeurerent à mi-chemin, & leurs affaires prirent
altération. Mais, voyez, François, les obſeques de votre Roi ;
ſon corps, ſans aucune pompe ni ſolemnité, fut conduit par
Sanſac & la Broſſe juſques à Saint Denis, où il fut tout ſimplement mis en ſépulture.

Rougiſſez, Guiſars, voire cachez-vous de honte d'ouir qu'Annibal ait fait d'honorables obſeques au Conſul Caius Flaminius,
qu'il avoit tué près le Lac de Peruſe : que Lucius Cornelius en

fit autant à Hannon, Général des Carthaginois : autant Marc
Antoine à fon ennemi Archelaüs ; & que vous cependant ayez
fans aucune pompe fait mettre en terre le corps d'un fi grand
Roi, voire de ce Roi qui vous avoit élevés à la cîme d'honneur ! Cachez-vous de favoir qu'Alexandre dépendit fix millions d'or pour les funérailles d'Epheftion : & que vous, pro-
digues du bien public pour vos affaires particulieres, en ayez
été avares quand il a été queftion des obfeques d'un des plus
grands Monarques de la terre. L'Empereur Augufte vint en
temps d'hyver, de Rome à Pavie, au devant du corps de Drufus :
Tibere affifta aux funérailles d'Augufte : Caligula à celles de Tibere : Neron à celles de Claudius : les Rois Childebert & Clotaire menerent le corps de la Reine Clotilde, de Tours à Paris :
Louis le Gros, celui du Roi Philippes I, de Melun à Saint
Benoît-fur-Loire : Philippe III aida à porter la pierre de S. Louis,
depuis l'Eglife Notre-Dame de Paris jufques à Saint Denis :
& vous ingrats, vous potirons venus d'une nuit, n'avez daigné
mettre le pied hors des portes d'Orléans, pour le moindre fervice de piété au corps de votre Maître ! Et puis, on vous nom-
mera les Zopires de nos Rois, les pierres angulaires de ce
Roïaume, les yeux, les nerfs, les arteres de ce corps ! mais
plutôt, les tyrans de nos Rois, les fléaux du pauvre peuple
& les éponges de nos finances : vous, dis-je, qui n'avez autre
Dieu que l'ambition, autre Roi que l'avarice, autre Religion
que le défir du gain, après lequel on vous a vus tellement
acharnés, comme Corbeaux après la charogne, que, pour ne
laiffer prife, vous laiffâtes fouvent votre honneur à dos : témoin
les démentis que feu Monfeigneur le Prince de Condé vous
donna, en l'an 1559, voulant quitter fon rang & qualité de
Prince, pour les vous foutenir à la pointe de l'épée ou de la
lance.

Le Roi François II, décédé, fa mort étouffa pour un tems
non leur mauvaife volonté, mais leurs pratiques ; car, fous
Charles IX, quoiqu'ils tâchaffent de le nourrir en une mer-
veilleufe défiance de fes Sujets, on commença ès Etats d'Orléans à les tâter de fi près, & à leur vouloir faire dégorger les
finances qu'ils avoient englouties, que le meilleur pour eux
fut de fuivre à la pifte Tiberius Gracchus, l'une des peftes de
Rome, lequel, fentant que le Sénat lui faifoit fon procès, cela
doucement voile : tellement qu'ils prirent parti de s'écouler en
Lorraine, & de-là en Allemagne, où ils promirent aux Princes

de l'Empire de se ranger à la confession d'Ausbourg, laquelle le Cardinal approuva publiquement, & la prêcha en la Ville de Saverne, témoignant de tant mieux sa conversion par les beaux présens qu'il fit à Brence, Ministre du Duc de Wirtemberg : se rendant par ce moyen ces deux fugitifs semblables au brodequin de Theramenes, qui servoit à l'un & à l'autre pied.

Mais quoi ? la mauvaise fortune de la France les rappelle quelque temps après, pour continuer leur jeu & achever la partie : voire les mit ès premiers rangs, contre le bon exemple des anciens, qui fermoient la porte des honneurs à ceux qui n'étoient venus à compte de leur administration : qui fut cause que Diodetus (93) & Æschines formerent complainte contre Ctesiphon, à l'instance duquel les Athéniens avoient donné une Couronne d'or à Demosthene, avant que de l'appeller à compte de la charge qu'il avoit eue pour la réparation des murailles d'Athenes : qui étoit porter coup & altération aux Loix, lesquelles même ne permettoient point aux Comptables d'offrir rien aux Dieux, ni, comme disoit l'Empereur Antonin, de venir aux dignités de la République.

De ce rappel, comme de la boîte de Pandore, sortirent les guerres, les meurtres, les massacres, èsquels ils s'opiniâtrerent, ensorte qu'en l'an 1563 on leur fit de même pain soupe, aux dépens de la vie de François de Lorraine. Toutefois la rencontre de cet accident ne rompit point coup à leurs desseins ; car cetui-ci laissa trois enfans, en qui ses passions ont vécu après sa mort ; & à la faveur du Cardinal leur oncle, sont entrés en même vœu que leur pere, & ont mis la Couronne de France en butte à leur ambition : si que nous pouvions dire d'eux, comme les Romains de Sylla, qu'ils n'avoient que changé seulement de Tyran, & qu'ils n'étoient point hors de tyrannie.

Aussi pour leurs premiers coups ils s'étudierent de donner nourriture à la guerre née de l'ambition de leur pere & oncle, & par laps de tems, nommément en l'an 1571, la faveur du Roi étant comme un vent en poupe, le premier de ces trois, aveuglé de sa bonne fortune, & mettant à dos la petite grandeur de sa race, osa bien aspirer au mariage de cette belle fleur de France Madame Marguerite, à présent Reine de Navarre. De quoi

(93) Diodetus ; c'est apparemment *Diondas*, ennemi de Démosthene ; qui attaqua le Décret d'Aristonique, lequel avoit proposé de récompenser les services de Démosthene d'une Couronne d'or.

averti le Roi Charles IX, Prince chatouilleux de fon honneur &
de ceux de fon Sang, lui fit dire par Monfieur le Grand-Prieur,
que s'il prétendoit brancher fi haut, il l'abbaiferoit en forte
qu'il ferviroit d'exemple à la poftérité; voire fi dans deux mois
il ne fe marioit, qu'il le dagueroit de fes propres mains. Les menaces d'un fi grand Prince refroidirent les bouillantes affections
du Lorrain, qui fit tant par fes journées, & à la faveur de fes
amis, que dans le terme à lui prefcrit par le Roi, il époufa la
veuve de feu Monfeigneur le Prince Portian : comme auffi depuis fon fecond frere prit à femme la veuve de feu Monfieur de
Montpefat : Mais plutôt tous les deux épouferent les grands
biens de ces deux Dames, pour donner luftre à leur petiteffe.

D'entrer au difcours des Tragédies jouées à leur inftance fous
Charles IX, ce feroit rafraîchir une plaie encore par trop fanglante. Et qui fans larmes pourroit regarder la France remplie
de fang, de cruauté, de ruine, de défolation, de perfidie? Enfin
le Cardinal (duquel la vie pleine de diffolutions étoit puante
aux Athéiftes & Epicuriens) montant en Avignon, laiffa le
Triumvirat de fes neveux, qui façonnés à fon leurre, n'ont en
rien démenti fes actions, jufqu'à être impatiens de compagnons
de cour, & haïr ceux en qui Sa Majefté avoit affis fon affection ;
le Seigneur d'O, bien avant monté ès bonnes graces du Roi,
en étoit regardé de mauvais œil ; mais il ménagea fi bien fa fortune, qu'ils ne purent avoir prife fur lui. Le Seigneur de Saint-
Maigrin fut mortellement heurté de leurs cornes, voire fur les
portes du Louvre. Mais le Vicomte de Riberac ayant encouru
l'indignation du Roi, par la mort des fieurs de Chelu & de Mau-
giron, ne trouva, bleffé qu'il étoit, meilleur afyle que la Maifon
de ceux de Guife, qui fembloient fervir de contrepoids à l'autorité
du Roi.

Depuis, parceque feu Monfeigneur leur étoit une fâcheufe
épine au pied, ils drefferent partie contre lui ; le fang de Salcede, exécuté à Paris, en parle encore, & la vérité de fa dépofition
fe montre à nu en ces remuemens. Qu'eft-ce donc qu'ils n'aient
entrepris fur la France à la perfuafion des occafions? Quel Prince,
quelle grandeur n'ont-ils voulu entamer ? Car le Roi même, des
fecrets duquel ils ont fait trafic, a été par eux vendu à l'Efpagnol comme chair à la boucherie, & tirant toujours contre lui
à feu couvert, ont mis en œuvre toutes les méchantes inventions
que leur mauvais génie leur a préfentées, pour faire regner leurs
paffions, finon en tems calme & ferein, du moins durant la

tempête, entre le fang, le meurtre, la cruauté, la défolation & ruine de ce pauvre Etat. Témoin un Jefuite du Pont-à-Mouf-fon en Lorraine, nommé Pere Claude Mathieu, qui jamais ne fit bien qu'en penfant faire mal, recuit en méchanceté; & l'un des hommes facrés dont parloit jadis à Rome cette Loi Tri-bunaire : *Celui ne foit tenu pour homicide, qui aura tué un homme facré par arrêt du Peuple.* Témoin, dis-je, ce vénérable, ce fufil de fédition, cet efprit de Satan, qui en deux ou trois voïages qu'il a faits tant en Italie qu'en Efpagne, a convié le Pape, leRoi Philippes, & le Savoyard, à la ruine de la France : & de même main, François, pour fe fervir de vous comme de viperes vers notre commune Mere, pour vous faire baigner en votre propre fang, pour changer votre douceur en cruauté, votre fidélité en perfidie ; bref pour du beau vifage de la France en faire un hi-deux & effroïable fpectre de la mort, pour convertir fon corps en un tombeau, fes Villes en cimetieres, fes Châteaux en ma-fures, fes champs en boucheries, fes arbres en gibets, fes rivie-res en fang, fa vie en une mort piteufe, horrible & épouvan-table, pour tels effets, dis-je, fi furieux, fi tragiques, fi fan-glans, ils font fonner haut & clair qu'ils fortent de la fouche de Charlemagne, & que depuis Lothaire, nos Rois ont trouvé la nappe mife par l'injufte occupation de Capet, & aux dépens de leur race, légitime héritiere de cette Couronne.

En cet endroit, je prie tous bons François de remarquer un trait de Tarquin le Superbe, qui, réfolu de dépouiller Servius Tullius du Roïaume de Rome, commença d'enforceler le Peu-ple par le difcours de fa race, & à lui ramentevoir comme après la mort du Roi Tarquin fon pere, inhumainement tué, Ser-vius avoit obliquement pratiqué la fouveraineté : tellement que les Peres endormis de fes belles paroles, & la jeuneffe amorcée de préfens, dont il faifoit planche à fes deffeins, il lâcha telle bride à fon ambition, accompagnée de témérité, qu'empoignant en plein Sénat Servius par le fez du corps, il l'emporta hors de la Chambre, & le jetta par les dégrez du haut en bas. Exemple tragique, pitoïable, & qui devroit fervir comme d'un réveille-matin à la France abboyée de tempêtes de toutes parts, & parti-culierement au Roi, duquel on fappe la grandeur avec fembla-bles outils, que celle de Servius fut renverfée. Auffi le Roi Clovis ayant fenti qu'un Seigneur d'Artois, nommé Cannacare, enflé de fa puiffance, fe difoit iffu de Clodion le Chevelu, & de même fuite légitime héritier de la Couronne, ne fut point

haut d'oreilles, mais aussi-tôt jaloux de sa grandeur, fit exterminer ce semeur d'impostures avec toute sa race.

Cependant afin que le Peuple, chatouilleux & fretillant d'en-
nuis sur toutes choses nouvelles, ne se laisse point aller aux persuasions de ces imposteurs, on vous demande, Lorrains, quel
est le fondement du droit par vous prétendu? Vous dites que
Hue Capet emporta de haute luite la Couronne sur Charles de
Lorraine oncle de Louis V, en qui la race de Charlemagne arriva à son dernier point, & que vous sortez du tige de Charles.
S'il étoit ainsi, pourquoi faisiez-vous n'a gueres étendart du Cardinal de Bourbon, comme du plus habile à succéder à ce Roïaume? N'étoit-ce pas pour nous montrer que vous ne vous pouvez
accorder qu'en contrariétés? ou plutôt pour imiter le Roitelet qui,
entendant que les oiseaux dressoient partie à qui seroient plutôt
au Ciel, se cacha sous l'aîle de l'Aigle, d'où il sortit si à propos, qu'il en gagna le titre de Roi.

Vous dites que Charles de Lorraine n'eut qu'un fils nommé
Othon, que cet Othon n'eut qu'une fille. Nous avons assez de
cette quenouille pour vous battre; nous, dis-je, qui sommes
affranchis des incommodités de la Gynecocratie, ne faisant joug
à l'Empire des femmes, par le bénéfice de la Loi Salique, Loi
le seul oracle de la France, achetée au prix du sang de nos Ancêtres, de la destruction de nos Villes, de la ruine de nos maisons, & de la perte des deux malheureuses journées de Cressy
& de Poitiers; Loi qui nous préserve de la domination des
Etrangers, & qui coupe chemin aux mœurs & façons de vivre
étrangeres, qui ja long-tems eussent abatardi les nôtres, puisqu'il est plus facile de connoître une faute en nature, qu'une
dissimilitude entre le Prince & le Sujet, comme disoit Theodoric Roi des Goths écrivant au Sénat Romain.

Mais parceque cette Loi, jusqu'ici sainte, sacrée & inviolable,
est répudiée des ennemis de ce Roïaume, & de vous entr'autres,
comme un fantôme, un songe, une chimere: jettez l'œil sur la
coutume pratiquée de tout tems en France, & qui n'a pas moins
de force que toutes les Loix du monde, même comme disent
les Jurisconsultes, *les choses introduites par un vieil usage, semblent plus équitables que celles qui sont commandées par les Loix.*
Childebert laissa seulement deux filles; Cherebert trois; Gontran une; Louis Hutin une, qui succeda au Roïaume de Navarre,
non à celui de France; Philippes-le-Long trois, qui ne querele-
rent jamais la Couronne, à laquelle par entrejet de tems succéda

Louis

Louis XII , excluſes Meſdames Anne & Jeanne , filles du Roi
Louis XI , & ſœurs de Charles VIII ; & le Roi François I la prit
de ſon chef, non de par ſa femme la Reine Claude , fille de
Louis XII.

Ajoutez que le total retient ordinairement la nature de ſa
partie : tellement que ce Roïaume ne peut tomber en quenouille , puiſque la propriété de la proviſion des puînés de la
Maiſon de France retourne à la Couronnne de France en défaut d'hoirs mâles ; & ſous cette condition , le Roi Louis VIII,
en Février 1223 , appanagea Philippe de France , Comte de
Boulogne , ſon frere : & par ſon teſtament du mois de Juin
1225 , laiſſa Artois à ſon ſecond fils, Anjou & le Maine au
tiers, Poitou & Auvergne au quatrieme , à la charge de retour
à la Couronne en défaut d'enfans mâles. Autant en fit le Roi
Saint Louis , en Mars 1268 , du Comté de Valois , à Jean de
France , ſon cinquieme fils. Autant Philippe le Bel , en Décembre 1311 , à Philippe le Long , ſon ſecond fils , après la
mort duquel , ſans hoirs mâles , Jeanne de France , ſa fille , &
femme d'Eude IV , Duc de Bourgogne , querellant en inſtance
poſſeſſoire l'appanage de ſon pere contre le Roi Charles le
Bel , ſucomba par Arrêt du Parlement , donné le 22 Février
1322.

Cette Coutume , aſſez valide de ſoi , eſt accompagnée d'une
déciſion de Droit : *Que ſi les Succeſſeurs de l'Invaſeur , par l'eſpace de cent ans tiennent la ſouveraineté , en ce cas la preſcription
de ſi longues années peut ſervir de titre :* nommément s'il n'y a
eu oppoſition ni proteſtation des Sujets au contraire, comme
celle du Tribun Aquila , qui ôta la Couronne qu'on avoit miſe
ſur la ſtatue de Céſar : de ſorte que les Succeſſeurs de Hugues
Capet , Maîtres de cette Couronne , depuis l'an 997 , ont une
par trop relevante exception contre ces prétendus Carlingues.

Mais , pour leur fermer du tout la bouche , nous diſons avec
la vérité , que nos Rois ſont du Sang de Charlemagne , duquel
la race , faillie par ſept générations , depuis le temps de Hugues
Capet , ſe renouvella en la perſonne du Roi Louis VIII. Car
Philippe Auguſte , ou Dieu-donné , l'an 1180 , épouſa à Ba-
paulmes Yſabeau , fille de Beaudouin IV du nom, Comte de
Hainaut , qui étoit iſſu de Hermengarde , Comteſſe de Namur,
& fille de Charles le Simple , aux Succeſſeurs duquel Hugues
Capet ôta le droit de la Couronne : duquel mariage du Roi
Philippe , & Madame Yſabeau naquit , le 6 de Septembre 1187 ,

Tome I.   A a a le Roi Louis VIII, pere de Saint Louis, duquel, comme d'une pépiniere, sont sorties les illustres familles de Valois & de Bourbon.

Je dis bien plus : c'est que les Guisars ne peuvent être des branches de Charles de Lorraine, frere de Lothaire, trente-troisieme Roi de France, & oncle de Louis V, ni par conséquent de Charlemagne : car il n'y a que six-vingt ans que la race de Vaudemont a pris port en la Maison de Lorraine, laquelle, en moins de quatre cens soixante ans est tombée en sept diverses familles : à savoir, de la Maison de Charlemagne en celle d'Ardenne, l'an 1005, de la Maison d'Ardenne en celle de Boulongne, l'an 1089, de la Maison de Boulongne en celle de Lembourg, en celle de Louvain, l'an 1106 ; puis, par trait de temps, René, Roi de Sicile, fils de Louis d'Anjou, épousa l'héritiere de Lorraine, dont il laissa un fils nommé Jean, & une fille nommée Yoland, qui fut femme de Frédéric de Vaudemont, & depuis, en l'an 1464, héritière du Duché de Lorraine, par le décès de son neveu Nicolas, fils unique de Jean son frere : ce qui nous montre à nu que ceux-ci sont vraiment cette Corneille d'Esope, qui se vouloit déguiser des plumes des autres oiseaux, prétendant que la longueur du temps serviroit de voile à leur mensonge ; mais c'est bien au rebours : car la vérité est la fille du temps.

S'étant donc persuadés que leur Jésuite (Ambassadeur digne de tels Potentats) eût remué ciel & terre, tant en Italie qu'en Espagne, & que le bruit de leur fausse extraction eût produit des effets répondans à leur désir, que la Noblesse fût en goût de leur prêter épaule, & le Peuple du tout plié à leurs passions, ils ont crevé l'apostume ; & pour s'émanciper du repos qui leur étoit trop envieux, & étouffer la paix, qui ne leur pouvoit tourner à plaisir (comme un estomach corrompu ne trouve goût ès bonnes viandes) ils ont nagueres fait jouer la mine, bien close & scellée par leurs devanciers, & se sont mis à jouer à boutehors contre le Roi : vrai est, que, pour ne cheminer à pieds nuds, par un chemin si épineux, ils ont déguisé leur ambition de plusieurs beaux prétextes, & pour colorer leurs armes, ont mis en avant :

1. L'extirpation de l'Hérésie.

2. La nomination d'un Successeur Catholique à la Couronne.

3. Le rétablissement de l'Eglise en ses anciennes libertés.

4. La réintégration de la Noblesse en son ancienne dignité.

5. Le rabaissement de certaines personnes élevées en grandeur par le Roi.

6. La décharge du tiers Etat.

Propositions bonnes en appatence, & mauvaises en effet ; douces à les entendre, & ameres à les gouter ; salutaires à l'extérieur, & funestes au dedans. Car les deux premieres sont forgées contre le Roi de Navarre, & Monseigneur le Prince de Condé : les autres n'ont pour but que de rendre le Roi odieux au Clergé, mal-voulu de la Noblesse, & attirer sur lui la haine du Peuple : c'est le plus court chemin qu'ils se proposent pour aller au-devant de la grandeur du Roi & des deux premiers Princes du Lis, & faire avec nous l'accord, duquel parle Demosthene aux Athéniens, des Brebis & des Loups, qui demanderent aux brebis, que pour avoir paix avec eux, elles leur livrassent les mâtins qui les gardoient. Des autres Princes, ils en pensent avoir bon marché : ce ne sera que poussiere devant la Bise, & neige au Soleil.

Au bruit de ces propositions, comme des trompettes qui dénoncent la bataille, plusieurs ont pris parti des armes, & se sont voués à la fortune de ces imposteurs, laissant une paix certaine pour suivre une guerre douteuse : les uns amorcés d'esperance de mieux avoir, les autres ayant suivi les guerres, & vécu comme la licence du tems & l'impunité leur avoit toleré, voyant que la paix leur ôtoit tout moyen de piller : aucuns après avoir malheureusement consumé leurs biens, & aboyés de tous côté de leurs créanciers ; & comme disoit Ciceron des complices de Catilina, » ceux qui avoient les mains rouges de sang, la » langue façonnée aux parjures, l'ame pliée à toute méchan- » ceté, la conscience ulcerée de plusieurs malfaits, qui étoient » minés de pauvreté & assaillis de Justice, « tels garnemens dis- je, ont volontiers prêté la main à ces nouvautés. Cas étrange toutes-fois, que quelques Gentilshommes se soient laissés aller à ce que ces Etrangers ont voulu, comme s'ils ne pouvoient que bien dire, ni eux en leur obéissant que bien faire ! chose pitoyable, qu'ils aient pris l'ombre pour le corps, la fumée pour le feu, le masque pour le visage, le mensonge pour la vérité, sans considérer que ces prétextes sont autant de chevêches pour les pipper, qu'on les éveille pour les endormir, qu'on les instruit pour les détruire, & que comme disoit un ancien, » il

» n'y a aucune juſte occaſion de s'armer contre ſa Patrie ! « Mais qui n'eût été enſorcelé par tant de beaux pretextes ? Outre ce que ces boute-feux n'ont mis en réſerve aucun moyen qui pût entretenir le trafic de leurs menées, & pour tenir leurs complices en opinion & verdure, & mettre les autres en appetit d'embraſſer leur parti, ils nous promettoient monts & merveilles, ſachant que ſouvent les choſes feintes tenues pour vraies, ſervent beaucoup en guerre, comme diſoit Marcus Portius, ſollicité de ſecours par les Ilergetes : la terre devoit trembler ſous leurs forces : les armes d'Eſpagne bruyoient déja ſur les Frontiéres : le Savoyard ne demandoit que où eſt-ce ? Le Pape appelle les Diables, il leur donne les corps des ennemis, ils les emportent, ils les rotiſſent en Enfer : les Albanois avec leurs lançots devoient venir abbatre les montagnes, & mettre tout à feu & à ſang ; & comme diſoit le Conſul Varro d'Annibal, ces Guiſars devoient mettre fin à la guerre, dès le premier jour qu'ils verroient les Huguenots, ſe ſouvenant de la folle entrepriſe, non du pauvre ſuccès de la Broſſe, qui en l'an 1559, envoyé par leur Pere & Oncle en Ecoſſe avec l'Evêque d'Amiens, promettoit d'y faire perdre terre ferme dans un mois à tous les Luthériens : mais la Nobleſſe, plus chatouilleuſe en ſes libertés que nous autres, lui montra qu'il comptoit ſans ſon hôte, & qu'il ne falloit pas ainſi vendre la peau de l'Ours devant qu'on le vît, vu même que comme diſoit ce brave Capitaine Lacédémonien Braſidas, il n'y a ſi petite bête qui ne puiſſe ſauver ſa vie, ſi elle a le cœur de ſe défendre ; & le Conſul Paulus Emilius s'ébahiſſoit, comment, & quel Capitaine pouvoit prédire tout ce qu'il avoit à faire au combat, en quel endroit il choqueroit, avant qu'il eût vu ſon armée, ni celle des ennemis, ni qu'il ſût la ſituation des lieux, ou connût la nature du Païs : quant à lui, qu'il ne prendroit point des conſeils avant le tems, mais tels que les choſes ont accoûtumé de donner aux hommes, & non les hommes aux choſes. Auſſi certes, ces Lorrains reſſemblent à cette grande montagne, qui après pluſieurs angoiſſes d'accouchement, n'enfanta qu'un petit rat. Et de fait, qu'ont-ils promis qu'ils aient tenu ? de ces Viſigots qui devoient venir fondre ſur nous, on n'en voit point, ce ſont autant de chimeres : car outre ce que le Roi Philippe a peu d'hommes, & beaucoup d'affaires ſur les bras, il eſt trop vieux pour prendre conſeil des jeunes : toutes-fois ſi ſuivant le deſir qu'il a de porter coup & altération au repos de la France, & amorcé d'eſpéran-

ce d'avoir Marseilles, comme une entrée de table, il leur fournit quelques écus, ils les prendront fans pefer, pour échauffer
leur cuifine; & Dieu fait fi le bon homme qu'ils ont deux ou
trois fois fait trotter en Efpagne, & qui a fi vivement embraffé la pourfuite de leurs affaires, que le pauvre en eft tombé malade à Barbafte, feroit le difficile à ouvrir la bouche de fa gib-
beciere plus altérée que celle d'un Avocat. Du Savoyard qu'en
peuvent-ils efperer ? Il eft fi voifin de l'Ours, que fon meilleur
fera de tenir bon pied & bon œil fur fon païs : quant au Pape ils n'en auront que des bulles, avec lefquels ils ne pourront
gueres courir, en danger que les Diables qu'il mettra aux champs
pour attrapper les Huguenots, n'attrapent ces Meffieurs de Guife. Que leur peut-il donc refter, finon qu'une vengeance de
Dieu qui les preffe, une confcience effrayée, & une rage aveu-
glée ? Car outre ce qu'il y a deux cens maifons en France, qui
ne voudroient déferer un pas à celle de Guife, déja la plupart
de ceux auxquels ils donnoient promeffe de les avancer aux
grandeurs, imitent Lyfander, qui ne voulut prendre les robbes
fomptueufes & riches, que Denis le Tyran envoyoit à fes filles,
difant que ces belles robbes les feroient trouver plus laides.
Beaucoup de ceux, qui fe laiffoient porter aux aîles de leur
bonne fortune, ne font déja plus état de leur profpérité, qui
eft attachée à des cordes, comme difoit un Lacédémonien,
de Lampis Bourgeois d'Egine. Tous bons François qu'ils appelloient à leur partie, en les chatouillant de belles promeffes,
ont répondu qu'ils ne vouloient pas même tenir la vie des meurtriers de leur patrie, comme difoit un Citoyen de Prenefte au
Dictateur Sylla, qui avoit fait paffer au tranchant de l'épée
tous les Preneftins, fors que lui qui étoit fon hôte. Et plufieurs
de ceux auxquels ils avoient mis les armes au poing, difent comme les foldats de Pompée, qu'ils combattront contre leurs compatriotes : defquels ceux qui ont les yeux plus ouverts au falut
public, & à leur utilité privée, favorifent de leurs vœux & vaillance ce généreux & magnanime Prince Henri Roi de Navarre, pour ne fembler aux Argonautes, qui après avoir délaiffé
Hercules, furent contraints d'avoir recours à une femme. Que
fi d'une premiere opinion & apparence, & pour le premier bond
les armes des Guifars ont donné quelque étonnement au menu peuple, qui étoit comme ébloui en l'obfcurité de leurs menées : il eft à prefent affranchi de cette crainte, & reconnoît
que leurs menaces ne font pas lances, qu'ils fe font embarqués

fans bouffole & fans bifcuit, & que leurs fauffes aîles qui pre-
fageoient un vol haut & long, les méneront à femblable fin
qu'Icarus. Et de fait, Guifars, on a déja fi bien fermé les avenus de vos deffeins, que vous fentirez bientôt que, comme dit
Job, » ceux qui labourent iniquité, & fement malice, la recueil-
» lent. « Votre orgueil a allumé le flambeau de divifion ès entrailles de la France, & vous éprouverez que, comme dit Salomon » l'orgueil va devant la deftruction, & la hauteffe d'ef-
» prit devant la ruine. « Vous avez levé le nez contre le Roi,
& vous fentirez qu'au dire du Sage, » le courroux du Roi eft
» comme le rugiffement du Lionceau, & celui qui le fait cour-
» roucer pêche contre fon ame. « Vous avez voulu verfer un orage de maux fur le Roi de Navarre, & fur Monfeignenr le Prince de Condé, & vous apprendrez à vos dépens ce proverbe de
Salomon, » que qui roule la pierre contre un autre, elle re-
» tournera fur lui. « Vous apprendrez que vous avez couru pour
devancer votre ombre, & que vous n'avez fait contre eux, que
comme celui qui ayant entrepris de tuer Promethée le Theffa-
lien lui donna de l'épée fur fon apoftume, qu'il couppa en
deux ; & par ce moyen lui fauva la vie ; & pour la cataftrophe de cette tragédie, vous ferez plutôt ruinés que combattus,
plutôt combattus qu'affaillis : car ce ne font point de petits cadets comme vous, Guifars ; ils font Princes, voir les premiers
Princes du Lis, illuftres de race, riches d'amitié, ménagers du
temps, réfolus au point d'honneur, doux & gracieux en temps
de paix, des foudres en guerre, qui n'ont coutume d'avoir
pour violons que leurs trompettes, pour fale de bal qu'un champ
de bataille, pour Damoifelles que de courageux foldats, qui
ne demandent jamais combien font les ennemis, mais où ils
font ; qui n'ont point été Capitaines avant que Soldats, mais
foldats fous eux-mêmes Capitaines : bref, qui font tels que les
Egyptiens repréfentoient leur grand Mercure par une double
ftatue d'un vieillard & d'un jeune homme, pour montrer qu'il
faut qu'un Prince foit vaillant & fage. Et cependant, François,
on tâche de vous ôter ces deux perles de l'Europe, ces deux
yeux de votre corps, & ces deux beaux fleurons du Lis : mais
avec quels pretextes ?

Les Ligueurs voient que ces deux Princes, & beaucoup
d'autres Seigneurs qui font barrière au cours de leurs entreprifes, fe nourriffent de la doctrine de laquelle on les a allaités.
Pour faire donc courir la difcorde à bride abbattue par toute

l'étendue de ce Roïaume, & acheminer leur ambition privée
fous le mafque du bien public, que font ces étrangers ? Ils nous
propofent l'extirpation de l'héréfie, ils s'arment de ces beaux
noms de Protecteurs de Saint Pierre, & Piliers de l'Eglife. Ce
n'eft pas tout d'avoir un titre ; mais il le faut légitimement avoir.
Prendre donc en France d'une authorité privée la protection du
Chriftianifme, n'eft-ce pas enjamber fur les droits du Roi très
Chrétien ? être un titre, eft-ce une vocation légitime ? Ce n'eft
pas tout auffi que la volonté foit bonne : mais il faut que les
moyens pour l'effectuer foient bons, autrement, comme difoit
un ancien, ›› il vaut mieux empêcher l'exécution d'une bonne
›› chofe, que de l'exécuter mal. « Même il n'eft pas poffible,
dit Saint Auguftin, que le confeil foit bon, quand les moïens
font mauvais : du moins ce qui eft à louer en fa caufe, eft à blâmer en fes effets. Saül defire de favoir l'iffue de la guerre contre les Philiftins : ce defir de foi n'eft point à blâmer, mais les
moyens illicites dont il fe fert, le rendent de mauvaife odeur.
Ces Lorrains, ces grands Boucliers de la Foi veulent couper
la racine des héréfies : cette volonté n'eft que bonne ; mais quels
font leurs moyens ?

Le Roi Très-Chrétien ayant pratiqué toute induftrie, toute
force, voire jufques à abandonner fa vie à la fortune des batailles, pour couper chemin à l'exercice d'autre Religion que
de la Catholique Romaine, enfin connoiffant que la reftauration de l'Eglife eft une œuvre de Dieu, non pas d'homme,
il fit comme les bons Medecins, qui ayant ufé de remedes aigres, qui n'ont rien profité, prennent les doux ; & pour affranchir fon pauvre état des miferes dont il étoit accablé, il amor-
tit l'embrafement civil par un Edit de pacification, non arraché à force, mais fondé fur la feule confidération du bien public, appuyé fur la foi jurée de Sa Majefté, de la Reine fa
mere, des Princes du Sang, des principaux Officiers de la Couronne, nommément ceux de Guife, vérifié en toutes les Cours
de Parlement.

Cet Edit fi folemnel, cette Loi fi autentique ne fe devoit
arracher qu'avec les mêmes folemnités qu'on l'avoit plantée :
car, felon Ulpian, ›› il n'y a rien fi naturel que de diffoudre
›› une chofe avec les mêmes moyens qu'on l'a conjointe. ›› Et toutefois ces boute-feux, par une autorité privée, l'ont mife fous
le pied, au grand mépris du Roi, à la foule du Peuple, à la
ruine de cet Etat, & contre la foi par eux folemnellement ju-

rée ? Eſt-ce donc bien commencer, d'extirper les Héréſies par l'infraction de ſa foi ? Faut-il être déloyal à ſes prochains, pour être loyal à Dieu ? Et le vrai eſprit de Religion donne-t-il cônſeil de violenter les loix publiques, rompre les ſermens, emplir un Etat de meurtres & de ſang ? Mais, quelle couleur ne trouvent les ſuppôts de Satan, pour donner luſtre à leurs actions ?

Le Concile de Conſtance (94), diſent-ils, ne veut point qu'on garde la foi aux Ennemis de la foi ; ſuivant le Décret de ce Concile, Jean Hus & Jerôme de Prague reçurent condamnation de mort ; & le Cardinal Saint Julian fut dépêché Légat en Hongrie, pour rompre le Traité de paix avec le Turc ; certes, ils ont raiſon : comme s'il falloit confondre deux diverſes queſtions, l'une de droit, l'autre de fait ; s'il faut violer la foi aux Infideles, voilà un point de droit : pour la déciſion duquel ils alleguent le Décret de ce Concile, l'exécution de deux pauvres Prêtres, & l'infraction de la paix avec le Turc : comme ſi Dieu n'avoit pas montré l'injuſtice du Décret, par les tragiques effets qui s'en enſuivirent ; car le ſang de ces deux Docteurs, qui, ſous le ſauf-conduit de Sigiſmond, étoient abordés en ce Concile, comme une école de ſalut, pour y mieux apprendre, ſi mieux leur étoit enſeigné, cria tellement vengeance, que Ziſca, ſimple Gentilhomme, leva front en Bohême contre pluſieurs Potentats : une poignée de gens, novices au fait des armes, vint ſouvent aux mains, avec pluſieurs milliers de ſoldats aguerris : & le courage ſurmonta le nombre. D'autre part, le Roi des Turcs, certioré de l'infraction de la paix, chauſſa de ſi près les éperons à Sigiſmond, qu'après lui avoir donné de notables échecs, il bâtit ce grand Empire de la ruine des Chrétiens. Et qui ne reconnoît plutôt en ce Concile les cruelles fureurs de l'Ante-Chriſt, & les ſanglantes paſſions de Nicolas, Abbé de Palerme, principal auteur du Décret, qu'une douce inſpiration du Saint Eſprit, & une voix Apoſtolique ? Et quel Potentat de la Chrétienté trouva goût en la réſolution de cette aſſemblée ? Même Luther étant par la Bulle du Pape déclaré Héréſiarque, l'Empereur Charles V lui donna la foi, pour venir à la Diete de Wormes, l'an 1519, où Eccius, fondé ſur le Décret de Conſtance, voulut acheter la vie

---

(94) Jamais le Concile de Conſtance n'a décidé qu'on ne devoit point garder la foi aux Hérétiques ; & l'Egliſe n'a jamais enſeigné une pareille doctrine. M. Lenfant, dans ſon Hiſtoire du Concile de Conſtance, montre lui-même ſon embarras, quand il veut imputer cette doctrine audit Concile.

de

de Luther aux dépens de la foi de l'Empereur, & à même prix
que celle de Jean Hus, & Jérôme de Prague; mais il n'y eut
Prince qui n'eût cette fanglante volonté en horreur, & Luther
fut renvoyé avec fauve-garde & main armée. Depuis encore,
Charles V ayant traité alliance avec le Soudan de Perfe, & le
Roi François I avec le Turc, ne fe fervirent de plus fuffifans
ôtages que de leur foi : comme auffi Jofué defçu par les Ga-
baonites, ne voulut violer l'accord arrêté entre eux, afin, dit
le texte » que la fureur du Dieu qu'ils avoient juré ne vînt fur
» eux ». C'eft pourquoi le Pape Grégoire IX retranche de l'Eglife
ceux en général, qui volontairement fe départent de leur ferment.

Ces exemples font accompagnés de la raifon : car, puifqu'il
eft licite de capituler avec les Infideles, il eft néceffaire de leur
garder promeffe : autrement, ce feroit arracher toute efpérance
de réconciliation; & puis, c'eft une décifion notoire, » que
» ceux, entre lefquels il y a quelque communauté de droit, peu-
» vent mutuellement s'obliger les uns vers les autres. Voilà pourquoi les Romains ont toujours fait confcience d'altérer la foi
baillée aux bannis & convaincus de crime capital, parcequ'au
dire du Jurifconfulte Martian, *ils participent au droit des gens*,
& auxquels, comme veut Triphoninus, il faut rendre le gage
& le dépôt, » à occafion du droit des gens & de nature « : ce
qui s'étend même aux brigands, à qui on doit garder la foi,
comme fit Augufte à Crocotas, & Dagobert aux voleurs Bul-
garés, qui s'étoient débordés fur la France : non moins à ceux
qui ont trahi leur patrie, avec lefquels, comme dit un Romain,
on ne laiffe pas d'entrer fouvent en capitulation, & leur garder inviolablement la foi, comme Salufte remarque des complices de Catilina, déclarés par Arrêt du Sénat ennemis publics; autrement, il ne leur faut rien promettre, pour ne porter coup à la foi, qui eft le fondement de toutes conventions.
A cette occafion, Tibére ne prêta audience aux Ambaffadeurs
de Tacfarin, chef d'une armée de voleurs en Afrique : & le
Sénat de Rome ne voulut entrer en aucun accord avec Spartac,
ja trois fois vainqueur des Romains en bataille rangée, & Chef
de foixante mille efclaves : comme auffi les Vénitiens, par Ordonnance des Dix, publiée l'an 1506, firent défenfe à leurs
Gouverneurs, de ne donner fauf-conduit aux bannis.

Or, nous n'avons point à faire à gens de telle farine, ni qui
aient fait faux bond à l'obéiffance qu'ils doivent au Roi. Le

Tome I.   Bbb fuseau que nous avons à démêler, c'est avec des François, avec lesquels nous avons communauté de naissance, de loix, de mœurs & de coutumes : tellement qu'ainsi étroitement liés ensemble, tant de droit civil que de nature, & à l'exemple des Romains & autres Princes, grands Maîtres de la Justice & de la foi publique, nous ne nous pouvons dispenser en leur endroit d'un lien si religieux que le serment, quoiqu'il soit autrement porté par le Décret de Constance, conforme à cette maxime de Ly-sander : » Qu'il faut tromper les enfans avec des osselets, & » les hommes avec juremens. Voilà quant à la question de droit; reste celle de fait : si ceux que nous appellons Huguenots, sont atteints d'hérésie?

Nous appellons Hérétiques, ceux qui par une opiniâtre ambition se départent des articles de notre Foi. Tous ces articles consistent au Symbole des Apôtres, sur lequel les Huguenots fondent leur créance; ils quittent le chemin des honneurs du monde; ils prennent le contre-pied, le chemin de persécution & de disgrace; ils ne veulent point introduire leurs fantaisies pour regles de foi : mais ils promettent de mieux faire, si mieux ils sont instruits. Sont-ils donc opiniâtres, ambitieux, Hérétiques? Car, d'alléguer le Concile de Trente, ce n'est rien, si on ne fait apparoir qu'il est légitime. Le Concile de Milan fut tenu de plus de trois cens Evêques, qui presque tous condamnerent d'Hérésie Athanase, ce bon miroir de vertu, cette lampe de l'Eglise : au second Concile d'Ephese la doctrine d'Eutyches fut reçue, & Flavian, saint Evêque, banni avec ses adhérans: appellerez-vous telles Congrégations Conciles légitimes? mais plutôt les grands jours de Satan, les assises de l'Antechrist, les Etats Généraux des Ennemis de la Foi. Aussi le Roi François I, connoissant que le Concile de Trente étoit dressé pour le profit particulier de quelques-uns, & non pour la République Chrétienne, protesta par la bouche de l'Abbé de Bellozane, son Ambassadeur, que lui, ni aucun de son Roïaume ne pourroit être obligé par les Décrets dudit Concile. Le semblable fut fait par le Roi Henri II, appuyé de l'autorité de tous ses Parlemens, qui se sont toujours opposés à l'exécution des Décrets ourdis à Trente, comme nuls & abusifs.

Mais encore particulierement le Roi de Navarre a ses exceptions : il est Roi souverain des plus anciens, & le quatrieme en l'ordre des Rois de la Chrétienté, & toutefois il n'a point été appellé à ce Concile : & par conséquent on ne peut avoir

défaut contre lui : car , comme dit Hermogenian , » celui eſt en
» contumace qui ne comparoît , ayant eu trois aſſignations ou un
» ajournement péremptoire » : tellement que les Sentences bâties
contre lui & ceux de ſa Religion , n'ont point de fondement ;
& comme diſent les Empereurs Diocletian & Maximian , » les
» Arrêts donnés contre les abſens , qui n'ont été légitimement
» ajournés , ne peuvent paſſer en force de choſe jugée » : même
en matieres civiles l'abſent eſt ordinairement reſtitué : à plus
forte raiſon ès criminelles , vu que , comme dit le Juriſconſulte
Paulus , » nous devons être plus enclins à abſoudre , qu'à con-
» damner ». C'eſt pourquoi l'Empereur Valerian ne veut point
qu'on définiſſe le procès de abſent chargé de crimes : mais que
ſes biens annotés , il ſoit ajourné pour ſe purger de ce qu'on
lui met ſus. Ces formalités non obſervées au Concile de Trente,
le rendent abuſif : & la proteſtation au contraire de nos Rois
& des Parlemens de ce Roïaume , lui ôtent ſa vigueur & ſon
luſtre. Quelles ſont donc nos raiſons pour convaincre les Huguenots d'héréſie ?

S'ils ne reconnoiſſent point l'Evêque de Rome pour univerſel , ils diſent que S. Grégoire leur a appris que c'eſt un titre
profane , plein de ſacrilege , & un préambule de l'Antechriſt :
car , ſi celui , dit-il , qui eſt nommé univerſel , tombe , toute
l'Egliſe trébuche. Ils nous alleguent auſſi le troiſieme Concile
de Carthage , auquel il fut défendu que nul ne s'appellât Prince
des Evêques. Car , quant à ce que nous liſons ès Authentiques
touchant le ſouverain Pontife , cela leur eſt fort ſuſpect : &
comme remarque Duaren , cette conſtitution ne ſe trouve au
Code Grec.

S'ils cheminent en ténebres , s'ils ſont aveugles en ce myſte-
re que nous appellons Saint Sacrement de l'Autel , montrons-
leur la lumiere , & condamnons Saint Auguſtin d'héréſie , qui
parle ainſi contre Adimantus diſciple de Manichée , » Ces trois
» choſes , le ſang eſt eau , voici mon corps , & la pierre étoit
» Chriſt , ſont dites par ſignification «. Rejettons ce que Ter-
tulien écrit contre Marcion : » Jeſus-Chriſt après avoir pris le
» pain , & diſtribué à ſes Diſciples , le fit ſon corps , diſant ,
» ce eſt mon corps , c'eſt-à-dire le ſigne de mon corps «. Cor-
rigeons ce dire de Saint Ambroiſe. » Ainſi que tu as reçu au
» Baptême la ſimilitude de mort , ainſi as-tu bu en ce Sacrement
» la ſimilitude du précieux ſang de Chriſt.

S'ils ſont ſi groſſiers de ne pouvoir comprendre le Purgatoire, prouvons-leur comme le fang de notre Seigneur n'eft point fuffifant pour nous purger de nos péchés: montrons-leur à œil le mot ou la Doctrine du Purgatoire en l'Ecriture, & rejettons ce paffage de Chrifoftome. » Quand on demande miféricorde, » c'eft afin de n'eftre examiné de fon péché, afin de n'être » point traité felon la rigueur de Juftice, afin que toute puni- » tion ceffe : car où il y a miféricorde, il n'y a plus ni gêne, » ni examen, ni rigueur, ni peine.

S'ils mangent chair en carême, c'eft difent-ils, par la per- miffion du Pape Eleuterius, c'eft par l'autorité du Concile Bracarenfe, tenu l'an 619, & du Concile XIII de Tolede, qui excommunient ceux qui défendent de manger chair indif- féremment en tout temps : c'eft à l'exemple de ce faint Evêque de Cypre Spiridon qui difoit » que librement il ofoit manger » chair en Carême, parcequ'il étoit Chrétien.

S'ils n'embéliffent leurs temples de diverfes figures & ima- ges, c'eft difent-ils, parcequ'Athanafe crie ainfi contre les Gen- tils » Pourquoi ne vient-on à la connoiffance de Dieu par les » vraies créatures, plutôt que par figures & remembrances? « C'eft pour avoir donné créance à ce dire de Lactance Fir- mian, » Que Dieu duquel l'efprit & puiffance eft par tout éten- » due, ne peut être abfent, & que partant l'image eft toujours » fuperflue. « C'eft pour s'être attaché à ce paffage de faint Au- guftin, » Que ceux qui ont mis les premiers en avant les ima- » ges, ont ôté du monde la créature de Dieu, & ont aug- » menté l'erreur. « (95)

Si leurs Miniftres fe marient, c'eft parceque nous difons que le mariage eft un Sacrement, & que Miniftres de l'Eglife doi- vent participer à tout Sacrement : c'eft d'autant que faint Am- broife dit, » que perfonne ne doit être contraint, de peur que » lui ayant défendu la chofe licite, il ne tombe aux illicites. « C'eft parcequ'ils trouvent en Eufebe que faint Pierre & Philip- pes furent mariés. C'eft parceque faint Auguftin dit, » Qu'il n'o- » feroit préferer la virginité de faint Jean au mariage d'Abra- » ham. « C'eft parceque le Pape Pie difoit, » qu'à bon droit on » avoit ôté le mariage aux Prêtres, mais pour meilleure caufe » on le leur devoit reftituer «, afin peut-être qu'on eût occafion de dire avec le Pape Alexandre III », que Dieu a ôté les en- » fans aux Prêtres, & le Diable leur a donné des Neveux. «

---

(95) Toutes ces autorités font prifes à contre-fens.

Pour le regard des autres points èfquels on eft en différend, fi on les confidere à plein & à fond, on trouverá qu'ils confiftent plus en cérémonies externes de l'Eglife, qu'en fubftance de doctrine, ce qui n'eft pas fuffifant pour les déclarer hérétiques : car l'héréfie regarde les points fubftantiels de la foi, non pas l'extérieur des cérémonies : en tout cas fuivant la difpofition des faints Canons & anciens Décrets, ils ne peuvent être tenus Hérétiques qu'ils n'aient été admoneftés par plufieurs Synodes, & jugés par un Concile. Voila pourquoi le Pape Grégoire VII, écrivant aux Princes d'Allemagne fur l'excommunication de l'Empereur Henri IV, ,, Nous l'avons, dit-il, voulu tirer à repen- ,, tance ; mais à belles chanfons, oreilles d'afpic «; & le Pape Innocent III, parlant des Hérétiques, dit, ,, fi un Evêque avec ,, fon Chapitre a condamné quelqu'un d'héréfie, qu'il foit ana- ,, thême «. Il faut donc être jugé plutôt que condamné, & ouï plutôt que jugé, autrement le Jurifconfulte Marcellus montre que l'abfent eft reftituable contre la Sentence donnée en préjudice de fes raifons non alleguées. Auffi l'Empereur Conftantin, pour trouver remede contre l'héréfie d'Arius, Prêtre d'Alexandrie, fit célébrer le premier Concile de Nice, où il donna affignation aux Arriens. Martianus, pour coupper chemin à l'erreur d'Eutyches, commanda le quatrieme à Calcedoine : Theodofe II affembla le troifieme à Ephefe contre l'héréfie de Neftorius. Gratianus & Theodofius Empereurs, pour étouffer la doctrine de Macedonius, convoquerent le fecond à Conftantinople ; & toutesfois on attache les Papes à un Caucafe, on leur fait tourner la roue d'Ixion, & le caillou de Syfiphe, quand on leur demande un Concile : de forte que le Roi Louis XII, & le Roi des Romains en l'an 1510, n'en purent obtenir aucun de Jules II; & Charles V étant à Boulogne, & ayant fait propofer par fon Chancelier une Affemblée générale des Evêques Chrétiens, le Pape Clement lui répondit, en termes fort aigres, qu'il n'en étoit point befoin, vu que les nouvelles opinions étoient condamnées par les anciens Conciles : auffi bien eût-il pu dire que les anciens Conciles étoient fuperflus, vu que le Saint-Efprit en fa parole condamne toutes héréfies. Mais la fin principale des Conciles, eft d'appeller les Hérétiques à repentance, & prier Dieu qu'il veuille accomplir en eux la prophetie d'Ezechiel, ,, Je leur donnerai un cœur nouveau, pour ,, cheminer en mes commandemens « : comme il advint fous l'Empereur Theodofe, qui par moyen d'un Concile qu'il affembla à Conftantinople, fit revenir à la connoiffance de la vérité une infinité de perfonnes féduites de l'erreur d'Arrius, de Novatius, & de Macédonius. Ce n'eft donc pas affez de dire que les anciens Conciles condamnent les héréfies, mais il en faut avoir de nouveaux pour convertir les Hérétiques, autrement felon faint Auguftin, ,, Celui erre en la foi, qui ne rappelle les ,, Schifmatiques de leur erreur. ,, Ainfi trouvons-nous ès Décrets, que les Anciens célébroïent les Conciles de cinq ans en cinq ans, & de dix en dix, depuis le Concile univerfel de Bafle.

Ce n'eft pas encore affez de tenir un Concile pour appeller les Hérétiques à l'union de l'Eglife, mais pour une œuvre fi pie on n'en doit épargner ni deux ni trois. Saint Ambroife ne fe contenta pas que les Arriens euffent ja plufieurs fois été convaincus d'héréfie, mais voyant qu'ils commençoient à fe remettre fur pied en France & en Italie, il difputa en une affemblée d'Évêques faite à Aquilée contre Paladino infecté de cette erreur; & ce fage Empereur Théodofe, nonobftant le Concile de Nice, où les Arriens, Novatiens, & Macédoniens avoient été condamnés, les fit appeller à l'Affemblée générale de Conftantinople.

Suivant ces exemples, on ne peut aujourd'hui tenir chemin plus court pour aller au-devant de l'héréfie prétendue des Huguenots, qu'en convoquant un Concile : ils demandent qu'on le leur accorde : ils veulent être ouis en leurs raifons, qu'on les écoute : ils veulent apprendre, qu'on leur enfeigne : ils cherchent la lumiere, qu'on les éclaire : voire s'ils ont crainte, qu'on les affure : s'ils ne font affurés, qu'on s'aille rendre à eux, qu'on difpute, qu'on s'efforce d'ôter les caufes de leur divifion. Cela n'eft point fans exemple, car lorfque les Donatiftes infeétoient l'Afrique de leur mauvaife doétrine, & qu'ils mettoient en œuvre toute efpece de cruauté contre les Catholiques, les Evêques Chrétiens affemblés en grand nombre les prierent de leur donner temps & lieux pour difputer, & par amiable conférence couper racine à leur divifion.

Que fi les Huguenots recherchés d'accord nourriffent la difcorde, s'ils ferment les yeux à la lumiere, que l'Eglife ufe de fon autorité & puiffance ; mais fi nous-mêmes détruifons au lieu d'inftruire, fi nous aigriffons au lieu d'adoucir, fi nous donnons la mort pour la guérifon, fi nous prêchons le meurtre, le fang & carnage, en la chaire de juftice, de douceur & de vérité, ne fommes-nous pas les fufils de fédition, les trompettes de Satan,

les satellites de l'Antechrist, & les ennemis de l'Eglise Catholique ? Et cependant ces boute-feux, sans autre figure de procès,
veulent qu'on condamne les Huguenots comme hérétiques, &
que pour les premiers coups on rue contre eux trahisons, déloyautés & parjures, & du Pere de la France, ils tâchent d'en
faire un bourreau des François, de notre Roi très clément, un
tyran sanguinaire, un Phalare, un Busire, qui soit aveugle aux
larmes, sourd aux gémissemens, inexorable aux prieres très humbles de ses obéissans & affligés Sujets. En quoi donc ne res-
semblent ces enragés à ce malheureux Bertaire, qui, étant en possession de la volonté du Roi Thierry son maître, le dissuada de
ployer aux prieres, aux larmes, aux gémissemens des pauvres
François, qui, comme hommes nés à faire faute, ou poussés de la
calamité du tems, étoient exilés de leur pays. Mais Dieu, auquel
nous demandons secours, comme chose digne de sa miséricorde &
de notre espérance, suscitera des Pepins contre ces Bertaires infâmes. Et cependant éveillons-nous, François, & n'ayons point
des yeux pour être aveugles, des veines & des arteres pour être
léthargiques ; & ne tenons point les meurtriers sanguinaires des
François pour protecteurs de l'Eglise Françoise. Que s'il falloit
par armes mettre la derniere main à cette querelle de Religion,
qui mieux que Messeigneurs les Princes du Sang, non encore sortis du giron de l'Eglise Catholique : qui mieux que ces magna-
nimes & religieux enfans de Saint Louis, desquels la foi n'a point
été tirée en soupçon : qui mieux, dis-je, qu'eux pourroit en maintenir le tonnerre, le foudre, & le trident, pour dissiper les hérésies. Après ces Princes, quel pilier plus ferme, quel bouclier plus
assuré pourroit avoir notre Eglise, que ce sage Fabius, ce redoutable Scipion, Monseigneur le Maréchal de Montmorency ? Et
toutefois ils n'ont pas été même appellés à cette Ligue : car quoiqu'ils soient Catholiques, ils ne sont pas pourtant bons Catholiques à la façon des Ligueurs, c'est-a-dire, ambitieux, déloyaux,
cruels, sanguinaires : Quoiqu'ils soient des foudres en guerre, ils
ne sont pas pourtant aujourd'hui bons guerriers, je veux dire ennemis de repos, aveuglés d'ambition, affamés de biens, altérés
de sang, & vuides d'humanité.

Car quant à ce que le Pape autorise ceux de Guise, & qu'il
expose en proie les biens du Roi de Navarre & de Monseigneur
le Prince de Condé, ce n'est pas mettre en œuvre ce que Jesus-
Christ lui commande : *En allant, préchez, disant le Roiaume des
Cieux est approché.* C'est enseigner toute autre leçon que Saint

Paul, 1. Cor. 10. *Les armures*, dit-il, *de notre guerre ne sont point charnelles, mais puissantes de par Dieu, pour réduire toute intelligence à l'obéissance de Christ*. Ce n'est pas pratiquer ces sentences de Saint Jérôme : *Que les Evêques sont Ministres, non pas Maîtres ; que la vérité ne peut être conjointe avec la force ; que celui ensuit Jésus-Christ, qui est persécuté, & celui l'Antechrist, qui persécute*. C'est faire la sourde oreille à cette doctrine de Lactance : *Que la Religion doit être défendue, non pas en mettant à mort, mais en s'offrant soi-même pour être occis ; non point par cruauté, mais par douceur ; non par méchanceté, mais par foi*. C'est donner lieu à ces plaintes de Saint Hilaire : *Qu'est-ce ceci*, dit-il, *que les Prêtres sont contraints par prisons de craindre Dieu ? Que le Peuple lié est baillé en garde entre les enchaînés, & les Vierges mises nues pour endurer peine ?* C'est enfin tenir toute autre route que Dieu ne nous montre au chap. 3 de Jeremie, parlant à lui : *N'as-tu point vu que cette rebelle Israel a fait ? Car elle s'en est allée sur toute haute montagne, & sur tout arbre feuillu, & illec a paillardé : Va donc, & crie ces paroles vers Aquilon : Retourne-toi Israel la débauchée, & je ne ferai point choir mon ire sur vous*. Il ne dit pas qu'on butine, qu'on saccage, qu'on remplisse tout de meurtres & de sang, comme fait le Pape, voire en chose où il n'y a que prévention, non pas sentence ; qu'accusation, non pas preuve. Car de dire que le Roi de Navarre & Monseigneur le Prince de Condé, en l'an 1572, étant amenés au giron de notre Eglise, semblent confesser ès lettres qu'ils écrivirent au Pape, de date à Paris le 3 d'Octobre, qu'ils avoient été auparavant tenus au piége d'erreur, c'est fermer les yeux aux circonstances du lieu & du tems. Ils étoient à Paris entre leurs ennemis, qui n'abboyoient qu'après leurs vies, & tous rouges du sang de leurs serviteurs, voire au tems que le François étoit le cruel boucher, le meurtrier sanguinaire du François, que le pere égorgeoit son fils, que la mere tuoit sa fille, que le frere meurtrissoit sa sœur, que le voisin assassinoit son voisin, que la cruauté triomphoit de la douceur, & la rage de la pitié. Et qui pour lors d'une main tremblante n'eût écrit ce que ses ennemis lui eussent dicté ? Mais en tel cas les loix des Empereurs & les Edits des anciens Prêteurs déclarent toutes actions pour non avenues ; car on n'appelle point consentement ce qu'on fait faire à celui qui est dépouillé de sa puissance. C'est pourquoi le Pape Alexandre III congédie de jetter le froc aux orties, & de se marier à ceux qui, pour crainte de mort, se sont rendus Moines ; Et Paschal II ayant été forcé

d'octroyer

d'octroyer le droit d'investiture des Bénéfices à l'Empereur Henri
V, assembla un Concile à Latran, & déclara nul tout ce qu'il avoit
fait par force. Aussi jadis la procédure de Sylla fut déclarée tyrannique, en ce qu'ayant une puissante armée dans la Ville de Rome,
il se fit établir Dictateur perpétuel, comme aussi fit Cesar par la
Loi Servia. Tellement que le Roi de Navarre & Monseigneur le
Prince de Condé peuvent à juste titre réprouver la déclaration
portée par leur lettre, vu que plus il y avoit de force, moins il y
avoit de volonté. En tout cas, d'où prend le Pape cette autorité
de jetter l'interdiction sur les biens ? *Les Rois*, dit Jesus-Christ,
dominent sur les Peuples, mais il n'en sera pas ainsi de vous. Pais-
sez, dit Saint Pierre, *le troupeau de Christ, non point comme*
ayant seigneurie sur les heritages, mais tellemene que vous soyez
exemple du troupeau. Aussi Justinian écrivant à Epiphane, dis-
tingue le ministere & la seigneurie. Et ailleurs il fait défense aux
Prêtres de prendre titre de Seigneurs, mais de Peres spirituels.
Même Balde, l'un des boucliers du Pontife de Rome, exaltant
sa puissance, est toujours contraint de mettre ce refrein, *ès*
choses spirituelles. Et Saint Bernard parlant au Pape Eugene,
C'est chose claire, dit-il, *que toute Seigneurie est interdite aux Apô-*
tres; comment donc oseras-tu usurper le titre d'Apôtre en seigneu-
riant étant assis au siége apostolique ? Aussi jadis les Prêtres ju-
geoient des hérésies, mais non de la peine des hérétiques : qui
fut cause que Saint Paul fut mené devant Festus, Lieutenant de
l'Empereur ; Que Constantin défend aux Evêques de Nicomé-
die de ne prêter aucune faveur à Eusebe & à Theognis : Qu'Honorius donna le Prevôt Marcellus pour Juge des Catholiques contre les Donatistes ; & que les Empereurs Constantin, Gratian,
Théodose & Justinian, décernent de grieves peines aux Hététi-
ques. Et tant s'en faut qu'anciennement les Sacrificateurs &
Pontifes vouluffent se mêler de la jurisdiction séculiere, ni enjamber sur l'autorité des Rois, que même ils plioient sous eux,
en ce qui concernoit la conservation de la discipline sacerdotale.
Salomon fit déposer Abiathar souverain Sacrificateur, & mettre
Sadoc en sa place. Ezechias réforma l'ordre des Levites, & lui
rendit son premier lustre. Judas Machabée fit déposer les méchans Prêtres de la Loi. ,, Et Numa, dit Tite-Live, bailla au
,, Pontife, tout écrit & signé, de quel bestail, à quels jours, en
,, quels Temples il faudroit faire sacrifices, & d'où l'argent seroit
,, pris pour fournir à tels frais ". Depuis par les Loix des douze
Tables, le tout dépendoit de la volonté du Sénat, qui, suivant

Tome I. Ccc

1586.

ANTI-
GUISART.

cette autorité, en l'an du Consulat de P. Cornelius (5) Lentulus, & M. Bebius Pamphilus, fit publiquement brûler les livres de Numa comme mal-sentans de leur Religion. Ce que fit aussi depuis Constantin des livres d'Arrius : car de main en main la puissance de tenir Conciles, & faire policer les Eglises, vint aux Empereurs, ainsi qu'on peut recueillir par les Ordonnances de Constantin, Gratianus, Honorius, écrites au premier du Code de Justinian, qui disoit n'avoir pas moins de soin de l'Eglise que de sa vie, & duquel nous lisons dix-sept Constitutions sur la discipline ecclésiastique. Comme aussi nos Rois sur le même sujet ont bâti plusieurs belles Ordonnances, notamment Charlemagne, & Charles septieme, qui, le 13 de Juillet 1438, fit publier à Paris la Pragmatique Sanction. Et de fait, comme dit Isidore, les Empereurs & les Rois tiennent les premiers rangs en l'Eglise, de laquelle ils sont nourrissiers, selon Isaïe, chap. 49 : qui étoit cause qu'anciennement les charges plus grandes de l'Eglise étoient déférées, les jeûnes commandés, & les Conciles indits par eux : Que Boniface I supplia l'Empereur Honorius d'ordonner qu'on procédât légitimement à l'élection des Pontifes de Rome : Que Pelagius premier jura ès mains de Ruffin Ambassadeur de Childebert Roi de France : Que Leon I V protesta qu'il vouloit garder les loix de Lothaire, & que Saint Gregoire s'appelle serviteur indigne de l'Empereur Maurice.

Mais depuis que les Papes ont commencé à gouter la douceur du monde, ils s'en sont voulu rassasier aux dépens de l'autorité des Rois & des Empereurs, lesquels, nonobstant que selon saint Paul, toute ame leur devroit être sujette, ils ont voulu assujettir à la crosse de Rome : en quoi leurs entreprises réussirent tellement que les Rois d'Angleterre, d'Arragon, de Naples, de Sicile, de Hierusalem, de Pologne, de Sardaigne, de Corse, des Canaries, furent feudataires ou tributaires des Papes ; de sorte que le Clergé même, voyant qu'ils donnoient trop avant en la jurisdiction temporelle, & que souvent leur ambition ouvroit la porte à plusieurs schismes, a été contraint de les tenir en bride, & les Empereurs de mettre frein à leurs insolences, comme firent jadis à Rome les Patriciens, qui au

---

(96) Il faut, P. Cornelius Cethegus, & M. Bæbius Tamphilus. M. Rollin, Hist. Rom. tom. I. pag. 148, dit que Petilius, Préteur de Rome, qui avoit pris lecture des Livres trouvés dans le Tombeau de Numa Pompilius, ayant rapporté au Sénat, qu'il ne croyoit pas qu'il fût à propos de les rendre publics, ni de les conserver, parcequ'ils contenoient plusieurs choses capables de nuire à la Religion, ils furent brûlés par ordre du Sénat dans la Place publique, en présence du Peuple.

témoignage de Tite-Live , » trouvoient bien séant que les Sa-
» liens & Flamines vacquassent à leurs sacrifices , sans puissance
» ni jurisdiction ; « & ainsi en l'an 1046 les Evêques Chrétiens
voyant la plaie que l'Eglise recevoit par l'ambition de Benoît IX , Silvestre III , & Grégoire VI Anti-Papes , les dé-
poserent canoniquement en un Synode tenu à Rome , appuyés
de l'autorité de l'Empereur Henri III (97). Depuis en l'an 1076
fut tenu un Concile à Wormes , où du consentement de tous
les Evêques Allemands , hormis les Saxons , Grégoire V I I , (98)
appellé Hildebrand , fut excommunié , comme celui qui ne res-
piroit que toute tyrannie , ainsi qu'il est porté par la lettre que
le Concile lui écrivit , conclue en ces termes : *D'autant que
tu t'es ouvert la porte des honneurs par desloyautés & perjures ,
que l'Eglise de Dieu agitée de tes nouvelles inventions comme d'un
véhement orage , flotte en danger , & que ta vie est souillée de plusieurs vilenies : nous secouons le joug de l'obeissance , que jusques
ici nous t'avons prêtée , & comme tu dis publiquement que tu ne
tiens aucun de nous pour Evêque , aussi nul de nous ne te tient
pour Apostolique.* Outre ce Concile l'Empereur Henri IV en fit
tenir un autre à Bresse , en l'an 1080 , (99) où derechef Grégoire VII fut déposé , Wigibert Archevêque de Ravenne subro-
gé en son lieu : puis en l'an 1083 il prit Rome , & Gregoire
s'enfuit à Salerne où il mourut. (1) Quelque tems après , à savoir l'an 1111 , l'Empereur Henri V voyant que le Pape Paschal II vouloit courir sur les anciens droits de l'Empire , touchant l'investiture & collation des Evêchés , le tint prisonnier
jusques à ce qu'il eût fait déclaration d'avoir passé barriere
contre son devoir. Et par avis des Evêques d'Allemagne , Philippe , fils de Frederic Barberousse , dressa une armée , pour
avoir raison du Pape Innocent III , qui l'avoit injustement ex-

(97) Le Concile dont on parle ici est celui
de Sutri près de Rome. Il fut tenu peu avant
la Fête de Noel. Les trois Papes dont parle
l'Auteur de l'Anti-Guisart , n'y furent pas
déposés. Benoît IX ne céda entierement le
souverain Pontificat , que le 17 de Juillet
1048. Silvestre III , élu durant la vie de Benoît , n'avoit tenu le Saint Siége qu'environ
trois mois. Gregoire VI renonça aussi au
Pontificat , soit qu'il y fût contraint , soit
volontairement , dans le Concile de Sutri.
Voyez sur ces faits M. Fleuri , en son Hist.
Ecclésiastique.

(98) Grégoire V I I fut déposé dans le
Concile de Wormes par le Roi Henri , assisté
du Cardinal Hugues , condamné par Grégoire , pour ses mœurs déréglées , & comme
fauteur des Simoniaques. Mais il est vrai que
tous les Evêques souscrivirent à la déposition du Pape.

(99) Ce Concile ne fut pas tenu à Bresse ,
mais à Brixen dans le Tirol. Celui qu'on
nomme ici Wigibert , est Guibert , qui se
fit nommer Clément III.

(1) Grégoire , après avoir été délivré
par Robert Guischard , se retira à Salerne ,
où il mourut le 25 de Mai 1085.

communié, & qui d'ordinaire avoit ceci en bouche : *Ou qu'In-nocent arracheroit à Philippe le Diademe Royal, ou Philippe à Innocent la Mitre Apostolique.* Mais enfin le tout se pacifia par le mariage de la fille de l'Empereur, & du neveu du Pape. Par traînée de temps, Fréderic II, qui avoit beaucoup d'obligation sur l'Eglise, tant pour avoir en l'an 1222 fait lever ancre aux Sarrasins de la Sicile, Calabre, & la Pouille, que pour s'être mis à la conquête de la Terre Sainte en l'an 1228, fut trois fois excommunié par le Pape Grégoire IX, à savoir ès années 1227, 1233, & 1238 : tellement que l'Empereur, par le conseil des Prélats d'Allemagne, venant fondre sur l'Italie, se saisit de Veronne, gâta le territoire de Padoue ; & ce fut lors que la faction des Guelphes & des Gibelins prit naissance. Depuis environ l'an 1323, Louis de Baviere, à qui le Pape Jean XXII avoit opposé Fréderic d'Autriche, créa par l'avis des Romains pour nouveau Pape, Pierre de Corberie, & le nomma Nicolas V, lequel tout aussi-tôt institua plusieurs Cardinaux, & fit brûler en peinture le Pape Jean, en présence de l'Empereur, qui de surcroît, en l'an 1336, assembla une Journée à Francfort, où par Arrêt des Princes de l'Empire, les procédures & excommunications du Pape Jean furent déclarées nulles & abusives. Et en l'an 1415, Jean XXIII s'en étant fui du Concile de Constance, à la faveur de Fréderic, Duc d'Autriche, & de l'Archevêque de Mayence, fut par l'autorité du Concile & de l'Empereur Sigismond, déposé avec Benoît XIII, & Gregoire XII, Anti-Papes : auxquels, en l'an 1417, au mois de Novembre, on subrogea Oton Cardinal de Cologne, depuis nommé Martin V.

Ces insolences papales n'ont pas eu meilleur accueil en France qu'en Allemagne ; car en l'an 1198 ce Roïaume étant interdit au Concile de Dijon, à occasion que le Roi Philippes Auguste ayant répudié Engelberge, sœur de Cain Roi de Dannemarc, avoit pris à femme Agnès fille du Duc de Moravie ; le Roi en appella à la pointe de son épée, & châtia rigoureusement ceux qui avoient assisté au Concile, de sorte que le Pape voyant qu'un si grand Monarque ne se laissoit manier sans mouffle, tâcha de l'adoucir ; & en l'an 1201 assembla un Concile à Soissons, où, par les honnêtes remontrances de deux Evêques, le Roi reprit sa femme Engelberge. Mais Philippes le Bel donna bien plus avant ; car Boniface VIII ayant jetté l'interdiction sur son Roïaume en l'an 1302, & icelui donné en proie à l'Empereur

Albert d'Autriche, il fit brûler la Bulle en préfence de fes Princes & de fon Confeil : puis envoya Noguaret en Italie avec armée, portant Décret de prife de corps, en vertu duquel il conftitua le Pape prifonnier. Et Louis XII, qui fut long-temps abbayé, mais non jamais fa grandeur entamée, par le Pontife de Rome, voyant que Jules II fuivoit à la pifte les infolences de fes devanciers, & qu'après avoir jetté l'excommunication fur lui & fur fes Sujets, il aiguillonoit les Allemands, les Anglois & les Efpagnols contre lui, fit par Arrêt de la Cour publiquement lacerer la Bulle d'interdiction, & conftituer prifonnier le porteur d'icelle : puis, par avis des Evêques François, affemblés à Tours, environ l'an 1511, réfolut de s'oppofer par armes à la tyrannie du Pape(1), qui depuis, de temps en temps, a toujours pratiqué quelque malheur à la France : &, comme témoigne Martin du Bellai, au fecond Livre de fes Mémoires, le Pape Léon ayant entendu la perte que les François avoient faite de la Ville de Milan, fous le Seigneur de Lautrec, en l'an 1521, en prit telle joie, qu'il en mourut foudain. O mort glorieufe d'un Succeffeur des Apôtres ! ô le Saint Pere, qui non feulement prend plaifir au mal qu'il fait, mais fe baigne au mal qu'il ne fait pas ! Depuis, cette ambition papale s'eft tellement débordée par la Chrétienté, que l'Eglife en eft à préfent toute défigurée : témoins les Roïaumes d'Angleterre, d'Ecoffe, de Dannemarc, de Suede ; les Electeurs féculiers du Saint Empire ; une grande partie de la Boheme & de la Pologne ; les principaux Cantons de Suiffe, & tant de grandes Villes & Communautés d'Allemagne, qui ont fait banqueroute à la Religion Catholique Romaine.

Ha ! Prêtre Romain, que tu t'en vas à vauderoute, & que ta vie eft corrompue ! Car, eft-ce maintenant ton eau benite que le fang ? N'as-tu plus pour benitier que la pauvre France déchirée de tant de maux ? Eft-ce ton afpergès que le couteau ? Sont-ce les clefs de Saint Pierre que les arquebufes ? Eft-ce ta douceur que la cruauté, & la guerre ta paix ? Tues-tu pour guérir ? Diffipes-tu pour affembler ? Aigris-tu pour adoucir ? Démolis-tu pour édifier ? *Mon Roïaume n'eft point de ce monde,* dit Jefus-Chrift, & tu veux élever ta croffe au-deffus des fceptres, & ta mitre au-deffus des diademes ! *Nourriffez,* dit-il,

(1) Voyez fur les démêlés de Louis XII avec le Pape Jules II, l'Hiftoire de la Ligue de Cambrai par M. Dubos ; & l'Hiftoire de Louis XII, imprimée en 1755, en 3 vol. *in-12.*

la paix & la charité : & tu as fait courir tes Bulles en poste, pour semer la discorde entre ceux qui sont d'accord ! Il te montre le ciel, & tu regardes la terre ! Il te donne la charge des ames, & tu veux maîtriser les corps. Mal t'en est advenu : encore veux-tu rafraîchir ta plaie ; car, si quelque hérésie bourjonne par le monde, ce n'est point aux biens, mais à l'esprit qu'il s'en faut prendre : & ce n'est point avec le couteau, mais avec la raison qu'il faut combattre. Car, si on n'applique point au corps les remedes propres à l'ame, comment appliqueras-tu à l'ame les remedes du corps ? Selon le mal, la medecine : selon la plaie, l'onguent : selon le sujet, le remede ; aux cicatrices du corps conviennent choses corporelles : aux plaies de l'esprit, remedes spirituels. Vouloir donc à vive force arracher héresies, c'est guérir l'ame par le corps : mais plutôt, c'est tuer, non pas guérir ; c'est affliger, non pas consoler ; c'est par les ténebres montrer la lumiere, & par la cruauté enseigner la douceur. Si tu veux détruire, il est besoin d'instruction : pour instruire, il faut subvertir : pour subvertir, il faut convaincre : & pour convaincre, la raison est nécessaire. Est-ce donc raison de faire passer la condamnation devant la preuve ? de bailler aux Putains le bordeau à réformer ? & commettre l'exécution de la Sentence à partie ?

Aux raisons générales de ce discours, le Roi de Navarre & Monseigneur le Prince de Condé ajoutent des exceptions particulieres, c'est que par Ordonnance du Roi Charles V, publiée l'an 1369, défenses furent faites de jetter sentence d'excommunication contre aucunes Villes, Communauté, Corps ni College de son Roïaume ; joint que par les privileges de la fleur de Lis, le Pape ne peut excommunier ni le Roi ni ses Sujets ; tellement que Clement V, par une sienne Bulle, déclara nulle l'interdiction de Boniface VIII contre Philippes le Bel, & ce Roïaume exempt de la puissance des Papes, & pour tel tenu & jugé par Alexandre IV, Gregoire VIII, IX, X, XI, Clement IV, Urbain V & Benoist XII. Et de fait en l'an 1488, le Procureur du Roi appella comme d'abus de l'excommunication jettée par le Pape sur les Gantois, Vassaux de la Couronne de France. Et la Cour de Parlement, par Arrêt du 27 de Juin 1526, & du dernier Janvier 1552, déclara nulle & abusive la clause, *par autorité apostolique*, inférée aux rescripts des Papes envoyés en France. Et comme au mois de Mars, l'an 1563, l'Inquisition de Rome eût fait citer la Reine de Navarre pour comparoître devant le Pape dedans six mois, en propre personne, sur peine de confiscation de tous ses biens ; le Roi Charles IX estimant que cet ajournement entamoit son honneur & les privileges de son Roïaume, déclara au Nonce du Pape qu'il châtiroit les Auteurs de telle entreprise ; comme fit en cas semblable Louis le Jeune à Thibaut Comte de Champagne l'an 1143, qui avoit fait censurer Raoul Comte de Vermandois.

J'ajoute avec du Tillet Evêque de Meaux, qu'on ne doit point souffrir qu'un Pair soit excommunié, parceque l'on a à converser avec lui pour les Conseils du Roi, qui le devroit nourrir, s'il n'avoit dequoi vivre ; & sur telles raisons, sur tels exemples, sur tels privileges, s'appuient le Roi de Navarre & Monseigneur le Prince de Condé, & comme vrais François en font bouclier contre les ennemis de la France, qui, pour faire chemin à leur ambition au dépens du pauvre Peuple, s'étudient de corrompre ces beaux privileges, se servant du Prêtre de Rome, comme du Ministre de leur fureur, laquelle grosse de témérité a éclos toutes les tragédies qui se jouent aujourd'hui par la France, & jusqu'à vouloir contraindre le Roi de nommer un Successeur à la Couronne.

Jadis le Dictateur Fabius Buteo voulant mettre ordre à ce que le tems & la nécessité avoient mis en désordre, dit qu'il ne déposeroit du Sénat aucun de ceux que les Censeurs C. Flaminius & L. Æmilius y avoient établis. Qui doncques croira que le Roi veuille priver du droit du Roïaume ceux qui y sont appellés, non point par des Censeurs, mais par la loi qui est la regle de la censure. J'entens cette loi fondamentale de la France, en vertu de laquelle le successeur est presque saisi du vivant de son devancier, & en est à demi possesseur, sans autre investiture, d'où vient ce proverbe, *Que le Roi ne meurt jamais en France*. Joint que ce seroit se haïr soi-même de corrompre les loix, qui le font regner après ses prédécesseurs depuis l'origine de cetteMonarchie: car quoique nous vivions sous un Souverain, qui ne peut avoir les mains liées, toutefois il faut dire comme Lucius Valerius contre la Loi Oppienne : *Qu'il y a des Loix inviolables pour le perpétuel profit de la République, d'autres seulement nécessaires pour quelque tems, que celles-là ne meurent jamais, & que celles-ci sont mortelles selon les diverses occurrences*. Tellement que ces choses, ainsi distinguées de nature, nous mettions en la premiere espece les Loix roïales, & qui concernent l'état du Roïaume, d'autant qu'elles sont annexées & unies avec la Couronne, comme est cette loi de succession, en préjudice de laquelle le Roi ne peut élire autre successeur que celui qu'elle lui désigne, & en ce cas nous lui pouvons dire ce que disoit Pacatius à l'Empereur Théodose, *Cela seulement t'est permis, que les Loix te permettent*, & non autrement, pour plusieurs raisons.

Car, premierement, ce qui s'observe en la partie doit avoir lieu au tout : Or, tous les Rois tiennent pour regle générale que le Domaine public est de sa nature saint, sacré & inaliénable. C'est pourquoi la Ville de Ziceleg, donnée à David par le Roi Achis, ne fut jamais aliénée ; & les Rois de France, d'Angleterre, d'Espagne & de Pologne, font serment de ne démembrer point le Domaine ; même le Roi d'Angleterre, au Traité fait avec le Pape & les Potentats d'Italie, fit ajouter cette clause : *Qu'on ne bailleroit rien du Domaine de France pour la délivrance du Roi François.* Et la raison est, d'autant que le Domaine de la Couronne est censé public pour le regard de la propriété, duquel l'usufruit est fait privé & particulier du Roi regnant, tant qu'il est en vie seulement. Qui fut cause que l'Empereur Pertinax fit effacer son nom gravé aux héritages domaniaux ; qu'Antonin le Pieux ne voulut demeurer qu'en ses propres héritages, & que Louis VIII aima mieux faire vendre ses bagues & joyaux pour accomplir ses légats, que d'entamer le Domaine, qui, vu les autres droits de la République, ne peut être dit qu'une partie d'icelle ; de sorte que si le Roi ne le peut aliener, moins encore peut-il faire passer son Roïaume & ses Sujets d'une race en une autre.

La seconde considération sera prise de l'exemple des tuteurs, qui, au témoignage d'Aule Gelle, liv. 5, chap. 9, ne pouvoient faire passer leurs pupiles sous la puissance d'autrui, ni les Rois aussi leurs Sujets, vu qu'ils ne sont que tuteurs des Peuples, au profit général desquels ils doivent avoir les yeux plus ouverts qu'à leurs particulieres commodités ; & au dire d'un Ancien, *comme la tutelle, ainsi la charge de la République regarde le profit de ceux qui sont gouvernés, & non pas gouverneurs.* Tellement que si le Roi, possédé de mauvais conseil, transfere son Roïaume, le plus habile à succéder pourra casser ce qui a été fait à son préjudice, ainsi qu'il fut pratiqué par Charles VII contre Henri V Roi de France & d'Angleterre, qui, en faveur du mariage entre lui & Madame Catherine de France, fille de Charles VI, avoit été investi de ce Roïaume, comme il appert par l'accord qui en fut passé le 21 Mai 1420.

Davantage,

Davantage, quoique pour certains cas nos Loix permettent au pere d'exhéréder son enfant, toutefois cette permission cesse en nos Rois, desquels on n'est point héritier, mais de la Couronne: car de droit l'héritier est tenu à toutes actions héréditaires, soit actives, soit passives, d'autant que selon le Jurisconsulte Caïus, l'héritage représente la personne du défunt. Et toutefois on tient que le Roi n'est obligé aux conventions particulieres & sermens de ses prédécesseurs; de sorte que quand Philippes le Bel, pour l'accomplissement du mariage de Louis Hutin son fils aîné, avec Marguerite de Bourgogne, en Février 1299, accorda, décédant Louis Hutin, premier qu'être Roi de France, délaissant hoirs mâles, chacun puîné avoir vingt mille livres de rente. Tel accord n'obligeoit point son successeur. De même lorsque Charles V, en Octobre 1374, ordonna que Louis de France son second fils eût pour appanage douze mille livres de rente en titre de Comté, & quarante mille francs à une fois payer : cette Ordonnance ne portoit obligation que sur lui. Aussi Louis XII répondit à ceux qui lui demandoient l'artillerie prêtée à Charles VIII son prédécesseur, qu'il n'étoit point son héritier pour payer ses dettes. Et le Roi François II, le 19 de Janvier 1559, écrivit aux Seigneurs des Ligues, » Jaçoit que nous ne soyons » tenu au paiement des dettes créées par feu notre très honoré » Seigneur & Pere, pourceque nous n'avons appréhendé cette » Couronne comme son héritier, mais par la Loi & Coutume » généralement observée en ce Roïaume, depuis la premiere institution d'icelui. Toutefois désirant décharger la conscience » de notredit Sieur & Pere, nous nous sommes résolu d'acquitter celles qui se trouveront loyaument dûes, &c. » Ainsi donc puisque la Couronne n'est point déférée par succession paternelle, mais par la Loi du Roïaume, le Roi ne la peut ôter à celui auquel la Loi la donne.

Item, notre condition est beaucoup meilleure que celle des affranchis Romains, qui par la Constitution des Empereurs Diocletian & Maximian, pouvoient choisir domicile à leur plaisir, & l'héritier, comme dit Pomponius, qui étoit chargé de les mettre en liberté, ne pouvoit sans leur aveu s'en acquitter par main d'autrui. Moins doncques nous doit-on faire, contre notre volonté, ployer le col sous la puissance d'autres, que de ceux qui nous sont désignés par la loi de succession, qui a plus de force que la derniere volonté d'un testateur. Et de dire que le Roi de Navarre, obstant sa Religion, ne peut être sacré, ni recevoir l'Onction , selon la coutume observée (au dire des Guisars) depuis Clovis premier , ni par consequent être Roi de France , c'est vouloir faire de l'accessoire le principal , & l'essence de l'accident ; car l'Onction & le Sacre en un Roi ne sont point de l'essence , autrement ils serviroient de genre ou de différence en la définition de Roi ; & comme ainsi soit que la définition & la chose définie doivent être réciproques , il s'en ensuivroit que celui qui seroit oint & sacré fût Roi , & que tout Roi seroit oint & sacré. Et toutefois en la premiere lignée des Meroviens les chroniques ne font aucune mention de Sacre ni d'Onction. Clovis premier , au témoignage de Gregoire de Tours , après son Baptême , fut couronné , & élevé par le camp sur un pavois. Aussi fût Sigibert , au lieu de Chilperic , assiegé à Tournay. Et selon Aimonius , aucuns Ducs ayant conjuré contre les Rois Gontran & Childebert , firent à Brive-la-Gaillarde , Gondevaut leur Roi avec semblable cérémonie , ordinaires aux autres Nations : car Brinion fut ainsi fait Duc par les Kennemarlandes , selon Tacite , Valentinian premier & Phocas , par l'armée Romaine , selon Nicephore , & Hypatie , selon Cassiodore. Qui ne voit donc que la prétendue raison des ennemis est une sotise accompagnée d'imposture ?

J'ajoute qu'à la réquisition des Guisars ce Roïaume se rendroit électif , & qu'outre la Loi & les raisons susdites , la coutume en seroit violée , vu qu'au témoignage d'Agathias , Auteur Grec , qui a écrit l'an 400 , & de Cedrenus , qui vécut du tems de Philippes premier Roi de France , les Francs ayant choisi la meilleure forme de République , n'ont point d'autres Rois que par droit successif. Mais quelles pierres ne remuent ceux qui halettent après les Principautés ? Ceux de la Maison de Bourbon , disent ces boute-feux , sont aujourd'hui outre le dixieme degré d'agnation à la Maison Royale , & partant exclus de la succession par les Loix civiles.

Voyez ici , François , comme ce jeune Alexandre , ce beau rejetton de Saint Louis , Henri Roi de Navarre n'est pas seul en but aux malheureux desseins de ces Etrangers ; mais comme aussi généralement les Princes de Bourbon sont abboyés. Mais comment ? En faisant toujours brêche en ce Roïaume , qui ne tient rien que de Dieu & de l'épée. Ils nous opposent les Loix Romaines , & nous disons que c'est un corps sans ame , sinon en tant qu'elles prennent vie de l'autorité de nos Rois , comme portent les privileges à l'Université d'Orleans par Philippes le Bel ,

l'an 1312, & l'Arrêt donné le 15 de Juillet 1351, par lequel il
fut dit que le Roi peut déroger aux Loix civiles ; comme auffi
Philippes de Valois l'avoit pratiqué en deux teftamens qu'il fit ,
l'an 1347, & en la donation faite à la Reine , le 21 Novembre
1330. Et pour le trancher court, ce Roïaume n'eft point héréditaire , mais de la famille ; & en la fucceffion des Rois ne fe ré-
gle point par droit écrit , mais par fa coutume & par fes Loix
fondamentales , qui déferent la Couronne au plus proche du
Sang Royal iffu de mâles , ores qu'il foit au millieme degré. Encore nonobftant ces raifons , & fans confiderer que comme difoit Fabius Maximus , *On rend fouvent le droit malade , mais qu'on
ne le tue jamais.* Les Guifars penfent arracher la Couronne à
ceux qui de nature nous font défignés Rois, même jufqu'à ranger Sa Majefté à tel parti, qu'elle foit contrainte de leur déclarer un Succeffeur ; & toutefois, ,, la hauteur des cieux , la pro-
,, fondeur de la terre , & les cœurs des Rois, ne font point à fonder ,, , dit le Sage. Et le cinquieme Concile de Tolede excommunie ceux qui s'informent qui regnera fur eux après celui qui
tient le fceptre ; car outre une vicieufe curiofité , on y peut toujours foupçonner quelque pratique contre le Roi. Et de fait,
comme au Parlement d'Angleterre tenu l'an 1566, les Etats fol-
licitoient la Reine de déclarer un Succeffeur à la Couronne ,
elle leur répondit, qu'on faifoit fa foffe devant qu'elle fût morte ;
du moins elle pouvoit dire qu'on vouloit ravaler fon autorité ;
car , comme difoit Pompée , ,, On adore plus le Soleil levant que
,, le couchant.

Mais à quel propos cette nomination de Succeffeur ? Car les
Egyptiens furnommoient tous les Rois Pyramis, qui fignifie la
même chofe , parceque l'on ne peut rien appeller de bon en nature, qui ne foit proportionné de toutes fes parties. Qui fera
l'outre-cuidé qui dira que notre Roi étant homme , ne l'eft point ,
& qu'il foit inhabile à engendrer ? Si le tems de la génération n'eft
terminé par nature que dans foixante ans, ou felon aucuns , dans
la feptantieme ; dirons-nous qu'un Prince vigoureux , & qui eft
en la fleur de fes ans , foit hors d'efpérance d'avoir lignée ? Et
fi, felon Seneque , ,, Toute légere créance eft un fol document ,,,
pourquoi nous perfuadons-nous ainfi notre Roi ftérile ? Mais venons à ce qu'il le touche de plus près.

Ceux de Guife, de vœu & de profeffion , anciens ennemis du
Sang Royal de France , penfant avoir mis Sa Majefté en goût de
pratiquer le confeil que Tarquin le Superbe bailloit à fon fils Sex-

tus , de faire mourir les principaux Seigneurs des Gabiens,
& tenant pour chose facile de rompre l'anguille au genou, & ter-
rasser les Princes du Sang , qui ne peuvent seulement être ébran-
lés qu'avec la totale ruine de cet Etat, s'étudient par leurs dernieres propositions de dégoûter tous les Etats de ce Roïaume, du
devoir auquel la nature & la Loi de Dieu les obligent , & ainsi accabler les Princes du Sang à la faveur du Roi , & par la révolte
des Sujets donner le croc en jambe au Roi. Cela se voit à l'œil :
car quand ils nous proposent le rétablissement de l'Eglise en ses
libertés & anciens privileges , n'est-ce pas pour mettre le Clergé
en jeu contre Sa Majesté ? L'Eglise a-t-elle perdu ses prérogatives ? Qui donc les lui a ôtées que celui qui en a le pouvoir ? Et
qui le peut, sinon le Roi seul ? Mais si , comme disoit un Empereur, nous ne devons avoir aucune sinistre opinion de nos Princes , qui dira que notre Roi ait voulu plus qu'il ne devoit, &
qu'il n'ait reglé sa puissance selon la raison ? » C'est le plus haut
» dégré de bonheur , disoit Pline à l'Empereur Trajan, que de
» pouvoir ce qu'on veut , & de grandeur, que de vouloir ce
» qu'on peut ». Or cette puissance ne se mesure selon les affections humaines , mais au pied de la vertu & des Loix, & en cela
connoît-on les Tyrans & les Rois; car les Tyrans veulent que leurs
affections servent de Loix , & les Rois n'ont autres affections
que les Loix. Et néanmoins comme si Sa Majesté avoit , contre
toute raison, ravi à l'Eglise ses anciennes libertés , ces Guisars les
lui veulent rendre. Mais qu'est-ce que ces potirons venus d'une
nuit appellent ancien ?

Anciennement, selon les Décrets du Concile d'Antioche, &
depuis par les Ordonnances de Charlemagne, l'élection des Evêques étoit en l'approbation du Peuple, sans l'aveu duquel le Concile universel de Constantinople ne voulut point ordonner Nes-
torius Evêque. Et quand Athanase déclara Pierre son Successeur, *le Peuple*, dit Theodorite, *l'approuva*. Même par Ordonnance du Pape Nicolas, l'élection des Papes, faite par les Cardinaux, devoit être confirmée par le Peuple.

Anciennement, le Pape n'étoit point le Princes des Prêtres ,
& ne présidoit aux Conciles où l'ordre de la hiérarchie doit être
étroitement observé. Au Concile de Nice , Athanase pré-
sida. Au deuxieme Concile d'Ephese , Dioscorus Patriarche
d'Alexandrie. Au cinquieme Concile de Constantinople ,
Menas Patriarche du lieu. A Carthage , Aurelius Archevêque
de la Ville. Et Saint Cyprian , faisant mention de l'Evêque de
Rome , ne l'appelle que Frere ou Compagnon.

Anciennement les Guifars n'étoient rien, & nagueres de
petits compagnons, ils fe font aggrandis aux dépens du Crucifix. Ramenez donc les chofes à leur premier point, on fait
breche à l'autorité du Pape, & les Guifes perdront leur graif-
fe. Encore ils parlent de rétablir l'Eglife, en fes anciens privileges! Mais d'où cette autorité de leur ambition : & par quels
moyens? en fuçant les biens de l'Eglife, non pour l'avancement des Eglifes, mais pour frayer chemin à leurs pernicieufes
menées : comme ces factieux Robert Comte d'Angers, & fon
frere Hugues, qui voulant arracher le Septre des mains de Charles le Simple, foudoyoient leurs gens du bien de l'Eglife. Ceux-
ci donc la veulent garder. O le bon gardien de brebis que le
loup! Mais comment garder? Par armes; comme fi les armes
fe pouvoient prendre fans le commandement du Prince, qui
en eft le difpenfateur. Qu'on life les Loix, on trouvera que les
Empereurs Valens & Valentinian font expreffes défenfes de
lever baniere, que par leur autorité : qu'on examine les droits.de
regale, on trouvera que c'eft un point de la Majefté que de
décerner la guerre : qu'on fonde la raifon, on connoîtra que la
prife d'armes qui touche le public, ne fe doit faire par un particulier : qu'on life les hiftoires, on verra que les Etats du peuple Athenien décernoient la guerre, comme ils firent contre les
Syracufains, Megariens, & les Rois de Macedoine : on trouvera qu'il étoit défendu entre les Ætoliens de rien conclure fur
le fait de la guerre (*nifi in Panætolio & Pylaico Concilio*) &
qu'à Rome c'étoit au peuple à la dénoncer, comme il fit contre Mithridate, par la Loi Manilia ; contre Philippes II, Roi
de Macédone, par la Loi Sulpitia : contre les Pirates par la Loi
Gabinia. Et d'autant que Cefar fit la guerre en France fans
mandement du peuple, Caton fut d'avis de rappeller l'armée,
& livrer Cefar aux ennemis : même le Senat ayant voulu tirer à
foi cette puiffance, fut toujours empêché par l'oppofition des
Tribuns, *il y eut débat*, dit Tite-Live, *fur la réfolution fi la*
guerre fe dénonceroit par mandement du peuple, ou fi les Arrêts
du Senat fuffiroient : les Tribuns eurent le deffus : comme il advint quand il fut queftion d'entreprendre la feconde guerre
Punique ; depuis auffi, quand il fallut guerroyer les Herniques,
les Veftins, les Palépolitains, les Preneftins, & les Eques ; &
quand la guerre fut dénoncée aux Romains par les Tarentins,
» le Senat, dit Plutarque, donna l'avis, & le peuple de Taren-
» te octroya le mandement. » Quelles Loix donc, quel droit,

quelle raifon, quels exemples autorifent, ou plutôt ne condamnent les armes de ces turbulens, qui d'une privée autorité ont allumé le feu d'une guerre injufte, cruelle, & fanglante ? Et puis
ce feront les boucliers de la foi, & les piliers de l'Eglife ? mais
bien les Sergens du Diable, & les fouets de l'Antechrift : car
la guerre, le meurtre, la cruauté ne font point les marques du
Chrétien, lequel (comme dit Socrate Scolaftique, liv. 7, chap.
1, parlant du meurtre d'Hipatie) doit avoir les mains nettes de
fang ; & au dire d'un Ancien, » il faut plutôt débattre fon droit
» par raifon, que par armes. « Qui fut caufe que les Atheniens
& Mytileniens élurent Periander pour arbitre fur le différend de
quelque territoire : que les Achéens remirent la controverfe
qu'ils avoient contre les Argives, au jugement des Mantiniens,
& que les Romains, avant que s'armer contre Hannibal, le fol-
liciterent de lever le Siege de Sagunte. Même anciennement
quand la néceffité contraignoit de prendre les armes, cela ne
fe faifoit fans aufpices, & le plus fouvent on confultoit les ora-
cles, de forte que P. Claudius, & L. Junius Confuls, ayant
fait voile fans aufpices, furent condamnés par Arrêt du peuple, comme auffi fut Gabinius, pour avoir mené une armée en
Égypte, contre la teneur des livres des Sibilles ; & les affaffins
du bien public, en brigandant à la vue du Magiftrat, feront
tenus pour piliers de l'Eglife ? Gens qui n'ont les armes au poing
que pour de plus en plus agrandir leur petiteffe, pour pêcher
en eau trouble ; pour triompher de la honte des François, feront nommés les Protecteurs de faint Pierre ?

Quel bien, Meffieurs les Evêques, prétendez-vous de tant
de maux faits à votre faveur ? Vous prêtez épaule aux féditieux :
eft-ce-là fe retirer du méchant, afin que le péché fe retire de
vous ? Eft-ce la pratique du Confeil de Tertulian, qu'il vaut
mieux être tué que tuer, être trahi que trahir ; & fervir plutôt
de butte aux méchans, que de faire mal ? Et que diroient de
vous les Romains, qui livrerent aux Feciales le Conful Pofthu-
mius, & le renvoyerent lié & garotté aux Samnites, pour avoir
fait une paix néceffaire avec eux : de vous, dis-je, qui plus par
paffion que par raifon, favorifez une guerre injufte ? Car de quoi
vous plaignez-vous ?

Si vous dites que plufieurs Gentilshommes tiennent des Abbaïes, & des Evêchés en commande ou autrement, on vous
répond que même jadis elles étoient baillées en partage : comme nous trouvons qu'Adolphe II, fils de Balduin II, Comte de

Flandres & de Madame Elftrude, fille d'Elfrede Roi d'Angleterre, eut pour partage la Comté de faint Pol, & l'Abbaïe de
faint Bertin, & Robert Comte d'Angers devant la mort de
fon frere Eude, tenoit celle de Saint Germain des Prés, Sainte
Croix & Saint Ouen : & jadis voyant nos Rois que les Abbaïes
s'étoient faites très opulentes, & qu'elles étoient prefque réduites à l'inftar de leurs Bénéfices militaires, ils les confererent
à leurs Gendarmes, qui à difcrétion y mettoient un chef qu'ils
appelloient Dean, ce qui fe trouva pratiqué depuis le regne de
Charles le Chauve jufques à celui de Robert.

Si vous prenez argument fur l'induc promotion aux dignités
Eccléfiaftiques, n'avez-vous pas l'impofition des mains, & la
confécration : pourquoi donc les baillez-vous à perfonnes indignes ? Et de vouloir priver les Rois du droit de préfentation, il
n'y a point d'apparence : car ils font les patrons des Eglifes. Même
le Pape Adrien tint un Concile, par lequel il fut ordonné que les
Archevêques & Evêques feroient de là en avant inveftis de leurs
Prélatures par Charlemagne : joint que, comme dit Duaren, l'inf-
tallation des Evêques par l'autorité de nos Rois, eft l'une des
pierres angulaires de ce Roïaume : » car qui ne connoît, dit-il,
» les artifices de la Cour Romaine, & combien cette fangfue
» fuce du fang François ? « Auffi le change de fon plomb avec
notre or eft venu en proverbe : comme celui de Glaucus & de
Diomedes en Homere ; & déja de fon temps faint Bernard fe
complaint que tout le Monde, les ambitieux, les fimoniaques,
les paillards, les inceftes accouroient à Rome, pour obtenir les
honneurs de l'Eglife.

Si vous vous plaignez de ce que par fois on fait levée de
deniers fur le Clergé, on vous dit que la néceffité n'a point de
Loi, que les hommes fe gouvernent felon le temps, non pas
le temps felon les hommes, & que les occurences font comme les guides de nos actions. Qui fut caufe que l'an 1171,
Louis le jeune fut aidé des Eccléfiaftiques, pour envoyer le
Comte de Sancerre à la conquête de la Terre Sainte : qu'en Mars
1188, le Roi Philippes Augufte, par Arrêt du Concile tenu à
Paris, obtint pour un an les Dîmes de l'Eglife, qui furent appellées les Dîmes Saladin (1) : de partie defquelles du regne de
Theodoric II, Charles Martel en fit récompenfer des Gentils-

---

(1) Il faut : la *Dîme Saladine*. En voici
l'origine. Jerufalem ayant été prife par Saladin, Soudan d'Egypte, les Chrétiens en furent affligés, & réfolurent d'aller reprendre
cette Ville ; afin de former des troupes pour
cette expédition, on leva fur les Eccléfiafti-

hommes qui avoient foutenu le faix de la guerre contre les Sarrafins. Et fous Charles VI, le Comte d'Anjou, par permiffion de Clement Anti-Pape, en emporta plufieurs fur le Clergé. Depuis en l'an 1532, le Roi François, ayant fur les bras une guerre étrangere, fut fecouru par les Prelats de ce Royaume. J'ajoute que le Clergé ne fe peut dire libre de tributs, car Jefus Chrift en a payé : *& fi l'Empereur*, dit faint Ambroife, *en demande, nous ne lui refufons point*. Auffi Valentinian écrivant aux Evêques d'Afie & de Phrygie, dit que les bons Evêques ne font point les rétifs à contribuer : même en tel cas l'Empereur Conftantin les menace de griéves peines. Et du temps de la guerre Macédonique le Senat de Rome voyant que le peuple étoit foulé, fit lever une taille fur les Prêtres nonobftant leur oppofition fondée fur les immunités qu'ils avoient de Numa Pompilius, dont ils appellerent devant les Tribuns, „ qui, dit Tite-Live, „ déclarerent l'appel des Prêtres mal venu, tellement qu'on exi-„ gea d'eux les tailles de toutes les années qu'ils n'en avoient „ point payées ". Et vous cependant, Meffieurs, ourdiffez des entreprifes contre votre Roi, lorfque forcé de la néceffité, il exige de vous quelque tribut, fans avifer qu'il vous chatouille, où il peut rudement vous châtier par une jufte réformation moulée fur l'état de l'Eglife primitive. Ne réveillez donc point ce qui dort, & ne croyez, Meffieurs, que ceux qui fe fervent de la guerre comme d'une éponge pour fucer la fubftance de l'Eglife, & qui ne font riches que du bien du Crucifix, veuillent porter remede à votre prétendue maladie ; & de dire qu'à préfent ils veulent exterminer les Huguenots, c'eft mal pefer leurs actions, encore plus mal leur puiffance : car fe font-ils faits des Briarées depuis qu'ils combattoient fous l'autorité de notre Roi ? Certes il n'y a rien qui foit accru en eux, que la folie & le défir de regner. En tout cas, s'ils font conduits de l'amour de Dieu, & de la piété de la Religion Catholique, que ne tournent-ils leurs armes contre les Juifs qui jettent la malheureufe fémence de leur doctrine dans l'Europe, dans l'Italie, voire dans Rome, Siége du Saint Pontife ? S'ils font fi avant qu'ils difent ès bonnes graces du Roi des Vifigots, que ne lui perfuadent-ils de chaffer les Mores d'Efpagne ? S'ils font Rois de Jerufalem, que n'y vont-ils faire perdre pied aux Turcs ? S'ils

---

ques le dixieme d'une année de leur revenu ; & fur les Laïcs qui ne faifoient pas le voïage, le dixieme de leurs biens ; on appella cette levée, *Dîme Saladine*, du nom de *Saladin*, qui en étoit la caufe ; c'étoit en 1188.

font

ſont Princes de l'Empire, que ne déploient-ils leur puiſſance contre les Lutheriens, ſans venir alterer le repos de la France où ils ne ſont qu'Etrangers ? Mais en cela reconnoiſſons notre mauvaiſe deſtinée, qui nous a menés à ce point, que de tenir nos ennemis pour amis, les parjures pour fideles, les Etrangers pour domeſtiques, & les Athées pour Religieux, ſi que nous pouvons dire, » Ephraïm eſt comme un gâteau qui n'eſt » point retourné : les Etrangers mangent ſa force, & n'en a » rien ſu «. Voila quant à la premiere attente qu'ils donnent au Roi : venons aux autres.

Leur mauvais Génie, l'Eſprit de diviſion, leur a enſeigné que le Ciel, le corps humain, & la monarchie ſe reſſemblent par une grande ſympathie : qu'il y a au Ciel deux principales parties, la Lune & le Soleil ; au corps humain, la tête & le cœur ; en la Monarchie, le Roi & la Nobleſſe : que l'éclipſe d'entre le Soleil & la Lune rend le Ciel obſcur ; l'indiſpoſition de la tête ou du cœur tient le corps mal diſpoſé ; & que ſi le Roi & la Nobleſſe jouent au boute-hors, la Monarchie panche à la ruine. Suivant cette leçon, ils tâchent d'allumer le flambeau de diviſion entre le Roi & la Nobleſſe : car où viſe cette fiere volonté d'entreprendre ſur certains Gentilshommes, élevés en grandeur par ſa Majeſté ? Où tend cette réintégration de la Nobleſſe en ſon ancienne dignité ?

C'eſt nouveauté, c'eſt un prodige en France, voire c'eſt félonnie, c'eſt ſacrilege, qu'un Sujet donne la Loi & meſure à ſon Prince, qu'il mette frein à ſa volonté, qu'il borne, qu'il étreciſſe ſon autorité ſuprême : c'eſt dépiter la nature de vouloir que le bras commande à la tête, que l'ame obéiſſe au corps, que la raiſon complaiſe aux ſens : c'eſt dénouer la ſociété civile, de faire que le maître honore ſon ſerviteur, que le Regent faſſe ce que veut le diſciple, que le Magiſtrat ploie aux paſſions du peuple. Et qu'eſt-ce que tout cela, ſinon que vouloir faire haïr au Prince ceux qu'il aime, mépriſer ceux qu'il eſtime, abbaiſſer ceux qu'il éleve, & le contraindre de vouloir ce qu'il ne veut pas ? Et toutesfois c'eſt ce que les ſéditieux veulent aujourd'hui mettre en œuvre, c'eſt une des buttes de leurs deſſeins, c'eſt le chemin qu'ils tiennent pour entraverſer la puiſſance du Roi : mais ſous quel prétexte ? Que gens de bas or ont la porte des honneurs ouverte, & que les perſonnes d'honneur ſont contraintes de demeurer à l'ancre. Qui s'en plaint ? Des Etrangers : mais quels Etrangers ? qui de petits compagnons ont été agran-

dis par la liberté de nos Rois. Suppofons qu'ils foient domeftiques, voire Princes naturels : quoi pour cela ? car fi le Roi ne
tient point la Couronne de nous, mais de Dieu & de la Loi
ancienne du Roïaume, qui partage les honneurs comme il lui
plaît, pourquoi lui voulons-nous donner Loi & mefure de nous
aimer ?

Les Rois n'ont point accoutumé de s'affujettir, en la Juftice
diftributive, aux regles des Philofophes ; lefquels mefurent le loyer
avec le mérite, ni à la forme de juger des Olympiques qui avoient
certaines Loix, audeffus defquelles ils ne s'étendoient jamais.

Les Rois font autant de compteurs, les Roïaumes autant de
comptoirs, les Sujets autant de jettons qu'on fait valoir par fois
cent, par fois mille, par fois dix mille.

Les Rois femblent au Soleil, les dignités à la Lune, qui fe
montre ores grande, tantôt petite ; ores en quartier, tantôt au
plein ; ores claire, tantôt obfcure, felon que le Soleil lui départ
de lumiere ; & les Rois font les dignités hautes & baffes, grandes & petites, felon les occurrences, felon le tems, comme il
leur plaît ; auquel cas le Sujet doit être comme la regle Lefbiene,
qui ploie d'un côté & d'autre à la difcrétion du Souverain ; &
alors nous avons l'obéiffance des Sujets aux Princes, que les anciens, comme dit Efchine, nous ont figurée par la Déeffe Pi-
tarchie, femme de Jupiter, & mere de Félicité.

Je ne dis pas que le Roi doive indifféremment partager les honneurs ; car le loyer de vertu étant communiqué aux indignes,
devient contemptible, comme il advint à Athènes quand le
Peuple caffa l'Oftracifme, voyant que Hyperbolus y étoit tombé ;
à Rome, quand Flavius affranchi d'Appius, fut pourvû de l'Etat
d'Edile Curule ; & en France quand Charles VI, au fiege de
Bourges, fit plus de cinq cens Bannerets. Mais par armes, par
violence, à vive voix, vouloir mettre bornes à la volonté du
Roi, n'eft-ce pas vouloir arrêter le Soleil, ou plutôt attacher
le cordeau pour fe pendre ? Car fi la Loi juge coupable de leze-
Majefté le Sujet qui s'eft fervi de l'ancre facrée des Empereurs,
fi jadis les Cenfeurs à Rome dégraderent un Bourgeois pour avoir
bâillé un peu trop haut en leur préfence, fi pour le refpect des
Magiftrats, il étoit défendu de rire au Sénat des Aréopagites,
& fi felon Ulpian, il eft licite au Magiftrat de procéder par amende & faifie de corps & de biens contre ceux qui parlent à lui témérairement, que fera-ce des Mutins qui dégoûtent les Sujets de
l'obéiffance due à leur Roi ; qui embrafent fon Etat d'un feu de

fédition, qui s'arment contre fa Perfonne, qui s'emparent de fes
Villes, & qui convient les Princes étrangers au butin de ce
Royaume ? Auffi la Loi Valeria dit qu'en tel cas faut prévenir la
voie de juftice par la voie de fait. À quoi donc tient-il, François, que la Loi ne foit accomplie ? A quoi tient-il que nous n'i-
mitions ce gentil Tribun Aulus Cornelius Coffus, qui, ayant reconnu en bataille Tolumnius, Chef des Fidenates, » Eft-ce,
dit-il, » ce parjure & infracteur d'alliance ? Eft-ce là ce viola-
» teur du droit commun des Nations ? » Et pourquoi comme ce
généreux Romain, n'atterrons-nous à pointe de lance ces traîtres, ces parjures, qui violent le droit des gens, qui ne fe
plaifent qu'en notre déplaifir, & qui mettent cet Etat en com-
buftion ? Et de dire qu'ils veulent rendre fon premier luftre à la
Nobleffe, c'eft fe couvrir d'un fac mouillé. Car qui, finon que
leur race, a foulé aux pieds le refpect de la Nobleffe Françoife ?
Qui, finon que leur pere & oncle, fut caufe que, par Edit du
18 Août 1559, toutes les donations, ceffions, tranfports, aliéna-
nations, faites aux Gentilshommes, pour récompenfe de leurs
fervices, furent annullées & révoquées ? Qui, finon que ces deux
furies, fit un Edit défendant tout port d'armes, même à la Nobleffe, révoquant toutes permiffions particulieres octroyées à qui
que ce fût ? Et cependant comme fi le corbeau avoit engendré le
cigne ; ceux-ci veulent bâtir ce que leur pere a détruit. Quittez
donc, Guifars, les Gouvernemens de Bourgogne, de Champagne & de Bretagne, affectés aux domeftiques, non pas aux étrangers ; rendez les états de Grand-Maître & de Chambellan que
vous emblâtes aux Maifons de Montmorency & de Longueville ;
quittez ces qualités de Comtes & de Ducs, dont vous ombra-
gez votre petiteffe depuis vingt-cinq ou trente ans en çà, & mar-
chez en l'état que votre ayeul vint en France, foible de biens,
pauvre d'honneurs & nu de dignités. Mais quoi ? Encore à leur
dire le Roi leur doit du retour, & par leur mécontentement
montrent affez qu'ils ne veulent pas feulement laiffer goûter à la
Nobleffe les honneurs dont ils devroient être raffaffiés, glaner
où ils ont moiffonné, ni graper où ils ont vandangé. Cela
donc s'appelle-t-il reftitution de la Nobleffe ? Et quel avancement
peut efperer le Gentilhomme François, quand il faut que ving-
quatre Lorrains foient affouvis, premier qu'il fe puiffe mettre à
table ? Qu'ils regorgent les honneurs, premier qu'il en puiffe goûter ? Ou plutôt que ne perd-il toute efpérance, vu que leur appétit eft infatiable, & qu'ils font hommes, voire hommes affamés

d'honneurs, altérés de biens, & échauffés d'ambition ?

Toutefois puisqu'ils nous veulent éblouir du faux lustre de leurs services, ne sait-on pas qu'ils nous ont frotté les levres de miel & fait avaler l'amertume ? Ne sait-on pas que depuis le regne de François II ils n'ont jamais pu laisser envieillir une jeune paix en France ? Et qui n'a vu qu'ils ont toujours mieux aimé exposer ce Roïaume en proie, que rien quitter de leur passion particuliere ? En tout cas, fut-il jamais une telle impudence, que de vouloir ranger le Roi à tel parti, qu'il soit contraint de donner prix à leurs prétendus mérites, & les mettre au choix d'une récompense ?

Nous lisons qu'un brave Soldat Romain refusa une chaîne d'or de Labienus, Lieutenant de Cesar, disant qu'il ne vouloit le loyer des avaricieux, mais des vertueux ; & que Pittacus forcé par ses Citoyens de prendre de la terre qu'il avoit conquise sur les ennemis autant qu'il en voudroit, n'en prit qu'autant que contenoit le jet de son javelot. Nous trouvons que Sicinius fut soixante-cinq fois blessé en l'estomach, & se trouva en cent vingt batailles ; que Manlius garda le Capitole ; que Camille chassa les Gaulois de la Ville de Rome ; & que plusieurs ont abandonné leurs vies à la fortune des guerres pour le service de leur païs. Nous lisons que presque tous les Princes de l'illustre Maison de Bourbon, ou à mieux parler de cette pépiniere d'Alexandres, sacrifiant leurs vies pour le service de nos Rois, n'ont eu autre cercueil que le champ de bataille. Pierre de Bourbon fut tué le 19 Septembre 1356 à la journée de Poitiers. Jacques & Pierre son fils, à la journée de Brunay près de Lyon. Louis, à la journée d'Azincourt 1415. François, à la journée Sainte Brigite, le jour Sainte Croix en Septembre 1515. Jean, à la journée Saint Laurent 1557. Antoine, au siege de Rouen 1562. Nous trouvons un nombre infini de Chevaliers François qui ont prodigué leur sang au service de nos Rois ; mais qui par violence aient voulu arracher le guerdon de leur mérite, nous n'en trouvons point : Seulement lisons-nous qu'un nommé Sigibert, Gouverneur de Coulogne, montrant par-tout ses plaïes, & se plaignant d'avoir été mal récompensé, fut dépouillé de toutes ses dignités par Clovis I. Et cependant ces beaux-fils contraindront le Roi de leur partager son Etat. Et quel Roi, gloutons, insatiables, quelle grandeur pourroit rassasier votre faim ? Quelle mer, hydropiques, quelles eaux contenteroient votre soif ? Et qui rempliroit ces vaisseaux percés des Danaïdes ? D'Etrangers on les a faits domestiques, de Gentilshommes, Ducs & Comtes ; pour les mettre sur rangs, on a fait brêche à l'autorité des Princes du Sang ; pour les avancer, mille braves Seigneurs ont été reculés. Tellement qu'il ne leur reste plus, Sire, que la Couronne que Dieu, la Loi fonda-mentale, & la coutume du Roïaume, vous ont mise sur la tête ; encore abboient-ils après les biens, les grandeurs & la gloire, ou à mieux dire, ils déploient tous moïens pour gagner le cœur de la Noblesse, & attirer sur vous la haine d'icelle. Car de quelle impudence peuvent-ils nier que leur fin ne soit telle ? Vous êtes, Roi très Chrétien, l'œconome de cette grande famille, le Pilote de cette nef Françoise ; si les charges de la famille sont mal par-tagées, si le navire est mal conduit, l'œconome n'en porte-t-il pas la coulpe ? Le Pilote n'en est-il pas blâmé ?

C'est presque le même sujet qu'ils ont entamé pour tirer le Peu-ple à révolte contre Sa Majesté ; car ils nous représentent dénué de sa graisse, de sa chair & de son Sang ; ils nous figurent une anatomie du corps humain, auquel il ne reste que la peau & les os, disant que le Peuple François lui ressemble par une grande sympathie ; qu'il est besoin de refaire & resoudre ce pauvre corps, qu'il le faut guérir de cette plaie, qu'ils seront les Chirurgiens, & que leurs armes serviront d'emplâtres. Et où est l'aveugle d'es-prit, qui, pour plusieurs raisons, ne juge cette proposition de très mauvaise odeur ?

La premiere, d'autant qu'elle porte coup à l'honneur du Roi, lequel à cri & cor on publie par ce moïen un Tyran, & de même main on tâche de l'engager en semblable malheur que Achæus Roi des Lydiens, qui fut tué par ses Sujets, pour les subsides qu'il vouloit exiger, ou comme Henri Roi de Suede, Theodoric Roi de France, & tant d'autres Princes qui pour cas semblable ont été dépouillés de leurs Etats.

La seconde, parceque ce n'est point à faire, dit Plutarque, à celui qui tombe, de redresser ; à celui qui ne sait rien, d'enseigner ; à celui qui est desordonné, d'ordonner ; à celui qui est déreglé, de ranger, ni à celui qui ne sait obéir, de commander. Mais com-me disoit Lycurgue, il faut montrer en soi ce qu'on desire ès autres. C'est pourquoi on se moquoit de Philippe Roi de Mace-done, qui vivant en mauvais ménage avec sa femme Olympiade & Alexandre son fils, s'informoit comme vivoient les Grecs les uns avec les autres. Si donc ceux de Guise veulent faire trouver mauvais les emprunts du Roi, qu'ils n'empruntent point eux-mêmes ; s'ils veulent décharger le Peuple, qu'ils ôtent ce pesant fardeau de dettes qu'ils ont sur les bras, & qu'ils ferment la bouche aux Créanciers qui abboient tous les jours après eux. Mais en quoi ne veulent-ils reſſembler à Sulpitius, homme confit en toute méchanceté, qui, ayant fait paſſer par les voix du Peuple une Ordonnance que nul Sénateur ne put emprunter plus de deux cens écus, lui-même quand il mourut en laiſſa trois cens mille de dettes ?

La troiſieme raiſon eſt civile, car ſelon les Loix, il n'eſt pas en la puiſſance du moindre Magiſtrat de commander au plus grand, & ne doit réſiſter contre le jugement du Supérieur, comme dit l'Empereur Juſtinian, ni corriger ſes actes, ni connoître ſes interjettées appellations, ſelon Ulpia ; même s'il lui advient de recevoir les accuſations de ſon Supérieur, on le peut prendre à parti, & appeller en action d'injure ; comme Ceſar, qui, n'étant que Préteur, accuſé devant un Queſteur d'avoir eu part à la conjuration de Catilina, fit condamner le Juge en groſſes amendes, d'autant, dit Suetone, *qu'il avoit toleré qu'un plus grand Magiſtrat fût ajourné pardevant lui.* Et par Arrêt du Parlement du 7 de Janvier 1547, il fut défendu à tous Juges ſubalternes d'uſer d'aucunes défenſes vers les Juges Roïaux : vu que, comme diſoit un Ancien, *un plus grand ne doit être commandé par un moindre.* Eſt-ce donc aux Guiſes de recevoir les plaintes du Peuple, de prendre connöiſſance des actions du Roi, ni de mettre bornes à la volonté d'icelui ? Et puiſque, ſous le bénéfice de la paix cultivée par la prudence de Sa Majeſté, le Peuple étoit ſoulagé de pluſieurs impoſitions, qu'étoit-il beſoin de contrefaire le Hercules, le Dion, le Timoleon, l'Aratus, qui ont emporté le titre de Correcteurs de Tyrans ? Falloit-il uſer de remedes ſi corroſifs, où il n'y avoit preſque plus d'ulcere, & où les calamités paſſées étoient enſevelies ſous la Loi d'Amniſtie ? Le droit veut-il qu'on prévienne la voie de Juſtice par voie de fait ? La raiſon veut-elle que le Serviteur donne loi à ſon Maître ? N'eſt-ce pas la coutume, en cas d'exceſſives exactions, d'avoir recours aux Etats, comme il fut pratiqué l'an 1338, du regne de Philippe de Valois ? Autrement, de venir au fer & au feu, avant qu'avoir appliqué aucuns emplâtres, c'eſt en aigrir, & non pas fermer la plaie ; c'eſt empirer, & non pas amender la condition du Peuple, qui ne ſe trouva onc bien de s'en prendre à ſon Roi, Sous Philippe le Bel, en l'an 1312, ſous Charles VI, environ l'an 1382, & ſous Henri II, le Peuple, foulé de tailles extraordinaires, s'efforça de ſecouer ce joug par armes ; mais tout l'orage lui tomba ſur la tête. Non que je veuille

imiter Anaxarcus, qui, pour confoler Alexandre abbattu de
triftefſe, pour le meurtre qu'il avoit commis en la perſonne de
Clytus, lui difoit que Dicé & Themis, c'eſt-à-dire, Juſtice
& Equité, font les Afſeſſeurs de Jupiter, pour montrer que
toutes les actions du Prince ne peuvent être que juſtes & équitables : au contraire, je dis qu'on fait mal d'épuiſer prodiga-
lement ſes finances, & de fouler ſes Sujets ; car, comme diſoit Tibère Céſar : *C'eſt l'office d'un bon Paſteur de tondre ſes
brebis, non pas de les écorcher* ; je dis avec Seneque, *que d'autant plus que toutes choſes font loiſibles au Roi, moins elles lui
font loiſibles* : & que le pere n'eſt pas plus tenu de la nourriture de ſes enfans, la nourrice de la mammelle, que le Prince
de la protection de ſes Sujets. Mais auſſi je dis qu'on réſiſte à
l'Ordonnance de Dieu, en réſiſtant à la puiſſance par lui établie : & que ce ſeroit une dangéreuſe ouverture & conſéquence,
s'il étoit licite à quelques Conjurés de proceder à une réformation par la force & violence, comme font ces Factieux, qui
aſpirent notoirement à la Couronne : c'eſt cela qui leur a mis
les armes au poing : & ne faut pas que ces hypocrites changent
l'occaſion. Car, à qui en veulent-ils ? Ce n'eſt point au tiers
Etat, car (à leur dire), ils ſe propoſent de le décharger du
fardeau de ſubſides ; ce n'eſt point à la Nobleſſe, car ils lui veulent rendre ſon ancienne dignité ; ce n'eſt point au Clergé, car
ils pourſuivent le rétabliſſement de l'Egliſe en ſes libertés ; ce
n'eſt point aux Huguenots, car ils prêtent toute faveur à pluſieurs. Outre ce que ci-devant, ils les ont voulu mettre en goût
de ſe jetter à l'abri de leur protection : ſemblables en cela
(mais auec cette gloſe, *ſi les Huguenots font Hérétiques*) au Dieu
des Planetiades, qui chaſſoit les méchans par une porte, & par
une autre les recevoit. C'eſt donc au Roi qu'ils s'attaquent :
c'eſt aux Princes du Sang, c'eſt à la Juſtice, & à tous les bons
François qu'ils en veulent. Encore ils vivent : voire ils vivent en
grandeur & gloire, & ſont trouvés fideles en leur déſobéiſſance,
loyaux en leur perfidie, véritables en leur menſonge, auteurs de
paix en leurs ſanglantes guerres, zélés au bien public en leur
profit particulier, peres du Peuple en leurs exactions, & piliers
de l'Egliſe en leurs ſacrileges !

Voilà pourquoi, ô Dieu éternel, qui as ſi longuement favoriſé la Monarchie Françoiſe, nous te préſentons nos larmes,
nos ſoupirs & nos gémiſſemens : car, que préſenteroit autre
choſe un peuple déchiré de mille maux, & ſuffoqué d'une tyrannie étrangere ?

Seigneur, il te visite en angoisse, & ta discipline le fait crier en plainte. Puis donc que tu es pitoyable, retire de dessus nous le flambeau de ton indignation, couvre nos fautes de ta grace, & déploie ta providence sur cet Etat misérable : que ton issue soit appareillée comme le point du jour, & viens à nous comme la pluie tardive & assaisonnée sur la terre. Puis, ô Dieu tout-puissant, que tu es Justicier, puisque ta fureur trace comme le feu, & que les rochers se fendent devant toi : plaide, Seigneur, par peste & par sang avec ces monstres infâmes, qui ne se plaisent qu'au meurtre & en la cruauté : viens sur eux en tourbillon, & que tes voies soient en tempête : donne-les en opprobre & malédiction en tous lieux : envoie sur eux l'épée & la famine, & fais-leur, ô bon Dieu, recueillir le tourbillon, puisqu'ils sement le vent.

Et vous, Roi très Chrétien, n'estimez pas, lisant ceci, ouïr la voix d'un peuple mutin & desireux des troubles domestiques, mais plutôt, SIRE, les gémissemens, & comme les derniers soupirs de vos pauvres Sujets : Ecoutez, Roi débonnaire, les plaintes de votre France, divisée en factions, & butinée de l'Etranger, & couverte d'ulceres. N'est-ce pas assez, dit-elle, que l'homme naisse en pleurs, qu'il croisse en soupirs, qu'il vive en peine, qu'il finisse en malheurs, sans le rendre de tous points misérable ? N'est-ce pas assez, qu'abboyée de mes Ennemis, j'aie gémi sous le faix de tant de guerres Etrangeres, sans que mes propres enfans me percent les flancs, m'arrachent les entrailles, & se baignent en mon sang ? N'est-ce pas assez que la peste me consomme, sans me faire consommer de famine : & ne suffit-il pas que je meure de faim, sans hâter ma mort par la guerre ? N'est-ce pas assez que je serve de fable à l'Etranger, sans qu'il hume le sang, qu'il ronge les os, & qu'il suce la moelle de mes enfans ? Et si, comme dit le Sage, la multitude du Peuple est la Couronne du Roi, & si la Loi principale, que Dieu & nature ont baillée aux Princes, est la conservation de leurs Sujets, pourquoi, Roi très Chrétien, autoriserez-vous les bourreaux de votre Peuple ? Si les bons Princes craignent pour leurs Sujets : pourquoi, mon Prince, courez-vous aux armes au milieu des vôtres, ou plutôt, que ne vous armez-vous pour les François contre l'Etranger ? S'il n'est pas question que vous seulement, SIRE, demeuriez en votre patrie, mais aussi que la patrie demeure chez soi, comme disoit Camille aux Romains, souffrirez-vous qu'on fasse une boucherie,

un sépulchre, & un désert de votre France? Si, comme on
disoit à Denis, Tyran de Syracuse, la domination tyrannique
n'est pas un beau monument pour y être enseveli, quel beau sépulchre peut avoir un Roi en la terre rouge du sang de ses pauvres Sujets? Si, comme disoit un Romain, César affermit ses
images en relevant celles de Pompée, quel pied prendra votre
Etat, en autorisant les plus proches de votre sang? Si, comme
disoit Jason, Tyran de Thessalie, il est nécessaire de faire tort
en détail, pour faire droit en gros, que sera - ce de racheter
le repos public par la vie de deux ou trois mutins? S'il faut
qu'un Roi craigne plutôt de mal faire, que de mal recevoir,
comme étant l'une cause de l'autre : & si celui fait mal, qui
n'empêche de mal faire quand il peut : permettez-vous, SIRE,
que tant de sanglants meurtres soient faits sous votre nom &
autorité : & qui plus est, par ceux qui se disent rejettons de
Charlemagne, qui vous trompettent un Tyran, & qui remuent
ciel & terre pour traîner sur vous la haine du Clergé, de la
Noblesse & du Peuple? Sera-t-il dit que sous votre sceptre, ces
jeunes éventés, ces enfans perdus de fortune, aient, d'une audace
incroyable, foulé vos Edits aux pieds, violé vos loix, étouffé la
paix par vous solemnellement jurée, pillé & massacré vos pauvres Sujets? Oyez-vous leurs sanglantes exécutions sans horreur, la ruine de vos Villes sans pitié, la désolation de votre
Peuple sans larmes, & l'aise que les Etrangers tirent de vos travaux, sans un grand regret?

Avisez, Roi debonnaire, qu'on vous met le couteau aux
mains, pour répandre votre propre sang : que la rigueur de vos
armes tombe sur vos Sujets : qu'en remportant sur eux la victoire
vous ne pouvez triompher que de votre honte, ni gâgner qu'en
votre perte : que ceux sont à craindre qui ne font rien que par
nécessité, qui n'esperent qu'en désespoir, qui n'attendent paix
qu'en la guerre, & auxquels il ne reste plus rien que les armes
& le courage : que la ruine des Princes du sang, des membres & Sujets de l'Etat ne peut être éloignée de la ruine inévitable de votre Couronne : que l'extrémité change l'humilité
en fureur, la douceur en désespoir, & l'obéissance en rébellion :
qu'il y a des vertus qui combattent ouvertement les ennemis,
comme la force & la vaillance; mais que les meilleures sont
celles qui minent le cœur des adversaires, comme la foi, la
clémence, la miséricorde : qu'il faut que le cours de la raison
arrête la puissance du Prince, comme fait le Soleil, lequel lors-

qu'il eſt plus haut élevé en la partie Septentrionale, chemine
plus lentement, rendant ſon cours plus aſſuré par la tardité.

Conſiderez que ceux qu'on pourſuit à fer & à feu, ſont les
enfans auxquels vous êtes comme Pere, les brebis dont vous êtes
le Paſteur, les Serviteurs deſquels vous êtes le Maître, les Sujets
dont vons êtes le Roi, voire les mêmes Sujets auxquels nagueres
vous avez baillé votre foi en ôtage. Et puiſque l'on met entre
les cas fortuits, ſi le Prince contrevient à ſa promeſſe, puiſque
garand à ſes Sujets des obligations mutuelles, il eſt à plus forte
raiſon debiteur de juſtice en ſon propre fait, ne donnez, Sire,
atteinte aucune à celle votre foi pure & nette, & ne la rendez eſclave aux paſſions de quelques ſéditieux : le peuple vous
regarde comme le Soleil qui luit également ſur tous : que donc
votre amour ſoit général, ſi vous deſirez être aimé : car l'amour
naturellement veut commencer du plus parfait, du vrai Prince
vers ſes Sujets, du vrai Pere vers ſes enfans ; & lors par une
certaine réflexion les enfans aiment le Pere, & les Sujets le
Prince.

Que ſi à votre avis quelque héréſie pullule en la France, s'il
y a quelque ulcere en l'Egliſe, conſidere s'il lui plaît votre Majeſté que cette plaie eſt ès ames des Hérétiques ; que l'ame eſt
une choſe ſpirituelle, où le fer & le feu ne peuvent mordre :
que pour en être victorieux, il ſe faut munir d'armes ſpiri-
tuelles : que le mal ne ſe guérit par le mal : que c'eſt faire une
plaie mortelle aux conſciences, de leur impoſer néceſſité là où
la liberté leur eſt laiſſée de Dieu : que les ſeules rigueurs ne font
changer d'avis aux hommes, ains plus ſouvent les y font réſoudre & perſévérer : que la Religion ne ſe peut avancer par
la ruine de l'Etat : que l'Etat ſe diſſipe par la diſſipation des
Sujets.

Et s'il y a rien en terre de plus grand, de plus religieux que
Votre Majeſté, qu'elle, s'il lui plaît, ſe propoſe l'exemple de
trois cens Evêques qui furent au Concile de Nicene (1), cent
cinquante au Concile de Conſtantinople, deux cens au Concile d'Epheſe, ſix cens trente au Concile de Calcedoine : leſquels ne furent d'avis d'uſer d'autres armes, que la parole de
Dieu contre Arrius, Macedonius, Neſtorius, Eutyches, monſ-
tres convaincus d'héréſie & de blaſphemes contre la ſainte Tri-
nité. Que, s'il lui plaît, Votre Majeſté tourne les yeux ſur la
clémence d'Auguſte vers les Juifs, auxquels il envoyoit l'aumô-

____

(1) C'eſt le premier Concile de Nicée.

ne ordinaire, & les facrifices en Jerufalem : fur Theodoric Roi des Goths, qui fauteur des Arriens, ne voulut violenter la confcience de fes Sujets ; fur le Roi des Turcs qui envoie l'aumône aux Calogeres, Religieux Chrétiens du mont Athos, afin de prier Dieu pour lui : fur le Pape, qui laiffe prendre pied aux Juifs en Italie : fur l'Empereur Charles V, qui accorda par provifion à Aufbourg, en 1530, la paix que nous appellons de la Religion, & l'an 1555, convertit ladite Provifion en Edit perpétuel : fur votre Royaume de Pologne, & fur la Boheme, où plufieurs Religions fleuriffent. Et en votre feule France on veut planter la Foi par armes ; auffi les autres Princes vivent en paix, & vous, Sire, êtes enveloppé de continuelles guerres. A leur exemple donc, Prince débonnaire, changez les travaux de vos pauvres Sujets en repos, & leur infortune en profpérité ; & maintenant qu'il femble que Dieu ait choifi votre Regne, pour fous icelui réparer les brêches de fon Eglife, prenez à deux mains ce don celefte, préparez un Concile, une école de falut, où les aveugles en la Foi feront éclairés, où les ténebres des héréfies feront chaffées, où la vérité viendra à luire : ainfi Dieu fera fervi de tous, vous de vos Sujets, & ce Roïaume affranchi des miferes qui l'accablent.

BONHEUR DE BON ROI.

EXTRAIT & APHORISME

De la Harangue de Monfieur de Believre à la Reine d'Angleterre, pour la Reine d'Ecoffe, par lefquels il veut conclurre qu'elle ne doit mourir.*

I.

LE jugement feroit plutôt donné au préjudice de toutes perfonnes fouveraines, que contre la perfonne particuliere de la Reine d'Ecoffe.

II.

Les Rois ne préfument point d'avoir jurifdiction l'un fur l'autre : tenant unanimement que Dieu feul les peut juger privativement, & non toutes autres puiffances quelconques.

* La Reine Marie Stuart.

III.

1586.

Extrait de
la Harang,
de M. de
Believre.

Quelle plaie & ouverture est-ce de ne faire point de différence entre les Rois & les Princes & les personnes particuliéres? C'est chose inouie, insuportable & monstrueuse.

IV.

Les Loix qui rendent le Prince étrange sujet aux Loix du Roïaume, s'il se trouve avoir forfait, ne furent jamais écrites pour les Princes souverains.

V.

Un Passerau poursuivi d'un Epervier se sauva dans le sein de Zenocrates : il le laissa librement aller, disant qu'il n'étoit pas loisible d'offenser un suppliant poursuivi.

Non ignara mali miseris succurrere disco.

VI.

Si les maux qui se commettent en une guerre sont imputés à celui qui est cause de la guerre, le mal de la Reine d'Ecosse vous doit être imputé plutôt qu'à elle.

VII.

Quelques accidens que puissent commettre les personnes de guerre, on ne procede point contre eux par les voies ordinaires de la justice, sans violer le Droit des Gens, & le consentement des peuples & des siecles, que nulles Loix particulieres ne peuvent violer.

VIII.

Nota, que
ce fut le Pape
Clément VII
qui dénonça
ce Jugement.

Le jugement fait contre Conradin a été blâmé & tenu pour exécrable, & le Comte de Flandres tua de sa main le Juge qui avoit prononcé une si unique Sentence, & fut reproché à Charles qui le fit mourir, qu'il étoit plus Neron que Neron ; & les malheurs qui advinrent depuis à cette conquête de Naples, furent attribués à la cruauté de ce jugement, lequel toutes-fois se trouveroit plus juste que celui de la Reine d'Ecosse, d'autant que Conradin ne fit pas pour sauver sa vie & sa liberté, ainsi que ladite Reine pourroit avoir fait,

IX.

Conradin entra au Roïaume de Naples pour ôter la vie & le Roïaume à Charles. La Reine d'Ecosse n'est pas venue en votre Roïaume pour vous offencer, ains comme suppliante & poursuivie, & devers sa parente de même dignité & qualité.

X.

L'exemple de David & de Saül allegué.

XI.

Ceux qui veulent par moyens si violens éviter un danger s'en préparent de pires, tellement qu'au lieu d'arrêter le mal qui semble menacer votre personne & votre Etat, vous le hâterez & précipiterez.

XII.

Que si la Reine vous a servi comme d'un bouclier pour s'opposer aux fleches qui se pourroient lâcher contre votre personne & Etat : il ne faut pas se défaisir de ce bouclier.

XIII.

Vous ne pourrez plus menacer vos ennemis de cette pierre que vous avez en main, si vous l'avez une fois jettée contre eux, ils s'en pourront servir contre vous.

XIV.

Sa mort armera ses parens & leurs serviteurs, & vos ennemis, de désefpoir, & de juste occasion de vous nuire *quovis modo* ; & celui qui tiendra la main à la vengeance de cette injure, aura tous les Rois, Princes & personnes Souveraines pour lui, & personne ne lui sera contraire.

XV.

Il ne faut enfin séparer l'utile de l'honnête.

XVI.

Ceux qui changent les Conseils fondamentaux d'un Etat, font le chemin au changement de l'Etat.

XVII.

En fait d'Etat, il ne faut jamais remuer les choses non nécessaires. Pour parvenir à une bonne résolution en choses qui sont mises en délibération, il faut que ceux qui conseillent, & celui qu'on conseille, tendent à mêmes fins, & aient un bon but.

XVIII.

Le Roi mon Maître en sa Requête & conseil, a votre but & fin, la conservation de vos personnes & Etat, & n'en peut avoir d'autre.

XIX.

Ceux qui vous conseillent une si extraordinaire rigueur ont plus d'égard à leur particulier, qu'à votre service.

XX.

Les dominations sont fermes, où les Sujets vivent contens & assurés.

XXI.

Prenez ce conseil, Madame, que Votre Majesté nous a souvent écrit & donné.

XXII.

Ceux qui sont durs & inexorables sont haïs de Dieu & du monde, & est-on fort aise de leur nuire quand l'occasion s'en présente.

XXIII.

La rigueur des punitions n'apporte sureté aux Princes contre lesquels les rigueurs renouvellent toujours quelques conspirations. Ce qui mettoit Auguste en perpétuelle crainte & inquiétude. Surquoi Livia lui conseilla d'essayer la douceur, ce qu'il pratiqua & s'en trouva bien.

XXIV.

La Requête du Roi est commune avec tous Rois & Princes Souverains.

Est ita inusitatum Regem capitis reum esse, ut ante hâc nunquam.

XXV.

Un Sang roïal appelle l'autre , de forte que ces remedes fan-
glans feront plutôt les commencemens des dangers , que la fin
de ceux auxquels on dit vouloir remédier.

XXVI.

Le dormir eft très néceffaire aux malades , & n'y a rien qui
plus le provoque que le pavot ; mais auffi n'y a-t-il que les mauvais Médecins qui ordonnent ce remede.

XXVII.

Et quand votre Majefté méprifera telles & fi hautes confidérations , nous avons charge de vous dire , Madame , que le Roi
ne pourra qu'il ne fe reffente d'une fi cruelle exécution (comme
de chofe contre l'interêt commun de tous les Rois & Princes
Souverains) qui particulierement l'aura fort offenfé.

LETTRE

*D'un Gentilhomme Catholique François , contenant breve Réponfe
aux calomnies d'un certain prétendu Anglois *.*

Monsieur , j'ai lu le livret que m'avez envoyé , encore que
je ne lis pas volontiers les diffamatoires ; & quant à mon
avis que demandez , il m'eft fouvenu que les plus fages difent que
ces livres-là ne doivent pas être pefés , mais méprifes : toutefois fans entrer au fond de la caufe qu'il plaide , que chacun
débat felon fon appétit , joint que contre telles paffions , j'efti-
merois par raifon mal employée , j'ai examiné les plus notables
points , page pour page , qui vous feront mieux juger quel peut
être le refte.

L'Auteur veut être pris pour Anglois , & je penfe qu'en cela
il n'a pas fait mal-à-propos , puifqu'il avoit entrepris de dire plu-

---

* Cette Lettre eft de Philippe Du Pleffis-
Mornay : elle fe lit , pag. 619 du Tome I
de fes Mémoires , 1624 , *in-4°*. Le prétendu
Catholique Anglois eft Louis d'Orléans, Avocat de la Ligue. Voyez fes Ouvrages fur
cette matiere dans la Bibliotheque des Hiftoriens de France , par le Pere le Long , pag.
412 , 413 , &c.

fieurs chofes qui ne peuvent fortir de la bouche, ni aifément entrer en l'oreille d'un François ; toutefois le ftyle le découvre, &
ce n'eft pas peu qu'il ait eu honte & confcience de faire tenir un
tel langage à un François.

Page 6, à l'entrée, décrivant la maladie de France & d'Angleterre ; il l'appelle premierement Héréfie, puis tout à coup il
enfle fon ftyle, & lui donne le nom d'Athéifme. Penfez fi ceux
du parti contraire ont un beau champ là-deffus pour le bien ga-
lopper : car qui jamais ouit dire, ou qui voudroit croire, qu'un
Athée veuille fouffrir pour la Religion, non le feu, ni l'eau, ni
les tourmens, mais la moindre perte ou incommodité ? Et qui
toutefois ne fait combien d'années les feux ont brûlé en Angleterre & combien en ce Roïaume, même les calamités & pertes que ceux de cette profeffion fouffrent encore aujourd'hui ?
Je confeffe que les Hérétiques ont eu leurs Martyrs, & chacun eft
Hérétique à fon voifin jufqu'à un Concile. Je nie que les Athéiftes
en puiffent avoir : car nul ne perd cette vie que pour une meilleure, & ne quitte ce qu'il a que pour efpoir de mieux, & telles
confidérations ne peuvent tomber au cœur de l'Athéifte.

Page 8, dit que le Roi François II fut empoifonné par ceux
du contraire parti. J'étois de ce tems, & vous de la Cour alors
affez avant, & vous favez s'il en fût jamais parlé. C'eft trop tard
vingt-cinq ans après. Et du Maréchal de Saint André tué à
Dreux, & de feu Monfieur le Connétable à Saint Denis, qu'il
leur reproche. On lui dira que quand les vifieres font baiffées on
ne connoît perfonne, & que le bien ou le mal des actions particulieres en la guerre, dépend & defcend du tort ou droit de la
caufe qui s'y débat. Quant au meurtre de feu Monfieur de Guife,
je ne me fuis pu tenir de rire, quand il dit que Befe & l'Amiral
promettoient Paradis à Poltrot : car j'ai toujours ouï dire que c'eft
un des points de leur Religion, qu'il n'y a œuvre quelconque qui
mérite Paradis. Mais l'Auteur s'eft oublié, penfant parler des
Jefuites, qui promirent Paradis à l'Efpagnol qui bleffa le Prince
d'Orange, & depuis au Bourguignon qui le tua, les ayant enveloppés tous deux d'*Agnus Dei* & de parchemin vierge, où
bien penfoit-il au Cardinal de Como, qui traita l'année paffée
avec le Docteur Parry, pour tuer la Reine d'Angleterre, & lui
bailloit caution d'aller tout droit en Paradis ; & je crois que
vous avez vu la lettre du Cardinal, & le procès de l'homme.

Page 9 & 10. Il incite au refte fur les prifes d'armes, fieges &
batailles & fang épandu, &c. Ce font argumens, comme favez,
communs

communs à tous les deux partis. Reproches que réciproquement les uns feront aux autres : Car depuis que les partis se sont formés en un Etat , les armes s'ensuivent , & depuis que les armes sont prises , chacun fait ce qu'il pense à propos contre son ennemi & pour sa conservation.   Tout cela se justifie , ou se condamne par l'injustice ou justice des partis , & chacun tire le droit de son côté , chacun a ses écritures , ses salvations , ses contredits ; chacun même , des Edits du Roi en sa faveur , des Arrêts des Cours Souveraines qui approuvent , reconnoissent & avoüent ce qui s'est fait.   D'enfler ses défenses d'une Rhétorique d'Avocat , ne sert de rien ; car les gens de jugement laissent cela pour les oreilles , & s'arrêtent seulement à la solidité de la raison pour démêler le droit.

Page 10. Il reproche à ceux du contraire parti d'avoir voulu quitter le prétexte de Religion aux seconds troubles , & s'être couverts du vieux Gaban, du bien public , ainsi l'appellent-ils. On sait toutefois qu'en la paix qui s'ensuivit il ne fut parlé que de Religion , & l'Edit en fait foi ; & à meilleur droit on pourroit dire que Messieurs de Guise , qui s'étoient n'agueres revêtus du bien public , s'en sont dépouillés pour se masquer de la Religion. Mais il est bon qu'il nous parle de ce vieux Gaban , qui ne s'est trouvé encore si vieux ni si usé , que ceux de la Ligue ne l'aient emprunté tout fraîchement , pour abuser le Peuple ; & chacun sait si en paix faisant ils ont rien fait pour lui.

Page 17. Il s'escrime contre le Colloque de Poissy.   Quel remede y a-t-il donc contre un faux jugement que la raison ? & qu'est-ce un Colloque, ou un Concile, qu'un combat de vérité contre vérisimilitude , de Religion contre opinion , qui ne se peut décider que par raison ? Et vu que la vérité est plus forte que tout , que diront les adversaires , sinon que nous ressentons notre foiblesse , & la foiblesse en une doctrine ? Qu'est-ce que tare de vérité ? Qu'est-ce que par conséquent que mensonge ?

Page 18. Il déteste les Edits de paix , & la fievre continue lui semble meilleure que l'intermittente. Propos d'étranger , tel qu'il se fait , qui voudroit voir cet Etat en cendres. Et ceux du parti du contraire nous diront , & peut-être avec plus de raison , que si on eut poursuivi la Ligue vivemènt , elle étoit exterminée en moins d'un demi an , & n'eut pas coûté au Roi ni siege ni bataille. Et de fait Monsieur le Cardinal de Bourbon se voyant débarrassé par l'Edit de Juillet dernier , le confessa à la Reine privément.   Mais nos guerres ont-elles pas été faites par Mes-

1586.

LETTRE D'UN CATHO. FRANÇOIS.

fieurs de Guife ? & eux-mêmes quand ils s'en font trouvés las &
harraffés , ont-ils pas figné les articles de paix ? & voudroient-
ils pas déja l'avoir, maintenant qu'ils ont jetté leur feu, maintenant qu'ils voient que le Roi de Navarre aura fon tour , fans
doute , peut-être tiendra là-deffus.

Page 19. On verra fi à ce coup ils combattront les Etrangers ,
puifqu'ils fe plaignent fi fort ici qu'on ne l'a fait ès troubles précédens , efquels toutefois ils menoient les armées ; mais je n'attens qu'ils feront comme Monfieur d'Aumalle , lorfque le Duc
des Deux-Ponts entra en ce Roïaume, il proteftoit du fervice de
leurs Majeftés , fi on ne combattoit. Et quand on lui confentit
de combattre (fi occafion s'en préfentoit) il chercha des excufes.
Et de fait, s'ils fe plaignent qu'on n'ait combattu auffi fouvent
qu'ils euffent bien voulu , ils fe mettent en danger d'une forte
replique. Car il eft certain que lorfqu'ils ont commandé en chef
aux armées pendant nos troubles , il ne s'eft point donné de
bataille. Les batailles qui fe font données ont été fous le commandement de feu Monfieur le Connétable , ou même du Roi , (lors
Monfieur) à préfent regnant, afin qu'ils n'aient ou à élever leur
zele par-deffus les autres , ou à reprocher que la connivence , ou la
froideur des autres ait été caufe de reculer le fuccès de la guerre.

Page 21 & 22. Il fe plaint que la Saint Barthelemi n'a tout
tué , & notez qu'en ce feuillet autant de lignes autant de monftres. Nous favons que même les Auteurs en eurent honte , &
tâcherent à la déguifer par tous moyens ; les plus eshontés en
rougiffent encore , quand l'oient nommer ; la France en a perdu
fon honneur en toutes Nations , & les plus barbares ont été contraints de dire : *Exceffit medicina modum* , & cet homme vouloit encore deux poilette pour la guérifon , dit-il , de tous les
membres. Ces poilettes , fi vous les voulez favoir , il les vous dit,
Ce font le Roi de Navarre & Monfeigneur le Prince : Car , dit-
il , Conftantin le Grand fe dépêcha de fon beau-frere , & Clovis
des freres de fa femme ; & ainfi eut-il voulu que le Roi fe fût
fouillé du fang du Roi de Navarre fon beau-frere, qu'il appelle
ailleurs coufin lointain, reprochant au Roi le zele du Roi d'Efpagne qui ait immolé fon propre fils aux Jefuites. Et de fait,
pour l'avoir épargné il lui propofe qu'il eft réprouvé de Dieu comme Saül pour avoir fauvé la vie à Agag Roi d'Amalech ; comme fi le Roi eût eu le commandement exprès de Dieu de le tuer,
comme s'il étoit Amalécite, Payen, Turc, & non Chrétien ; comme fi la Maifon de Lorraine étoit élevée au cabinet de Dieu pour
entrer en la place du Roi & de fon Sang ; comme fi déja Monfieur

de Guife, ou autre de fa race, avoit reçu l'onction d'un Samuel, comme David, pour être établi au lieu du Roi. Et jugez par ces conclufions où prétend ce prétendu Anglois. Et qui ne fait toutefois, que pour dériver la haine des maffacreurs fur le Roi, ceux de Guife, qu'il veut entrer en fa place, firent des doux & clémens en leurs Gouvernemens, même en l'Hôtel de Guife, fauvérent des principaux de la Religion contraire.

1586.

LETTRE D'UN CATHO. FRANÇOIS.

Il condamne la paix faite par nos Rois avec ceux du contraire parti, & fa raifon eft que ce font hérétiques, qu'il ne faut jamais laiffer en paix. Que dira-t-il donc des Infideles ? Car qui voudroit ignorer qu'infidélité ne fût pire qu'héréfie ? Que l'Infidele par conféquent ne mérite plus grief traitement que l'Hérétique ? Et voilà toutefois que le Pape laiffe les Juifs en repos au milieu de fes terres, au milieu de Rome, & en tire tribut, & les Princes d'Italie à fon exemple. Et fi l'Héréfie lui femble plus gluante, ou plus contagieufe, voilà le Duc de Savoie qui laiffe vivre avec libre exercice ceux de la Vallée d'Angroigne fes Sujets ; ceux auffi des Bailliages n'agueres à lui reftitués par les Seigneurs de Berne, que ce livret tient pour Hérétiques : & que dira-t-il du Roi d'Efpagne, qu'il nous baille pour miroir d'un Prince Catholique, qui pacifia l'an feptante fix avec fes Sujets de Hollande & de Zelande, à condition non-feulement qu'ils jouiroient de leur Religion ; mais qui plus eft que la fienne n'y feroit reçue ? Qui, depuis encore, au traité de Cologne, accordoit même condition aux Villes de Gand, d'Anvers, d'Utrecht, &c. par le Duc de Terranove, traitans de fa part avec les Députés des Païs-Bas. Mais les Etats du païs la requeroient partout, & les Edits & Traités en font communs. Ce qui fera faint au Pape, pourquoi profane au Roi très Chrétien ? Ce qui fera Catholique au Roi d'Efpagne, pourquoi Anathême, pourquoi marque de vraie réprobation au Roi de France ? Mais certes ce Catholique cherche la grandeur du Roi d'Efpagne en nos ruines, & lui dit que cette guerre qui, fans doute, nous mene à ruine, reçoive quelque intermiffion, quelque intervalle.

Page 25. Et n'eft pas à propos ce qu'il ajoute, qu'ainfi furent extirpés les Albigeois par Philippe Augufte : Car s'il avoit bien lu les Hiftoires, il fauroit qu'il y eut des Colloques & des Conférences, qu'il y eut auffi divers traités de paix, & non diffemblables à ceux-ci ; mais je dirai plus, qu'il n'y a nulle comparaifon, ains trop de différence : Car alors cette doctrine ne tenoit pour tout qu'un coin de France, qui tient aujourd'hui des

G g g ij

Roïaumes entiers, qui a miparti les Empires & Républiques, qui n'a en somme laissé païs, famille, & presque maison en Chrétienté où elle n'ait su prendre racine, où elle n'ait su gagner sa part. Et pensez s'ils sont unis étroitement, s'ils se ressentent bien vivement les uns les autres, quand jamais nos guerres n'ont passé un an entier, qu'ils n'aient été secourus d'une très forte armée, quand depuis que la Ligue est debout, nous n'avons vu qu'Ambassades vers le Roi, d'Angleterre, de Suisse, d'Allemagne, de Dannemarck même, ou pour exhorter le Roi à leur rendre la paix, ou pour, au défaut de ce, lui déclarer qu'ils ne les pouvoient abandonner en telle guerre.

Page 25. Il foudroie contre le Roi qui a mis sous sa protection la Ville de Geneve, parcequ'elle est alliée étroitement avec les Suisses ; toujours selon cette regle que tout est repréhensible à notre Roi ; tout au Roi d'Espagne non que rémissible, mais louable : tant de sages Princes, tant de sages Conseillers qui leur ont assisté, ne sont pas à condamner si promptement. Le grand Roi François négocia premier par M. de Langey, grand Personnage de son tems, l'Alliance avec les Princes Protestans du Saint Empire. Le Roi Henri la fit & conclut depuis, & lui même se mit en campagne en leur faveur. De-là ils tiennent la paix dont ils jouissent. De-là nous tenons encore Metz & autres Villes, & Monsieur de Guise, pere de ceux-ci, la défendit contre l'Empereur Charles, & ne mit point en dispute qu'elle ne fût acquise sur lui à très bon titre. Cette Couronne a une Alliance très étroite & très utile avec Messieurs des Ligues de Suisses & des Grisons, avec la Reine d'Angleterre, avec les Rois de Dannemarck, d'Ecosse & de Suede. Qui seroit si idiot que de conseiller au Roi par superstition de s'en distraire ? Et que dira donc ce bon Anglois du Roi d'Espagne, qui tant de fois a négocié en Angleterre, pour rafraîchir l'alliance avec la Reine, je dis cette alliance de la Maison d'Angleterre & de Bourgogne ? qui tâche par tous moyens de tirer à soi les Ligues des Suisses, qu'il sait être miparties au fait de la Religion, & toutefois, si étroitement unis ensemble, qu'il ne peut être allié aux uns, selon leur union, qu'il ne le soit aux autres ; qui a recherché par tous moyens le Roi de Navarre même, lui présentant & ouvrant tous ses trésors pourvu qu'il voulût troubler le Roi en son Roïaume. Et qui ne sait qu'il a son Ambassadeur envers le Turc ; qu'il pratique d'y tenir le premier lieu au préjudice de la France, lui qui condamnoit auparavant telle alliance ? qu'il en a avec les Rois

de Barbarie, d'Ethiopie, des Indes, Idolâtres, Turcs & Sara-
fins, lui qui par fes Avocats nous veut rendre abominable la
communication que nous avons avec nos voifins Chrétiens? Et
que dirons nous du Pape même? De Sixte, je dis, celui qui expofe en proie le Roi de Navarre & Monfeigneur le Prince, qui,
pour divifer les Réformés, a recherché ceux de la Confeffion
d'Aufbourg, difant, pourvu qu'ils vouluffent reconnoître la dignité de fon Siege, qu'ils étoient ès autres chofes tolérables jufqu'à un Concile, eux toutefois qui abominent la Meffe non
moins que les autres? Qui même, pour la feule commodité de fes
affaires, pour exempter Avignon & le Comtat de la foule de nos
guerres, a fait Concordat exprès avec ceux de la Principauté
d'Orange, ceux de Dauphiné auffi, & de Provence, qui font armés aujourd'hui contre la Ligue? Ce font des prétextes que la
Ligue fait mettre en avant pour rendre le Roi odieux à fon Peuple. Mettez leur demain le Sceptre en main, qu'ils y touchent
feulement du bout du doigt, pour le retenir ou l'acquérir, ils
feront toutes chofes. Tout ce qui leur fera fain, leur fera faint.
Ils ne feront différence du Chrétien au Turc, de Jerufalem même à Gomorrhe.

Page 27. Il reproche qu'on ne s'eft mis en aucun devoir pour
regagner fanté. Ce font fes propres termes. Difons, je vous
prie, que nous peut-il dire que nous n'ayons effayé, que
nous n'ayons ja fait? Nous avons brûlé trente ans & plus en ce
Roïaume. Après, il y a vingt-fept ans tantôt que nous faifons la
guerre, guerre cruelle & fanglante s'il en fût jamais: Car il y eft
mort deux cens mille hommes, il s'y eft donné quatre batailles
générales, & de toutes avons eu victoire. Il s'y eft paffé infinis
fieges, infinis combats; il n'y a famille en ce Roïaume qui n'ait
fait deux ou trois duels pendant ce tems. Non contens, nous les
avons défaits en pleines Nôces. Le Clergé y a contribué fon abondance. Le tiers Etat jufqu'à fa néceffité. La Nobleffe, le plus
clair, le plus beau de fon fang. Nos Rois même, leur honneur,
leur réputation, leur foi. Que penfe cet homme que nous puiffions faire davantage, fi ce n'eft peut-être qu'il fe perfuade que
fous le nom de Ligue il y ait quelque grand ftratagême, quelque
myftere, ou quelque force occulte?

Page 28. Il s'imagine peut-être qu'au nom de la Ligue, les
Huguenots tourneront arriere; qu'à la vue de ce bel oriflame, ils
feront aveuglés: & nous voyons tous s'ils s'en émeuvent. Nous
favons le compte qu'ils en font. C'eft certes ce qu'ils ont bien fu

dire ; la Ligue n'a point créé hommes nouveaux, ni nouveaux cœurs ès hommes ; la Ligue n'a point ouvert nouvelles mines ni nouveaux tréfors. J'obmettois une ineptie en ce difcours : car il dit que le Duc Cafimir envoya Wier, (qu'il appelle protecteur des Sorciers) vers le Roi, pour fe plaindre de la Ligue de Peronne, & notez qu'il doit avoir lu un livre des illufions des Diables compofé par un Wier Médecin du Duc de Cleves, & ce fait accroire que c'eft cetui-ci, Confeiller du Duc Cafimir.

Page 31 & 32. Le but de la Ligue, dit-il, ce doit être : Que le Roi de Navarre, le Roi venant à mourir, ne foit pas Roi en France, & fes raifons font : ʼʼ Que les Rois & Princes ne viennent point en confidération, quand il eft queftion de la Religion ʼʼ. C'eft parler bien généralement de ceux que Dieu a conftitués fur nous. ʼʼQu'il eft hérétique ʼʼ. Cette queftion eft débattue fort amplement par un Jurifconfulte : & puifqu'il en étoit venu fi avant, il devoit avoir réfuté fes raifons : car de l'emporter de haute lutte, fon autorité eft trop petite, & puis il a été fouvent répondu, qu'il ne peut être tenu pour hérétique, fe foumettant même à être inftruit jufqu'à la décifion d'un bon Concile. ʼʼ Que ʼʼ Monfieur le Cardinal fon oncle eft plus proche que lui. ʼʼ On pourra répondre à cet Anglois : Que les Anglois nous font trop fufpects pour interpréter la Loi Salique : Que ce n'eft à eux à décider de notre fang. Et puis il devoit répondre aux Traités de Hottoman (1) & de Belloy, par lefquels il eft prouvé par toutes Loix, tant anciennes que modernes, qu'ès chofes non divifibles le fils de l'aîné eft préféré au frere, le neveu à l'oncle. Le Roi & la Reine n'en ont pas jugé ainfi ; car même depuis ces remuemens, ils ont toujours parlé du Roi de Navarre comme du premier Prince du Sang, & en paix faifant avec ceux de la Ligue, ils n'y ont aucunement voulu toucher. Les Cours Souveraines ont longtems préjugé la queftion, quand à la préfentation des Rofes, qui fe fait par les Princes du Sang, chofe folemnelle où l'ordre des Princes eft gardé. Le Roi de Navarre fans difpute y a toujours gardé le premier lieu. Même il y a Arrêt donné en Parlement, depuis deux ans, où cette claufe eft expreffément : *En faveur de la proximité qu'a le Roi de Navarre avec le Roi.* L'air du Peuple même, qui nous eft comme un confentement, en a

---

(1) C'eft le Traité de François Hotman, *De Jure regni Galliæ,* en trois Livres : il eft traité dans le deuxieme, *De Succeffione Regiâ.* Hotman a fait auffi un Traité de la Loi Salique, & d'autres Ecrits pour Henri IV, &c. Pierre de Belloy écrivoit dans le même temps. Le Pere le Long en parle fouvent dans fa Biblioth. des Hiftor. de France.

toujours opiné ainsi, & lui faut nouvelle instruction pour le
faire penser au contraire ; & je vous puis dire davantage, qu'il
n'y a pas un an & demi que Monsieur le Cardinal me commanda
par deux fois, de prier le Roi de Navarre son neveu de ne croire
point ce qu'on pourroit lui dire, qu'il étoit son oncle voirement,
plus vieux que lui, mais qu'il le reconnoissoit pour Chef de la
Maison, & comme à tel lui rendroit toujours ce qui lui étoit dû.
Qu'il étoit de trop bon naturel pour rien entreprendre outre le
droit & la nature, & m'assure qu'il ne sera mal-aisé de l'en faire
ressouvenir.

Page 32. Vous marquerez en passant qu'il dit : » Que le
» Roi de Navarre dépêcha le Sieur de Segur en Allemagne tôt
» après le décès de feu Monsieur pour pratiquer les moyens de
» parvenir à cet Etat ». Et c'étoit un an auparavant, son Altesse
étant en très bonne santé. » Que ce fut aux persuasions d'un
» Ministre Brocard qui lui avoit fait entendre qu'il seroit Roi de
» France ». Et notez que Brocard est un vieux Italien qui n'est
& ne fut jamais Ministre, qui a été condamné par leurs Synodes,
qui ne vit onc le Roi de Navarre, & ne mit jamais le pied en
France. Par-là jugez des conclusions qu'il tire de la vérité des
autres choses, dont je n'ai pas de connoissance.

Page 33. S'ensuit une absurdité moins supportable, quand il
dit : » Que c'est cas résolu entre les Huguenots & leurs Minis-
» tres, qu'il est loisible à tous hommes, & principalement aux
» Princes de dissimuler la Religion ». Il est aisé de voir où il tend.
C'est pour dire que quand le Roi de Navarre se réuniroit à l'E-
glise Romaine, qu'il ne faut pourtant le recevoir ; & Dieu nous
conservera le Roi pour nous ôter de cette peine. Mais s'il est permis entre les Huguenots de déguiser sa foi, si c'est même une
maxime résolue, comment étoient tant de gens de toutes qualités & Nations si mal instruits en leurs articles, qui se sont laissés
brûler tous vifs pour la Religion, & qu'on connoît par tous
moyens à s'en dédire ? Et qui ne sait au contraire que c'est une
discipline entr'eux, quand quelqu'un a vacilé en sa Religion,
qu'il n'est point admis en leur Communion, qu'il n'ait fait pénitence publique ; jusques-là que le Roi de Navarre se retirant de
la Cour où il avoit fléchi, la fit en pleine assemblée à Alençon
premier que d'être reçu à nommer des Enfans au Baptême ? Pensez qu'il y a belle apparence qu'un Ministre conseille la Messe à
ses Paroissiens, & quelle créance il auroit vers un Prince, s'il
lui ordonnoit de feindre sa créance, & combien eût pu durer

cette Religion, au milieu des feux, des massacres, à la preuve de tant de miseres & calamités, si elle eût pour article de se feindre, c'est-à-dire, de s'exterminer & éteindre soi même. Mais je ne sais de quel il y a moins en ces discours, de vérité ou de jugement?

Page 36. Parcequ'il voit que la Ligue ne peut s'excuser d'avoir troublé la France, il veut faire croire que le Roi de Navarre faisoit son état de surprendre Orleans, pour y tenir sa Cour. Recours à Monsieur le Chancellier, qui y commande, si jamais il en ouit parler: recours à ceux d'Orleans, s'ils en ont eu le moindre vent: ains qu'il nous dise donc sous quel pretexte ceux de cette Ligue, à Orleans, fermerent les portes à Monseigneur de Montpensier, envoyé de par le Roi, pour y entrer, lui tirerent même quelques canonades pour l'accabler de ruine en une maison du Faubourg où il étoit; où de fait en fut tué des siens. Certes le sang de Bourbon, le sang de nos Rois leur est tout Huguenot, à peine qu'ils ne nous disent inpudemment que ce Prince est Hérétique. Et Monsieur le Cardinal le leur seroit comme les autres, s'ils pensoient qu'il eût encore dix ans à vivre.

Page 38. Il nous fait peur ici d'Angleterre. L'Angleterre a ses façons, & nous les nôtres. Nous connoissons l'Angleterre mieux que lui: d'autant que les Papes se disoient Souverains d'Angleterre, & tenoient les Rois pour leurs vassaux. Le Roi Henri VIII, Prince non Lutherien ni Huguenot, ains Prince au contraire qui a fait des Livres (& nous les lisons encore) contre Luther, voulut sortir de cette tutelle, à laquelle il se voyoit assujetti par la superstition d'un certain Roi Inas, & en passa si avant qu'il fut déclaré par les Etats que le Pape ne seroit plus reconnu Souverain d'Angleterre: ses Successeurs ont continué de même; & comme dès lors quelques Catholiques superstitieux y avoient contredit, il s'en trouve qui le font encore: tels sont châtiés en Angleterre, comme crimineux de lèse-Majesté, & non pour article de Religion: car il ne se vit jamais symbole où il soit dit que le Pape soit Roi d'Angleterre; & de fait le Parlement d'alors ne pensoit point de rien innover en la Religion: mais les Jésuites quand ils vont susciter les Anglois contre leur Souverain, quand ils vont prêcher entre les ignorans qu'elle est usurpatrice du Roïaume sur le Pape, quand ils lui suscitent des assassins de fois à autres, choses confessées, choses pleinement vérifiées à tous Princes de la Chretienté, choses

ſes manifeſtes & connues à un chacun : étant découverts & châtiés comme ils méritent, nous voudroient bien faire croire qu'ils ſouffrent pour la Religion, qu'ils ſont martyrs. Quelle foi nous a jamais permis d'attenter à la vie de nos Princes ? & quels aſſaſſins de Princes ont jamais été (ſinon entr'eux) canoniſés Martyrs ? Ces oſſemens donc & ces quartiers que cet Anglois nous montre ſur la Tour, ſur les portes de Londres, ne penſez que ce ſoient des Reliques : ce ſont marques de rebellion, d'attentat, d'aſſaſſinat, de trahiſons : crimes déteſtés entre les plus barbares : crimes pour leſquels juger il ne nous faut Parlement, ni Concile : crimes que nature a condamnés ſuffiſamment au cœur de tous les hommes, quand entre les hommes n'y auroit ni Loi ni Ecriture.

Page 41. Je paſſe pardeſſus toute cette éloquence injurieuſe. Il exhorte fort à renouer & reſoudre la Ligue : Ne penſez, ſi le Roi ne s'en mêle, que le Roi de Navarre & les ſiens s'en mettent fort en peine : les Huguenots ſont unis par le commun peril, & ce Prince ſait aſſez que les Catholiques ſavent bien qu'ils n'ont rien à craindre de ſa part. *Le Roi de Navarre, dit-il, a tant pour ſon plat.* Il n'y a ſi ignorant en ſes affaires qui ne ſache bien qu'il ne prend rien d'autrui, & y dépend le ſien. *La Rochelle & Sancerre ſont liguées enſemble :* voyez quelle Ligue, vu que Sancerre eſt démantelée & ruinée quinze ans y a. *Ces Ligués mettent tous les ans deniers en la bourſe commune.* Penſez quand encore ils doivent le paiement de leurs rentes de l'an ſeptante ſix, pour lequel lever tout le Conſeil du Roi témoignera qu'ils ont eu commiſſion du Roi & diverſes contraintes, comme pour ſes deniers propres ; & en eſt le Treſorier comptable en la Chambre des Comptes ; & ſi la levée ſe fût faite autrement, ne doutez qu'aſſez de gens euſſent pris prétexte pour les moleſter. Ce que je ne trouve de mieux, c'eſt qu'après avoir vomi un million d'injures teintes de colere, il reproche aux Huguenots, que leurs Livres ne tiennent rien des Tertulliens & des Baſiles : ès écrits deſquels n'y a injure ni colere, rien que doctrine & humilité.

Page 45. Ils nous voudroient faire croire qu'ils ſont entrés ès Villes du Roi paiſiblement & ſans excès. Bien leur étoit-il aiſé d'ainſi le faire quand ils étoient les Gouverneurs, quand ils en tenoient & les clefs & les portes : Mais s'ils les ont doucement traitées, pourquoi ceux d'Auxonne s'en ſont-ils ſouſtraits, Ville de Bourgogne en leur Gouvernement, où n'y

Tome I.   Hhh

a un feul du contraire parti ? Et pourquoi les Habitans de
Bourg fe jettoient-ils tous les jours pardeffus les murailles ? Et
pourquoi ceux d'Agen mêmes , où la Reine de Navarre étoit,
qui moins fe devoient reffentir de leurs excès pour fa préfence,
ont-ils été réduits à tel défefpoir que de les aller forcer dedans
leurs Citadelles & les en chaffer honteufement ? on fait qu'ils y
ont vécu tous à difcrétion ; qu'ès lieux où ils ont fait mine de
payer , il s'eft trouvé que c'étoit fauffe monnoie : qu'ils les ont
contraints à fommes exceffives , & par rigueurs extraordinaires ,
j'en ai honte , & fi le faut-il dire , qu'il y a eu des femmes
pendues pour avoir gémi & foupiré. Il allegue deux ou trois
exemples des cruautés du parti contraire : qui ignore que la guerre n'en produife ? que la guerre ne mene à fa fuite des méchans , qui fe font connoître par leurs actes tels qu'ils font ?
mais quel champ ouvre-t-il de lui répondre , quand en pleine
paix ils peuvent objecter les horreurs de la guerre , au plus riant
d'une Comédie , les cruautés tragiques , plus en une feule Ville , & en un jour , qu'il n'en fauroit recueillir en trente années.
Il revient toujours fur le Roi de Navarre , & l'accufe , *qu'il fai-*
foit pendre les Moines en la prife d'Angoulême. Chacun fait que
lors il étoit à la Rochelle avec la feue Reine fa mere , & qu'il
ne prit les armes qu'après la bataille de Jarnac. *Auffi qu'un du Caf-*
fe fon Lieutenant à Bazas commit cruauté infigne à l'endroit d'u-
ne femme. Je fais comme le Caffe Capitaine de la Citadelle étoit
homme violent & vicieux. Je n'ai toutesfois entendu cette hiftoire : bien fais-je que le Roi de Navarre lui ôta la charge de la
Ville de Bazas. Et fur les plaintes que lui fit M. le Maréchal
de Matignon , qu'il fortifioit une fienne maifon auprès , l'alla
prendre en cette maifon-là , lui-même ; ou autrement il eût fa-
lu mener le Canon , & la fit rafer à la même heure. Et depuis
fon frere s'étant par dépit mis de la Ligue qui prenoit tout le
rebut des autres , ledit Sieur Maréchal le fit prendre à Bourdeaux
& tout chaudement lui fit trancher la tête.

　　Page 52. Quant aux inhumanités exercées à Montauft en la
Comté de Foix : cinq cens Gentilshommes Catholiques qui
étoient en Foix , lorfque Monfieur d'Epernon vint à Pamyés
voir le Roi de Navarre , témoigneront ce que j'en dirai ; & je
dirai plus , Monfieur Duranty même , premier Préfident au
Parlement de Touloufe , fait qu'il n'y fut répandue une goute de fang ni pris un poulet , ni rien attenté contre perfonne
en fa Religion , en fon honneur , en fa vie , en fes biens ; &

en oferois répondre en propre nom : au moins n'alleguant que
trois exemples contre le Roi de Navarre, ils devoient être certains & véritables; & fi voyez-vous aflez, les ayant cherchés
par tous les coins, qu'il ne l'a pas fait pour l'épargner.

Page 53. Combien dirons-nous plus véritablement que le
Roi de Navarre ès lieux de fon autorité n'a point fait de differen-
ce entre les gens de bien pour la Religion : qu'au fort de la
guerre, il a maintenu les Catholiques, les Prêtres, les Moines, même a laiffé leurs exercices & dévotions en leur entier :
que jamais il n'a fouillé ni fa main, ni fon honneur au fang
d'aucun, non dès plus âpres ennemis, non de ceux-là mêmes
qui avoient juré & entrepris fa mort : qu'au fortir des armes
il a donné fes injures à la paix pour jamais ne s'en reffouvenir :
que même en pleine paix fes Sujets du Mont-de-Marfan s'étant
infolemment opiniâtrés contre lui, nonobftant fréquentes juf-
fions du Roi, il auroit trouvé moyen de les furprendre en une
nuit; & toutes-fois leur auroit pardonné leurs fautes fans qu'aucun y fût pillé, & fans qu'il y mourût des habitans que deux,
l'un en fe défendant à l'abordée, & l'autre par un ennemi particulier, lequel craignant la punition, eft depuis
demeuré fugitif; & de ce témoignera Monfieur de Believre
qui lors arriva auprès de lui pour autres affaires de la part du
Roi. Je laiffe l'exemple mémorable de ceux d'Auze fes Sujets en
Armagnac, qui en l'an foixante & dix-fept, ayant levé le Pont
fur lui, & abbatu le râteau fur fes talons, l'enfermerent lui dix-
huitiéme dans leur Ville, & tirerent une arquebufade, & nonobftant s'étant réfolu outre toute apparence, & leur ayant gâgné une Tour pour faire entrer le refte, il fauva la vie à tous
les habitans en confidération qu'ils étoient fes Sujets, & n'y
eut pour tout qu'un feul homme pendu, qui lui avoit acaré
l'arquebufe à l'eftomach, encore lui vouloit-il fauver la vie, fans
ce qu'il menaça les Magiftrats de les faire tous mourir s'il en
réchappoit, à l'inftance defquels il fut exécuté; dont toute la
Ville eut le cœur fi touché qu'il n'en a point eu depuis de plus
obéiffante.

Page 54. Et quant à la Reine de Navarre mere de ce Prince, qu'il déchiffre à fon plaifir : laiffons je vous prie les Morts
en paix, laiffons-les dormir en leurs Sépulchres : c'étoit une
grande Princeffe, fille d'une fœur d'un de nos plus grands Rois;
& s'il veut finiftrement juger du Roi de Navarre à caufe de fa
mere, il ne peut ni doit parler que bien, pour la mere dont

elle eſt iſſue. Son petit Etat fut ébranlé comme le nôtre grand. Il eut ſes folies & ſes fureurs, & nous les nôtres ; & n'entrons point en comparaiſon ni des accès, ni des excès de notre maladie. La guerre répand du ſang par tout, mais nos paix ont été à leur proportion plus ſanglantes de beaucoup que les guerres des autres. Et pour le regard de cette belle hiſtoire qu'il recite du Tombeau du Roi Henri d'Albret ſon mari, rompu à Caſtel-Geloux, voyez je vous prie comme il en eſt bien informé : car le Roi Henri fut enterré à l'Eſcar en Bearn avec ſes prédéceſſeurs, où ſon corps & ſon tombeau ſont entiers, & par-là jugez ou l'ignorance du ſuppliant, ou la malignité inſigne.

Il nous allegue Bearn pour conſéquence du traitement que le Roi de Navarre fera aux Catholiques. Il me fâche d'avoir à preſuppoſer en mes réponſes ce qu'il preſuppoſe tant de fois en ſes diſcours, la mort du Roi, auquel je prie Dieu qu'il donne longue vie, mais j'en proteſte une fois pour toutes. Il leur a été mille fois dit, que la Reine Jeanne, mere du Roi de Navarre, en une aſſemblée générale d'Etats, établit le changement qui ſe voit en Bearn : que depuis, les Etats de Bearn n'ont jamais requis la Meſſe : que même, après la Saint Barthelemi, le Roi de Navarre, retenu en Cour, leur envoyant le ſieur de Mioſſens pour Gouverneur, l'un des Barons du Païs & Catholique, nonobſtant l'horreur du temps & la terreur de deux ſi grands voiſins qui favoriſoient les Catholiques, nul ne s'y préſenta onc pour la leur demander, que les Gentilshommes Catholiques ; néanmoins ils vivent doucement ſans être recherchés : les ſieurs de Mioſſens, de Sainte Colombe, de Lago, de Saint Eſtefe & autres, & ne voudroient pas être autrement : que même ceux du Clergé jouiſſent de leurs biens & de leurs penſions, le ſurplus étant employé à l'entretenement des Ecoliers & des Ecoles : Qu'au contraire, en la Baſſe Navarre, où pour la plupart le Peuple eſt Catholique, il n'y a autre exercice par tout le Païs : fors ſeulement à Saint Palai, & leur eſt gardé & maintenu inviolablement l'exercice entier de leur Religion, ſans avoir touché aux bénéfices & biens d'Egliſe : qu'ils déclarent nettement en leurs écrits, puiſqu'ils veulent répondre : s'ils confeſſent ce que deſſus, ou s'ils le nient ; & s'ils ſont contraints de confeſſer, (comme ils ne peuvent autrement), qu'ont-ils donc plus à nous alléguer l'exemple de Bearn, puiſque, ſous le même Prince, ils voient le contraire en la Baſſe Navarre ? Mais il nous faut bien paſſer plus outre ſur ce point. Penſez qu'un

Roi de Navarre, fi Dieu l'appelloit à la Couronne, voudroit prendre le modele de gouverner ce Roïaume, fur Bearn? Penfez qu'il en voudroit bien avoir l'avis de fon Confeil de Pau, dont cet homme nous veut faire peur : penfez qu'il feroit fi peu habile ou fi mal confeillé, que de ne confidérer que cet Etat eft d'une autre nature; & que, s'il entreprenoit d'y changer la Religion, il attireroit une ruine fur fa tête. Penfez qu'il n'aura voulu rien innover en la Religion ès Païs de la Baffe Navarre, Païs tout acquis, où il le peut faire fans danger : & qu'il le voudra en ce Roïaume, Païs ja parti de faction, & plus que balancé, Païs grand, puiffant, duquel la richeffe & la beauté font fuffifantes de rabattre & retenir toutes les paffions, que d'ailleurs il pourroit avoir.

Page 55. Je ne fais qu'il faut plus à cet homme. Il confeille d'avoir un Roi Catholique : il fe fâche que le Roi de Navarre veuille être inftruit, & inftruit même en un Concile : il a peur enfin qu'il ne fe faffe Catholique ; & s'il vouloit ouir une Meffe, je penfe à la vérité qu'il ne le voudroit point. Oyons fes propos : *Il eft condamné au Concile de Trente.* Ce Concile n'eft pas encore reçu en ce Roïaume. Mais avez-vous donc fi peu de charité, que pour regagner un Prince, un Prince fur qui regarde ce Roïaume, un Prince fuivi de tant de milliers d'ames, vous plaigniez encore un Concile ? Et combien de fois pour moindre occafion, & fur un même article les anciens Peres les ont-ils réitérés ? Les anciens Peres, defquels nous faifons bouclier à toutes heurtes ? *Il veut être inftruit ; mais c'eft, difentils, feintife.* Car, avant la mort de feu Monfieur, il ne s'en parloit point ; ains, y a-t-il eu aucun Edit de paix, par lequel le différend des deux Religions n'ait été remis à un Concile libre ? Et dès l'affemblée de Blois, qu'on life les Cahiers & les Mémoires, le Roi de Navarre répondit-il pas aux Députés qu'il étoit tout prêt d'être enfeigné ? Que, s'il étoit en erreur, on lui feroit plaifir de lui montrer ? Et au lieu de terminer les différends, qu'a-t-on fait, que tenter tous moyens en tout ce temps de l'exterminer & tous les fiens ? *Les Miniftres n'y voudront venir, ils font couards.* Ains, ils vous ont dit qu'ils furent à Conftance, & très mal leur en prit ; car ils furent brulés contre la Foi publique : & depuis à Trente ; & on fait qu'ils coururent fortune : & ne laifferent pourtant de fe trouver à Poiffy au Colloque, où ils plaiderent leur caufe vivement : & c'eft dequoi cetui-ci fe deult de ce Colloque ; car il eût voulu qu'on les y eût tués, pour retrancher à jamais l'espoir d'un bon Concile. *Mais qui doute que la verité ne soit de notre part?* Et on lui dira : la moitié de l'Europe, Allemands, Polonnois, Anglois, Ecossois, Danois, Suédois, Suisses, plus d'un tiers de France, plus d'un tiers des Païs-Bas, Rome même n'est plus crue à Rome. Quand tant de gens en tous lieux protestent, Roïaumes entiers, Nations entieres, peut-ce être sans apparence de raison ? Et est-ce donc pas le sujet d'un Concile ? *Mais nous sommes cette Eglise que Christ a plantée, que les Apôtres ont cultivée, que les Martyrs ont arrosée de leur sang.* Ains, nous disent-ils, nous sommes celle-là même, qui vous répondrons que, sur les plantes de Christ, vous avez laissé venir l'ivraie : que les Apôtres & les Martyrs ont cultivé & arrosé cette même doctrine que nous retenons, non pas les erreurs des hommes qui depuis sont survenus : qui protestons contre vous de tels abus, & en requerons la réformation. Chacun tiré les Apôtres, les Martyrs & les Docteurs à soi : chacun appelle à garant la parole de Dieu : chacun dit que sa doctrine est l'ancienne; est-ce pas donc derechef matiere de Concile ? Et c'est certes comme qui en nos Etats requerroit la réformation de plusieurs desordres & confusions introduits, ou par le laps de temps, ou par la perversité des hommes : qui allégueroit alors que notre Etat avoit été fondé, établi & ordonné par un Clovis, un Charlemagne, un Capet, un Philippe Auguste, &c., & partant qu'il n'y faudroit toucher, ne seroit recevable : car ceux-là ont fait les bonnes Loix, & les hommes en ont inventé les feintes & cauteles : ceux-là en ont fondé les colomnes, & le temps les a mangées & ébranlées : ceux-là y auront donné la forme, & nous avons à nous plaindre des déformités, des rides, des macules. Toutes choses en ce monde se corrompent : les choses sur-tout qui passent par les hommes, les plus corrompus de toutes créatures. Il n'est pas en somme question de la forge ni de l'allumelle, mais bien de la rouille & de la vermoulure qui se voit à l'œil ; & si vous faites difficulté d'en accuser les hommes, accusez le temps qui corrompt toutes choses : accusez-en l'air, si vous voulez, on n'en requert que l'amendement, on n'en demande que le remede. Tout le reste, c'est que le Roi de Navarre est Hérétique, qu'il est Infidele : que c'est un Coré, Dathan & Abiron : que c'est un Esclave de Satan, &c. toutes ou présuppositions ou hyperboles, qui ne trouvent pas grand lieu entre les gens de jugement, parcequ'on les peut nier tout en un mot.

Mais, ajoute-t-il, (c'eft le meilleur) *le Roi de Navarre eft-il pas fuffifamment inftruit par le jour Saint Barthelemi ; & fi par-là il ne l'eft affez, qui le peut convertir ?* Penfez fi ce jour étoit pour le détruire ou pour l'inftruire, pour le fubvertir ou pour le convertir. Quant à moi, j'ai opinion que fi Saint Barthelemi, pour convertir les Indes, eût tenu cette méthode-là, qu'il n'en eût jamais perfuadé aucun à fe faire Chrétien. Et combien, de fait, en avons-nous connus, qui, par l'horreur de ce jour, font entrés en doute de leur foi ; & enfin étant hors de danger, fe font faits Huguenots ? Mais voulez-vous voir la charité de ce Livret, qui ne craint rien tant, comme j'ai dit, que ce Prince fe change : *Auffi bien*, dit-il, *ores qu'il fe convertiffe, Hérétiques repentis n'eurent jamais charge en l'Eglife.* C'eft-à-dire, quoiqu'il puiffe faire ou devenir, il fe faut réfoudre de l'exclure ; il faut fupplanter le Sang de France, pour y planter le Sang de Lorraine ; il en faut entierement exterminer la race.

Pag. 58. C'eft pour répondre aux déclamations qu'il fait jufques à la page 70. Et n'eft toutefois à oublier qu'entre-deux il féme par-tout des inepties, des abfurdités, des ignorances qu'il eft bon de remarquer. Il reproche que le Roi de Navarre fe dit Protecteur de ce Roïaume, il fe devoit fouvenir que Meffieurs de la Ligue en leurs écrits s'attribuoient ce nom : le Marquis d'Elbeuf, Monfieur d'Aumalle & autres ; tellement que nous avions autant de Protecteurs en France, que la maifon de Lorraine a de Cadets. Jugez fi à meilleur droit le Roi de Navarre pourroit pas prendre ce titre, étant en ce Roïaume. Il dit qu'il a envoyé chez les Etats voifins, qui font de même profeffion, pour les fufciter contre la France : fuffit que le Roi eft demeuré content fur cet article, & que ceux qui ont femé ces calomnies ont à fe laver du démenti qu'ils ont reçu à ce propos ; mais pour preuve de fon dire, il dit que les Proteftans s'en font formalifés contre les Calviniftes, & en ont écrit un Livret, intitulé, le *Boute-feu*. Qui aura lu ce beau Livre, connoîtra affez quels Boute-feux l'ont fait.

Page 67. Car ce font évidemment les Jéfuites : & n'y a homme d'entendement qui ne le voie. Et de fait, jugez par les effets ; car, comme cette Ambaffade tendoit principalement à reconcilier les différends en la Religion, s'en eft enfuivi que ceux de la Confeffion d'Aufbourg ont embraffé les Eglifes de France, pour faire dorénavant un corps & une caufe : que les voyant moleſtés en France, ils ont entrepris leur cauſe envers le Roi, leur défenſe contre les perturbateurs : & nous en voyons & avons vu les Ambaſſades. Tant s'en faut, comme le Boute-feu nous vouloit faire croire par ſes réponſes mal ſuppoſées, qu'ils les euſſent rebutés comme ennemis. J'obmettois ce beau Sonnet qu'il entrelaſſe, où il fait Mornai Chancelier, & Mermet Miniſtre du Roi de Navarre.

Page 60. Ce Mornay qu'il dit, qu'on ſait bien n'avoir jamais fait cette Profeſſion. Et de fait, je n'ai connu de tout ce temps que deux Chanceliers du Roi de Navarre, feu Monſieur du Ferrier, très grand perſonnage, le ſecond Caton de France, qui mourut y a un an, du regret de cette guerre de la Ligue, & Monſieur de Glateiux, frere aîné de Monſieur de Puybrac, qui exerce aujourd'hui cette charge avec beaucoup de louange. Et quant à Mermet, c'eſt le Miniſtre de la Ville de Nerac, d'où il ne bouge, content de ſon miniſtere, qui n'approcha onc ni voulut approcher, ni maiſon ni affaires de Prince.

Page 73. Il fait accroire à Calvin qu'il dit ſur Daniel, qu'il faut cracher au nez des Rois Catholiques, plutôt que leur obéir, & qu'il y médit de nos Rois François & Henri, &c. Je l'ai recherché exprès pour mieux meſurer toutes ſes menteries par les plus remarquables. Il eſt queſtion en Daniel de Nabuchodonozor qui veut faire adorer ſa ſtatue. Calvin dit, qu'à l'exemple de Daniel, quelque lieu qu'il tînt en la Maiſon du Roi, il vaut mieux déſobéir & déplaire à ſon Prince, que d'offenſer Dieu. Qui ſera le Catholique qui n'en parlera de même ? Et nos Cyprians & nos Juſtins en ont-ils pas fait ainſi ? Qu'a cela de commun avec nos Princes ? Ailleurs, Daniel, parlant des Monarques, les compare aux Lions & aux Ours, &c. Il dit qu'à la vérité, les Etats raviſſans & les Princes tyranniques ſont juſtement comparés aux Bêtes, & que nous en avons vus en notre temps de tels. Qu'eſt-ce que ce que Saint Auguſtin nous dit, que les grands Empires ſans Juſtice, ſont brigandages & non Etats ? Et pourquoi veut ce bon interprete qu'il ait dit cela contre nos Rois ? Ains, voici les mots que j'ai rencontrés à l'aventure, je dis à l'ouverture du Livre, au Sermon 3, ſur le chap. 5, que les Roïaumes ſe donnent par la providence de Dieu, ſoit par ſucceſſion ou par élection, ſoit par ſort ou par conquête: qu'il ne s'y fait changement qui ne ſoit ordonné de lui : que toutes Puiſſances en procedent ; mais particulierement, qu'en l'Etat Roïal il y a plus d'excellence, étant cette police non-

ſeulement

1586.

LETTRE
D'UN CAILEO-
FRANÇOIS.

seulement ordonnée de lui, mais comme son image : qu'à cause
de cette image, engravée de Dieu en la face des Princes, ils
doivent être obéis de leurs Sujets, ores même qu'ils usent d'excès en leurs Gouvernemens : & que de fait ils sont souvent
obéis, parce seulement qu'ils portent cette image : que quelques excès qu'il y ait aux Princes, comme Dieu les envoie tels
quand il veut châtier les Peuples, néanmoins il nous faut louer
Dieu, duquel la bonté surmonte, en ce qu'il ne permet point
que les polices soient confuses : étant tout certain que, s'il
n'y avoit Principauté & Magistrat, nous serions trop pires que
les bêtes ; & lisant le Livre plus avant, on y trouvera plusieurs
passages plus exprès. Et de fait, qui veut voir ce que ceux du contraire parti tiennent du Magistrat, il ne faut pas aller arracher des
mots deçà delà : il ne faut pas rechercher ni les Pasquilles ni les
Marphores : je dis les Livrets diffamatoires, qui sont tous licentieux
& insolens de part & d'autre, & qui ne font foi ni pour l'un ni
pour l'autre ; il faut lire les Confessions de foi : il faut lire les
Traités exprès ; il faut voir si la Reine d'Angleterre, si le Roi
de Dannemarc, & si les Princes Protestans sont obéis en leurs
Etats : Etats toutefois où la Religion dont il est question regne
sans contredit ; car, si nous voulions regarder les Livrets, si
même par cetui-ci nous voulions juger du respect & de l'o-
béissance des Catholiques envers les Rois, quel tort, je vous
prie, leur ferions-nous, vû qu'il dit ouvertement qu'en fait de
Religion, les Rois & les Princes ne doivent venir en considération aucune, vû qu'il ne craint point de dire que le Roi
est réprouvé de Dieu, pour n'avoir tué le Roi de Navarre &
Monseigneur le Prince, lorsqu'ils étoient en ses mains, vû qu'il
ne parle jamais de Princes de sa Souveraine même, puisqu'il
veut être tenu Anglois, qu'à bouche sanglante & venimeuse ?

Page 75, 76, &c. Il revient toujours à son dessein : que le
Roi de Navarre ne soit pas reçu à la Couronne, & se bat sur
cette perche, comme si le Roi étoit à l'agonie : comme si entre
ci & là, par sa prudence ou par un Concile, ces difficultés
ne pouvoient pas être levées. *Comment,* dit-il, *sera-t-il sacré ?*
Et ils pensent à le massacrer plutôt qu'à le sacrer. *Comment oira-
t-il la Messe ?* Et ils n'appréhendent chose au monde, tant que de
l'y voir aller. *Comment succedera-t-il à ces bons Rois, défenseurs
de l'Eglise ?* Et on lui pourra répondre, que ces Princes héroïques défendoient l'Eglise & non pas les abus : que le Roi de
Navarre proteste aujourd'hui contre ces abus-là, & ne laisse

nonobſtant de révérer & embraſſer l'Egliſe. Ainſi, quand Charlemagne ordonna au Concile de Francfort, que les Images &
Statues qui étoient venues en Idolâtrie, feroient ôtées des Egliſes, dont nous avons entre les mains le Livre exprès, il réfor-
moit les abus & honoroit l'Egliſe. Ainſi, quand le bon Roi S.
Louis, ennuyé des Simonies de Rome, défendit, fous grandes peines, d'y porter argent, & tâcha de retrancher tant de
corruptions en la diſtribution des charges de l'Egliſe, il hon-
noroit véritablement l'Egliſe; il ne laiſſa d'être honoré en l'E-
gliſe. Ainſi, quand le Roi Philippe déclara le Pape Boniface
impertinent, & quand la Sorbonne l'excommunia, le condamna,
le déclara Hérétique, inſtrument de Satan, pour la tyrannie
qu'il vouloit uſurper ſur notre Egliſe comme ſur les autres, il
ne laiſſe pas ni eux auſſi, combien qu'excommuniés du Pape,
d'être membres, & membres notables de l'Egliſe: Défendre en
ſomme l'Egliſe, c'eſt défendre la doctrine de Notre-Seigneur,
fondement unique de l'Egliſe; & nul donc ne la défend plus
véritablement, que qui cherche de purger & réformer l'Egliſe,
des abus que le temps ou les hommes ont introduits en l'Egliſe:
nul ne l'honore plus ſérieuſement, que qui ne peut endurer
patiemment qu'on la couvre d'ordures; & cette défenſe ne ſe
fait pas par l'épée, mais par le Livre, ne dépend pas du ſuccès d'une bataille, mais d'un bon Concile : & qui proteſte contre l'abus, qui requiert qu'il ſoit reglé par un Concile, eſt
donc le plus vrai ami & défenſeur de l'Egliſe de Chriſt; ſi nous
ne diſons, comme les Juifs, que Notre-Seigneur détruit le
Temple, quand il chaſſe les Marchands & les Pigeons, les ordures & les tromperies du Temple.

Page 78, 79, &c.» Mais, dit-il, au moins ne pouvez-vous
» nier qu'il ne ſoit crimineux de félonie, car on l'a vu en campa-
» gne, &c ». Si être en campagne, ſi prendre les armes ſimplement eſt felonie, rend-il pas donc crimineux de félonie, ſans
doute aucune, Monſieur le Cardinal de Bourbon, & Meſſieurs
de la Ligue, toute la maiſon de Guiſe, qu'on a vus armés ces jours
paſſés contre la volonté du Roi, s'emparer des Villes, mettre la
main aux finances, ravager la France, attirer les Etrangers
dans le Roïaume, Suiſſes, Reiſtres, faire en ſomme tout ce qu'il
impute à l'Amiral, tout ce dont il veut rendre odieux le Roi de
Navarre & ſon parti. Félonie donc, s'il veut échapper ce mauvais
pas; n'eſt pas ſimplement prendre les armes; la priſe des armes
ſe forme ou en crime ou en ſervice, ſelon le motif, ſelon la

caufe, & toujours nous faut revenir à point que la guerre prend la qualité bonne ou mauvaife de la queftion qu'elle foutient. S'ils difent que le Roi a condamné les autres. Et qui n'a vu fes Edits, fes Déclarations contre eux, efquels ils font déclarés rebelles, ennemis du Roi & du Roïaume ? Et qui ne l'a oui tonner en Parlement, les Chambres affemblées, & en plein Hôtel de Ville de Paris, contre leurs actions ? Et quels propos en a-t-il tenu à tous les Ambaffadeurs des Princes qui réfident près de lui ? Et quelles dépêches a-t-il envoyées aux fiens, qui ont charge près des autres Princes ? Que s'ils difent que le Roi depuis les a autorifés & approuvés par l'Edit de Juillet, & quelle juftification ouvriront-ils aux autres, qui alleguent leurs premieres armes prifes par commandement verbal & par écrit du feu Roi & de la Reine fa Mere, qui en ont produit les lettres originelles en toutes les Cours & Confeils de l'Europe, même ès pleins Etats de l'Empire ? Et combien d'Edits en eft-il enfuivi ; qui avoient leurs armes en termes trop plus exprès, & les reconnoiffent prifes & continuées pour le fervice du Roi & le bien du Roïaume ? Et ces Edits ont-ils pas été omologués ès Cours de Parlement, & y a-t-il ni formalité, ni folemnité qui n'y foit employée ? Et s'ils veulent répliquer que ça été à main armée, qu'ils difent donc comment ils ont obtenu leur Edit de Juillet ? Et combien de fois le Roi a-t-il depuis dit & écrit que leur violence l'avoit contraint de ce faire, ne fentant même fa vie trop affurée entre leurs partifans ? C'eft toujours pour revenir à notre fondement ; la prife des armes eft bonne ou mauvaife par la caufe ; & la caufe, certes, fi je n'ofe dire, qu'elle eft préjugée contre la Ligue par le Roi, au moins nul ne peut nier que ce n'eft à elle à décider ce point.

Page 79 & 81. Le Roi de Navarre, dit-il, nous fait venir le Duc Cafimir en France, il lui a fait donner l'ordre des Gendarmes, des Poffeffions, des Penfions ; il eft caufe qu'il a mené nos dépouilles en triomphe à Heidelberg. Voyez où la paffion nous mene : il parle de l'an 76. Qui ne fait que cette guerre-là fût menée par feu Monfieur, que la paix fur-enfuivie fût conclue fous fon autorité ? Le Duc Cafimir payé & honoré à fon inftance ? Qu'au contraire le Roi de Navarre, lors de toutes ces pratiques, étoit en Cour, que s'en retira pour s'en aller en fes païs, voyant que fa vie pendoit toujours à un filet ; qu'il ne demanda rien par la paix, pour ne retarder le bien de ce Roïaume, fe contenter de fe voir en liberté. Et de fait, qui eût eu plus longue patience de vivre à la Cour, à la difcrétion de telles gens que ce bon difcoureur qui magnifie hautement le Roi d'Espagne, pour avoir tué son propre fils, & blâme nos Rois de n'avoir voulu souiller leurs mains au sang de leur beau-frere, qu'il appelle cousin de bien loin? Et puis avec quel front, je vous prie, reproche-t-il le Duc Casimir, quand ceux de la Ligue nous ont amené des Reistres tout fraîchement? Des Reistres pour défendre le Clergé, qui ont couru les Prêtres; pour conserver les Reliques, qui ont saccagé & violé Eglises & Autels; pour extirper la Religion contraire, qui ont fait prêcher publiquement, qui ont même fait la Cène en leurs armées?

Il accuse le Roi de Navarre de parjure, pour n'avoir rendu les places de réserve à point nommé. On pourra répondre, que c'étoit sous la condition de l'exécution de l'Edit. Mais il y a plus; car on sait qu'en répondant le Cahier qui fut présenté au Roi à Saint-Germain l'an 84 au mois de Décembre, le Roi consentit par exprès, que les susdites Villes demeureroient encore en la garde du Roi de Navarre pour deux ans, pour donner loisir aux animosités de s'amortir entierement de part & d'autre, & est cette réponse bien signée du Roi, & contre-signée de M. Pinart Sécretaire d'Etat, en date du onzieme Décembre. Et comme ceux de la Ligue en leurs protestations voulussent s'en prévaloir contre le Roi, le Roi de Navarre qui n'avoit requis ces sûretés que contre leurs déloyautés & perfidies, s'offrit de remettre ès mains du Roi toutes lesdites Places, pourvu que ceux de la Ligue, auxquels toutefois il ne veut s'égaler, fissent de même. Et pensez comme ces reproches leur sont bien séans en la bouche, quand eux-mêmes ont requis & obtenu des sûretés du Roi, eux qui disposent à leur plaisir de leurs Gouvernemens; eux qui sont logés au milieu des Provinces, où il n'y a rien à craindre pour eux, ou au contraire il n'y a rien à craindre qu'eux? Car n'est-ce pas donc les demander contre le Roi, contre les Catholiques, contre les allarmes & remords de leurs mauvaises consciences?

Pag. 82. Il reproche au Roi de Navarre le mauvais traitement de sa femme. Jamais gens de jugement ne mirent le doigt entre maris & femmes: ces querelles s'accommodent sans arbitres, & ceux qui les veulent attiser le plus souvent s'y brûlent. Ne réveillons point ici ni les justes douleurs, ni les fortes répliques; épargnons l'honneur du mariage; épargnons le sang de la France. Il est bon que Messieurs de la Ligue deviennent prêcheurs de la chasteté. On ne connoît pas leurs mœurs & leurs humeurs. Qu'ils nous fassent le procès au Roi de Navarre sur

l'amour : car on ne fait pas & leur vie & leurs vices ; que ce qu'il a
de plus vicieux en lui, feroit vertu entr'eux ; que ce qu'il y a de plus
vertueux en eux, lui feroit une tache ; que ce qu'ils s'eftiment vertueux, c'eft parcequ'ils font fi corrompus & fi cautérifés, qu'ils ne
fentent plus de remords en leurs ames, qu'ils ne voient plus de
diftance entre vertu & vice. Certes il eft hors de doute, que qui
fortira de la Maifon du Roi de Navarre, pour entrer en celles
de ceux de la Ligue, penfera à paffer de Sion en Gomorrhe. Que
qui paffera de la confidération de fa perfonne aux leurs, en matiere des vices mêmes qu'ils blâment, penfera à être paffé &
tranfporté en fonge ; d'un David à des Sardanapales ; il eft arrêté dans fa Religion ; ni les Croix, ni les Couronnes ne l'émeuvent : ceux-ci n'ont Foi ni Religion qui tienne, l'ombre d'un efpoir les fait Luthériens, les fera, s'il leur peut profiter, Maho-
metiftes ; & de fait il n'y a pas longtems que Monfieur de Guife,
pour amadouer les Huguenots, difoit, qu'il n'en étoit pas fi éloigné comme ils penfoient, que fa grande mere étoit Huguenotte,
(c'étoit feue Madame de Ferrare) qui lui en avoit affez appris.
Qu'auffi feu Monfieur le Cardinal fon oncle l'avoit fait inftituer
en fa jeuneffe en la Confeffion d'Aufbourg. Le Roi de Navarre
eft Prince belliqueux, nourri au travail, refuïant toutes délices. Il fait méprifer pour fa Religion les voluptés de la Cour &
les grandeurs du monde. Il voit les Roïaumés du haut du pina-
cle deffous lui, & il les foule aux pieds pour ne fouler fa Religion,
pour ne violer fa confcience. Quel de ces Princes nourris en un
férail feroit cela ? Quel d'eux pourroit vivre fans l'amour, ou fans
la Cour, trois mois entiers ?

Ils ajoutent un excès prétendu à Agen en l'an 77, qu'ils publient par tout le monde chandelles éteintes, l'ancienne calomnie (& pieça furannée) contre les Huguenots. Miferables ! &
qu'ils en enquierent ceux d'Agen grands & petits, hommes &
femmes, fi jamais il en fût mention. Je parle confidemment, &
le dis derechef, s'il y en a jamais eu feu ni fumée. Madame la
Maréchale de Monluc, qui eft aujourd'hui Madame d'Efcars,
étoit préfente. Le Roi de Navarre & Madame fa fœur, Princeffe
au-deffus de la corruption & de la médifance de ce fiecle, devi-
foient avec elle : Qu'elle foit ouie en témoignage, s'il y eut fcandale ou de parole ou de fait, s'il y eut chandelle éteinte, comme
ils difent, s'il ne partit tout ce foir d'avec elle, fi elle en ouit
un feul mot fur le lieu, fi ne elle fut fort ébahie, quand fe trouvant de retour chez elle on lui en vint parler. Et de fait, il me

1586.

LETTRE
D'UN CATHO.
FRANÇOIS.

souvient que lors un Gentilhomme s'en venant de France pour
se donner au service de ce Prince, entendant à Périgueux ce bruit,
voulut en savoir la vérité par ses amis premier que lui parler,
résolu de retourner tout court s'il étoit véritable, & je fus présent qu'il s'adressa à feu Monsieur de Foix, Personnage de vertu &
de vérité, qui lors étoit de la part du Roi près du Roi de Navarre,
lequel l'assura sur son honneur qu'il n'en étoit rien ni en soupçon, ni apparence; que c'étoit une méchante calomnie, & qu'il en
avoit écrit au Roi, pour le témoignage qu'il devoit rendre à la
vérité & pour l'acquit de sa conscience. Qu'on s'enquiere même
à Agen, le Roi de Navarre en sera très content, & encore qu'il
y en ait de récusable, je m'assure qu'il seroit marri d'en recuser
aucun pour ce regard. Mais c'est une calomnie héréditaire : car
elle fut inventée par le feu Amiral de Villars, beau-pere de
M. de Mayenne, pour dévoyer ceux de Bourdeaux & autres Villes, de recevoir le Roi de Navarre, comme alors elles le décrierent.
Et je dirai plus, que si on demande à ceux d'Agen quel ils aiment
mieux en conscience, ou vivre sous ce tems-là dont ils veulent se
prévaloir, ou sous le régime de la Ligue, (qui toutefois devoit
être temperé par la présence d'une Reine) qu'ils aimeront mieux
les mois entiers sous le Roi de Navarre, que les plus courts jours
sous les désordres de la Ligue.

    Page 85. Il poursuit toujours en son dessein. » Mais si vous ve-
» nez à recevoir, dit-il, le Roi de Navarre à la Couronne, sou-
» venez-vous que Mermet lui a donné avis que pour expier la
» saint Barthelemi il faut livrer ès mains des Ministres deux Bour-
» geois de chaque Ville ». Pensez qu'il a de bons espions & qu'il
fait beaucoup de ses affaires quand il attribue ce conseil à Mermet, qu'on ne vit jamais entrer en son Conseil ; comme si le Roi
de Navarre ne savoit que la saint Barthelemi n'est pas venue du
Peuple ; qu'à Paris il n'y avoit Bourgeois qui n'en fût déplaisant
& qui ne tâchât à conserver son hôte ; que même on fut plus de
deux heures à harrer les crocheteurs premier que de les faire mordre. Comme si aussi il ne savoit, que quinze jours après & plus,
quoiqu'on eût fait à Paris, les autres Villes ne tuoient point. Que
les mandemens en furent envoyés d'ailleurs : que le Peuple ne s'y
pouvoit acharner, que les soldats n'y vouloient toucher ; que même en quelques lieux les Bouchers, les Mariniers, les Bourreaux
le refusoient. Comme si chacun ne savoit pas assez qu'il n'y a
si bonne Ville, si bons Habitans, si bonnes mœurs, où on ne
trouve toujours prou de méchans pour faire mal, quand d'une part

perſonne n'empêche, & que d'autre part ils ſont autoriſés ? Certes
c'eſt queſtion de l'expier; ja n'eſt pas grand beſoin que les hommes s'en peinent. Dieu, auquel toute vengeance eſt réſervée,
ſemble bien en avoir déja fait une partie, quand il a fauché les
principaux Auteurs & les plus grands, dedans le bout de l'an,
quand nous avons vu leurs Satellites, leurs Brigands pourrir ſur
le fumier, quand nous remarquons autant de Maſſacreurs, autant de fins tragiques, quand nos factions ont redoublé, nos calamités multiplié, que nous penſions éteindre; quand encore
nous voyons la main de Dieu ſur ce Roïaume, armée de guerre,
de peſte & de famine, armée de nouveaux fléaux qu'elle y élance
de Ligueurs, de mal-contens, de Publiquains, la lie & le marc
de tous les précédens, pour le ruiner évidemment & le confondre.

Page 88. » Ores que cela ne ſoit, dit-il, deux Religions ne
» peuvent auſſi-bien vivre enſemble ». Cette queſtion a tant de
fois été vuidée; elles vivent doucement enſemble en Allemagne,
en Pologne & en Suiſſe, pourquoi ſerons-nous moins compati-
bles que les autres ? Elles ont vécu en ce Roïaume, les Particuliers s'y accordent très bien, ſous un même toît & en même maiſon, pourquoi moins les Villes ? Pourquoi moins les Provinces
enſemble ? En l'armée (que dois-je dire plus) du Duc de Mayenne, les Reiſtres ſont Luthériens; ils ont leurs Miniſtres, leurs
Prêches, leur Cène, la Meſſe & le Prêche ont ſu, dis-je, s'accorder parmi leurs armes; pourquoi moins par une paix publique, voiſin à voiſin, Citoyen à Citoyen, nés pour s'entre-conſer-
ver, s'entre-ſupporter & s'entr'inſtruire ? » Mais, dit-il, le Sieur
» de Montegu n'a pu vivre auprès du Prince de Condé ». Il y a
certes été autant qu'il a voulu, il y a paſſé des ans & en paix & en
guerre, & ne s'en eſt retiré que pour ſe marier. Mais poſez que
non, tant de gens d'honneur de toutes qualités, Catholiques
s'il en fût jamais, ſervent le Roi de Navarre en leur Religion ès
plus importantes Charges de ſes terres, ès plus proches dignités
de ſa Perſonne, en ſes Gardes, en ſon Conſeil, en ſon Cabinet,
ils y tiennent les plus anciens & les principaux lieux. Si quelque
particulier s'en vouloit retirer, ennuyé peut-être de la Cour, ou
de ſoi-même, qui condamnera le Prince, ou la Religion, pour
un homme ou une humeur particuliere ? » Mais le Chapelain de la
» Reine de Navarre fut maſſacré en Bearn ». Elle même répon-
dra pour le Roi ſon mari qu'il n'en eſt du tout rien, & nous
n'en voulons autre témoin que l'Evêque de Digne ſon Grand-
Aumônier.

1586.

LETTRE
D'UN CATHO.
FRANÇOIS.

Page 88. Et quant à ce qu'il ajoute que les Miniſtres de Béarn ont corrompu l'ancienne pudicité du pays, ce mot ſeul ſuffit pour rendre ſuſpect, à qui ſait le pays, tout le reſte du livre; car il eſt certain que le Clergé de l'Eſcars, Métropolitaine du pays, avoit introduit telle corruption, que la paillardiſe n'y étoit plus reconnue pour vice ; au lieu qu'aujourd'hui, par les Loix de la feue Reine de Navarre, elle y eſt punie plus rigoureuſement que ne ſont ailleurs les adulteres & inceſtes.

Page 91. Il dit que ceux du Parti contraire tiennent le Roi de Navarre pour bâtard : » Car, dit-il, Belloi en ſon livre dit » que non ». Jugez quelle preuve, ou plutôt quel nouveau genre de médire. La vérité eſt que ceux de la Ligue avoient fait un Traité contenant quatre raiſons, pour leſquelles le Roi de Navarre ne pouvoit être reçu à la Couronne, & celle-là en étoit l'une, A ſavoir, à cauſe du Mariage qui fut traité entre la feue Reine de Navarre & le Duc de Cleves, & Belloi réfute doctement cette malignité en ſon Apologie parmi les autres, & il eût pû ajouter, s'ils déferent quelque choſe au Pape, qu'il avoit déclaration formelle ſur ce Mariage, qui eſt encore en nature & bien gardée. Mais il n'en eſt ni ſera jamais beſoin, quoi qu'ils pratiquent.

Page 92. » Quand les Rois, dit-il, deviennent hérétiques, » c'eſt lorſque les Catholiques les eſtiment moins que fange : » car perdant leur Religion, ils perdent leur dignité, &c. « C'eſt choſe certaine qu'en deux opinions contraires l'une eſt hérétique réciproquement à l'autre. Chacun Catholique à ſoi & à ſon jugement ; & pourtant eſt-ce une propoſition très dangereuſe, que les Princes puiſſent être rejettés des Peuples ſous prétextes d'héréſie. Philippes le Bel un tems fut hérétique au Pape, parcequ'il ne vouloit pas tenir pour article de foi, que le Pape fût Seigneur ſouverain & abſolu de tous les Rois, même pour le regard du temporel. Il fut excommunié & ſon Roïaume interdit pour cette cauſe, ſes Sujets diſpenſés du ſerment, & la France abandonnée au premier occupant. Penſez ſi l'Egliſe Gallicane, & la Faculté de Théologie, eût eu cette maxime, que devenoit alors cet Etat ? Et le Roi Louis XII, l'un des bons Princes du monde, pour avoir tenu la main à un Concile, pour réformer les inſolences du Pape Jules, & les abus & corruptions de la Cour de Rome fut traité de même, Maximilian, auſſi, lors Empereur, & le Roi Ferdinand d'Eſpagne. Penſez derechef en quelle confuſion venoit la Chrétienté, ſi cet article de foi des Jéſuites eût été reçu entre les Catholiques. Et qui doute que ceux

de

de la Confeſſion d'Auſbourg tiennent ceux de l'Egliſe Romaine pour hérétiques ? Et quel intérêt auroient donc en cette propoſition les Empereurs de la Maiſon d'Autriche qui ſont obéis & révérés des Proteſtans ſans contradiction, ſujets toutefois à être dépoſſédés & dépoſés, ſi ce bel Arrêt étoit reçu ? Les Vénitiens auſſi, qui à toutes heures ont à diſputer leur Patriarchat contre le Pape, & quand ils ne veulent tout céder, ſont déclarés excommuniés & interdits, & expoſés en proie ? Et qui ne ſait quantes fois légerement pour vengeance ou paſſion particulieres, les grands Princes ont été déclarés hérétiques ? Et que s'en fallut que l'Empereur Charles V ne fût excommunié après le Sac de Rome ? ne fût blâmé d'héréſie pour avoir reçu Luther en conférence ? pour avoir pourſuivi un Concile ? Et quel autre crime peut-on imputer au Roi de Navarre que celui-là ? Certes, demeurons en la doctrine de Saint Paul & de Saint Pierre, elle eſt plus certaine que la Cabale des Jéſuites. » Obéiſſez à toute puiſſance » ſupérieure ; obéiſſez à tout ordre humain pour l'amour de Dieu, » pour l'acquit de votre conſcience : car telle eſt l'ordonnance de » Dieu, &c. «. Et ſi vivoient-ils ſous les plus infideles Empereurs, & les plus cruels perſécuteurs qui furent oncques. Combien plus à qui ſollicite un bon Concile, à qui ne deſire que de voir les abus repurgés, que de voir l'Egliſe en ſon premier état ? Et combien plus religieuſement Calvin qu'ils blâment tant, lorſque toutefois il n'attendoit ni recevoit aucun ſupport des Princes : » il faut, dit-il, obéir aux Princes, même infideles & » Payens, car ils portent l'image de Dieu.

Page 95. Il fait de grandes adjurations au Roi, il lui ramentoit ce beau ſurnom de très Chrétien, ſon baptême, le ſerment fait à ſon ſacre : que s'enſuit-il donc de tout cela, ſinon qu'il conſerve & maintienne l'Egliſe ; & qu'y a-t-il de plus digne de ſon nom, de ſon honneur, de ſon baptême, que de procurer, après tant de diviſions, la réunion de l'Egliſe Chrétienne, après un ſi long & miſérable Schiſme, la paix & concorde de la Chrétienté ? & vu qu'il a reconnu par tant de fois que le glaive que tira Saint Pierre contre le valet du Sacrificateur, y eſt plutôt dommageable qu'utile : que ce cymeterre auſſi qu'il a reçu du Pape, qu'il lui ramentoit, n'a point de puiſſance ni de priſe ſur les ames. Vaut-il mieux qu'il exhorte d'ici en avant à employer le vrai glaive de Saint Pierre, mieux inſtruit depuis par le Saint-Eſprit. Le glaive ſpirituel de la parole de Dieu plus pénétrant, dit l'Apôtre, que tout glaive à

Tome I. K k k

deux tranchans, qui atteint jufqu'aux divifions de l'ame & de l'efprit, jufques aux jointures & aux moelles?

Page 94, 95, 96, 97, 98, &c. Il craint fort que le Roi ne défigne pour Succeffeur le Roi de Navarre; & là-deffus il s'efcarmouche en mille fortes pour l'en divertir: grand abus à lui, comme pouvez penfer: car pour chofe qu'il en dife, il eft bien certain qu'il n'y avance ni recule rien. Laiffons ordonner au Roi de fon Etat, prions Dieu qu'il lui donne poftérité, il eft Prince fage qui faura bien nous pourvoir contre tous inconvéniens, & du refte laiffons faire aux Loix de ce Roïaume: mais quant à ce qui le menace d'une fublévation des Catholiques, & d'une innondation des Princes étrangers fur ce Roïaume, s'il le fait, je crois fermement que le Roi a reconnu avec l'expérience, que la Ligue peut de foi fi peu, que quand il auroit à réfoudre ce point, il ne mettroit gueres en compte leurs menaces, & m'affure, qui plus eft, que le Roi de Navarre ne retractera jamais la premiere Déclaration qu'il envoyoit au Roi, par laquelle il le fupploit très humblement de lui laiffer démêler cette querelle avec la Ligue, tant s'en faut qu'étant autorifé du Roi, il puiffe entrer en aucune crainte ou appréhenfion de leurs efforts.

Jugez au contraire avec plus de raifon, le cas advenant, que fous prétexte d'héréfie, on le voulût débouter d'une fucceffion à lui ouverte par le Droit Civil des Gens & de nature, s'il ne feroit pas tôt fecouru de tous les Princes & Etats qui font même profeffion, d'Angleterre, d'Allemagne, de Dannemarck, d'Ecoffe, de Suiffe, &c. c'eft-à-dire de la plus forte partie de notre Chrétienté, fe repréfentant chacun en fon endroit, que le jugement donné contre ce Prince feroit un préjugé contre foi, un Arrêt donné contre les Princes & Etats qui ont protefté des abus de l'Eglife, & en ont requis la réformation. Si la France auffi ne feroit pas obligée par ce moyen à calamités perpetuelles, à une guerre mortelle & immortelle entre fes Citoyens, qui ne pourroit avoir fin que par la fin de l'un des deux Partis, ni l'un mettre l'autre à fin, fans venir bien près de fa ruine. Et qui ne voit que fur ce Théâtre auroit à fe décider alors la querelle de toute l'Europe; & qui voudroit bailler caution aux Catholiques d'obtenir victoire, en un combat fi incertain, contrepefé, fi balancé de part & d'autre? Et pofé ce qui peut avenir, que le fort des armes fût contr'eux, que pourroit (je vous laiffe à penfer) produire l'animofité d'une guerre tant débattue, d'une guerre fi fanglante, fi envenimée, fi acharnée ? Et combien eft-il plus fouhai-table, plus raifonnable, plus'falutaire, de garder le droit à un chacun, de fe tenir aux moyens plus doux, fans paffer à ces extrêmités de s'obliger à la confervation, non à la confufion les uns des autres ?

Page 101, 102, 103. Je laiffe Monfieur le Cardinal de Bour-bon, je fais qu'il commence affez à découvrir les deffeins de la Ligue, qu'il s'en eft, après l'Edit de Juillet, confeffé à la Rei-ne, & que déja il étoit laffé de leurs menées, & ne doute auffi aucunement que le Roi fon Neveu, & lui, ne s'accordent aifément enfemble.

Page. 104, &c. Mais quant à ceux de la Ligue, à Meffieurs de Guife, nommément, qu'il prétend laver de blâme, voyons, je vous prie, fi fon eau les en pourra garantir ; il dit que le Roi de Navarre leur envoie des démentis de loin : vous favez l'Hif-toire. En leurs Proteftations ils l'avoient calomnié en toutes fortes, là-deffus il envoya fa Déclaration au Roi, écrite & fignée de fa main propre, qui fut lue en plein Confeil, par laquelle, fauf le refpect dû à leurs Majeftés, il prononce un démenti contre les Auteurs defdites proteftations, & offre, pour foulager le peuple d'une guerre, puifque ceux de Guife le vouloient prendre à partie, de vuider cette querelle en un duel : jugez fi un démenti fi folemnellement donné fe couvre d'un pafquil ; ju-gez fi un libel diffamatoire épandu au vent, fatisfait à une Dé-claration fi autentique ; jugez qui a plus de cœur, ou celui qui offre le combat, ou celui qui l'efchive ; qui a plus d'amour à ce Roïaume, ou qui n'épargne fon fang pour le fauver d'une fan-glante guerre, ou qui répand le fang d'un chacun, pour épar-gner & racheter le fien ; & quant à ce qu'il le trouve donné de trop loin, le Roi François le donna à l'Empereur de bien plus loin, qui n'eût pas laiffé de frapper de bien près : de moi, pour vous dire vérité, je n'y fache qu'une excufe, envers la Chré-tienté, qui l'a fu, envers la pofterité, qui le faura : c'eft certes que Meffieurs de Guife ont reconnu le Roi de Navarre à caufe du fang dont il eft iffu, & du rang qu'il y tient, fi haut au-deffus d'eux qu'ils ne craignent point que ce qu'ils endureront ou auront enduré de lui, puiffe préjudicier à leur honneur.

Page 106. Je laiffe Godefroi de Buillon, &c. Qui ne vient à propos fur ce fujet, car les vertus des Ancêtres ne juf-tifient pas les vices de leurs fucceffeurs ; mais je m'ébaïs, com-me il dit fi fouvent, que Meffieurs de Guife n'oublieront ja-

K k k ij

mais qu'ils font arriere-fils du Roi Louis XII, vû que c'eft par feue Madame de Ferrare, leur Grand-Mere hérétique, comme ils difent, & excommuniée, & qui a continué jufqu'à la fin : car ne voient-ils pas que, felon leurs maximes, elle auroit donc perdu tous fes droits, de poffeder, de fucceder, & de tranf-mettre, & par conféquent qu'elle ne peut pas leur en avoir laiffé aucun, & que leurs prétentions tant célébres font nulles, & en Bretagne & ailleurs : mauvais Avocat, qui pour un mot qui ne fert de rien, leur fait perdre une fi riche caufe.

Page 109. On leur fait, dit-il, *accroire qu'ils fe difent héritiers de la Couronne de par Charlemagne*, & là-deffus il allegue les fervices faits par eux à ce Roïaume ; comment autrement euffent-ils obtenu l'autorité des armes, & fans cette autorité qui y pût parvenir ; & Pepin, fans cette même voie, eût-il fupplanté la race de fes Maîtres. Et combien faut-il faire de bien pour parvenir au mal, & à un fi grand mal ? Mais, pour bien répondre fur ce point, il devoit avoir défavoué le Livre de des Rofieres, Archidiâcre de Toul, Sujet de Monfieur de Lorraine, de la généalogie des Princes de Lorraine ; là où il foutient qu'ils font Rois de France, premier que Capet, que Charles le Grand, & que Clovis, c'eft-à-dire, avant les trois lignées : là où il les fait defcendre néanmoins de Charlemagne : mais par échelons fi frêles, fi entre-rompus, fi vermoulus, qu'il eft mal-aifé, fans fe précipiter, qu'ils montent jamais par-là à la Couronne. Là où il déduit le tort fait par Capet (duquel nos Rois font defcendus) à Charles de Lorraine, & à fes defcendans, jufqu'à appeller Dieu en vengeance & à garantie, du droit qu'ils leur retiennent ; & ce Livre a été imprimé à Paris, & le Roi l'a vu & lu, & fe l'eft fait traduire ; & l'Auteur a été prifonnier pour cet effet ; & Monfieur le Préfident Bruflart a inftruit fon procès, & le Roi en fon Confeil privé, l'a condamné. Tant que ceux de Guife par entremife d'amis, firent convertir la mort en une amende honorable devant le Confeil du Roi, accordée néanmoins à condition qu'il retracteroit fon Livre par un autre exprès, ce qu'il n'a encore fait.

A ces chofes fi preignantes, & fi concluantes qui fe font traitées devant fi grands témoins, & dont les actes judiciaires font foi à toute la France, & feront à la poftérité, il falloit pertinemment répondre, non par vanteries de leurs fervices, non par vanteries fongées contre ceux de Bourbon, non par proverbes ni apophthegmes ; car à gens de jugement, tout cela ne

fait rien : mais en déteſtant publiquement & autentiquement
ces Livres-là, en proteſtant de renonciation à toutes ces proteſtations, en requérant la punition ſévere & exemplaire des Auteurs. Et quant à certains propos qu'il nous tire de certains libelles, dont il fait ceux de la Religion contraires Auteurs, j'ai
certes toujours tant abhorré cette façon d'écrire, que je n'ai
pas pris la peine de les lire, & partant ne vous en puis particulierement répondre : bien vous dirai-je que je m'aſſure que
le Roi de Navarre prendra grand plaiſir d'en voir les Auteurs
châtiés, ſoit de part, ſoit d'autre, & ne fais, vû que ce ſont libelles ſans nom & fameux, par quel préjugé on les pourroit
plutôt donner aux uns qu'aux autres, quand on voit qu'il en
eſt procédé évidemment de la Boutique & des uns & des autres.

Page 112. On les accuſe, dit-il, *d'avoir été cauſe de mettre des
impôts ſur le peuple*, & il penſe s'en être bien échappé, quand
il a dit que la néceſſité des guerres en eſt cauſe ; & nous ſavons à la vérité qu'à la guerre les deniers ſont néceſſaires : mais
la queſtion demeure toute entiere, ſi la guerre qu'ils ont introduite étoit néceſſaire, ou non ; car ſi elle n'étoit néceſſaire,
ils demeurent Auteurs des impôts, qui autrement n'étoient néceſſaires. Diſons donc, après les Etats tenus à Orléans que nous
vivions ſi paiſiblement les uns avec les autres, étoit-il tant néceſſaire que Monſieur de Guiſe, pere de ceux-ci, ſans commandement du Roi, contre l'Ordonnance qu'il avoit faite ès
Etats, allât tuer à Vaſſi, ſans diſcrétion d'âge & de ſexe, ceux
qui s'y trouvoient au Prêche, uſant de la liberté à eux accordée par les Etats ? Et n'eſt-ce pas toutefois la ſource de nos
calamités, l'origine de nos guerres ? Diſons encore de plus frais,
lors de ces derniers remuemens, que la France étoit partout paiſible, que nos cœurs de jour à autre ſe réuniſſoient, que toutes
nos plaies s'en alloient conſolidées, que le Roi n'avoit autre occupation que d'en effacer les cicatrices, de donner ſoulagement au peuple, de remettre ſus la dignité de la Nobleſſe, de rétablir le Clergé en ſon entier, rendre, & aux perſonnes, & aux
choſes, leur ancienne ſplendeur : étoit-il donc néceſſaire de courir aux armes, d'allumer le feu en ce Roïaume, de remuer les
Edits de paix, la ſucceſſion, le bien public, ſaiſir les deniers
du Roi, emprunter le Roi d'Eſpagne, mettre l'Etranger dans
le Roïaume, renouveller tous les maux, regratter toutes les
plaies, ramener & rappeller tous les déſordres qui s'en alloient
déchaſſés de cet Etat ? Et à qui donc pouvons-nous attribuer

les vingt-sept Edits nouveaux, qu'à Messieurs de la Ligue ; Edits qui confondent la Justice, la Police, les Finances, qui rendent taillable la Noblesse, qui donnent le dernier coup au Tiers-Etat ? Edits dont Messieurs de Guise prennent une partie pour leur particulier. Vendeurs de marée & de bétail, Receveurs alternatifs d'épices, ampliations à tous Siéges Roïaux en finançant, Lieutenant de Robbe-longue en chaque-Election, l'hérédité des Chambres des Comptes en partie, outre ce que les deniers qui provenoient des autres sont destinés à leur guerre, c'est-à-dire, passent par leurs mains, sont distribués & dispensés par eux ; & n'objectent pas ici ceux de la Ligue, au Roi de Navarre les deniers qu'il leve maintenant pour se conserver contre leurs attentats. Ce qui est licite à qui défend sa vie, n'est pas estimé licite à qui assaut autrui, l'un vient de nécessité, l'autre d'un guet-à-pens, l'un excusé par les Loix divines & humaines, l'autre condamné, l'autre puni exemplairement en tout païs, par toutes Loix : c'est en ce cas que David mange les pains de proposition, en ce cas qu'il prend le glaive consacré à Dieu des mains du Sacrificateur ; & si jamais Prince se trouva en même cas pour ce regard, c'est celui auquel ils font la guerre, qui a le ciel & la terre garants de son innocence : leurs Majestés, tous les Parlemens, toute la France témoins de sa patience, qui ne s'est jamais voulu armer que quand il a vû la Ligue en ses entrailles, les forces du Roi jointes aux leurs, le Roi lui faisant assez entendre par ses actions & par ses lettres que qui s'armoit contre cette armée, ne s'armoit pas contre lui, s'armoit pour lui.

Page 117. Il lui deult qu'on appelle ceux de la Ligue, Espagnols : c'est signe qu'on a touché le mal : il en frémit : *est-ce vice*, dit-il, *que d'être Espagnol ?* C'est vertu certes à l'Espagnol d'être bon Espagnol. Au François, ce n'est vertu d'être Espagnol, c'est louange d'être bon François. *L'Espagnol*, dit-il, *est & a toujours été bon Catholique, il n'a pas fait comme nous és Païs-Bas, il y a procédé par les armes, non par Edit de pacification.* Et pauvre homme, s'il le savoit bien, aux troubles des Païs-Bas de l'an soixante-cinq, ce ne furent qu'Edits de pacification, du temps de la Duchesse de Parme ; & nous savons la pacification de Gand de l'an septante-six, par laquelle ceux de Hollande & de Zelande ont libre exercice de leur Religion par tout ; & la Messe par exprès n'y est point rétablie, & les biens de l'Eglise demeurent aliénés entiérement ; & toutes les

Places que tenoit le Roi d'Espagne esdits Païs, sont mises ès
mains du feu Prince d'Orange, & le Roi d'Espagne l'a ratifié,
l'a juré, l'a signé de sa main. Jamais nos Rois firent-ils Edits
si désavantageux pour leur Religion & pour leurs Sujets Catholiques ? Encore que le Roi d'Espagne, ce grand Monarque
du nouveau Monde, ce grand Roi des Indes & des Isles, n'a-
voit à lutter que contre deux Provinces, qui ne font pas la
dixieme partie des Païs-bas, & esquels même il tenoit bien près
de la moitié ? Nos Rois au contraire, contre un tiers de
leur Roïaume, de leur sang, de leur noblesse, & aidés & favorisés de puissans Princes, nos Rois qui perdant la France,
perdent tout, & ne la peuvent mieux perdre que quand ils la
jouent contre la France même. Le Roi d'Espagne au contraire
qui perdant & Hollande & Zelande, ne perdoit pas un ongle
du petit doigt, un poil, s'il faut ainsi dire, de sa tête, & qu'a-
t-il enfin gagné par ses efforts ? Au commencement ils n'avoient
que Flessinghe, Village par tout plongé dedans les eaux, Flessinghe s'est épandu en face du Duc d'Albe en Hollande, & Zelande ; Hollande & Zelande ont attiré à leur parti les dix-sept
Provinces du Païs, dont à peine faisoient-ils, comme j'ai dit,
une dixieme, & n'en sachent gré les Espagnols à leur industrie
ou à leur force ; qu'ils en sachent gré à nos folies, à notre
jour Saint Barthelemy, non à leur dévotion ni à leur zele : car
aujourd'hui sans cela le Roi d'Espagne en seroit hors. Et encore retournent-ils, quelques secousses qu'ils aient endurées, la
Frise, le Païs d'Utrecht, & partie de Braban, de Gueldres &
de Flandres, & ont réduit en telle nécessité Anvers & Gand,
les conquêtes du Prince de Parme, qu'il sera contraint de les
leur rendre au premier jour, s'il ne veut laisser mourir de faim
tout le Païs.

Page 118, 119. Il nous est, dit-il, *aussi licite d'employer les
Espagnols pour nous, qu'aux autres les Anglois.* Donnons, qu'ainsi
soit ; mais voyons donc qui premier l'a fait, qui premier a
introduit les Etrangers : car, il est certain que qui premier l'a
fait, a mis en nécessité l'autre parti de faire le semblable, &
partant en doit porter la coulpe, à la décharge & justifica-
tion de celui qu'il a réduit en cette extrêmité ; en nos premiers troubles desquels ceux de Guise sont par-tout reconnus
auteurs ; qui ne sait que les Suisses, les Italiens, les Espagnols étoient premier arrivés, avoient premier combattus en
France, que feu Monsieur d'Andelot n'allât chercher secours

1586.

LETTRE
D'UN CATHO.
FRANÇOIS.

en Allemagne, ou le Vidame de Chartres en Angleterre ? Ès
feconds auffi, que les Suiffes étoient à Château-Thierry, deux
mois premier que les armes fe priffent ? Les Bourguignons &
Wallons du Comte d'Aremberg en Picardie ; les Italiens conduits par Monfieur de Nevers en Auxerrois, premier que les
Reiftres du Duc Cazimir entraffent en France. Es troifiemes,
que le Marquis Philippe de Bade, & les Landgraves du fecond
mariage, étoient premier joints avec Monfieur d'Aumalle, que
le feu Duc de Deux-Ponts ne fût fur la frontiere ? Et quant à
ces remuemens derniers, fait-on pas que les Reiftres & Suiffes
de la Ligue, ont paru dès le commencement en la Champagne ?
Que, fans la paix de Juillet, le Comte Charles de Mansfeld
leur amenoit des Efpagnols & Bourguignons ? Et qui trouvera
étrange, quand un Etranger (car tels font ceux de Guife) ofe
fi avant que d'introduire l'Etranger en France, pour chaffer le
Domeftique ? Qu'un Prince du Sang, un Enfant de la Maifon
& le premier s'aide de tous fes amis, tant dedans que dehors,
pour repouffer les efforts de l'Etranger ? Ici donc y a deux différences trop notables ; ceux de Guife affaillent fans occafion le
Roi de Navarre, & ceux de fon parti : il n'y a rien fi privilé-
gié, fi naturel que fe défendre ; ceux de Guife, Seigneurs Etrangers, introduifent l'Etranger contre le Domeftique. A qui doit-
il être donc étrange, que le Domeftique, (ains difons, que
l'Enfant de la Maifon, le premier Prince du Sang de France,
s'arme contre cet Etranger ? fe rempare & s'accompagne & d'E-
trangers & de Domeftiques, pour fe garantir de leurs efforts,
pour garantir, qui plus eft, en fa perfonne, le Roi, fes bons
Serviteurs & fon Roïaume ? Ajoutez que le Roi de Navarre s'eft
adreffé proprement à ceux aufquels le Roi même s'étoit plaint
de la confpiration de ceux de Guife. Je vous dis, la Reine d'Angleterre, le Roi de Dannemarck, les Princes du S. Empire,
Meffieurs de Suiffe & des Grifons : à ceux, dis-je, qui, par
fes propres dépêches, étoient inftruits de fa volonté, de l'état
des affaires : à ceux qui là-deffus lui avoient offert & accordé
fecours contre la Ligue ; lefquels à même fin & intention le
continuent & l'ont continué à l'inftance du Roi de Nauarre :
voyant tout évidemment que le Roi fans doute avoit été ou furpris, ou forcé ; vû trois femaines feulement auparavant, ils l'auroient vû détefter ceux de la Ligue, condamner leur confpiration, protefter de leur rebellion : les préparer & tous les amis
& alliés de fa Couronne, pour l'affifter contre leurs pernicieufes
entreprifes :

entreprifes : & l'auroient vu tout-à-coup par un changement inopiné (Prince toutefois ferme en fes actions) armé contre ceux qu'il vouloit conferver , & qui l'avoient très fidélement fervi contre fes Ennemis : armant , qui plus eft , & de fes propres armes , ceux qui avoient conjuré fa mort & fa ruine : ceux à la punition defquels peu auparavant il connoît tous fes bons Serviteurs , tout ce qu'il avoit d'Amis & d'Alliés hors du Roïaume.

Et notez que contre ceux de Guife , le Roi ne demandoit pas fecours au Roi d'Efpagne : car il favoit bien qu'ils avoient eu de fon argent pour faire tomber l'orage fur la France , qu'il voyoit tout prêt à fondre fur fes Païs-Bas : il favoit qu'ils avoient contracté avec le Duc de Parme , de racheter la profpérité de fes affaires , par l'adverfité & mifere des nôtres : il favoit que , pour affurance du Traité , ils avoient promis de lui livrer Marfeille entre les mains , la clef d'une de nos principales portes de la Porte , que fur toutes autres , l'Empereur Charles fon Pere convoitoit , pour la proximité d'Efpagne & d'Italie , pour la commodité de la Mer , &c. ; & à faute d'y avoir pu fatisfaire , il n'a pas continué de même affection à fournir fes moyens.

Page 121. Il fe fâche que le Roi de Navarre ait écrit à Meffieurs du Clergé , de la Nobleffe , du tiers Etat , à Meffieurs de la Ville de Paris femblablement : qu'il les ait tous avertis de leurs deffeins de repaître le Clergé d'hypocrifie , la Nobleffe de vaines efpérances , le tiers Etat , de paroles de foulagement : qu'il ait dit à Meffieurs du Clergé (& de bonne heure) qu'ils feroient las & recrus de tirer à la bourfe , premier que de voir aucun progrès en leurs prétentions ; à Meffieurs de la Nobleffe , que leur fang ne feroit employé que pour exterminer le fang de France , & par gens qui n'avoient pas de foin de l'épargner , parcequ'étant Etrangers , ils n'en fentent pas la diminution , & ne craignent la faignée au bras d'autrui ; à Meffieurs du tiers Etat auffi , à ce pauvre peuple qui paie tout , que ceux de la Ligue contractoient ; que pour les y engager , ils bailloient bien les arrhes , mais que ce feroit à eux à fournir au marché ; que nouvelles guerres lui apporteroient nouveaux impôts ; & à Meffieurs de Paris pareillement , l'abrégé des trois Etats de France , la lumiere & le miroir de ce Roïaume , qu'à eux proprement appartenoit d'y bien penfer pour tous qui avoient tant d'yeux , tant d'oreilles , tant de bonnes têtes : que fans doute

cette guerre étoit une entreprise vaine : & que fût elle seulement vaine, ains pernicieuse, ains calamiteuse, misérable &
ruineuse à cet Etat. Et qu'a-t-il donc dit qui ne soit vrai? que
nous ne voyons, que nous ne sentions, qui ja ne nous fasse
soupirer au profond de nos cœurs, qui ne nous fasse déja crier
à Dieu pour nous y donner quelque soulagement? La Ligue,
pour s'assouvir, aura exercé des cruautés; voici maintenant de
grandes forces qui viennent : qu'en pouvons-nous mais pour la
plupart? & qui pourra toutefois discerner nos volontés? Elle a
rasé les maisons : elle a brûlé les Villes entieres; maintenant,
elle se cachera, elle cherchera de se mettre à couvert. Qui nous
garantira de pareil esclandre? Tant de maisons, Villages &
Villes qui ne peuvent pas soutenir un effort, les meilleures mêmes, si elles viennent à être surprises : vu que ceux qui trem-
pent en la Ligue, semblent tremper en ses cruautés.

Je ne vois, certes, autre moyen, sinon que tous unanimement nous détestions la Ligue : protestions de n'y vouloir participer en façon que ce soit : recourions au Roi, le suppliant
très humblement de détourner tant de calamités, de divertir
les orages que cette Ligue a émus & attirés sur ce Roïaume : sur-
tout, que nous nous convertissions à Dieu de cœur & d'ame;
le priions, par ses saintes miséricordes, au nom de Notre-Seigneur, auquel elle appartient, de consolider la Chrétienté, de
réunir l'Eglise, & particulierement, de nous donner à tous un
vrai zéle de sa maison, pour la tenir & desirer nette & repurgée de toute corruption & de tous abus; un esprit de charité,
pour supporter cependant les uns les autres, pour vivre paisiblement ensemble, comme Citoyens d'une même patrie, enfans de même famille, membres dépendans d'un même Chef,
& faisant même corps : c'est l'Eglise de Notre-Seigneur, auquel soit gloire par-tout & à toujours. *Amen.*

Monsieur, vous avez enfin plus peut-être que vous ne vouliez, ni moi aussi, au lieu d'une Lettre, un Livre entier. Les
absurdités & les mensonges de cet homme ont fait cela; &
pensez que c'eût été, si je me fusse arrêté à ses injures,
à ses déclamations & invectives. Si vous jugez que ce mien
Ecrit soit utile au Public, je le permets à votre discrétion. Je ne crains point d'y être nommé : car je serai toujours
prêt à m'inscrire en faux contre l'Auteur & contre ses mensonges, de justifier aussi, aux dépens de ma vie, la vérité de

tout ce que j'ai dit. Voyez au reſte, Monſieur, ſi entre autre
choſe je vous puis faire ſervice : & me commandez comme à

Votre bien humble & entier Ami & Serviteur.

FIDELE EXPOSITION

*Sur la Déclaration du Duc de Mayenne, contenant les Exploits
de guerre qu'il a faits en Guyenne ***.

DÉCLARATION.

» ENCORE que la valeur & ſaintes intentions de Monſieur le
» Duc de Mayenne ſoient connues d'un chacun, & que ſes en-
» nemis mêmes n'en peuvent douter, ſi eſt-ce que pour empêcher
» les calomnies de ceux qui interpretent toutes choſes ſelon leur
» paſſion, & qui ſe veulent prévaloir des défauts prévenus d'ail-
» leurs au préjudice de ſon honneur & réputation des affaires du
» Roi, il eſt néceſſaire de repréſenter ſuccinctement ce qui s'eſt
» paſſé juſqu'ici en l'armée de Guyenne. En quoi les bons Ca-
» tholiques connoîtront que c'eſt une œuvre procédée de la ſeule
» bonté de Dieu de ce qu'il a tant exploité, & ſi longuement
» maintenu, ayant égard au peu de moyens qui lui en ont été
» baillés, & aux grandes difficultés, contradictions & empêche-
» mens qu'il lui a fallu vaincre & ſurmonter, leſquels lui ont don-
» né plus de peine & de travail que toutes les factions de la
» guerre.

EXPOSITION.

L'intention de cet Hiſtorien eſt de donner par la plume au
Duc de Mayenne l'honneur qu'il n'a pu acquerir par ſes armes. Et
ne nous pouvant montrer aucune de ſes vertus au naturel, il nous
veut flatter les yeux d'une platte peinture, & piper notre raiſon
par la vue. Mais les couleurs dont il ſe ſert ſont trop groſſierement
mêlées, & la vérité eſt ſi connue, que l'ombre d'aucun artifice
ne la peut couvrir. Qu'on charge tant qu'on voudra le tableau,
on y connoîtra le défaut, voire à la premiere vue. Ce Peintre le

---

* Cette Expoſition eſt de Philippe Du Pleſſis, Sieur de Mornai : on la lit dans le Tome I,
de ſes Mémoires, pag. 493.

LLl ij

confeſſe lui-même. Bien eſt vrai que quoiqu'il proteſte de la réputation des affaires du Roi, qu'il retire tant qu'il peut l'honneur du Duc de Mayenne pour laiſſer le Roi en jeu ; étant choſe
néceſſaire que les fautes qu'il a faites en Guyenne viennent de
lui ou du côté du Roi, ou le Roi eſt mal ſervi de ſes autres Lieutenans ; ou le Duc de Mayenne a mal ſervi le Roi. Je laiſſe à
Meſſieurs les Maréchaux leur défenſe, & me contente de répondre à ce qui eſt ici couché par écrit : voire de reconnoître avec
tous les bons Catholiques ce dernier coup, vrai coup de la main
de Dieu, qui n'a point permis que le prétexte de ſon Nom ſervît à établir l'ambition de la Ligue, qui n'a point permis que la
bonne intention du Roi ait favoriſé les malheureux deſſeins de
ſes ennemis, qui a retenu nos mains lorſque nous les élevions
pour nous méfaire, & qui a été plus ſoigneux de nous que nous
mêmes. Oui, c'eſt Dieu ſeul qui a fait que cette armée, qui ne
trouvoit rien de difficile, a été vaincue des moindre difficultés,
& elle, qui promettoit en trois mois la ruine d'une Province,
s'eſt ruinée devant une petite bicoque ; c'eſt le Dieu qui confond la gloire par l'humilité, & les choſes hautes par des petites
mottes de terre.

DÉCLARATION.

  » Chacun ſait que ceux qui favoriſent le Roi de Navarre, &
» les Catholiques politiques de France, trouverent moyen par
» leurs conſeils & artifices, de leur faire donner tems & loiſir de
» pourvoir à leurs affaires, de s'armer & fortifier ; qu'ils empê-
» cherent que les forces Catholiques qui étoient toutes prêtes
» ne fuſſent employées pour les aſſaillir avant qu'ils euſſent le
» loiſir de ſe reconnoître, & qu'ils firent encore commettre la
» plupart des grandes & principales charges de l'armée à des
» perſonnes peu expérimentées & agueries, & qui étoient entie-
» rement à leur dévotion, avec tant d'autorité qu'il ne ſe pouvoit
» rien entreprendre que par leur intervention & aſſiſtance.

EXPOSITION.

Chacun ſait que le Roi eut toutes les peines du monde à tirer
le Duc de Mayenne de Paris, & ſans l'occaſion d'Angers qui lui
fit paſſer la riviere & qui l'arracha de ſes délices, il ſeroit encore
à commencer ſon voyage. Chacun ſait que dès lors on reconnut
que ſon intention n'étoit pas d'aller exterminer les Hérétiques,
mais d'établir les Ligueurs. Chacun ſait qu'après la repriſe du

Château d'Angers, il avoit toutes les envies du monde d'aller à Paris plaider la cause de Brissac pour gagner la sienne. Chacun sait les commandemens qu'il reçut du Roi pour s'en partir de Poitiers; ce qu'il fit fort difficilement & à regret, n'ayant pu réduire ladite Ville à sa dévotion, ni par sa demeure, ni par les couches de sa femme, qu'il mena là toute exprès. Tellement que s'il a trop tardé, la faute pour ce regard vient de lui, qui vouloit assaillir Bergerac dans Paris, & s'assurer de Paris sans aller à Bergerac. Je sais bien qu'il n'avoit pas faute d'excuse. Il se plaignoit lorsqu'on le pressoit trop, & maintenant il dit qu'il n'est pas allé assez vîte. Lors il disoit que les Huguenots étoient très forts, & de fait il obtint par semblables remontrances l'entiere levée des Suisses; maintenant il dit qu'ils n'avoient nul moyen de se défendre. Et chacun sait qu'ils tenoient Brouage assiégé, tant s'en faut qu'ils craignissent un siege. Chacun sait qu'ils avoient pris Thules, & qu'ils étoient si forts au-dedans des Villes, qu'ils donnoient beaucoup d'effroi à leurs voisins. Je sais bien que quand cette maudite paix fut accordée, ils étoient désarmés; mais il étoit impossible de venir si-tôt à eux pour les assaillir, qu'on leur pût ôter le moyen de se défendre. Cette entreprise étoit aussi mal dirigée, que l'exécution en a été malheureuse.

DÉCLARATION.

„ Mondit Sieur de Mayenne partit en cet équipage sur le mois
„ de Novembre, n'ayant pu être plutôt dépêché pour traverser
„ presque toute la longueur du Roïaume de France par les pires
„ chemins, & en la pire saison de l'année.

EXPOSITION.

La vérité est qu'il ne voulut pas être plutôt dépêché. Voilà quant au tems. Pour les chemins, il avoit le choix, la faute est à lui d'avoir choisi le pire; ce qui se reconnoîtra mieux aux articles suivans.

DÉCLARATION.

„ Il résolut de combattre en passant le Prince de Condé, qui
„ étoit venu pour secourir le Château d'Angers, lequel le voyant
„ approcher entra en tel effroi, qu'il se mit & toutes ses forces
„ en une honteuse route.

EXPOSITION.

Voici une belle réſolution & un nouveau ſtratagême de combattre ſon ennemi en paſſant. Il eut été plus honorable pour lui de s'arrêter & y faire quelque choſe, que de paſſer ſans faire rien. Car d'avoir mis en route le Prince de Condé ce ſont tous contes faits à plaiſir. Voici ce que c'eſt. Le Prince de Condé avoit paſſé la riviere étant averti que le Château d'Angers avoit été ſurpris par Halot. Il paſſa, dis-je, en délibération de ſervir le Roi, qu'il ſavoit avoir été forcé à la paix. Il paſſa avec eſpérance de trouver faveur de la riviere, où le ſervice du Roi l'appelloit. L'allarme fut ſi chaude, & les Edits nouveaux avoient tellement ébloui les yeux de la plupart, que l'intention de ce Prince ne fut point reconnue. Et comme chacun courroit pour favoriſer la priſe d'Angers, les Villes prirent l'allarme, les Villages ſe fermerent, chacun ſe tint ſur ſes gardes. Cependant le Prince de Condé trouva les forces du Roi tellement mêlées avec la Ligue, qu'il ne les pouvoit diſcerner; il ne pouvoit attaquer les Ligueurs ſans attaquer ſes amis. D'autre côté il trouva ſi grande difficulté à faire vivre ſes troupes en un pays qui ne les reconnoiſſoit point, que toutes ces conſidérations le firent réſoudre à ne combattre point pour ne trouver ſes amis en la mêlée. Il ſe réſolut de retirer en ſureté ſes gens par troupes, ne les pouvant faire vivre enſemble ſans grand haſard. Les routes ſe font par crainte, celle-ci ſe fit par conſeil. Les routes ordinaires ſont pleines de confuſion : celle ci fut faite avec un tel ordre, qu'un ſeul homme ne ſe perdit point. Aux routes, les rompus craignent de ſe perdre, en celle-ci chacun s'aſſuroit de ſe ſauver. Quand Fabius cottoyoit ſon ennemi, il n'y avoit nul qui ne jugeât qu'il étoit inutile à ſa République. Quand ſon ennemi fut rompu, on connut qu'il avoit gagné une grande victoire en ne combattant point, & qu'en dilayant il avoit uſé d'une grande diligence. Qui voudra juger de ce fait, lorſque ce Prince ſépara ſes Troupes on y trouvera de la route : qui en jugera trois mois après, & voyant qu'il ne s'y étoit rien perdu, louera la route de ces forces, qui s'eſt faite pour les pouvoir rejoindre, & trouvera le cœur de ce Prince très généreux d'avoir haſardé ſa réputation & ſa vie pour ſauver ſon armée.

DÉCLARATION.

» Depuis étant joint avec Monſieur le Maréchal de Mati-

» gnon qui avoit la charge de l'avant-garde, & qui menoit une
» grande partie des frais dont l'armée étoit compofée, il déli-
» béra d'affieger Ponts, à quoi il ne le fut jamais faire condef-
» cendre ; & d'autant que le Roi l'avoit affuré à fon partement
» de Paris, qu'il trouveroit audit Maréchal toute réfolution,
» confeil & affiftance, tant pour fon expérience & le pouvoir
» qu'il avoit au Païs, que pour ce que Sa Majefté fe promet-
» toit qu'il auroit donné ordre aux Magafins des vivres & au-
» tres chofes néceffaires pour l'armée, fuivant ce qui lui en au-
» roit été mandé. Il fut en une extrême peine lorfque voulant dé-
» liberer avec lui des lieux où il étoit plus néceffaire d'employer
» cette armée, il n'en fut rien tirer qu'une infinité d'irréfolu-
» tions pleines de difficultés fur tout ce qu'on lui propofoit, &
» d'impoffibilités de pouvoir conduire & faire vivre l'armée en
» fon Gouvernement, où il dit qu'il ne lui pouvoit rien offrir
» que la pefte & famine ; ce qui mit mondit Sieur de Mayen-
» ne en très grand doute & perplexité, voyant les chofes fi
» aliénées des promeffes qu'on lui avoit faites, & de l'eftime,
» conduite & prévoyance dudit Sieur Maréchal : finalement fut
» d'avis, après plufieurs & diverfes opinions, & la perte de
» beaucoup de temps, de féparer les forces & l'équipage de l'ar-
» mée en deux pour les faire vivre, dont mondit Sieur de
» Mayenne en conduiroit une partie vers la Rivierre de Garon-
» ne, par le Perigort, Limofin, & Quercy ; & lui l'autre par-
» tie par la Xaintonge, & Bourdelois ; & qu'ils viendroient
» joindre fur le Printems, affiégeant cependant les places des
» Hérétiques étant fur fon chemin.

EXPOSITION.

Je remets la réponfe de ces reproches à Monfieur le Maréchal
de Matignon.

DÉCLARATION.

» Cet avis fut réfolu d'autant que l'on n'en fut jamais trou-
» ver d'autre où il fe voulût accorder, & fuivant icelui mon-
» dit Sieur de Mayenne prit fon chemin tirant en Limofin ;
» ce qui contraignit les Hérétiques de quitter la Ville de Thu-
» les, dont Lamaury Gouverneur d'icelle fut tué ayant dreffé
» une embufcade au Sieur Sacromore de Birague, qui l'ayant
» découverte, le défit & mit en route.

EXPOSITION.

Cet avis fut réfolu pour ce qu'il avoit envie de s'approcher de Limoges & de Périgueux, où il penfoit continuer fon deffein de faire Ligue. Son arrivée n'ébranla ni les Catholiques ni les Huguenots, lefquels quitterent Thule par compofition, pour être Ville qui ne pouvoit être gardée, & fa prife fait affez de foi de la qualité de fa place. Les Huguenots la prirent pour y vivre, & non pas pour y mourir, pour s'en fervir & non pas pour la débattre. Lamaury la remit entre les mains des Habitans avec lefquels il avoit compofé un mois devant, & mourut quinze jours après fa fortie, non, comme il dit, par la main de fes ennemis, mais par l'inconfidération de fes Soldats : la vérité eft qu'il étoit parti de Turenne pour aller à la guerre. Comme il attiroit dans fon embufcade quelque Troupe qui le fuivoit, fes gens furent trop prompts à tirer, tellement que quelqu'un le frappa, & mourut fur la place, fans autre route ni défaite.

DÉCLARATION.

» Mondit Sieur le Duc de Mayenne affiégea & prit Monti-
» gnac, le Comte de Beaulieu, & un Château du Vicomte de
» Turenne nommé Gaignac, qui fut brûlé, & ceux de dedans
» paffés au fil de l'épée. Il conduifit & mena fon armée fur la Ri-
» viere de Garonne, paffant par les Païs deffufdits, où elle
» pâtit extrêmement, ayant des quatre Elemens à combattre les
» trois : la terre pour les chemins, l'eau pour le paffage de plu-
» fieurs Rivieres, & l'air pour les grandes néges & gelées de
» cet hiver, qui étoient des ennemis affez fuffifans pour détrui-
» re une plus grande armée que la fienne, fans la prévoyance &
» fage conduite dont il ufa, par le moyen de laquelle elle fut
» confervée en fon entier.

EXPOSITION.

Voici le commencement de ces faits héroïques : mais l'Auteur oublie le féjour de trois femaines qu'on fit à Martel : il oublie la belle entreprife qu'on fit fur Madame la Lieutenante, il oublie à cotter la grandeur du Duc de Mayenne, qui fit fervir de macquereau toute une Armée, il oublie le tort qu'il faifoit à Sa Sainteté & à tous les piliers de la Ligue, de rendre leur fainte intention inftrument de ce maquerelage : il
s'en

s'en reſſouviendra s'il lui plaît de toutes les particularités. Je me contente de noter que tandis que ce combat ſe faiſoit, Montignas fut pris ; le mot eſt beau, mais en effet c'étoit de vieilles maſures où le Roi de Navarre tenoit ſeulement un Concierge, ſans ſouffrir qu'on y fît la guerre ; & voila dequoi les trophées de ce Duc ſont bâties. Beaulicu fut attaqué & pris, pour être la plus miſérable bicoque de toute la Contrée, & dix jours après les Habitans ſe racheterent pour mille écus qui furent baillés à Autefort ; & par ce moyen la Place fut remiſe entre les mains de ceux de la Religion. Voila l'Armée bien employée : voila bien obſerver les Edits du Roi : voila le moyen d'exterminer l'héréſie, c'eſt de vuider la bourſe des Hérétiques. Quant à la priſe du Château du Vicomte de Turenne, ce ne ſont que baies. Gaignac eſt un petit Village nullement fortifié, les avenues ſeulement ſont couvertes de quelque méchante paroi ; néanmoins il fut battu plutôt que ſommé, les Habitans ſeuls endurerent un aſſaut, & au partir de là, ſe ſauverrent par la brèche, excepté quatre que l'âge ou les grandes bleſſures arrêterent, gens innocens qui penſoient plutôt garder leur toit qu'à s'oppoſer à la Ligue ; qui penſoient plutôt repouſſer des larrons & brigans ramaſſés, qu'une armée Royale. Leur ſimplicité ne put arrêter la cruauté barbare de ces Conquérans, car ils furent pendus ; & c'eſt ce qu'ils appellent paſſer au fil de l'épée. Il s'en alla avec cette victoire, las de conquérir en Périgort, c'eſt-à-dire déſeſperé de pouvoir jouir de Perigueux ; & voila l'occaſion qui fit acheminer ſon armée vers la Garonne, laiſſant derriere ſoi les Places du Vicomte de Turenne, Figeac, Cadaillac, Cajor, les Maiſons du Vicomte de Gourdon ; laiſſant Montfort, Place qu'il avoit déja fait reconnoître, & Place qui étoit d'auſſi grande importance pour être aſſiſe ſur la Rivierre de Dourdoigne, qu'autre qu'il ait attaquée. Il laiſſa derriere ſoi tous ces combats pour aller triompher ſur la Garonne, ne trouvant rien de difficile après avoir vaincu les Elémens. Voyez je vous prie une manifeſte charlatanerie. De Montignac à Villeneuve d'Agenois il n'y peut avoir que dix-huit lieux, le Païs y eſt fort beau, & l'air fort temperé : néanmoins cet Hiſtorien nous veut repréſenter un ſecond voyage d'Annibal, & nous rapporte ici une bataille de trois Elémens, de laquelle, s'il prétend avoir tant d'honneur, j'ordonne que tous les Caſſemares, ou porteurs ordinaires, qui ſont vingt-quatre en voyage, triompheront avec lui. La ſage conduite, de laquelle

il ufa pour conferver cette Armée, étoit de féjourner trois femaines en Quercy, fans rien faire, quoiqu'il fût follicité d'y
attaquer quelque Place : mais il a mieux aimé conferver fes amis
que ruiner fes ennemis. Voila encore de beaux reftes de la gé-
nérofité Romaine : s'en ferve qui pourra.

DÉCLARATION.

» Etant à Villeneuve d'Agenois il fut averti que le Roi de
» Navarre devoit partir de Peu, diftant de quarante lieues ou
» environ, pour paffer la rivierre de Garonne, ne fe ténant
» affuré en Ville qu'il eût au-delà : à cette occafion il monta
» à cheval, & fit douze grandes lieues de Gafcogne tout d'une
» traite, mefurant le temps fi à propos, & ordonnant fes for-
» ces avec une telle prévoyance, que fi ledit Roi de Navarre n'en
» eût été averti promptement, & qu'il fe fût arrêté la nuit pour
» coucher à Caumont, ou qu'il eût pris fon chemin par Nerac,
» & paffé la Rivierre à Thonins, ainfi qu'il avoit accoutumé,
» il l'eût fans aucun doute invefti & pris audit paffage : & en-
» core qu'il fît de fa part une extrême diligence pour fuir &
» éviter ce danger, fi ne le failloit-il que de deux ou trois heu-
» res feulement. Avant que de retourner à Villeneuve d'Age-
» nois, il fit tailler en pieces les troupes qui y étoient forties de
» Caumont & de Clairac pour favorifer le Roi de Navarre en
» fon paffage, ce qui donna telle frayeur à Parrabere qui com-
» mandoit à Damaffon, & au mas d'Agenois, où il tenoit un
» Régiment en garnifon, qu'il les quitta : comme fit le Capitaine
» l'Eftelle, la haute & baffe Ville, & le Château de Thonins;
» & Melun l'un de leurs Maîtres de Camp, la Ville de Meillan.

EXPOSITION.

Pour l'honneur de ce grand Capitaine on devoit ôter cet
article : car on lui fait trop de honte de n'avoir pû attrapper
le Roi de Navarre, qui avoit à paffer quarante lieues de mauvais chemin, & une très grande Riviere avec fon train : car
d'en remettre la faute fur ce que le Roi de Navarre en fut averti,
cela eft ridicule, & c'eft dire en bon françois, que fi le Ciel fût
tombé les aloüettes étoient prifes. Le Roi de Navarre demeura
deux jours à Nerac, paffa à Caumont en plein midi fans fe
donner aucune allarme ; & où étoit cette belle prévoyance de M.
le Duc ? Où étoit cette belle ordonnance de forces, qui n'ont
fu fermer deux paffages avec une armée ? Il me fouvient qu'il

dépêcha en ce temps un Courier à la Cour, promettant au Roi de lui faire un service signalé, & assurant la prise du Roi de Navarre. Ce que les bons François disent, *entreprendre sur le Sang de France*, ces Messieurs de la Ligue l'appellent en autres termes, *servir la Couronne*. Or bien, ce grand service fut qu'il fit douze lieues tout d'une traite, & qu'il déferra ses chevaux : voilà tout. Je vous laisse à juger qui a plus d'honneur, ou le Roi de Navarre qui passa en dépit de l'armée, ou le Duc qui ne sut pas bien garder le passage. Ceux qui connoissent le Roi de Navarre, ne croiront pas facilement ce commentaire, quand il dit qu'il fuyoit pour éviter ce danger ; il ne sait encore ce que c'est que de fuir : & si ses Ennemis n'engendrent de plus grands guerriers que ceux qu'on voit de notre temps, il n'est pas près de l'apprendre. Voici encore une autre bataille que ce Duc a gagnée contre vingt-cinq ou trente Argolets, qui étoient partis de Caumont, pour faire venir la contribution, & non, comme il dit, pour favoriser le Roi de Navarre, qui ne prit jamais escorte en ce passage. Ces pauvres Argolets furent écartés : & c'est ce qu'il appelle tailler en pieces les troupes de Clairac & de Caumont ; mais il oublie que ceux de Montflanquin défirent la Compagnie de la Guerche, & taillerent en pieces deux cens Arquebusiers. Parrabere est trop assuré Capitaine, pour s'étonner de ces défaites, s'il s'y fût trouvé ; mais il étoit pour lors à Montauban. Quant au Capitaine L'Estelle, il n'avoit jamais songé à tenir la Ville de Tonçins ; il avoit déja fait connoître aux Ligueurs qu'elle n'étoit pas tenable : car, au commencement de ces remuemens, quelques Damerets d'Agen s'étoient proposés de faire reconnoître leur vertu dans le plus fort de ladite Ville ; le Roi de Navarre s'y trouva en passant chemin. L'Estelle fit des approches & de la prise tout un ; il entra dedans, & jetta par les fenêtres ces Messieurs, avec les faveurs de leurs Maîtresses. Toneins a été toujours au Maître de la Campagne : Toneins n'a rien qui ressente Ville, que les restes d'une vieille porte, qui montre qu'elle y a été. Melun quitta Meillan, lequel étoit en telle défense, que le Duc de Mayenne & le Maréchal de Matignon ne voulurent pas entreprendre de la garder avec leur armée, ains la laisserent au premier venu ; & de fait aujourd'hui Vivans la tient : mais il en fait si peu de compte, qu'il la quittera au premier qui s'en voudra servir.

Mmm ij

DÉCLARATION.

» Après, voyant que Monsieur le Maréchal de Matignon n'a-
» voit encore attaqué aucune Place, & qu'il s'excusoit de le
» pouvoir faire, il s'avança pour lui donner moyen, par l'ap-
» proche de ses forces, d'entreprendre sans crainte le siége de
» Castel, qui étoit une Place sur la riviere de Garonne, for-
» tifiée de longue main : laquelle, pour gagner temps, mondit
» sieur de Mayenne reçut à composition, suivant laquelle elle fut
» rasée & démolie; assiégea incontinent après la Ville de Sainte
» Bazeille, sur ladite riviere qui étoit toute environnée de grands
» éperons, casemattes & boulevarts, hors l'enceinte de la mu-
» raille, & en très belle assiette : laquelle il prit & fit raser &
» démolir; & d'autant que les Soldats François commencerent
» à se débander, & les Suisses & Reistres demander congé à
» faute de paiement, il emprunta & fit emprunter de l'argent
» de tous côtés, pour les contenter : ne voulant, pour une si
» bonne occasion, épargner ses moyens non plus que sa vie qu'il
» exposoit ordinairement à toutes sortes de périls & hasards qui
» se présentoient.

EXPOSITION.

Monsieur le Maréchal me permettra de répondre pour lui,
& de dire que le commencement de cet article est faux : car il
y avoit déja quinze jours que Castel étoit assiégé; la brêche
étoit faite lors que le Duc de Mayenne survint : & ambitieux
d'avoir l'honneur de la prise d'une maison particuliere, entra
secretement en composition au grand désavantage du Roi : promettant au Maître de la maison douze mille écus pour la perte
de sa maison, & récompense des meubles & vivres qui s'y
perdroient; outre plus, une abolition générale de ce dont il
pourroit être recherché pour le passé : cette faute est légere au
prix de celle qui suit. Chacun s'attendoit que cette florissante
armée s'en iroit lors faire un effort contre quelque Ville d'importance : au contraire, comme si on eût voulu dresser quelque
nouvelle Compagnie à la guerre, on s'en alla attaquer Sainte
Bazeille, Ville qu'on n'avoit jamais résolu de tenir, Ville qui
ne se pouvoit tenir; & pour convaincre leurs mensonges par
leurs actions, je vous prie vous souvenir qu'elle fut incontinent
mantelée; & si elle étoit si forte, on eut tort de la raser : si
elle étoit de si peu d'estime qu'on ne pouvoit espérer de se pré-

valoir que des ruines, on ne devoit point s'amufer à l'attaquer ; à tout rompre, on ne devoit point prendre à compofition les Hérétiques qui s'y trouverent : vu mêmement que c'eft à eux qu'on en veut, ou qu'on en doit vouloir, non pas aux maifons, non pas aux Villages, non pas aux Villes : & ce n'eft pas fans caufe que les Soldats François fe débanderent, voyant qu'on les travailloit fans honneur. Les Suiffes & les Reiftres demandoient congé, ne trouvant nul profit à la prife de ces Villes, où ils ne trouvoient que quelque Rat affamé, ou quelque Chauve-fouris enfumée. Il eft vrai que le Duc de Mayenne emprunta de l'argent pour les contenter & pour fe contenter foi-même : auffi n'étoit-il pas temps de fe défarmer, lorfqu'il commençoit de pratiquer hommes & femmes dans Bourdeaux, lorfqu'il avoit efpérance de fe défaire du Maréchal de Matignon, & lorfqu'on promettoit d'affiéger le Roi de Navarre, lorfqu'on concevoit des montagnes pour enfanter des fouris.

DÉCLARATION.

» Il dépêcha dès-lors vers le Roi le Sieur de Saiffeval, pour lui
» remontrer & faire particulierement entendre la néceffité en
» quoi cette armée étoit réduite de toutes chofes, & fupplier très
» humblement Sa Majefté, que fon bon plaifir fût d'y vouloir
» pourvoir promptement ; & à l'inftance & pourfuitte de M. le
» Maréchal de Matignon, de la Cour de Parlement & des Ha-
» bitans de Bourdeaux, il affiégea & prit Montfegur, que les
» Hérétiques tenoient pour Ville de leur fureté, & des plus
» fortes qu'ils occupaffent, tant à l'occafion de fon affiette qui eft
» en pente & précipice de tous côtés, que pour être de muraille
» élevée deffus le roc, & bien flanquée de boulevarts & éperons.

EXPOSITION.

Saiffeval fut dépêché vers le Roi en apparence pour deman-der argent, mais en effet pour publier la gloire & honneur que ce grand Duc avoit acquis à prendre Sainte Bazeille que per-fonne ne défendoit, & la haute entreprife qu'il faifoit d'affié-ger Montfegur, que les Huguenots étoient réfolus de rendre, après avoir un peu exercé ces munitions ; les plus foibles fe ré-folvoient d'attendre le canon, fachant qu'enfin on les recevroit à compofition très avantageufe pour ceux qui avoient envie d'en mordre : & de fait, ceux de Monfegur attendirent trois mille & tant de coups de canon ; les munitions leur faillirent plutôt

que le courage ; ils tinrent plus qu'il ne leur avoit été commandé. Tout le monde fait que Montfegur étoit Ville abandonnée ; & ce qu'elle fut demandée pour fureté , ne fut pas
pour force aucune qu'on en attendît , mais pour être feule en
Bazadois , où l'on pouvoit commodément faire exercice de la
Religion. Voilà Montfegur pris par le Duc de Mayenne : on ne
trouva que les murailles ; & , comme s'il eût vaincu Carthage,
il fe repofa deux mois entiers pour fe rafraîchir à Bourdeaux.
Je vous laiffe penfer que cela vouloit dire. Montfegur fut rendu
à condition fort honorable , mais fort pernicieufe pour les Affiégés : lefquels fortans avec leurs armes , furent pour la plupart maffacrés dans l'armée. Voilà le moyen que ces Meffieurs
ont eu d'enfanglanter leurs épées.

DÉCLARATION.

» Le Roi de Navarre voyant qu'en fi peu de temps l'on lui
» avoit pris trois Villes, qu'il penfoit devoir arrêter cette armée
» tout court , fe retira à la Rochelle à grande preffe , ne fe te-
» nant affuré aux Places de Guyenne ; & quelques jours devant,
» les Hérétiques , qui tenoient Caftelmoron , le quitterent.

EXPOSITION.

Le Roi de Navarre , voyant que cette armée s'amufoit à prendre les Villages , qu'elle n'entreprenoit fur rien qui fût digne
qu'il en prît la défenfe , fe délibéra de paffer en Poitou , pour
s'oppofer au Maréchal de Biron , qu'il tenoit pour un grand
Capitaine ; & de fait , le fiége de Marans fait preuve fuffifante
de l'occafion de fon paffage. Il laiffa derriere foi une armée ha-
raffée d'avoir combattu le ciel & la terre , pour aller au-devant
d'une qui étoit fraîchement en pied ; il laiffa le Duc de Mayenne
qui ne recherchoit que fon profit , pour trouver un vieux Capitaine extrêmement jaloux de fon honneur ; il laiffa Bergerac ,
Ville très forte , pour aller garder un marais auffi incommode
à défendre qu'affaillir ; il laiffa de bonnes murailles , pour aller
garder une platte campagne ; il laiffa le fort pour défendre le
foible , & acquit plus d'honneur en fix femaines , que tous les
Ligueurs en leur vie ; il entra dans Marans au plus fort du fiége ;
il rafraîchit les Affiégés & par mer & par terre , perçant en
plein jour l'armée ennemie , & de nuit traverfant la mer & ces
marécages : & par-là on peut juger que , fi ce Prince s'étoit vu
en queue douze Régimens , fix mille Suiffes , huit cens Reiftres

& douze cens chevaux François, que la Ligue n'auroit pas bon temps en France ; & s'il joint une fois ces Etrangers, je crois qu'il ne fera pas fort sûr pour elle en Champagne.

DÉCLARATION.

» Alors, étant mondit Sieur de Mayenne tombé malade,
» plusieurs se départirent de l'armée, même les Mestres de Camp
» & Capitaines créés par le Colonel de l'Infanterie Françoise,
» qui l'allerent trouver avec l'élite de leurs hommes ; & y en
» eut qui laisserent leurs Régimens sans aucun Capitaine en
» chef. Les Suisses voulurent battre aux champs, pour s'en aller
» par plusieurs fois ; mais leur Colonel étant venu vers mondit
» Sieur de Mayenne, malade à l'extrêmité, pour prendre congé
» de lui, il eut le pouvoir de les retenir pour ce coup, non
» toutefois sans beaucoup de prières & difficultés.

EXPOSITION.

Voici un article bien malade, & qui n'a nulle force pour prouver que le Colonel de l'Infanterie Françoise eût failli à son devoir ; mais au contraire, il est vrai-semblable que les Mestres de Camp & les Capitaines, étant gens d'honneur, rougissoient de honte de prendre l'argent du Roi, sans lui faire aucun service, & de manger son pauvre Peuple sans aucun profit ; ils rougissoient de faire les Jacquemarts sans nul effet, & de pâtir pendant que Monsieur se dorlotoit dans un lit ; ils crevoient de voir que pendant qu'ils écrivoient à leurs amis partie de leur misere, leur Chef s'amusoit à décrire en ses Poulets ses belles passions amoureuses.

DÉCLARATION.

» Au même temps les nouvelles vinrent que Monsieur le
» Maréchal avoit une armée pour la Xaintonge : Monsieur le
» Maréchal de Joyeuse pour le Languedoc : Monsieur de Joyeuse
» son fils, pour l'Auvergne : Monsieur d'Epernon pour la Pro-
» vence ; & que le Commandeur de Chastre dressoit une grande
» armée de mer en Bretagne : ce qui débaucha plusieurs de nos
» Soldats, espérant d'être mieux traités & payés en quelqu'une
» de ces armées qu'en celle-ci, la nécessité augmentant tous les
» jours.

Voici une autre histoire. Il faut se souvenir que pendant que
le Duc de Mayenne menoit cette vie, son frere le Duc de Guise
vint à Paris, & remontra & fit remontrer au Roi que si son
frere n'étoit assisté, & si les forces de Languedoc, de Dauphiné, de la Provence, du Poitou, de la Xaintonge, n'étoient
diverties de se joindre ensemble, il ne pourroit nullement subsister ; qu'il falloit attaquer les Huguenots par tout pour en avoir
la raison : & voici l'état de quatre armées dressées : on y court
à la Requête de la Ligue & par mer & par terre. Tous s'emploient pour garder que le Vicomte de Turenne ne fût secouru ;
& sans cela, il est vrai-semblable que le Duc de Mayenne n'eût
pas fort tenu la campagne. Maintenant, au lieu de reconnoître
la bonne volonté du Roi, il le taxe d'avoir dressé de nouvelles armées pour rompre la sienne. Nous entendons François.

DÉCLARATION.

» Néanmoins, mondit sieur de Mayenne, après sa conva-
» lescence, ayant reçu commandement du Roi d'assiéger Cas-
» tillon, s'achemina avec ce peu de forces qui lui restoient :
» ce que sachant les Hérétiques, qui n'ont jamais manqué de
» bons avertissemens, espérant que cette Place qui est très forte
» d'assiette & d'artifice, borneroit le cours de sa victoire, ils n'ou-
» blierent aucune chose de ce qui étoit nécessaire pour la bien
» pourvoir & munir ; & mirent dedans, outre les Habitans
» aguerris de longue main, de mille à onze cens Soldats choisis
» par toutes leurs garnisons, & aux Gardes du Roi de Navarre
» & du Vicomte de Turenne, commandés par les Mestres de
» Camp, Capitaines & autres qui avoient entr'eux le plus d'es-
» time & de réputation. La Ville étant assiégée, Bethunes,
» Gouverneur de Montflanquin, fut rencontré & taillé en pie-
» ces par quelques troupes de Cavalerie de l'armée, allant à la
» guerre vers Sainte-Foi. Le sieur de Maligny, fils de Beauvais,
» la Nocle, Pille, un neveu de Monsieur le Vicomte de Tu-
» renne, & quelques autres Gentilshommes, demeurerent sur la
» place. Ledit Vicomte de Turenne, pour favoriser & secou-
» rir les siens, s'en vint à Sainte-Foi, distant de trois lieues
» dudit Castillon, où il assembla pour cet effet toutes les forces
» hérétiques de Guyenne, avec lesquelles il s'avança jusques au
» Montraveau & Gensac, qui sont deux Forts occupés par
» lesdits

,, lefdits Hérétiques, diftant chacun de Caftillon d'une lieue
,, feulement ; où , après avoir fait un long féjour , il fe réfolut
,, de donner une nuit , à l'impourvu , au quartier de mondit Sieur
,, de Mayenne avec toute fa Cavalerie & deux mille Arque-
,, bufiers , & de faire attaquer au même temps , par le furplus
,, de fes Troupes, qui reftoit de celles de l'armée au-delà du
,, Pont , à radeaux dreffés fur la riviere de Dordogne. Mais ,
,, étant fur ces termes , il reconnut toutes chofes difpofées avec
,, tel ordre & prévoyance , qu'il jugea ne pouvoir rien entre-
,, prendre qu'à fon défavantage ; & s'il n'eût eu fes retraites bien
,, proches & en Païs très avantageux , il couroit le danger d'une
,, honteufe route & défaite : car l'effroi fe mit par fes Gens
,, auffi-tôt qu'ils ouïrent le fon des trompettes & tambours qui
,, donnerent l'allarme en l'armée : laquelle fut tout incontinent
,, mife en ordre de bataille , encore que la nuit fût fort fombre
,, & obfcure , & y demeura jufques au point du jour. Durant
,, ce fiége , le Sieur de Saiffeval revint de la Cour , qui donna
,, efpérance , de la part de Sa Majefté , d'un prompt fecours ; &
,, n'apporta alors , pour fubvenir aux néceffités de l'armée , que
,, pour 3000 écus de lettres de change , lefquelles fe trouverent
,, fi mal adreffées , qu'il ne s'en put tirer un feul denier : ce qui
,, en cuida caufer l'entiere perte & ruine. Les Affiégés fe voyant
,, preffés & défefpérés de tout fecours , après avoir perdu de mille
,, à onze cens hommes, vinrent à parler de compofition , où mon-
,, dit Sieur de Mayenne fit très grande difficulté d'entendre ;
,, mais voyant qu'il fe traitoit d'une fufpenfion d'armes , atten-
,, dant la réfolution de la paix , & qu'il ne les pouvoit forcer
,, fans grande perte des fiens & du temps qu'il craignoit lui
,, défaillir , & principalement pour retirer quelques Gentilshom-
,, mes de S. Jean d'Angely & de Bergerac , qui étoient fi mal
,, traités , & tellement recommandés aux Hérétiques , qui ne
,, les avoient jamais voulu mettre à rançon ni relâche par au-
,, cun autre moyen , il les reçut enfin à compofition , néanmoins
,, fi avantageufe pour lui , qu'il ne s'en eft jamais vu de fem-
,, blable : fuivant icelle , ils fortirent dudit Caftillon deux cens
,, trente foldats , avec le bâton blanc en main , & les Princi-
,, paux , comme le Baron de Savignac , Alin , Couronneau ,
,, & quelques autres Capitaines & Gentilshommes, jufqu'au nom-
,, bre de treize , reftans en vie , du nombre de foixante qui s'y
,, étoient enfermés , furent menés prifonniers aux Châteaux de
,, Bordeaux & à Blaye , pour être rendus , au lieu des deffufdits

Tome I. N n n

1586.

Exposition
sur la Décl.
d e M. d e
Maïenne.

» Catholiques. La Ville fut donnée en pillage aux soldats, &
» le procès extraordinairement fait à tous les Habitans , suivant
» les Edits du Roi : lesquels furent pendus incontinent après.

EXPOSITION.

Et voici le comble de nos miseres : Castillon est attaqué :
l'intention du Roi demeure derriere , pour avancer la vengeance
de Madame de Mayenne ; & pour complaire partie à sa femme ,
partie à sa passion, Monsieur le Duc se dispensa d'y mener son
armée. Castillon étoit proprement un petit clapier hors de tout
grand chemin : Place que le Roi de Navarre ne gardoit que
pour la commodité de faire la guerre, & de laquelle il bailla
le gouvernement au Baron de Savignac, n'y trouvant force ni
fortification , que la seule valeur du Gouverneur. Alin se mit
dedans, de gaieté de cœur ; quelques honnêtes hommes le sui-
virent : & de fait , tandis qu'il fut licite de combattre à pareilles
armes, chacun sait le peu d'espérance qu'on avoit de prendre
Castillon ; chacun sait si les approches leur coûterent bon ; chacun sait que les Assiégés garderent un fauxbourg ruiné contre
toute l'armée. Les Assaillans furent contraints à canonner les
barricades, pource qu'ils n'en osoient approcher autrement. La
peste s'y mit. Dieu disposa de ces cœurs invincibles , & non pas
la Ligue. Le mal qui étoit intérieur vainquit, & non pas la force
extérieure. Enfin Castillon s'est rendu lorsque les Assiégés déses-
péroient plutôt d'y pouvoir vivre que de le défendre , lorsque
c'étoit plus pour leur honneur d'en sortir couverts d'emplâtres ,
que d'y mourir sans aucun secours ; les médicamens leur fail-
loient ; les Chirurgiens étoient morts ; il n'y avoit que deux femmes pour secourir les malades , qui leur servoient de garde, de
Chirurgien & de Medecin. Durant le siége , Bethune partit de
Sainte-Foi pour aller à la guerre, fut pris & tué de sang froid.
L'Historien a oublié ce beau coup : il n'y eut en ce rencontre
personne de tué que lui, & le fils de Beauvais, & un ou deux
soldats. Piles y fut blessé. Quant au Neveu du Vicomte de Turenne , il est encore à être : c'est écrire trop hardiment, que
de faire mort un homme qui ne fut jamais. Il y mourut trois Gendarmes de leurs ennemis. Charles de Birague , Grimaldi , furent
pris , & Montardi blessé. Néanmoins, j'avoue que les Huguenots perdirent beaucoup en ce combat. Bethune étoit un brave
Capitaine & Capitaine François : l'autre étoit Gentilhomme,
plein de valeur & de courage : voilà le bien que la Ligue fait

en France : voilà l'occupation de ces Hiſtoriographes : c'eſt de tenir compte des bons François qui meurent parmi leurs armes. Je reviens au ſiége de Caſtillon, lequel, comme l'Hiſtorien note, le Vicomte de Turenne entreprit de ſecourir, & s'avança pour ce faire ; & s'il eût pu ſe mettre à couvert dans Montravel & Genſac, l'armée n'eût pas été ſans allarme ; il n'y entra point à cauſe de la peſte, & s'approcha à découvert : & ſans le bon avertiſſement que le Duc de Mayenne eut de ſon deſſein, Caſtillon s'en alloit être le tombeau de l'armée. Le Vicomte fut averti qu'elle étoit en bataille : mais la faute étoit à ce grand Capitaine qui fit battre aux champs dès la minuit ; il ſe retira ſans aucun danger : & quand il eût été dans le danger même, ſon cœur & ſa vertu l'ont tiré du danger de ſe rompre honteuſement ; il eſt auſſi facile au Vicomte de Turenne de garder ſon honneur, qu'il ſeroit difficile à toute la Ligue de ſe garder d'un deshonneur, en y voulant entreprendre. Il eſt vrai, Caſtillon ſe rendit, n'ayant perdu que ſix-vingts hommes en la faction de la guerre, & parmi ce nombre ſix Gentilshommes. Toute compoſition étoit honorable à ceux qui ne pouvoient combattre, & que la peſte avoit abbatus : les malades ſortirent, les ſains prirent parti, les Chefs demeurerent à Bourdeaux & à Blaye ; cependant les Habitans furent pendus, contre la foi promiſe aux articles ſecrets ; ils moururent ſelon la paſſion du Duc de Mayenne, & non pas ſelon les Edits du Roi. Pourquoi ceux-là plutôt que ceux de Beaulieu ? Pourquoi plutôt que ceux de Sainte Bazeille ? Il falloit que l'armée du Roi ſervît de bourreau aux paſſions du Duc de Mayenne : il falloit que les gens d'honneur fuſſent Miniſtres de ſes cruautés : voilà la fin de ce ſiége. L'Hiſtorien eſt plaiſant, quand il dit que la Ville fut donnée au pillage : il eſt vrai ; mais il oublie qu'on y trouva quelques haillons peſtiférés : ce qui augmenta merveilleuſement le mécontentement de l'armée ; & je vous prie de remarquer la ſinguliere affection & le ſoin du Duc de Mayenne à l'endroit de l'armée du Roi, à laquelle il bailla libéralement la peſte en pillage ; il en faiſoit bon marché, pourcequ'il ne s'en pouvoit plus ſervir.

D É C L A R A T I O N.

» La réduction de cette Place eſt d'autant plus eſtimable, qu'il » ne leur reſtoit que celle-là dans tout le Païs de Bourdelois : » que le Roi n'avoit autre aſſuré paſſage ſur la riviere de Dor- » dogne, qui eſt la plus difficile & la plus incommode aſſiette

N n n ij

» de Ville pour un fiége qui fe puiffe trouver : que les Héré-
» tiques y ont voulu montrer tout leur plus grand effort : qu'elle
» a été auffi bravement affaillie & défendue : & qu'il s'y eft re-
» mué autant de terre , & dreffé autant de divers Forts , ca-
» valiers , mines & retranchemens , qu'en nul autre fiége de Ville
» qui fe foit fait il y a long-temps.

E X P O S I T I O N.

Voici toujours un même ftyle ; il parle auffi hardiment de
l'affiette de ce lieu , comme s'il traitoit d'un nouveau monde :
& pour montrer l'importance de cette Place , il dit impuné-
ment qu'il n'y a point d'autre paffage fur la Dordogne en Bourdelois. Et que fera , je vous prie , devenue Libourne ? Il dit que
les Huguenots y ont voulu montrer tout leur effort : comme
fi leur effort confiftoit en la réfolution de neuf cens hommes
qui étoient dedans. Bien confeffé-je qu'il y a apparence que ,
fi la pefte s'y fût mife , l'armée étoit rebutée de fiéges pour jamais , vu même qu'après la reddition , elle fe trouve en fi mauvais équipage. Il dit vrai , qu'il s'eft remué beaucoup de terre
à Caftillon , & que Hercules y a eu plus de peine que tout le
refte. Entre gens de guerre , Caftillon fe devoit prendre à coups
de main ; mais on y a fait autant de cavaliers que fit le Grand
Seigneur au fiége de Rhodes , & la Ligue a voulu laiffer mémoire de fes grands effets , par des montjoies de terre qui s'é-
couleront à la premiere pluie ; & pour conclurre ce fiége , il
faut noter que , pendant que l'on abbattoit les foibles murailles de Caftillon , les Huguenots fortifioient Montravel à une
petite lieue de l'armée : ce qui fera connoître le peu de compte
qu'ils faifoient de ces rodomontades ; il eft à notter que la
cueillette fe fit aux portes de Caftillon , avec auffi peu d'allarme que fi l'armée eût été encore à Montignac : & cela fervira
pour témoignage des grandes factions de guerre qu'on y faifoit.

D É C L A R A T I O N.

» Après la prife d'icelle , l'on ne put plus retenir les foldats ,
» faute de paiement , ni les Meftres de Camp mêmes , qui di-
» foient prefque tous avoir été mandés du Colonel ; d'ailleurs ,
» il ne reftoit plus de munitions de l'artillerie , que pour deux
» cens coups de canon , & point de vivres ni d'autres chofes
» néceffaires pour la continuation de la guerre : de forte qu'il
» étoit du tout impoffible de rien entreprendre. Surquoi le Sieur

» de Saiffeval fut derechef dépêché vers le Roi, pour lui en
» faire très humble remontrance & fupplication d'y pourvoir
» promptement, ou trouver bon que mondit Sieur de Mayenne
» l'allât trouver. Les Suiffes envoyerent pareillement le Com-
» miffaire, qui les conduifit vers Sa Majefté, pour demander
» congé & paiement de ce qui leur étoit dû, fans vouloir pro-
» mettre d'attendre fon retour.

EXPOSITION.

Après la prife de Caftillon, voici les Soldats & quelques
Capitaines qui s'en veulent aller, ne trouvant rien à gagner
en ces fiéges, & voyant que les témoins de leur honneur étoient
mis entre les mains d'un Bourreau ; voyant qu'ils expofoient
leurs vies, non pour le fervice du Roi, non pour le bien pu-
dlic, mais pour le particulier contentement de Monfieur & Madame de Mayenne, Saiffeval part encore pour aller publier cette Conquête.

DÉCLARATION.

» Nonobftant toutes ces difficultés, on a affiégé Puynormand
» appartenant au Roi de Navarre, qui étoit la feule Place oc-
» cupée par les Hérétiques fur le grand chemin de Perigueux,
» laquelle fut prife & rafée. Monfieur de Poyane entra dedans
» Tartas, & mit au fil de l'épée trois Compagnies de pied,
» dont il a envoyé les enfeignes à Monfieur de Mayenne : le-
» quel étant averti que les Suiffes & Reiftres vouloient partir,
» a moyenné envers eux par fes pricres & remontrances, qui
» lui ont promis d'attendre huit jours ; & cependant il a dé-
» pêché un Courier vers le Roi en toute diligence, pour l'en
» avertir.

EXPOSITION.

Pour bien juger de cette derniere entreprife, il faut favoir
que Puynormand eft un petit méchant Château, où le Roi de
Navarre avoit mis le Capitaine Roux, Catholique, pour y faire
feulement maintenir fes droits : il faut favoir que l'exercice de
la Religion Catholique y avoit toujours continué, & même que
le Curé de la Paroiffe n'en avoit jamais bougé : il faut favoir
que c'étoit la retraite des biens des Catholiques & de leurs familles : il faut favoir que le paffage y étoit libre, même aux
Pourvoyeurs de l'armée, & que les Artifans du lieu y alloient

ordinairement gagner leur vie durant le siége de Castillon : voilà les qualités de Puynormand. Nonobstant, le Duc de Mayenne l'assiége, pour finir. valeureusement par Puynormand, comme très généreusement il avoit commencé par Montignac. Le Château se rend, aux conditions que tous sortiroient avec leurs armes & bagages, & que les biens des Habitans seroient conservés ; il ne sortit que seize Soldats & six Païsans, presque tous Catholiques & Habitans du lieu ; le Château fut pillé & brûlé : voilà le discours de ce grand siége, que le Duc de Mayenne entreprit, pour se venger particulierement du Capitaine Roux, qui donna avis au Maréchal de Matignon, que Cussol confessoit en prison avoir été sollicité par Landsac de le tuer ; le Maréchal n'en douta point, & entra en d'étranges soupçons, se souvenant que le Duc de Mayenne avoit retiré ce hardi Entrepreneur de prison, lorsqu'il avoit délibéré de le mettre entre les mains d'un Prevôt ou d'un Comité : voilà une des principales causes de ce siége, & une particularité très certaine & bien remarquable ; & je ne trouve plus étrange que les Mestres de Camp, créés par le Colonel de l'Infanterie Françoise, prissent congé d'une armée en laquelle on conspiroit la mort des Maréchaux de France, qui sont reconnus pour Serviteurs de leur Roi. Je ne sais où pensoit notre Historien, d'aller parer ce siége d'une course que fit Poyane sur la basse Ville de Tartas, & m'étonne comme il a oublié qu'il en fut chassé, qu'il fut battu, & qu'il eut plus de honte de s'enfuir en la quittant, qu'il n'avoit eu d'honneur d'y entrer pour la prendre ; & il faut bien dire que le Duc de Mayenne trouvoit fort peu d'honneur, en ses actions, vu qu'il en emprunte des autres. Il faut conclure que le siége de Puynormand étoit peu de chose, vû qu'on y rapporte les courses qui se faisoient à trente lieues delà pour l'aggrandir ; ces gens ne trouvent rien de si abject ni si petit, qu'ils ne le ramassent fort soigneusement. Alexandre avoit conquis un Monde, & son cœur se plaignoit de n'avoir rien fait, pourcequ'il voyoit encore ses conquêtes au-dessous de son entreprise. Ces gens-ci n'ayant encore rien fait, se glorifient d'une grande victoire, & embrasant un Village, ils pensent embraser un Monde. A un cœur pusillanime toutes choses paroissent grandes ; & à un cœur généreux, les grandes paroissent petites.

DÉCLARATION.

« C'est l'état où la nécessité a réduit à présent les affaires de

» cette armée : à quoi, si Sa Majesté ne pourvoit promptement,
» il ne s'en sauroit rien plus esperer que l'entier débandement,
» ne pouvant plus longuement le zele & bonne volonté du
» Chef & de quelques Gens d'honneur qui l'assistent, suppléer
» à tant de défauts, le moindre desquels seroit suffisant pour
» ruiner une armée ; il y a tantôt un an qu'elle est en pied,
» toujours assiégeant ou campant en païs d'ennemi, & même
» en hyver, sans être rafraîchie, ni avoir été secourue d'hom-
» mes, de vivres, de poudres, ni autres munitions nécessaires :
» la dépense d'icelle montant par chacun mois, suivant l'état
» dressé au Conseil de Sa Majesté, à la somme de cent soixante
» tant de mille écus, dont le Receveur genéral du Clergé dé-
» livra lors du partement de mondit Sieur de Mayenne, cent
» vingt mille écus, & bientôt après, pareille somme pour four-
» nir, tant à partie des frais, équipages & attirails nécessaires,
» qu'au paiement des Gens de guerre de ladite armée, à qui il
» étoit dû, devant qu'elle vînt à joindre, grandes sommes de de-
» niers, & à la plupart quatre ou cinq mois de paie ; depuis,
» il n'a été reçu que soixante-quatre mille écus ; sur lesquels
» il a fallu rendre les sommes empruntées pour les frais d'ar-
» tillerie, achapts de vivres, & autres dépenses ordinaires &
» forcées ; partant, il n'a été reçu, durant ledit temps, que trois
» cens quatre mille écus, au lieu de dix-sept cens soixante mille
» écus, à quoi en revenoit le paiement.

EXPOSITION.

Si le passé nous rend sages pour l'avenir, le Roi se gardera
bien d'épuiser ses finances & de ruiner son Peuple, pour donner moyen au Duc de Mayenne de venger ses querelles particulieres : Sa Majesté considérera qu'il y a tantôt un an qu'il
a une armée en main, sans avoir rien fait qui puisse profiter
au public ; il a été en Périgord ; il a pris Montignac : cette
prise n'a point affoibli les Huguenots de ce quartier-là, vu que
leur retraite n'étoit dans Montignac, & Montignac ne favo-
risoit rien leurs retraites ; mais au contraire, le séjour que l'armée fit devant Montignac, donna moyen au Vicomte de Turenne de fortifier ses Places : aussi avoit-il jetté Montignac
devant lui pour y faire mordre cette armée. Ce grand Capitaine
pensoit faire un grand coup d'assiéger une Place que ses Ennemis tenoient pour la rendre : il a pris Beaulieu ; & dix jours
après, les Huguenots en furent maîtres : il a pris Sainte-Ba-

zeille, fans aucun profit ; le paffage de la riviere de Garonne
eft auffi peu libre que jamais : il a pris Montfegur , & ce n'eft
rien , pourcequ'il pouvoit faire mieux ; Caumont ou le Mas de
Verdun importoient plus : il a pris Caftillon ; la riviere de Dordogne demeure toujours aux Huguenots : car Bergerac & Sainte-
Foi font encore en pied. Il eût mieux vallu d'abbatre le fort ,
pour faire rendre le foible , que d'attaquer le foible , pour rendre imprenable le fort. Pendant qu'il s'amufoit à Montignac
& Sainte Bazeille , Places de nulle importance , on en a fortifié une douzaine qui peuvent aujourd'hui attendre la plus forte
armée qui fe puiffe dreffer. Si le Duc de Mayenne eût net-
toyé entierement la Garonne ou la Dordogne , il eût plus fait
que de troubler & l'une & l'autre feulement les bouts. Pendant
que l'armée étoit fraîche , pendant que l'argent ne manquoit
point , il falloit donner à Bergerac , qui eft une Ville où l'armée pouvoit vivre , où les Soldats fe pouvoient enrichir , &
qui n'étoit pour lors nullement en défenfe. Si la guerre fe faifoit contre les Huguenots , il falloit donner aux bonnes Villes où ils ont leurs Eglifes ; fi contre les Villes , il falloit reprendre celles qui pouvoient profiter , & non pas celles defquelles le fiége coûte beaucoup , & la prife ne donne nul avantage. Chacun voit évidemment par la route qu'a tenue cette armée , que le Duc vouloit cottoyer fes amis , & non pas aller
droit à fes ennemis : qu'il s'étudioit plus à fe faire des Serviteurs , que non pas à défaire les Hérétiques ; il a fi mal employé l'argent qu'il confeffe avoir reçu , que le Roi doit tenir
pour gagné le refte qu'il eût bien voulu recevoir ; il n'entreprend rien fi fes coffres ne font chargés de finances : fon zele
dort , fi le fon de l'argent ne le réveille.

Déclaration.

» Néanmoins , avec ce peu de moyens & de forces , tant
» de traverfes & d'incommodités , pratiques & intelligences dont
» les Hérétiques ont été favorifés , il ne fe pourra dire avec
» vérité qu'ils aient fu gagner un feul point d'avantage fur cette
» armée en rencontre , affaut , furprife , ni autre exploit qui
» fe foit paffé ; ils ont perdu toutes les Villes que l'on a affiégées ,
» que les fortifications , boulevards , retranchemens & éperons
» qu'ils y avoient fait faire depuis deux ans en-çà , fans difcon-
» tinuation , n'ont fu garantir ; ils ont fait perte de trois à
» quatre mille hommes des plus aguerris & fignalés qu'ils euffent

» fent : & environ trente enfeignes, dont la plupart ont été
» envoyées au Roi.

EXPOSITION.

Il appelle *peu de moyens*, la richeffe du Clergé : *peu de forces*, une armée de quinze mille hommes : *traverfes & incommodités*, quelques fraîches matinées : *pratiques & intelligences*, les
irréfolutions du Maréchal de Matignon, defquelles il s'eft plaint
ailleurs, comme du mauvais ordre du Colonel de l'Infanterie
Françoife : & voici un article plein d'une belle confolation.
Meffieurs du Clergé y trouveront que c'eft peu de s'être ap-
pauvris pour la commodité du Duc de Mayenne, & conclu-
ront pertinemment que, vu qu'il fe plaint d'avoir reçu fort peu
quand il a confommé partie de leur bien, qu'il ne les louera
jamais qu'il n'ait le fonds de leur bourfe. Sa Majefté aura dequoi
fe confoler en la ruine de fon armée & en la perte de fes pauvres Sujets, & en la diminution de fa force, vu que ce nouveau Sylla trouve que c'eft fort peu : & fi Sa Majefté veut qu'il
confeffe que c'eft beaucoup, il faut fe réfoudre de lui mettre
tous les François, pieds & poings liés, entre les mains. Au refte,
je ne fais pas où ces quatre mille hommes font morts ; je fais
que hors la compofition de Montfegur, il n'en eft jamais mort
trois cens en guerre ; je ne fais en quels affauts Meffieurs les
Ligueurs ont eu du meilleur, vu qu'ils n'ont jamais pris Ville
par affaut ; ils ont pris des Villes : mais c'étoient celles qu'il
eft bien facile de reprendre, & lefquelles le Roi de Navarre ne
réfolut jamais de garder opiniâtrement. Quant aux enfeignes
qu'ils élevent fi haut, je ne fais où ils les ont prifes : je crois
qu'ils en peuvent avoir gagné quelqu'une, & auffi qu'ils en
peuvent avoir fait de neuves, pour n'envoyer rien de vieux au
Roi.

DÉCLARATION.

» De forte qu'ils font dès-à-préfent fi éperdus & étonnés,
» que, s'il plaît à Sa Majefté de donner le moyen de faire une
» prompte recharge, on les rangera à tel parti, qu'ils n'en
» pourront jamais relever pour lui faire la guerre.

EXPOSITION.

Je ne comprends point d'où vient cet étonnement ; je vois
qu'ils ne furent jamais fi forts en Dauphiné. Ils donnent des

batailles en Provence ; ils sont Maîtres en Languedoc , & n'ont
rien perdu en Guyenne. Je ne crains que ces Ligueurs trouvent facilement l'effroi , pourcequ'ils portent avec eux la peur :
& de fait , ils voudroient bien encore avoir une armée , pour
pouvoir plus surement prendre leur derniere main : & voilà où
tend l'espérance qu'ils veulent donner de ce dernier effort ; mais,
pour emporter les Huguenots à la recharge , il falloit que la
charge fût plus ferme. Et si le Duc de Mayenne ne prend que
tous les ans trois Villes , nous en avons encore pour long-temps.
Si Castillon a fait débander son armée , je crois qu'elle ne feroit pas long séjour devant cinquante Places qui sont en Guyenne plus fortes que Castillon. C'est toujours à recommencer ; &
le pis que j'y vois , c'est à nos dépens.

DÉCLARATION.

» Les Habitans de leurs Villes ne peuvent plus recevoir leurs
» Soldats Etrangers , de peur qu'après les avoir détruits & man-
» gés , ils ne les exposent encore au pillage , & ne les livrent,
» afin de se racheter , comme ils ont fait à Castillon.

EXPOSITION.

L'exemple de Castillon est mal à propos. Les Habitans pouvoient rendre témoignage que les Capitaines & Soldats qui étoient
dedans , n'avoient point manqué à leur devoir ; ils les ont défendus autant qu'ils ont pu se défendre. Quand la composition
se fit , le Duc de Mayenne ne voulut point qu'ils y fussent compris , à cause qu'ils étoient ses Sujets ; néanmoins il promit , comme j'ai dit , & fut accordé par l'entremise du Vicomte d'Au-
beterre , qu'ils n'auroient aucun mal. Si le Duc de Mayenne a
rompu sa foi , les Etrangers n'en peuvent plus ; s'il a voulu traiter en Souverain , étant le plus fort , le Roi seul en demeure
offensé ; & certes ce trait est sans excuse. Aux autres compo-
sitions , il avoit compris , comme Lieutenant du Roi , les Habitans des Places ; & celle-ci , tranchant du Roi , il ne les y a
point voulu comprendre : & pour s'être opposés seulement à
lui , il les a fait pendre , comme criminels de leze-Majesté. S'il
y avoit d'autres Castillons qu'il fallût encore assiéger , cet exemple n'étonneroit pas les Habitans ; mais les rendroit invincibles
en ce désespoir : & on n'en auroit pas aujourd'hui si bon marché , si c'étoit à recommencer. Voilà le profit que peut apporter
cette composition.

DÉCLARATION.

» Les Gens de guerre ne se veulent plus assûrer aux vaines
» espérances du Roi de Navarre, pour attendre plus aucun sié-
» ge sous espérance de secours. Les forces étrangeres qu'ils leur
» ont si souvent fait entendre être sur la frontiere, & tant de
» belles espérances dont ils les ont entretenus jusques ici, leur
» ont manqué ; & ne doute point, si on les presse, qu'ils ne
» fassent ainsi que ceux de Dauphiné : lesquels, à la premiere
» armée que Monsieur de Mayenne y mena, soutinrent quelques
» siéges ; mais le voyant revenir après que l'hyver fut passé,
» désespérés de lui pouvoir plus résister, ils lui apporterent les
» clefs de toutes leurs Villes & Forteresses, dont ils souffrirent
» que les plus importantes fussent rasées & démolies ; & l'exer-
» cice de la Religion Catholique fût remis jusques dedans les
» vallées d'Angrongne & de Valjoyeuse, où il avoit très long-
» temps été discontinué.

EXPOSITION.

L'Historien a eu de très mauvais Mémoires. Car ceux, qui
prirent la défense de Montsegur & de Castillon, n'attendirent
jamais secours, pourcequ'il leur étoit commandé à tous de rendre les Places, dès qu'ils les verroient en état de n'être plus
défendues. Et voulez-vous connoître comme ceux qui échapperent du carnage de Montsegur, furent refroidis d'entrer en siége ?
Incontinent ils s'allerent jetter dans Castillon : & ceux de Castillon n'avoient regret que de ne se pouvoir jetter dans Sainte-
Foi, & ne trouvoient rien de si dur en leur capitulation.

Les freres ne s'accordent pas. Le Duc de Guise tient averti
le Roi, que les Etrangers viennent en grand nombre : le Duc
de Mayenne, qu'il n'en faut plus attendre : cetui-là veut obtenir une forte armée en apparence, pour s'y opposer, en effet, pour se rendre fort ; l'autre veut que le Roi continue à le
payer sans rien faire, & à lui entretenir une armée pour se pourmener en sureté. Le Roi jugera bien de ce qu'il pourroit faire
en Guyenne à l'avenir par ce qu'il a fait par le passé ; il tirera
argument certain du lieu au lieu, de la personne à la personne, du temps au temps, sans aller rechercher les prouesses de
Dauphiné. Je ne sais si le Duc de Mayenne en garde encore les
clefs ; mais je sais bien que ceux de la Religion en gardent aujourd'hui les portes. Il est vrai-semblable qu'il y fit fort peu, vu

qu'il y a encore aujourd'hui tant à faire ; il les trouva en armes, lorsque tout le reste du Roïaume étoit en paix : l'Edit de
paix les défarma, & non pas fes forces ; il les trouva divifés,
& fe maintint par leur divifion : il les trouvera aujourd'hui réunis ; & quand il aura pris Ambrun & Montelimart, je fuis d'avis
qu'on l'en croie. Voici la fin du difcours des labeurs du Duc
de Mayenne : voici la fin de fes fiéges, mais non pas la fin de
fes prifes. J'eftime heureux les Capitaines & Meftres de Camp,
qui s'étoient retirés de bonne heure, pour ne favorifer fa derniere entreprife. Il valloit mieux n'avoir point de part au butin du bien des pauvres gens qui s'étoient retirés dans Puynormand, que prêter la main au rapt de Madame de Garanci.
Ce que le Roi ne voudroit pas entreprendre fur fes Sujets, eft
permis au Duc de Mayenne fur les Sujets du Roi. Ce qui ne
fe feroit pas entre Gens d'honneur en Terre de conquête, eft
licite à cet Homme-là en Païs de liberté : & voilà les grands
fervices que cette armée fait au Roi ; elle fert à ravir les Hé-
ritieres, à forcer les Maifons privées, à rompre la Foi publique : elle fert au Duc de Mayenne à faire des alliances forcées, & fe fortifier par ce moyen contre Sa Majefté même. Il
pratique l'axiome que ceux de la Ligue ont ordinairement en
la bouche : que le vrai moyen d'être favorifés du Roi, eft d'a-
voir le moyen de fe faire craindre : que le vrai moyen d'être
employés par lui, eft de fe pouvoir paffer de lui. Il y a fi long-
temps que nous fouffrons cette tyrannie, que la France fe ruine
pour les établir, que les bons François fe tuent pour les faire
vivre, que le Roi perd les plus religieux pour ôter la Religion,
que le Clergé vend fon bien pour leur acheter des héritages ;
& en un mot, que nous nous perdons pour les fauver : que le
Roi, que le Clergé, que la Nobleffe, que le Tiers-Etat fe dépouillent de leur innocence, pour vêtir les crimes de la Ligue :
qu'ils fe rendent, par maniere de dire, coupables de la ruine
de cet Etat, pour la rendre innocente. Or bien attendons le fecours de Dieu, puifque les hommes nous laiffent ; Dieu nous
oira, puifque tous nous ferment l'oreille. Et à vous, Meffieurs,
qui favorifez cette Ligue, Dieu vous ôtera la force : vu que
vous en abufez, l'employant contre vous-mêmes ; Dieu vous
ôtera les biens qui ne vous fervent qu'à vous rendre pauvres ;
Dieu vous ôtera la vie que vous expofez trop librement pour
rechercher notre mort.

HISTOIRE VÉRITABLE

Du Siége & Prise du Fort fait en Irlande par les Italiens & Espagnols, au mois de Novembre 1580.

Traduite d'Anglois en François.

LE s Espagnols & Italiens ayant pris port en Irlande, se mirent incontinent à y bâtir un Fort, qu'ils appellerent en leur langage *il Castel del oro*, en un lieu nommé Smirwik, vers l'Occident d'Irlande, à l'entrée du Havre de Lymbrik, près d'un Roc environné de la Mer de toutes parts ; & parcequ'ils tenoient ce Roc pour leur principale force, ils y avoient mis une partie de leurs munitions, & avoient fait un pont qui passoit de leur Fort sur ledit Roc : là où ils ne se furent pas sitôt remparés, qu'ils n'eussent en tête le Gouverneur pour la Reine, nommé Milord Greie, qui les y assiégea. Or, comme ils y étoient, selon leur avis, à sureté (parce qu'ils y avoient des forces beaucoup plus grandes pour leur égard que celles des Anglois, qui, tenant la campagne, n'étoient pas plus de huit cens, au lieu que les autres en leur garnison étoient du moins six cens : joint qu'il y avoit grande inégalité pour l'assiette du lieu ; car les Espagnols étoient à couvert, bien fortifiés, & leur batterie étoit à l'avantage, au lieu que les Anglois, étant du tout à découvert, n'avoient pas grand moyen de leur nuire avec leurs piéces) le Général des Anglois, voyant son parti si désavantageux en toutes sortes, n'espéroit aucun heureux succès de son entreprise ; mais il fut incontinent accouragé par l'arrivée des navires de la Reine, qui vinrent lorsqu'on les espéroit le moins : abordées qu'elles furent, les Anglois prirent d'icelles quelques piéces d'artillerie, qu'ils amenerent en leur camp : & incontinent firent une tranchée pour braquer les piéces, distante du Fort d'environ 400 pas, en intention de battre ledit Fort : à quoi ils s'employerent si bien tout ce jour, qui étoit le 9 de Novembre, qu'ils endommagerent grandement leurs Ennemis : voire en telle sorte qu'ils ne se pouvoient aucunement aider de leurs piéces. Le lendemain, qui étoit le dixieme, les Anglois firent encore une autre tranchée pour battre de plus près,

qui n'étoit qu'à 160 pas du Fort : & sans tarder, recommen-
cerent nouvelle batterie ; & parcequ'il y avoit dedans ledit Fort
quelques piéces qu'ils voyoient pouvoir les endommager, ils se
mirent à tirer contre icelles : & de fait, les briserent toutes,
sans qu'ils en perdissent pas une des leurs, sinon deux demi-
canons qui furent démontés ; la nuit même ils firent une nouvelle tranchée, qui n'étoit qu'à 120 pieds du Fort. Or, voyant
que les Espagnols n'avoient plus recours pour leur défense, sinon à leurs mousquets, qu'ils avoient mis dedans une maison
de bois, bâtie par eux au milieu dudit Fort, ils dressent leur
batterie contre icelle, la foudroient, & épardent les mousquets.
Les Espagnols, voyant cela, furent bien ébahis : d'autant que
c'étoit la principale force sur quoi ils s'appuyoient ; & alors commencerent un peu à changer de contenance : car tôt après ils
dresserent leurs enseignes en signe de treve, & demanderent
de parlementer, ce qui leur fut accordé. Incontinent sortit un
Italien, brave à merveille, auquel le Gouverneur Anglois demanda de la part de qui il étoit là : lequel répondit, de par le
Saint Pere. A quoi répliqua le Gouverneur : comment vous
osez-vous bien hasarder pour le service de ce Rasé, de cet Antechrist, meurtrier & des corps & des ames, contre l'Etat de
la Reine ? Et ajouta : certes vous recevrez le loyer dû à votre
service. Après, il lui enjoignit de faire venir le Capitaine des
Espagnols, auquel il demanda pareillement de la part de qui
il étoit venu là : lequel répondit qu'il ne savoit ; derechef il lui
demanda si c'étoit à l'aveu du Roi d'Espagne : à quoi il répondit
que non ; mais, dit-il, en Portugal le Gouverneur d'une Ville
nommée Porto, me commanda d'aller en une certaine Place
qu'il me nomma : disant que là me seroit donnée ma commission. Ce que je fis ; mais, à vrai dire, je ne savois où j'allois,
ni contre qui : voilà comment j'ai été, les yeux bandés, amené
en cette Place, &, à ce que j'en vois, du tout trahi. Le Gouverneur lui répondit : si ainsi est que votre Roi ne vous ait ici
envoyé, vous y êtes venu comme un voleur : & pourtant vous
en recevrez le guerdon que vous avez mérité. Après qu'ils eurent achevé de parlementer, les Italiens & Espagnols requirent
qu'on les laissât aller la vie & bagues sauves : ce qui leur fut
refusé tout à plat. Parquoi ils délibérerent de quitter le Fort,
de mettre leur argent & ce qu'ils avoient de plus précieux entre les mains du Gouverneur, & de se rendre à sa merci : lequel acceptant l'offre, reçut trois d'entre eux pour ôtages, jus-

ques au lendemain ; lequel venu , ils fe repréfenterent fuivant leur promeffe : dont à vingt des principaux (lefquels il n'eft pas befoin de nommer) on fauva la vie , & font demeurés prifonniers ; le refte fut taillé en piéces , excepté dix-fept , qui furent pendus. Les Soldats Anglois qui fe trouverent mal équipés , eurent moyen à cette rencontre de s'accoûtrer à l'Italienne. Ils trouverent dans le Fort une grande abondance de vin & de bifcuit , enfemble de plufieurs autres provifions : des armures pour armer 4000 hommes à blanc ; chacun eut fa part de l'argent facré de l'Eglife Romaine. Du parti des Anglois il n'y eut finon deux bleffés , dont l'un eft le Seigneur Jean Schik , Gentilhomme de grande efpérance & bien fignalé , lequel depuis en eft mort.

En tout ce difcours fe peut remarquer comme Dieu bataille pour nous , nous donnant victoire fur nos Ennemis , lefquels , felon le jugement humain , nous n'euffions fu vaincre avec dix fois autant de forces que celles que nous avions , vu notamment le grand avantage qu'ils avoient , tant en leur défenfe , qu'en munition ; & de fait , nos Soldats affirmoient que , s'ils euffent été dans le Fort , munis comme étoient nôs Ennemis , ils fe fuffent plutôt fait mettre cent mille fois en piéces , que de fe laiffer prendre. Or Dieu pourvut bien à tout : car , à ce qu'ils ont confeffé , ils étoient en volonté de quitter le Fort , & s'en retourner par mer , fe voyant affiégés par terre , & hors d'efpérance de fecours oportun ; duquel leur deffein l'exécution fut empêchée par le bon ordre que donna le Gouverneur en fon camp , & par l'heureufe arrivée des navires de la Reine : car en cette forte ils fe trouverent environnés de toutes parts , fans qu'ils euffent moyen d'échapper par aucun côté. Or , à leur premiere arrivée au lieu que nous avons dit , ils y vinrent avec fix navires , dans lefquels y pouvoit avoir 900 foldats : dont les trois de leurs navires , voyant la ftérilité du Païs & la brutalité des Habitans , s'en retournerent incontinent avec trois cens hommes , laiffant le refte pour y jouir du bon entretien qu'il y prétendoient. Mais la chance eft bien tournée : car , au lieu d'accomplir leur malheureux deffein , ils fe font précipités en un piteux défaftre : lequel toutefois leur étoit bien dû , pour avoir entrepris la querelle de ce maudit Antechrift , contre une tant vertueufe & illuftre Princeffe qui eft nôtre Reine , & de prêter faveur à fes Sujets qui fe font rebellés contre elle. Or , combien qu'en cet endroit fa Sainteté fuive les traces de fes Prédéceffeurs , qui ont de tout temps accoutumé de femer diffenfions, émouvoir les Sujets à rebellion, les maintenir en icelle, excogiter infinis maffacres, de maniere que ç'eft aujourd'hui la principale armoirie de leur Catholique profeffion ; fi eft-ce que ces Miférables devoient être plus avifés, pour regarder de près où ils fe précipitoient, avant que de rien entreprendre fur la domination d'une fi généreufe Princeffe. Mais, comme leur fuperftitieufe dévotion envers leur Idole infâme les a amenés jufques là, que de hafarder leurs propres vies : auffi, d'autre part, leur témérité inconfidérée leur ôte toute l'excufe qu'ils pourroient prétendre, & même éloigne toute la pitié qu'autrement on auroit de leur méchef. Ils ont confeffé au Sieur Gouverneur, que le Pape qui les foldoyoit, avoit promis de leur envoyer du renfort : & qu'à cette occafion ils avoient amené quant & eux grande quantité d'argent, qui attendoit ledit renfort. Quelques-uns tiennent que ce fecours étoit déja en chemin pendant le fiége, à caufe que le 14 de Novembre on avoit découvert en la Côte une Frégate fort bien équipée : toutefois la plupart eftiment que c'eft un bruit feulement, qui eft plutôt venu de quelque rapport, que non pas d'aucune apparence de vérité. Quoi qu'il en foit, il n'emporte pas beaucoup : car nos foldats, avec quelques-uns de nos navires, y paffent leur hyver, en dévotion de les recevoir & de leur faire un fort bon recueil. Pendant ce temps-là, le Comte de Hefmont, avec un fien frere, étoit fur les champs avec quelques troupes, en volonté de fecourir les Efpagnols ; mais entendant leur prife, il avifa pour le meilleur de fe retirer plutôt que de tomber ès griffes fi bien ferrantes de nos Anglois : & de ce pas s'enfuirent aux montagnes. Le Docteur Sandes, Apoftat de fon Sauveur, & traître à fa Reine, avec quelques autres fiens Partifans, font en ce Païs-là : toutefois on ne fait pas encore en quel lieu ; dans le Fort, fut pris un fien Serviteur avec un Prêtre de fon parti, qui furent tous pendus, & puis mis en quartiers dans le Fort. J'oubliois à vous réciter, comme, avant que le fiége fût mis devant le Fort, les Efpagnols avoient pris un Navire d'un François du Hable neuf, chargé de poiffon, avec une Galere : lefquelles ils tirerent au bord de leur Fort, & rompirent la Galere, pour en bâtir la maifon de leur Fort ; quant au Navire, ils avoient déja déchargé la moitié de fa charge : & pource qu'il étoit tout fendu, il fut mis par nos Anglois à terre. Or, tout ceci eft tiré des nouvelles qui font venues, tant à

la

la Reine qu'à plufieurs grands Seigneurs, de la part de ceux qui ont fait l'exécution. Pour conclufion, nous avons de quoi remercier Dieu de ces nouvelles fi joyeufes, attribuant le tout à fa toute-puiffance, & le priant de préférver notre tant excellente Princeffe, fous l'heureux Gouvernement de laquelle ce bonheur, avecplufieurs autres, nous eft avenu.

VOYAGE

DU CHEVALIER FRANÇOIS DRAKE*,

AUX INDES OCCIDENTALES, l'an 1585,

Auquel les Villes de S. Iago , S. Domingo , S. Auguftino , & Carthagena ont été prifes.

FRANÇOIS DRAKE, Chevalier Anglois, pour le fervice de fa Princeffe, l'avancement de l'honneur & bien de fa Patrie, étant accompagné des Capitaines & Gentilshommes fous-nommés, avoit en tout, le nombre de 2300 hommes, tant Soldats que Matelots, & s'embarqua à la Ville de Plimouth, le 12 Septembre 1585.

Les Capitaines des Compagnies des Soldats audit voyage.

Le Sieur Chriftophe Carleil, fon Lieutenant Géneral, homme de grande expérience au fait de guerre.

Le Capitaine Antoine Powel, Sergent Major de l'armée : le Capitaine Matthieu Morgan , le Capitaine Jean Samfon, Caporeaux de l'armée : le Capitaine Antoine Plott, le Capitaine Jean Marchant, le Capitaine Edward Wynther, le Capitaine Jean Goringe, le Capitaine Robert Piew , le Capitaine George Berton, le Capitaine Walter Bygges, le Capitaine Richard Stanton , le Capitaine Jean Hannam.

Les Capitaines de Navires audit voyage.

---

* On a de ce François Drak un autre Voyage, fous ce titre : Voyage autour du Monde, par François Drack, Amiral d'Angleterre , ès années 1577, 1578, 1579, 1580, in-8°. à Londres, 1628, en Anglois. Le même a été traduit en François, & imprimé à Paris en 1641. Drack eft mort fur Mer , en revenant à Porto-bello , le 28 Janvier 1596; il a paffé la plus grande partie de fa vie à voyager. Combden en parle dans fon *Britannia*. On a auffi fon Eloge hiftorique, & fon Portrait gravé, p. 106 & fuiv. , de l'Ouvrage de *Hollandus*, infol. , intitulé *Heroologia Anglica*, &c.

MEMOIRES

Le Sieur Martin Frobicher, son Vice-Amiral, homme de grande expérience au fait de la Marine, lequel aussi avoit été Chef & Amiral de plusieurs Flottes en divers voyages auparavant.

Le Capitaine François Knollis, le Capitaine Thomas Frenar, le Capitaine Guillaume Cicel, le Capitaine Jacques Carleil, le Capitaine Henri Whyte, le Capitaine Crosse, le Capitaine Fortescue, le Capitaine Carlese, le Capitaine Hawkins, le Capitaine Eriso, le Capitaine Thomas Drake, le Capitaine Thomas Seely, le Capitaine Rivers, le Capitaine Martin, le Capitaine Baylie, le Capitaine Moone, le Capitaine Vaghan, le Capitaine Varney, le Capitaine Gilman,

Avec plusieurs autres Gentilshommes de bonne Maison, qui ne sont ici récités.

Après notre partement de Plimouth, qui fut le quatorzieme Septembre 1585, nous primes le chemin des *Isles de Bayonne*, qui est sur la Côte d'Espagne, & y entrames tant par faute de meilleur vent, que pour la tempête qui nous surprit, & aussi pour y avoir de l'eau douce; & ne fumes plutôt à l'ancre, que le Général commanda que toutes les petites pataches & barques fussent fournies d'hommes bien armés & propres pour faire service. Ce qu'étant fait, le Général se mit pareillement en sa Galiotte, laquelle aussi étoit fort bien fournie; & tirant vers la Ville de *Bayonne*, avec intention (moyennant la grace de Dieu) de la surprendre; & premier qu'avoir fait une demi-lieue de notre chemin, un Marchand Anglois, dépêché par le Gouverneur, nous vint au-devant; avec lequel notre Général ayant communiqué quelque temps, fit appeller le Capitaine Samson, & lui commanda d'aller vers le Gouverneur de la Ville, pour le résoudre de deux points : le premier, à savoir, s'il y avoit aucune guerre entre l'Espagne & l'Angleterre : le second, pourquoi nos Marchands, avec leurs biens, étoient retenus ou arrêtés. Le Capitaine Samson s'acheminant avec ledit Marchand Anglois, vint à la Ville, où il trouva le Gouverneur & le Peuple fort étonnés d'un si soudain accident. Le Général, par l'avis & conseil du Sieur Carleil, son Lieutenant Général, qui étoit en la Galiotte avec lui, ne trouva bon qu'on s'arrêtât jusques à ce qu'ils fussent au-dessous du canon de la Ville, où ils se pourroient tenir prêts au retour du Capitaine Samson pour les surprendre d'amblée, ou leur donner l'assaut à l'impourvu.

Le Capitaine Samson retourna avec cette réponse en cette

forte : premierement, touchant la paix ou la guerre, le Gouverneur difoit qu'il ne fauroit répondre, & que ce n'étoit pas
à lui à la faire, n'étant qu'un fimple Sujet ; mais quant à l'arrêt des Marchands & de leurs biens, que c'étoit la volonté du
Roi, non pas en intention d'endommager perfonne, & que
même le contremandement du Roi avoit été reçu en cette Place,
environ huit jours auparavant que les Marchands Anglois, avec
leurs biens, fuffent déchargés ; & pour plus grande vérification, il envoya quelques Marchands de notre Nation, qui étoient
en la Ville, & qui trafiquoient en ces quartiers-là. Ce qu'étant
plus amplement déclaré par eux à notre Général, on prit confeil de ce qui feroit bon de faire ; & d'autant que la nuit ap-
prochoit, il fut arrêté & conclu qu'il feroit néceffaire que nos
Gens miffent pied à terre, ce qui fut fait vers le foir fur le tard ;
& ayant fait notre avantage, avec fuffifante garde de tous côtés, nous penfames nous repofer là pour cette nuit. Le Gouverneur nous envoya, pour nous rafraîchir, pain, vin, huile,
pommes, grappes de raifins, du cotignat, & autres chofes femblables : mais, environ la mi-nuit, le temps fe commença tellement à changer, qu'il nous fembla être plus néceffaire de nous
retirer ès Navires, que de nous arrêter plus longuement à terre ;
& devant que pouvoir recouvrer la Flotte, une grande tempête
s'éleva, qui fut occafion que plufieurs de nos Navires fe défan-
crerent, & autres furent contraints de fe mettre en mer, non
fans grand danger de leurs perfonnes, comme le Navire dit
Tallebot, le Navire Haukins, & la Barque dite Speedwel, dont
ledit Speedwel arriva feulement en Angleterre : les autres nous
retrouverent. La tempête dura trois jours, laquelle ne fut
pas plutôt paffée, que le Capitaine Carleil fut envoyé par notre
Général, avec fon Navire & trois autres, & avec fa Galiotte,
& plufieurs Pataches, pour voir ce qu'il pourroit faire par-delà
Vigo, où il prit plufieurs Barques & autres Vaiffeaux chargés
de plufieurs chofes de petite valeur, & principalement de meubles ; & entre autres, il trouva une Barque chargée de chofes
appartenantes à la grande Eglife de *Vigo* ; où étoit, entre autres chofes, vaiffelle d'argent, & une grande & fort haute croix
d'argent de fort bel ouvrage en boffe, & dorée par-tout dou-
blement, laquelle leur avoit coûté une grande fomme d'argent :
ils firent plainte d'y avoir perdu, en tout, la valeur de plus
de quarante mille ducats. Le jour fuivant, le Général partit,
avec toute fa Flotte, des *Ifles de Bayonne* à un bon havre par-

deſſus *Vigo*, tant pour la ſûreté de ſes Vaiſſeaux, que pour la commodité du lieu, à raiſon de l'eau douce. Cependant le Gouverneur de Gallice avoit levé tant de gens qu'il avoit pu, &, comme on jugeoit, juſques à deux mille hommes de pied & trois cens chevaux, & s'étoit acheminé en un endroit, duquel il pouvoit découvrir aiſément nos Navires. Comme il ſe fut planté là, il envoya parlementer avec notre Général : ainſi qu'on fut d'accord que cela ſe feroit ſur l'eau & en petites Chaloupes, & qu'on eut donné ôtages des deux côtés, ledit Gouverneur ſe mit avec deux autres dans la Chaloupe de notre Vice-Amiral, qui pour cet effet avoit été envoyée à la rade : ſemblablement notre Général l'alla rencontrer en ſa propre Chaloupe, & fut conclu que nous ferions notre proviſion d'eau fraîche par nos gens mêmes, ſans aucun empêchement dans le Païs, & d'autres choſes néceſſaires pour nous rafraîchir, en payant ſuivant la coutume du lieu.

Départans de-là nous tirâmes chemin vers les *Iſles de Canarie*, en délibération de prendre l'*Iſle de Palma*, & en icelle de nous accommoder de pluſieurs bonnes choſes qui y étoient en grande abondance.

Et pour n'avoir moyen d'aborder la terre, & y mettre pied que par une ſeule place, & ce, ſous la merci de pluſieurs plateformes bien fournies & munies de groſſes piéces d'artillerie, nous fumes contraints de déloger avec force coups de canon, dont aucuns donnerent ſur nos Navires, les balles étant auſſi groſſes que de gros canon qui ſe faſſe. Mais le ſeul ou principal mal, & cauſe de notre empêchement, fut les dangereuſes vagues de la Mer, qui menaçoient de renverſer & ſubmerger les Pataches & Chaloupes.

Or, nous voyant fruſtrés de cette entrepriſe par les cauſes ſuſdites, nous penſames qu'il ſeroit plus convenable de voguer vers l'*Iſle del Ferra*, pour voir ſi nous pourrions trouver meilleur ſuccès ; & venant à ladite Iſle, nous mimes à terre mille hommes, en une vallée, ſous une haute montagne, où nous nous arrêtames deux ou trois heures : durant lequel temps, les Habitans s'accompagnerent d'un jeune homme, natif d'Angleterre, qui demeuroit là avec eux, lequel vint à nous, remontrant leur état être ſi pauvre, qu'ils étoient quaſi près de mourir de faim : (ce qui étoit vrai). Partant, ſans avoir acquis choſe quelconque, il nous fut tout à l'inſtant commandé de nous embarquer : tellement que, cette nuit-là, nous primes la Mer vers le Sud Sud-Eſt, tout au long de la côte de Barbarie.

1585.
VOÏAGE DE
FR. DRACKE.

Or, le Samedi au matin, qui fut le quatorzieme Novembre, nous approchames de *Capo Bianco*, qui eſt un Païs-bas où la Mer n'eſt gueres profonde : là nous primes force poiſſon ; nous entrames dans la Baye, où nous trouvames certains Navires de guerre, François : leſquels nous reçumes & traitames avec grande courtoiſie, & les laiſſames là. Après dîner, la Flotte ſe raſſembla, laquelle étoit un peu écartée à cauſe de la pêcherie ; & voguames de là vers les *Iſles de Capo Verde*, tenant la Mer juſques au ſeizieme dudit mois. Au matin dudit jour, nous apperçumes l'*Iſle de S. Iago* ; & ſur le ſoir la Flotte jetta l'ancre entre la Ville appellée *Play* ou *Pray* & *la Ville de S. Iago*, qui donne le nom à toute l'Iſle, comme la Capitale d'icelle, où nous mimes à terre mille hommes, ou plus, ſous la conduite du Sieur Chriſtophe Carleil, Lieutenant Général ; lequel commanda & ſe comporta fort ſagement & prudemment en cette Charge & maniement d'affaires par terre. Le chemin par où premierement nous devions marcher, n'étoit pas propre pour tenir bon ordre, car il étoit fort montagneux, plein de vallées, fort pierreux, & fort fâcheux à paſſer ; mais il ne ceſſa jamais, juſques à ce qu'avec induſtrie & bonne conduite, nous arrivames en une belle Plaine, où nous fimes alte pour nous remettre en ordre d'armée : & marchant en bataille par ladite Plaine, juſques à une lieue de la Ville, le Lieutenant Général trouva bon de ne rien entreprendre, juſques à ce qu'il fût jour, parcequ'il n'y avoit perſonne qui nous pût ſervir de guide, ou qui eût aucune connoiſſance & adreſſe de la Place ; & partant, après avoir bien repoſé, environ demi-heure avant jour, il commanda que l'armée fût diviſée en trois parties principales : comme ainſi ſoit qu'auparavant nous euſſions marché par diverſes Compagnies, étant à ce contraints, comme deſſus, pour cauſe de la difficulté de ce paſſage.

Or, cependant qu'on nous arrangeoit en un fort bel ordre, le jour commença à ſe montrer ; & étant approchés près des murailles de la Ville, nous ne vimes point d'Ennemi pour nous réſiſter. Parquoi le Lieutenant Général envoya le Capitaine Samſon & le Capitaine Barton, avec chacun trente Arquebuſiers, pour deſcendre en la Ville, qui étoit en une vallée au-deſſous de nous, d'où nous pouvions aiſément découvrir toute la Ville d'un bout à l'autre. Et après ces Capitaines, fut envoyée la grande Enſeigne, où il n'y avoit autre choſe que la Croix rouge d'Angleterre, pour être plantée vers la Mer, afin

que notre Flotte vît son Enseigne Coronale en la Forteresse
de l'Ennemi ; & quant & quant fut ordonné que toute l'artillerie chargée, qui étoit en la Ville & sur les plateformes, en
nombre de cinquante piéces ou plus, fût tirée & déchargée,
en l'honneur du jour du Couronnement de Sa Majesté, qui fut
ce même jour de l'an le dix-septiéme Novembre, selon la coutume annuelle d'Angleterre. Cette allégresse fut secondée &
répondue par l'artillerie de notre Flotte, qui s'étoit pour lors
approchée : c'étoit chose étrange d'ouïr un tel bruit de tonnerre durer si longuement ; cependant le Lieutenant Général
tenoit la plus grande partie de ses Gens sur le sommet de la
montagne, jusques à ce que les quartiers en la Ville fussent
ordonnés pour leur logis. Ce qu'étant fait, chaque Capitaine prit
son quartier ; & sur le soir, fut ordonné & mis si bonne garde
à l'entour de la Ville, que nous n'avions que craindre l'Ennemi.

Par ainsi, nous demeurames en la Ville l'espace de quatorze
jours, prenant les dépouilles qui y étoient : ce qui étoit pour
la plupart, vin, huile, farine, & vinaigre, olives, & avec
quelques menues marchandises pour leur trafic ; mais nul trésor, ou quelque autre chose digne d'en parler.

Au même temps plusieurs choses advinrent ; entre autres, il
arriva un homme avec une banderolle de treve, vers laquelle
fut envoyé le Capitaine Samson & le Capitaine Goringe, auxquels il demanda premierement, de quelle Nation ils étoient :
ils répondirent qu'ils étoient Anglois ; puis il requit de savoir
d'eux s'il y avoit guerre entre l'Angleterre & l'Espagne : à quoi
ils répondirent qu'ils n'en savoient rien ; mais, s'il lui plaisoit
de venir parler à leur Général, qu'il lui en donneroit la résolution ; & que, pour l'assurance de passer & repasser, lesdits Capitaines engageroient leur honneur ; ce qu'il refusa, d'autant
qu'il n'étoit envoyé de son Gouverneur : puis ils lui dirent que,
si son Gouverneur vouloit prendre un train pour le bien du Peuple & du Païs, il feroit bien de se présenter à notre Général :
& que par ce moyen il seroit assuré de trouver faveur, tant pour
lui que pour ses Habitans : & qu'autrement, en moins de trois
jours, nous mettrions à sac & feu tout ce que nous trouverions.
Avec cette réponse il se retira, & promit de retourner le lendemain : mais il ne revint point. Au vingt-quatrieme Novembre,
de grand matin, nous marchames avec six cens hommes vers
un Village, environ douze mille dans le Païs, nommé *S. Do-*

mingo ; & environ les huit heures nous y étant arrivés, trouvames le lieu abandonné, le Peuple s'étant enfui aux montagnes ; puis nous nous reposames, pour voir si personne ne voudroit venir parler à nous ; & après que nous fumes bien reposés, le Général commanda aux troupes de se retirer ; & comme nous marchions, l'Ennemi se montra, tant à pied qu'à cheval ; mais non d'une telle force qu'il nous osât attaquer ; & comme nous demeurames quelque temps à les regarder, le soir approcha avant que nous fumes arrivés à la *Ville de S. Iago.*

Le lundi vingt-sixieme Novembre, le Général commanda que les Pataches & autres Barques eussent à faire toute diligence à embarquer tous les Soldats dans les Navires. Aussi le Lieutenant Général posa le Capitaine Goringe & le Lieutenant Incher, avec cent Arquebusiers en la Place du Marché, pour s'y tenir jusques à ce que toutes nos forces se fussent embarquées ; quant & quant le Vice-Amiral les attendoit au Port avec sa Patache & quelques Barques pour les recevoir : pareillement il commanda aussi que quant & quant la Galere, avec deux Pataches, reçût la Compagnie du Capitaine Barton & celle du Capitaine Bygges, sous la conduite du Capitaine Samson, pour aller vers *la Ville de Play*, afin de pouvoir trouver la munition qui là étoit cachée, laquelle fut promise d'être montrée par un Prisonnier qui fut pris le jour auparavant. Ces Capitaines arrivant à ladite Ville, mirent pied à terre, où lors le Capitaine Samson prit le Prisonnier, & lui commande de montrer ce qu'il avoit promis : ce qu'il ne put, ou, pour le moins, ne voulut. Mais après avoir recherché & découvert les plus secrettes Places, nous y trouvames deux piéces d'artillerie, l'une de fer, l'autre de bronze. Après dîner, le Général fit jetter l'ancre à tout le reste de la Flotte devant ladite *Ville de Play* ; & mettant lui-même pied à terre, nous commanda d'y mettre le feu, & nous rembarquer en toute hâte ; ce qui fut fait incontinent, & à six heures du soir la Flotte se mit en Mer.

Cependant il faut entendre, qu'avant que partir de l'*Isle de S. Iago*, nous établimes plusieurs Ordonnances pour mieux conduire l'armée. Chaque Capitaine fit montre de ses Gens, & serment fut prêté de reconnoître pour souveraine la Majesté de la Reine, & que chacun feroit son devoir pour avancer le service de l'entreprise ; comme aussi de suivre les réglemens & commandemens du Général & de ses Officiers. Or, pendant tout le temps que nous y fumes, il n'y avoit personne de cette Isle, ni le Gouverneur pour le Roi d'Espagne, ni l'Evêque, qui est de grande autorité, ni aucuns des Habitans de la Ville ou de l'Isle, qui vinrent à nous (ce que nous attendions, pensant qu'ils le dussent faire), pour nous prier de leur rendre ou laisser quelque part de leur provision, qui leur faisoit très grand besoin ; ou bien, pour le moins, de nous requerir de ne ruiner & détruire leur Ville à notre départ ; & combien que nous entrames (comme dessus dit est) environ douze milles d'Angleterre, qui font six lieues de France, dedans le Païs, où nous entendimes que le Gouverneur & l'Evêque étoient, d'où ils s'enfuirent, & qu'en notre retour nous les attendimes quand ils se montroient par fois assez loin de nous : si est-ce qu'ils ne voulurent jamais approcher des nôtres, encore que nous n'envoyassions que bien petit nombre devers eux, jusques à quatre personnes en une Compagnie, pour les attirer en quelque nombre pour parler avec nous. La cause de cette déraisonnable défiance, (comme je crois) étoit la fraîche mémoire des grandes injures & outrages qu'ils avoient fait à Guillaume Haukins de Plimouth & à ses Gens, au voyage qu'il y avoit fait quelques trois ans auparavant, ayant rompu leur foi & promesse à lui donnée : dont je crois qu'avez oui parler ; & partant il ne sera besoin de le répéter. Mais iceux ne voulant venir à nous pour le mécontentement que nous en eumes, comme aussi du cruel & sauvage traitement d'un corps mort d'un de nos garçons qu'ils trouverent à l'écart, tout seul : pour duquel nous revancher, nous mimes à notre départir tout en feu aux maisons des champs, comme de ceux de *la Ville de S. Iago*.

Or, d'ici passant outre vers les Indes Occidentales, nous ne fumes que peu de jours en Mer ; mais il nous y advint une si grande mortalité, si générale entre nos Gens, qu'en bien peu de jours il en mourut plus de trois cens personnes : & jusques à sept ou à huit jours, après notre partement de *S. Iago*, il n'y avoit eu pas un mort de maladie auparavant. La maladie dont plusieurs étoient atteints, ne montra pas son infection, que jusques à ce que nous fumes partis de là ; puis nos Gens furent saisis d'une extrême brûlante & continuelle fiévre, dont bien peu échapperent en vie : & ce toutefois non sans grand changement & défaillance d'entendement & de force, pour un bien long temps après. En aucuns qui mouroient, se montroit audehors des petites taches, qu'on voit souvent en ceux qui sont infects de la peste. Nous ne fumes que dix-huit jours à passer

depuis

depuis *S. Iago* jufques à l'*Ifle Dominica*, qui eft la premiere Ifle que nous trouvames des Indes Occidentales ; en une autre Ifle vers l'Occident d'icelle, nommée l'*Ifle de S. Chriftophe*, nous féjournames quelques jours durant la Fête de Noel, pour rafraîchir nos Gens malades, & pour nettoyer & bailler air à nos Vaiffeaux.

1585.

VOÏAGE DE
FR. DRACKE.

Pareillement en ce temps fut trouvé bon par notre Général, & arrêté avec le confentement du Lieutenant Général, du Vice-Amiral, & autres Capitaines, de faire voile droit à l'*Ifle de la Efpagnola* : partie, parceque nous étions lors en notre plus grande force ; partie, parceque la renommée de cette ancienne *Ville de S. Domingo* nous y invitoit. Or, comme nous étions en chemin, nous rencontrames une Frégate pour la même Ifle ; laquelle ayant prife, nous recherchames foigneufement ceux qui y étoient ; & entr'autres il y en eut un qui nous donna des inftructions, nous faifant entendre que le Havre étoit couvert, & le Païs à l'entour bien muni, avec un Fort garni de plufieurs & bons canons, & qu'il nous étoit quafi impoffible, fans un évident danger, de mettre pied à terre, finon qu'à dix mille près de la Ville, & qu'il nous ferviroit de Guide pour nous y conduire. Quand nous l'eumes oui parler en cette maniere, commandement fut fait à nos Gens fur le foir de s'embarquer fur les Galiotes, petites Barques, & autres Vaiffeaux propres à cet effet. Notre Général fe mit auffi dans la Barque Françoife, comme Amiral, & toute la nuit nous tinmes la Mer, faifant peu de chemin, jufques à ce qu'à l'aube du jour nous découvrimes la Place pour aborder ; partant nous primes terre incontinent le premier jour de l'an à neuf ou dix mille de cette belle Cité de *S. Domingo*, vers le Couchant, pourceque, depuis ce temps même, nous eft inconnu s'il y a endroit plus convenable & affuré en toute cette Côte, auquel les Galiotes & petites Barques puiffent réfifter à la violence de la Mer. Sur cela notre Général nous voulut voir tous à terre ; puis s'en retourna vers fa Flotte, nous recommandant à Dieu & à la bonne conduite de Monfieur Carlil, notre Lieutenant Général. Alors, comme fur les huit heures du jour nous commençames à marcher, environ midi nous approchames de la Ville, où les Gentilshommes, & autres de qualité, fe montrerent en nombre de cent cinquante beaux chevaux, ou plus ; mais nos Arquebufiers & Moufquettiers, étant foutenus de piques, jouerent fi bien fur eux, qu'ils ne trouverent aucun moyen de donner fur nous :

ains trouverent toute notre Troupe bien rangée & résolue à les combattre : tellement que par ce moyen ils furent contraints de nous laisser passer & approcher des portes de la Ville, dont il y avoit deux les plus proches de la Mer, lesquelles étoient garnies & fournies d'hommes & d'artillerie ; & aussi avoient mis certaines Troupes d'Arquebusiers en embuscade sur le grand chemin tirant vers la Ville. Nous divisames notre Troupe (qui étoit environ mille, ou mille deux cens hommes) en deux parties, pour assaillir les deux portes tout à un même instant : délibérant, avec l'aide de Dieu, de ne cesser, jusques à nous rencontrer l'un l'autre sur la Place du Marché. Leur artillerie n'eut pas plutôt déchargé sur nous, incontinent le Lieutenant Général commença quant & quant à s'avancer pour entrer en toute diligence & avec un grand encouragement de voix. Le premier homme qui fut tué par le canon, étoit tout auprès du Lieutenant Général ; & pour ce il fit grande diligence à leur empêcher de recharger ladite artillerie ; &, nonobstant leur embuscade, nous marchames, ou plutôt nous courumes sur eux : si que pêle-mêle nous entrames par ces portes avec eux ; & furent plutôt contraints se retirer en fuyant pour se sauver, qu'ils n'eurent occasion d'arrêter leurs Gens déja mis en route ; & par ainsi entrant à la porte avec eux, nous marchames quant & quant vers la Place du Marché, ou, pour mieux entendre, vers une fort belle Place quarrée & fort spacieuse, qui est au-devant la grande Eglise, laquelle, avec quelques autres endroits d'alentour, nous fortifiames avec barricades pour lors ; & là (comme en la Place la plus forte & plus propre de toute la Ville), nous nous mimes pour notre sureté ; d'autant que la Ville étoit trop spacieuse pour être gardée par une si petite Troupe toute lasse & comme recrue. Le lendemain nous nous écartames un peu plus au large, mais non pas de la moitié de la Ville ; & ainsi faisant des tranchées assez suffisantes, & le canon si bien planté, qu'il étoit correspondant l'un à l'autre, nous tinmes la Ville l'espace d'un mois : durant lequel temps leurs Commissaires vinrent faire composition avec nous, pour le rachapt de la Ville. Mais ne nous sachant accorder avec eux, nous nous employames toutes les matinées à mettre le feu ès maisons de dehors ; & étant bâtics fort magnifiquement de pierre & fort hautes, nous donnerent grande peine à les démolir & détruire ; & combien que par certains jours nous ordonnames que chaque matinée au point du jour, jusques à ce que la chaleur commençât

(qui commençoit environ sur les neuf heures), deux cens Matelots ne fissent autre chose, que mettre le feu & brûler lesdites maisons, qui étoient hors de notre tranchée, tandis que les
Soldats, par même ordre, faisoient la garde pour leur sauveté :
toutefois, pour tout cela, nous ne pumes jamais ruiner la quatrieme partie de la Ville; & ainsi à la fin nous fumes contens
d'accepter vingt-cinq mille écus pour le rachapt du reste.

Entre autres choses que nous vimes à *S. Domingo*, nous ne
devons passer une marque notable de l'orgueil & outrecuidance
du Roi d'Espagne & de sa Nation, que nous trouvames au Palais, auquel le Gouverneur de tout le Païs fait ordinairement sa
demeure. Pour entrer à la Salle & autres Chambres du Logis,
il faut premierement monter de beaux & larges degrés, au-des-
sus desquels il y a une Place assez spacieuse, semblable à une
Gallerie; en l'un des côtés de laquelle vous voyez un grand
Ecusson des Armes d'Espagne, au-dessous un grand Globe,
contenant tout le compas de la Mer & de la Terre; au-des-
sus duquel il y a un Cheval se tenant droit des pieds de derriere sur le Globe, & dressant ceux de devant, comme pour
sauter, avec cette devise en sa gueule, NON SUFFICIT ORBIS,
qui vaut autant à dire comme, *le Monde ne suffit*. Or, ainsi
que nous eumes demandé aux Principaux d'entre ceux qui furent envoyés en commission pour traiter avec nous de la rançon de la Ville, quel étoit le sens de ces mots, ils commencerent à baisser la tête, regardant ailleurs, & de honte, sans
nous répondre, changerent de contenance. Il y en eut quelques-
uns des nôtres, qui, en cet étonnement, leur donnerent à entendre, si la Reine vouloit se déclarer ouvertement contre le
Roi d'Espagne, & lui faire la guerre, il seroit contraint de
laisser cette vaine gloire, pour avoir assez à faire de garder ce
qu'il a, comme on le pouvoit appercevoir aisément par la perte
qu'il avoit déja faite de cette Ville-là. Maintenant, d'autant
que quelques-uns s'émerveillent grandement, qu'une si grande
Cité tant bien peuplée & ayant de si grandes commodités (qui
toutes servirent bien à rafraîchir nos Soldats) n'avoit pas plus
de richesses que nous y trouvames, je toucherai en peu de paroles la vérité & cause d'icelles. Il y a long-temps que les Indiens, naturels Habitans de cette Isle, quasi autant grande qu'Angleterre, ont été consumés du tout & exterminés par la tyrannie de l'Espagnol; & partant, par faute d'hommes qui travaillent ès Mines, celles d'or & d'argent ont été du tout aban-

Q q q ij

1585.

VOÏAGE DE
FR. DRACKE.

données ; qui eſt l'occaſion pour laquelle on eſt contraint de ſe ſervir de monnoie de cuivre, dont nous trouvames grande quantité. Le principal trafic de ce lieu eſt en ſucre, gingembre qui croît en l'Iſle, & cuirs de Bœufs & Vaches qu'on nourrit en grand nombre aux quartiers les plus Occidentaux de l'Iſle, le terroir étant fort fertile, les bêtes d'une merveilleuſe groſſeur, & leſquelles on tue la plupart pour leur cuir. Il y avoit merveilleuſement grande proviſion de vins forts, huiles douces, vinaigres, olives, & de très bonnes farines dans des pipes de vin, & autres commodités de draps & toiles, avec quelques ſoies qui étoient venues d'Eſpagne. La vaiſſelle d'argent n'étoit pas grande, en comparaiſon de l'exceſſive pompe de cette Ville en autres choſes, pourcequ'en ces Païs chauds on ſe ſert plus de vaiſſelle de terre, belle & bien vernie (qu'on appelle *Porcelina*, & qui vient des Indes Orientales) & des verres beaux, leſquels on fait ſur le lieu. Néanmoins nous découvrimes quelque vaiſſelle d'argent & autres uſtenſiles aſſez riches, leſquels ils avoient cherement achetés, mais qui nous étoient de peu de valeur.

Puis de-là nous allames vers la terre ferme ; & paſſant tout au long de la Côte, nous vinmes enfin à la vue de *Cartagena*, étant aſſiſe ſi près du bord de la Mer, que nos plus petites Barques y paſſerent ſi près, qu'elles tiroient juſques dedans avec leurs coulevrines, leſquelles ils avoient plantées ſur certaines plateformes. L'entrée du Havre eſt environ cinq mille (qui ſont deux lieues & demie) vers l'Occident, dans lequel nous entrames environ ſur les quatre heures après dîner, ſans empêchemens quelconques, pourcequ'il n'y avoit aucune plate-forme ou artillerie deſſus. Le ſoir venu, nous mimes pied à terre près de l'entrée du Havre, ſous la conduite du Capitaine Carlil notre Lieutenant Général ; & après que nous fumes en ordre pour pouvoir réſiſter à tous accidens, nous marchames ſur la mi-nuit tout bellement & pas à pas, tout au long de la Mer ſur le ſablon, afin de paſſer outre, & ne nous fourvoyer de notre chemin, comme nous avions fait un peu au commencement, par faute d'un Guide. Mais comme nous fumes environ une lieue de la Ville, leur Cavalerie (laquelle étoit environ de cent hommes) nous vint au-devant, & ſe donnant l'allarme, ſe retirerent vers la Ville à la premiere volée de notre Arquebuſerie ; car la Place où nous les rencontrames, n'étoit pas à leur avantage, parcequ'elle étoit pleine de bois & buiſſons,

En cet inftant nous ouimes quelques canons contre le Havre ; & c'étoit l'avertiffement qui nous étoit donné, fuivant
l'ordre pris au foir de devanr par notre Général, que le Vice-
Amiral accompagné du Capitaine Frenar, Capitaine Withe,
& Capitaine Croffe, & autres Capitaines de Marine, don-
neroient l'affaut dans des Pinaces & Barques au petit Fort,
à l'encontre du Havre qui joint à la Ville. Cet effort n'eut pas
grand effet ; car la Place étoit forte & l'entrée étroite & ten-
due avec des chaînes ; tellement qu'on ne faifoit rien d'autre
que donner une allarme à l'autre côté du Havre à un mille ou
deux du lieu où nous étions. Les troupes s'étant ja mifes en
ordonnance, un demi-mille de la Ville, la terre fur laquelle
nous étions, commençoit à s'étrecir, & n'ayant que cinquante
pas de largeur, avoit la grande Mer du côté de terre, & la
Mer du Port de l'autre. Cette Place étoit fortifiée d'une muraille de pierre, & un foffé par dehors ; ladite muraille étoit
fi bien bâtie pour flanquer de tous côtés, qu'il feroit quafi
impoffible d'en faire une meilleure : car il n'y avoit non plus
d'ouverture en ladite muraille du Fort, que pour paffer les chevaux ou autre chofe en un befoin ; & toutefois cette ouverture
ne laiffoit d'être bien garnie d'une barricade faite de certaines
pippes de vin emplies de terre ; ledit Fort étoit fourni de fix
piéces de canon, qui donnoient tout droit en front contre nous
tout à l'heure que nous en approchames. Or, au dehors de cette
muraille, du côté du Havre, ils avoient amené pareillement
deux grandes Galeres, munies d'onze piéces d'artillerie, qui
nous flanquerent auffi ; èfdites Galeres il y avoit trois ou quatre
cens Arquebufiers, & fur la Place à terre il y avoit trois cens
hommes, tant Arquebufiers que Piquiers, pour la garde dudit
lieu.

Eux étant tous prêts à nous recevoir, n'épargnerent point
leur canon ni arquebufes ; mais nous primes l'avantage de la
nuit, le jour n'étant encore venu ; & par l'exprès commandement de notre Lieutenant Général, approchant par la terre la
plus baffe, à favoir fur le fablon où la Mer lavoit, étant un
peu tombée, tellement que la plupart de leurs canonades, &
prefque toutes, avec leurs arquebufades, furent tirées en vain,
Notre Lieutenant Général commanda qu'on ne tirât, jufques
à ce qu'on fût à deffous de la muraille. Ainfi enfemble, avec
piques, nous approchames vaillamment de la Place où la barricade de pippes étoit, icelle étant trouvée la plus aifée pour

donner l'affaut, & renverfames les barricades qui étoient fort bien fournies, tant de Piquiers que d'Arquebufiers ; mais nous entrames nonobftant pêle-mêle parmi eux, après que nos Arquebufes eurent joué les leurs. Nos piques étoient plus longues que les leurs, & nos corps mieux armés qu'eux : parquoi nos piques & épées donnerent trop fort fur eux ; & étant forcés de quitter la Place, en cette furieufe entrée, notre Lieutenant Général tua de fes propres mains l'Enfeigne des Efpagnols, qui combattoit vaillamment jufques à la mort. Nous les pourfuivimes jufques dedans la Ville, & ne leur donnant loifir de reprendre haleine, nous nous avançames vers la Place du Marché, pour laquelle ils combattirent un peu ; mais après que nous l'eumes une fois gagnée, ils furent contens de nous quitter la Ville, & s'en aller eux-mêmes loger aux champs. A chaque bout de rue, ils avoient dreffé des barricades de terre, avec des tranchées au-dehors d'icelle, auffi bien faites que nous en vimes jamais, à laquelle entrée il y avoit auffi quelque réfiftance, mais furent bien-tôt vaincus avec bien peu de gens tués ou bleffés. Ils avoient avec eux plufieurs Indiens Archers, qu'ils avoient mis en place à leur avantage, lefquels tirerent fort outrageufement de leurs fleches empoifonnées ; tellement que, s'ils ne faifoient feulement que tirer le fang, ceux qui en étoient navrés en mouroient, ou bien c'étoit chofe de grande merveille ; ils tuerent aucuns de nos Gens de leurs fleches, & en blefferent aucuns vilainement à mort avec certains petits bâtons piquants, qu'ils avoient fichés en terre au grand chemin par où nous devions paffer : étant lefdits bâtons d'un pied & demi de long, fort aigus & piquants, & là-deffus envenimés d'un certain poifon, & en avoient planté fort grand nombre ; mais, comme nous paffames fur le fable de la Mer, nous nous fauvames de la plus grande part d'iceux.

Je laiffe paffer maintes chofes particulieres, par faute de loifir ; comme de la bleffure du Capitaine Samfon à coups d'épée, à la premiere entrée ; & à qui étoit commis la charge des piques de l'avant-garde ; comme auffi de la prife d'Alonfo Bravo, le Commandeur de cette Place, par le Capitaine Goringe, après que ledit Capitaine l'eut premier bleffé de fon épée, auquel Capitaine étoit commis la charge des Arquebufiers de l'avantgarde. Le Capitaine Winter étoit pareillement de l'avant-garde, où marchoit auffi le Lieutenant Général. Le Capitaine Powel, Sergent Majeur, avoit à fon tour la charge des quatre Com-

pagnies qui firent la bataille. Le Capitaine Morgan, lequel à
S. Domingo fut de l'avant-garde, eut pour lors à son tour la
charge des trois Compagnies de l'arriere-garde. Tous, aussi bien
les uns comme les autres, vinrent si volontairement & vaillamment à l'assaut, que l'Ennemi n'eut moyen de pouvoir résister à si dure allarme.

Nous demeurans *illecq* six semaines, la maladie susdite ne
laissa pas de continuer entre nous, mais non pas si fort qu'au
commencement ; & ceux qui furent atteints de ladite maladie,
échappant la mort, bien peu, ou point, purent recouvrer leur
force, voire même plusieurs eurent la mémoire comme éperdue :
tellement que le proverbe fut entre nous : quand nous oïons quelqu'un parler follement, qu'il avoit eu le *Calentour*, que l'Espagnol nomme ainsi, voulant signifier la fiévre brûlante. Car
(comme j'ai dit ci-dessus) c'est une brûlante, continuelle &
pestilentieuse fiévre, dont la cause originelle est imputée à l'air
du soir, ou commencement de la nuit, ce qu'ils appellent *la
Serena*, dont ils disent & affirment que quiconque est hors
en l'air, est atteint & infecté, s'il n'est Indien ou bien de la
race de ce Païs. Nos Gens faisant le guet, furent ainsi sujets
à cet air si contagieux, pour certain lequel à Saint Iago étoit
plus dangereux & mortel qu'en autre lieu.

Par cet inconvénient de continuelle mortalité, nous fumes
contraints de laisser choir notre entreprise d'aller à *Nombre de
Dios*, & ainsi par terre à *Pannania*, là où nous eussions donné
le coup pour le trésor & pleine récompense de nos peines &
travaux ; & ainsi à *Cartagena* primes la premiere résolution de
nous retourner en notre Païs. Durant notre séjour, tant en ce
lieu qu'en S. Domingo, il y eut des festins & entrevues amia-
bles entre nous & les Espagnols ; jusques-là que le Gouverneur
de Cartagena avec l'Evêque vinrent visiter notre Général. Nous
brûlames & endommageames beaucoup le dehors de cette Ville
de *Cartagena*, comme nous avions fait à *Saint Domingo*, pour
n'être d'accord touchant leur premier traité de rançon ; laquelle
finalement fut conclue entre nous, qu'elle seroit de cent dix
mille écus, pour ce qui étoit encore demeuré de reste. Cette
Ville, combien qu'elle ne soit point de la moitié si grande que
S. *Domingo*, donna nonobstant (comme vous voyez) beaucoup
plus de deniers pour son rachapt ; & de vrai elle est de plus
grande importance, au regard de l'excellence du Havre quelle a,
& de sa situation qui leur est fort propre & commode pour

1585.

VOÏAGE DE
FR. DRACKE.

fervir au trafic de marchandife du *Nombre de Dios*, & ès autres lieux de ladite Province , & les Habitans y étant beaucoup plus riches Marchands. La Ville de *S. Domingo*, eft la
plupárt habitée d'hommes de Juftice & de Gentilshommes, étant
la principale Cour pour plaider en ce Païs-là , & pour toutes les
Ifles circonvoifines.

L'avertiffement que cette Ville reçut de la prife de *S. Domingo*,
par l'efpace de vingt jours , devant que nous y arrivames, fut
caufe qu'ils s'étoient fortifiés de tous côtés , & préparés pour
leur plus fûre défenfe ; comme auffi de tranfporter de-là tout
leur tréfor & principale fubftance.

Six femaines après que nous eumes demeuré en cette Ville,
nous fimes voile ; & comme nous avions fait déja le chemin
de deux ou trois jours , un grand Navire que nous avions pris
à *S. Domingo* , & que nous nommions les Etrennes , vint à
prendre eau outre mefure , étant chargé d'artillerie, cuivre &
autres dépouilles ; & la nuit perdit la Flotte. Or , le lendemain
au matin notre Général ne le pouvant découvrir , il diftribua
fa Flotte pour le chercher , craignant que quelque malheur ne
lui fût furvenu : de fait, fon letuge étoit fi grand, les Mariniers fi rompus de tirer la pompe, qu'ils n'en pouvoient plus ;
la Barque Tallebot de bonheur demeura derriere pour l'accompagner , & étoit déja prête d'en retirer les perfonnes, pour les
fauver.

A la fin donc on la retrouva ; & le Général , averti du grand
danger, reprit la route de *Cartagena* avec fa Flotte. On y paffa
huit ou dix jours , pour la décharger & départir les hommes qui
y étoient , en d'autres Vaiffeaux : puis incontinent on fe mit
derechef fur Mer , droit vers le *Capo S. Antonio*, étant la partie la plus Occidentale de *Cuba* , où nous arrivames le vingt-
feptiene Avril ; mais , à caufe que l'eau fraîche ne fe peut fou-
dainement trouver, nous levames l'ancre , & partimes, penfant
trouver & recouvrer de brief les *Matances* , qui eft une Place
vers l'Orient, de-là à *Havana*. Après avoir vogué quelques quatorze jours , nous revinmes derechef au *Capo S. Antonio*, par
faute de bon vent ; mais la néceffité fut alors fi grande , qu'elle
nous fit plus diligens à chercher de l'eau , que nous trouvames
à fuffifance , n'étant qu'eau de pluie (comme j'eftime) affemblée en terre baffe ou marécageufe, à quelques trois cens pas
de la Mer.

Je ne dois obmettre le devoir du Général en cet endroit ,
lequel

lequel, pour donner courage & hâter les gens à prendre eau
fraîche, fit autant de diligence, & prit autant de travail que
le moindre qui fût en toute la Compagnie, non pas seulement
audit lieu, mais en *Saint Domingo*, en *Cartagena*, & autres
Places; en outre, en tout le voyage, il a montré un grand
soin & pourvoyance à bien ordonner sa Flotte, non sans grand
danger de sa personne : que même, là où il n'eût point commandé comme Chef, ains eût été comme Particulier, il eût
néanmoins mérité le premier dégré d'honneur. Nous ne l'esti-
timons pas aussi moins heureux d'avoir eu pour son Lieutenant
Général Capitaine Carleil, par exploit duquel ses entreprises de
guerre ont été bien acheminées. Il y a aussi cette louange d'honneur que nous devons à tous deux; c'est à savoir, qu'à toutes
occasions ils administroient la Justice, & rendoient le droit à
qui il appartenoit.

Après avoir employé trois jours à porter eau à bord de nos
Navires, nous partimes pour la seconde fois dudit *Capo S. Antonio*, le treizieme Mai, & passant à l'entour de *Capo de la
Florida*, le dix-huitieme Mai, nous ne touchames en aucun
lieu, jusques à ce qu'en côtoyant tout au long de *la Florida*, ledit jour, de bon matin, nous vimes une échauguette, dressée sur
4 hauts mâts, pour de-là découvrir vers la Mer, étant icelle Place
de la hauteur de trente dégrés ou environ du Pôle Septentrional :
nos Pataches en approcherent, & mimes pied à terre, & marchames tout au long de la riviere, pour voir quelle Place l'Ennemi y tenoit, car il n'y avoit un seul d'entre nous qui en eût
connoissance. Le Général prit ici occasion de mettre pied à
terre avec la Compagnie, & le Lieutenant Général eut l'avant-
garde; & allant une lieue, nous vimes de l'autre côté de *la*
riviere, vis-à-vis de nous, un Fort qui avoit été bâti de n'a-
gueres par les Espagnols; à une lieue ou environ par-delà le
Fort, il y avoit un petit Village sans murailles, bâti de maisons de bois. Nous nous préparames quant & quant à avoir le
canon pour la batterie, & une piece fut plantée un peu devant
la nuit : le premier coup étant dressé par le Lieutenant Général même sur l'Enseigne de l'Ennemi, au milieu de laquelle il
donna, comme nous sumes en après par un François qui vint
à nous, qui étoit prisonnier avec les Espagnols; après fut tiré
un autre coup, qui frappa au bas de la muraille qui étoit faite de
gros bois massif, comme mâts. Le Lieutenant Général avoit déterminé de passer la riviere cette nuit avec quatre Compagnies,

& là se loger en une tranchée si près du Fort, que l'arquebuserie pût jouer sur ceux qui se montreroient sur les murailles du Fort, & en après, d'y mener le canon, pour le planter, afin de battre sur ledit Fort; mais on ne put si-tôt avoir l'aide des Matelots, pour faire si soudain les tranchées, qui fut cause que cette délibération fut remise jusques au lendemain; & la nuit, le Lieutenant Général prit un bateau ou chaloupe à rames, & une demi-douzaine d'hommes bien armés, comme le Capitaine Morgan, le Capitaine Samson, avec quelques autres, sauf les Matelots, pour aller voir & découvrir quelle garde les Ennemis faisoient, & pour prendre & avoir connoissance de la meilleure descente en terre : & combien qu'il allât le plus couvertement qu'il lui fut possible, si est-ce que l'Ennemi prit l'allarme, étant saisi de crainte, en pensant que toute la force fût en chemin pour les assaillir : de sorte qu'ils quitterent la Place, après avoir déchargé quelques pieces de canon. Eux étant ainsi partis, & le Lieutenant Général retournant à son quartier, ne sachant toutefois rien de leur fuite hors du Fort, incontinent un Fifre François, qui avoit été leur prisonnier, se présenta dans un petit Bateau ou Canoa, jouant de son Fifre la chanson du Prince d'Orange; & étant appellé par la Garde, il leur dit avant que de sortir hors de son petit Vaisseau, quel il étoit, & que les Espagnols s'étoient retirés du Fort, s'offrant de se rendre en nos mains, ou bien de retourner en la Place avec ceux qui voudroient aller avec lui.

Sur cet avertissement, le Général, son Lieutenant, avec autres Capitaines en une Chaloupe, le Vice-Amiral, avec autres en la sienne, avec deux ou trois petites Galiasses chargées de Soldats, passerent l'eau & donnerent au Fort, ayant pourvu que les autres Galiasses les suivissent; & ainsi que nous approchions, aucuns des Ennemis plus hardis que les autres y étant demeurés, déchargerent deux coups de canon sur nous : mais nous mimes pied à terre, & entrames en ladite Place, sans y trouver personne. Quand le jour apparut, nous vimes les murailles qui étoient faites de grosses masses de bois, comme mâts, dressés en façon de palissade, le fossé du dehors n'étant encore parachevé : car ils ne pouvoient parfaire cette Place, combien qu'ils l'eussent commencée environ quatre mois devant que nous y arrivames; &, pour dire la vérité, ils n'avoient raison de la garder, parcequ'elle étoit sujette au feu, & à être aisément gagnée par assaut. La plateforme sur quoi le canon étoit

planté, étoit faite de corps d'arbres de Pin, les uns étant mis
de travers fur les autres, & quelque peu de terre parmi. Il y
avoit treize ou quatorze grandes piéces de canon, & un coffre
fermé, dans lequel il y avoit la valeur de deux mille livres fter-
ling du Tréfor du Roi, pour payer les Soldats qui y étoient en
garnifon, laquelle fomme revenant en écus de France au nombre de fix mille fix cens foixante-fix écus, ou environ.

Le Fort étant ainfi gagné, lequel ils appelloient *le Fort de
Saint Jean*, & le jour étant venu, nous effayames d'aller vers
la Ville ; mais ne pumes, parcequ'il y avoit une riviere entre
deux ; & par ainfi fumes contraints de nous rembarquer : puis
nous y allames par la grande riviere, qui, du nom de la même Ville, s'appelle *Saint Auguftin*. Comme nous approchames pour y mettre pied à terre, aucuns commencerent à fe
montrer & à nous tirer quelques coups d'arquebufes, puis fe
retirerent & fe mirent en fuite ; & comme nous fumes defcendus en terre, notre Sergent Major, trouvant un de leurs chevaux felé & bridé, monta deffus, penfant gagner quelqu'un des
fuyans : & ainfi outrepaffant fa Compagnie, fut tué, étant tiré
au travers de la tête par un des Ennemis, qui étoit caché derriere un buiffon ; il y eut auffi trois ou quatre qui lui donnerent des coups d'épées & de dagues au travers du corps, avant
qu'aucun des nôtres pût venir affez à temps pour le fecourir.
Il fut fort regretté, car en vérité, c'étoit un Gentilhomme fort
honnête, & auffi un Soldat de grande expérience, & d'auffi grand
courage qu'homme pourroit être.

Audit lieu de *S. Auguftin*, nous apperçumes que le Roi y
tenoit en garnifon cent cinquante hommes, & à une autre Place,
quelques douze lieues par-delà, vers le Nord, appellée *S. Helena*,
encore cent cinquante hommes, qui ne fervoient là pour autre
fin, que pour empêcher qu'aucuns (comme Anglois ou François) ne vinffent à s'y habiter. Le Gouvernement étoit commis
à un nommé Pedro Melendez, Marquis, neveu de ce Melendez Amiral, qui avoit défait la Flotte du Capitain Jean Haukins en la Baie de *Mixico*, il y a quelques 15 ou 16 ans paffés.
Ledit Gouverneur avoit le gouvernement de toutes les deux Places ; mais pour cette fois il étoit à celle-ci, & fut un des premiers qui la laiffa. Ici fut réfolu, en pleine Affemblée des Capitaines, de faire une entreprife fur ladite *S. Helena*, & de-là
en après, pour chercher l'habitation & demeure des Anglois,
étant en une partie de la même Côte, diftante de-là de quel-

ques six dégrés vers le Nord, & fut nommée par la Reine d'Angleterre, *la Virginia.*

Quand nous vinmes vers S. *Helena*, les bancs de sable étant fort dangereux, & n'ayant Pilotes pour faire l'entrée, il nous sembla bon de passer outre : car l'Amiral avoit été ladite nuit à quatre brasses & demie, étant trois lieues de la Côte ; toutefois il nous fut dit, que, par l'aide d'un bon Pilote, qu'il y peut entrer Navires de plus grand Port qu'aucuns de notre Flotte; ainsi nous passames tout au long de la Côte, qui est peu profonde pour une lieue ou deux de la terre, & la Côte est basse, & terre rompue en une infinité d'Islettes la plupart.

Le neuvieme Juin, à la vue d'un fort grand feu, qui est fort ordinaire tout au long sur cette Côte, depuis le *Capo de la Florida*, le Général envoya sa Patache vers terre, où ils trouverent aucuns de notre Nation Angloise, & en amenerent un à bord ; par l'intelligence duquel nous allames au lieu qui est leur Port ; mais nos Navires n'y pouvant entrer, jetterent l'ancre au dehors, où ils endurerent grande tempête, laquelle commença le lendemain d'après que nous y fumes arrivés : la tempête fut si grande, qu'aucuns des nôtres furent contraints prendre la Mer, dont aucuns retournerent avec nous, & autres furent contraints de prendre le chemin d'Angleterre.

Le Général, avec le consentement de ses Capitaines, fit offre à Monsieur Rauf Lave, Général des Anglois de *Virginia*, d'assister à plusieurs de ceux qui auroient faute de choses nécessaires, & aussi de lui laisser un Navire & une Barque pour retourner en Angleterre, en cas que, dans un mois, ou peu après, ils n'eussent aucun aide pour suppléer & subvenir à leur défaut, étant en tout cent cinquante personnes ; mais la pauvreté étant si grande qu'elle ennuyoit à la plus grande part d'eux, ils requirent d'être à l'instant emmenés : ce qui ne leur fut refusé ; & par ainsi étant dispersés par toute la Flotte, ils vinrent avec nous. Et ainsi, Dieu merci, tant eux que nous, arrivames en bonne sauveté à Portsmouth, le vingt-septieme Juillet 1586. Dont la gloire en soit à Dieu, lequel a fait prosperer ce voïage, & non sans grand honneur à notre Princesse, à notre Païs, & à nous-mêmes.

La valeur & somme totale de tout ce qui s'est acquis en ce voïage, est estimée à soixante mille livres sterling, dont la Compagnie de ceux qui ont été en ce voïage, doivent avoir vingt mille livres. Nous avons perdu environ 750 hommes audit voïage.

Voici les noms des plus fignalés qui y font morts, tant de
coups de main qu'autrement.

Capitaine Powel.
Capitaine Varney.
Capitaine Moone.
Capitaine Fortefcue.

Capitaine Bigges.
Capitaine Cicel.
Capitaine Haman.
Capitaine Groenefield.

Thomas Tucker, Lieutenant.
Alexandre Sarckey, Lieut.
M. Efcot, Lieut.
M. Vincent, Lieut.
M. Waterhoufe, Lieut.
M. Nicolas Winter.

M. Alexandre Carbeil.
M. Robert Alexandre.
M. Scroup.
M. Jacques Dier.
M. Pierre Duque.

Avec quelques autres, defquels je n'ai maintenant l'opportunité d'en rafraîchir ma mémoire.

L'artillerie qui fut acquife en ce voyage, de toute forte, tant
de bronze que de fer, eft environ de deux cens quarante piéces,
dont les deux cens, & quelque peu davantage, font de bronze.

En *Saint Iago*, cinquante-deux ou trois piéces.

En *Saint Domingo*, environ quatre-vingt, dont il y en avoit
beaucoup de grandes piéces, comme canons, demi-canons,
coulevrines, demi-coulevrines, avec autres de très belle longueur & grand calibre.

En *Cartagena*, environ foixante-deux ou foixante-trois piéces,
& bon nombre des plus grandes piéces.

Au Fort de *S. Jean*, il y en avoit quatorze piéces; le plus
grand nombre de celles de fer furent prifes à *S. Domingo*, &
le refte à *Cartagena*.

DISCOURS*

Si le Roi de Navarre doit aller en Cour, ou non.

Du 26 Décembre 1582.

EN toutes délibérations humaines il se présente des inconvéniens de part & d'autre ; & là gît la prudence de choisir premierement celle où ils sont moindres & moins certains, & puis aviser des moyens par lesquels se peuvent, sinon éviter, pour le moins amoindrir ceux qui demeurent en la part qui a été conclue & suivie.

C'est ce qui se voit en la question qui se remue maintenant : si le Roi de Navarre doit aller en Cour, ou non ; & c'est à lui d'élire le parti où se trouveront les plus grandes & plus certaines utilités, & les plus petits & moins apparens dangers.

Le voyage de la Cour considéré, selon que les choses y devroient être, a en soi beaucoup d'apparentes utilités : car il y a apparence que le Roi de Navarre, par ce moyen, se reconcilieroit pleinement au Roi, en déployant son cœur devant lui, dont seroit à espérer la réconciliation de toute la France.

Que les Catholiques qui sont éloignés de lui, pour le voir éloigné & de la Cour & du cœur du Roi, s'en approcheroient, l'en voyant rapproché à bon escient : ce que nous savons pouvoir grandement servir ès occasions qui se pourront ci-après humainement présenter.

Que ceux de la Religion même, principalement de la Noblesse, desquels le cœur est affadi, se reverdiroient & réchaufferoient à sa seule vue, lesquels, à la vérité, par être loin de tout support, sont depuis quelques années sous un perpétuel hiver.

Bref, que le Roi de Navarre pourroit recevoir beaucoup de bien de la main & faveur du Roi, tant pour relever sa Maison de tant de pertes, que nommément pour le recouvrement de son Royaume, auquel apparemment il ne peut prétendre ni parvenir aujourd'hui que par son moyen.

Ce sont de grandes utilités, si elles sont autant en effet qu'en apparence, & sur-tout, si pour l'essayer il n'y a point de danger.

---

* Ce Discours est de M. Duplessis-Mornai, & se lit dans le Tome I. de ses Mémoires ; il n'est pas dans l'ancienne Edition des Mémoires de la Ligue.

Et quant au danger, il semble, nonobftant les chofes paffées, qu'il ne foit pas à craindre : car, dit-on, on ne peut pas toujours tuer & maffacrer, & l'iffue des maffacres n'a pas été telle, qu'elle convie à les réïterer ; & qui plus eft, tant s'en faut qu'en la perfonne du Roi de Navarre, le Roi éteignît ou la Religion ou la guerre civile, qu'au contraire il la rallumeroit plus ardente, & plus difficile à amortir que jamais, qui fait qu'il a même intérêt particulier à la confervation du Roi de Navarre.

1582.

DISCOURS SUR LE VOÏA. DU ROI A LA COUR.

Ceux qui d'autre part confiderent ce voyage, non felon que les chofes devroient être, mais felon qu'à la vérité elles font, & qui les comparent à la nature des perfonnes defquelles eft queftion en cette délibération, prétendent que ces prétendues utilités ne font que vaines ombres, qui couvrent beaucoup de dommages & inconvéniens. Et voici les raifons fur lefquelles ils font fondés.

Premierement, que l'entrevue des Princes, difent les plus fages Politiques, apporte rarement quelque bien, & non-feulement ne les réconcilie pas, s'ils font ennemis, mais refroidit l'amitié, s'ils ont été amis : car, difent-ils, ils fondent par-là de plus près les mœurs & efprits les uns des autres ; & s'ils y rencontrent de la vertu, elle leur eft fufpecte, dont s'engendre une envie, & de l'envie la haine ; & s'ils remarquent du vice, comme en tous hommes il n'y a que trop d'imperfection, ils en entrent en mépris l'un de l'autre, dont ils ne tiennent plus compte de s'entretenir ni rechercher. Sans aller plus loin, l'exemple s'en eft vu en cette derniere entrevue de Monfeigneur & du Roi de Navarre, qui s'en font refroidis plus que jamais ; & fi on dit que ce propos eft dit pour l'entrevue des Princes égaux, & non de l'un qui foit fujet à l'autre, j'avoue bien qu'il eft vrai : mais parceque le Roi de Navarre a été Chef d'un Parti, contre l'intention du Roi, dont il eft éloigné fi loin & de fi long-temps de la Cour ; en cette confidération il lui convient, & n'eft pas dit mal-à-propos pour lui.

Difent au furplus, que, par la réconciliation du Roi de Navarre avec le Roi, ne s'enfuit la réconciliation de toute la France, ains tout le contraire ; parceque le but du Confeil du Roi ne fera pas de rejoindre le parti de la Religion au Roi par ce moyen, mais de déjoindre fous ce prétexte le Roi de Navarre du parti de la Religion, & le fouftraire de leur caufe ; & parce auffi, d'autre part, que les Eglifes générales n'approuveront point ce voyage, ains l'interprêteront, comme fi le Roi de Navarre les abandonnoit, dont adviendra qu’ils chercheront leur recours & secours ailleurs; & quand viendra le temps de la reddition des Places, le Roi de Navarre n’y aura plus de crédit. De-là donc s’ensuivra que le Roi entrera en mépris du Roi de Navarre, comme lui étant inutile envers son propre parti, & prendra occasion de ruiner ledit parti, comme désobéissant à ses commandemens, & négligeant les conseils dudit Sieur Roi de Navarre, n’agueres leur Chef & Protecteur, lequel, sans y penser, se trouvera enseveli en leur ruine, à savoir, au milieu de ses Ennemis, & sans Parti.

Disent, qu’à la vérité Dieu a mis des graces au Roi de Navarre, qui le pourroient rendre agréable à la Noblesse, s’il pouvoit converser de plus près avec eux; mais requierent aussi être reçus à dire, que beaucoup de Princes se sont maintenus en réputation par absence, plus qu’ils n’eussent par présence, d’autant que leurs vertus, qui ont l’aîle plus légere, éclatoient par-tout, & les vices ou défauts, qui sont bas, pesans & abjets, ne sortoient point de chez eux : que nous ne pourrons peut-être dépouiller de certains plaisirs de jeunesse, qui seront fomentés à l’envi par nos Ennemis mêmes, qui puis après s’ébattront à les divulguer calomnieusement envers tous; au reste, si ceux de la Noblesse, d’une ou d’autre Religion, viennent rechercher le Roi de Navarre, qu’on l’en rendra suspect au Roi même, & qu’il sera plus court à ses Ennemis, nommément à ceux de Guise qui le redoutent, de lui faire ôter la vie par quelque pratique, que de lui soustraire la créance : & si la Noblesse ne s’en échauffe pas beaucoup, comme il y a plus d’apparence, les uns pour le peu d’affection, & les autres pour la crainte, ses Ennemis s’en orgueilliront & le mépriseront, ses Amis mêmes & Serviteurs s’en refroidiront : & sera connu & déployé à un chacun ce qui est en doute & enveloppé maintenant, & que les bons Marchands ne découvrent que le moins qu’ils peuvent, à savoir, le fonds de notre crédit & de nos moyens & facultés.

Disent, que véritablement les grands bienfaits se reçoivent auprès des grands Rois, & par les présens trop plus que par les absens : mais que l’état de la France est aujourd’hui tel, que le Roi de Navarre n’en peut recevoir qui soient proportionnés à sa dignité, que par quelque invention dommageable au Peuple, qui lui coûteroit trop plus de réputation, qu’il n’en rapporteroit de profit, & rabbattroit de cette gloire, qui est

particuliere

particuliere à la Maifon dont il eft iffu, qui jamais ne fit fon profit du dommage du Peuple. Et quant à être fecouru pour le recouvrement de fon Royaume, ou autres entreprifes en Efpagne, quelle apparence, difent-ils, que le Roi l'aide à bon efcient, vû qu'il s'émeut fi peu jufques ici, & pour le fecours de Monfeigneur fon frere, & pour la conquête de Païs fi bien féans à fa Couronne? vû qu'il ne lui baille argent qu'à léche doigt & en rechignant, & de peur feulement qu'il n'en revienne : vu même qu'il a refufé les beaux moyens que le Roi de Navarre lui a préfentés, d'y dépendre un tiers de fon bien : vû au refte fa complexion, fa vie & toute fa procédure; & s'il a envie de faire davantage ci-après, comme l'on dit, vaut-il pas mieux en voir quelques effets premier? Que s'il veut l'aider fécretement, comme il eft plus apparent, à quel propos le voyage de la Cour, qui ne fervira qu'à découvrir les entreprifes, à avertir l'Efpagnol, à le mettre en défiance? qui dépouillera même le Roi de la couverture qu'il veut avoir & garder envers lui, pour éviter la guerre ouverte; vû même qu'il a jà averti le Roi de Navarre, que s'il a envie d'entreprendre contre l'Efpagnol, il n'eft point à propos qu'il l'aille trouver.

Auffi interpretent-ils, ou à néant, ou à dommage, les nullités prétendues du voyage de la Cour, en lieu defquelles ils produifent, outre les précédens, des griefs & intérêts trop plus certains à leur jugement, que les fufdites nullités, lefquels ils defirent être pefés foigneufement.

I. Doutent que le Roi de Navarre ne perde par-là la créance qu'il a en France, entre ceux de la Religion, laquelle, par divers artifices eft de long-temps briguée par perfonnes que chacun fait, qui tâchent à la lui fouftraire, & qui prendront occafion de ce voyage d'altérer les cœurs des perfonnes, & même des Princes Étrangers, qui l'ont en eftime & réputation, & defquels l'amitié lui peut être utile.

II. Alleguent, que Monfeigneur, fur lequel aujourd'hui, à caufe de l'indifpofition du Roi, plufieurs ont plus d'égard que fur le Roi même, n'aura agréable ce voyage, foit par jaloufie, ou autrement; & d'autant plus qu'aucuns, lorfqu'il s'en eft parlé, lui ont voulu mettre en opinion que les Favoris du Roi faifoient appeller le Roi de Navarre en Cour, pour en faire bouclier contre lui, & autorifer, fous fon nom, leurs actions & intentions.

III. Craignent que le Roi, qui aime fans borne le Duc d'E-

pernon, ne preſſe le Roi de Navarre de lui céder ſon Gouvernement de Guyenne, & qui plus eſt, de lui bailler Madame la
Princeſſe ſa ſœur en mariage, ainſi que ci-devant il a fait ce qu'il
a pu envers M. de Montmorenci pour lui faire céder ſon Gouvernement de Languedoc au Duc de Joyeuſe, & n'a fait conſcience d'écrire à M. de Lorraine, pour faire épouſer audit Duc d'E-
pernon la Princeſſe de Lorraine, ſa Niéce : choſes qui ſans doute
offenſeroient tellement le cœur du Roi de Navarre, qu'il re-
gretteroit de jamais y avoir mis le pied, & que toutefois il ne
pourroit refuſer bruſquement & tout à plat, ſans ſe mettre en
manifeſte danger de ſa vie : dont enfin le Roi de Navarre ſera
contraint de s'arracher violemment de la Cour, au lieu de s'en
découdre, comme Monſeigneur, la derniere fois qu'il en partit, lequel depuis n'a pu rentrer en confiance avec le Roi. Or,
diſent-ils, il vaut trop mieux n'y aller point, que d'y être ou en
revenir mal. Et qui peut eſpérer que le Roi de Navarre y puiſſe
être bien en telle confuſion, vû ſon courage & ſa magnanimité, vû auſſi les dignités qu'y tiennent ceux-là, & les indignités
qu'ils y font aux plus grands ?

Et quant au danger, que ceux qui conſeillent le voyage prétendent être nul, répondent qu'à la vérité, de la part du Roi,
cette opinion ne doit légerement entrer au cœur, & croient
que ſa volonté en eſt à préſent très éloignée ; mais deſirent auſſi
qu'on conſidere, que ceux qui penſoient par une grande fami-
liarité être entrés dans le cœur du feu Roi Charles, n'y avoient
rien lu de ſemblable ; que même les deſſeins du Païs-Bas,
qu'il affectionnoit, y étoient du tout contraires ; & que nonobſtant, l'opportunité qui lui fut repréſentée par quelques pernicieux eſprits, le tenta tellement, qu'il fit choſe à laquelle peu
de jours auparavant on eût fait conſcience de penſer, & lui-même en eût eu horreur. Et qui doute qu'il n'y ait encore de
ſemblables Gens auprès du Roi, qui lui diront qu'il tient le
Chef de la guerre civile de ſon Roïaume entre ſes mains ? Et
lui ramenteront les promptitudes du Roi de Navarre à prendre les armes, les pratiques mêmes que nous avons faites depuis
la paix ? Des Jéſuites auſſi, qui, abuſans de ſa ſuperſtition &
conſcience, lui promettront pléniere rémiſſion de tous péchés par
ce ſacrifice ? Et puis un Cardinal Borromée ſe fourrant à la tra-
verſe ; qui ne voit la choſe en péril évident, ſi le Roi n'apporte
une grande fermeté au contraire ?

Laiſſons le danger de la vie, diſent-ils. Quand Monſeigneur

après la paix de 1576, fut venu à Paris se jetter entre les bras du
Roi, on sait ce qui lui advint : il fallut qu'il quittât son parti,
qu'il consentît à toutes les brigues des États de Blois, contre
l'Edit qu'il avoit lui-même procuré, qu'il prît les armes contre
ceux de la Religion qui l'avoient maintenu. Avec tout cela, si
étoit-il tenu de si près, qu'il fut contraint de se sauver, après
une longue servitude, par-dessus les murailles de Paris. Qui
oseroit garantir le Roi de Navarre d'une semblable servitude,
qui tant de fois a pris & repris les armes, qui sans doute ne voudra pas ployer à leurs intentions, comme fit Monseigneur alors,
& qui là n'aura pas une Mere pour adoucir à toute heure les rigueurs de telles passions ? Ajoutons que, pour la nous rendre
plus douce, ils nous chatouilleront de délices & de plaisirs, lesquels peut-être ne nous seront moins périlleux que leurs plus
durs liens, & seroient pour nous ôter la réputation & la liberté
ensemble.

Mais, posons, disent-ils, que tout cela n'ait lieu, combien
est grande l'autorité de Messieurs de Guise à Paris, qui n'ont personne pour plus les traverser que le Roi de Navarre ; qui ont
bien eu le moyen n'agueres, comme il a été vérifié en plein
Conseil, de faire entrer de la Cavalerie, de nuit, dedans la
Ville, au défu du Roi, par la porte du Temple, & qui ont le
Président de Neuilly, Prevôt des Marchands fait de leur main,
& tout à leur commandement ? En après, combien est-il aisé d'y
dresser telles parties sous ombre d'une sédition populaire, ou de
les exécuter par un assassin à gages, tels qu'ils en ont ? & que leur
reste-t-il plus, maintenant qu'ils ont un Roi non soigneux de sa
postérité, Monseigneur obligé contre un grand Ennemi, qui
leur est ami, ceux qui gouvernent le Roi ou leurs Alliés, ou proches de l'être, & des plus importantes Villes & Provinces du
Royaume entre leurs mains ?

Tels sont donc les dangers qu'ils trouvent en ce voyage,
qui touchent en somme & la vie & la liberté, & peut-être
vont jusques à la réputation & conscience, lesquels, si nous
balançons avec ceux qui peuvent être à ne faire point ce voyage,
ce sera pour tout, que, vû les propos que nous en avons fait
tenir, le Roi n'en ait quelque mécontentement, auquel il sera
plus aisé de satisfaire, qu'aux inconvéniens susdits, qui sont
irrévocables.

C'est au Roi de Navarre maintenant, d'aviser sur les divers
avis de ses Serviteurs, qui toutefois s'accordent en un but gé-

néral de chercher sa grandeur, quel pour meilleur il doit choisir, comparant les utilités de part & d'autre. Et Dieu qui a les
cœurs des Princes en sa main, le lui doint prendre pour son bien
& salut.

Mais, quelque voie qu'il élise pour la meilleure, toujours
faut-il essayer de surmonter les inconvéniens qui resteront, dont
les moyens pourroient être tels, tant d'une part que d'autre.

S'il choisit d'aller en Cour; premier qu'y aller, semble nécessaire qu'il fasse entendre son opinion aux plus notables Eglises, afin qu'elles n'en prennent allarme; même, s'il se peut commodément, aux Princes, desquels l'amitié lui peut être utile, &
lui doit être cher : pareillement, qu'il fasse provision de quelque somme d'argent, & le fasse transporter sécretement en lieu
sûr & hors de prise, comme Sedan, &c., au su de ses principaux amis d'Allemagne. Cela fait, qu'il attende un temps que
les plus suspects, comme ceux de Lorraine, & ceux qui principalement favorisent l'Espagnol, soient éloignés, ou de la Cour,
ou du cœur du Roi ; & pareillement que le Roi soit plus résolu contre l'Espagnol qu'il n'est : ce qui s'appercevra sur ce
Printemps, qu'il faudra armer pour Portugal & pour Flandres,
& qu'on aura vu l'issue de la négociation du Cardinal Borromée en France, qui est créature du Siége Papal, & Sujet de
l'Espagnol.

Et quant au lieu, nul, à mon avis, ne conseillera au Roi de
Navarre d'aller trouver le Roi à Paris, où, comme en une forêt,
se peuvent cacher mille embuches, mais bien en quelque maison écartée, où il aime d'être peu accompagné, & plutôt à
l'improviste qu'autrement.

Le moins qu'il pourra mener avec lui de ceux qui ont crédit
ès Provinces, qu'ils appellent Chefs de parti, sera le plus sûr,
afin que les Eglises soient mieux pourvues, & que la tentation
ne soit si grande.

Et sera bon qu'on pense qu'il aille en intention d'y demeurer
long-temps, afin que l'on ne hâte les mauvaises pratiques, si aucunes y en a, mais qu'il soit résolu en son cœur de n'y faire séjour
que peu de jours.

Ce peu qu'il y sera, se faut résoudre de se disposer tout à la
vertu, de se rendre & aimable & admirable, de se montrer capable de toutes grandes choses, pour laisser une bonne odeur
de soi à tous, & cependant ne trouver rien étrange, ne se formaliser de rien, patienter & complaire au Roi en tout ce qui se

1585.

Discours
sur le Voïa.
du Roi a la
Cour.

peut : ce que le Roi de Navarre pourra gagner sur soi peu de jours, mais, vû l'état présent, ne pourroit continuer longuement.

L'excuse d'un si bref retour se pourra prendre, ou pour disposer les Provinces à la reddition des Villes, ou pour préparer ses entreprises d'Espagne, auxquelles nous présupposons que le Roi sera enclin, ou telle autre que le temps alors présentera. Toutes lesquelles circonstances semblent nécessaires, pour sauver de danger & sa réputation & sa personne. Et Dieu veuille que cette emplâtre soit assez grande pour couvrir le mal qu'on en craint.

S'il se résout de n'y aller point, reste à le faire prendre de bonne part au Roi ; pour à quoi parvenir, lui pourra être remontré par personne agréable & qualifiée, ce qui en suit.

I. Que le but dudit Sieur Roi de Navarre auroit toujours été d'aller trouver le Roi, pour lui porter le cœur de tous ceux de la Religion, & éteindre sous le bénéfice de ses Edits la mémoire de tous partis ; mais qu'au contraire il se seroit apperçu qu'aucuns leur interprêtent ce voyage, comme s'il se vouloit départir totalement d'eux, & là-dessus pratiquent de les faire chercher leur support vers certains autres, qui n'auroient pas l'intérêt qu'il a à la conservation de sa Couronne ; & pourtant ne seroient pas mus de pareille affection envers son service & le bien de son Etat. Et parceque de-là pourroient ensuivre des divisions & ruines plus dangéreuses que les précédentes, attendu même ceux qui les fomenteroient, qu'il supplie S, M, d'interprêter sa demeure en bonne part, qu'il estime être le seul moyen d'empêcher tels desseins, qui ne peuvent avoir prétexte que sur ce voyage. Et à ce propos pourroit-on modestement déduire combien il importe au Roi même, que le Roi de Navarre maintienne son autorité & créance envers ceux de la Religion, & se garde de les rendre ombrageux en son endroit.

II. Que particulierement, pour lui faire connoître sa bonne & sincere affection, il a desiré lui remettre les Places au temps porté par l'Edit, ne cherchant dorénavant sûreté qu'en sa bienveillance ; au contraire, que par ce voyage il prévoit qu'il en sera frustré, pour les nouvelles difficultés & défiances qu'on semera sous cette couleur entre ceux de la Religion, auxquels la continuation des inconvéniens a rendu toutes choses suspectes,

III. Qu'il auroit efpéré d'être aidé de fa faveur, fuivant les anciennes promeffes, pour le recouvrement de fon Roïaume, qui n'auroit été une des moindres intentions de fondit voyage ; furquoi il auroit plu à Sa Majefté lui déclarer, que s'il avoit volonté d'entreprendre telles chofes, il vaudroit mieux, pour ne donner foupçon à l'Efpagnol, qu'il ne s'avançât point de le venir trouver : qui auroit été caufe de l'y faire penfer à bon efcient, d'autant plus qu'il entend que Sa Majefté eft fur le point maintenant de fe réfoudre, confidéré que fa préfence ne ferviroit qu'à faire ouvrir les oreilles aux Miniftres du Roi d'Efpagne ; & y a bien apparence que le Roi prendroit ces raifons en paiement, vû que de fa part il n'a pas fait grande inftance fur le voyage.

Mais à ces paroles faudra qu'il ajoute des effets, faffe connoître qu'il ne demeure que pour le bien & repos, tant de la France en Général, que particulierement des Provinces de deçà, en compofant & difpofant toutes fes actions, tant dedans que dehors, à la vertu, à la paix, à l'ordre & à la Juftice, dont la matiere s'offrira affez grande à toute heure en ces Païs, & pourra commencer à en donner le goût par la reddition de Bazas.

Adviendra auffi de-là que le Roi de Navarre n'acquerra moins la bonne affection du Peuple & de la Nobleffe, que par le fufdit voïage, d'autant que ces belles actions fe feront à la vue de plufieurs notables perfonnes, qui font maintenant pardeçà, qui s'en retourneront prêchant fes louanges, & en la perfonne defquelles il peut contenter & acquérir une grande multitude. Les particularités s'en pourront déduire à part : & fuffit d'en avoir touché ce mot en paffant ; & parceque les meilleures actions en ce miférable temps font calomniées, fera entendre le but de fon intention aux principales Eglifes & aux principaux d'icelles, par inftructions & lettres qui puiffent être divulguées fans danger : à favoir, que fon but eft de chercher leur bien, repos & tranquillité, & d'arracher à cette fin par tous moyens les racines des troubles, ayant affez connu par expérience, qu'ils n'apportent que ruines & corruptions, & aux affaires, & aux confciences, les exhortant à l'aider en une œuvre fi louable & fi néceffaire, & les priant, pour y parvenir, de repurger du milieu d'eux tous fcandales & injuftices, afin que le nom de l'Evangile ne foit point blafphêmé à caufe de nous au milieu des ignorans, ains que Dieu épande fa bénédiction fur nous, pour l'augmentation & réformation entiere de fes Eglifes ; cependant, ne laissera de les assurer, qu'il veillera toujours pour leur sûreté, & n'épargnera biens ni vie, comme il n'a fait jusques à présent, pour leur manutention & défense.

Ce discours, considéré par le Roi de Navarre, rompit son voyage de la Cour.

AVERTISSEMENT*

Sur la Réception & Publication du Concile de Trente, fait sous la personne d'un Catholique Romain.

Du dernier Janvier 1583.

LE Nonce du Pape fait maintenant nouvelle instance de la publication du Concile de Trente. Il fait bon examiner soigneusement s'il est utile & à propos de la lui accorder, ou non.

C'est un grand préjugé à tous, contre le Concile, que la plupart des grands Etats de la Chrétienté ne l'ont encore reçu, ni veulent recevoir; & que le Roi d'Espagne même, qui s'en est voulu servir pour asservir ses Sujets, & qui, par tous moyens, tâche de mériter le titre de fils aîné de l'Eglise, après avoir long-temps tergiversé, ne l'a enfin reçu qu'avec plusieurs grandes exceptions, & autant seulement qu'il sert à établir son autorité & puissance.

Mais ce nous est particulierement à nous François, non tant un préjugé, qu'un jugement formé, que le Roi Henri II, pere de nos Rois, d'heureuse mémoire, fit déclarer l'an 1551, à l'entrée de ce Concile par ses Ambassadeurs à tous les Princes de la Chrétienté, qu'il tenoit ledit Concile de Trente pour nul; & comme tel n'y voulut envoyer Ambassadeurs, ains défendit même aux Evêques de son obéissance de s'y trouver, comme de fait ils n'y comparurent point,

Que pareillement le feu Roi Charles IX, en l'an 1560, que ledit Concile fut renoué à Trente, y ayant envoyé ses Ambassadeurs, les Sieurs de Lansac, du Ferrier & du Faur, furent contraints par la mauvaise procédure qu'ils y virent, après ducs pro-

---

* Ce Discours est de M. Duplessis-Mornai, & se lit dans le Tome 4 de ses Mémoires; il n'est pas dans l'ancienne Edition des Mémoires de la Ligue.

testations, se départir & retirer de l'Assemblée, en laquelle on sait qu'ils avoient charge de remontrer les justes causes qui avoient mu le Roi Henri, son pere, d'interjetter nullités contre ledit Concile.

Item, que tout le temps qui s'est passé depuis, comme ainsi soit que le Pape ait requis & pressé par plusieurs fois la publication dudit Concile en France, se servant à cette fin des occasions qui la sembloient favoriser, il ne l'a jamais pu obtenir, ains en a toujours été vivement débouté par Messieurs de la Cour de Parlement, nonobstant les troubles pour la Religion, & les animosités qui en étoient ensuivies, & les extrêmes rigueurs & excès du mois d'Août 1572, qui sembloient avoir ouvert ou la porte ou la fenêtre au susdit Concile. Or, ces refus sont autant d'Arrêts de Cour de Parlement, donnés parties ouies, avec due connoissance de cause, & au temps que l'affection des Juges, si aucune y en eût eu, eût plutôt incliné en faveur de la publication, qu'autrement ; & pourtant le Pape devroit être justemeut rebuté de la poursuite ; nous, totalement résolus, pour l'honneur de nos Rois, & l'autorité de leurs Cours Souveraines, de l'en débouter.

Le Roi Henri II, outre plusieurs causes de nullité contre ce Concile, qui lui furent communes avec la plupart de la Chrétienté, eut cette particuliere ; au commencement dudit Concile, il y avoit envoyé le Président de Ligneriz, pour en connoître la procédure. Le Pape, d'entrée de jeu, lui fait présenter un grand Cahier des usurpations qu'il prétendoit que le Roi & ses Prédécesseurs avoient faites contre le Siége Romain, appellant usurpations les droits de Régale de nos Rois, les priviléges immémoriaux de l'Eglise Gallicane, & la Pragmatique Sanction, accordée envers nos Rois & les Papes, & homologuée par les Conciles précédens, auxquelles il desiroit être par iceux renoncé expressément. Ledit Président voyant le grand préjudice qu'on vouloit faire au Roi & au Royaume, en protesta, & s'en revint en France. Or, nonobstant ces protestations, en la continuation du Concile, on a décidé de la plupart desdits articles, au préjudice desdits droits & privileges, sans en traiter avec nos Rois, & ouir leurs raisons, comme si nos Rois & Royaume étoient Sujets au Pape, vû qu'il s'est en ce Concile déclaré Supérieur de tous Conciles.

Conséquemment, le Roi Charles IX ayant envoyé, l'an 1561, lorsque le Concile fut remis sus, pour débattre sesdits droits, y

reçut

reçut une nouvelle offenfe, qui lui fournit une jufte & nouvelle caufe de nullité. Car le Pape, pour en chaffer fubtilement
fes Ambaffadeurs, aux raifons defquels il eût été trop malaifé
de contredire, voulut égaler le Roi d'Efpagne à notre Roi,
& mettre en doute la prefféance, de laquelle de long temps il'eft
en poffeffion ; & de cette ouverture le Roi d'Efpagne s'eft depuis voulu prévaloir en autres lieux contre la dignité de cette
Couronne & de nos Rois. Ainfi, approuver ce Concile, eft
mettre en différend l'honneur de ce Roïaume ; & ne fait rien
de dire, que ce fait ait depuis été vuidé à Rome : car, outre ce que la plaie en eft demeurée en la Cour de l'Empereur,
& la cicatrice en celle du grand Seigneur, & ailleurs, qu'eft-il
befoin de mettre en compromis la prérogative immémoriale de
nos Rois ?

Quant à Meffieurs de la Cour de Parlement de Paris, auxquels appartient de près, *ne quid detrimenti Refp. capiat*, ils ont,
outre les fufdits, propofé contre ce Concile plufieurs grands
griefs, & remarqué des points, dès cette heure dangereux, &
à l'avenir de plus dangereufe conféquence, tant pour le corps
de l'Etat, que pour chacune de fes parties, & tant pour l'autorité du Roi, que pour l'utilité de fes Sujets, pour caufe defquels ils fe font oppofés vertueufement, nonobftant les artifices des plus grands, à la publication & approbation d'icelui
Concile.

Mefdits Sieurs donc ont remémoré, que pendant que les
priviléges & libertés de l'Eglife Gallicane étoient en vigueur, elle
fe portoit trop mieux que depuis, quand nous nous fommes
lâchés aux pratiques & chicanneries de Cour de Rome ; c'eft
pourquoi ils n'ont pu approuver ce Concile qui les improu-
voit, ni caffer & annuller avec lui ce qui au contraire mérite
d'être reftitué & rétabli en fa premiere autorité & fplendeur.

Alors, les deux Jurifdictions, fpirituelle & temporelle, fra-
ternifoient en ce Roïaume enfemble, & tenoient la main l'une
à l'autre, fous l'autorité d'un Souverain. Tous les ans le Roi dé-
putoit en chaque Province un Prélat & un Comte, qui affem-
bloit les Prélats, Barons & Officiers de la Province, pour s'informer avec eux de l'état de l'une & de l'autre : le rapport s'en
faifoit au Roi chacun an en une Affemblée générale, où il
étoit affifté de fes Princes & Confeil ; en icelle fe faifoient inf-
titutions & deftitutions, fufpenfions & condamnations d'Evêques, Abbés, &c., fi befoin étoit ; en icelle s'ordonnoient les

Loix néceſſaires pour maintenir la diſcipline , & repurger les abus de l'Egliſe. Cette Aſſemblée , en ce qui concernoit le temporel , tenoit lieu d'Etats ; en ce qui touchoit le ſpirituel , de Concile , parcequ'elle étoit comme un abrégé & de l'Etat politique , & de l'Egliſe Gallicane enſemble.

Advenant qu'un Evêché ou Prélature vaquât , y étoit pourvu , ſuivant les SS. Conciles , par l'élection du Clergé & approbation du Peuple ; & néanmoins , pour montrer toujours que leur Juriſdiction ſpirituelle ne les exemptoit point de la ſubjection ſéculiere , le Peuple demandoit au Roi congé d'élire , & l'élu lui faiſoit exprès ſerment & hommage ; & avant icelui fait , ne pouvoit être conſacré par le Métropolitain , ni par le Pape même.

Cet ordre nous produiſoit de bons , doctes & charitables Evêques , & un bon , dévot & innocent Peuple. Dieu étoit mieux ſervi , le Roi unanimement obéi , le Roïaume pareillement en repos & en paix. Ne laiſſoit cependant le Pape d'avoir ſa voix d'admonition envers notre Egliſe Gallicane , laquelle étoit écoutée , révérée & ſuivie , ſelon les Décrets des Peres , en tant qu'elle tendoit à l'édification , & non à la deſtruction de l'Egliſe.

Au contraire , depuis que le temps , qui corrompt toutes choſes , & les monopoles & colluſions de quelques Grands , eurent introduit petit à-petit en ce Roïaume la puiſſance ſouveraine & abſolue du Pape , ont remarqué meſdits Sieurs de la Cour , que contraires effets s'en ſeroient enſuivis , au grand dommage & de l'Etat & de l'Egliſe de ce Roïaume. Ces deux Juriſdictions , qui ſouloient fraterniſer , ont commencé à ſe ſupplanter l'une l'autre ; l'une ſe tenant au Souverain de l'Etat , l'autre s'en émancipant en tant qu'elle a pu , pour ne dépendre que du Pape , ſeul prétendu Souverain des Eccléſiaſtiques ; car le Pape a exempté les Eccléſiaſtiques de la Juriſdiction ſéculiere , c'eſt-à-dire , les a ſouſtraits de la ſubjection du Roi , pour les tirer en la ſienne : ce qu'il continue & confirme par tout en ce Concile , & s'eſt conſtitué ſeul Juge des Evêques & Prélats , quelque crime ou délit qu'ils euſſent commis en leur charge , ou autrement , privativement à tous autres ; & s'en eſt attribué l'inſtitution , deſtitution , ſuſpenſion , condamnation , &c. ; & iceux Evêques a fait Juges des Prêtres , comme délégués de ſon Siége , dont ſont enſuivies les Appellations en Cour de Rome , les Réſervations , Expectatives , Préventions , Bulles , Annates , Diſpenſes , Indulgences , & autres moyens de tirer les deniers de France , & preſque la France même, à Rome ; même s'est fait arbitre & sequestre des pauvres consciences & de leur salut. Or, par-là est entrée la Simonie, & par la Simonie, l'ignorance & la corruption en l'Eglise. Par-là aussi, plusieurs abus, pour lesquels toute la Chrétienté soupire, & à cause des abus, les dissensions, divisions & schismes, & par conséquent les troubles, les séditions & les guerres civiles. Ainsi ont été énervées, ébranlées par cette déréglée autorité du Pape, la Piété & la Justice, vraies colomnes de tout Etat bien ordonné.

S'en est ensuivie aussi une division & perturbation en l'Etat, paravant solide & tranquille : car le Pape, non content de cette usurpation sur la Jurisdiction spirituelle, par laquelle il a établi un autre Roïaume au milieu de notre Roïaume, sans ce qu'on y a tenu de long-temps la main, enjamboit bien avant la séculiere. Les Papes pied-à-pied s'enhardissoient de faire collectes & levées de deniers en France sur les Ecclésiastiques, comme sur leurs propres Sujets, & au contraire empêchoient nos Rois d'en faire sur iceux pour la conservation de leur Etat, comme s'ils n'eussent plus été sujets à leur puissance ; & comme nos Rois vouloient maintenir leur autorité, osoient bien dire, comme Boniface VIII au Roi Philippe le Bel, par Bulle expresse, que nos Rois leur étoient Sujets, tant en temporel qu'en spirituel, (comme ainsi soit que anciennement les Papes fussent créés par le consentement des Empereurs & de nos Rois), & qu'ils n'avoient aucune collation de Régales, jusques à condamner d'hérésie ceux qui autrement en croyoient ; & est aisé à vérifier que les usures des Juifs, pour lesquelles ils furent bannis de France, n'apporterent onc au Peuple la centième partie du dommage qu'ont fait les exactions & chicaneries de Cour de Rome. Or, ç'a été une guerre perpétuelle entre nos Rois Philippe Auguste, Philippe le Bel, Saint Louis, Charles V, VI, VII, Louis XI & XII, &c. & les Papes ; en laquelle ils eussent pieça succombé, s'ils eussent approuvé de leur temps ce que requiert à présent le Concile de Trente. Et pour telles usurpations réprimer, sont entrevenus plusieurs Ordonnances des Etats de France, Arrêts de Parlemens, & Décrets des Conciles de l'Eglise Gallicane en divers temps.

Même la chose est passée si avant, que les Papes, pour s'en faire croire, ont souvent jetté des Censures, Excommunications & Interdits contre nos Rois & leur Roïaume, abusans des peines & menaces spirituelles, pour usurper les temporelles, comme ils en ufent en ce Concile en chofes de pareille nature , mais alors par le Concile de l'Eglife Gallicane , & par l'autorité de la Cour , leurs Bulles ont été biffées , lacérées & brûlées en Parlement en préfence du Roi , & en pleine Place , & les Porteurs d'icelles condamnés à faire amende honorable : pareillement auffi ont jugé les Affemblées de l'Eglife Gallicane , & Univerfités de France , que tels Excommunimens & Interdits étoient nuls & tyranniques , & qu'on fe pouvoit diftraire & fouftraire , même ès chofes fpirituelles , de l'obéiffance de tels Papes ufurpateurs & malverfans.

Quand le Concile de Trente fera reçu , tous les abus fufdits feront pareillement reçus & autorifés : qui plus eft , les remedes nous en feront ôtés & arrachés , d'autant que par icelui le Pape s'eft déclaré Supérieur du Concile univerfel , à plus forte raifon du national ; & par ainfi nous ne pourrons plus appeller de lui au Concile , & moins réformer fes Arrêts ès Affemblées de notre Eglife Gallicane , comme autrefois. Et quand par quelque paffion ils nous excommuniera , comme ils font coutumiers de publier leurs Cenfures pour chofes nuement politiques , ou à leur avantage , comme encore ils en ufent en ce Concile , notre Eglife Gallicane aura les mains liées , & ne pourra abfoudre.

Bref , nous deviendrons petit-à-petit Sujets du Pape , qui aura un plus fort parti en France que le Roi même , par le moyen des Eccléfiaftiques & de leurs grands biens , & y donnera créance & autorité à qui bon lui femblera , comme il a fait autrefois ès mutations advenues à cette Couronne ; & pour lier le Peuple par la confcience , qui n'a rien de plus tendre & de plus cher , le privera du fervice divin , jufques à ce qu'il ait pris tel parti qu'il voudra.

Tels inconvéniens contre le corps de l'Etat s'enfuivent de la réception du Concile , pour lefquels il a été jufques ici rebuté par Meffieurs de la Cour ; au contraire , font coupés par l'ordre ancien d'Eglife Gallicane , & par les Ordonnances des Etats d'Orléans , qui ont tâché à le remettre fus.

Ce Concile auffi , & par effet & par parole , a décidé au profit du Pape cette fameufe queftion : fi le Pape eft deffus ou deffous le Concile. Premièrement en ce que le Siége ayant vaqué pendant le Concile , les Cardinaux , comme repréfentans le Siége Papal , ont pourvu à nouvelle élection à Rome , comme ainfi foit que les meilleurs Docteurs déclarent en ce cas , icelle appartenir au Concile. Secondement, en ce qu'il a jugé né-cessaire que le Concile fût confirmé par le Pape, comme Su-périeur d'icelui, c'est-à-dire, qu'autrement il eût été invalide: question à laquelle ce Roïaume a intérêt, & pour l'Eglise & pour l'Etat même.

Pour l'Eglise; car les fameuses Universités de France, & Mes-sieurs de la Sorbonne même, ont toujours déterminé le con-traire, & les Conciles généraux de Constance & de Basle pa-reillement, lesquels par iceux ont été approuvés, & mainte-nant seroient condamnés tout à plat; & par-là donnons cause gagnée à nos Adversaires, prétendans que l'Eglise peut errer, & ès choses de plus grande importance, vu que de deux pro-positions contraires l'une est toujours fausse; joint qu'il est trop plus certain de commettre l'Eglise à une Assemblée univer-selle d'icelle, qu'à un Membre seul, lequel, quelque éminent qu'il soit, est bien souvent non moins pourri & corrompu que les moindres.

Pour l'Etat; car par ce moyen nous blâmons & condamnons la mémoire de nos anciens Rois, qui ont appellé (par avis de leurs Etats & Conseil) du Pape au Concile universel, & en dé-faut d'icelui à leur National même, & révoquons infinis Ar-rêts de la Cour de Parlement, donnés solemnellement contre le Pape en cette cause : qui plus est, approuvons plusieurs dé-cisions du Pape, èsquelles il nous avoit condamnés de sa pure autorité ès différends que cette Couronne a eus avec les Princes voisins, nommément avec les Anglois, & faisons une ouverture de longue & dangereuse conséquence pour la postérité de nos Rois, qui feront sujets à passer par l'arbitrage du Pape, & à le tenir pour Arrêt, & qui, comme les Histoires témoignent, est sujet de son côté à prendre parti, ores avec un Prince, ores avec un autre, & accommoder ses Arrêts, comme Apollon ses Ora-cles, à celui qui a plus de pouvoir de lui bien faire.

Est aussi ce Concile directement contraire au repos & tran-quillité de ce Roïaume, c'est-à-dire, à son bien & salut, qui aujourd'hui ne dépend de rien plus que de la paix; car il n'y a ce-lui qui ne voie que la moindre renchute de guerres civiles lui sera mortelle, & qui n'ait pu connoître en l'école des années passées, que la paix n'y peut subsister sans l'exercice des deux Re-ligions, desquelles l'une est condamnée, anathématisée, & en tant qu'en lui est interdite par ce Concile, à l'exécution duquel, s'il est une fois approuvé, on invoquera & exhortera le bras sé-culier, c'est-à-dire, l'autorité & force du Roi.

Qui plus est, par nos Edits de Pacification l'exercice des deux Religions est permis, jusques à ce que Dieu ait fait la grace à nos Rois de les réunir par un libre & légitime Concile, lequel Article est violé par la réception du Concile de Trente, qui décide ce qui est en controverse, & préjuge le prétendu futur Concile, & rend le Pape non-seulement Juge en sa propre cause, mais audessus de tout Concile. De-là donc adviendra ou une persécution contre la Religion Prétendue Réformée, de laquelle certes ni les temps, ni les humeurs de la Religion contraire ne sont plus capables, ou véritablement une guerre civile, sans espoir de ressource ; & quand je dis guerre, je pense comprendre toutes sortes de maux, & pour le public de l'Etat, & pour le particulier d'un chacun.

Encore ne semble-t-il pas que le mal s'arrête entre ces bornes. Le nerf de la Loi, c'est la peine. Aux opinions donc contraires aux Décrets du Concile, sera ajoutée peine corporelle par l'autorité du Magistrat ; & pour néant est ordonnée la Loi & la peine, s'il n'y a recherche *ex officio*, ou délation. De-là donc s'ensuit, par une conséquence nécessaire, une Inquisition, de quelque nom qu'on la pallie, c'est-à-dire, un expédient pour faire le procès aux plus innocentes personnes de ce Roïaume, selon qu'on en a usé en Espagne, Naples, Sicile, Païs-Bas, & ailleurs, où plusieurs, que nous eussions estimé très bons Catholiques, ont été censés Hérétiques, & criminels de leze-Majesté divine & humaine, étant en la discrétion de Messieurs les Inquisiteurs d'étendre le point d'Hérésie si avant que bon leur semble.

Que si ès susdits Païs ladite Inquisition, Corollaire tout évident du Concile, a été intolérable, beaucoup plus le sera-t-elle en France ; je dis au regard des Catholiques mêmes. Car, je vous prie, combien y a-t-il des Catholiques d'aujourd'hui qui eussent été brûlés il y a trente ans ? Et combien s'en trouvera-t-il qui soient, *omni exceptione majores*, c'est-à-dire, à toute preuve ; vû que tous unanimement reconnoissent infinis abus en l'Eglise, & soupirent après la réformation d'iceux ; & la plupart tiennent, ou pour douteux ou pour indifférent, ce que le Concile commande de croire à peine d'anathême ? Car, si nous entrons en nos consciences, combien y en a-t-il qui se fassent brûler pour le Purgatoire, pour l'invocation des Saints, pour le Sacrement sous une espece, pour la Fête-Dieu, pour la défense des Images, pour un million de cérémonies ? Et combien moins

encore pour la primauté du Pape, ou pour ses Indulgences,
qui toutefois font passées en articles de foi, nécessaires à salut, par le Concile de Trente, puisqu'à faute de croire, on tombe
en l'anathême? Ainsi adviendroit-il de l'Inquisition, comme du
Gouvernement des trente Tyrans en Athènes. Au commencement ils firent mourir les coupables, & on le trouvoit bon ;
à peu de jours de-là, ils se jetterent sur les plus gens de bien,
& chacun se trouvoit coupable.

Venons aux griefs particuliers. Encore que le Concile soit fa-
briqué à l'avantage des Ecclésiastiques, si font toutefois plusieurs Evêques & Eglises Cathédrales frustrées de leurs droits,
par lesquels ils peuvent de toute ancienneté conférer les bénéfices, *pleno jure*, en certain cas : comme aussi le Clergé de France
peut connoître en chacun Diocèse des fautes des Ecclésiastiques,
lesquelles, pour une grande partie, ce Concile renvoye au
Pape.

Sont aussi intéressés les Seigneurs, Gentilshommes, Corps
& Communautés, en ce que leurs titres de patronage & fonda-
tion font tirés en controverse devant les Evêques, & partie
supprimés & abrogés de pure autorité ; & qu'il donne pouvoir
aux Evêques, Chapitre & Clergé, de prendre partie du revenu
des Hôpitaux, & dîmes inféudées appartenantes aux gens Laïcs,
qui en font Patrons & Fondateurs, maintenus de temps im-
mémorial par les Ordonnances de ce Roïaume ; pareillement,
qu'il les trouble en la jouissance des droits de Patronat, qui dépendent nuement de l'autorité du Roi, desquels il taille &
coupe à son plaisir : comme aussi font iceux frustrés des meubles de leurs Parens Bénéficiers, auxquels, par ledit Concile,
toute disposition en est ôtée.

Et quant au pauvre Peuple du Tiers-Etat, chacun sait que plus
le Clergé a d'exemptions & immunités, & plus il est accablé de
charges, d'autant que le fardeau, qui doit être commun, en est
moins départi, & retombe sur lui ; comme ainsi soit toutefois,
que les Ecclésiastiques possedent aujourd'hui en France autant
que la Noblesse & le Tiers-Etat ensemble : qui plus est, s'il est
reçu, faut que le Marchand se délibere de fermer boutique ; car
les Etrangers, Allemands, Anglois, Flamands, Danois, &c.
n'oseront venir en France, & c'est une des causes qui le fit rejetter par les Etats des Païs-Bas, qui en prévoyoient leur ruine totale, lors même qu'ils étoient Catholiques.

Ajoutons plusieurs Loix & Décisions particulieres, que ne

saurions recevoir fans déroger aux nôtres, c'eft-à-dire, à l'autorité de notre Etat, qui ne prend Loi que de foi-même ; car il approuve le mariage des Enfans de famille, fans le confentement des parens, contre toutes bonnes mœurs & Loix, & contre l'Ordonnance de France, publiée ès Cours de Parlement, & fuivie ès Arrêts & Jugemens, & excommunie ceux qui fentent au contraire, c'eft-à-dire, nos Rois & Cours Souveraines. *Item*, condamne les mariages, qui ne font célébrés en l'Eglife Romaine, & les déclare nuls & invalides, contre les Edits de Pacification, dont l'état d'infinies notables familles feroit troublé, & peut-être par conféquent l'Etat même. *Item*, excommunie ceux qui difent que les caufes matrimoniales n'appartiennent point aux Juges Eccléfiaftiques, comme fi ce doute étoit en article de foi. *Item*, juge les dîmes être de droit divin, contre les opinions de tous les Docteurs, & les Jugemens de nos Cours Souveraines. Et y a plufieurs Décrets femblables, contraires aux nôtres. Bref, il renouvelle toutes les anciennes Conftitutions, & Décrétales faites au préjudice de nos Rois & Loix, lefquelles étoient demeurées abrogées par divers Concordats entre nos Rois & les Papes.

On ne veut cependant nier qu'il n'y ait quelques bons Statuts audit Concile, defquels l'ufage peut être utile à ce Roïaume ; mais lefquels doivent néceffairement être démêlés d'avec les fufdits, qui portent un poifon avec eux contre la Juftice, Paix & Police de cet Etat, & en font le corps principal ; & au refte ne doivent être reçus qu'en la même façon que nous recevons en la Cour de Parlement de Paris le Droit Civil & Canon, non pour fervir d'autorité, mais de raifon.

On dira, vû que ce Concile a été dès le commencement condamné de nos Rois, & tant de fois depuis rejetté par la Cour de Parlement, & en un temps qui fembloit être tout à lui, qui peut maintenant avoir encouragé le Pape à renouveller cette pourfuite en faifon, ce femble, moins favorable pour lui? Ici gît le nœud de la matiere, que tout homme amateur de ce Roïaume doit examiner à bon efcient.

Chacun fait qu'il y a long-temps que le Pape & le Roi d'Efpagne s'entretiennent la main, & s'entreprêtent l'épaule, l'un pour la Monarchie fpirituelle, & l'autre pour la temporelle ; que ledit Roi d'Efpagne eft le Fils bien-aimé du Pape, pour l'accroiffement duquel, en tant qu'en lui eft, il nous déshériteroit, s'il pouvoit : comme réciproquement auffi ledit Roi lui eft comme

le

le bâton de sa vieilleſſe , & ſon recours & ſecours en tous ſes
maux & adverſités. Or , voit le Pape maintenant , que notre Roi
découvre ce monopole , que la France revient un peu de ſa lan-
gueur , & commence à ſe réveiller de ce profond ſomme ; pour
donc lui donner beau jeu , il cherche de nous mettre aux troubles , & pour y parvenir nous envoie ce Concile , c'eſt-à-dire ,
la pomme de diſcorde.

Les grandes affaires de la Chrétienté , depuis quelques ſiécles ,
ſe traitent auprès des Papes , les grandes conjurations ſe font en
leurs Conciles ; & ce Concile particulierement ne fut ſi-tôt ouvert , qu'il alluma une guerre ſanglante au milieu de l'Allemagne. L'an 63 , le Roi d'Eſpagne ſachant bien que ſes Etats du
Bas , qui en avoient goûté l'amertume en Eſpagne , ne l'accepte-
roient jamais , l'y voulut introduire ; c'étoit parceque ſur leur
réſiſtance il cherchoit occaſion d'y introduire les Troupes Eſpa-
gnoles , & les mettre en ſervage. Auſſi n'en eut-il ſi-tôt ouvert la
bouche , que tous ſes Etats , bien que Catholiques , ſe mirent
à proteſter ; & ſur les proteſtations il fit venir le Duc d'Albe en
armes , dont ſont nées les guerres civiles , eſquelles il s'agit aujourd'hui , ou de leur ruine , ou , ſi nous ſommes bien conſeillés ,
de la ſienne.

Alors avions , par la grace de Dieu , la paix en France , laquelle ,
comme toutes nos proſpérités , lui étoit fort ſuſpecte ; pour la
troubler , il nous fait envoyer un Nonce avec ce Concile ; & bien
que notre Roi , ſon Conſeil & ſa Cour , ſelon leur ſageſſe , en
viſſent les inconvéniens , & n'euſſent garde de le recevoir , ſi ne
laiſſerent ceux de la Religion contraire d'entrer en telle allarme
& défiance , que tôt après en reprirent les armes : dont s'enſuivit
que le Roi d'Eſpagne eut ce contentement de tyranniſer ſes pauvres Païs à loiſir , & de voir entretuer ce Roïaume à ſon plaiſir.

Cette guerre dura juſques en l'an 70 , que Dieu nous donna
deux ans de paix , pendant leſquéls nous commencions , ce ſem-
bloit , à nous déciller les yeux , & à connoître que l'Eſpagnol bâ-
tiſſoit pour nous ôter le jour ; ſur quoi ſe faiſoient pluſieurs
beaux deſſeins à la diminution des ſiens. Le Pape donc , comme
à ſes gages , envoie le Cardinal Alexandrin , ſon Neveu , vers le
Roi d'Eſpagne , pour prendre inſtruction de lui ; & de-là ſe fait
paſſer en France , pour preſſer derechef la publication du Concile de Trente , comme le plus abrégé moyen de troubler notre
repos , & donner temps à ſes victoires. Avec lui fut conclu &
bâti le Maſſacre , c'eſt-à-dire , à proprement parler , l'exécution

du Concile, dont la France a été long-temps sans repos, & soupirera sans doute à jamais.

Or, pendant ces huit années de miseres, le Pape n’en a pas fait grande instance : c’est que nous étions prou acharnés les uns contre les autres sans cela, & que nous ne pouvions rien contre l’Espagne ; & en somme, qu’il ne poursuit pas le Concile pour le Concile, mais notre ruine par le Concile. Maintenant que Dieu nous a donné de respirer, au temps que moins il le doit espérer, il presse ; c’est que Monseigneur est ès Païs-Bas, retardant par ses armes les trophées d’Espagne ; c’est que la Reine veut débattre ses justes prétentions de Portugal contre la violence ; c’est que plusieurs Princes & Seigneurs se préparent de toutes parts à venger l’honneur de cet État ; c’est que le Roi d’Espagne même sent en sa conscience, qu’il a attenté par diverses pratiques, découvertes à sa grande honte & confusion, contre l’honneur & le sang de France, & ne peut se persuader, qu’en temps & lieu le Roi ne s’en ressente. Il a donc recours à son remede ordinaire, c’est d’allumer les troubles en France, & à ce flambeau, qui si souvent lui a réussi ; c’est l’entremise du Pape & de son Nonce, qui fait instance du Concile de Trente. Et après le Nonce, pour traiter la chose avec plus d’autorité, viendra le Cardinal Borromée, digne instrument de cette négociation, pour être Créature du Pape, & Sujet du Roi d’Espagne ensemble.

Or, la procédure du Nonce a jà été telle, que le but de son voyage doit être assez découvert à toutes personnes de sain jugement ès affaires du Monde : car, outre les autres présomptions, en ce seul point qu’il a récusé Messieurs de Bellievre & du Ferrier, chose non paravant ouie en ce Roïaume, il a suffisamment montré qu’il abhorroit en ces deux personnes la paix & la justice de France, & n’en desiroit que la confusion & ruine ; & n’y a doute, quand ce viendra à la Cour de Parlement, qu’il ne la veuille, si on le croit, cribler à sa fantaisie : au lieu que paravant, les Papes mêmes lui souloient rendre tant de respect, que de la faire Juge en leurs plus importantes causes.

Cependant, encore que ces choses jointes aux passées, fassent assez croire à un chacun que les Conseils & Cours de ce Roïaume ne seront moins prudens & circonspects en cet endroit, que les précédens ont été sans préjugés, expériences & exemples, soit permis à ceux qui craignent le mal, & desirent le bien de la France, d’avoir remis ces inconvéniens devant leurs yeux. Et d'autant plus que nous sommes bien proches de la saison (non sans astuce de nos Ennemis), que ceux de la Religion contraire se doivent dessaisir des Villes qui leur sont baillées en assurance, c'est-à-dire, de la saison qu'ils sont & doivent être, vû les choses passées, qui seront ramentées par les présentes, plus proches d'allarme, de soupçon & défiance.

Par Lettres en date du 8 Février, le Roi assure le Roi de Navarre de ne recevoir ce Concile, comme préjudiciable à son Etat & aux libertés de l'Eglise Gallicane ; mais bien dit, qu'il en fait tirer quelques Articles pour le reglement des Ecclésiastiques.

INSTRUCTION*

Pour traiter avec la Reine d'Angleterre & autres Princes Etrangers Protestans, baillée par le Roi de Navarre au Sieur de Segur, y allant de sa part en Juillet 1583, dressée & minutée par M. Duplessis.

REPRÉSENTERA à la Reine d'Angleterre l'état de la France, & particulierement des Eglises réformées, lequel, graces à Dieu, jusques ici est paisible, & pourroit continuer tel selon toutes les apparences, si nous voulions conniver aux maux qui se préparent à l'avenir, & contre toute la Chrétienté, & contre nous par conséquence ; mais que nous appercevons bien que jamais le dessein du Pape & des Princes qui lui adherent, tendant à l'extermination de ceux de notre profession, ne fut plus proche d'exécution humainement qu'il est, dont ne pouvons, pour notre devoir & conscience, que ne remontrions à tous ceux qu'il appartiendra, que, *dum singuli pugnamus, vincimur.*

Sans épier davantage les actions du Pape, on sait assez que son nom seul l'oblige à pourfuivre notre ruine ; & cetui-ci qui regne à-présent, n'y a point chommé depuis qu'il y est appellé, ayant envoyé jusques au bout du monde des Jésuites, pour mettre le feu par tout, nommément en Angleterre, Pologne, Suede,

---

* Ce Discours est de M. Duplessis-Mornai, & se lit dans le Tome I. de ses Mémoires ; il n'est pas dans l'ancienne Edition des Mémoires de la Ligue.

Moscovie, après les avoir pieçà établis en Italie, Espagne, Allemagne, France, &c., où ils prennent racine de plus en plus. Les Anglois n'en sont moins informés que les autres, par les menées qu'ils ont découvertes en leur Etat, desquelles ils étoient auteurs. Il a aussi octroyé au Roi d'Espagne la jouissance des biens Ecclésiastiques de tous ses Etats : ce qu'il ne fait pas qu'en espérance d'un accroissement pour son Eglise, trop plus grande que cette diminution. Bref, il a plus accru la Papauté par ses douces menées & pratiques, que son Prédécesseur par ses rigoureuses procédures & persécutions ; & a ratteint ce point par ses diligences, que son Conseil est aujourd'hui comme l'affinoir de tous les desseins & conseils des Princes qui adherent à la Papauté.

Quelle est l'intention du Roi d'Espagne, nul n'en peut douter. Il est conçu, né & élevé en l'Inquisition, qui est la gehenne de la Papauté, & en a été principal exécuteur jusques aujourd'hui. Il a persécuté tous ceux qui en ont rejetté le joug, même s'est mis en hasard d'en perdre ses meilleurs Païs ; n'a gloire au reste, que de se dire Fils du Pape & Protecteur de l'Eglise Romaine. Mais particulierement les Anglois ne peuvent douter de la haine qu'il porte à leur Etat, & de l'envie qu'il a de leur prospérité, vû les menées qu'il leur a brassées, tant en Irlande que par Ecosse, & en leurs entrailles mêmes ; vû aussi les torts qu'il prétend avoir reçus de la Reine d'Angleterre, qui a en plusieurs instances endommagé ses affaires, & rompu le cours de ses succès par le secours qu'elle a donné, tant à ces Sujets des Païs-Bas, qu'au Duc d'Anjou pour eux : bref, vû qu'elle a prêté l'oreille à toutes négociations contre lui, & en tout temps, encore qu'elle ne soit point venue jusques aux pleins effets, tantôt en le menaçant d'une alliance avec les François, tantôt d'une protection des Flamands, & tantôt du secours de Dom Antonio, jusques à avoir envoyé sonder & épier le fond des Indes, c'est-à-dire, les plus secrets mysteres de l'état des Espagnols.

Or, même jugement pourra-t-on faire de l'Empereur, étant de même Maison, nourriture & superstition, Autrichien, Espagnol & Jesuite, dépendant aussi de l'autorité d'une Mere très ennemie de notre Religion, & des moyens du Roi d'Espagne, sans lesquels il ne peut subsister, pour les dettes & affaires ésquelles il est enveloppé : sauf que la nature de l'Etat d'Allemagne le contraint d'attremper son humeur, & de patienter, bien

qu'Impatiemment, avec ceux de la Religion contraire.
Quant au * * * * * * * * * * * * * * *
* * * * * * * * * * * * * * *

Etant la constitution des susdits Princes & Etats telle que dessus, il est tout évident que la Reine d'Angleterre ne peut avoir qu'une imaginaire ligue avec eux. Premierement, parceque les Ligués, pour être amis, doivent avoir un but semblable : au lieu que ceux-là en ont un non-seulement divers, mais contraire au sien, à savoir, la ruine de la Religion, en laquelle son Etat est fondé. Secondement, parcequ'ils doivent avoir une mutuelle confiance ; au lieu que les offenses mutuelles les rendent toujours ombrageux, & toutes leurs actions respectivement suspectes.

La Reine d'Angleterre ayant à-peu-près apperçu l'inutilité & danger de telles Ligues, y pensoit avoir pourvu par l'étroite amitié qu'elle avoit faite avec Monseigneur d'Anjou, lequel pour être remuant, eût pu tenir & le Roi de France & le Roi d'Espagne en échec, s'ils l'eussent voulu incommoder, étant de fois à autre assisté de ses moyens ; & le Conseil n'étoit mal convenable, s'il eût voulu procéder loyaument. Mais en ce qu'il a commis à Anvers & à l'endroit des Païs-Bas, il s'est totalement retranché de la communication avec ceux de la Religion, & obligé au parti contraire, pour être dorénavant le bras droit du Pape, vû qu'en ceux-là il a offensé & meurtri tous ceux qui font même profession ; & de fait, s'il eût pu, sans danger de ses Serviteurs qui étoient Prisonniers, il vendoit les Places qu'il tenoit à l'Espagnol, & les rendoit à sa dévotion. Et depuis qu'il est à Dunkerque a fait état nouveau de sa Maison, duquel il a retranché tacitement tous ceux de la Religion, écrivant à ses Officiers en France qu'ils n'aient à payer aucun qui n'ait attestation d'avoir fait dernierement ses Pâques. Qui plus est, a écrit plusieurs Lettres à des principaux Seigneurs de France, par lesquelles il se déclare du tout leur Ennemi, & les divertit par promesses, par menaces & par toutes sortes de persuasions, de l'amitié du Roi de Navarre, &c. Bref, a dépêché Julio Birague vers le Pape, avec instruction qu'il regrettoit principalement le mauvais succès d'Anvers, parcequ'il ne lui a pu montrer, comme il desiroit, ce qu'il avoit au cœur de faire pour le rétablissement de la Religion Romaine, (comme de fait il avoit eu dispense du Pape de s'accommoder avec ceux du Païs-Bas en cette intention) : qu'il n'a rien plus en affection que de le lui témoigner par quelque autre effet. Et pourtant, le supplie de vouloir presser & amener à fin la Ligue de tous les Princes Catholiques contre les Hérétiques, & leur faire dresser une armée à communs frais, de laquelle il puisse être Chef, pour employer sa vie à leur extermination ; & afin que le lien en soit plus étroit, le requiert d'être auteur de son mariage avec une des Filles d'Espagne : chose certaine, & découverte par un moyen qui pourra être dit, & dont déja le projet avoit été vu avant le fait d'Anvers en certaines Lettres à lui écrites par un Italien, qui est Ingénieur à Lisbonne, qui portoient exprès, que, s'il vouloit, on le feroit Chef de cette Ligue ; que ce qu'il acquerroit seroit sien, & qu'ils lui feroient commencer ses conquêtes par un Roïaume, qui valoit trop mieux, & lui coûteroit trop moins que les Païs qu'il poursuivoit.

Ce Roïaume, nul ne doute que ce ne soit l'Angleterre, vû même les Mémoires qui ont été trouvés sur quelques Prisonniers notables en Anvers. Et de fait, comme la Reine d'Angleterre a trouvé la sûreté & tranquillité de son Etat en ce que mondit Seigneur seroit diverti ailleurs, duquel l'esprit inquiet est suspect à l'un & à l'autre, &, faute d'occupation, remueroit les Mal-contens en France, qui, sous le mauvais gouvernement, multiplient tous les jours, ou renoueroit à toutes fins avec ceux du Païs-Bas. Car, quant à lui faire commencer l'exécution du dessein de la Ligue Papale par la France, ils sont si suspects l'un à l'autre, que le Roi ne le laissera jamais le plus fort à la Compagnie ; comme de fait, quelque apparence & assurance qu'il ait donné au Roi de son dessein, toutes les fois que Monsieur a voulu armer pour les Païs-Bas, le Roi son Frere a toujours voulu avoir une armée sur la Frontiere.

A ces maux il est aisé à la Reine d'Angleterre d'apporter les remedes, tant dedans que dehors son Roïaume, s'il lui plaît de s'aider des occasions que Dieu lui présente maintenant.

Et pour le dedans, ladite Dame Reine y saura bien pourvoir selon sa prudence, étant au surplus assistée d'un très bon & très sage Conseil, qui avisera en temps que son Etat ne tombe en danger ou dommage.

Si ne peut-on laisser de lui dire, que, comme ainsi soit qu'elle n'ait vent plus à craindre que du côté d'Ecosse, où les Rois de France & d'Espagne lui brassent journellement diverses menées par occasion de proposer divers mariages au Roi d'Ecosse, n'y a rien aujourd'hui à quoi elle dût plus penser, qu'à le marier

bien-tôt en lieu, dont elle n'ait aucun danger à craindre, &
néanmoins quelque utilité à espérer, si besoin est : bientôt,
parceque les Princes n'attendent pas volontiers long-temps à
se marier, & que cetui-ci, en ayant été recherché si jeune, at-
tendra moins qu'un autre ; & que cependant, sous ombre d'Ambassades pour mariage, on pratique de le divertir de la Religion,
de l'amitié d'Angleterre, & de la bonne opinion qu'il avoit eue
de ceux qui auroient manié sa jeunesse & son État pendant
icelle, jusques à présent : & pareillement en bon lieu, parce
qu'autrement on l'alliera ou obligera à la Maison d'Espagne ou
de France, en lui donnant une Fille d'Espagne, de Lorraine,
ou de Florence ; toutes ennemies, soit pour l'Etat ou pour la
Religion, & autres considérations de l'Etat d'Angleterre, dont
peut puis après avenir la ruine de l'Ecosse, & par conséquent
de l'Angleterre même, comme mieux savent ceux qui connoissent de plus près la condition présente & les humeurs.

Le plus propre mariage sembleroit être celui de Madame la
Princesse de Navarre, Princesse née & nourrie en la vraie Religion, sœur d'un Prince que les Eglises de France ont choisi & reconnu pour Protecteur contre la tyrannie du Pape & de ses Adhérans, qui ne peut être, pour les torts qu'il retient à sa Maison,
qu'ennemie du nom d'Espagne ; en outre, pour l'amitié que la
Reine d'Angleterre portoit à la feue Reine sa mere, & pour les
faveurs qu'elle en reçut au fort de ses affaires, obligée à ladite
Dame & Reine, étant tout certain qu'elle serviroit d'une liaison
entre l'Angleterre & l'Ecosse ; comme au contraire d'une barre
bien forte entre les pratiques d'Espagne & de France, & l'Etat
d'Angleterre.

Ce que toutefois on ne propose point pour avantage, selon le
Monde, que les Serviteurs du Roi de Navarre trouvent en ce
mariage ; car ladite Dame de long temps recherchée de Monsieur de Savoie, duquel la grandeur est prou connue, qui fraîchement y a envoyé le Sieur de Servain avec conditions favorables,
& de Monsieur de Lorraine pour son fils qui est Prince riche &
aisé, & par le moyen duquel on s'obligeroit la Maison de Lorraine, qui seule semble faire obstacle à la grandeur qui se prépare
au Roi de Navarre : bref, de Monseigneur d'Anjou & du Roi
d'Espagne même, qui, à diverses fois & tout fraîchement en
ont fait tenir propos. Mais, parceque le Roi de Navarre se propose la gloire de Dieu, qui doit précéder toutes autres considérations en nos Alliances, & qu'on recherche sa bénédiction sur tous

avantages, qui affermit & établit les sceptres & trônes de ceux qui cherchent avant toutes choses l'établissement & affermissement de son Roïaume.

Pour le dehors, la Reine d'Angleterre, qui, pour sa grandeur & richesse, tient le premier lieu entre les Princes qui ont embrassé la vérité, les peut tous réunir en une contre-Ligue, pour s'opposer aux pernicieux desseins des Ennemis de la Religion ; à quoi ni la saison du temps, ni l'affection des hommes ne fut jamais plus disposée.

Autrefois elle a recherché alliance avec les Princes Protestans d'Allemagne. Ils étoient froids & sourds, parcequ'ils ne voyoient ni prévoyoient aucun danger, faisoient au reste chacun son cas à part, tellement qu'il les falloit aller rechercher de maison en maison, & persuader l'un après l'autre. Au contraire, aujourd'hui ils connoissent les pratiques de la Maison d'Autriche, qui ont trop plus paru sous l'imprudence de ce jeune Empereur, nourri en Espagne, en peu de jours, que sous la prudence des précédens en plusieurs années. De-là est advenu, qu'ils ont communiqué leurs conseils, pour empêcher qu'un Roi des Romains ne fût créé de cette Maison ; & sur ce est advenu très à propos, que l'Archevêque de Cologne, Electeur du Saint Empire, s'est déclaré de la Religion, par les moyens duquel ils sont assurés de la pluralité des voix, en ayant maintenant, des sept les quatre, outre celle de l'Archevêque de Mayence, qui semble incliner à ce parti : cela les a obligé à le maintenir contre ses Ennemis ; & comme ils ont vu que l'Empereur, le Roi d'Espagne & les Princes Catholiques se joignent contre lui, & par conséquent contr'eux, ils se sont réveillés & ralliés ensemble : tellement qu'il est tout évident qu'ils ouvriront très volontiers les oreilles aux propositions qu'il plaira à la Reine leur faire pour le bien commun de la Chrétienté, & se sentiront honorés quand elle leur offrira son alliance ; joint, qu'il sera trop plus aisé de traiter avec eux que par ci-devant, étant iceux joints pour la plupart en un corps jà formé, au lieu qu'ils étoient comme par piéces.

Telle alliance sera honorable à la Reine, & devroit S. M. prendre au point d'honneur qu'autre la procurât qu'elle ; lui sera utile à son besoin contre tous les Ennemis ci-dessus nommés, comme il fut très bien reconnu par le feu Roi son pere, quand il traita avec les Protestans, qui n'étoient pas lors si forts d'un tiers qu'ils sont maintenant. Et quand à ce que qu'on l'en a détournée autrefois,

autrefois, difant qu'elle n'eft pas fi honorable que celle qu'elle a
avec les Rois de...... & d'Efpagne, &c. qui font Princes plus
grands ; eft à confidérer premierement, qu'elle n'en peut avoir
qu'imaginaire avec ceux-là, qui ont autre but qu'elle, comme
a été dit ci-deffus ; fecondement, qu'ès Ligues de Compagnons,
qui a Compagnon a Maître ; à plus forte raifon, où il y a quelqu'un qui fe préfume plus grand, il fait toujours ployer les affaires de fes Affociés aux fiennes ; tiercement, qu'au contraire
en cette Ligue, la Reine, qui y tiendra le premier lieu, y
préfidera, non en ordre feulement, mais en commandement.
Et de fait, fans répéter de plus haut, la Ligue des Vénitiens
avec le Pape & le Roi d'Efpagne ces années paffées, quelque
néceffité qui les liât, & les Vénitiens plus que les autres, ne
peut durer, parceque le Roi d'Efpagne la vouloit acccommoder
à fes affaires. Celle du Roi de France avec les Suiffes eft immortelle, & ne s'interrompt jamais, & fert toujours en général &
en particulier à fes deffeins.

Un obftacle pourroit s'entrejetter en cette négociation de Ligue, à favoir, le différend qui eft entre nos Confeffions fur le
point de la Cène ; pour lequel lever fe pourroit aifément traiter deux points avec lefdits Princes : l'un eft, que ce différend
foit remis, felon l'exemple de l'Eglife ancienne, à un Synode général de toutes les Eglifes réformées de l'Europe, quand il aura
plu à Dieu leur donner repos : l'autre, qu'en attendant, nous
demeurions freres & bons amis, & que filence foit impofé à
toutes contentions dépendantes dudit différend, tant de bouche que par écrit.

A cette Négociation le Roi de Dannemarck a jà beaucoup aidé envers M. l'Electeur de Saxe, fon beau-frere, qui en a modéré
fa rigueur envers ceux de notre Confeffion, & diminué fa faveur
envers quelques Docteurs, qui fervoient de boute-feux en Allemagne ; & l'autorité de la Reine d'Angleterre aura grand pouvoir vers lui : comme auffi n'y a doute, qu'il ne fe range volontiers à cette Ligue, fi elle l'entreprend, voyant les pratiques
que les Jéfuites font avec le Roi de Suede & autres fes Voifins,
contre lui.

S'y adjoindront avec le Roi de Navarre, & fous fon autorité,
toutes les Eglifes de France, qui ne defirent rien plus que cet accord. Mais, pour ne perdre temps, & parceque cette roue fe pouf-
fera mieux par plufieurs tout enfemble, & en un même temps,
que par chacun à part, fera fuppliée la Reine d'Angleterre d'en-

voyer dès cette heure quelque Gentilhomme de son Roïaume, notable & qualifié, vers le Roi de Dannemarck & les Princes d'allemagne, pour négocier ces deux affaires, à savoir, la reconciliation de nos Eglises avec celles d'Allemagne, & une Ligue générale de tous les Princes qui ont embrassé la réformation, de laquelle elle soit le Chef, pour s'opposer à la ruine que le Pape & ses Adhérans nous brassent. Les Sieurs de Sydney, de Tillegœur, de Randolff & Damdson, &c. y seroient propres pour leur qualité & suffisance.

Quand les plus notables Princes d'Allemagne en seroient persuadés, il leur seroit aisé d'y induire les Villes Impériales, chacun endroit soi : les Suisses aussi & leurs Alliés, que le Pape a voulu brouiller à diverses fois par l'envoi de ses Nonces, ne s'en reculeroient ; & quant au Roi de Navarre, il y entreroit volontiers avec tout ce qui dépend de lui, à telles charges & conditions qu'il seroit trouvé bon, étant résolu de n'épargner biens, ni vie pour la défense de la Religion, & manutention de la cause commune : comme aussi y a apparence que ceux du Païs-Bas, en la perplexité où ils se trouvent, se tiendront heureux d'y être reçus, lesquels certes la Reine d'Angleterre doit garder comme les boulevards de son Roïaume, & non avec moins de raison que l'Allemagne garde la Hongrie contre le Turc.

Cette Ligue, qui seroit toute composée des Peuples plus belliqueux de la Chrétienté, seroit plus forte que Ligue que puisse faire les Catholiques Romains, mais d'autant plus encore que tous y tiendroient à un bout commun de défense, & n'auroient rien à prétendre les uns contre les autres ; au lieu que les Rois de France & d'Espagne, & autres leurs Associés, ont beaucoup de querelles à démêler de longue main, tendent toujours à enjamber sur l'Etat & honneur l'un de l'autre, & par être, ou se penser, éloignés de tout danger, ne se peuvent supporter les uns les autres.

Et quant aux conditions de cette Ligue, se seroit à chacun à se proportionner à ses moyens : sauf qu'on y pourroit suivre à-peu-près les erres de celle qui fut tracée entre le Roi Henri d'Angleterre & les Princes Protestans, & depuis à diverses fois remise sus par la Reine, en laquelle il offroit de contribuer autant que deux Electeurs, quels qu'ils fussent. Et ne faut oublier qu'une chose hâteroit bien cette conclusion, sans qu'il en coûtât rien à ladite Reine, à savoir, si elle faisoit porter deux ou trois cens mille écus, qu'elle laissât en dépôt en Allemagne, pour être em-

ployés à toutes occasions à la défense de la cause commune par
quelque bout qu'elle fût attaquée. A quoi le Roi de Navarre,
selon ses moïens, nonobstant qu'il ne soit pressé de mal, a desiré
donner exemple à tous, en voyant présentement bonne somme
d'argent & grande quantité de bagues de grand prix, pour commencer la masse commune en Allemagne.

1583.
INSTRUCT.
A M. DE
SEGUR.

ÈS PAYS-BAS.

Passera d'Angleterre par les Païs Bas, où il verra M. le Prince
d'Orange, & l'assurera de plus en plus de l'amitié du Roi de
Navarre.

Et parceque Dieu a fait la grace aux Païs-Bas, de les appeller
à la réformation de son Eglise, & que nommément les Eglises
de France & des Païs-Bas sont unanimement conjointes en
même Confession de Foi, communiquera avec ledit Seigneur
Prince, des moyens de parvenir à la reconciliation desdites Eglises avec celles d'Allemagne, suivant la conclusion qui en auroit
été prise au Synode national de Vitré en Bretagne, auquel lesdites Eglises auroient, par la grace de Dieu, comparu par leurs
Députés, & seroient adjointes à la négociation y conclue, par
ladite reconciliation des Confessions.

Pourtant, requerra ledit Seigneur Prince, pour davantage
autoriser ladite négociation, en laquelle toute la Chrétienté en
général, & les Païs-Bas en particulier, sont très intéressés, de
vouloir tenir la main, qu'au plutôt soit envoyé quelque personnage notable & qualifiée, de la part des Etats desdits Païs vers le
Roi de Dannemarck & Princes Protestans du S. Empire, pour
d'un commun accord pourfuivre la réunion de toutes les Eglises, qui ont requis la réformation.

Et sur-tout, attendant que Dieu ait illuminé les cœurs de tous
pour discerner la vérité, pour obtenir ces deux points. Premierement, que les différends qui sont entre les Eglises d'Allemagne,
appellées de la Confession d'Aufbourg, & les nôtres de France, Angleterre, Païs-Bas, Suisse, &c., seroient remis au premier Synode général de toutes les Eglises réformées, auquel il
plaira à Dieu de nous assembler. Secondement, qu'en attendant icelui, nous demeurions freres & bons amis, & imposions
silence à toutes contentions & invectives, tant de bouche que
par écrit.

De ce fait pourra, selon qu'il trouvera par avis sur les lieux,
traiter avec les Etats du Païs-Bas, ou avec les plus notables per-

sonnages & Ministres des Eglises, encore qu'il y ait apparence qu'aucuns feront difficulté de dépêcher cette Légation, tandis que les choses demeureront en doute avec S. A.

Et, si elle est résolue, seroient très propres, pour en avoir la charge, M. de S. Aldegonde, M. de Vender Mylen, ou M. Junius, desquels le premier & le dernier sont maintenant comme hors de charge; le second retiré en Hollande, mais qui pourroit excuser pour cause de maladie. M. Taffin, ou M. Sarravia de Gand, pour leur prudence, doctrine & modestie, y seroient aussi très idoines, si on y veut adjoindre un Ministre.

Le tout sans séjourner beaucoup èsdits Païs, pour la longueur qui est ordinaire en leurs affaires, & même en la confusion, où ces derniers malheurs les ont mis; & ajoutera à ces fins tout ce qu'il verra appartenir, pour les y exhorter & induire.

N'oubliera à aviser avec ceux qu'il verra bon être, quel moyen il faudroit tenir pour faire acheminer les métiers de de-là en Bearn, leur remontrant les commodités dudit Païs, &c.

EN DANNEMARCK.

Assurera le Sérénissime Roi de Dannemarck de l'amitié étroite & singuliere du Roi de Navarre envers lui, lequel, bien qu'éloigné de lieux, se sent néanmoins très proche d'affection envers tout ce qui le touche, ayant plu à Dieu, par sa sainte grace, les unir en une même Religion, qui est le plus étroit lien qui puisse être entre les hommes.

Aussi le remerciera très affectionnément de la peine qu'il lui plut prendre ces années passées, à l'instance & priere dudit Seigner Roi, tant envers M. l'Electeur de Saxe, son beau-frere, qu'autres très illustres Princes & Etats du S. Empire, pour la pacification & reconciliation des différends qui sont entre quelques Eglises d'Allemagne & celles de France, Angleterre, Ecosse, Païs-Bas, Suisse, &c., qui auroient été cnaigris par la précipitée condamnation de peu de Docteurs, & maintenant par sa prudence & vigilance seroient en quelque meilleur train de s'appaiser, au grand bien & avancement de l'Eglise de Christ; duquel œuvre certes, autant louable que nécessaire, toute la Chrétienté commence à sentir de loin le fruit, & l'espere percevoir à bon escient par la continuation de son zele & affection envers la gloire & service de Dieu; & S. M. remportera sans doute à bon droit, un remerciement indicible de tous ceux qui vivent, & une très louable mémoire envers toute la postérité.

Particulierement, lui teſtifiera de la part dudit Seigneur Roi
de Navarre, combien les Egliſes de France ſe ſentent obligées à
lui de ce qu'il a ſi vertueuſement embraſſé une entrepriſe ſi
Roïale, même au temps que la plupart s'endorment en leur repos,
avec peu de ſoin du bien & avancement de la Chrétienté ; &
le ſupplie de toute ſon affection d'y vouloir à ce coup mettre la
derniere main, pour en avoir ſa lóuange entiere, lui offrant à
cette fin tout ce qui s'y peut apporter de ſa part, d'aide, d'autorité, de vigilance & de ſollicitude, & le priant de lui communiquer, ſelon ſa prudence & affection, les moyens qu'il eſtimera
devoir être tenus pour y parvenir au mieux & au plutôt que faire
ſe pourra.

Sur ce donc, lui ramentera qu'il auroit été trouvé bon ci-
devant, que, ſelon la louable coutume de l'Egliſe ancienne, qui
a été ſoigneuſe d'aſſoupir les différends & prévenir les ſchiſmes,
un Synode général fût aſſemblé de toutes les Egliſes réformées
de la Chrétienté, auquel les différends qui ſont entre nous fuſſent
mûrement débattus, duement examinés, & finalement décidés :
ce que les Egliſes de France deſirent unanimement, & pourſui-
vront très ardemment de leur part. Comme de fait, elles ſupplient très humblement ledit Seigneur Roi de tenir la main de
toute ſon autorité envers tous les Rois, Princes & Etats qu'il appartiendra, que ledit Synode général ſoit convoqué en ſa due
forme, en lieu commode, au plutôt que l'état de la Chrétienté le
pourra permettre.

Mais parceque, puiſqu'ainſi a plu à Dieu, pluſieurs notables
parties de l'Egliſe réformée ont été & ſont troublées de guerres,
ou cruellement perſécutées des calamités & adverſités, deſquelles
quelques Docteurs, peut-être trop à leur aiſe, n'ont point eu honte d'abuſer, juſques à les condamner comme Hérétiques, les retrancher de la Communion de leurs Egliſes, & en tant qu'en eux
eſt, les exterminer du monde, au lieu de compâtir à leurs miſeres, c'eſt-à-dire aux afflictions de Chriſt ; propoſera audit Seigneur Roi, qu'attendant que ledit Synode général ſoit tenu en
temps & lieu propre, il veuille employer ſon autorité en ces deux
points principaux : premierement, que les ſuſdits différends ſoient
remis & renvoyés audit Synode général, lequel néanmoins on
acheminera autant que faire ſe pourra : ſecondement, que dorénavant ſilence ſoit impoſé tant de bouche que par écrit à toutes
contentions & invectives qui peuvent enaigrir la plaie, que
nous devons reſtraindre, attendant une parfaite cure, demeu-

rans réciproquement freres & bons amis , comme nous sommes enfans de même pere & cohéritiers en l'héritage que Chrift nous a acquis.

Pour ces chofes acheminer , le priera très affectionnément de vouloir envoyer quelque perfonnage notable de fa part vers M. l'Electeur de Saxe , fon beau-frere , & autres Princes & Etats du S. Empire , avec Lettres & Inftructions favorables , pour autorifer de plus en plus ladite négociation ; & en cas que fadite Légation ne fût fi prête , de lui bailler à lui-même Lettres tendantes à cette fin , à tous ceux qu'il verra convenir , dont , & de ce qui concernera cette affaire , prendra foigneufement avis & confeil de M. de Danzay , Ambaffadeur du Roi Très-Chrétien , par le moyen duquel aura accès & communication en Dannemarck & lieux circonvoifins , vers tous ceux qui peuvent aider en cette affaire , defquels il entendra de lui les moyens , humeurs & conditions.

N'omettra au refte , de remontrer vivement audit Seigneur Roi les pratiques du Pape , de l'Empereur , des Rois de France , d'Efpagne , &c. , contre la vraie Religion , qui fe découvrent & acheminent de jour en jour ; celles mêmes qui fe dreffent contre fon Etat , par le moyen des Jéfuites , telles qu'il les entendra mieux de plus près , employant pour cet effet les raifons amplement contenues en l'Inftruction générale , & autres que fa prudence , & le temps même lui adminiftreront : le tout , pour lui faire fentir combien il eft befoin que les Princes , que Dieu a unis en la vraie Religion , fe réuniffent de confeils & de forces pour la défenfe d'icelle ; & pour l'exhorter à avancer & procurer de tout fon pouvoir cette fainte & néceffaire union ; de laquelle auffi , fans lui faire rien fentir plus avant , pour les caufes à lui connues , pourra fonder les moyens , devifant avec M. de Danzay & autres , & remettant à celui que la Reine d'Angleterre enverra exprès , à en traiter plus profondement avec ledit Seigneur Roi de Dannemarck , ceux de fon Confeil , & autres perfonnages affectionnés au bien de la Religion.

Pour la fin , &c.

POUR LES PRINCES ET ETATS DU S. EMPIRE,

faisans profession de la Religion Réformée.

LEUR remontrera à tous en général & chacun en particulier, combien l'union est requise entre Princes & Etats qui font profession de même Religion ; & combien au contraire la division qui est survenue pour certains différends en la doctrine, a apporté de reculement aux Eglises, lorsqu'elles prenoient leur cours, & a choppé les infirmes, pour ne s'ajoindre point à la vérité.

Que le Roi de Navarre n'en veut point rechercher les Auteurs, ni les sources, qu'il ne pourroit sans leur honte & sans douleur ; mais qu'il doit suffire que le mal en est prou connu, & que tous les gens de bien soupirent après le remede, lequel sera plus utile, & peut-être plus aisé de trouver, que s'accorder ensemble de ceux qui ont fait le mal.

Qu'il est tout persuadé à toutes personnes vraiment Chrétiennes, que nous sommes d'accord des fondemens de la Religion, à savoir, de la gratuite rémission des péchés, acquise par la mort de Christ, Fils éternel de Dieu, vrai & unique Médiateur du genre humain, à ceux qui croient en lui. Qui plus est, combattons, par mêmes raisons & argumens, les abus & erreurs introduits en l'Eglise par le Pape & les siens ; même, convenons au point de la Cène, duquel est toute la dispute, en ce qui est de la substance du Sacrement, chacun étant assuré d'y recevoir vraiment le Corps de Christ. Partant, que ne restant controverse entre nous que de la maniere d'y participer, c'est-à-dire, *de modo presentiæ*, c'est une chose insupportable, que *in quærendo modo, nullum planè modum adhibeamus, omnem excedamus.*

Que les Catholiques ont été beaucoup plus prudens, (je ne veux dire charitables), lesquels, avant que le Docteur Luther, de bonne mémoire, leur fît la guerre, exerçoient pour ce même article inimitiés & querelles mortelles, & n'avoient pu encore en tomber d'accord : jusques-là, qu'il se trouve en leurs Docteurs Scholastiques dix ou douze opinions sur ce point, ou diverses, ou contraires, èsquelles personne ne vouloit céder tant soit peu, comme il se voit en Lombard, Thomas, l'Escot, Durand, Gabriel Biel, Bonaventure, Picus Mirandula, &c., qui s'entrecoupent la gorge ; ce néanmoins, qu'ils ont trouvé moyen, pour nous perfécuter avec plus de repos & de loifir, d'affoupir toutes ces contentions entr'eux ; ce que, pour nous défendre d'une évidente ruine, nous n'ayons encore pu obtenir de nous pour nous-mêmes, en une caufe trop plus appointable & facile.

Que l'Eglife ancienne nous en a affez enfeigné le remede, quand en tels différends, pour prévenir les fchifmes qui en pouvoient naître, elle a ordonné les Synodes, par le moyen defquels plufieurs notables plaies ont été heureufement guéries & cicatrifées. Et pourtant qu'à l'exemple, le Roi de Navarre prie très affectionnément tous les très illuftres Princes & Etats du S. Empire, qui ont protefté pour la réformation de l'Eglife Chrétienne, de tenir la main qu'un Synode général foit tenu au plutôt que faire fe pourra de toutes les Eglifes réformées de la Chrétienté, de la forme duquel, entre-ci & qu'il fe puiffe affembler, on s'accorde à loifir enfemble, auquel tous les différends qui font entre nous puiffent être bien & dûment débattus, mûrement examinés, & finalement réfolus & décidés.

Mais, qu'il déplore à bon efcient, que pendant que ce remede tarde à caufe des troubles, dont les Eglifes réformées font agitées en plufieurs notables parties, aucunes fous la croix, & autres fous la guerre ; ces plaies s'en aigriffent & s'enveniment par les importunes contentions & ambitieufes difputes, de ceux bien fouvent, qui, felon leur charge & vocation y devroient principalement apporter le reftraintif & l'emplâtre ; même jufques à s'entre-condamner, excommunier, & exterminer en tant que poffible eft : chofes qui, attendant que ledit Synode général fe puiffe commodément affembler, requierent à fon avis un plus prompt & plus préfent remede.

Requerra donc en attendant, que, pour éviter ces inconvéniens, par lefquels l'Evangile de Notre-Seigneur Jefus-Chrift eft expofé en rifée, & fon Eglife en proie, lefdits très illuftres Princes & Etats Proteftans du S. Empire y veuillent pourvoir, comme il fembleroit aifé par deux moyens qui enfuivent : premierement, en remettant audit Synode général tous les différends de doctrine, qui font entre leurs Eglifes & les nôtres, fans qu'aucune Eglife particuliere en puiffe décider, au préjudice refpectivement l'une de l'autre : fecondement, que filence foit impofé à toutes contentions & invectives, tant de bouche que par écrit, & que, nonobftant ces différends, l'union, amitié & fraternité demeure & foit obfervée entre nous. Ce que ledit Seigneur Roi

promet

promet, tant en son nom qu'au nom des Eglises de France, desquelles il est requis, & fera effectuer par tous ceux qu'il appartiendra de point en point.

1583.
INSTRUCT.
A M. DE
SEGUR.

Cet obstacle étant levé, se promet ledit Seigneur Roi qu'il sera trop aisé que ci-devant, de parvenir à l'étroite union qui doit être entre tous les Princes & Etats de la Religion Réformée, & à laquelle non-seulement le devoir Chrétien nous convie, mais même le pouvoir, les effets, les brigues & les ligues de l'Antechrist & de ses Suppôts nous exhortent & contraignent.

Emploiera donc, pour les y amener, les raisons au long déduites en un Mémoire plus ample dont il est chargé ; mais particulierement leur remarquera soigneusement l'intérêt qu'ils y ont pour leur regard, qui les doit faire étroitement rallier ensemble, & puis avec les Princes & Etats voisins, qui ressentent ce danger avec eux.

Seront donc remémorés lesdits Seigneurs, Princes & Etats du S. Empire, que le Roi d'Espagne n'a aujourd'hui qu'un seul Fils, & si maladif & délicat, qu'on attend sa mort à toutes heures ; icelle venant, que toute cette puissante Monarchie tombe en une Fille aînée, qu'il veut marier à l'Empereur même, ou à l'un de ses freres. Quant à l'autorité de l'Empire, sera rejointe à la puissance & grandeur d'Espagne, demeurant cependant l'Allemagne déchirée comme elle est, & mal assurée du secours des voisins ; jugent lesdits Seigneurs Princes, selon leur prudence, quel moyen ils auront d'empêcher que la Maison d'Auriche ne se rende l'Empire héréditaire, ne départe leurs honneurs, biens & dignités à ses Partisans, comme autrefois auroit été projetté, & enfin ne mettre sous les pieds les anciennes libertés d'Allemagne.

A cet inconvénient seroit remédié, comme aucuns sages Princes auroient jà projetté, par l'élection d'un Roi des Romains d'autre Maison que celle d'Autriche, pour à laquelle parvenir, Dieu leur auroit suscité & éclairé en la vraie Religion l'Archevêque de Cologne, par le même moyen duquel ils se peuvent assurer de la pluralité des voix, & lequel, outre plusieurs autres justes causes & notables raisons, ils doivent maintenir contre l'oppression des Catholiques Romains pour celle-ci.

Mais, parcequ'il y a apparence que la Maison d'Autriche ne se laissera dépouiller paisiblement d'une dignité dont elle est vêtue de si long-temps, qu'elle la ressent non moins que la peau même,

Tome I.   Y y y

& fera par conséquent tous ses efforts par le moyen du Pape, du Roi d'Espagne, & ses autres Alliés, pour la retenir, seroit besoin que de bonne heure lesdits Seigneurs Princes & Etats du S. Empire, qui sont intéressés en cette cause, se liassent & unissent bien étroitement ensemble ; en après, traitassent une bonne & ferme Ligue avec les Etats voisins, qui ont part à cet intérêt & danger, comme avec la Reine d'Angleterre, le Roi de Dannemarck, les Suisses, & autres qui ont occasion de s'opposer à la grandeur d'Autriche & l'avoir pour suspecte ; comme en pareil cas lesdits Seigneurs Princes auroient fait avec Henri, Roi d'Angleterre, n'étant encore icelui conjoint en Religion avec eux, au lieu que tous les susdits le sont aujourd'hui, & en Religion & en cause.

A cette Ligue très volontiers s'adjoindra le Roi de Navarre avec tout ce qui dépend de lui, pour la défense des Eglises réformées contre la tyrannie du Pape & de ses Adhérans ; lequel nommément, advenant la mort du Roi d'Espagne, a de très grands moyens d'écorner de ce côté-là la grandeur d'Autriche, & y seroit sans doute béni de Dieu & du Peuple, pour les insignes torts qu'il en a reçus, dont l'Allemagne auroit moyen de se décharger tant plutôt de la tyrannie qui est à craindre.

Exhortera donc lesdits très illustres Princes, Seigneurs & Etats Protestans du Saint-Empire, pour le bien commun de la Chrétienté, d'avancer chacun en son endroit une si sainte & nécessaire affaire, lequel, s'il est bien considéré, ne leur importe moins que la crainte du Turc, ou la défense de la Hongrie ; ains peut-être d'autant plus qu'il leur est non-seulement proche, mais aussi intérieur, offrant de la part dudit Seigneur Roi, d'y apporter tout ce que Dieu lui a donné d'autorité, de moyen & de vie, &c.

JUSTIFICATION*

Des actions du Roi de Navarre, baillée au Sieur de Segur, pour le même Voyage que dessus, le 6 Juillet 1583.

CHACUN sait que nul n'eut onc plus grande occasion de se plaindre, que le Roi de Navarre, de ce qui se passa en l'an 72, le 24 Août, à Paris; car on y abusa de ses noces, pour violer la Foi publique par un horrible massacre. On lui tua devant ses yeux les plus notables amis & serviteurs qu'il eût en France, & nommément la fleur de la Noblesse de ses Païs, qui l'étoit venue accompagner, jusques à souiller sa propre chambre, & même sa couche, du sang des meurtris.

Depuis aussi, il fut un long-temps captif à la Cour, où on parloit toutes les semaines de le mettre à la Bastille, où plusieurs fois on mit en délibération de le faire mourir, où même on n'avoit honte de proposer à la Reine, sa Femme, le mariage d'autres Princes, pour la faire consentir à sa mort. Ces choses qui sont connues de tous, étoient pour mettre ce jeune Prince hors des gonds, & pour lui faire oublier toute mesure. Et d'autant plus que, par la grace de Dieu, il est Souverain, né, nourri & élevé hors de France, & spolié de la meilleure part de sa Couronne, pour avoir son Ayeul suivi l'amitié de France. Au reste, on lui pouvoit imputer chose qui se fût passée ès troubles du Roïaume, pour le bas âge auquel il étoit.

Ce nonobstant, comme Dieu lui eut fait la grace d'être échappé de ces liens au commencement de l'an 76, au même temps que Monseigneur le Duc d'Anjou avoit pris les armes contre le Roi son frere à présent regnant, que ceux de la Religion avoient heureusement relevé leur parti, & que M. le Duc Casimir étoit avec une puissante armée en France, il ne voulut jamais se prévaloir pour ses vengeances ni intérêts particuliers, de ces forces, qui étoient pour la meilleure part à sa dévotion; ains accommoda comme ses Adversaires, même confesserent toutes ses volontés à la paix, n'y fit jamais difficulté aucune pour son particulier, ni des siens, donna ses pertes, ses dommages, ses injures, la

---

* Ce Discours est de M. Duplessis-Mornai, & se lit dans le Tome I. de ses Mémoires; il n'est pas dans l'ancienne Edition des Mémoires de la Ligue.

Y y y ij

mort même de fes plus chers, au bien de la République, fe contentant d'avoir retiré fa vie & fa confcience d'oppreffion & de fervitude, & d'avoir aidé pour fa part à remettre fus la prédication de l'Evangile.

De ce fera foi le Traité de pacification de l'an 76, qui enfuivit la guerre que deffus, auquel on ne verra un feul article qui concerne fon particulier honneur, bien ou accroiffement, encore qu'avec les moyens qu'il avoit il s'en pouvoit faire croire, comme firent quelques autres qui n'avoient reçu ni pertes, ni injures telles que lui.

Par ce Traité, fut dit que l'exercice de la Religion réformée feroit libre en tous liéux du Roïaume indifféremment, fauf quelques exceptions contenues en l'Edit perpétuel & irrévocable qui fut fait. Et, pour le regard des déréglemens & confufions de l'Etat, fut dit que dedans fix mois fe tiendroit une Affemblée générale d'Etats, felon la forme ancienne, en laquelle il y feroit pourvu.

Pendant ces fix mois, Monfeigneur d'Anjou fut mis en la pleine poffeffion d'un grand & riche appanage, qui lui fut accordé par la paix, duquel fe voyant paifible, fut aifé de lui faire changer parti, & de le divertir de la protection des Etats, qu'il avoit prétendue. Ainfi donc l'Affemblée de Blois fut convoquée, à laquelle on donna le nom d'Etats, de laquelle furent exclus, par brigues, tous les Députés de la Religion, rejettés tous les paifibles Catholiques, même ceux qui étoient du Confeil du Roi.

En icelle donc, au lieu de vaquer à la réformation de l'Etat, felon les Cahiers envoyés par les Provinces, on ne traite que de la ruine de ceux de la Religion; l'Edit de pacification, qui étoit irrévocable, y eft caffé & annullé, les Miniftres bannis, l'exercice de Religion défendu. Ceux qui avoient eu charge de leurs Provinces de tenir la main à la paix, fans laquelle les Etats étoient frivoles & inutiles, font menacés d'être jettés en l'eau. Ligues fe font au refte par les Provinces entre les Catholiques, pour exterminer chacun en droit foi tous ceux de la Religion, fans exception de qualité, fexe, âge, fociété, parenté, fraternité, &c. & jà de toutes parts on fe préparoit à l'exécution.

Qui plus eft, le Roi fait fignifier au Roi de Navarre, & à Monfeigneur le Prince de Condé par Députés exprès, que c'étoit fon irrévocable volonté; qu'il falloit qu'ils s'y accommodaffent, ajoutant fous main, qu'autrement ils feroient déclarés

indignes de fuccéder à la Couronne de France. Quelle doit être
l'autorité de ces Etats, fut lors affez déclaré par quelques perfonnages Catholiques, qui eux-mêmes en formerent les nullités :
joint que la nullité en eft évidente, en ce qu'ils ne firent du tout
rien de ce à quoi ils étoient appellés, à favoir, le bien & foulagement du Peuple.

Le Roi de Navarre donc remontre modeftement au Roi,
par fes Députés, les inconvéniens qui en adviendroient, mais en
vain ; & comme nonobftant il vit acheminer l'exécution de fes
ordonnances, par les armes de Monfeigneur d'Anjou, de ceux de
Guife & des fufdites Ligues, contre lui & les fiens, fe réfolut de
fe défendre : & de-là nâquit la guerre de l'an 77, en laquelle
Dieu lui fit la grace de fe conduire en telle forte, que, fans aide
ni faveur de perfonne, étant affailli de toutes les forces de France, commandées par Monfeigneur d'Anjou même, il foutint
cette tempête, qui fembloit le devoir fubmerger, & avant le
bout de l'an obtint une paix, par laquelle l'exercice fut rendu à
ceux de la Religion, finon auffi libre, qu'en la précédente, telle
au moins qu'au milieu de fi dures contradictions fe pouvoit efpérer : tant y a, qu'on n'y verra point un feul mot qui concerne fon
particulier, finon en tant qu'il eft Membre du général ; au contraire, qu'il eft content de furfeoir l'ufage de fon autorité légitime en beaucoup de chofes, plutôt qu'en la débattant, reculer tant foit peu la conclufion d'une paix.

Les Articles de cette paix fe réduifent principalement à
trois points, à la Religion, à la Juftice, & aux fûretés du
Traité.

Quant à la Religion, l'exercice en eft permis & attribué en
certains lieux, en la plupart defquels il n'eft encore établi, ains
par diverfes fubtilités & chicaneries, troublé ou défendu. Quant
à la Juftice, pour éviter l'animofité & partialité des Juges, certaines Chambres avoient été ordonnées pour juger des caufes
de ceux de la Religion : icelles, depuis tant de temps, ne font
encore établies. Et quant aux fûretés, les garnifons non accoutumées devoient être ôtées, & les citadelles nouvelles rafées ;
& en outre, huit Villes leur avoient été laiffées pour l'efpace de
fix ans, en dedans lefquels la paix fut effectuée en toutes fes parties, & ledit Sieur Roi de Navarre remis en fon autorité. Au
contraire, lefdites garnifons & citadelles demeurent debout en
leur entier : & quant aux Villes, les deux principales ont été
fouftraites & enlevées par pratiques & menées, & toutes, fi on

n'y eût pris gàrde, le feroient pieça, vû les entreprifes qui s'en
font découvertes de fois à autre : le tout, fans qu'on en ait pu
avoir juftice, quelque plainte qu'on en ait dreffée, & quelque
preuve contre les Auteurs qu'on en ait pu faire.

De ce déni de la Religion, chofe fi chere à tous gens de bien,
font procédées beaucoup de juftes douleurs : du refus de la Juftice, beaucoup d'impunités, & par conféquent d'injures, de
meurtres, affaffinats, &c. : & de l'infraction des fûretés, beaucoup de foupçons & défiance ; tellement que la paix a vaincu
en quelques lieux la guerre, en irreligion, en injuftice & cruauté, dont eft auffi venu que la patience de ceux de la Religion,
fentant les coups de la guerre fous le mafque d'une paix, s'eft
tournée quelquefois en fureur, & ont repouffé par juftes & naturelles défenfes, les injuftes offenfes qu'on leur faifoit.

Mais tant y a que le Roi de Navarre fait fes plus grands Ennemis Juges, s'il n'a pas effectué de fa part tout ce qu'il avoit promis par la paix, s'il n'a pas rendu tout ce qu'il avoit conçu ; & fi
au contraire on ne lui retient pas encore de fes propres Villes &
Maifons, contre les termes exprès de l'Edit ; s'il n'a pas autorifé
la Juftice contre les fiens propres par-tout où il a été queftion
de l'exécution de la paix, jufques à démanteler plufieurs Places,
& faire exécuter des principaux Entrepreneurs en divers lieux,
encore qu'ils n'euffent que rendu l'injure, & non au regard de celle
qu'ils avoient reçue.

Ce que peut-être eût pourfuivi encore plus vivement, s'il
n'eût apperçu par l'impunité de l'autre part (en laquelle on ne
peut nommer, de tant de mille puniffables, un feul infracteur
de paix puni) qu'ils ne defiroient pas juftice pour amour de juftice, ains fous ombre de juftice faifoient exécuter de leur animofité
& vengeance.

En cet efpace donc de fix années, tant pour l'inégalité du
traitement, qui rendoit les Catholiques infolens, que pour l'impunité des forfaits, qui les enhardiffoit à mal faire, font en-
trevenues plufieurs altérations en la paix, tant que la continuation de leurs injures & injuftices a vaincu quelquefois, comme dit a été, la conftance de ceux de la Religion ; dont feroit
advenu qu'en quelques lieux des plaintes on auroit été contraint
venir aux défenfes, & des défenfes aux offenfes ; en danger de
s'acharner en la guerre civile plus que jamais, fi le Roi de Navarre n'eût cédé pour le bien & repos public, non-feulement
de fes avantages, mais même de fes fûretés, remettant fon in-

nocence, & celle des fiens, en la garde de celui qui en eſt le Juge & qui la connoît. De fait, on ſait qu'au Traité de Flex, auquel Monſeigneur d'Anjou entrevint, pour conſolider les plaies de la guerre, il quitta volontairement les Villes de Cahors & de S. Million, deſquelles l'importance eſt connue pour leur force, & pour être icelles paſſages de notables rivieres, tant parcequ'il eſpéroit enfin vaincre le cœur du Roi par ſa modeſtie, que parcequ'il s'imaginoit que la guerre que Monſeigneur entreprenoit lors en Flandres, feroit une notable ſaignée à la France, qui, en repurgeant le mauvais ſang, & donnant reſpiration au bon, ôteroit toutes les démangeaiſons dont elle auroit été moleſtée & tourmentée.

Au contraire, nonobſtant cette confirmation de paix toute fraîche, on attaque ceux de la Religion en Dauphiné, on démantele leurs Villes, on y bâtit des citadelles ; le tout contre la foi publique, & les accords traités particulierement avec M. le Duc de Mayenne, qui commandoit aux forces du Roi. Cela fait, on le veut paſſer en Languedoc, pour y faire de même : ce qui s'alloit effectuer, n'eût été qu'on entra en opinion, que, ſi ledit Sieur de Mayenne, étant de la Maiſon de Guiſe, entroit armé dedans le Languedoc, auquel commande le Duc de Montmorenci, les anciennes querelles de ces Maiſons ſe réveilleroient, & le Duc de Montmorenci auroit juſte occaſion d'entrer en ſoupçon, & par conſéquent de ſe réunir avec le Roi de Navarre, & ceux de la Religion de ſa Province.

Que fait lors le Roi de Navarre ? Pour lever à ſes Ennemis tout ſcrupule du cœur, & pour lui ôter de devant les yeux l'objet de leur vengeance, comme par tant de bonnes actions il leur en avoit ôté le ſujet, il s'aviſe d'un point. Il voit M. le Duc d'Anjou obligé en la guerre contre l'Eſpagnol ès Païs-Bas, le Roi d'autre part engagé de nature & de promeſſe, non-ſeulement à le ſecourir, mais auſſi à envahir le Roi d'Eſpagne ; de gaieté de cœur il envoie offrir au Roi d'attaquer le Roi d'Eſpagne dedans le cœur d'Eſpagne même ; lui fait de grandes & notables ouvertures pour en venir à bout ; préſente d'y dépendre en ſon particulier cinq cens mille écus ; & afin que le Roi ait prétexte de l'aider d'argent, s'il ne ſe veut encore déclarer, lui veut mettre entre les mains ſes Comtés patrimoniaux de Rouergue & de l'Iſle, qui ſont des plus riches, grands & anciens de France, & ne ſeroient moins eſtimés d'un million d'or. Qui plus eſt, afin que le Roi ne puiſſe entrer en juſte allarme de cette entrepriſe,

1583.

JUSTIFICAT.
DU ROI DE
NAVARRE.

offre de compofer fon armée de Suiffes, Alliés & Serviteurs du
Roi, de Reiftres commandés par fes Colonels, Reiftmeftres &
Penfionnaires, de François, tant d'une que d'autre Religion ;
d'en commettre la conduite à un Maréchal de France, bon Serviteur du Roi, affifté des plus notables Capitaines qui l'auront
toujours fervi & fuivi, & des Principaux de la Nobleffe Catholique de la Frontiere ; &, pour comble de fûreté, de bailler Madame la Princeffe, fa fœur unique, en ôtage de fa bonne intention ; comme auffi eût fait Monfeigueur le Prince de Condé, fa
fille : & ce, avant d'entrer en campagne. Ajoutoit, quand l'entreprife feroit en train, de fe deffaifir des Villes de fureté, avant
le temps échu, pour faire entendre à un chacun, qu'il ne cherchoit fon affurance en la force des murailles, mais en la feule
bonne volonté du Roi, qu'il avoit méritée & acquife par tant
de notables offices.

Ce moyen avoit femblé le plus prompt & le plus expédient au
Roi de Navarre, pour lever les défiances, affoupir les animofités, éteindre les noms des Partis, & réunir les cœurs en une même volonté ; & penfe ledit Seigneur Roi, qu'il n'y a bon François à qui cette entreprife ait été propofée, qui n'en ait jugé de
même. Cependant, c'eft dès-lors qu'on commence de plus belle à
braffer avec le Pape une Ligue générale à l'extermination de tous
ceux de la Religion ; que le Nonce fait plus grande inftance
qu'il n'avoit même fait après les maffacres, de la réception &
publication du Concile de Trente, & introduction de l'Inquifition ; que le Roi s'en eft rendu, contre l'avis & Arrêt de fes
Parlemens, ouvertement contredifans, auteur, fauteur & fol-
liciteur envers eux, tant en général qu'en particulier ; qu'il a élevé les Jéfuites, boute-feux de la Chrétienté, en tel orgueil, qu'ils
fe font fourrés jufques au plus creux du Cabinet, où ils minutent
la confifcation des corps & des biens de ceux de la Religion, &
en follicitent l'exécution autant qu'ils peuvent par tous les endroits de fon Roïaume ; qu'on a, par toutes fortes d'artifices,
tâché de retrancher & abbaiffer l'autorité & les moyens dudit
Seigneur Roi de Navarre, qu'on eût dû, vû les chofes fufdites,
méritoirement accroître ; jufques à tenter tous moyens de lui
fuborner & fouftraire fes meilleurs amis, leur défendant, fous
grandes menaces, d'avoir amitié avec lui, comme s'il étoit ennemi du Roïaume : tellement que ledit Seigneur Roi n'a pu jufques
ici gagner par fa modeftie, patience, équité & intégrité, qu'un
feul point (mais qui lui eft ineftimable) ; c'eft que par ces œu-

vres

vres, non tant de mérite, que de superérogation, il a plus qu'ac-
quité son devoir, & satisfait humainement à sa propre conscience ; & par même moyen s'est assuré de la bénédiction de Dieu sur
ses affaires, & de son secours contre ses Ennemis, lequel ne défaut jamais à ceux qui le craignent, qui reçoivent en considération de lui le mal pour le bien, & qui apportent enfin, après une
longue patience, une juste intention à une juste cause.

NÉGOCIATION *

De M. Duplessis vers le Roi Henri III, en Août 1583.

LE Roi de Navarre étant à Sainte-Foi reçut une Lettre du
Roi, en date du 5 d'Août, par un Valet de Garderobbe, à la
chasse, toute de sa main, par laquelle il lui mandoit en somme,
que, pour avoir découvert la mauvaise & scandaleuse vie de ...,
il se feroit résolu de les chasser d'auprès de la Reine de Navarre,
comme une vermine très pernicieuse & non supportable auprès de
Princesse de tel lieu.

Le Roi de Navarre le remercia très humblement du grand
soin qu'il avoit eu en ce fait, de l'honneur & réputation de sa
Maison, & se reconnut à une singuliere obligation vers S. M.

Peu de jours après, étant le Roi de Navarre de retour à Nerac,
y reçut la nouvelle de l'affront fait à la Reine sa Femme entre
Palaiseau & S. Cler, dont étoient sortis divers bruits, chacun
mesurant & proportionnant cet effet à telle cause qu'il lui en
sembloit digne. En cette perplexité le Roi de Navarre se résolut
d'envoyer vers le Roi, pour le supplier de lui en déclarer la cause, & de lui conseiller, comme bon Maître, ce qu'il avoit à faire. Il parla premierement d'y envoyer le sieur de Frontenac ; puis
se résolut du sieur Duplessis, qu'il ne vouloit au commencement
nommer, craignant quelque danger, lequel partit de Nerac le 17
Août, passa par Paris, & alla trouver le Roi jusques à Lyon.

Là il fut mené en la Chambre du Roi par M. d'Epernon, où
il le trouva tout seul ; & même ledit Sieur d'Epernon s'en retira. Le Roi lut ses Lettres contenant créance, & lui commanda
de l'exposer, ce qu'il fit en ces mêmes mots.

* Cette Piéce est de M. Duplessis Mornai, & se lit dans le Tome I. de ses Mémoires ; elle
n'est pas dans l'ancienne Edition des Mémoires de la Ligue.

1583.

Négociat.
de M. Du-
plessis.

Sire, il y a environ quinze jours qu'il plut à Votre Majesté envoyer au Roi de Navarre un de vos Valets de Chambre , par lequel vous lui écrivites qu'ayant découvert la mauvaise & scandaleuse vie de . . . . . . , vous vous étiez résolu de les chasser d'auprès de la Reine votre Sœur , sa Femme , comme vermine très pernicieuse , indigne d'approcher d'un si grand lieu. Le Roi de Navarre , S i r e , en remercia très humblement Votre Majesté , & reconnut ce soin particulier , qu'il vous plaisoit avoir de l'honneur & réputation de sa Maison , à très grande obligation. Tôt après , Sire , il a entendu que l'indignation de V. M. ne s'est point arrêtée sur . . . . mais qu'elle a passé jusques à la Reine sa Femme : que V. M. revenant de Mezieres , après un éloignement de trois mois , ne l'a point vue à son arrivée : que dès les premiers jours de son retour , elle lui a fait commandement de s'en aller en Gascogne trouver le Roi de Navarre son Mari , qui n'étoit pas pour la revoir bientôt , & toutefois sans qu'elle ait eu cet honneur de vous dire adieu : que s'étant ainsi départie , vous passâtes en votre Carosse au Bourg-la-Reine , où elle fit sa première dînée , les fenêtres abattues , sans lui parler : qu'à peu d'heures de-là , Sire , entre Palaiseau & S. Cler , parut une troupe d'Arquebusiers , commandée par un Capitaine de vos Gardes , qui arrêta son train , sa litiere propre , la visita , mit le nez dedans , jusques à lui faire abattre le masque , avec propos pleins de rigueurs ; qui plus est , fit quelques personnes de sa suite prisonnieres à sa vue. C'est un affront , Sire , que Princesse de ce rang ne reçut jamais , même d'un Frere ; qui s'est fait au reste à la vue du Soleil , & est aujourd'hui public par toute la Chrétienté. Quand le Roi de Navarre , Sire , vient à considérer quelle peut avoir été la faute proportionnée à cette amende , il est en grande peine , & ne peut à quoi se résoudre ; d'autant plus qu'il a connu la modération de Votre Majesté en toutes autres actions , qui ne peut avoir passé sans grande occasion à telle extrémité. C'est pourquoi , Sire , il m'a commandé de venir trouver Votre Majesté , & la supplier très humblement de deux choses : l'une , c'est qu'il vous plaise lui déclarer la cause de cette si grande indignation , qui la vous ait fait estimer digne de telle indignité ; l'autre , qu'en la peine où il est , qui ne peut être que très grande , vous lui vouliez dire ce qu'il a à faire : ce qu'il attend de vous , comme d'un bon Maître , tel que lui avez toujours promis de lui être ; tel aussi qu'il l'a toujours espéré. Et pour ce , S i r e , j'ai commandement exprès de m'en adresser seulement à Votre Majesté.

Le Roi répondit que le Roi de Navarre n'auroit pu mieux faire que ce qu'il faifoit, d'envoyer vers lui pour cet effet même perfonne de telle confiance : qu'il le tenoit à grande obligation, & s'en fouviendroit toute fa vie ; puis venant au propos : il eft vrai, dit-il, que j'envoyai, comme vous dites, il y a quinze jours, un mien Valet de Garderobbe au Roi de Navarre, & lui écrivis telles chofes de . . . . Je crois que cela ne fut pas nouveau au Roi de Navarre, & qu'il en favoit affez d'ailleurs, & vous autres même, à mon avis, ne l'ignorez pas. Nous adreffons quelquefois des amitiés fur perfonnes qui n'en font pas dignes, & en fomme telles fois aveuglées. De moi, qui ne veux pas vivre feulement comme un bon Prince, mais comme homme de bien, j'ai defiré repurger tout ce qui eft autour de moi, & fur-tout ce qui me touche de fi près, de tout ce qui y pouvoit apporter tache ou blâme, m'affurant que le Roi de Navarre m'en fauroit bon gré ; & quelques femblables mots à ce propos.

Ledit Dupleffis, qui voyoit que le Roi s'arrêtoit fur . . . . fans venir à la Reine fa Sœur, lui repliqua, SIRE, je ne fuis point venu ici pour plaider la caufe de . . . . Le Roi de Navarre a reconnu à grande obligation, comme vous avez vu par fes Lettres, ce que V. M. a fait en leur endroit ; & me ferez bien cet honneur de croire que le Roi de Navarre ne fait pas fi peu de cas de moi, que de me donner cette commiffion, ni moi fi peu de moi-même, que de la prendre. Il m'a dépêché vers V. M. pour le fait de la Reine fa Femme. Si elle a commis une faute digne de l'affront qui lui a été fait, il vous en demande juftice, comme au Maître de la Maifon, & au Pere de la Famille : finon, SIRE, comme il ne le croira que le plus tard qu'il pourra, il vous la demande, comme à Prince qui en fait profeffion, des calomniateurs fur le rapport defquels une telle injure auroit été précipitée.

Le Roi alors voulut mettre l'affront en doute : que le Roi de Navarre pouvoit avoir été mal informé : que les chofes n'étoient pas paffées du tout ainfi : qu'il ne falloit pas croire les bruits, &c. Ledit Sieur Dupleffis repliqua : SIRE, je n'ai paffé en lieu fur le chemin, où cette hiftoire ne m'ait été particulierement contée ; je n'ai vu depuis homme d'honneur qui ne me l'ait confirmée. Ce n'eft pas la voix du Peuple feulement, qui peut parler par oui-dire, mais celle de la Cour & de ceux qui y voient plus clair ; & de fait, SIRE, il n'a pas été fait pour être célé, en

Z z z ij

plein midi & en plein chemin , mais pour être publié par-tout. Les Ambaſſadeurs en ont écrit par-tout à leurs Maîtres. Déja cette nouvelle eſt ſue par toute la Chrétienté. J'ai charge de vous dire, Sire , que Votre Majeſté a fait en ce cas trop , ou trop peu ; trop , s'il n'y a point eu de faute , ou ſi elle n'a été extrê- me ; car l'honneur des femmes ne ſe doit jamais profaner, ſi elles ne l'ont profané elles-mêmes : trop peu , ſi la faute a été digne de cette peine ; car de qui vous n'avez voulu épargner l'honneur, quelle part réſervez-vous pour épargner ?

Le Roi là-deſſus le preſſa de dire ce qu'il en avoit entendu , & à diverſes fois ; ſur quoi il répondit qu'il le ſupplioit très hum- blement de ne le faire point entrer en ces fâcheux diſcours ; que Sa Majeſté pouvoit aſſez penſer la liberté que chacun ſe feroit donnée d'interpréter la cauſe de cette injure , que nul ne ſe pouvoit repréſenter que très étrange , vû les circonſtances : qu'en ſomme le jugement commun tomboit là , que l'honneur ne s'ôte point , qu'à ceux qui en effet l'ont jà perdu ; moins à une ſœur par un frere , qui a aucunement le ſien conjoint avec le ſang ; & que , d'autre part , plus on préſuppoſoit de ſageſſe du côté de Sa Majeſté , en la conſidération de ce fait , plus on étoit contraint de conclurre de folie de l'autre , &c, Le Roi l'en preſſant , il répondit : je ſupplie Votre Majeſté , Sire , de ſe contenter que le Roi de Navarre en ſait autant du Public comme vous en penſez ſavoir en ſecret. Les Princes ſavent des Petits , ce qu'ils ne peuvent ſavoir des Grands ; des Fols , ce qu'ils ne feroient des Sages ; des Femmes , ce qui leur ſeroit célé des Hommes : ceci étant ſu de tout le monde , il étoit mal-aiſé qu'il l'ignorât tout ſeul.

Puis l'en preſſant encore : Sire , le Roi de Navarre a ſu , com- me j'ai dit à Votre Majeſté , qu'au retour d'un aſſez long voyage, la Reine votre Sœur ne vous ſalua point ; que partant pour un plus long , elle ne vous dit point adieu ; que vous paſſates au Bourg-la-Reine , où elle dînoit , ſans qu'elle eût cet honneur de vous voir ; qu'à peu d'heures de-là , un Capitaine de vos Gar- des , nommé Saliers , arrêta toute ſa ſuite , & ſa litiere propre , lui fit abattre le maſque , diſant en avoir commandement de vous ; que ce même ſe ſaiſit en ſa préſence de quelques-uns de ſes Ser- viteurs qu'il emmena priſonniers , nommément l'Ecuyer Tuti ; qu'en même temps vous envoyates ſur un autre chemin pren- dre Madame de Duras , de Bethune , & de Barbe , & en fites pour- ſuivre & chercher quelques autres ; que Votre Majeſté ſe fit amener toutes ces perſonnes en l'Abbaie de Ferrieres près Montargis, les ſépara en diverſes chambres, les interrogea chacun à part, voulut avoir leur dépoſition écrite & ſignée de leur main ; au partir de-là en renvoya aucuns à la Baſtille, où ils ont même été examinés par le Lieutenant du Prevôt : il ſait, SIRE, que Votre Majeſté les a enquiſes de ſa propre bouche de la conſervation, des mœurs, de la vie, & de l'honneur de la Reine votre Sœur. Quand un Roi prend cette peine, quand un Frere procede ſi juridiquement, ſi criminellement, qui peut penſer, SIRE, que ce ſoit pour moins, qu'un crime, & encore bien énorme ? Je reviens donc, avec la permiſſion de Votre Majeſté, au commandement exprès que j'ai eu du Roi de Navarre : ſi la Reine votre Sœur, ſa Femme, a mérité cet affront, il vous en demande juſtice toute entiere ; ſinon, SIRE, il s'aſſure pour l'intérêt même de votre Maiſon, que vous lui ferez raiſon des Auteurs d'une telle injure.

Le Roi ne nia ni afferma les propos que deſſus ; mais bien dit qu'il n'y avoit perſonne qui pût échapper des calomnies : que le monde s'étoit licentié de tout temps de parler des plus gens de bien, &c. ; puis vint à dire, que ce fait étoit d'importance, qu'elle étoit ſa Sœur ; mais qu'elle avoit une Mere, & un autre Frere qui y avoient intérêt comme lui ; qu'il eſpéroit les voir bientôt, & ſe réſolvoit d'en prendre avis avec eux, qui ſeroit tel, que l'honneur d'un chacun y ſeroit ſatisfait ; de-là paſſa aux louanges de la Reine ſa Mere, de prudence, ſageſſe, vie incoulpée, &c., aux obligations qu'il avoit envers elle, non-ſeulement pour l'avoir mis au monde, mais pour lui avoir conſervé ſa Couronne, & la révérence que Dieu nous commande de rendre aux peres & meres, & ajoutant bénédiction à ceux qui le feront, & malédiction au contraire : qu'il avoit en ſomme commencé cette affaire avec ſon avis, & ſe délibéroit de la finir de même.

Ledit Dupleſſis repliqua que cela ſeroit bien long : que Sa Majeſté conſidérât que le Roi de Navarre avoit le trait dedans le corps, & que par-là il ne lui ôtoit point ; au contraire, que quand il entendroit que ce qui s'eſt paſſé auroit été avec l'avis de la Reine ſa Mere, il y auroit de quoi redoubler ſa peine, vû le ſoigneux égard qu'ont ordinairement les ſages Meres, de contregarder la réputation de leurs Filles, le priant pour ce reſpect d'abréger la peine du Roi de Navarre par quelque réponſe qui le ſatisfît davantage.

Il répondit qu'il étoit homme de jugement pour connoître que la chose ne pouvoit, ni ne se devoit faire autrement : qu'il partiroit dans trois jours de Lyon, s'en iroit aux Bains de Bourbon, où il avoit à séjourner sept jours avec la Reine sa Femme, pour voir, selon le conseil des Médecins, si Dieu leur voudroit donner des enfans par cette aide-là : que si c'étoit le bien de son Etat, il l'en supplioit de tout son cœur ; sinon, qu'il acquiesçoit volontiers à sa volonté : qu'en somme, dedans le commencement d'Octobre il seroit à Paris avec la Reine sa Mere, où peut-être même il verroit son Frere ; & tôt après dépêcheroit Personnage qualifié, qui donneroit contentement au Roi de Navarre.

Ledit Duplessis repliqua : cependant, Sire, la Reine votre Sœur s'achemine vers le Roi son Mari : que dira la Chrétienté, s'il la reçoit ainsi, par maniere de dire, toute barbouillée ? Et s'il caresse & embrasse ce que vous aurez si indignement éloigné de votre Cour, lui étant Mari, vous n'étant que Frere ? Sire, le Roi de Navarre ne voudra point être réputé Prince sans courage ; il a cherché réputation de magnanimité toute sa vie. V. M. juge, s'il vaut pas mieux que l'injure soit satisfaite, premier qu'elle passe plus outre ?

Le Roi lui dit alors : Que sauroit-on dire, quand il la recevra, sinon que c'est la Sœur de son Roi ? Oui, Sire, mais d'un Roi juste, qui fait profession de droiture, & ne voudroit pas être obéi de ses Sujets, même de la qualité du Roi de Navarre, aux dépens de leur honneur & réputation.

La fin fut, qu'il ne se pouvoit faire autre chose, qu'il le fît trouver bon au Roi de Navarre, qu'il lui rendît en cet acte preuve de bon Sujet, tel qu'il lui étoit né, & assurât le Roi de Navare derechef, qu'il reconnoîtroit cette obligation, d'avoir envoïé incontinent vers lui Personne en qui il le sait avoir pleine confiance, & qu'il tiendra l'honneur dudit Sieur Roi, aussi cher que le sien propre, comme il lui feroit appercevoir dans peu de temps.

Ledit Duplessis le supplia d'écrire au Roi de Navarre, particuliérement ce qu'il lui commandoit de dire ; que c'étoit matieres chatouilleuses, desquelles il ne se vouloit reposer en sa mémoire, pour les inconvéniens qui en adviennent, y étant question d'une part, de son Souverain, & de l'autre, de son Maître. Le Roi répondit que telles choses ne se pouvoient bonnement écrire, & que le Roi de Navarre s'en fieroit prou à lui : fur quoi il fupplia au moins fa Majefté, de vouloir jetter en fes Lettres quelques femences de réponfe, qu'il lui avoit plû faire, afin qu'il eût plus de matiere, & de parler, & d'ê-tre cru : ce que Sa Majefté lui aïant promis, lui demanda, quand elle trouveroit bon qu'il vînt quérir fes Lettres : il répon-dit qu'il les écriroit préfentement & tout devant lui ; ce qu'il fit de fa main, puis les lui lut (encore, difoit-il, qu'il n'eût cette coûtume de montrer fes Lettres); & les aïant fait fermer par Duhalde, qu'il appella de la Garderobbe, les lui bailla, ajoutant plufieurs paroles gracieufes du Roi de Navarre, & ré-pétant le gré qu'il lui favoit, d'avoir envoïé vers lui pour ce fait, même perfonne qui tient tel lieu auprès de lui.

Ce propos conclu, il dit au fieur Dupleffis : Et bien, ne ver-rai-je jamais le Roi de Navarre, mon Frere ? Il lui répondit que ce lui étoit un grand malheur de ne pouvoir accom-plir le defir qu'il avoit de baifer très humblement les mains de Sa Majefté ; mais que, dès qu'il tournoit tête vers la Fran-ce, pour s'en approcher, il fembloit qu'on prît plaifir de le mordre par derriere, pour le faire tourner ailleurs, comme tout fraîchement fe feroit vû, qu'étant à Sainte-Foix, pour paffer en Xaintonge, on furprit Aleth, avec grand carnage de ceux de la Religion, dont le voifinage eft troublé ; en danger, s'il n'y eût pourvu en fe rapprochant, de remettre par - là tou-te la Province, & conféquemment tout l'Etat en trouble. Le Roi lui dit que telles chofes lui déplaifôient grandement ; qu'ès Provinces plus proches de fa réfidence, on ne voïoit telles chofes advenir, parcequ'elles fe reffentoient de plus près de fon intention, qui n'étoit que de maintenir fes Sujets en paix ; qu'il s'affuroit que fes Sujets ne lui imputoient tels actes, & favoient bien confidérer que la prife d'une Ville d'Aleth n'étoit pas l'entreprife d'un Prince tel que lui. Ledit Dupleffis répli-qua, que fes Sujets de la Religion ne fe plaignoient pas de l'in-tention de Sa Majefté, mais du peu de devoir que fes Officiers rendoient à l'exécution d'icelle ; que l'impunité engendroit coûtumierement l'injuftice, & qu'à la vérité la tolérance de tels attentas en plufieurs endroits, n'avoit pû apporter autre chofe ; que le Roi de Navarre fupplioit très humblement Sa Majefté d'y mettre à bon efcient la main, parceque le pauvre Peuple, qui eft trop éloigné de lui pour pénétrer fon inten-tion, ne la peut juger que par les effets qu'il fent, lefquels toutefois le plus fouvent tiennent plus de la paffion des exé-

cuteurs, que de la nature de celui qui commande. De-là il
vint à parler des défiances qu'avoit ému en Dauphiné & Languedoc son voïage de Lyon, comme s'il y fût venu pour y
dresser la guerre contre ses Sujets de la Religion. Qu'étant venu à Bourbon-Lancy pour sa santé, il avoit été prié de venir
visiter sa Ville de Lyon & sa Noblesse des Païs circonvoisins;
qu'il n'avoit autre desir que la paix; qu'il l'avoit promise, &
la vouloit saintement tenir, comme Prince qui faisoit singulier état de sa parole; qu'il n'eut jamais vouloir de tenir la paix
de 76, mais qu'aussi ne le cela-t-il point, pour la façon dont
elle avoit été faite; qu'autrefois il avoit pensé ramener ses Sujets de la Religion par la rigueur des armes, mais que Dieu
lui avoit fait connoître avec l'expérience, que tels moïens n'é-
toient pas propres à telle fin; qu'il faisoit état de sa Religion,
la croïoit fermement, prioit Dieu de lui donner plutôt la
mort, que de s'en départir tant soit peu; même voudroit avoir
donné un bras, & que tous ses Sujets en fissent profession,
mais que ce seroit quand il plairoit à Dieu; & que dorénavant
il étoit résolu de les laisser vivre en paix, sous le bénéfice de
ses Edits; seulement qu'on ne commençât rien contre lui.

Ledit sieur Duplessis répondit, qu'il étoit aucunement à
pardonner au peuple éloigné de Sa Majesté, s'il se défioit quelquefois sans sujet, parceque bien souvent il sentoit du mal
par la main des Serviteurs, encore qu'il n'y eût rien que bien
au cœur du Maître, qui n'étoit découvert qu'à ceux qui avoient
cet honneur d'en approcher: qu'il prioit Dieu qu'il le main-
tînt en cette bonne résolution, de n'attenter plus sur les consciences par les armes, qui sont naturellement instrumens de
division, & non de réunion; & qu'y continuant, il ne pourroit attendre que toute bénédiction, & conséquemment toute
prospérité de sa main. Quant au Roi de Navarre, & à ceux
de la Religion, que Sa Majesté pouvoit s'assurer qu'ils ne pensoient qu'à jouir de ses Edits, & qu'il n'en falloit autre argument que le peu de profit qui leur peut revenir des guerres
civiles; qu'en telles guerres, à tout prendre, ceux même qui
semblent gagner, perdent toujours: toutefois qu'il n'y a doute
que ceux qui se tiennent près du Souverain, n'aient des moïens
de s'avancer, les uns aux honneurs, les autres aux biens, qui
sont les deux choses que les hommes cherchent ordinairement
par leurs actions; que ni l'un ni l'autre au contraire ne se
rencontrent en la suite du parti auquel le Souverain fait la guer-
                                                              re,

re, mais bien pertés de biens, d'états, dignités, ruines de maifons, incommodités de familles; chofes que les hommes ont
accoûtumé d'éviter & de fuir par mille autres maux, tant
s'en faut, que de gaieté de cœur ils les attirent fur eux. Partant que Sa Majefté pouvoit penfer que ceux de la Religion,
qui avoient éprouvé ces malheurs, ne fe jetteroient volontiers
en une guerre, où ils ne pourroient faillir de les trouver, &
que la feule néceffité les y pouvoit faire tomber, de laquelle
il loue Dieu de les voir exempts, vu la fainte volonté qu'il
avoit plû à Sa Majefté lui déclarer. Et fur ce point, pour mon
particulier, Sire, comme l'un de ceux-là, je ne feindrai de
dire à votre Majefte, qu'il y a douze ans & plus que je tâche
par tous moïens de devenir Catholique, & n'y puis jufqu'ici
parvenir : j'ai fouvent confidéré, qu'après la faveur de Dieu,
il n'y a rien de fi précieux au monde, que celle de fon Prince ; j'avois affez de chair pour convoiter les biens & les honneurs du monde, & non fi peu d'efprit, que je ne connuffe
que la Religion que je fuis n'étoit pas le chemin pour les rencontrer. Je n'ignorois point auffi que V. M. auroit toujours
mon fervice plus agréable, étant Catholique qu'autrement, &
étois peut-être affez préfomptueux, pour reffentir en moi quelque petit moïen de vous en faire : là-deffus, je me fuis mis à
lire tout ce que j'ai pû, à conférer avec perfonnes doctes par-
tout où je me fuis rencontré ; rencontrant toujours, pour fortifier leurs argumens, ma chair & mon efprit, qui ne defiroient
rien tant que de fe rendre. Enfin, Sire, il faut que je dife à
V. M. que ma confcience a voulu vaincre, encore que pour
prix de cette victoire elle ne vît que beaucoup de difgraces,
de pertes, de dangers, qu'il m'a fallu paffer depuis. Le Roi
répondit, que cela lui étoit advenu, parcequ'il y apportoit de
la paffion. Il eft vrai, dit-il, Sire ; mais à la vérité une paffion
qui combattoit contre ma Religion, un defir de m'avancer,
d'autant plus ardent que j'étois alors plus jeune, nonobftant
lequel toutefois la vive perfécution de la vérité m'a vaincu.
Sur ce propos, il lui dit avec une façon fort douce, qu'il ne
vouloit pas difputer avec lui ; & après lui avoir renouvellé les
proteftations de paix, l'exhortant à en affurer, felon la créance
qu'il y avoit, toutes les Eglifes de la Religion, & pour la tierce
fois, répéter le contentement qu'il avoit du Roi de Navarre, lui
donna congé. Ces propos durèrent près de deux heures : & de
ce pas reprit la pofte, pour revenir trouver le Roi de Navarre.

Tome I.   A a a a

1583.
NÉGOCIAT.
DE M. DU-
PLESSIS.

INSTRUCTION*

A M. de Segur, allant de la part du Roi de Navarre vers la Reine d'Angleterre, dressée par M. Duplessis.

LE sieur de Segur Pardaillan déclara à la Reine d'Angleterre l'extrême contentement qu'auroit reçu le Roi de Navarre à son retour, entendant l'amitié & bonne volonté de ladite Reine envers lui, delaquelle elle l'avoit voulu choisir pour interprête ; ce qui lui avoit redoublé l'affection qu'il avoit de long-temps eue de passer en Angleterre, pour avoir cet heur de voir de plus près cette vertu qui éclaire de si loin. Mais il semble que, par j° ne sais quel destin, le malheur de la France s'interpose toujours à cette sienne entreprise, de laquelle il se promet qu'il réussiroit, aidant Dieu, un grand bien à toute la Chrétienté ; mais à lui un particulier bonheur, qui bien heureroit le reste de sa vie, quelques peines & traverses qui semblent renaître d'heure à autre, pour la lui rendre ennuieuse, quand il se souviendroit d'avoir été favorablement vû, & de s'être acquis la bonne grace de cette heureuse Princesse, sous qui tant de milions d'ames vivent heureusement & à leur aise, au milieu des malheurs continuels de toute la Chrétienté.

Lui dira donc, comme ceux de la Maison de Guise, prenant le prétexte de remettre & entretenir la Religion Romaine en son entier, ont pris les armes, pour faire nommer M. le Cardinal de Bourbon, son Oncle, Successeur à la Couronne de France, & déclarer ledit Seigneur Roi exclus de la succession, comme hérétique, faisant dès cette heure prendre audit Seigneur Cardinal le titre de premier Prince du Sang & présomptif Héritier de la Couronne. Entreprise suscitée par le Pape, lequel de fait, selon les pratiques ordinaires de Rome, assez souvent tentées (& graces à Dieu en vain) contre ladite Dame, auroit proscrit la personne dudit Seigneur Roi, & exposée aux assassinats de ceux qu'aujourd'hui ils canonisent Martyrs, pour tuer les Princes Chrétiens, fomentée aussi & soudoïée par le Roi d'Espagne, qui, par les divisions des Etats

* Cette Piéce est de M. Duplessis-Mornai, & se lit dans le Tome I, de ses Mémoires ; elle n'est pas dans l'ancienne Edition des Mémoires de la Ligue.

voisins, s'est promis la Monarchie de l'Europe, lequel les a aidés de grandes sommes de deniers, qu'ils ont répandues & pro-
diguées par toute la France, & envoïé des forces à leur secours, tant de celles qu'il tient ès Païs Bas, que même de l'I-
talie & de l'Espagne.

Quant au dessein particulier de ceux de Guise, il est tout
connu que depuis long-temps ils se veulent faire croire descendus de Charlemagne; que sous ombre de dévotion ils ont allumé les guerres civiles en ce Royaume, pour en affoiblir les forces, & par la division, rentrer en possession du vain
titre qu'ils prétendent; mais n'osant encore si ouvertement se
découvrir, ils prennent le nom d'un Prince, plus que sexa-
génaire, & ne se sentant assez forts, pour parvenir à un but
si difficile, s'y rendent associés & partisans d'un Roi d'Espagne.

Et a ledit sieur de Segur de quoi vérifier ce que dessus à la
Reine d'Angleterre, par leurs mémoires, protestations & actions propres, sans qu'il soit besoin de les particulariser ici davantage.

Pour ce remontrera à ladite Dame Reine, qu'il y va du danger de la Chrétienté tout évident, étant tout certain que cette
entreprise est un vrai effet de la Ligue générale, contre tous
ceux qui font profession de la vraie Religion, laquelle faisant
leur profit du peu d'union qui se voit entre nous, ils effectuent
par parties, pour faire dégré de la ruine des uns à la ruine des
autres, & enfin de tous.

Qu'il y va pareillement de l'intérêt de tous les Princes, qui
ne peuvent ignorer que le Pape & le Roi d'Espagne ne s'entreprêtent la main; l'un pour la Monarchie spirituelle, & l'autre pour la temporelle, & qu'on peut assez juger, la France
aïant depuis quelques siecles tenu notre Europe en contre-poids,
& comme entre deux fers, quel saut elle donneroit à la balance,
si elle venoit finalement, par l'entreprise de ces gens, ou à se
diviser & partager en elle-même, ou à être ajoutée à la grandeur d'Espagne, qui dès-à-présent leur doit être redoutable.
Comme il n'y a personne aujourd'hui qui ne voie que telle est
l'ambition de l'Espagnol, pour laquelle ne se trouve plus au
monde ne forme, ne mesure.

Que particuliérement il y va aussi de la gloire de ladite
Dame Reine. Premiérement, comme Princesse vraiment
Chrétienne & à bon escient défenderesse de la Foi, que Dieu
manifestement a sauvée tant de fois des conjurations Papales;

A a a a ij

1583.

INSTRUCT.
A M. DE
SEGUR.

& fans doute pour lui démontrer de jour à autre, qu'il eft tuteur & défenfeur de fa vie, contre les pratiques du Pape &
de fes adhérans, afin que de plus en plus elle fe montre tutrice
& défendereffe de la vraie Religion, qu'il lui a empreinte au
cœur, en la défenfe & protection de ceux univerfellement
qui font travaillés & moleftés à caufe d'icelle.

Secondement, en ce que ceux, qui aujourd'hui troublent
la France, pour accroître leur autorité & grandeur, font ceux
mêmes qui de longue main ont brouillé les affaires d'Ecoffe,
& conféquemment l'Angleterre même par l'Ecoffe; & defquels
fi les deffeins viennent à profpérer en ce Roïaume, c'eft à ladite Dame de confidérer ce qu'ils oferont entreprendre contre
S. M. & fon Etat; vu qu'avec moindres moïens, ils n'ont pû
jamais fe contenir, ni abftenir de la troubler.

Tiercement, parceque le Roi d'Efpagne étant celui qui meut
& anime principalement, par fes forces & moïens, ceux qui a
préfent veulent remuer l'Etat èn France; fi par un malheur,
ou plutôt par la mauvaife inclination de plufieurs à fon parti,
il obtient quelque fuccès en fes deffeins, peut juger Sa Majefté combien le courage lui redoubleroit, de pouffer avant les
entreprifes qu'il a de long-temps fur l'Angleterre, de laquelle
il envie le repos & la tranquillité, fous la fage conduite de ladite Dame Reine, qui a montré la leçon à tous les Princes
voifins, de bien & heureufement régner; & contre laquelle
ne pouvant, comme dûment, armer fes forces, occupées ailleurs en fes guerres domeftiques, il arme l'hypocrifie des Jéfuites & la trahifon defefpérée d'aucuns de fes Sujets, témoignant
affez par-là la mortelle haine qu'il lui porte.

Lui dira que Dieu, qui ne veut jamais que toutes les parties de fon Eglife foient en peine tout à la fois, la laiffée en
paix, & retirée en un coin hors du combat, comme un Général de fon armée, pour pourvoir à toutes les occafions qui
naiffent, foutenir ceux qui ébranlent, rallier ceux qui fe rom-
pent, recueillir ceux qui fe retirent, fecourir à temps ceux qu'on
lui renverferoit autrement fur les bras : que c'eft donc à elle de
veiller fur toutes les parties de la Chrétienté; & furtout avifer par fa Providence, qu'elle ne foit contrainte elle-même
de venir aux mains; ce qui adviendroit indubitablement, fi elle n'appuïoit à temps les autres : & cela advenant, d'arbitre
qu'elle peut être aujourd'hui des combats de la Chrétienté,
pour la plûpart, elle deviendroit fimple partie; tout ainfi qu'un

Général, depuis qu'il eft en la preffe, ne fait plus métier que de foldat. Au contraire, que fecourant, comme elle avoit commencé, l'Archevêque de Cologne, elle peut revoir toute l'Allemagne en une paix, foutenant les Païs-Bas, entretenir le Roi d'Efpagne entre fes bornes; aidant au Roi de Navarre en ce befoin, réprimer les ennemis qu'elle a en France, & maintenir la Chrétienté en contre-poids. Le tout, fans entrer en la partie, fans tirer la charge fur fes bras, fans hafarder fon Etat, fans, en fomme, fe foumettre à l'incertitude d'une guerre, qui dépendra quelquefois d'un feul combat, où la providence humaine a peu de lieu.

Pour le regard dudit Seigneur Roi de Navarre, fera entendre à ladite Dame Reine, qu'à la vérité il voit très bien qu'il pourra avoir un grand coup à foutenir; & furtout vu les artifices qu'il prévoit, qu'il laiffe à difcourir par le menu. Cependant que, graces à Dieu, il fe fent plus réfolu qu'il ne fut onc, quand il confidere le foin qu'il a plû à Dieu avoir de lui au milieu de tant d'extrémités, defquelles il ne l'aura point retiré, que pour la gloire : que déja ces même flots, ces mêmes vagues ont paffé fouvent deffus fa tête, & particulierement, que comme ils femblent groffir, auffi Dieu lui fufcite des amis & ferviteurs de toutes parts en ce Roïaume; même des plus grands, des plus fages, des plus autorifés, & des meilleurs Capitaines entre les Catholiques, qui connoiffent la droiture de la caufe. Tellement qu'à mefure que fes ennemis lui braffent des difficultés, Dieu lui prépare les moïens pour en venir à bout.

Cependant, que pour fortifier fes amis, & étonner fes ennemis, il a néceffairement befoin de deux chofes, qu'il attend affurément de la faveur & bienveillance de ladite Dame Reine, fuivant les gracieux & favorables propos qu'elle a tenus audit fieur de Segur, que quand il feroit befoin, elle lui feroit toujours notable preuve de la bonne volonté qu'elle lui porte, & de laquelle il fe fent de long-temps très obligé au fervice de Sa Majefté.

L'une eft une armée étrangere, pour laquelle ledit fieur de Segur la fuppliera bien humblement vouloir affifter ledit Seigneur Roi de Navarre, de la fomme de......... pour être envoïée en Allemagne, emploïée avec les deniers que ledit fieur de Segur y porta l'an paffé, pour ledit Seigneur Roi de Navarre.

1583.

INSTRUCT.
A M. DE
SEGUR.

L'autre eſt une armée navale, compoſée de........ grands vaiſſeaux & d'autres........ médiocres, avec les équipages & artillerie néceſſaires, pour incommoder & endommager les ennemis, &c. commandés par Capitaines Anglois, & tels qu'il plaira à ladite Dame Reine ordonner ſur iceux.

Sans ces moïens, que ledit Sieur Roi de Navarre déclare franchement ne pouvoir eſpérer d'ailleurs que de ladite Dame, il ſeroit contraint, quand la guerre lui viendra ſur les bras, de ſe réduire dès incontinent à la défenſive, de laquelle toutes perſonnes d'entendement reconnoiſſent aſſez les conſéquences; à ſavoir, pertes de Places, l'une après l'autre, perte de réputation, étonnement de peuples, ébranlement de partiſans, & tout ce que l'adverſité peut tirer avec elle, dont la plaie ſeroit promptement ſienne; mais le dommage, commun à tous ceux qui ſont même profeſſion que lui.

Au lieu que, moïennant iceux, il s'aſſure de pouvoir tenir, & la mer & la campagne, réduire ſes ennèmis à mêmes extrémités; qu'autrement il auroit à ſouffrir: & en ſomme établir tellement ſes affaires, ſa créance & ſa réputation, à préſent qu'ils ne pourroient pas lui nuire grandement à l'avenir.

Ce qui lui viendroit de mal, à faute d'être aidé & ſecouru à temps, il aura extrême regret de le voir commun, par une conſéquence néceſſaire à tous les Princes & Etats qui ont deſiré la réformation de l'Egliſe, leſquels il appelle à l'aide, comme à l'embraſement de la maiſon commune, encore qu'il ait à commencer par ſon quartier & par ſon étage. Ce que Dieu lui donnera de bon ſuccès, tant à préſent qu'à l'avenir, il le tiendra proprement & particulierement de ladite Dame Reine, & ſe confeſſera redevable à elle de ſon Etat, de ſa condition & de ſoi-même; ſi tant eſt, comme il s'en aſſure, qu'elle le veuille ſecourir promptement à ce beſoin des moïens ſuſdits; à ſavoir, pour mettre ſus une armée de Reiſtres & une armée navale.

Par ce moïen, Sa Majeſté aura rompu les deſſeins de la Ligue générale, qui ſans doute s'étendent contre tous les Etats Chrétiens, qui ont deſiré une réformation en l'Egliſe; aura préſervé ſon propre Etat des conſéquences, qui néceſſairement s'enſuivent de la ruine totale des Egliſes de France, & de la mutation de l'état de ce Roïaume en main plus dangereuſe; & particulierement aura conſervé un Prince qui reconnoîtra à jamais ſa grandeur, ſa dignité & ſa conſervation, de ſa bonne volonté envers lui, pour dépendre à toutes occasions, comme dès cette heure il en est prêt, ce qu'il a de vie, de moïen, de serviteurs & d'amis, pour lui faire très humble service.

A cette fin ajoutera ledit sieur de Segur tout ce qu'il verra être à propos, selon sa prudence & discrétion ; & en somme, lui dira que les affaires de la Chrétienté sont aujourd'hui en tel point, qu'elles vont par heure & par minutes, au lieu que ci-devant elles alloient par ans & mois ; d'autant que par l'union générale qui est entre le Pape & ses adhérans, & la desunion qui est entre ceux qui devroient être plus unis, un peu de mauvais succès y peut, pour notre regard, apporter une grande mutation ; pourtant, que Sa Majesté se souvienne qu'il faut ménager le temps jusques aux momens, ne laisser gagner aucun avantage sur nous, & faire état, que médiocre somme, employée à bonne heure, peut plus aider que somme excessive, hors heure & hors de temps : étant tout certain que peu de chose empêche une maladie, & peu plus aide à la chasser, quand il est baillé à propos ; mais le malade étant venu fort bas, à peine aucunes drogues le peuvent-elles remettre ; &, s'il vient à mourir, les amis ne peuvent plus que le pleurer & regretter le peu de soin qu'ils ont eu, & ne se peut ressusciter sans miracle.

De tout ce que dessus, & de tout ce qui dépend, donne ledit Seigneur Roi audit Sieur de Segur toute autorité & puissance, & desire qu'il en soit cru de ladite Dame, & de tous ceux qu'il appartiendra, comme lui-même. Fait, &c.

Furent baillées au même Sieur de Segur autres Lettres & Instructions sur ce sujet, écrites en Latin, vers le Roi de Dannemarck, & les Princes Protestans d'Allemagne : le tout pareillement fait & dressé par ledit Dupleffis.

LETTRE

De M. Dupleſſis au Roi de Navarre, du 20 Février 1584.

SIRE,

J'AVERTIS V. M. de S. Juſtin, du retardement que j'avois eu par la grandeur des eaux ; de - là je vins prendre la poſte à Monlieu, où étoit M. de Duras revenant de Brouage ; & pourtant n'y ſaluai perſonne ; & le lendemain, avant jour, rencontrai M. de Clervant, auquel je dis ce que m'aviez commandé en tout cas : ce que j'eſtime qu'il aura fait, encore que ſa préſence ne fût ni du tout bonne, ni du tout mauvaiſe. Le Samedi enſuivant, veille du Dimanche gras, j'arrivai en cette Ville aſſez tard, & communiquai avec M. de Chaſſincourt. Le Roi qui étoit à S. Germain, vint le lendemain en la Ville loger chez M. d'Epernon ; & dès le Vendredi Monſeigneur y étoit arrivé en habit diſſimulé, lui quatrieme, ayant laiſſé toute ſa Maiſon à Château-Thierry, au déſu du Roi, & comme on aſſure, de la Reine ſa Mere.

Pour négocier ma charge avec plus de poids & de ſilence, nous réſolumes de colorer mon voyage ſur un procès qui m'eſt d'importance, que j'ai ici, fort proche ou d'un accord ou d'un Arrêt ; & à tous j'ai tenu ce langage, fors qu'à M. de Chaſſincourt.

Le Dimanche, ledit Sieur de Chaſſincourt trouva moyen de parler au Roi, encore qu'il fût fort empêché aux préparatifs des jours gras ; lui dit que j'étois venu de votre part pour lui déclarer une affaire très importante, & qui méritoit une bien particuliere & ſecrette audience ; il étoit enveloppé de Meſſieurs de Guiſe, & s'en démêla un petit ; lui demanda fort inſtamment que c'étoit : il lui répondit qu'il ne ſavoit, mais que j'amenois un Gentilhomme avec moi pour le faire ouir à S. M. ; il repliqua que ce ne devoit pas être pour peu, puiſque j'étois venu ; que, pendant ces Fêtes, il lui étoit difficile de ſe dépêtrer : cependant, que je pourrois parler à M. de Villeroy. M. de Chaſſincourt répondit que je n'avois charge de m'en adreſſer à perſonne quelconque qu'à Sa Majeſté même ; que le délai y pouvoit

être

être dangereux, selon qu'il jugeoit par mes paroles. Et sur ce, le Roi lui commanda de le revenir trouver le Dimanche à six heures ; mais il fut tant occupé avec Monseigneur, qui se manifesta après avoir parlé à la Reine, outre les jeux de Carême-prenant, auxquels il étoit jà obligé, & les cérémonies du Mercredi des Cendres, que nous ne pumes avoir audience jusques au jeudi après dîner en la Chambre du Roi, d'où on fit sortir un chacun.

Nous y étant seuls demeurés, excepté du Halde, & quelques Valets de Chambre, à savoir, M. de Chassincourt, le Capitaine Beauregard & moi, le Roi m'appella seul en un coin, & après quelques propos communs, je commençai :

Que depuis quelque temps vous vous déplaisiez fort en vous-même des mauvaises impressions que vous voyez qu'on vouloit donner à S. M. de vos actions ; & beaucoup plus, de ce que vous vous apperceviez que S. M. en avoit reçu quelques-unes : que je vous avois souvent oui-dire que vous saviez que son naturel étoit de vous aimer, comme ordinairement vous protestiez avoir tâché par tous moyens de mériter & acquérir sa bonne grace : que le devoir n'ayant point manqué de votre côté, comme votre conscience vous témoignoit, cette naturelle inclination de S. M. envers vous, ne pouvoit avoir été altérée que par quelque grande calomnie : cependant, que, vû l'équité de S. M., vous vous assuriez qu'elle n'auroit point donné tant de lieu à ces impressions, qu'elle ne vous eût réservé quelque place vuide en son ame, pour y en recevoir de meilleures : autrement, que tous mes propos & tous vos effets seroient en vain, mais, que si vous aviez cet heur que S. M. vous eût réservé cela, j'apportois de quoi lui faire évidemment connoître, que S. M. n'avoit en son Roïaume Sujets plus francs ni plus François, que ceux de la Religion.

Je m'arrêtai un peu sur ces mots, & lors S. M. prit la parole : qu'il y avoit trois jours qu'il avoit entendu ma venue ; mais que partie les Fêtes, & partie l'arrivée de Monseigneur, ne lui avoient pu donner le loisir de m'ouir : qu'il lui étoit à la vérité naturel de vous aimer ; & pourtant, quand il se sentoit moins satisfait de vous en quelque chose, qu'il vous le déclaroit franchement : que rien ne lui pouvoit être plus agréable que de connoître votre affection envers lui, & qu'il seroit toujours tout préparé à croire tout bien de votre part, comme chose qu'il desire infiniment, avec une façon assez douce & gracieuse.

Tome I.   B b b b

Je lui dis : que Dieu avoit adreffé entre vos mains un moyen de lui découvrir une grande entreprife, fur fa vie, fon honneur, & Etat : que j'amenois avec moi un Gentilhomme, fon Sujet de fes Païs de Dauphiné, qui lui en diroit les circonftances : qu'il s'étoit adreffé à M. de Châtillon pour lui découvrir, lequel l'avoit incontinent amené en Bearn vers vous, afin que par votre moyen il eût accès vers S. M. : que vous aviez véritablement été quelque peu en doute, fi vous deviez donner cet avertiffement à S. M., ou non, craignant qu'il ne fût imputé aux rancunes & animofités, qui peuvent être entre quelques Maifons en fon Etat ; mais que partie la confcience & le devoir, partie l'évidence de la chofe, vous auroient fait paffer par-deffus ces confidérations : que le Gentilhomme étoit là préfent, nommé Beauregard, mais que je lui avois donné le nom de la Roche, de la bouche duquel il entendroit le tout mieux que de la mienne ; encore que dès long-temps vous ayez été averti de plufieurs chofes tendantes à même fin, auxquelles cette-ci vous auroit donné lumiere.

S. M. me répondit qu'elle vous en favoit beaucoup de gré : que M. de Châtillon avoit fait acte de bon Sujet : que vous ne pouviez mieux faire que de l'avertir, fans avoir égard à telles confidérations : que, pour continuer le filence, je continuaffe le nom que deffus audit Beauregard ; & là-deffus me commanda de le faire approcher : comme il commença fon propos, je me reculai ; mais il me fit rapprocher, & fus préfent à tout ce qu'il dit, y entrelaffant de fois à autre quelque mot, pour l'éclairciffement de fes propos.

Il difcourut premierement à S. M. la caufe qui lui avoit donné accès chez Monfieur de Savoie : puis, d'où étoit venue la confiance qu'il avoit prife de lui ; de-là paffa à toutes les particularités, qu'il a contées à V. M. de point en point : la farce qui fe joua pour faire fortir Efpiard; comme il le conduifit en Dauphiné, Provence & Languedoc : le langage que lui tint M. de Savoie ; les propos, menées, entreprifes, engins, & autres circonftances du fait d'Efpiard, qu'il feroit trop long de répéter ; & en fomme en dit affez pour émouvoir le Roi à bon efcient, encore qu'il obmît quelques particularités, que je lui fais garder pour la prochaine fois.

Le Roi l'écouta fort attentivement & patiemment, & obfervames des muaifons en fon vifage, qui témoignoient que ces propos faifoient impreffion au cœur ; il s'enqueroit fort de ce

qui se devoit faire en chacune Province, nommément en Bourgogne & Champagne, quand M. de Savoie se présenteroit
sur la Frontiere, & sembla croire aisément ce qui lui en fut dit,
& en avoir déja senti quelque chose.

Quand il eut fini, il témoigna en paroles fort expresses vous
en savoir grand gré : qu'il s'en ressouviendroit toute sa vie :
qu'en conservant le sien, vous conserviez le vôtre : que particulierement il le reconnoîtroit envers M. de Châtillon, & le
Capitaine Beauregard. Je lui répondis que le salaire que V. M.
desiroit, étoit que S. M. connût votre sincere & fidele affection : qu'on lui avoit dit que vous traitiez avec le Roi d'Espagne, par certaines personnes interposées, ce qui étoit vrai;
mais que S. M. se pouvoit ressouvenir qu'elle l'avoit trouvé bon,
& que de fois à autre on l'avoit avertie de ce qui s'étoit passé :
particulierement, que vous ne lui vouliez céler, que depuis peu
vous auroit été déclaré, de la part du Roi d'Espagne, que si vous
vouliez, on vous donneroit le moyen de lui faire la guerre, &
qu'on le vous continueroit, jusques à vous mettre la Couronne
sur la tête; mais qu'il étoit temps de vous résoudre : sinon, qu'il
avoit son Marchand prêt en France ; & lui dis que ces propos
m'avoient été tenus à moi-même. J'apperçus qu'il s'émut, &
prit grand pied là-dessus : qu'il ne falloit pas tant s'arrêter à la
considération du mal, qu'à la provision du remede : que le temps
pressoit, & que je n'avois parlé à homme de quelque qualité, en
la bouche duquel je n'eusse trouvé quelque chose pour me con-
former en cet avertissement : que V. M. le supplioit très humblement, venant à penser aux remedes, de se ressouvenir de
vous entre les premiers pour vous y employer, & que vous
eussiez cet honneur d'y donner des premiers coups, comme
Dieu vous avoit adressé l'heur d'avertir le premier : ce qu'il me
promit de faire, avec paroles fort affectionnées : que quelques-
uns des Principaux des Eglises de Languedoc & Dauphiné, s'é-
toient apperçus de ces menées, & s'employoient à les rompre
en tant qu'en eux étoit, en divertissant ceux de la Religion, desquels les esprits pouvoient être émus sur le temps de la restitution des Places ; mais, qu'outre cela, particulierement ils
avoient prié M. de Châtillon, de vous supplier de faire entendre
à S. M. qu'ils ne desiroient que matiere de lui montrer combien ils sont bons François, & qu'ils étoient prêts en une telle
affaire, de répandre aux pieds de S. M. ce peu que les miseres civiles leur ont laissé de sang & de moyens : comme aussi particu-

B b b b ij

lierement M. de Châtillon m'avoit chargé de dire à S. M. qu'il lui mettroit Espiard entre les mains, s'il lui venoit à gré, pourvû que de cette part les choses fussent conduites avec silence : il me répondit ; vous voyez comment je traite mes Sujets de la Religion ; je leur entretiendrai la paix, & leur montrerai que je leur veux du bien : & quant à M. de Châtillon, qu'il lui feroit chose très agréable, & qu'il l'en prioit.

Les préparatifs que le Capitaine Beauregard a déclarés s'être faits en Savoie, d'hommes, de bleds, &c., n'ont point été nouveaux, mais bien la cause. Les pratiques mêmes de M. de Savoie en divers lieux, étoient à-demi sues ; car le Président de Hautfort en avoit jà écrit quelque chose ; & M. de Lion nommément, que M. de Montmorency attenteroit sur le Pont S. Esprit, & seroit secouru du Roi d'Espagne & de M. de Savoie, desquels ils avoit reçu argent.

Si n'ai-je estimé convenir de scandaliser M. de Montmorency davantage, & me suis contenté de dire, que vous vous étiez bien apperçu qu'on l'avoit voulu attirer à cette cabale, abusant du désespoir où on le pensoit de la bonne grace de S. M. ; mais que vous pensiez qu'il n'y seroit entré plus avant, & qu'il auroit préféré le bien de cet Etat à ses considérations particulieres ; & qu'en tout cas, vous espériez avoir le moyen de l'en retirer, vous assurant tant de la prudence de S. M. qu'elle ne le voudroit aussi désespérer : & à cet offre il ajouta des mots gracieux, comme dessus, sans faire plus grande instance du principal.

Je verrai s'il m'en faudra parler plus avant à la prochaine audience. La présence de S. A. en cette Cour m'y a rendu plus retenu ; joint que j'ai su que S. M. faisoit proposer sous main à M. de Montmorency avant tout ceci, de le laisser seul en Languedoc, & contenter M. de Joyeuse ailleurs : autres disent qu'on est résolu de les appeller tous deux en Cour, & en cas qu'il ne vienne, qu'on procédera contre ses biens.

Je n'obmis à S. M. les entreprises de Provence, comme les plus pressées, & toutes les particularités ; & me dit qu'il y pourvoiroit incontinent : mais, parcequ'il étoit besoin de penser à tout, me commanda d'aller trouver la Reine sa Mere, & lui communiquer le tout, & non à autre, & lui faire ouïr le Sieur de Beauregard sur tout ce que dessus : il étoit logé en l'Hôtel de Longueville, & elle aux Repenties.

Je fis quelque instance au contraire, sur le commandement que j'avois de V. M. de n'en parler qu'au Roi : il me repliqua qu'il ne lui céloit rien, qu'elle étoit & sa Mere, & de son Etat par plusieurs fois ; que, pour y remédier, il l'en falloit informer, & que ce même jour ils en traiteroient ensemble.

Il nous recommanda le silence ; & lors nous nous départimes. Arrivant chez la Reine, elle étoit au lit, & Monseigneur auprès d'elle ; en sortant il m'avisa, & je lui fus baiser les mains : il me demanda si la Reine de Navarre étoit avec vous ; je lui dis qu'on attendoit le retour de M. de Clervant : s'il y avoit apparence d'une bonne reconciliation entre vous ; je lui dis qu'il n'y avoit point eu de différend ; au contraire, que vous n'aviez cherché que l'honneur commun de vous deux, après l'indignité reçue, & quelque bienséance en sa réception, éloignée de toute apparence de force, qui n'eût pu qu'ajouter aux sinistres interprétations qu'on avoit fait de ce qui s'étoit passé : il me pressa fort si c'étoit à bon escient & à mon avis, parcequ'il n'avoit pour l'heure autre chose à me dire.

L'ayant conduit jusques en son Cabinet, Madame de Chassincourt fit savoir à la Reine qu'il étoit là, & lui dit que le Roi m'avoit commandé de la venir trouver pour une affaire de très grande conséquence ; elle commanda à Madame la Princesse de Lorraine de ne laisser approcher personne de son lit, & me fit entrer avec le Capitaine Beauregard.

J'estime qu'elle pensoit que je vinsse pour les affaires de la Reine votre Femme ; car soudain elle s'en enquit, & me dit qu'elle s'assuroit que vous auriez tout contentement par la dépêche de M. de Clervant ; je crois qu'on s'est plus élargi par la dépêche qu'on a envoyée à M. de Believre ; & V. M., si elle tient un peu ferme sur Bazas, s'en pourroit appercevoir : car j'estime qu'on se contentera de la Citadelle, & qu'il a chargé aussi du paiement des garnisons des Villes de sûreté.

Je tins à la Reine quasi les mêmes propos qu'au Roi, & elle les mêmes réponses ; puis lui fit ouir le Capitaine Beauregard, qui lui dit des particularités qu'il avoit obmises au Roi, que je lui avois ramentées par le chemin ; elle dit par deux ou trois fois : *ceci ne se couve pas d'aujourd'hui ; il y a long-temps qu'on y travaille, il est temps d'y pourvoir.*

Comme je lui touchai que ces Entrepreneurs s'assuroient d'Orléans, elle me dit qu'ils y avoient pourvu, il y avoit jà trois semaines, sur autres bruits qui en étoient venus au Roi : si n'a-t-on laissé d'y dépêcher de nouveau encore hier pour cet effet.

1584.

LETTRE DE M DU- PLESSIS.

Elle reconnut auſſi la vérité de pluſieurs circonſtances contenues en l'avertiſſement du Capitaine Beauregard, qui lui vérifioient le reſte; & comme je vis qu'elle prenoit pied, je lui ajoutai le diſcours du Sieur que ſavez, que vous aviez été d'avis que je ne diſſe au Roi du premier coup; elle en voulut ſavoir le nom, & me dit qu'il étoit aſſez traître pour cela, & me commanda de le dire au Roi : ce que je n'ai encore fait.

Venant aux entrepriſes particulieres, je lui dis le devoir que vous aviez rendu, & les Egliſes de Languedoc, & M. de Châtillon, à ſouſtraire les moyens de les exécuter aux Entrepreneurs : que l'Aſſemblée des Egliſes qu'aviez prétendu aſſembler ſous le bon plaiſir de leurs Majeſtés y eût bien aidé ; mais, puiſque Sa Majeſté ne le trouvoit bon, qu'on n'en parleroit point : elle me dit que j'en parlaſſe au Roi encore, & que peut-être changeroit-il d'avis : qu'il ſe falloit unir : que, quand le Sang de France ſeroit d'accord, toutes ces menées ſeroient ſans effet : pluſieurs propos au reſte, pleins de gratification, & nul contredit; & craignant qu'aucuns ne ſurvinſſent, nous demanda s'il reſtoit plus rien à dire, qu'il falloit y mettre la main; & nous retirames.

Je dis au Roi & à la Reine, que je dépêcherois vers Votre Majeſté ; ils me commanderent de vous aſſurer fort de leur bonne volonté; & qu'ils feroient profit de cet avertiſſement; & que je demeuraſſe un petit; qu'ils vouloient encore parler à moi, & puis me dépêcher avec une réſolution : je crois qu'ils différeront juſques après le partement de S. A. qui s'en va Lundi ou Mardi.

Les ſignes que nous avons remarqués depuis, ſont ceux-ci : le Roi, après notre audience, demeura ſeul en ſa Chambre quelque temps fort penſif; puis ſur le ſoir alla trouver la Reine.

Hier, tout le jour, furent avec la Reine Monſeigneur & M. de Villeroi, près du lit de la Reine, traitant d'affaires : Meſſieurs de Guiſe y entroient de fois à autre, mais ſans s'approcher.

Le ſoir, M. de Villeroi fut ſi occupé d'affaires, qu'il ne voulut ouir aucun Particulier, & pria un chacun de ne l'importuner point, même ſes plus privés.

Aujourd'hui le Roi, dès trois heures du matin, n'a fait qu'écrire, & perſonne n'a entré chez lui.

Depuis auſſi a commencé, au ſortir du dîner & du ſouper, d'entretenir & careſſer la Nobleſſe plus qu'il ne ſouloit, & com-

mandé qu’on laiſſât entrer en ſa chambre à telles heures : à Meſſieurs de Guiſe, plus de careſſes beaucoup que de coutume ; leſquels toutefois diſent privément à leurs amis, qu’ils connoiſſent
bien une haine mortelle du Roi contr’eux : quelques-uns m’ont
parlé de les faire entrer en amitié avec vous, auxquels j’ai répondu ce que j’ai du, & que V. M. peut aſſez penſer ; en ſomme,
que vous ne négligez l’amitié de perſonne, moins de Seigneurs
de telle qualité, & que c’eſt à eux à commencer.

On dit que S. A. venant ici, les a fait rechercher par Mar-
chaumont, comme ci-devant par M. de la Châtre. Ils ne s’y ſont
oſés fier ; ils ont tenu un Conſeil ici avec leurs plus féaux amis :
l’un d’iceux (on dit que c’eſt le Baron d’Oſſonville) a révélé à la
Reine tout ce qui s’y eſt dit & fait : nous ne ſavons bonnement
quoi ; bien eſt-il vrai qu’ils minutent leur congé.

Le meilleur ſigne que je voie, c’eſt qu’on tient notre fait ſecret, qui eſt le moyen d’y pourvoir.

Monſeigneur eſt venu ici, à ce qu’on dit, voyant ſa maiſon
réduite à extrêmité, ſes deſſeins inutiles ſans l’aide du Roi, les
moyens d’acquérir ou reconnoître des Serviteurs, prêts de lui
être retranchés par ces nouveaux Réglemens, &c ; les Etats ré-
ſolus de ne traiter avec lui, ſinon en tant qu’ils voient le Roi réſolu de le ſecourir. Ainſi, après les démonſtrations d’amitié accoutumées, le Roi lui accorde cinquante mille écus, pour le ſecours de Cambrai, qui conſiſte en un avictuaillement que doit
faire le Maréchal de Biron. M. de Montpenſier s’en eſt excuſé ſur
ſes procès.

Le Roi, pour y voir plus clair, veut parler avec les Députés
de Flandres. S. A. part demain ou mardi au plus tard, & prend
ſon chemin à Monceaux.

Je doute que le Roi n’aura pas communiqué le fond de notre affaire à S. A. : car il eſt certain qu’il a tenu un Conſeil chez
M. de Villequier, qui a duré plus de quatre heures, où n’y avoit
que Meſſieurs de Joyeuſe & d’Epernon, M. le Maréchal de
Retz, M. le Chancelier, M. de Villeroi, M. de la Valette ; au
ſortir il alla trouver la Reine, & tira le rideau ſur lui, & fut une
heure ſeul avec elle ; & M. le Maréchal de Retz dépêcha quelques Commiſſaires de guerre à Lyon. L’état de la guerre a été
traité en ce Conſeil-là, & M. de Villeroi le fait dreſſer ; on l’augmente de douze cens mille écus. Monſieur de la Noue a écrit à
Madame de la Noue par trois fois, qu’elle avance ſa délivrance
tant qu’elle pourra, parcequ’il voit que l’Etat ſe pourra brouiller :

qu'il eſt très certain que le Roi d'Eſpagne veut avoir raiſon du
Roi, & qu'il s'aſſure de lui arracher la Bourgogne & la Picardie,
& le Marquiſat de Saluces tout au moins.

C'eſt, SIRE, ce que j'ai penſé digne de vous êtré écrit par ce
Porteur exprès, que je vous dépêche en poſte, & n'ai pu plutôt:
j'eſtime qu'après le partement de S. A. nous ſerons rappellés; &
fais état d'ajouter lors beaucoup de choſes que j'ai réſervées, pour
voir comment ces premieres ſeroient reçues, ſi j'apperçois qu'ils
procedent bien: car je ne me ſuis voulu hâter, ni le ferai, Dieu
aidant, qu'au temps; j'ai penſé auſſi de dire à S. M. que vous
m'aviez donné charge de vous porter ſes commandemens, afin
que vous ayez cet honneur d'être partie du remede qui ſera apporté; & ce me ſera un moyen de voir au fond de la réſolution
qui aura été priſe.

Si V. M. s'aviſe de choſe que je doive faire plus avant, elle me
fera redépêcher ce Porteur incontinent, s'il lui plaît: il ſeroit
bon que je ſuſſe ce qu'aura rapporté Undiano, pour m'en aider
ſelon l'occaſion; je n'obmettrai au reſte l'autre affaire, de laquelle j'ai parlé à V. M. en tout cas.

Il eſt tout certain, mais je ſupplie V. M. de le tenir ſecret,
pour le lieu dont je le ſais, que S. A., premier que ſe manifeſter
au Roi, voulut avoir un écrit ſigné de la main du Roi, & fort
exprès, par lequel il lui promettoit de le laiſſer aller toutes les
fois que bon lui ſembleroit, & le bailla à une tierce main, que
je vous dirai, à garder, pour s'en ſervir en cas qu'il lui fût fait
choſe au contraire. Il part Lundi, qui eſt demain, & ne fait
état de revenir de ſix mois, ſi autre occaſion ne ſurvient.

J'ai vu M. le Chancelier qui m'a bien fait ſentir que le Roi
lui avoit communiqué bien avant de ma charge, m'ajoutant
qu'elle lui a été très agréable, & qu'il a envie d'y pourvoir. Je
n'ai pu encore voir M. de Villeroi chez lui, depuis ma premiere
audience, & ne fus jamais ſi empêché; je le trouvai enfermé avec
M. Pinard, ayant défendu de ne faire parler quelconque perſonne que ce fût, à lui, fut-ce même de la part du Roi.

Le Roi avoit réſolu, pour éviter les difficultés accoutumées
en la vérification des Edits, de tranſporter au Privé Conſeil l'autorité ſouveraine du Parlement de Paris, en tant qu'elle eſt
Cour des Pairs, qu'elle vérifie tous Edits, & reçoit les ſermens
des Officiers de la Couronne, &c.; pluſieurs en murmuroient, &
la Cour ne s'en pouvoit taire: depuis deux jours le Roi a déclaré
à quelques-uns qu'il a changé d'avis, & ſe veut tenir en l'ancienne
façon.

La

La Cour de Parlement n'a point visité S. A. en corps, mais
bien les Présidens le sont allé visiter; il sembla n'en être content,
par un mot qu'il dit fort crûment au premier Président, après
une longue harangue : *vous devez connoître que je suis la première
Personne de France.* M. de Villequier demanda au Roi, s'il iroit en
qualité de Gouverneur ; il ne fut trouvé bon, qu'en qualité de
Particulier. Le Grand Conseil, par l'avis de M. le Chancelier,
n'y fut aussi en corps.

Il faut que je laisse quelque sujet d'écrire à M. de Chassincourt,
duquel je vous dirai, Sire, en un mot, qu'il fait très digne-
ment sa Charge ici en toutes sortes. Et sur ce finirai, suppliant
le Créateur, Sire, qu'il donne à V. M. en santé & prospérité,
longue vie.

Votre très humble & très obéissant Serviteur
à jamais,

DUPLESSIS.

De Paris, ce Lundi 20 Février 1584.

LETTRE

De M. Duplessis, au Roi de Navarre, du 9 Mars 1584.

SIRE,

LUNDI, 20 de ce mois de Février, je dépêchai Bouchard
vers V. M., par lequel vous aurez entendu tout ce qui s'est passé en
l'affaire que m'avez commandée, jusques audit jour. Si-tôt qu'il
fut parti, le Roi envoya quérir M. de Chassincourt, par lequel je
lui fis dire que nous avions encore plusieurs particularités à déclarer à S. M. ; & si-tôt qu'il le vit, il lui dit : tous ces jours-ci je
ne vous ai point vu, & ai regardé si je vous verrois point ; ce
que nous avions fait exprès, pour tant mieux appercevoir si la
chose avoit touché au cœur, & si on s'en ressouviendroit de soi-
même. Ledit Sieur de Chassincourt lui répondit que nous avions
craint d'importuner S. M. ; & lors il lui commanda de me faire
trouver le lendemain à l'issue de son dîner, en sa chambre, & qu'en
attendant j'informasse M. de Villeroi de toutes les dépêches qu'il
faudroit faire, pour remédier au mal ; mais ledit Sieur de Villeroi

n'étoit point chez lui, & ne le pus voir jufques au lendemain chez le Roi.

Ledit lendemain après dîner, nous entrames en la chambre du Roi, où nous trouvames le Comte de Sault, que le Roi avoit mandé, fuivant le moyen qu'avions propofé de remédier à la Provence, par fon entremife envers le Sieur de Vins, fon beau-frere : le Roi, qui étoit feul en fon Cabinet, avec le Sieur de Villeroi, le fit appeller, l'y retint bien une heure, & pouvions entendre partie de ce qu'il lui difoit ; & comme il fut dépêché, fortit M. de Villeroi, qui nous fit entrer M. de Chaffincourt & moi ; ce que nous apperçumes que le Roi fe fouvenoit de cette affaire, fans le lui ramenter, nous fut un bon figne.

Là je lui rafraîchis les propos précédens ; puis lui ajoutai plufieurs particularités, non déclarées en la premiere audience. J'apperçus toujours le Roi fort attentif, teftifiant avoir mêmes avis de divers lieux, mais non fi clairs ; & qu'à la vérité, le nôtre étoit celui qui premier lui avoit donné lumiere : qu'il s'en reffen-toit fort obligé à vous, & qu'il le reconnoîtroit à bon efcient.

Lors, je n'obmis le fait du Gentilhomme voifin de Sainte-Foy, & le Roi nous dit l'avoir entendu de la Reine fa Mere, comme autres circonftances, qui me firent connoître qu'ils avoient devifé enfemble de cette affaire avec grand loifir.

Sur-tout, le Roi s'arrêtoit fur le Languedoc, & m'enqueroit de M. de Montmorenci, duquel je parlai toujours fort fobre-ment ; & que, s'il s'étoit laiffé emporter trop avant, vous efpé-riez l'en retirer, vous affurant auffi que Sa Majefté ne le vou-droit défefpérer ; & en fomme, il tâchoit de dériver le plus grand blâme fur lui, comme auffi M. de Villeroi, auquel je ré-pondis que S. M. pouvoit avoir avis d'ailleurs ; de votre part, que vous ne lui vouliez point alléguer des foupçons, mais des certitudes.

Là deffus le Roi fe mit à difcourir : qu'il étoit ébahi d'où venoit ce mauvais confeil à M. de Montmorenci : qu'il ne penfoit aucunement à lui ôter fon Gouvernement, & moins que jamais : qu'il avoit deux cens mille livres de rente, un des plus beaux Etats de fon Roïaume, Femme & Enfans, grand nombre de Parens : que nul n'avoit occafion d'être meilleur François que lui : que V. M. lui devoit remontrer ces chofes pour le ramener à fon devoir, & qu'il devoit attendre tout bien de fa part, &c.

S'enquit puis après, fi nous n'avions point découvert d'entre-

prifes en Languedoc : qu'il en attendoit tous les jours, & fraîchement lui avoit pris deux Places auprès de Beaucaire : que s'il appelloit conferver fon autorité, prendre fes Villes, il lui prendroit
bien mal que tous fes Gouverneurs fuffent de même humeur : je
lui répétai toujours que V. M. feroit ce qu'elle pourroit pour le
retirer de-là, & me fembla le trouver bon ; mais je crains, en
cas qu'il s'opiniâtre , qu'on ne le veuille forcer; & lors, l'armée
qu'on enverroit contre lui, feroit fort fufpecte à nos Eglifes,
ce qu'il faut détourner par tous moyens.

Pour cette caufe , je lui alléguai, qu'outre les fufdites remontrances , vous aviez moyen de rompre les principaux coups qui
fe pourroient donner en Languedoc, en contenant les Capitaines
& Soldats de la Religion en leurs maifons,& les fouftrayant à ceux
qui en voudroient abufer : que le temps de la remife des Places
rendoit plufieurs perfonnes plus capables de remuer, d'autant
que les remedes de la défiance leur femblent ceffer premier que
le mal : que c'étoit la caufe en partie qui vous faifoit defirer une
Affemblée des Eglifes , par le moyen de laquelle vous pourriez
ployer leurs intentions à celle de S. M., & rompre les deffeins des
Perturbateurs : ce que je ne difois pour avoir charge de la preffer , mais parceque j'eftimois confifter en icelle partie du remede
de Languedoc ; & qu'en fomme , quand ceux de la Religion ne
s'en mêleroient point , qui voulût troubler la Province , fe trouveroit bien abandonné de moyens.

Sa Majefté répondit , que vous aviez affez d'autorité pour
compofer ces chofes, retenir ceux de la Religion fans ladite Affemblée : qu'il ne vouloit point celer , qu'il avoit un peu trouvé
étrange que les Lettres de convocation qu'aviez écrites aux
Provinces, lui fuffent venues ès mains, premier que de l'en avoir
averti (ce qui doit être advenu par la malice ou indifcrétion
de quelques uns); & ajouta M. de Villeroi, qu'on n'appelloit
pas feulement les Provinces de de-là, mais toute la France : je repliquai que vous l'aviez fait pour gagner temps , & pour tant
mieux pouvoir répondre & fatisfaire aux Commiffaires que S. M.
enverroit pour l'exécution de fon Edit, fe perfuadant qu'elle ne
feroit non plus de difficulté de confentir celle-ci, que les précédentes, defquelles elle avoit vu le fruit en la remife des Places
de la Conférence , &c. : comme auffi elle auroit de plus en plus
connu votre fincere affection envers fon fervice; & quant à ce que
Députés y étoient convoqués de toutes les Eglifes , que S. M.
favoit que les fûretés étoient auffi données à toutes , & la paix

C c c c ij

pour toutes ; joint que plusieurs d’icelles se plaignoient d’être
surtaxées en la levée de deniers, accordée par Sa Majesté sur
elles, aux plaintes desquelles ne se pouvoit remedier que par
cette voie : comme aussi il apparoîtroit à Sa Majesté, par
lesdites Lettres de convocation, qu’elles y étoient conviées à
cette fin.

Nonobstant toutes ces raisons, il ne se lâcha point plus avant,
& je ne voulus presser davantage, craignant qu’il ne pensât que
je voulusse tirer ce fruit de notre avertissement ; résolu toutefois de lui en reparler une autre fois, pour en emporter résolution.

Il me ramenta d’écrire à M. de Châtillon pour Espiard : je
lui dis que je l’avois jà fait par un Courier exprès ; aussi qu’il
veillât aux engins qu’on feroit faire par les Menuisiers qu’il avoit
baillés, parceque par iceux on jugeroit à-peu-près de leurs entreprises : & sur ce que je lui dis que le Capitaine Beauregard
avoit encore plusieurs particularités à lui dire, le fit appeller, &
l’ouit fort patiemment ; puis nous commanda d’aller chez M.
de Villeroi, & qu’il prît de nous mémoire des dépêches qu’il
falloit faire par-tout, lequel nous donna heure à son logis, à
quatre heures après midi ; & cependant s’en alla trouver la Reine
en sa Maison des Repenties, pour lui communiquer tout ce que
dessus.

J’oubliois, que répétant à S. M. qu’elle pourroit remédier
à la Provence, par le Comte de Sault, il me répondit, qu’il l’a-
voit envoyé querir exprès en son Cabinet, & qu’il l’y envoyoit,
& que c’étoit un honnête Gentilhomme, qui feroit sans doute
tout ce qu’il lui commanderoit ; qu’il avoit aussi averti le Grand
Prieur, & lui mandoit de ne bouger d’Arles, où il étoit dès cette
heure : commanda aussi, comme je l’avois proposé, à M. de
Villeroi d’écrire au Sieur de Revol en Piedmont, son Ambassadeur, qu’il veillât plus que jamais sur les actions de M. de
Savoie, &c.

A l’heure précise, nous vinmes, M. de Chassincourt & moi,
chez M. de Villeroi, qui s’y trouva peu après, & nous mena en
un lieu tout à part : je lui refis tout le discours, passant des généralités aux particularités, sans rien obmettre ; puis venant aux
remedes, il me pria fort de lui faire ouverture de ceux que j’estimois propres : ce que je ne voulus faire sans quelques préfaces de
l’importance de la chose, de mon inexpérience ; & sur-tout, que
je savois qu’ils étoient toujours suspects de la bouche d’un de ma

Religion : toutefois, que je protestois que notre seul but étoit de montrer à S. M. que ce ne sont choses incompatibles, d'être bon Huguenot & bon Sujet tout ensemble ; & qu'au reste je ne haïssois Homme du monde, non pas le Pape même, quelque mal qu'il nous eût fait.

Les remedes que je proposai furent ceux-ci : que S. M. ralliât tout son Sang ensemble, lequel naturellement court au cœur quand le danger se présente, & que le Roi de Navarre, en ce que S. M. commanderoit, montreroit le chemin très volontiers ; qu'on ne laissât éloigner les personnes de ceux qu'on pensoit Auteurs principaux de ces remuemens, lesquels toutefois avoient envie de prendre congé, afin qu'on s'en pût assurer au besoin, non sur une vérisimilitude, mais sur une certitude, quand on la verroit ; mais, comme ce remede ne se devoit pratiquer qu'avec grande occasion, qu'aussi, icelle y étant, n'y en avoit-il point de plus prompt : ce que je lui pouvois témoigner par la prise de Messieurs de Montmorenci & de Cossé, lesquels sans doute étoient compris en l'entreprise de Monseigneur, & sous eux branloient en chacune Province plusieurs Seigneurs, Gentilshommes & Places, qui demeurerent ou suspendus, ou en devoir par ce moyen : que le Roi prît garde à sa Personne, vû la façon de procéder du Roi d'Espagne, qui abbrégeoit, en tant qu'il pouvoit, les guerres par assassinats, comme il s'est vu en la personne du Prince d'Orange, & tout fraîchement de la Reine d'Angleterre : que S. M. pourvût aux Provinces & lieux qui lui avoient été dénommés, & considérât, quand nous en savions tant, que nous en ignorions beaucoup davantage ; & partant qu'il falloit veiller par tout : qu'on divertît les forces d'Espagne par tous moyens ; ce qui étoit aisé, en secourant Monsieur le Prince d'Orange & les Etats de quelques sommes de deniers, en gardant Cambrai, &c. ; mais sur-tout en faisant exécuter quelques entreprises notables en la Comté de Bourgogne, qui couperoit le passage aux forces, deniers & intelligences d'Espagne, & arrêteroit la guerre sur le leur, qui autrement passeroit sur le nôtre : que S. M. rafraîchît ses Alliances, en Angleterre, en Allemagne, en Suisse ; & de défensives, si elle voyoit que ses entreprises procédassent plus avant, les fît offensives ; & finalement, qu'on attaquât le Roi d'Espagne, dans son Espagne même, en donnant les moyens au Roi de Navarre d'y poursuivre son droit, lequel ne demandoit que sujet de remontrer au Roi la fausseté des calomnies qu'on lui auroit voulu imposer, &c.

Ces remedes lui plurent affez, & nous répondit qu'il falloit fur-tout conjoindre les intentions du Roi, de Monfeigneur & de vous, à même but : cela étant, que les autres feroient au bout de leur rôlet : qu'il falloit veiller fur les Auteurs de ces menées, qu'il étoit bon de ne les laiffer éloigner, & que le Roi en trouveroit affez de prétextes ; mais qu'il ne falloit précipiter une main mife, que le Roi n'eût pourvu à fe rendre le plus fort : qu'ils favoient la difpofition intérieure de chaque Province : que M. de Guife avoit peu de crédit en Champagne ; M. du Maine, un peu plus en Bourgogne ; mais que M. le Grand (1) étoit homme d'honneur qui ne feroit point de faute : que depuis fon partement de Dauphiné, il avoit à-demi perdu les amis qu'il y avoit acquis : qu'ès autres Provinces ils en avoient prefque plus qu'en leurs Gouvernemens ; mais qu'il y avoit moyen par-tout : que le Roi prendroit garde à foi, felon que j'avois dit, vû les procédures du Roi d'Efpagne, & que c'étoit le principal : qu'on feroit dépêches de toutes parts, & que, devant la fin du mois, le Roi feroit le plus fort par tout où befoin feroit ; & pour y parvenir, prit mémoires fort particuliers de nous, qu'il écrivit de fa main : que, fur notre avertiffement, le Roi s'étoit rendu plus facile aux propofitions de S. A. pour le fecours de Cambray, qu'il étoit réfolu de conferver : qu'en Suiffe tout étoit bien ; & là-deffus nous conta comme, par la pratique de l'Ambaffadeur du Roi, la Sentence des Arbitres avoit été remife au temps pour le fait de Geneve, étant tout certain qu'ils étoient gagnés par M. de Savoie, & prêts de la donner à fon profit ; & que, pour le regard d'Angleterre, on étoit en bon train, comme de fait audience eft donnée à l'Ambaffadeur à cette fin : approuva fort auffi, de tramer quelque chofe contre la Bourgogne ; & pour le furplus, que le Roi fe réfoudroit avec plus de loifir, de ce qu'il auroit à vous mander par mon retour, après que les dépêches plus preffées feroient faites.

C'eft le fommaire à-peu-près de nos propos ; & ne veux cependant obmettre de vous dire, que, fur ce que je dis au Roi, que le Roi d'Efpagne avoit fait reconnoître votre Port d'Albret depuis quelque temps, il me demanda fi vous ne l'aviez point encore accommodé, & lui répondis que non ; qui me fait penfer qu'il ne trouveroit mauvais qu'y fiffiez bâtir pour le conferver.

______

(1) C'étoit M. le Comte de Charni, Grand Écuyer.

Nous étions en peine de favoir jufques à quel point le Roi auroit communiqué de cette affaire à S. M. dont le Mercredi 22 de Février fumes éclaircis par le . . . . , qui le fut conduire jufques à Claie, & à fon retour voulut parler avec nous; il lui dit, que le Roi étoit en meilleur train de négocier avec eux que jamais; que telle & telle confpiration avoit été découverte, & par ceux mêmes dont moins on l'efpéroit : que j'avois amené homme qui en parloit fort clairement; offrois d'en faire attraper un autre, qui s'y mêloit des plus avant : que le Roi m'avoit oui & reçu fort volontiers, & vous en favoit grand gré : que, pour m'ouir, la Reine fa Mere avoit fait éloigner de fon lit jufques à fa Niéce (1), &c. : chofes qui ne pouvoient être devinées : ajouta, que Madame de Montmorenci y trempoit, & cela étant, qu'il n'avoit plus d'amis. De ceci, fans nommer perfonne, nous nous fervimes le Vendredi enfuivant 24, vers M. de Villeroi, l'admoneftant qu'on tînt l'affaire fecrette ; & très à propos eft avenue l'arrivée de S. A. en cette Ville, au même temps que j'arrivai : car, ce peu qui s'en évente, s'attribue à lui, qui de fait a découvert au Roi tout ce qu'il avoit fait traiter avec Meffieurs de Guife & de Nervers, par Monfieur de la Châtre, lefquels, fur les préparatifs qu'ils voient, en font fort en allarme.

Le Samedi 25 le Roi alla coucher au Bois de Vincennes, & y a tardé jufques au Mardi 28 : c'étoit pour fes dévotions ; & contre fa coutume, il y mena fes Gardes. Le Confeil ne bougea d'ici : auffi fe voit cette mutation, tant chez le Roi que chez la Reine, qu'on n'entre plus en l'anti-chambre ; mais les Gardes font à la porte, & faut être connu, premier que d'entrer.

Nous avons fondé les effets furenfuivis, fans nous arrêter aux paroles. On a dépêché en Suiffe, premierement pour lever 6000 Suiffes, & puis pour une crue de 4000. On a envoyé grande quantité de poudre à Lyon, & y fait-on acheminer quatre Compagnies de Gendarmes. On a remué les Garnifons, de lieu en autre en plufieurs Places, & ne voit-on qu'expéditions & Couriers : nul toutefois que de par le Roi, ou de fon fu ; car on a défendu depuis quatre jours, & du lendemain que Bouchart fut parti, de bailler chevaux de Pofte, fans paffeport, fur peine de la vie. Le Roi a envoyé querir les Députés des Païs-Bas pour traiter avec eux, & arriverent ici le dernier de Février, conduits par Alferan : a traité auffi fort favorablement avec l'Am-

____

(1) C'étoit Madame Catherine de Lorraine, depuis Grande Ducheffe.

baſſadeur d'Angleterre ; & ſemblent pied-à-pied ſuivre le chemin où nous les avons mis.

Ces choſes empliſſent Meſſieurs de Guiſe de ſoupçons, & non moins un propos que le Roi tint à M. de Nevers & à M. du Maine, Samedi aux Tuilleries. L'Ambaſſadeur de Veniſe, leur dit-il, m'eſt venu trouver cette après-dînée : je ſuis fort tenu à ces gens-là, pour la bonne réception qu'ils me firent à mon retour de Pologne ; & maintenant ils me demandent conſeil ſur une affaire, où je la leur voudrois bien donner bonne : ils ont découvert une conſpiration de quelques-uns des Principaux Sénateurs, contre leur Etat : la choſe eſt avérée ; mais ils ne ſavent comment ils en doivent uſer : que vous en ſemble ? M. de Nevers répondit, que c'étoit choſe qu'il falloit manier avec grande prudence, & ne rien précipiter ; qu'il falloit la bien vérifier, puis prendre garde qu'on n'emût plus de mal qu'on n'en pourroit vuider. M. du Maine de même. Et le Roi les preſſoit fort ; & enfin leur dit : c'eſt grande pitié ; je voudrois bien que ceux que Dieu a aſſujettis à un Prince, ſe conſidéraſſent en ſa Perſonne, & pluſieurs propos ſemblables. M. de Nevers, à ce propos, ſe ſouvint de l'Hiſtoire du Comte Herbert de Vermandois ; &, comme il fut au logis, envoie viſiter tous les Ambaſſadeurs d'Italie, celui de Veniſe, nommément, pour ſonder s'il étoit rien de cette propoſition ; & trouva que non : cela redoubla l'allarme ; & le Dimanche 25 enſuivant, M. de Guiſe dit à un de nos Amis : cette méchante ame nous a tous gâtés ; nous ſommes ruinés, il a raconté tout ce que nous avons fait avec la Châtre, & pis.

Depuis ces jours, les ſuſdits nous ont fait tenir propos, que toutes ces nouveautés ſe préparoient contre vous : qu'ils prévoyoient votre ruine : qu'il la falloit prévenir : ce faiſant, que vous ne manqueriez point d'Amis & Serviteurs, & ne demandent qu'à bailler le change. Nos réponſes ont été, que vous ne déſiriez que la paix : que vous patienteriez pour l'avoir : qu'à l'extrêmité vous ſaviez vous réſoudre : que vous ne vouliez plus qu'on dît, que ce n'eſt qu'aux Huguenots à remuer : au reſte, que vous faiſiez cas de l'amitié d'un chacun ; que ceux qui rechercheroient la vôtre, la trouveroient : que ſelon les dégrés, ce n'étoit à vous à commencer, &c. ; &, ſelon que les allarmes leur croiſſent, ces propos s'échauffent. Je penſe qu'il n'y a point de réſolution Huguenoteſſe parmi eux, & qu'ils ſe défient d'un parti non encore eſſayé.

Lundi

Lundi 27 Février, je fus voir M. de Villeroi, l'avertis qu'il étoit
forti artillerie de la Ville d'Alexandrie de la Paille, frontiere de
Lombardie, pour paffer en Piedmont; qu'il devoit veiller fur l'Ar-
fenal, &c. Il répondit qu'ils avoient l'œil à tout, que leurs avis fe
conformoient fort aux nôtres, & de plus en plus; mais que,
graces à Dieu, ils voyoient plus de mauvaife volonté que d'effet.
Il m'infiftoit toujours fur le Languedoc, & j'en parlois tant plus
fobrement; cela fut caufe que je lui dis, que, quelque provifion dont ils ufaffent, ils fe devoient garder de mettre nosÉglifes
en défiance, lefquelles ne pouvoient voir approcher des forces
d'elles, fans en prendre jufte ombrage, vû même la circonftance du
temps; il me dit, qu'ils le favoient bien, qu'ils y auroient égard;
qu'ils ne feroient paffer la riviere de Loire à leurs forces, &c.:
mais qu'auffi ne devions-nous pas légerement entrer en foupçon
des actions du Roi. Je repliquai, qu'il nous étoit aifé de nous en
fier, nous qui voyons les caufes de fes actions; mais que ce n'étoit
le même de ceux qui n'en voyoient que les effets, & auxquels on
ne pouvoit, fans danger, en manifefter la caufe: cela ne me fatisfait point encore; car, fans qu'ils paffent la Loire, ils peuvent
aller en Dauphiné & Languedoc; & de ce point fuis délibéré de
m'éclaircir avec le Roi même.

Il nous dit que le Roi feroit bien-aife que vous communiquaf-
fiez de toute cette affaire à M. de Believre, que vous vous en
pouviez fier à lui, comme au Roi même. Nous répondimes, que
vous l'aviez voulu répandre au fein de Sa Majefté, & ne vous
difpenfiez d'en parler que par fon avis, que j'eftimois que vous
ne feriez difficulté d'en parler audit Sieur de Believre; mais
qu'à tout autre vous la pourriez faire, vû les profondes racines
que peut avoir jettées cette confpiration; & nous fembla le trouver bon.

Nous avions eu avis que Beringhen avoit été pris le 12 Février près de Metz, & mené au Château de Moulins fur Selles,
& de-là en la Citadelle: nous le priames qu'on l'amenât à S. M.,
& qu'on vît fes dépêches; il nous dit qu'il n'en favoit rien, &
que ce n'étoit de fon département. Ce qu'on en parle fi peu, nous
fait croire qu'on n'a pas trouvé grande chofe; & auffi dit-on qu'il
avalla une petite Lettre: cependant, pour couvrir les remuemens qu'on fait, on prend envers plufieurs ce prétexte, même
envers les plus Grands.

Lui dimes auffi, qu'il étoit befoin de renvoyer Beauregard,
craignant qu'il ne fût découvert; mais que, pour lui donner

Tome I. D d d d

courage, il le falloit reconnoître, comme S. M. avoit promis ; il se chargea d'en parler au Roi : ce qu'il fit le Mercredi 29, à son retour du Bois de Vincennes ; & le Jeudi fumes mandés vers S. M., pour savoir intention, tant sur cela qu'autres choses ; mais il ne se peut développer de plusieurs personnes suspectes en ces affaires, qui fut cause que M. de Villeroi eut charge de nous remettre au Samedi 3 de Mars, parceque le Vendredi étoit jour des Pénitens.

Ce Vendredi nous avertimes ledit Sieur de Villeroi, que Espiard avoit été tué à Beaucaire, en faisant jouer un artifice de feu, & trouvames, par les circonstances qu'il nous remarqua, qu'ils en avoient nouvelle : aussi, que son Neveu, revenant de Savoie, & l'ayant trouvé mort, étoit au désespoir ; & le lendemain fumes de S. M. même, qu'il étoit venu le trouver, & lui avoit déclaré plusieurs particularités. Nous entrames avec ledit Sieur de Villeroi fort avant sur l'Assemblée générale, & sur le paiement des Garnisons ; mais n'en pumes enfin tirer autre conclusion, sinon, qu'il vaudroit mieux traiter ces choses sur les lieux avec M. de Believre, auquel S. M. donneroit tout pouvoir en ce qui concernoit la paix.

Le Samedi après dîner, fumes appellés chez le Roi ; & avant qu'être introduits au Cabinet de S. M., entretinmes bien deux heures M. de Villeroi en la Chambre, & sembloit en divers propos s'ouvrir fort à nous ; puis étant appellé du Roi, il me dit les préparatifs qu'il avoit faits sur votre avertissement, qu'il lui étoit venu très à propos, que de plus en plus il connoissoit votre bonne volonté envers lui ; qu'aussi y aviez-vous intérêt, après lui & son Frere, plus que personne : qu'il faisoit faire une levée de Suisses, équiper son Artillerie, acheminer cinq Compagnies de Gendarmes vers le Beaujolois, & quelques Troupes d'Infanterie, pour être toutes portées, contre les effets qu'on pourroit faire vers la Provence, ou Bresse : que, contre une descente du Prince de Parme, il avoit pourvu à ses frontieres de Picardie & Champagne : cependant, qu'il ne laissoit pas de prendre garde à sa Personne, & de veiller sur ceux que vous lui aviez déclarés pouvoir entreprendre sur son Etat : que je vous en avertisse en renvoyant Beauregard, duquel il vouloit reconnoître le service, & vous assurasse de sa bonne affection, tant envers vous que tous ses Sujets de la Religion, & plusieurs propos à même but. Je lui dis que vous seriez très aise que S. M. eût connu la vérité de vos avis, puisque ce mal avoit à naître ; & encore plus,

de ce qu’elle y avoit pourvu à temps : cependant, que je m’enhar-
dirois de lui dire franchement, que tout ainsi que vous ne pouviez prendre d’ombrage sur ces préparatifs, parceque vous en
saviez la cause, qu’aussi étoit-il impossible que ceux, qui ne savoient pas comme nos Eglises de Languedoc, Provence & Dauphiné, n’en prissent allarme, voyant tant de forces fondre à l’entour d’eux : pourtant, que c’étoit à S. M., selon sa prudence,
d’aviser aux moyens de lever les défiances, & d’administrer à
V. M. les moyens de le faire envers lesdites Eglises.

Que j’appercevois bien que S. M. avoit de grands mécontene-
temens de M. de Montmorenci, & lui attribuoit partie de remuemens de de-là ; mais qu’elle se souvînt qu’un Serviteur de telle
autorité devenant mal-content, soit à tort, soit à droit, avoit souvent ouvert la porte à l’Ennemi d’un Etat, lequel étant contenté
& appaisé à temps, en eût été prévenue la ruine, qui, à faute de
ce, s’en seroit ensuivie ; & que je n’estimois point que ledit Sieur
de Montmorenci fût si avant en chemin, qu’on ne l’en eût pu retirer, comme plusieurs fois je lui avois proposé de notre part : que
s’il s’opiniâtroit, s’ensuivoit un autre reméde, à savoir, de soustraire aux perturbateurs, ceux de la volonté desquels ils pourroient
abuser, même en ce temps qu’il y a tant d’esprits impatiens &
suspendus pour la remise des Places ; lesquels deux moyens se
pouvoient pratiquer, premier que de venir aux plus rigoureux
& désespérés, qui ne se pouvoient pratiquer sans altérer grandement les susdites Provinces.

Là-dessus il me commanda de vous écrire, comme ci-devant,
que vous avisassiez, par tous moyens, de regagner ledit Sieur
de Montmorenci à son service, & le ramener à son devoir : que
vous le pouviez assurer qu’il ne pensa jamais moins à lui diminuer de ses honneurs & dégrés, &c. : qu’il a des biens & honneurs en France, plus qu’il n’en peut espérer ailleurs ; Femme,
Enfans, Parens, & de l’âge assez pour se reposer, &c. : ce que je
lui dis avoir déja fait, & me le recommanda derechef. Quant à
ceux de la Religion, me demanda les moyens de les assurer : je
lui proposai premierement de rafraîchir la publication de son
Edit, & Conférences par-tout, & en recommander l’exécution à
tous les Magistrats & Officiers de son Roïaume, à bon escient :
secondement, parceque les effets persuadoient plus que les paroles, d’envoyer des Commissaires amateurs de paix, sur les lieux,
assistés de quelques Gentilshommes de la Religion, bien quali-
fiés, pour l’exécution de l’Edit ; & sur ces mots, il appella M.

de Villeroi, difant qu'il troûvoit ces expédiens fort bons, & qu'il
ne favoit homme plus propre que M. de Believre, parcequ'il y
avoit danger, au lieu de pacificateurs en l'obfcurité de ces affaires, d'y envoyer des brouillons : tiercement, que Sa Majefté
contentât & gratifiât ceux de la Religion en quelque chofe, afin
qu'on n'abufât de la faifon pour les faire remuer, & que vous euf-
fiez plus de moyens pour les divertir des mauvais deffeins. Il me
dit, que volontiers, pourvû que l'Edit demeurât en fon entier.
Je voulois que par-là il entendît une furféance de la reddition
des Places, & ne la lui voulois nommer, craignant qu'il ne pen-
fât que nous voulufſions trop tirer de profit de nos avertiffemens ;
mais il n'en fit autre femblant : fi eftimai-je, que c'eft chofe que
V. M. pourra commodément traiter avec M. de Believre, & avec
efpérance de l'obtenir.

Je pris la hardieffe de demander à S. M. s'il ne paroiffoit rien
en Provence : il me dit que Vins ne tâchoit qu'à revenir à bien,
& le recherchoit d'oublier tout ; & que pour cette caufe il auroit
encore retenu le Comte de Sault, ne l'y voulant envoyer qu'au
befoin ; & de fait je le rencontrai ce même jour : auffi, s'il ne fe
découvroit rien en Bourgogne ; il me dit, que le Duc de Savoie avoit mis garnifon à Bourg-en-Breffe : qu'auffi il s'y dreffoit
des étapes : que les Efpagnols y paffoient, &c., & qu'il y avoit
grande apparence à tout ce que j'avois rapporté : cela fait, fit appeller le Capitaine Beauregard, qui prit congé de S. M., avec
commandement à M. de Villeroi de lui faire bailler fa récompenfe, & promeffe de faire davantage pour lui à l'avenir ;
& pour la fin, me commanda de le revenir trouver dedans cinq
ou fix jours, & qu'il vous rendroit content. Il n'y avoit en ce
Cabinet que M. d'Epernon, mais trop loin pour pouvoir ouir
ces propos.

Le Dimanche matin, 4 Mars, nous fumes trouver la Reine
M. de Chaffincourt & moi. Je lui tins prefque mêmes propos
qu'au Roi, ajoutant : que tous les jours on nous donnoit des
allarmes, même de la plûpart des plus grands : qu'on nous ramentoit, que plus habiles gens que nous avoient été trompés
ci-devant, fous femblables prétextes : que, fi nous ignorions
les caufes de ces préparatifs, fans doute nous les interpréterions
de même : pourtant, que Sa Majefté pouvoit penfer que nos
Eglifes qui les ignoroient, feroient en grande perplexité, & qu'il
falloit rechercher les moyens de les affurer. Elle fembla le prendre en bonne part, & reconnoître que nous avions grande rai-

son : & sur les rémedes, je lui parlai des Places un peu plus clairement qu'au Roi, & promit fort d'y tenir la main : sur le propos de M. de Montmorenci, je lui dis qu'elle se souvînt qu'un Prince d'Orange mal-content avoit ouvert la Flandre à la France, & qu'il n'avoit tenu qu'à nous que n'y fussions entrés : que plusieurs grands Etats s'étoient ruinés par ce moyen ; pourtant, qu'il étoit plus convenable de chercher de le remener par douceur. Elle sembla approuver cette voie, plus que celle de la rigueur, vous priant de vous y employer ; & au surplus me tint tels propos que le Roi, & parloit d'affection de vous. Nous lui parlames de Beringhen ; elle nous assura de n'en avoir oui parler : ce que M. de Villeroi nous jura le jour précédent, & craignons qu'on ne lui ait fait un mauvais tour : s'excusa sur sa goutte à la main droite de ne vous écrire de sa main, & commanda ses Lettres au Sieur de Laubespine. De la Reine votre Femme, ne nous en ont parlé ni le Roi ni elle, depuis le premier jour.

Les effets qu'avons observé depuis, sont ceux-ci : On a accordé à Monsieur de Bouillon des crues pour ses Places : on a logé grande quantité d'artillerie sur la terrasse de la Bastille, toute tournée vers la Ville : on a envoyé lever deux mille Reistres. Le Roi n'a point voulu loger au Louvre, afin que Messieurs de Guise n'y fussent logés ; allant à la cérémonie des Pénitens aux Bons-hommes, ses Gardes l'ont suivi. M. de la Guiche a eu charge de faire un grand attelage, & a dit à un de ses amis, qu'il voudroit être endormi pour six ans. En tous les Conseils de ces affaires, n'ont été appellés ni les Princes, ni la plûpart des Maréchaux, & se font tenus chez M. de Villequier ; & sur ce que j'ai dit à M. de Villeroi, que plusieurs s'en offensoient : que voulez-vous ? me dit-il, le méritent-ils pas bien ? A qui s'en doivent-ils prendre qu'à eux-mêmes ?

Cependant je suis en peine de ce que toutes ces forces s'acheminent en lieux, d'où ils peuvent fondre sur nos Eglises, en cas que ceux pour qui elles sont préparées, se raccommodent ; & pour obvier, ai varié de proposer deux moyens, mais n'ai osé, sans savoir de vos nouvelles : que si leurs Majestés le trouvoient bon, vous vous achemineriez en Languedoc, sous prétexte de tenir le Fils de M. de Châtillon, comme en étiez prié, pour leur regagner M. de Montmorenci, & soustraire aux Perturbateurs les moyens de mal faire ; ou, qu'en tout cas, vous seriez très aise d'y faire la guerre à l'Espagnol, & tout autre Etranger, s'il sy présentoit, & que nul n'y devoit être préféré à vous, qui aviez devancé tous les autres en ce service.

Je crains feulement qu'ils ne veuillent vous être tant obligés, ou que vous vous obligiez tant M. de Montmorenci. De fait, nous fommes avertis que Leurs Majeftés ont dépêché un Courrier vers lui, & que la Reine lui offre de conférer avec lui en quelque lieu qu'il voudra choifir, & fait état de paffer en Guyenne, pour prendre avis de vous ; & le Roi prendra le chemin de Lyon, pour lui montrer la verge d'un côté, & bon vifage de l'autre. S. A. auffi s'offre d'aller en Guyenne avec la Reine, & fait montre d'y avoir grand crédit envers mondit Sieur de Montmorenci.

Mardi au foir arriverent nouvelles que les Efpagnols étoient affez proches du Marquifat de Saluffes : que le Duc de Montalto eft arrivé en l'Etat de Milan : que le Duc d'Urbin commandera à la Cavalerie, & le jeune Prince de Florence à l'Infanterie : qu'il eft forti 14 canons de Milan, &c. : que la charge de la Mer a été ôtée au Marquis de Sainte-Croix, pour la bailler à Jean André Doria, qui ne connoît que notre Méditerranée : tout cela leur fait croire que c'eft à eux qu'on en veut ; car tels perfonnages n'iroient pas pour obéir au Prince de Parme, & l'Artillerie ne paffëroit pas en Flandres ; & par Mer, le Roi d'Efpagne n'a affaire que contre la France, le Turc étant occupé contre la Perfe, & ledit Sieur Roi d'Efpagne ayant fait ligue fraîchement avec le Roi de Fez. J'ajoute les Lettres que le Neveu d'Efpiard a apportées, qu'il avoit reçues du Duc de Savoie, pour fon Oncle, qui parle affez clairement.

Jeudi matin 8 de ce mois, je reçus les Lettres de V. M. du 27 Février, par la Pofte. Je fis plainte, incontinent au dîner de la Reine, des façons du Maréchal de Matignon en la levée de garnifons d'Agen & Condon ; elle fit mine de le trouver étrange ; & je lui fis fort fentir combien cela importoit à l'honneur de la Maifon de France & vôtre ; elle me promit d'en parler au Roi, & lui en faire écrire, ajoutant que ce n'étoit aucunement leur intention : je lui fis pareillement ouverture d'un moyen, par lequel le Roi pourroit reconnoître votre bonne volonté, montant à cent mille écus, fans nouvel Edit, la fuppliant d'y mettre la main ; de forte que, fous un Prince fi libéral, vous ne fuffiez pas feul qui ne fe fentît point de fa libéralité ; & me promit de s'y employer à bon efcient : mais je ne fais état de rien, fi je ne le tiens.

J'envoie à Votre Majefté l'état des Compagnies, qu'on envoie en garnifon, & leurs départemens ; elles attendront nou-

veau commandement pour marcher plus loin. Jeudi au soir le
Capitaine Beauregard reçut sa dépêche des mains de M. de
Villeroi. Le Roi & la Reine vous écrivent fort favorablement,
à Monsieur de Châtillon aussi. On a donné audit Beauregard
400 écus au Soleil, une Lettre de Noblesse qu'il a demandée, qui
lui eût coûté 1300 écus de prix fait, & plusieurs bonnes paroles;
il s'en reva résolu de servir à Votre Majesté, avant tout autre, cas
advenant que soyez employé contre l'Espagnol, & même en tout
cas.

Un nommé Vergerius, Serviteur du Duc de Wirtemberg,
Neveu de feu Vergerius, qui quitta pour la Religion l'Evêché
de (1) Justinopolis en Istrie, nous est venu faire ouverture à M.
de Chassincourt & à moi, du mariage de Madame votre Sœur avec
ledit Seigneur Duc: c'est, à la vérité, un Prince riche, de grande
Maison, fort allié en Allemagne par le François, &c. : les mœurs
de la Nation sont un peu dissemblables, & le Païs rude; il a emporté le Portrait de madite Dame; nous lui avons répondu,
ensorte que nous l'en avons mis hors d'espoir.

Nous appercevons de plus en plus que le fait de M. de Montmorenci se pourra composer, pourvû qu'il se départe de ceux
avec lesquels il pourroit avoir joint sa fortune; j'entends le Roi
d'Espagne & M. de Savoie : car M. d'Epernon ne veut pas se
perdre, pour assouvir l'ambition de M. le Maréchal de Joyeuse,
& M. Joyeuse même craint l'issue d'une guerre entreprise à l'appétit de son pere, de laquelle le mauvais succès lui pourroit tomber sur les épaules. M. de Chassincourt écrit à V. M. quelque particularité, qu'il n'est besoin de répéter à ce propos.

Au reste, notre négociation a été si sécrette, que même aujourd'hui ceux qui savent plus de la Cour, n'en savent rien; &
par-delà, je sais que la prudence de V. M. l'aura tenue de même.
Je supplie le Créateur, &c.

Le Roi m'a encore fait dire qu'il veut parler à moi, & que j'attende quelques jours. Je crois qu'il attend ce que fera l'Espagnol
& le Savoisien, se contentant de se garder, premier que se résoudre.

De Paris, ce 9 Mars, à midi, 1584.

(1) Capo d'Istria.

LETTRE DE DISCOURS,

Sur les divers jugemens des occurrences du temps , faite par M. Dupleſſis , du 18 Mars 1584.

MONSIEUR,

JE vous écrivis, n'agueres, les grands apprêts de guerre, qui s'ordonnoient en cette Cour ; & maintenant vous en deſirez entendre la cauſe : Je ferois peut-être mieux de vous dire que ce n'eſt choſe ni de ma capacité, ni de ma condition ; & par ainſi, me ferois délivré d'une fâcheuſe peine. Toutefois, puiſqu'ainſi le voulez, je ſuis content de vous rapporter ici les divers diſcours que j'en ouis de pluſieurs, ſauf à votre bon jugement de diſcerner la cauſe du prétexte, & le vrai, du vraiſemblable.

La commune opinion eſt, je dis celle qui ſe promene par les Marchés & par les rues, que ces préparatifs ſe font à la ruine de ceux de la Religion Prétendue Réformée ; & les deux Partis ſe rencontrent aiſément en cette voix, les uns, parcequ'ils deſirent, les autres, parcequ'ils craignent, ſelon que ces deux paſſions, bien que contraires, ſavent bien ſouvent à perſonnes contraires perſuader une même choſe : car, dit-on, c'eſt, depuis vingt ans, l'unique ſujet de nos armes ; & puis en cette année tombe le terme de remettre les Places ; &, ce qui preſſe plus, les forces & les munitions s'acheminent vers Lyon : qui ne peut être que pour fondre tout-d'un-coup ſur le Dauphiné & Languedoc, où ceux de cette Religion ont le principal ſiége. Que ſi on allegue les promeſſes du Roi, fraîchement réitérées, à ce contraires, les ſoupçons qu'on a des grandes levées de l'Eſpagnol, les menées tout avérécs du Duc de Savoie, & la regle générale en tout Etat bien gouverné, de s'armer quand le Voiſin s'arme, ſoudain oyez-vous répliquer, qu'ainſi a-t-on traité ceux de ladite Religion par le paſſé ; que, pour la guerre de l'an ſoixante-ſept, les forces ſe dreſſerent ſous le prétexte du paſſage du Duc d'Albe & de l'Armée d'Eſpagne en Flandres ; qu'ores même qu'à bon eſcient on les mît ſus à cette occaſion, on ſaura bien ſe rapointer à leurs dépens. Bref, ſi quelques-uns d'avantures moins

ſujets

1584.
LETTRE
DE DISCOURS
DE M. DU-
PLESSIS.

fujets à mal penfer , veulent donner contentement fur ces doutes ; entre la plûpart des Catholiques, on les eftime idiots , & gens de la baffe-Cour , qui , l'épreuve de tant d'années , n'ait pu encore introduire en l'intention de nos Princes , entre les Huguenots , aveugles incurables , & capables d'une feconde faint Barthelemi , auxquels un fi miraculeux Apôtre n'ait pu éclaircir la vue.

Si je vous en dois dire mon avis , à peine d'être mis au nombre des Idiots , je penfe que cette opinion eft de celles defquelles il eft dit , qu'il y a beaucoup de chofes fauffes plus vrai femblables que les vraies. La guerre dépend principalement du mouvement d'un Roi : nous en avons un , ce me femble , qui aime en fon re- pos , le repos de fon Peuple ; elle a pour fujet ordinaire , les corps & les biens pour inftrumens , les armes & la force ; ici , au contraire , il s'agit des ames & confciences , fur lefquelles ces inf- trumens ne trouvent point de prife , contre lefquelles un Prince fage , expérimenté comme le nôtre , ne jugera la force raifonna- ble ; & puis , toute guerre s'entreprend avec apparence d'en ve- nir à bout , comme ainfi foit , toutefois que vingt ans de folies nous aient dû apprendre cette fageffe , que celle-ci ne peut finir que par la finale ruine de notre Etat ; vû , certes , que nous les avons vus tant de fois abbatus , & relevés morts , & reffufcités ; vû auffi que tant de fois mourir , les a appris à s'y réfoudre , tant de fois fe relever , à ne craindre plus de fe voir par terre. Notre Roi donc , qui fait joindre & la raifon à fon naturel pacifique , & à la raifon , une expérience fi manifefte , ne peut aucunement avoir envie de cette guerre. J'ajouterai , fur la circonftance du temps , qu'on allegue , que les Places qui leur ont été baillées en garde , ne leur ont encore été redemandées , au refus defquelles on les dût faire venir à raifon par force ; joint que S. M. fait affez qu'elles font ès mains de gens qui n'ont pas intelligence avec les Ennemis de cette Couronne : qui fait , quand même elles ne lui feroient remifes à point nommé , qu'elle ne s'en hâtera pas d'y employer la force.

Ceux qui penfent voir plus clair & de plus près aux affaires , ayant peut-être confidéré les occafions que deffus , & voyant néanmoins que les préparatifs s'approchent de Lyon , jugent que cette nuée doit tomber fur M. de Montmorency ; & voici leurs raifons : que le Roi a eu defir de loger M. de Joyeufe en Languedoc , en accommodant ledit Seigneur de Montmoren- cy ailleurs ; en quoi il ne lui a voulu complaire : que depuis s'eſt toujours nourrie une inimitié entre M. de Montmorency & M. le Maréchal de Joyeuſe, tirant un chacun l'autorité à ſoi en la Province, l'un en vertu de ſon Etat, l'autre à l'aveu de la faveur que M. le Duc de Joyeuſe, ſon Fils, a auprès du Roi: que, contre cette prétendue inégalité de traitement, M. de Montmorency ſe ſeroit appuyé de l'amitié du Duc de Savoye, & même d'une intelligence avec le Roi d'Eſpagne; & finalement, que l'Eſpagnol & Savoyſien auroient là-deſſus fondé leur deſſein de troubler la France, dont auroient déja paru pluſieurs entrepriſes, tant en Languedoc qu'en Provence.

Comme je reconnois de la vérité en quelque partie de ce diſcours, auſſi penſai-je avoir remarqué trop de prudence ès actions de ceux deſquels eſt ici queſtion, pour en conclure de même. Notre Roi a deſiré établir M. de Joyeuſe en Languedoc, mais par priere & non par commandement, par amitié & non par force; tant de Gouverneurs de Places, que le Roi a requis de même choſe, pour mettre en leur place ceux qu'il lui a plu, ont été reçus à faire leurs remontrances au contraire. Qui voudroit croire de la bonté de notre Roi, que celui-ci en fût ſeul mal traité, ſeul pourſuivi à la rigueur, né d'une Maiſon de tant de mérite, premier Officier de cette Couronne, Gouverneur d'une ſi notable Province, capable de ſi grands ſervices? Et, qui derechef croira que cette ſimple appréhenſion ait conduit M. de Montmorency ſi avant, que de traiter avec un Etranger, ancien Ennemi de cet Etat, lui, qui poſſede deux cens mille livres de rente en ce Roïaume, & y a un million de parens & d'amis pour les appuïer, qui a Mere, Frere, Femme, Enfans, & tout ce qui peut avoir force de l'y obliger; au reſte, qui a de l'âge aſſez pour deſirer repos, aſſez auſſi pour connoître, qu'entrant une fois en ce chemin, il n'en peut jamais reſortir? Un Grand, malcontent de ſon Prince, peut ouvrir la porte de ſon Etat à ſon Ennemi: c'eſt choſe qui s'eſt faite autrefois, même de notre temps; & un ſage Prince doit regarder plus d'une fois à ne déſeſpérer telles perſonnes; mais ce Grand, quand il a fait du pis qu'il a pu, qu'a-t-il fait, que ſe perdre en dépit d'autrui? Et quels efforts, quelles peines, quels murmures aura-t-il eu à ſoutenir? Le Prince enfin, qui n'aura lâché quelque choſe à la juſte remontrance de ſon Sujet, reçoit, par ſon déſeſpoir, des plaies mortelles de ſon Ennemi; & le Sujet, qui n'aura voulu endurer des humeurs & volontés de ſon Prince, de Serviteur de Prince, devient eſclave de tous ſes Partiſans & des moindres Soldats: l'un & l'autre enveloppé de mille maux, qu'une douce parole pouvoit prévenir, que mille Traités ne peuvent après compofer. Ajoutons un autre inconvénient : c'eft que, fi le Roi veut faire la guerre à M. de Montmorency avec cette Armée, il faudra qu'elle paffe devant les portes de ceux de la Religion Prétendue Réformée en Dauphiné & Languedoc, où les défiances ne font encore éteintes, où même elles font journellement entretenues, tant par les attentats mutuels, que par le bout de fix ans, qui redemandent les Places : delà donc pourra advenir, en ces Peuples chatouilleux, une reprife d'armes, qui courra d'une Province à autre, tant qu'elle ait embrafé tout cet Etat ; le mal feroit prou grand en la condition de notre France, quand ou M. de Montmorency, ou ceux de ladite Religion à part, viendroient à remuer. Que fera-ce donc quand ils joindront leurs forces & confeils, quand l'un parlera de la Religion, & l'autre de l'Etat, l'un accueillera les Huguenots, & l'autre lès mal-contens à foi ; & quel remede après, fi un Etranger mêle fa force & leur folie enfemble ?

Aucuns donc paffent plus outre : que S. M. auroit découvert quelque confpiration de ceux de la Maifon de Guife contre fa Perfonne & fon Etat, foutenue au-dedans de partie de la Nobleffe, & au-dehors appuyée des forces & alliances d'Italie & d'Efpagne, contre laquelle il fe feroit réfolu de border fa Frontiere & affurer l'état de fon Roïaume ; alleguent, pour vérifier ce difcours, que, long-temps a, la Maifon de Guife prétend la Coüronne de France lui appartenir ; & de jour en jour plus hardiment, felon que les obftacles qui leur font au-devant viennent à diminuer, ou par la mort de nos Princes, ou par l'affoibliffement de cet Etat : que, dès le temps du Roi François I, Henri II, & François II, ceux de cette Maifon, prédéceffeurs de ceux-ci, firent confulter leurs prétentions en divers Parlemens : que, fous le Roi Charles IX, le Cardinal de Lorraine en fit dreffer des Mémoires, qu'il propofa à fes Confidens à Rome, comme s'il eût jà été à la veille de fe fervir de l'autorité du Pape Zacharie, contre Chilperic, pour enlever la Couronne à nos Rois, & la mettre fur fa Maifon : que, depuis trois ans en-çà, ceux-ci ont fait publier un Livre, compofé par l'Archidiacre de Thoul, par lequel ils prétendent prouver qu'ils font Rois de France, avant la Race de Mérouée, de Charles le Grand & de Capet, lequel auroit été montré à S. M. qui auroit pris peine d'en lire les plus notables paffages, dont feroit enfuivi que l'Archidiacre pris, & fon procès fait, auroit reconnu fa faute digne du dernier fupplice, & d'i-

Eeee ij

celle néanmoins obtenu pardon de Sa Majesté ; que, pour fortifier ce droit, ils auroient entretenu les guerres civiles en ce Roïaume, sous ombre de Religion, tant qu'ils auroient pu, tant pour exterminer partie de la Maison de Bourbon, qui leur faisoit empêchement, que pour établir leur créance entre les Capitaines & Gens de guerre, en commandant aux Armées : que cette ruse auroit été apperçue par la prudence du Roi à-présent regnant, & de la Reine sa Mere, bien que trop tard, lesquels, pour leur en retrancher le fruit, se feroient très sagement résolus de perpétrer la paix à leurs Sujets, remettant à Dieu les différends de Religion, qui seul les peut composer ; mais qu'aussi-tôt ils auroient brassé des Ligues par les Provinces, sous ombre du bien public, pour élever le Peuple, nommément en Picardie, Normandie, Bretagne, Bourgogne, Dauphiné, Provence, &c., auxquelles même auroient tâché attirer ceux de la Religion Prétendue Réformée, avec promesse de leur laisser, voire accroître leurs liberté & exercices ; *item*, auroient envoyé négocier avec le Duc Casimir, pour le joindre à eux, sous prétexte de ce qui lui est dû en France, en lui offrant des frontieres de ce Roïaume (qui lors étoient plus à leur dévotion que maintenant) pour gages de leur fidélité. Bref, auroient, à ces fins, fait provision de grandes sommes de deniers, traité par divers Entremetteurs en Espagne, Italie, & Savoie, assemblé plusieurs fois les plus notables d'entre leurs Partisans, pour résoudre de la conduite de leur entreprise, comme encore depuis n'aguercs au Temple à Paris : toutes lesquelles choses seroient comme publiques, & ne pouvoient être secrettes ni cachées à la vigilance de leurs Majestés. Ajoutent que ces Messieurs, voyant le Roi sans enfans, & Monseigneur non encore marié, pour forclorre le Roi de Navarre de la succession, & regner à l'ombre d'un Chapeau, auroient, depuis deux ans en-çà, commencé à rechercher Monseigneur le Cardinal de Bourbon, avec toutes especes d'hypocrisie, lui faisant entendre qu'il devoit précéder ledit Sieur Roi de Navarre, son Neveu (comme si les successions des Couronnes se régloient par l'ancienne coutume du Châtelet de Paris); même auroient fait composer en sa faveur un certain Livre en Latin, auquel sa prétention seroit vivement débattue, lequel auroit été envoyé à Rome, & communiqué à plusieurs Jurisconsultes d'Italie, & maintenant couroit en diverses mains de ce Roïaume : ce que voyant Sa Majesté se réchauffer de plus en plus, & considérant que, qui n'est plus qu'à deux dégrés d'une longue attente, & d'une grande prétention, s'en voyant fi près, de bien loin qu'il étoit, eft fouvent emporté de l'objet, & forcé de la violence du defir, pour franchir d'un fault ce qui lui refte, au lieu de fuivre tout doucement les dégrés, auroit penfé de mettre quelque bride à leur cupidité, en pourvoyant de bonne heure à fes affaires, c'eft-à-dire, en leur rendant leurs defleins plus difficiles, & leurs efpérances moins certaines.

A ce difcours, fi j'avois à ajouter le mien, je vous dirois qu'à la vérité je me fuis long-temps apperçu que ces Meffieurs tendent voirement à ce but; que, depuis que la paix s'eft affermie pour le fait de la Religion, ils ont cherché tous moyens d'être armés fous autre prétexte, & à ces fins ont fait fonder tantôt Monfeigneur, tantôt le Roi de Navarre, pour s'autorifer de leur nom; qu'ayant apperçu qu'ils reffentoient plus un intérêt public à venir qu'un mécontentement particulier, bien que préfent, ils s'en feroient retirés tout doucement, & auroient eu leur principal recours à l'Efpagnol, pour la force, & au bon homme Monfeigneur le Cardinal de Bourbon, pour le nom : qui ne fent point que ces gens fe veulent fervir de lui comme d'un échaffaut, pour bâtir leur grandeur, & puis le jetter au feu; que depuis la grande maladie de S. A. ils ont rafraîchi toutes leurs pratiques, négocié de nouveau leurs Alliés & Partifans, & particuliérement recommencé à flatter Monfeigneur le Cardinal fi ouvertement, que chacun s'en feroit apperçu. Ces jours paffés de fait (& j'eftime que S. M. l'aura bien fu) M. de Guife étant allé voir un après-dîner Madame de Nemours, fa Mere, qui fe trouvoit un peu mal; affis fur le bord de fon lit, eut de grands difcours avec elle, l'efpace de trois ou quatre heures. Ils revenoient là, que le Roi s'en alloit tout perdu en fes dévotions, je n'ofe dire le refte; que S. A. ne pouvoit vivre trois mois au plus; ainfi en parlerent-ils comme d'un feu terminé, qu'il étoit temps de penfer à leurs affaires, fans plus y perdre le temps; que le bon homme M. le Cardinal de Bourbon feroit ce qu'on voudroit; & (difoit M. de Guife à Madame fa Mere) je m'en vais lui refaire les doux yeux; que la Reine, felon fa coutume, feroit toujours du parti des plus forts; du Roi de Navarre, qu'il étoit trop loin, qu'il ne viendroit jamais à temps, & qu'ils auroient moyen de s'autorifer fous le nom du Cardinal de Bourbon, premier que l'âge l'emportât; furtout, qu'il leur falloit avifer, à quelque prix que ce fût, de n'abandoner point Paris. Et là-deffus

ladite Dame admonefta fort M. de Guife de plier à tout, pendant que leurs affaires fe feroient, & ne fe formalifer de rien,
nommément de s'abftenir (c'étoient fes mots) de faire des bou-
tades contre les Mignons, qui ne pouvoient que beaucoup nuire en leurs affaires. Quand ces chofes fe favent, combien en
ignore-t-on d'autres? & qui trouvera étrange que notre Roi
penfe à foi, quand tant de gens penfent à le troubler? Mais
plus j'entre en la profondeur de ce qui peut réuffir de ces deffeins, & moins certes je les appréhende, quand je me mets au-
devant, ou les actions de cette Maifon, ou la nature du François, quelque corrompu qu'il foit.

Laiffons leurs prétentions; car auffi ne font-ce que Généalogies mal conçues, defcentes par filles, en plufieurs inftan-
ces, contre notre Loi Salique, actions prefcrites par le temps,
& abolies long-temps a, par l'autorité de nos Etats. A ces
chofes, qui d'elles-mêmes ne font rien, & qu'ils auroient honte de prononcer, quelle force ou quel prétexte nous apporte-
ront-ils? Je préfuppofe, car la patience leur commence à échapper, qu'ils foient fi précipités que de prendre le titre de remuer, qui fut pris fous le Roi Charles VI (& ainfi en ofent-
ils parler). Quel fang, comme lors, nous alleguent-ils pour
s'autorifer? Ils parlent du bien public de ce Royaume, de la
liberté du Peuple, des dignités de la Nobleffe, des privileges
du Clergé; & je confeffe volontiers que l'état de ce Royaume
eft tel, qu'il a bien befoin, vu les miferes paffées, de redref-
fement en tous fes Etats, de foulagement en tous fes Membres. Mais qui prendra jamais la main de ces gens pour celle
du Médecin, la voix du Mercenaire pour celle du Pafteur?
Tant de fois le Peuple a foupiré, tant de fois il s'eft plaint,
& à leur oreille, & tout haut, lorfqu'ils avoient l'autorité au
Confeil, lorfqu'ils l'avoient aux armes. Qui jamais ouit fortir
une parole de leur bouche pour le repos du Peuple? qui jamais, pour le foulagement de fes maux? Depuis nonobftant leurs
pratiques, par la prudence de notre Roi, la paix eft affermie,
les armes dorment; ils ne peuvent plus à leur gré fe bâtir de
nos ruines, s'accommoder de nos miferes; & fous couleur que
nos Rois difpenferont peut-être leurs libéralités ailleurs qu'à
eux, ils voudront fonner le toquecin, planter la banniere du
bien public, mettre Ciel & terre pêle-mêle. Qui ne verra que
leur particulier engloutit le Public? qu'ils ne font pas marris
que le Peuple fouffre, mais qu'il fouffre par autres que par eux?

que nos Princes donnent, mais qu'ils donnent à autres qu'à
eux. Que si leur particulier vient à être satisfait, qui doute qu'ils
ne quittent la partie, voire jusqu'à livrer les Partisans mêmes ? & quand même ils se résoudront de voir la fin du jeu,
que sera-ce qu'une entresuite de calamités & miseres étranges,
telles que nous déplorons en nos voisins ? Pour d'un Maître, en
somme, naturel, légitime, supportable, retomber en plusieurs,
étrangers, usurpateurs, insolens, intolérables à leur propre
Maison.

1584.

LETTRE
DE DISCOURS
DE M. DU-
PLESSIS.

Je vis, n'a pas longtems, ces Messieurs en leurs plus grands
dépits ; ils promettoient à quelques-uns de la Noblesse de faire merveilles, & découpoient les Favoris de notre Roi à leur
plaisir ; de ce pas viennent à la Cour avec tous leurs amis, se
trouvent à Paris treize Princes de Lorraine ensemble, en la
Ville où ils pensent avoir plus de sûreté & de créance ; & lorsqu'il y avoit quelques Edits sur le Bureau qui sembloient odieux
au Peuple, je ne dis pas que ce fût à eux de s'y oposer, car
je sais la révérence que nous devons à nos Princes ; mais que
servoit donc de tant se vanter pour ce faire ? & pour le moins
qui les eût empêchés (vu la privauté que donnent nos Rois
aux Grands de leur Royaume & à ceux de leur Conseil) d'en
dire modestement leur avis, ce que font tous les jours les Cours
de Parlement & des Aides ; ce que nos Rois ont toujours trouvé bon, & qui n'est jamais tourné à aucun, ni à dommage,
ni à danger : au contraire, ils ne sont pas si-tôt là, qu'ils plon-
gent comme des cannes sous ceux qu'ils menaçoient trois jours
auparavant, les recherchent au-dessous des Loix de courtoisie
& d'honneur, en endurent même des indignités & des brava-
des ; au reste se font très bien assigner leurs récompenses sur
ces nouveaux Edits ; je dis sur les plus odieux de tous, tant
s'en faut qu'il eussent eu le cœur ou la volonté d'y contredire ;
je sais que quelque temps après leurs Partisans s'en plaignirent,
avec propos fort rigoureux, en une Assemblée qu'ils firent à
Paris, & ils tâcherent fort à s'en excuser ; mais si ne purent-
ils si bien faire, que la Compagnie ne se séparât avec une persuasion toute formée, que ces gens vouloient manier leurs
plaies, non pour les guérir, mais pour s'en nourrir ; que s'il
étoit question d'aller au remede, n'y auroit plus fideles Chirurgiens
que ceux qui avoient intérêt en la guérison & vie du Patient ;
& au reste qu'il valoit trop mieux laisser la plaie ainsi, que d'y
admettre leurs ferremens, qui ne feroient sans doute qu'y mettre le feu & la gangrene, au lieu de les cicatriser.

Leurs raisons étoient que ces gens-ci, comme Chicaneurs, leur conseilloient procès, soit à droit, soit à tort, pour en tirer profit ; que quand ils avoient de près recherché quels ils étoient ès lieux de leur autorité, qui prétendoient réformer les autres, ils trouvoient que Monsieur de Guise, le premier de tous, étoit concussionnaire sur ceux de son Gouvernement, dissipateur des biens de l'Eglise, là où il en tient, & oppresseur de ses Vassaux & Sujets : alléguoient en témoignage la haine qu'il a acquise par tels déportemens en son Gouvernement de Champagne, les extorsions dont il use, même envers la Noblesse, en sa Comté d'Eu & ailleurs ; les extraordinaires impôts dont il accable ses pauvres Habitans de Château-Renaud & Linchamp, en Ardennes, qu'il tient en Souveraineté : quand, disoient-ils, les ongles seront crus à ce jeune Lion, qui durera auprès de lui ? Et si l'espoir de si grandes choses ne peut contenir son oppression, s'il vient une fois à y atteindre, comment, je vous prie, s'en abstiendra-t-il ? Bref, s'en départirent en une opinion que je vois maintenant en la plûpart, que c'est un homme corrompu, hypocrite, dissimulé, sans foi, qui ne leur fait caresse qu'à mesure qu'il en a besoin, n'en pense avoir besoin, qu'autant qu'il ne peut regner en Cour.

Or, c'est aussi pourquoi ils ont toujours douté qu'il ne leur suffiroit de troubler la France par la France, pour la résistance qu'ils y trouveroient ; mais qu'un appuï étranger leur étoit nécessaire pour venir à bout de leurs desseins ; & de fait, long-temps a qu'ils traitent, eux & les leurs, avec le Roi d'Espagne ; & chacun sait que la Maison d'Espagne, soit en paix, soit en guerre, n'a eu barre sur nous, que par le moyen de leurs conseils : s'est-il présenté une occasion de s'avantager justement & utilement sur le Roi d'Espagne ? ils ont mieux aimé nous jetter aux guerres civiles, & le faire spectateur de nos ruines ; lui est-il aussi succédé quelque chose à la perte & de réputation de cet Etat, ou même du nom de France ? Ils en ont fait les feux de joie en leurs cœurs, comme d'une bataille gagnée pour leurs affaires ; & à la vérité, ils ont si bien imbu leurs Partisans de cette humeur, que vous lirez en leurs visages, s'il y a bonnes ou mauvaises nouvelles pour le Roi d'Espagne ; & ne sentez en tous leurs Domestiques, en toute leur suite, rien moins que François, rien que pur Espagnol, beaucoup plus qu'en quelconque Contrée d'Espagne.

Mais posons maintenant qu'ils viennent pour eux, qu'ils
soient

1584.

LETTRE DE DISCOURS DE M. DU PLESSIS.

foient jà à nos portes ; que feront-ils que rallier nos cœurs &
nos forces enfemble ? & ce étant, que fera leur effort, finon
celui de ce Milon de Crotone, qui voulant éclater un chêne,
demeura pris en la fente ? combien y en aura-t-il de ceux qu'ils
penfent tout dédiés à eux (& cela ont-ils trouvé en la recherche qu'ils ont fait faire ces jours paffés), qui pour leur fervice
particulier monteront à cheval, s'ils y mêlent tant foit peu de l'E-
tat, retourneront chez eux ? combien, les oyant parler François, auront pris la cafaque, qui voyant la croix rouge fur la
leur, fe mettront en bataille contre eux ? & puis, ceux mêmes qui prendront parti avec eux, pour combien ? Tel eft mal
content du refus d'un Prieuré, qui fe regagnera par l'octroi
d'une Abbaye, & fa débauche en enlevera plufieurs. Tel auffi, felon l'humeur de la Patrie, aura mis les autres à cheval,
qui fera le premier à en defcendre, le premier à décourager
la Troupe. Gens accoutumés à fuivre les Armées Royales, efquelles rien ne manque, fe trouveront en campagne contre leur
Prince, fans Villes, fans retraites, fans paffages, fans équipages, fans artillerie, fans pourvoyeurs, fans deniers publics,
fans deniers particuliers, confifqués en leurs biens, ruinés en
leurs maifons, moleftés en leurs familles, loin de femmes &
d'enfans, diffamés en leur honneur, échaffaudés fur les marchés, chargés de la malédiction du Prince & du Peuple, defquels ils fouloient avoir l'autorité & les vœux ; aujourd'hui les
uns mutinés, demain les autres, les Chefs en jaloufie entre eux,
nul content de fon compagnon, nul de fa charge ; le Chef
mal obéi du Capitaine, le Capitaine du Soldat ; l'un & l'autre
gourmandés d'une Nation étrangere, qui rira de leur folie, &
fera pont & litiere de leurs corps. Ils n'auront effayé trois
mois cette vie, que les Drapeaux fe verront ployés, & les Régimens réduits à Compagnies : l'un fera fa paix par le moyen
d'un Parent qu'il aura en Cour, l'autre par quelque notable
deffervice à fon Parti : le Soldat emportera fa picorée chez
lui & laiffera une Ville à l'heure du fiege ; le canon forcera
une Ville, & un pardon, trois jours après, en prendra plufieurs. L'Efpagnol alors accufant leur légéreté & inconftance,
ou fe retitera de la partie par une paix, en retenant quelque
Piece pour fa part (chofe coutumiere entre les Grands), ou
même s'accordera à leurs dépens, les laiffant en proie, pour être
châtiés felon leur mérite.

Et ne faut que ces Meffieurs fe fondent fur ceux de la Religion prétendue réformée, qui ont duré contre tant de heurts, & survécu à tant de morts & de défaites ; la nature de leur entreprise sera bien toute autre. Ces gens combattoient pour leur Religion, & chacun sait la profonde impression qu'elle fait aux hommes ; ceux-ci, pour légers mécontentemens, plus prompts à quitter qu'ils ne sont à prendre ; & en ceux-là se sentoient intéressés plusieurs Princes & Peuples voisins, Allemans, Anglois, Ecossois, Suisses, &c. qui compâtissoient à leurs maux & contribuoient à leurs peines. Au contraire, n'y aura Prince ni République qui fasse cette querelle sienne ; car qui a intérêt à l'ambition de ceux de Guise ? Non pas Monsieur de Lorraine même, leur aîné, qui a toujours condamné ces folies. Je dis plus, n'y aura Prince ni République qui n'estime cette Conjuration faite contre soi-même, étant la nature de tout Prince & de tout Etat, à cause de l'exemple, de se ressentir offensé en l'offense faite à la Majesté & Souveraine Puissance, non en la puissance d'un Voisin & Etranger, mais d'un Ennemi même.

Ajoutons que tous les Etats de la Chrétienté, qui ne s'entretiennent que par contre-poids, ont la grandeur d'Espagne pour suspecte, & n'attendent que de voir la banniere de France relevée contre elle, pour s'y ranger de toutes parts ; que les Sujets du Roi d'Espagne en Flandres, Lombardie, Naples, Sicile, Portugal, Espagne même, les uns accablés d'impôts, les autres ennuyés d'indignités, les autres pressés des rigueurs de l'Inquisition, partie reprendront haleine par cette occasion, partie prendront courage de se résoudre, & par ainsi le rappelleront bientôt de la circonférence au centre. Que naturellement aussi pourra lors entrevenir la mort du Roi d'Espagne, Prince déja vieux, à l'âge de la mort de ses Peres, qui a accru ses maladies héréditaires de celles qu'une continuelle volupté & intempérance traînent ordinairement après elles ; mort qui, selon le discours de tous les Sages, dissipera ses Etats, ou confondra leurs conseils ; tout au moins les mettra en état d'être un long-temps trop occupés chez eux, pour tailler de la besogne aux autres. Ces choses considérées, qui ne voit le parti de ceux qui auront troublé cet Etat sous un faux prétexte & sur un si foible fondement, calamiteux & misérable : & qui, sous ombre de quelques petits mots que cet Etat endure, aura recours à un si extrême remede ; que fait-il, sinon pour s'exempter d'une migraine, porter sa tête au Bourreau ?

Ce font les divers difcours qu'on fait fur ces grands préparatifs, defquels je vous ai ci-devant écrit ; & de tous, vous
choifirez ce qui vous femblera plus raifonnable. Quant à moi,
comme je connois notre Roi bon & fage, j'eftime qu'il fait
en cet endroit ce qui convient à une vraie bonté & fageffe
enfemble ; c'eft de fe garder de tous, & ne fe méfier de perfonne ; il ne veut pas que ceux de la Religion Prétendue Réformée abufent d'une fomme d'argent qu'ils ont en dépôt en Allemagne ; auffi ne leur veut-il pas faire la guerre : ni que M. de
Montmorenci, par un dépit, fe jette en un confeil dangereux ;
auffi n'a-t-il pas intention de le défefpérer : ni que ceux de Guife,
vaincus de la grandeur, ou attirés de la facilité de la proie, en-
treprennent contre fon Etat ; auffi ne veut-il entrer en foupçon
d'eux, ni fur conjecture, ni fur apparence. Contr'eux tous, il
prend un remede falutaire à tous, c'eft d'être craint, obéi & ré-
véré de tous : falutaire, je le dis ; car la paix eft le falut de cet
Etat, en la vie duquel nous vivons tous : la paix, qui ne fe peut
entretenir fans le refpect du Prince, ni ce refpect, en la divifion
& confufion qui nous refte, fans une autorité armée de force
& de juftice.

Or, Monfieur, d'un vice, je fuis retombé en l'autre ; car vous
vous plaigniez de ma briéveté, & je vous aurai ennuyé de longueur ; mais vous n'en devez accufer que vous-même. Pour donc
faire fin, je vous baiferai bien humblement les mains, & prierai
Dieu vous avoir en fa fainte garde.

De Paris, ce 15 Mars 1584.

1584.

LETTRE
DE DISCOURS
DE M. DU-
PLESSIS.

DISCOURS

AU ROI HENRI III,

Sur les moyens de diminuer l'Espagnol.

Du 24 Avril 1584.

Tous Etats ne font eſtimés forts & foibles, qu'en comparaiſon de la force ou foibleſſe de leurs Voiſins ; & pourtant les
ſages Princes entretiennent le contrepoids tant qu'ils peuvent ;
tant qu'il y demeure, ils peuvent demeurer en paix & en amitié
enſemble ; comme il vient à faillir, auſſi-tôt la paix & l'amitié ſe
diſſolvent, n'étant icelles fondées entr'eux, que ſur une mutuelle
crainte ou eſtime l'un de l'autre.

La Maiſon de France & la Maiſon d'Autriche ſont celles aujourd'hui, à cauſe de leurs grandeurs, en la paix ou guerre deſquelles toute la Chrétienté eſt paiſible ou troublée : il importe
donc grandement, pour le repos d'icelle, qu'elles ſoient tenues,
autant qu'il ſe peut, entre deux fers.

Mais particuliérement à la Maiſon de France, qui en ſentiroit
le premier danger ou dommage, de penſer à bon eſcient à ſes affaires, d'autant que, depuis quelques années, non-ſeulement elle
s'eſt affoiblie par la perte de beaucoup de ſang, mais auſſi celle
d'Autriche s'eſt grandement renforcée & accrue, & de réputation, & de Païs : tellement que la balance eſt ſans doute trop
chargée d'un côté, & s'en va temps de peſer un peu ſur l'autre,
qui ne veut que notre France en ſoit enfin emportée.

Ès longues guerres, qui ont été entre ces deux Couronnes de
France & Eſpagne, ces Princes s'étant eſſayés en diverſes preuves, reconnurent qu'ils ne pouvoient pas beaucoup gagner l'un
ſur l'autre, & pourtant ſe réſolurent de ſe repoſer, dont s'enſuivit
la paix.

Depuis, notre malheur a voulu que nous ſoyons tombés en
guerres civiles : autant de batailles que nous avons gagnées les
uns ſur les autres, autant faut-il faire compte que l'Eſpagnol a
gagné ſur nous, &, qui plus eſt, ſans rien perdre : il s'eſt en outre
accru de la Couronne de Portugal, des Iſles, & des Indes Orien-

tales, defquelles la richeffe eft connue; & puis, parceque nous avons fait mine de nous oppofer à lui, par le fupport de fes Sujets, & que, nonobftant cela, il en eft venu au-deffus, il fait croire qu'il nous a vaincus & domptés en leurs perfonnes: le voilà donc triplement avantagé fur nous, depuis la paix faite avec lui, à favoir, de notre affoibliffement, de fon augmentation, & de la réputation des armes.

Lefquels trois avantages toutefois réuffiront, fi nous en favons bien ufer à fon défavantage; car nos guerres civiles ne nous ont pas proprement affoiblis d'hommes, mais de concorde & difcipline. Je dirai plus; elles nous ont engendré nombre infini de Soldats, lefquels nous pouvons exercer & entretenir aux dépens de l'Efpagnol, & defquels l'emploi hors du Roïaume, rendroit en partie la fanté, la tranquillité & l'union à notre Etat.

Auffi ce grand accroiffement de l'Efpagnol a mis tous les Princes voifins en crainte & jaloufie; tellement que la Banniere de France ne fera fi tôt levée, qu'ils ne foient prêts à s'y rallier avec tous leurs moyens, contre la grandeur mal proportionnée, & l'ambition déréglée de la Maifon d'Autriche.

Et quant à la réputation qu'a le Roi d'Efpagne fur nous, tant s'en faut qu'elle nous doive ravaller, qu'au contraire elle nous doit réveiller l'efprit, la force & le courage; car, graces à Dieu, il ne l'a pas gagnée par un effai de fa force contre la nôtre, mais parcequ'en chofe trop férieufe nous avons penfé nous jouer, & il a fait tout à bon efcient.

Attendant qu'avec le temps notre Etat fe confolide mieux en dedans, deux chofes fe peuvent commodément faire fans venir à guerre ouverte: l'une eft de faire une puiffante Ligue contre cette grandeur d'Efpagne qui fe déborde; l'autre eft de lui fufciter, & entretenir des empêchemens domeftiques, afin qu'elle foit contrainte de fe contenir entre fes bords.

Quant à la premiere, la puiffance de l'Angleterre eft prou connue, & femble que la Reine d'Angleterre entrera volontiers en cette Ligue; & fon intérêt particulier l'y conviera affez: confpiration a été découverte, fufcitée par le Roi d'Efpagne & conduite par fon Ambaffadeur, non-feulement contre fon Etat, mais contre fa perfonne propre: de-là s'eft enfuivi qu'elle a donné congé à l'Ambaffadeur d'Efpagne; &, envoyant un Gentilhomme vers le Roi d'Efpagne, pour lui en déclarer la caufe, fans aucunement l'ouir, commandement lui a été fait de fortir en dedans quarante jours de fes Païs; elle apperçoit auffi les grandes menées qu'il fait en Ecoſſe , pour animer ce jeune Prince contre elle , & jà les Ecoſſois commencent à goûter l'argent d'Eſpagne.

Outre les précédentes altérations , cette nouvelle occaſion fait penſer la Reine d'Angleterre à ſes affaires ; & ne reſte qu'à lui faire l'ouverture d'une Ligue , qui doit toujours commencer du plus grand , auquel appartient , en toutes ſortes de compagnies , de propoſer & mettre en avant les matieres.

Avec les Princes d'Allemagne , y a plus de difficulté , parcequ'ils ſont pluſieurs , & non encore réunis en un Corps; mais l'occaſion auſſi n'en fut jamais ſi belle , parceque ne voulant plus la plûpart des Princes , que l'Empire ſoit continué ci-après en la Maiſon d'Autriche , ils ſe réſolvent de maintenir en l'Electorat Gebhard , Archevêque de Cologne , par l'adjonction duquel ils auront en l'élection d'un nouvel Empereur , des ſept voix , les quatre.

Pour à ce parvenir, ſont délibérés de faire une Ligue enſemble , en laquelle entreront la plûpart des Princes Proteſtans & pluſieurs Villes Impériales , & s'accorderont d'une ſomme néceſſaire , & de ce que chacun aura à contribuer pour icelle ; aviſeront auſſi aux forces qui ſeront requiſes , tant pour ſe défendre , que pour ſoutenir contre tous , celui ou ceux qui ſe ſeront jettés , ou qu'ils auront pris en leur protection & ſauve-garde.

Quand cette aſſociation ſera faite , par le moyen de laquelle ils ſeront unis en conſeil & en force , il ſera aiſé de contracter avec ce Corps , par un ſeul contrat & une ſeule entremiſe ; mais pour les y acheminer tant plutôt , ſeroit beſoin que S. M. fît négocier ſes plus confidens entre eux , leur faiſant doucement entendre que le ſupport de cette Couronne ne leur défaudra en leur beſoin : ce qui ſe peut , par le moyen du Landgrave Guillaume de Heſſen , ancien ami de cet Etat , duquel la prudence a beaucoup de crédit en Allemagne ; & quelques autres , ſi S. M. le trouve bon , ſeront bien aiſes d'être employés à cette fin.

Ne doit en cette négociation être négligé le Roi de Dannemarck , bien que loin de nous ; & la jalouſie du Roi de Suede , favoriſé de l'Eſpagnol , l'y conduira aiſément ; l'utilité peut-être n'en ſemblera ſi grande que des autres : ſi eſt-ce que le Roi d'Eſpagne , Prince bien conſeillé , a fait tout ce qu'il a pu pour gagner ſon amitié , juſques à lui offrir quatre cens mille écus en main , pour gage de la ſienne.

Moyennant icelle , il prétendroit que ledit Seigneur Roi de

Dannemarck fermeroit le détroit de Sund , que nous appellons d'Elſignor, à ceux des Païs-Bas , par lequel ils ſe fourniſſent des bleds d'Oſtland & Livonie ; *item* , de bois de merrain, de bré, de goudran, de mâts, & autres choſes propres au Navigage , mê- me des ſouphres , ſalpêtres , & poudres faites , &c. ; & qui pour- roit obtenir dudit Sieur Roi, qu'il n'en laiſſât point ſortir pour Eſpagne ; il eſt certain qu'en peu de temps ils ſe trouveroient grandement incommodés au fait de la Marine.

Cette alliance a été reculée par le moyen de quelques gens de bien, qui n'ont voulu la ruine des Païs-Bas ; & il importe, comme il ſera dit ci-après , qu'elle ne ſe conclue , parcequ'il ne viendroit à propos à S. M. que le Roi d'Eſpagne achevât la ruine de ceux des Païs-Bas.

Quand une telle Ligue , outre les ordinaires & anciennes de ce Roïaume , viendra à la connoiſſance des Princes Chrétiens , ne faut douter que bien-tôt elle ne groſſiſſe , parceque l'Eſpagnol a offenſé pluſieurs Princes & Républiques, qui ſeront bien aiſes d'entrer ſous la protection & en la participation de cette Ligue ; & au long aller , les rivieres s'enflent de ruiſſeaux.

Je viens à la ſeconde , & celle-ci ſe peut pratiquer dès cette heure , pour ne perdre temps , pendant que les alliances ſuſdites ſe pourront traiter. L'art & la nature relevent facilement un homme de maladie ; mais s'il vient à être mort, pour le reſſuſciter il y faut du miracle : ceux auſſi qui ont aujourd'hui guerre avec le Roi d'Eſpagne , à peu de frais ſe peuvent , ou ſoutenir , ou même relever encore ; s'ils ſont une fois accablés du tout , ne nous reſtera que le regret de l'avoir pû , & ne l'avoir fait à temps.

L'Empire eſt une des grandes grandeurs de la Maiſon d'Autri- che ; & , comme de long-temps elle a accoutumée de s'allier en elle-même , y a apparence que l'Empereur épouſera une Fille d'Eſpagne , par le moyen de laquelle l'Empire d'Allemagne , & tout l'État que tient le Roi d'Eſpagne , vû la délicateſſe du Fils unique , ſe verront en nos jours rejoints enſemble : alors ce ſera la plus grande Monarchie qui fût onc , redoutable ſans doute à tous les Princes de l'Europe.

Cela ſe peut empêcher avec peu de frais , par le moyen de l'Ar- chevêque de Cologne , Gebhard , duquel s'eſt parlé ci-deſſus ; au contraire, venant icelui à ſuccomber , voilà quatre voix en la main de la Maiſon d'Autriche ; car le Compétiteur eſt de Baviere , iſſu d'une Fille d'Autriche.

Et que le Roi d'Espagne ait ce dessein de se prévaloir dudit Compétiteur, pour la conservation de sa Maison, appert assez, car le Prince de Parme fait la guerre à l'Archevêque Gebhard avec les propres forces d'Espagne; &, selon sa coutume, le Roi d'Espagne en est venu si avant ces jours passés, que d'avoir suscité un Soldat pour le tuer en sa maison.

Quatre mille Arquebusiers & cinq cens Chevaux François, menés par de bons Capitaines, & joints avec ce qu'il peut du sien & de ses Amis, releveroient & maintiendroient ledit Seigneur Archevêque en sa Dignité Electorale: outre ce qu'en pourroit envahir son Compétiteur dedans son propre Païs de Liége, lui en enlever par pratiques les meilleures Places, & lui susciter sa propre Ville de Liége, & une bonne partie de sa Noblesse contre lui; & ne sera besoin, pour cela, que le Roi se déclare, car, S. M. le commandant au Roi de Navarre, il se saura bien effectuer par voies couvertes & par personnes convenables, pourvû qu'il soit assisté des moyens nécessaires.

Ce seroit un préparatif pour remettre un jour l'Empire en la Maison de France, lequel s'est continué en la Maison d'Autriche, depuis ces derniers ans, pour une seule raison; c'est qu'elle possede les Frontieres du Turc, qui sont à la vérité le boulevart de l'Allemagne, lequel a bien besoin d'être défendu du nom & du bras de l'Empire: mais à cette difficulté la solution seroit prête; car la Maison de France, qui a alliance avec le Turc, exempteroit aisément & l'Allemagne & lesdits Païs de la Maison d'Autriche, de cette guerre; & d'autant plus que depuis l'Armée de Sigeth, à laquelle la rigueur du climat porta grand dommage, le Conseil de Turquie s'est résolu d'étendre ses conquêtes vers les Païs plus doux, comme la Sicile & l'Italie, ne pouvant, ni leurs hommes, ni leurs chevaux, qui viennent de Païs tempérés, soutenir l'air & la rigueur desdits Païs de la Frontiere.

Le Roi d'Espagne, en tout ce qu'il possede, n'a rien plus beau, plus riche, plus poli que les Païs-Bas; rien qui ait plus nui à la France, rien qui la puisse plus accommoder en toutes sortes; & il n'est difficile, sans guerre ouverte, ou de les lui ôter, ou de l'y tenir occupé toute sa vie.

Le Païs vit principalement de la France (je parle des Provinces qu'il y tient & qui sont en sa puissance): que les Traites soient défendues & resserrées à bon escient, & sans dispense, les vivres en un moment renchériront au quadruple, & à peine s'en trouvera-t-il

vera-t-il pour de l'argent ; le Soldat & le Bourgeois se mutine-
ront ; les Troupes ne pourront vivre ensemble, & seront contraintes de s'épandre ; l'Ennemi, en somme, ne pourra plus assiéger ni
faire exploit de conséquence ; & de ce l'expérience s'est vue en
ce peu de temps que la France leur a été fermée, encore qu'il
s'en écoulât toujours par divers endroits.

Le Païs est aussi rafraîchi d'hommes, & maintenu de deniers
par l'Italie & par l'Espagne, dont la Comté de Bourgogne est
le seul passage : que S. M. lâche la bride à aucuns de ses Sujets, qui lui pourront être nommés par le Roi de Navarre, ils
lui enleveront des meilleures Places de ladite Comté, & une
seule suffiroit à cet effet : cela fait, n'y a plus, qu'avec très
grande difficulté, de communication entre la Flandre, & l'I-
talie, & l'Espagne.

Et ne faut alléguer que les Suisses s'en pourroient émouvoir,
tant en vertu de l'alliance, que pour l'intérêt qu'ils prétendent
avoir, que cette barriere soit toujours entre eux & nous ; car il
se trouvera des sujets suffisans pour justifier cette entreprise, &
sera aisé de leur faire entendre sous-main le dessein qu'a le Roi
d'Espagne, de jetter une Armée en la Duché de Bourgogne, conduite par le Duc de Savoie, laquelle, à cause de cette circons-
tance, ne leur peut être que très suspecte ; joint qu'au pis aller
l'instance qu'ils en feront, ne sera que de parole & de remontrance, vû la différence d'avis qui est aujourd'hui entr'eux, sans venir à la force.

Quant à la Mer, par le moyen de la Ligue qui se fera avec la
Reine d'Angleterre, elle sera du tout fermée à l'Espagnol,
tellement que, pour secourir son Parti ès Païs-Bas, il ne s'en
pourra prévaloir en aucune sorte : ce qui s'est vu toutes les fois
qu'il a eu la Côte d'Angleterre mal favorable ; d'autant que sur-
venant une tourmente en la Manche d'Angleterre, comme elle
y est assez sujette, ils ne peuvent qu'avec extrême danger approcher la Côte de France, ni gagner celle de Flandres, qui n'est
qu'un banc perpétuel, sans évident naufrage, & n'ont retraite
qu'en celle d'Angleterre, qui a plus de Ports & de plus faciles
accès que la nôtre.

Que si, outre ce que dessus, S. M. veut aider les Etats des Païs-
Bas, sous main, de quelques sommes de deniers par mois, & permettre à ses Sujets de les aller servir pour la guerre, n'y a doute
qu'en peu de temps les Provinces qui suivent le Parti Epagnol, se
sentant mal secourues, ne se jettent entre les bras de S. M., plu-

Tome I. G g g g

tôt que d'endurer le joug des autres qui suivent les Etats ; & celles-ci, outre les précédentes obligations, se sentant comblées d'une nouvelle, s'estimeront heureuses d'être siennes ; joint qu'en leur accordant le susdit secours, on leur pourra imposer déja quelques conditions.

J'ajoute à ceci, que je sais de certain que la Noblesse & les plus notables Villes d'Artois, Hainault, &c., entrent en grande jalousie du Prince de Parme, lequel, en toutes les Places qu'il a reconquises sur les Etats, met garnisons du tout à sa dévotion, & non dépendantes des Etats desdites Provinces, tellement que lesdites Villes lui sont autant de Citadelles au milieu d'elles, pour les tenir en subjection ; qui est bien loin du premier Traité fait avec elle, par lequel ledit Sieur Prince ne se rendoit que Chef de leurs forces & Conseils, sans y pouvoir introduire garnison ni force que du Païs, avec avis du Conseil, & de leur consentement.

L'Espagne tire une grande commodité du Détroit de Gibraltar, qui rend la Mer Océane traficable avec la Méditerranée ; car par icelui tout ce que l'Espagne amene des Indes, tant Orientales qu'Occidentales, se transporte commodément en Barbarie, en Italie, & jusqu'au fonds des terres : or, non loin de l'entrée de ce Détroit, est assise l'Isle de Majorque, & en icelle une Ville, avec un bon Port de même nom, qui maîtrise toute ladite Isle ; si S. M. le trouve bon, il se trouve personne de qualité, qui a pratiqué dessein sur cette Place, & en espere bonne issue à peu de frais.

Ladite Place est bien fortifiée, se garderoit avec mille Arquebusiers ; & mille autres garderoient les principales descentes de l'Isle, quand elles feroient un peu accommodées : quatre Galeres, au reste, & autant de Fustes, qui s'entretiendroient sur le lieu, outre la retraite qu'on y pourroit donner aux Volontaires, rendroient à l'Espagnol toute la Mer Méditerranée peu sûre & accessible, c'est-à-dire, ses Païs propres de Naples, Sicile & Milan : telle entreprise s'exécuteroit commodément de Languedoc ou Provence ; &, pour égargner le nom de S. M., on pourroit employer celui du Roi de Navarre ou de Portugal ; & au pis aller, l'Entrepreneur bien assisté ne s'en donneroit pas peine.

Contre les Indes & navigations occidentales, plusieurs beaux desseins ont été, long-temps a, proposés à S. M., & auxquels peut-être il seroit mal-aisé de rien ajouter : quatre grands Vaisseaux, bien artillés, accompagnés de quatre moyens, peuvent

combattre la Flotte du Pérou , & il s'eſt fait à moins ; & quant à
faire une deſcente en la terre-ferme , j'ai parlé à pluſieurs grands
Navigateurs de diverſes Nations , qui ſemblent l'avoir bien
reconnue , leſquels m'ont ſouvent aſſuré que quatre mille hommes , prenant terre à l'endroit de l'Iſthme , appellé Darien , entre Panama & Nombre de Dios , s'en pourroient aiſément rendre maîtres.

Par ce moyen , l'on auroit l'une & l'autre Mer , je dis du
Nord & du Sud , ſéparée d'un très étroit détroit de terre ; &
de-là ſe peut aller aux Moluques , ſans circuir l'Afrique : & ne
faudroit craindre alors , avec un peu de bonne conduite , que
l'Eſpagnol nous en chaſſât jamais ; car le François eſt auſſi paré
pour ſecourir ledit Païs , que l'Eſpagnol , & aurons plutôt
levé mille hommes , tant de main que de manœuvre , pour
telle navigation , que lui cent ; joint que nous pourrions doucement traiter avec les Habitans du Païs , qui ſe ſont retirés
en la Montagne , pour l'horreur & cruauté des Eſpagnols , deſquels on pourroit tirer beaucoup d'aide & de commodité contre lui.

Pour le regard des Indes Orientales , j'ai propoſé autrefois un
moyen , qui eût été plus pratiquable lorſque les Vicerois &
Gouverneurs d'icelles n'avoient encore reconnu le Roi d'Eſpagne ; & encore n'eſtimai-je point qu'ils lui ſoient ſi affectionnés , qu'ils n'y prêtaſſent volontiers l'oreille , s'il leur étoit ouvert
par S. M. , laquelle ſur ce pourroit tirer quelque avis du Roi
Dom Antonio.

La ſeule cauſe qui a fait ployer leſdits Vicerois ou Gouverneurs , c'eſt la décharge de leurs marchandiſes , en laquelle conſiſte toute leur richeſſe ; qu'ils ont eſtimé ne pouvoir avoir ſans lui
obéir , au lieu que S. M. leur en peut ouvrir & faciliter une autre ,
plus courte & plus commode que celle-là.

Ces marchandiſes ſont , pour la plûpart , épiceries , drogues ,
pierres précieuſes , &c. , auxquelles n'agueres le Portugais , &
aujourd'hui l'Eſpagnol , fait circuir toute l'Afrique , pour deſcendre en ſa Côte , afin que toute la Chrétienté ſoit contrainte
de paſſer par ſes mains : & ce trafic a grandement enrichi les
Païs de l'Eſpagnol , même les Païs-Bas où ils en avoient fondé
l'étape , pour tous les Païs du Septentrion , n'y ayant rien , à la
vérité , en tout le commerce de la Chrétienté , qui ſoit de bien
loin comparable à celui-ci.

Or il ſe peut divertir & convertir à nous , en reprenant le chemin, que ces mêmes marchandises prenoient sous la grandeur des Romains. C'est qu'on peut singler tout d'un vent depuis les Moluques, Diu, Goa, Ormus, &c. jusques à l'entrée du Golfe Arabic, autrement la Mer rouge ; puis suivre ce Golfe tout du long, jusques au Port de Suez, appellé des Anciens, *Heroum Portus* : de-là elles se mettront, comme anciennement, sur des Chameaux, & viendront, en six journées, jusques en Barut, Alep, Tripoly de Syrie, Damiette, Alexandrie, &c. ; èsquels lieux seront embarquées sur la Mer Méditerranée, pour être distribuées à Constantinople, Venise, Marseille, &c., qui de long-temps ont leurs Facteurs & Consulats établis èsdites Villes.

Lesdits Gouverneurs & Vicerois ne demanderoient peut-être pas mieux ; car alors ils se passeroient de l'Espagnol comme ils voudroient. Le Turc consentira facilement la sûreté & liberté de ce passage à S. M. ; car, outre l'alliance qui est entr'eux, c'est la richesse de ses Païs. Le Vénitien l'en remerciera ; car, par la diversion de ce trafic des Epiceries, la République a perdu plus de deux cens mille écus de rente. Je ne parle point du profit qui en revenoit aux Particuliers. Le Marseillois s'en enrichira à bon escient, & en général le Marchand François ; voire toute la France, & même toute la Chrétienté, en sera mieux ; l'Espagnol seul en sentira notable diminution, en la diminution duquel gît aujourd'hui la conservation de la France, & l'augmentation de tous les Princes Chrétiens.

En cette entreprise, n'y a ni grands frais, ni grand peine : une négociation d'un an la peut mettre à fin ; & n'est chose qui se doive trouver ni étrange ni nouvelle ; car, de la mémoire des Histoires, ce trafic a changé de chemin cinq fois, selon que s'est diversifiée la disposition des Empires, pour la commodité ou incommodité de leur voyage.

Les Genevois autrefois les ont tirées par le travers de la Tartarie, jusques en la Tane, & de-là par la Mer Major, dedans la Mer Méditerranée, & y ont trouvé profit. Les Anglois ont bien entrepris de les mener du fonds des Chines par terre, jusques au Fleuve Oby ; là les embarquer & entrer en la Mer du Septentrion, puis circuir les Côtes de Tartarie, Suede, Norvege, &c., & n'y pensent perdre leur peine. Les Portugais & Espagnols, pour les amener jusques en leur Côte, circuissent toute l'Afrique, au-travers de mille dangers & d'extrêmes chaleurs, & sont dix-huit mois en leur voyage : toute leur commodité ne gît qu'en un point , c'eſt qu'ils font tout ce chemin par Mer.

De tous les chemins qu'elles ont tenus, celui-ci que je propoſe eſt le plus court & plus aiſé , qui fut jadis interrompu par les courſes des Arabes, & guerres des Sultans , au bout deſquelles les Portugais découvrirent le moyen de circuir l'Afrique , & trouverent les Moluques , & donnerent un autre cours à ce trafic.

Que ſi on dit qu'on les a à quelque peu meilleur marché par cette voie, des Portugais , faut auſſi ajouter , ce que les Marchands ſavent , que de celles qui viennent à Veniſe & à Lion par le chemin que nous diſons , une livre en vaut trois ou quatre , à cauſe que celles-ci ſont gâtées & moiſies pendant le long temps & les grandes chaleurs qu'elles paſſent ſur la Mer ; joint que les obſtacles qui ſont aujourd'hui en ce chemin ancien , étant levés par le moyen du Grand-Seigneur, les peines & frais en amoindriront , & par conſéquent le prix.

Ce ſont les moyens qui ſe peuvent tenir pour affoiblir & appauvrir l'Eſpagnol , & rompre le cours de ſa proſpérité & grandeur , attendant une force ouverte ; & iceux, quand S. M. y voudra entendre , ſe pourront particulariſer & faciliter davantage : que ſi par ſon inſolence, qui plus ne ſe peut contenir, il réſout enfin S. M. à venir aux armes , autres lui ſeront propoſés par celui qui met en avant ceux-ci, qui ne ſeront inutiles à ſon ſervice, ſi tant eſt qu'il ait cet heur que ces ouvertures ne lui ſoient déſagréables.

INSTRUCTION*

A M. LE COMTE DE LAVAL, ET A M. DUPLESSIS,

Auxquels auſſi a été adjoint le Sieur CONSTANT,

De ce qu'ils auront à dire & remontrer à Sa Majeſté de la part du Roi de Navarre & de l'Aſſemblée des Egliſes, tenue à Montauban, par la permiſſion de Sa Majeſté.

Du 13 Septembre 1584.

PREMIEREMENT, feront entendre à S. M., qu'ayant été ſon bon plaiſir de permettre au Roi de Navarre de convoquer en la Ville de Montauban les Députés des Egliſes Réformées de ſon Roïaume, pour là prendre un avis commun des moyens néceſſaires, tant pour l'établiſſement d'un repos général, que de chacun d'eux en particulier, s'y feroient trouvés pluſieurs notables Seigneurs, Gentilshommes, & Perſonnes qualifiées de toutes les Provinces de ſon Roïaume, auxquels ledit Seigneur Roi de Navarre auroit bien au long fait entendre l'intention de S. M. en la convocation de cette Aſſemblée.

Laquelle par eux entendue, auroient tous unanimement reconnu la paternelle affection de S. M. envers ſes très humbles Sujets de la Religion, qui auroit tant daigné compâtir à leurs douleurs, & condeſcendre à leurs plaintes, que de leur avoir permis de ſe trouver là tous enſemble, pour les lui prononcer comme d'une voix, dont ils auroient tous été émus à louer Dieu qui leur auroit donné un ſi débonnaire Prince, & à le prier qu'il lui plaiſe préſerver par ſa bénédiction, & ſa Perſonne, & ſon Etat.

Mais que particuliérement ce leur auroit été, au milieu de leurs miſeres, une eſpece de rafraîchiſſement & un augure certain de quelque meilleur état à l'avenir, lorſqu'ils auroient conſidéré qu'il ne ſe pourroit faire que celui, qui par ſa bonté leur ouvroit la bouche pour ſe plaindre, n'eût auſſi l'oreille ouverte

---

* Dreſſée par M. Dupleſſis. M. de Laval avoit appris cette Inſtruction par cœur, & la prononça devant le Roi, en ſon Cabinet.

pour les ouir, & la volonté encline à leurs requêtes ; comme aussi cette volonté ne pouvoit être sans un effet indubitable de leur bien & repos, étant icelle accompagnée d’une autorité souveraine, & cette autorité conduite par une singuliere prudence.

Qu’en cette Assemblée le Roi de Navarre n’auroit eu autre but que de les rendre capables de toutes les volontés de Sa Majesté, ployables à toutes ses affections, qu’il fait ne tendre en somme qu’au bien, repos & soulagement de son Peuple ; & pour à ce parvenir, n’auroit rien obmis pour le leur faire vivement & à bon escient connoître, par tous les effets qu’il leur en auroit pu représenter.

Comme aussi, de leur part, ledit Sieur Roi de Navarre les auroit trouvés très disposés à l’entiere obéissance qu’ils lui doivent, protestant tous n’avoir plus grand desir que de la lui pouvoir rendre aux dépens de leur vie, en répandant aux pieds de Sa Majesté, en quelque belle occasion, pour son service, ce peu de sang & de moyen, qui, par la grace de Dieu & la sienne, leur est demeuré de reste après tant de calamités & miseres civiles.

Mais que, certes, comme la clémence & bénignité de S. M. s’étoit toujours vue (pour le regard de ceux qui voient un peu clair au monde) reluire & éclater au-travers des orages & tempêtes qui avoient passé sur eux, qu’aussi étoit-il tout évident que plusieurs ne tâchoient, & n’auroient depuis long-temps tâché qu’à l’obscurcir, par leurs pernicieuses pratiques ; dont seroit advenu que ses pauvres Sujets n’en avoient ressenti le soulagement, que, selon sa nature, ils eussent pu recevoir, &, par conséquent, que S. M. n’auroit aussi recueilli tel fruit de sa bonté qu’il seroit à desirer.

Que, pour preuve de ce, auroient lesdits de la Religion apporté de toutes parts diverses Requêtes & Remontrances, par lesquelles ils lui auroient fait apparoir, que, depuis l’espace de sept ans qu’il plut à Sadite Majesté leur accorder son Edit de pacification, confirmé & déclaré par les Conférences surensuivies, de Nerac & de Flex, il ne seroit toutefois encore exécuté, ains journellement contrevenu & violé en plusieurs des principaux articles, quelques jussions qu’il ait plu à S. M. leur octroyer sur les plaintes qui lui en auroient été faites : choses que lesdits de la Religion ne peuvent attribuer qu’à la négligence, connivence, ou mauvaise intention d’aucuns Officiers & Magistrats de ce

Roïaume, lefquels, au lieu de ployer leurs volontés fous celle
de S. M., comme ils devroient leurs actions fous fes commandemens, s'efforcent au contraire, par leurs mauvais effets, en tant
qu'en eux eft, de rendre douteufe l'intention de S. M. affez connue & déclarée par fes Edits, & par les continuelles expéditions
que journellement il lui plaît leur octroyer, en confirmation
d'icelle.

Ce qu'ayant ledit Sieur Roi de Navarre reconnu n'être que
trop véritable, par la connoiffance particuliere qu'il a defdites
inexécutions & contraventions, auroit été d'avis avec lefdits
Députés, que defdites Requêtes fe dreffât un Cahier général,
lequel, à leur inftance, il auroit mis en main au Seigneur Comte
de Laval, au Sieur Dupleffis, & au Sieur Conftant, à eux adjoint
par l'Affemblée, pour préfenter à Sa Majefté; en la confection
duquel, lefdits Députés, pour la moins importuner, auroient eu
cet égard de n'inferer que les points les plus généraux ou de plus
d'importance, étant les griefs & attentats particuliers en fi grand
nombre, qu'ils n'euffent pu qu'apporter un mal de cœur à Sa
Majefté.

Qu'en ce Cahier verra Sa Majefté que fon Edit de pacification
eft bien loin d'être exécuté de point en point, comme auroit été
l'intention de Sadite Majefté : que l'exercice de la Religion, par
la faute des Officiers, en la plûpart des lieux où il devroit, n'eft
encore établi, même ès Provinces plus paifibles, plus éloignées
de l'animofité des guerres civiles, & plus proches de la réfidence
de Sa Majefté : que les Chambres de Juftice en aucuns Parlemens
ne font encore dreffées; en aucuns, à faute de réglement, fe con-
vertiffent, ou en retardement de juftice, ou en inftrument d'injuftice : que l'image de la guerre, & pis que la guerre même, fe
voit encore en plufieurs lieux de ce Roïaume, par le moyen des
Garnifons & Citadelles, qui s'entretiennent ès lieux qui en devroient être exempts par les Edits de S. M. : tellement que lefdits
de la Religion ne fe peuvent raffurer, ains vivent comme en perpétuelle menace au milieu d'icelles; même que les Places qu'il
avoit plu à S. M. leur accorder contre les défiances & animofités,
ont été plufieurs fois attentées, quelques-unes prifes, & celles
qui ont été remifes à S. M., emplies de garnifons, & contraintes
par Citadelles : le tout contre les termes exprès de fes Edits, c'eft-
à-dire, contre la volonté de S. M., & toutefois fans que, jufques ici, punition, juftice, ou recherche s'en foit enfuivie.

Que, pour ces caufes, fes très humbles Sujets de la Religion
le

le requierent très humblement de faire exécuter fesdites intentions au plutôt que faire se puisse, à ce que, sous l'obéissance de S. M. ils puissent avoir quelque contentement pour leurs consciences, & quelque sureté pour leurs biens & vies; en faveur desquels ledit Sieur Roi de Navarre, outre l'intérêt qui lui est commun avec eux, adjoindra volontiers sa très humble Requête, étant très certain que S. M., qui sur tous autres Princes fait profession de droiture & vérité, n'a fait son Edit qu'en intention de le voir obéi par ses Sujets également, & exécuté soigneusement par ses Officiers & Magistrats, & que sa prudence a assez connu que de l'observation d'iceux dépend le repos de son Etat, qu'elle a principalement devant les yeux.

Que ledit Sieur Roi de Navarre auroit proposé auxdits Députés des Eglises Réformées de ce Roïaume, que le temps, pour lequel les Places leur avoient été baillées en garde pour les assurer contre les défiances, seroit expiré; pourtant qu'ils devoient aviser du moyen de donner contentement à S. M. sur ce point; à quoi il n'auroit rien obmis de ce qu'il auroit pu alléguer; & auroient, à la vérité, tous iceux Députés, d'un commun consentement, reconnu que c'étoit chose due, à laquelle ils ne devoient opposer fuite, ni tergiversation quelconque; & qu'ils ne pouvoient ni vouloient dénier, si tant étoit que Sa Majesté voulût prendre les mots à la rigueur, lesquels ils s'assuroient au contraire, qu'elle ne voudroit exposer qu'avec cette même bénignité & grace, qu'elle les avoit premierement dits & prononcés.

Ainsi, qu'ils se feroient résolus de se jetter tous ensemble aux pieds de S. M., pour le supplier très humblement de les leur laisser encore de grace en garde pour trois ans, pendant lesquels il lui plaise faire exécuter son Edit, attendu que leurs mêmes maux continuent, & par conséquent ont besoin de même remede : ce qu'ils se promettent déja d'autant plus de S. M., qu'ils pensent avoir quelques arrhes de cette sienne bénignité envers eux, en ce que, depuis un an que le terme est échu, S. M. leur a été si gracieuse, qu'elle ne les en a voulu presser, comme elle eût pu, faisant en cela, comme ils estiment, comme le bon Chirurgien, qui n'ôte point l'emplâtre à point nommé, au temps qu'il a préfixé du commencement, mais considere l'opération qu'il a faite, & le continue selon le besoin du Patient & de la plaie.

A cette très humble Requête desdits Députés, adjoindront

Tome I.   H h h h lefdits Seigneur Comte de Laval & Sieur Dupleſſis, celle du Roi de Navarre, & la fortification des raiſons qui s'enſuivent, diſcretement & prudemment : à ſavoir, toujours en telle ſorte que Sa Majeſté connoiſſe qu'ils ne demandent leſdites Places, comme choſe due, ains qui dépend de ſa pure libéralité & grace.

Lui remontreront donc que S. M., baillant leſdites Places en garde à ſeſdits Sujets, eut égard, comme un vrai Pere de ſon Peuple, de les garder & conſerver eſdites Places, en attendant que les rancunes & animoſités des guerres civiles fuſſent amorties, comme ſon intention eſt aſſez déclarée ès termes exprès de ſon Edit : *item*, eſpéra que ſondit Edit ſeroit exécuté dedans ſix ans au plus tard, n'étant apparent de penſer que notre humeur dût être ſi rébelle, que de ſe roidir & opiniâtrer ſi long-temps contre la médecine, ni raiſonnable de prévoir par un mauvais augure, qu'il dût être enaigri pendant ce temps par divers attentats, & même par les nouveaux troubles & accidens qui ſont depuis ſurvenus.

Or, il eſt advenu, contre l'eſpoir de S. M., que l'exécution de l'Edit, qu'elle entendoit & s'attendoit faire executer ſans interruption, & a été diſcontinuée par l'interruption même de la paix, que la guerre qui s'eſt jettée à travers a continué & accrû les défiances, & comme arraché le cataplaſme : tellement que la prudence de S. M. ſemble requérir que, pour parvenir à ſon but, qui eſt le bien de ſon Peuple, le remede ſoit continué pour plus long temps, puiſque le mal continue ; comme auſſi d'autre part ſemble convenir à ſon équité, plus juſte bien ſouvent que la juſtice même, que S. M. ne conſidere pas tant un terme de tant d'années, que l'intention & eſpérance apparente, qu'elle auroit eu en dedans ce temps, de compoſer les animoſités, & d'éteindre les défiances de ſon Peuple.

Que ces défiances ne ſont point imaginaires, ni priſes à plaiſir, mais fondées en quelque raiſon, telle, comme diſent les Loix que toutes perſonnes ſages peuvent avoir ; à ſavoir, en ce que les mêmes Villes qui leur auroient été données pour ſureté, leur auroient été enlevées de force, devant le temps, ſans juſtice ; & ce auſſi qu'aucunes ayant été remiſes au temps prefix, auroient auſſi-tôt été pourvues de Garniſons, ou Citadelles, qui ſont apparentes menaces d'en faire autant aux autres : bref, en ce que pluſieurs de ceux mêmes qui devroient être fauteurs de l'Edit, ſelon leurs charges, ſe ſont trouvés auteurs de ces contra-

ventions en quelques lieux ; à savoir, les Officiers & Magistrats
mêmes : aussi il semble qu'au lieu de lever les défiances pendant
tout ce temps , aucuns aient travaillé malicieusement à les nourrir ; & ce , sans doute , afin que des défiances on vînt à un refus
des Places , de ce refus , à un trouble , d'un trouble , à une ruine ,
dont les brouillons fissent leur profit : chose , graces à Dieu , trop
éloignée & de l'équité de S. M. qui saura bien donner & ordonner à ses Sujets ce qui leur sera nécessaire pour leur repos & convenable à sa bonté , & de l'obéissance de sesdits Sujets , qui aimeroient trop mieux s'exposer à mille dangers , que de faire chose
qui lui dût déplaire.

Qu'un grand nombre de personnes de toutes qualités , entre
lesdits de la Religion , Gentilshommes , Capitaines , & autres qui
ont porté & suivi les armes , sont , depuis tout ce temps , & encore
aujourd'hui , poursuivis à toute rigueur par les Prevôts , Juges , &
Cours Souveraines , pour cas abolis par l'Edit ; les uns directement , & les autres indirectement ; les uns contre les mots exprès ,
& les autres sous l'ambiguité des termes , èsquels on leur dresse
des piéges , pour se défaire d'eux ; dont seroit advenu que plusieurs , étant en peine , n'auroient pu avoir sûre habitation qu'ès
dites Villes de sûreté , qui en partie leur auroient été baillées à
cette fin ; & pour en sortir , attendu même que ladite sûreté
leur pouvoit toujours durer , se seroient retirés pardevers S. M.
par très humbles Requêtes , pour obtenir une déclaration desdites obscurités & ambiguités , laquelle , sous le nom & titre d'a-
bolition , elle leur auroit bénignement & libéralement octroyée ;
mais que , depuis deux ans qu'ils la poursuivent , ils n'en auroient
pu tenir la vérification en sa Cour de Parlement de Paris , quelque instance même que ledit Sieur Roi de Navarre en ait fait
pour eux : qui est cause qu'ils languissent en juste crainte , en défiance hors de leurs maisons , en danger des Prevôts qui les courent à force , comme vagabonds & prevôtables , sous ombre qu'ils
n'ont sûreté chez eux , étant contraints de la chercher , bien qu'in-
commodément èsdites Villes , à faute desquelles peuvent advenir des inconvéniens tels que le désespoir tire après soi , &
tels en somme , qu'en ce Roïaume il a engendré en quelques
lieux.

Que , contre ces occasions de défiances , ils eussent pris un sujet d'entrer en confiance , s'ils eussent apperçu quelques traits apparens de la bonne grace de S. M. envers sesdits Sujets de la Religion , nonobstant le mauvais traitement qu'ils auroient reçu

Hhhh ij

1584.
INSTRUCT.
A M. LE
COMTE DE
LAVAL.

d'aucuns des principaux Officiers, fpécialement, s'ils euffent pu remarquer que le cœur de Sa Majefté eut été vivement touché d'affection envers le Roi de Navarre & Monfeigneur le Prince de
Condé, qui, par la grace de Dieu, font même profeffion qu'eux,
& ès perfonnes defquels ils ont toujours fait état de reconnoître la difpofition & inclination de Sa Majefté envers la généralité
de fefdits Sujets de la Religion, & d'autant plus, qu'ils ont cet
honneur de lui appartenir de fi près; au contraire, qu'en tout ce
temps ils n'ont pu appercevoir aucuns progrès de cette faveur &
bonne grace de Sa Majefté envers eux, en la difpenfation des
honneurs, charges, dignités & fonctions, qui, felon l'intention
de Sa Majefté, portée par fes Edits, devroient être indifféremment diftribuées : que même le Roi de Navarre & Monfeigneur
le Prince de Condé ont auffi peu d'autorité en leurs Gouvernemens, que le premier jour des fix ans, moins que le moindre
Lieutenant de Province, moins que le moindre Gouverneur de
la Place : que ceux qui veulent mal à fefdits Sujets de la Religion, voyant cette inégalité fi manifefte, s'en rendent or-
gueilleux, & fe promettent impunité, quoi qu'ils leur faffent :
comme auffi s'enhardiffent par-là les ennemis de la grandeur &
autorité defdits Seigneurs Roi de Navarre & Prince de Condé,
de s'autorifer par toutes voies contre eux & fur eux, comme fi
S. M. ne le pouvoit trouver mauvais ; qui toutesfois ont cet
heur & honneur naturel, de n'avoir ni pouvoir avoir ennemis
de leur autorité & grandeur, que ceux-mêmes qui le font de la
fienne.

Sait bien ledit Seigneur Roi de Navarre, qu'on peut alléguer
à S. M. que le Sujet fe doit fier au Prince, plutôt que le Prince
au Sujet : à quoi fe répond en un mot, qu'il n'eft pas ici queftion d'une défiance de Prince au Sujet, mais de Peuple à Peuple, & de Sujets refpectivement, qui ont reçu injure l'un de l'autre, tous deux également Sujets de Sa Majefté, tous deux reque-
rans par même droit participer en fa bonne grace, tous deux cher-
chans leur protection fous fon aîle ; mais, outre ce, confidérera
S. M., s'il lui plaît, que ce font les foibles qui prennent défiance
des forts, & partant que c'eft aux Forts à affurer les Foibles, aux
Peres les Enfans, aux Maîtres les Serviteurs, aux Princes les Sujets, & d'autant plus qu'ils favent le pouvoir faire fans danger &
fans dommage, au lieu que les autres dépendent de leur pure
difcrétion & volonté. Ainfi Sa Majefté, accordant les Places à
fefdits Sujets de la Religion, comme ils l'en requierent humble-

ment, fait proprement au regard d'eux le Pere, le Maître, & le Prince, mais au regard des uns & des autres, le fage & légitime Arbitre, qui, faifant droit, fans acception, à l'un & à l'autre, a toutesfois ce foin particulier que le Fort ne faffe injure au Foible.

Et que Sa Majefté le puiffe faire fans danger ni dommage, n'eft befoin de grande preuve ; car fefdits Sujets de la Religion ne font pas Etrangers, ni de cœur étranger, mais vraiment Fran-çois : François plus intéreffés en la haine de l'Ennemi qui feroit à craindre, qu'autres quelconques, foit qu'on confidere la caufe de la Religion ou de l'Etat : François, qui dedans & dehors le Roïaume n'ont aucune participation ni avec lui, ni avec ceux qui l'aiment ; ains, comme chacun fait, en toutes leurs affec-tions & actions, ont toujours défiré & cherché fa ruine ; & après, ledit Seigneur Roi de Navarre s'eft conftitué Répondant envers Sa Majefté : Répondant, qui, après Sa Majefté, ait le principal intérêt à la chofe, qui même, outre l'intérêt qui lui eft commun avec S. M., ait des intérêts particuliers contre celui & ceux qui feroient principalement à craindre ; & puis venant lefdites Places à fortir des mains de fes Sujets de la Religion, qui les tiennent fous la foi dudit Seigneur Roi de Navarre, en quelle plus fure main S. M. les pourra-t-elle mettre ? En quelle encore qui foit plus éloignée de la jaloufie & de l'envie ?

Et quant au dommage qui fe peut propofer en ce, peut-être, que les garnifons defdites Places chargent les finances de S. M., outre ce que ledit Seigneur Roi de Navarre s'affure que S. M. racheteroit bien plus cher la tranquillité & repos d'efprit de fes propres Sujets de la Religion, qui l'attendent de lui feul, con-fiderera S. M. que celles de Languedoc font payées d'une crue extraordinaire, fans charger l'ordinaire de fes finances : que celles de Dauphiné & Provence ne montent pas à grande fomme ; & quant à celles de Guyenne, penfe ledit Seigneur Roi de Navarre qu'elle ne lui voudroit refufer quelque nombre de Compagnies entretenues ; pour être employées fous lui en fon fervice, com-me ci-devant les ont eues ceux qui ont eu cet honneur de tenir le lieu qu'il tient, lefquelles pour quelque efpace, tiendroient gar-nifon efdites Places ; &, lorfque les caufes en feroient ceffées, comme de fon côté il y travaille de tout fon pouvoir, s'achemi-neroient en tel lieu qu'il feroit avifé pour le bien de fon fervice : joint ledit Sieur Roi ne feindra de lui dire, qu'il craint que ceux qui lui alleguent cette épargne, ne le faffent que par prétexte, &

non à bon escient, vû que, pour le regard des garnisons qui s'entretiennent en plusieurs lieux contre les Edits de S. M., ils ne remontrent pas le même ménage.

Ces choses bien représentées à S. M., esperent ledit Seigneur Roi de Navarre & sesdits Sujets de la Religion, assemblés par sa permission en ladite Ville de Montauban, que S. M. sera émue de leur accorder encore pour trois ans, par sa clémence, les Places qu'elle leur avoit ci-devant octroyées pour six : pendant lesquels trois ans, son Edit sera exécuté de point en point, ainsi qu'il lui a plu ordonner plusieurs fois.

Et ce d'autant plus qu'ils ne font doute que S. M. ne considere, selon sa prudence & magnanimité, les grandes & belles occasions que Dieu lui montre & présente de toutes parts, & à tant de fois, d'aggrandir & établir son Etat, qui seroit même le plus abrégé moyen de le pacifier & composer, & d'éteindre & amortir les cendres encore demi-chaudes des guerres civiles, étant aujourd'hui telle la disposition de la Nation Françoise, qu'elle a besoin d'un sujet pour exercer ses armes, si on ne veut qu'à faute d'icelui elle les emploie contre elles-mêmes.

Ce sont les instructions qui ont été baillées auxdits Sieurs Comte de Laval, Duplessis, & Constant, de la part dudit Seigneur Roi de Navarre, & de ladite Assemblée, lesquelles ils exposeront à S. M. de point en point, & y ajouteront tout ce que pour le service dudit Seigneur Roi, bien & repos des Eglises Réformées de ce Roïaume, ils verront & jugeront appartenir selon leur discrétion & prudence.

Fait à Montauban, le 13 Septembre 1584.

Signé, HENRI.

TABLE

DES PIECES CONTENUES EN CE VOLUME.

Fin de la Table.

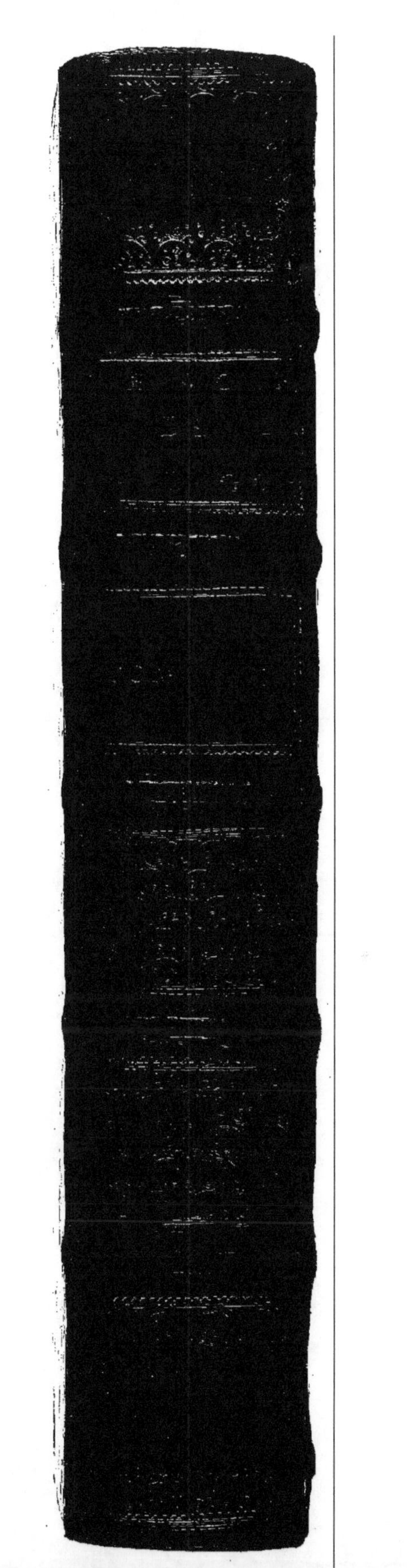